HEYNE BÜCHER

W0239646

SCIENCE FICTION

Von **Anne McCaffrey** erschien in der Reihe
HEYNE SCIENCE FICTION & FANTASY:

DIE DRACHENREITER VON PERN:

1. *Die Welt der Drachen* · 06/3291
2. *Die Suche der Drachen* · 06/3330
3. *Drachengesang* · 06/3791
4. *Drachensinger* · 06/3849
5. *Drachentrommeln* · 06/3996
6. *Der weiße Drache* · 06/3918
7. *Moreta – Die Drachenherrin von Pern* · 06/4196
8. *Nerilkas Abenteuer* · 06/4548
9. *Drachendämmerung* · 06/4666
10. *Die Renegaten von Pern* · 06/5007
11. *Die Weyr von Pern* · 06/5135
12. *Die Delphine von Pern* · 06/5540
13. *Die Chroniken von Pern: Ankunft* · 06/6353
14. *Drachenauge* · 06/6372
15. *Drachenklänge*· 06/6413 (in Vorb.)

DINOSAURIER-PLANET:

1. *Dinosaurier-Planet* · 06/4168
2. *Die Überlebenden* · 06/4347

ROWAN:

1. *Rowan* · 06/5622
2. *Damia* · 06/5623
3. *Damias Kinder* · 06/5624
4. *Lyon* · 06/5625

DIE PLANETENPIRATEN:

1. *Sassinak* · 06/6366 (mit Elizabeth Moon)
2. *Raumfahrergarn* · 06/6367 (mit Jody Lynn Nye)
3. *Das Generationenschiff* · 06/6368 (mit Elizabeth Moon)

EINZELBÄNDE:

Planet der Entscheidung · 06/3314
Ein Raumschiff namens Helva · 06/3354; auch ➶ 06/1008
Die Wiedergeborene · 06/3362
Wilde Talente · 06/4289
Killashandra · 06/4728

ANNE McCAFFREY
&
ELIZABETH MOON

Das Generationen-schiff

Die Planetenpiraten
DRITTER ROMAN

Aus dem Englischen von
Michael K. Iwoleit

Deutsche Erstausgabe

WILHELM HEYNE VERLAG
MÜNCHEN

HEYNE SCIENCE FICTION & FANTASY
Band 06/6368

Titel der englischen Originalausgabe
GENERATION WARRIORS
Volume Three of *THE PLANET PIRATES*

Deutsche Übersetzung von Michael K. Iwoleit
Das Umschlagbild malte Szendrei Tibor

Umwelthinweis:
Dieses Buch wurde auf chlor- und säurefreiem Papier gedruckt

Redaktion: E. Senftbauer

Erstveröffentlichung:
An Orbit Book,
published by Orbit,
a division of Little, Brown and Company, London
Mit freundlicher Genehmigung der Autorinnen
und Thomas Schlück, Literarische Agentur, Garbsen
(# T 28 676)

http://www.heyne.de
Deutsche Erstausgabe 7/2001
Printed in Germany 5/2001
Umschlaggestaltung: Atelier Ingrid Schütz, München
Technische Betreuung: M. Spinola
Satz: Schaber Satz- und Datentechnik, Wels
Druck und Bindung: Ebner Ulm

ISBN 3-453-17952-8

erstes kapitel

Auf dem schweren
FES-Flottenkreuer *Zaid-Dayan*

»Wir haben Ressourcen, von denen sie nichts wissen«, sagte Sassinak nicht zum ersten Mal. Es beruhigte sie nicht.

Die heitere Stimmung, in der Sassinak und Lunzie Pläne geschmiedet hatten, um ihre Kräfte gegen die Planetenpiraten zu bündeln, war längst verflogen. Sie hatten sich zu Euphorie hinreißen lassen, nachdem die gewaltige Thek-Kathedrale Captain Cruss seiner gerechten Strafe zugeführt hatte. Cruss war mit einem Schwerweltler-Transporter vor der Nase von Sassinaks Schiff, das ihn verfolgt hatte, illegal auf dem Planeten Ireta gelandet. Die Thek-Konferenz hatte dem Captain einige höchst faszinierende Informationen über seine Vorgesetzten entlockt. Aber abgesehen davon, daß sie die Frage geklärt hatten, zu welcher Rasse Ireta denn nun ›gehörte‹, waren die Thek verschwunden, ohne die Planetenpiraten einer ähnlich gerechten Strafe zuzuführen.

Weder Sassinak noch Lunzie machten sich nennenswerte Hoffnungen, daß sie mit weiterer Unterstützung von Seiten der Thek rechnen konnten, auch wenn diese langlebige Rasse die älteste raumfahrende Spezies überhaupt war. Thek verkehrten selten mit Angehörigen der verschiedenen ephemeren Rassen, die sie im Laufe der Jahrhunderte entdeckt hatten. Nur wenn – wie auf Ireta – einer ihrer eigenen langfristigen Pläne gefährdet war, griffen sie ein. Gewöhnlich gestatteten es die Thek allen Rassen, mit denen sie zusammenarbeiteten – von den eidechsenartigen Seti über die gestaltwandelnden Weber und die marinen Ssli bis zu den Menschen –, sich ›um ihre eigenen Angelegenheiten‹ zu kümmern. Sobald die Thek das Problem auf Ireta gelöst hatten, waren sie verschwunden und hatten Sassinak und Lunzie vor eine unwiderstehliche Herausforderung gestellt: all jene aufzuspüren und zu liquidieren, die sich der unverschämtesten Form der Piraterie schuldig gemacht hatten – der Ausplünderung ganzer Planeten und der massenhaften Versklavung ihrer Bevölkerung. Die Probleme waren immens. Sassinak war als Kommandantin zu erfahren, um echte Probleme zu ignorieren, und Lunzie hatte selbst viele gute Pläne schiefgehen sehen.

Lunzie machte es sich in dem weißen Lederstuhl in Sassinaks Büro bequem und betrachtete leicht belustigt ihre ferne Nachfahrin. Sie war zu jung, um so alt zu sein.

»Du auch«, erwiderte Sassinak.

Lunzie spürte, daß sie rot wurde.

»So etwas wie Telepathie gibt es nicht«, sagte sie. »Unter kontrollierten Bedingungen ist dergleichen nie beobachtet worden.«

»Bei Zwillingen schon«, sagte Sassinak. »Das habe ich irgendwo gelesen. Und manchmal auch bei nahen Verwandten. Was dich und mich angeht … niemand weiß, was die vielen Kälteschlafzeiten deinem Gehirn und was mein Leben mir angetan haben. Du hast gedacht, daß ich zu alt bin, um so jung zu sein, und ich habe genau dasselbe über dich gedacht. Dabei bist du *jünger* als ich …«

»Das gibt dir nicht das Recht, den Chef zu spielen«, sagte Lunzie und bereute es im selben Moment. Sassinaks Gesichtszüge waren erstarrt – und natürlich hatte sie doch das Recht. Sie war Captain ihres Schiffs, stand kurz vor ihrem ersten Stern, und sie hatte zehn Jahre mehr Lebenserfahrung – im Wachzustand.

»Es tut mir leid«, sagte Lunzie rasch. »Du bist wirklich

älter, und du bist nun einmal Chef an Bord. Ich muß mich noch daran gewöhnen.«

Sassinaks Lächeln beruhigte sie fast. »Ich auch. Aber auf diesem Schiff muß ich der Chef sein. Auch wenn du meine Ururururgroßmutter bist, weißt du nicht, durch welche Rohre was fließt.«

»Stimmt. Ich hab's begriffen. Ich bleibe die brave kleine Zivilistin.« Und werde versuchen, dachte sie, mich daran zu gewöhnen, daß ich eine ferne Nachfahrin habe, die nicht nur älter ist als ich, sondern auch härter. Sie beugte sich vor und stellte ihren Becher auf den Tisch. »Was willst du unternehmen?«

»Wir brauchen sehr viel mehr Informationen«, sagte Sass und runzelte die Stirn. »Zum Beispiel etwas, das wir vor dem Rat als Beweis vorbringen können. Nimm das Problem mit Diplo. Wer hat mit wem Kontakt aufgenommen, und wer hat für das Schwerweltler-Saatschiff bezahlt? Welche Fraktionen der Schwerweltler waren beteiligt, und wissen sie alle, was sie tun? Dann gibt's die Familie Paraden. Ich habe meine Gründe, um das gesamte Pack für schuldig zu halten, aber ich habe keine Beweise. Wenn wir jemanden einschleusen könnten, jemand, der Beziehungen hat.«

Lunzie nahm ihren Becher, kippte den Rest des Getränks hinunter und versuchte die Leere in ihrem Bauch zu ignorieren. War sie im Begriff, etwas Dummes oder etwas Tapferes oder beides zu tun?

»Was Diplo angeht, könnte ich … äh … ein wenig helfen.«

»Du? Wie?«

Sassinak hatte schon an ihre eigenen Schwerweltler-Freunde gedacht, aber es war ihr zuwider, einen von ihnen auf eine solche Weise zu benutzen. Es wäre zu riskant für sie, wenn ein Agent in der Flotte auf sie aufmerksam werden würde.

»Sie lassen nur wenige Leichtgewichte Diplo besuchen,

aber wegen ihrer anhaltenden medizinische Probleme, was ihre Gene und ihre Anpassung angeht, sind medizinische Forscher und Berater jederzeit willkommen. Zumindest soweit, wie Leichtgewichte überhaupt willkommen sein können. Ich würde einen Auffrischungskurs bei einem Meisteradepten brauchen.«

Sassinak schürzte die Lippen. »Hmmm. Das klingt vernünftig, soweit es den Auffrischungskurs betrifft. Wenn dich jemand beobachtet, würde er sonst mißtrauisch werden. Du bist einen Rang oder so zurückgefallen, nicht? Und normalerweise besuchen Leute wie du ja regelmäßig Kurse, wenn sie einmal den Adeptenrang erreicht haben. Habe ich zumindest gehört.«

Sie ließ es im Raum stehen für den Fall, daß Lunzie ihr noch mehr anvertrauen wollte, war aber nicht überrascht, als Lunzie einfach nickte und weiter über Diplo sprach.

»Von Ärzten wird erwartet, daß sie Fragen stellen. Wenn ich einem Forschungsteam angehören würde, das eine statische Untersuchung der Geburtsfehler vornimmt oder dergleichen, hätte ich die Gelegenheit, mit vielen Leuten zu reden, ohne mich verdächtig zu machen.«

Sassinak neigte den Kopf auf die Seite. Lunzie konnte sich kaum davon abhalten, dieselbe Haltung einzunehmen.

»Und du bist dir sicher, daß du das nicht bloß tust, um deine eigenen Schwerweltler-Dämonen auszutreiben? Nach dem, was du erzählt hast.«

Lunzie wollte nicht schon wieder darüber diskutieren. »Ich weiß. Ich habe Gründe, sie zu hassen und zu fürchten. Zumindest einige von ihnen. Aber ich habe auch anständige kennengelernt. Ich habe dir doch von Zebara erzählt.« Sassinak nickte, wirkte aber nicht überzeugt. »Außerdem werde ich Zeit haben, mit dem Meisteradepten zu reden und meine Übungen wieder aufzunehmen«, fuhr Lunzie fort. »Du weißt genug über mentale Disziplin, um zu wissen, daß sie besser ist als jedes psychologische Training. Wenn ein Meister sagt, daß ich für diesen Einsatz nicht stabil genug bin, werde ich dir Bescheid geben.«

»Du willst dich mit ihm darüber unterhalten?« Sassinaks Stimme nach zu urteilen, war sie nicht ganz glücklich damit.

Lunzie seufzte. »Nicht über alles, nein. Aber über meinen Einsatz auf Diplo bestimmt. Es gibt gewisse besondere Fertigkeiten, die es einem Leichtgewicht einfacher machen.«

»Kümmere dich einfach darum, daß ein Meister dir seinen Segen gibt. Die Sache ist zu wichtig, um einen emotionalen Aufruhr zu riskieren, und nach dem Ärger, den du hattest …«

»Ich komme damit zurecht.« Lunzie ließ in ihrer Stimme die Kraft mitschwingen, die sie der Disziplin verdankte, und Sassinak gab nach. Sie war nicht halb so beeindruckt, wie es andere Leute an ihrer Stelle gewesen wären, aber zumindest einstweilen überzeugt.

»Dann also nach Diplo.« Sassinak zuckte noch einmal unmerklich die Achseln, dann wandte sie sich anderen Problemen zu. »Du bist also unterwegs. Und du weißt auch nicht, wie lang du brauchen wirst, richtig? Das dachte ich mir. Du reist zu einem Auffrischungskurs und einem Besuch auf Diplo ab, und wir recherchieren inzwischen ausgiebig bei den verdächtigen Konzernen, den Seti, in den Interna der EEC, der Flotte und des Rats. Das wäre kein Problem, wenn wir unsere eigene private Spionageabwehr hätten, aber …«

Lunzie kam sich überheblich vor, als sie Sass unterbrach. »Du kennst doch Admiral Coromell?«

Sassinak sackte zwar nicht der Unterkiefer herab, aber Lunzie konnte ihr ansehen, daß sie überrascht war. »Kennst du etwa Admiral Coromell?«

»Ja, ziemlich gut.« Lunzie sah, daß Sassinak die naheliegenden Schlußfolgerungen zog und sich entschloss, keine Fragen zu stellen. Vielleicht waren die Schlußfolgerungen für sie aber doch nicht so naheliegend. Inzwischen mußte Coromell so alt sein, wie es sein Vater damals gewesen war; Sassinak mußte ihn als alten Mann kennengelernt haben. Lunzie unterdrückte einen neuen Anflug von Sorge und konzentrierte sich auf den gegenwärtigen Augenblick. »Coromell hat mich sogar vorübergehend rekrutiert, bevor die Sache auf Ambrosia passiert ist.«

»Er hat *dich* rekrutiert?« War das ein Ausdruck der Begeisterung oder der Ablehnung? Lunzie fragte nicht, sondern schilderte die Umstände ihrer Rekrutierung und die Ereignisse danach so knapp wie möglich. Sassinak hörte zu, ohne sie zu unterbrechen, ihr Blick war aber in die Ferne gerichtet, und sie schüttelte den Kopf, als Lunzie fertig war.

»Also wirklich, ich habe den Eindruck, wir könnten uns wochenlang unterhalten, und du würdest mich immer noch überraschen.« Aus ihrem Tonfall war nicht zu schließen, ob die jüngste Überraschung eine angenehme oder unangenehme war; Lunzie vermutete, daß Sassinak sich aus Respekt vor Coromells Sternen zurückhaltend verhielt. Um diese Zurückhaltung zu unterstreichen, stieß Sassinak sich vom Schreibtisch ab. »Ich würde mir gern ein bißchen die Füße vertreten, und du hast dir das Schiff noch nicht richtig angesehen. Soll ich dich rumführen?«

»Natürlich.« Lunzie war froh, daß sie nach diesem intensiven Gespräch eine Pause einlegen konnte. Sie folgte Sassinak in den Gang hinaus, der fast das ganze Hauptdeck durchzog.

»Es ist so anders«, sagte Lunzie, als Sass sie über die Heckleiter aufs Truppendeck führte. Sie fragte sich, warum die Wände – oder Schotts, wie ihr wieder einfiel – hier unten grün und oben grau waren.

»Anders?«

»Ich hatte keine Zeit, es zu erwähnen, aber der Flottenkreuzer, der uns damals von Ambrosia abgeholt hat, war dieses Schiff. Die *Zaid-Dayan*. Ich habe den Captain nie zu Gesicht bekommen, aber es war eine Frau. Deshalb habe ich diesen Namen benutzt, als ich mich mit Varian und den anderen auf Ireta verstecken mußte. Es war ein *Deja-vu*-Erlebnis, du und dieses Schiff.«

Sassinak grunzte. »Es kann nicht *dieses* Schiff gewesen sein. Seid ihr nicht von Ambrosia gerettet worden, bevor du auf Ireta im Kälteschlaf gelegen hast? Das muß die 43er Version gewesen sein … Das Schiff ist in dem Jahr, als ich an der Akademie meinen Abschluß gemacht habe, im Kampf verloren gegangen.« Sie nickte dem Trupp von Männern zu, die sich ans Schott gedrückt hatten, um sie vorbeizulassen, und wartete, bis Lunzie sie eingeholt hatte.

Lunzie war durch und durch kalt; eine weitere Erinnerung daran, daß sie nicht natürlich gealtert war, sondern einfach Jahrzehnte übersprungen hatte. »Bist du dir sicher? Als ich hörte, dies sei die *Zaid-Dayan*, und der Captain eine Frau …«

Sassinak schüttelte den Kopf. »Ich bin nicht sehr viel älter als du. Die Rettung von Ambrosia haben wir in der Taktiksimulation für Fortgeschrittene durchgenommen. Captain war damals Graciela Vinishell Martinez auf ihrer ersten Mission unter eigenem Kommando. Der Untersuchungsausschuß hat ihr anfangs die Hölle heiß gemacht, weil sie das Schiff in einem solchen Zustand zurückgebracht hat, aber jemand auf Ambrosia, der Captain eines Spähschiffs oder so …«

»Zebara«, sagte Lunzie und schnappte nach Luft.

»Wer immer es war, er hat einen Bericht geschrieben, der ihr den Ausschuß vom Hals schaffte. Ich habe mich daran erinnert, als ich selbst vor einem Ausschuß erscheinen mußte. Ich habe sie gesehen.« Sassinak machte ein seltsames, fast belustigtes Gesicht. Sie drückte einen Knopf auf dem Schott, und eine Luke in einen Lift öffnete sich. Sie traten ein, und Sassinak drückte drinnen einen weiteren Knopf, ehe sie weitersprach. Lunzie wartete. »Sie hat uns – den weiblichen Kadetten – eine Vorlesung über die autoritäre Präsenz weiblicher Offiziere gehalten. Wir alle hielten das Thema für idiotisch. Beim Eintreten haben wir darüber gefrotzelt. Der Saal war leer bis auf diese kleine alte Dame in der Ecke, die genau wie einer dieser pensionierten Offiziere aussah, die sich überall in der Akademie herumtrieben und für Dinge zuständig waren, die niemand erklärte. Ich warf kaum einen Blick auf sie. Sie hielt ein altmodisches Klemmbrett und einen Filzstift in der Hand. Wir nahmen Platz und fragten uns, wie sehr Admiral Vinish-Martinez sich verspäten würde. Wir wußten, daß wir nicht schwatzen durften, aber ich muß zugeben, daß viel getuschelt wurde, und ich war daran nicht unschuldig.« Sassinak grinste, als sie daran zurückdachte. »Dann stand diese kleine Dame auf. Keiner hat auf sie geachtet. Wir nahmen an, sie führte die Anwesenheitsliste. Dann stand sie auf einmal auf und ging nach vorn, und wir dachten, sie würde uns vielleicht sagten, daß der Admiral sich verspätet oder überhaupt nicht kommt. Und dann – ich schwöre dir, Lunzie, keiner von uns hat ihre Sterne gesehen, bis sie es wollte, bis sie sich vor uns *verwandelte*, ohne einen Muskel anzuspannen. Sie sagte kein Wort. Sie mußte nichts sagen. Wir sprangen auf und salutierten, bevor wir wußten, was mit uns geschah.«

»Und dann?« Lunzie konnte sich die Frage nicht verkneifen. Sie war fasziniert.

»Und dann lächelte sie und sagte: ›Das, meine Damen, war eine Demonstration von autoritärer Präsenz.‹ Und dann ging sie hinaus, während wir immer noch um Atem rangen.«

»Bei Mullah!«

»Genau. Die ganze Vorlesung in einer einzigen Demonstration. Ich kann dir sagen, diese Lektion haben wir nie vergessen, und wir haben Stunden damit verbracht, uns gegenseitig zu überprüfen, ob wir schon etwas gelernt hatten. Sie zeigte uns alles, was wichtig ist: es liegt nicht an der Größe oder am Aussehen oder an der Kraft oder wie laut man brüllt – es ist etwas anderes, etwas Innerliches, und wenn man es nicht hat, kann keine Größe, Kraft, Schönheit oder Stimmgewalt diesen Mangel aufwiegen.« Der Lift öffnete sich in eine kleine Kammer, umschlossen von farbigen Röhren, in denen es gurgelte und zischte. Auf einem Schild stand LEBENSERHALTUNGSANLAGEN DECK 1.

»Vielleicht war sie eine Adeptin?« fragte Lunzie und war neugierig, was Sass dachte.

»Vielleicht. Bei einigen hilft es. Weißt du, in der Flotte haben wir Grundkurse in mentaler Disziplin belegt. Aber es muß ein gewisses Potential vorhanden sein oder etwas anderes, das sich später entfaltet. Die Fähigkeit zur Konzentration ist sicher damit verwandt.« Sassinak legte die Stirn in Falten.

»Du hast es auch«, sagte Lunzie. Sie hatte gesehen, wie die Mannschaft auf Sassinak reagierte, und sie kannte ihre eigene Reaktion – ein fast reflexhafter Respekt und der Wunsch, ihr gefällig zu sein.

»Oh … Nun ja. Zumindest ein wenig. Ich kann wilden jungen Fähnrichen den Respekt vor der Wirklichkeit einimpfen. Aber es ist nicht mit ihr zu vergleichen.« Sie lachte und schob die Erinnerung beiseite. »Jahrelang wollte ich dasselbe erreichen … dasselbe sein.«

»Sie war also dein Kindheitsidol? Hast du schon von der Flotte geträumt, bevor du entführt worden bist?« Hatte das ihre geistige Gesundheit bewahrt?

»Oh, nein. Ich wollte Carin Coldae sein.« Lunzie machte offenbar ein verständnisloses Gesicht, denn Sassinak fügte hinzu: »Entschuldige … Ich habe nicht daran gedacht. Dreiundvierzig Jahre ... Sie war wohl noch kein Videostar, als du das letzte Mal – ich meine ...«

»Keine Sorge.« Ein weiteres Beispiel dafür, was sie alles verpaßt hatte. Sie hatte sich nie sonderlich viel aus populären Videostars gemacht, aber so wie Sassinak den Namen ausgesprochen hatte, mußte Coldae eine Galionsfigur gewesen sein.

»Nur ein Actionstar«, erklärte Sassinak. »Sie hatte Fan Clubs, es gab Poster von ihr und so weiter. Meine beste Freundin und ich haben davon geträumt, in der ganzen Galaxis Abenteuer zu erleben, mit Männer, die uns zu Füßen liegen ...«

»Tja, dann hast du's wohl geschafft«, sagte Lunzie trocken. »Zumindest habe ich diesen Eindruck, wenn ich mich mit deiner Mannschaft unterhalte.«

Sassinak wurde tatsächlich rot. Die Wirkung war verblüffend. »Es ist nicht ganz so wie in meinen Tagträumen. Carin hat sich nie eine Schramme zugezogen, abgesehen von ein paar kunstvoll plazierten Rußflecken. Manchmal verhüllte sie nur noch der Ruß, aber meistens trug sie silberne oder goldene Kostüme, die sie vorn zu einem imposanten Ausschnitt aufgeknöpft hatte. Sie konnte mit einer Hand zwanzig Piraten über den Kopf schleudern und mit der anderen zehn Schurken niederschießen und gleichzeitig den Titelsong krakeelen, ohne aus dem Rhythmus zu kommen. Als ich ein Kind war, ist mir nie der Gedanke gekommen, daß jemand, der angeblich in einer Thoriummine hungert und geschlagen wird, wohl kaum so üppige Kurven haben kann. Oder es nicht gut für die scharlachroten Nägel ist, wenn man nackt einen Vulkanhang hochklettert.«

»Hmm. Ist sie immer noch so beliebt?«

»Nicht sehr. Ihre Abenteuer werden immer wieder ausgestrahlt, zumindest solche Klassiker wie *Die dunkle Seite des Mondes* oder *Die eiserne Kette*. Sie spielt heute in konventionellen Dramen mit und ist in die Politik gegangen.« Sassinak zog eine Grimasse, als sie sich an Dupaynils Enthüllungen über ihr früheres Idol erinnerte. »Ich habe gehört, daß sie jahrelang die treibende Kraft hinter diversen subversiven Gruppen war.« Dann seufzte sie und sagte: »Und ich habe dich durchs Truppendeck geschleift, ohne dir viel zu zeigen ... Nun gut, das hier sind die Lebenserhaltungsanlagen. Ohne sie würde es uns schlecht gehen.«

»Ich habe das Schild gesehen«, sagte Lunzie. Sie hörte das ferne rhythmische Pochen der Pumpen. Sassinak tätschelte mit erstaunliche Zuneigung ein wuchtiges beiges Rohr.

»Das war mein erster Einsatz nach meinem Abgang von der Akademie. Ich mußte auf einem Kreuzer ein neues Lebenserhaltungssystem installieren.«

»Ich dachte, dafür habt ihr Spezialisten.«

»Haben wir auch. Aber Offiziere auf der Kommandoebene müssen sich mit allem auskennen. Theoretisch sollte ein Captain jedes Rohr und jeden Draht kennen, jeden Chip in jedem Computer, jedes Ausrüstungsteil und jede Vorratskiste ... wo es sich befindet, wie's funktioniert, wer sich darum kümmern sollte. Deshalb fangen wir alle in einer der Spezialabteilungen auf einem Hauptschiff an und werden während unserer ersten beiden Reisen in jeder Abteilung einmal eingesetzt.«

»Kennst du alles?« Lunzie wußte, daß dies praktisch unmöglich war, aber sie wollte wissen, ob Sassinak sich dessen bewußt war.

»Nicht alles, zumindest nicht ganz. Aber mehr als früher. Dieses hier«, sie tätschelte ein anderes Rohr, »leitet Kohlendioxid in die Puffertanks. Die Sauerstoffrohre sowie die Rohre für entzündliche Gase sind rot gefärbt. Und natürlich wirst du in dieser Kammer keine solchen Leitungen finden, denn irgendein Idiot, der aus dem Lift steigt, könnte einen Brenner in der Hand haben, oder der Lift könnte Funken sprühen. Du bist ja Ärztin, und deshalb dachte ich mir, daß du dir das hier gern ansehen würdest.«

»Natürlich.«

Glücklicherweise wußte sie genug, um sich nicht wie eine Idiotin zu fühlen. Sassinak führte sie durch Tunnel mit niedriger Decke, in denen zu beiden Seiten Rohre zischten und blubberten, und deutete auf Zugangsluken zu weiteren Gasleitungen, auf gedrungene zylindrische Rieseltürme, auf Manometer, Skalen und Statuslichter, die sie genau darüber informierten, wo sich was befand und wo es sein sollte.

»Alles neu«, sagte Lunzie, als sie sich in den Wasseraufbereitungsbereich begaben. »Wir hatten beim letzten Flug ernste Schwierigkeiten. Es war kein einfacher Schaden, sondern es hatte sich jemand an der Lebenserhaltung zu schaffen gemacht. Am Ende sind alle Rohre mit einer stinkenden Brühe vollgelaufen, und es gibt keine Möglichkeit, das Zeug zu beseitigen, wenn die Schwefelbakterien anfangen, die Rohrfütterung anzufressen.«

Für Lunzie sah eine Wasseraufbereitungsanlage auf einem Flottenkreuzer nicht anders aus als eine Wasseraufbereitungsanlage irgendwo sonst. Sie kannte allerdings nur die grundlegende Konfiguration von Tanks, Zufuhrleitungen und Überlaufventilen und hatte keine weitergehenden Kenntnisse. Sassinak führte sie schließlich zum Lift zurück, und sie fuhren wieder aufs Hauptdeck hinauf.

»Wie lang braucht ein Neuling, bis er alles findet?«

Sassinak schürzte die Lippen. »Also … wenn du neue Mannschaftsmitglieder oder Fähnriche meinst, dann gewöhnlich etwa eine Woche. Wir beauftragen sie am Anfang mit kleinen Botengängen in alle Winkel des Schiffs, damit sie sich verlaufen und schnell herausfinden, wie man ein Terminal und einen Bordchip benutzt, um zurückzufinden. Dir ist sicher aufgefallen, daß jedes Deck in einer anderen Farbe gestrichen ist und die Streifenbreite anzeigt, ob man am Bug oder am Heck ist. Es gibt keine Gefahr mehr, sich zu verlaufen, wenn man das begriffen hat.« Sie ging in ihr Büro voraus, wo an ihrem Pult ein Licht blinkte. »Ich muß auf die Brücke. Möchtest du hier bleiben, oder willst du in deine Kabine zurück?«

Lunzie hatte auf eine Einladung auf die Brücke gehofft, aber Sassinaks Gesichtsausdruck deutete nicht darauf hin. »Ich werde hier bleiben, wenn es geht.«

»Schön. Ich richte dir eine Leitung nach draußen ein.« Sassinak tippte auf der Tastatur ihres Terminals herum. »Hier! Eine Liste von Zugangscodes für dich. Es wird nicht lang dauern.«

Lunzie fragte sich, wie viele Stunden das sein würde und setzte sich ans Terminal. Sie hatte kaum entschieden, worauf sie zugreifen wollte, als sie schwere Schritte hörte, die sich durch den Gang näherten. Aygar erschien in der Tür und runzelte die Stirn.

»Wo ist Sassinak?«

»Auf der Brücke.« Lunzie fragte sich, was ihn diesmal so in Rage gebracht hatte. Der Unteroffizier, der hinter ihm stand – ein Weber –, wirkte eher amüsiert als besorgt. »Wollen Sie hier auf sie warten?«

»Ich will nicht warten.« Er trat trotzdem ein und setzte sich auf den weißgepolsterten Stuhl, als sei er entschlossen, ewig zu warten. »Ich will wissen, wie lang es noch dauern wird.« Auf Lunzies nachsichtigen Blick hin fuhr er fort. »Wann wir im … im Sektorhauptquartier eintreffen werden, was immer das ist. Wann Tanegli wegen Meuterei der Prozeß gemacht wird. Wann ich für meine … meine Gleichrangigen sprechen kann.« Er zögerte dabei. ›Gleichrangige‹ war ein neues Wort für ihn, und Lunzie fragte sich, wo er es aufgeschnappt hatte.

»Ich weiß es nicht«, sagte sie mild. »Sie hat's mir auch nicht gesagt. Ich bin mir nicht sicher, ob sie es weiß.« Sie warf einen Blick zur Tür, wo entspannt der Weber stand.

Er strahlte nichts Bedrohliches aus, machte aber einen fähigen Eindruck. »Stört es Sie nicht, wenn Sie verfolgt werden?«

Aygar nickte und beugte sich näher an sie heran. »Ich verstehe diese Weber nicht. Wie können sie erst etwas anderes und dann wieder Menschen sein? Woher soll man wissen, ob jemand ein Mensch und nicht etwas anderes ist? Und sie erzählen mir von anderen Aliens, nicht nur Webern und Thek, die ich mit eigenen Augen gesehen habe, sondern auch von den Ryxi, die wie Vögel aussehen, und Bronthin und ...«

»Sie haben viele seltsame Tiere auf Ireta gesehen.«

»Ja, aber ...« Er runzelte die Stirn. »Ich nehme an ... Ich bin mit ihnen aufgewachsen. Aber daß es so viele raumfahrende Rassen gibt ...«

»Many are the world's wonders«, zitierte Lunzie unwillkürlich. *»But none more wonderful than man ...* Zumindest sehen wir Menschen das so.«

Nach seinem Gesichtsausdruck zu urteilen, hatte er das Zitat noch nie gehört – aber sie war auch nicht davon ausgegangen, daß Schwerweltler-Rebellen die antike Literatur studiert hatten. Ein Kipling-Vers kam ihr in den Sinn, und sie fragte sich, ob Aygars Osten je die westliche Zivilisation kennenlernen würde, oder ob sie dazu verdammt waren, Feinde zu bleiben. Sie lenkte ihre abschweifenden Gedanken wieder auf den gegenwärtigen Augenblick und stellte fest, daß Aygar sie mit neugierigem Gesicht beobachtete.

»Sie sind jünger als sie«, sagte er. Es gab keinen Zweifel, wen er mit ›sie‹ meinte. »Aber sie nennt Sie Ihre Ururgroßmutter. Warum?«

»Wissen Sie noch, wie wir uns über den Kälteschlaf unterhalten haben? Wie die Leichtgewichte in der Expeditionsmannschaft überlebt haben? Es war nicht das erste Mal, daß ich im Kälteschlaf gelegen habe. Ich habe viel Zeit verloren. Ich bin älter, als Sie glauben.«

Sie wußte nicht recht, warum sie zögerte, ihm die ganze Wahrheit anzuvertrauen. »Commander Sassinak ist meine Nachfahrin, so wie Sie von Leuten abstammen, die jung waren, als ich auf Ireta in den Kälteschlaf versetzt wurde, und die jetzt alt sind.«

Er wirkte eher interessiert als entsetzt. »Und Sie altern im Kälteschlaf überhaupt nicht?«

»Nein. Das ist ja der Sinn der Sache.«

»Und können Sie gleichzeitig etwas lernen? Ich habe etwas über Lernmethoden im Schlaf gelesen … würde das auch im Kälteschlaf funktionieren?«

»Damit wir vollgestopft mit Wissen aufwachen und immer noch jung sind?« Lunzie schüttelte den Kopf. »Nein, es würde nicht funktionieren, aber es ist eine nette Idee. Wenn es eine Möglichkeit gäbe, um Informationen einzuspeisen, die einer Person fehlen, wenn sie nach dreißig oder vierzig Jahren wieder aufwacht, wäre das gar nicht so schlecht.«

»Fühlen Sie sich denn alt?«

Aygars Frage betraf etwas, das Lunzie noch am wenigsten Sorgen machte. Sie hatte aber keinen Zweifel, daß Sassinak ebenso hin- und hergerissen war, wenn sie mit jemandem konfrontiert wurde, der Generationen hinter ihr lag, eine gewisse Unsicherheit, was das Wort ›Alter‹ in diesem Zusammenhang wirklich bedeutete.

Lunzie ließ in ihrer Stimme wieder eine Spur ihrer mentalen Stärke mitschwingen. »Jedenfalls nicht alt und schwach, wenn Sie das meinen. Alt genug, um zu wissen, was in meinem Kopf vor sich geht, und jung genug, um …« Wie wollte sie diesen Satz zu Ende bringen? »Um … um zu tun, was ich tun muß«, schloß sie wenig überzeugend.

Aber Aygar gab sich damit zufrieden und stellte keine so heiklen Fragen mehr. Wonach er sich erkundigte – und worüber Lunzie gern Auskunft hab –, war das psychologische Testverfahren, das Major Currald, der Marinekommandeur, ihm empfohlen hatte.

»Eine gute Idee«, sagte Lunzie und nickte. »Mein Fachgebiet war früher berufliche Rehabilitation. Bei meiner Erfahrung, meinte man, müßte ich die Probleme von Weltraumarbeitern besser als die meisten anderen Ärzte verstehen können. Und ziemlich oft ist der Ursprung eines Problems, daß jemand in einem Job festhängt, für den er nicht geeignet ist. So jemand fühlt sich gefangen – und wenn er sich an Bord eines Raumschiffs oder einer Raumstation befindet, ist er in gewisser Weise tatsächlich gefangen –, und das sorgt für Ärger, wenn sonst noch etwas schiefgeht.«

Aygar runzelte nachdenklich die Stirn. »Aber uns wurde beigebracht, daß wir nicht zu engstirnig sein sollten – daß wir viele Dinge lernen, uns viele Fertigkeiten aneignen sollten. Daß ein Teil der Probleme zwischen Schwerweltlern und Leichtgewichten von zu großer Spezialisierung herrührt.«

»Ja, das kann zutreffen. Menschen sind vielfältig begabt, und sie sind gesünder, wenn sie verschiedenen Aktivitäten nachgehen. Aber ihre Hauptbeschäftigung sollte auf angeborenen Talenten beruhen und nicht von ihnen verlangen, das zu tun, was ihnen am schwersten fällt. Manche Individuen sind von Natur aus besser für sitzende Tätigkeiten geeignet oder kommen besser zurecht, wenn sie strengen Richtlinien folgen müssen. Andere lernen schnell neue Dinge, langweilen sich aber bald, wenn etwas zur Routine wird. Einer solchen Person sollte man zum Beispiel nicht die Wartung der Wasseraufbereitungsanlage anvertrauen, die in jeder Schicht dieselben Routinearbeiten verlangt.«

»Aber was ist mit mir?« Aygar zeigte mit dem Daumen auf seine Brust. »Passe ich rein oder bin ich ein Außenseiter? Ich bin groß und stark, aber nicht so stark wie Currald. Ich bin recht clever, aber ich habe keine gute Ausbildung genossen, und ich habe keine Ahnung, was möglich ist.«

Lunzie bemühte sich, einen beruhigenden Einfluß auf ihn auszuüben. »Aygar, mit Ihren Voraussetzungen – was die Gene und die Erfahrungen angeht –, werden Sie sicher einen Platz für sich finden oder schaffen. Wenn wir das Sektorhauptquartier erreichen, werden Sie direkten Zugriff auf diverse Bibliotheksdatenbanken erhalten. Außerdem wird Ihnen der Test- und Beratungsdienst der FES zur Verfügung stehen. Ich würde mich freuen, Sie zu beraten, wenn Sie es wünschen.« Sie machte eine Pause und versuchte seinen Gesichtsausdruck einzuschätzen.

Sein schwaches Lächeln ließ sie zweifeln, ob es ihre oder seine Idee war. »Sehr gern. Ich hoffe, Sie haben Recht.« Als er aufstand, lächelte er sie immer noch an.

»Gehen Sie? Ich dachte, Sie wollten mit dem Captain reden.«

»Später. Wenn Sie meine Verbündete sind, macht sie mir keine Sorgen mehr.«

Mit diesem Satz ging er. Lunzie starrte ihm hinterher. Seine Verbündete? Sie wußte nicht recht, ob sie Aygars Verbündete sein wollte – wie immer das auch zu verstehen war. Er konnte ihr Schwierigkeiten machen.

Sassinak kehrte kurz darauf von der Brücke zurück, hörte sich Lunzies Bericht über Aygars Besuch an und nickte.

»Du hast ihm genau den Floh ins Ohr gesetzt, den ich wollte. Gut gemacht.«

»Aber er sagte, ich sei seine *Verbündete*.«

»Und ich sage: gut so. Besser für uns, besser für unsere Pläne. Hör zu, Lunzie, er hat den denkbar besten Grund, in den Datenbanken herumzustöbern. Er hat einen Anspruch darauf. Seine Neugier ist ganz natürlich. Wir haben ihm das gesagt.« Sassinak bestellte sich in der Kombüse einen Imbiß und wollte weiterreden, aber in diesem Moment summte ihr Komgerät. Sie wandte sich ihm zu. »Hier Sassinak.«

»Ford. Darf ich reinkommen? Ich habe eine Idee.«

»Kommen Sie.«

Sassinak betätigte einen Knopf, und die Tür glitt auf.

Ford gönnte Lunzie dasselbe charmante Lächeln und Nicken wie immer und hob eine Augenbraue.

»Sie wissen doch, daß Sie vor ihr offen reden können«, sagte Sassinak. »Sie ist mit mir verwandt, und sie gehört zum Team.«

»Haben Sie ihr je von Tante Q erzählt?«

Sassinak runzelte die Stirn. »Nicht daß ich wüßte. Ist das die, die Vögel auf Fliesen malt?«

»Nein, das ist Tante Louise, die Schwester meiner Mutter. Ich meinte Tante Quesada, die mit vollständigem Namen Quesada Maria Louisa Darrell Santon-Paraden heißt.«

»Paraden?«

Sassinak und Lunzie sprangen sofort darauf an, und Sassinak starrte ihren Stellvertreter auf eine Weise an, daß Lunzie hoffte, dieser Blick würde sich niemals auf sie richten.

»Sie haben mir nie gesagt, daß Sie mit den Paradens verwandt sind«, sagte sie streng.

»Bin ich auch nicht. Tante Q ist die Schwester der Frau des Onkels meines Vaters, die einen Paraden geheiratet hat, nachdem ihr erster Ehemann an … also, meine Mutter sagte immer, es sei eine Überdosis Tante Q gewesen, die ihm täglich in großen Mengen verabreicht wurde. Mein Vater sagte immer, er hätte Spielschulden gemacht, und ich meine echte Spielschulden«, sagte er und betonte das letzte Wort.

»Weiter«, sagte Sassinak, und in ihren Mundwinkeln regte sich ein Lächeln.

Ford setzte sich mit einer Hinterbacke auf den Schreibtisch. »Tante Q galt als gute Partie, selbst für die Paradens, denn der ältere Bruder ihres ersten Ehemannes war Felix Ibarra-Jiminez Santon. Ja, *diese* Santons. Tante Q hat einen halben Planeten mit Gewürzplantagen und einer Goldmine geerbt. Eine echte Goldmine. Und dazu eine elektronische Fertigungsanlage. Außerdem war sie von Haus aus eine Darrell von den Westwich Darrells, die es vorziehen, ihre lukrativen Produkte als ›Sanitärtechnik‹ statt als Seife zu bezeichnen. Sie wäre also nicht verhungert, wenn sie sich mit einem Mishi-Tänzer davongemacht hätte.«

»Und was ist mit diesem Paraden?«

»Er gehörte einem untergeordneten Zweig der Familie an und hatte die Aufgabe, einen verläßlichen Bündnispartner zu finden. Angeblich hat er sie kennengelernt, während er als Botschafter tätig war. Er habe sie im Computer herausgesucht, und die Familie sei einverstanden gewesen, er solle sie unbedingt heiraten. Tante Q hatte die Nase voll davon, die fröhliche Witwe zu spielen, und suchte nach einem neuen ständigen Begleiter, also haben sie sich zusammengetan. Sie gebar ihm vertragsgemäß ein Kind, aber er hatte sich bereits nach etwas Aufregenderem umgesehen, wollte mehr Freiheit oder sonstwas, und sie ist mit ihrem Schneider durchgebrannt. Also behauptete sie, er sei vertragsbrüchig geworden, überließ den Paradens das Kind, behielt den Namen und die Hälfte seiner Besitztümer und vertrieb sich die Zeit damit, daß sie von einem gesellschaftlichen Ereignis zum nächsten kreuzte. Und der Familie Nachrichten schickte.«

»Aha«, sagte Lunzie. »Jetzt kommen wir zur Sache. Hat Sie mit Ihnen Kontakt aufgenommen?«

»Nein, in letzter Zeit nicht. Aber sie schickt immer wieder Nachrichten, klagt über ihre Gesundheit und bettelt darum, daß sie jemand besucht. Mein Vater hat mich vor Jahren gewarnt, mich nicht ihre Nähe zu wagen. Sie sei wie ein Schwarzes Loch, sauge einen in sich hinein, und danach wird man niemals wieder lebend gesehen. Er hat sie mir einmal vorgestellt. Vordergründig hat sie ihn umschmeichelt, ihm das Haar zerwühlt, ihn an ihren üppigen Busen gedrückt und ihm die süßesten Versprechungen abgerungen – und das alles binnen zwanzig Sekunden. Ich habe trotzdem überlegt, ihr einen Besuch abzustatten. Sie kennt jeden Tratsch, ist über alle Gerüchte auf dem laufenden und steckt doch nicht so tief drin, daß man befürchten müßte, sie werde überwacht.«

Sassinak dachte darüber nach. Würde ein tüchtiger Gegner nicht wissen, daß Sassinaks Stellvertreter mit einer scheinbar harmlosen, reichen alten Dame verwandt war? Aber sie hatte es selbst nicht gewußt. Und auch ihre Feinde konnten nicht alles wissen.

»Ich hatte vorgesehen, daß Sie im Sektorhauptquartier die Datenbankrecherchen durchführen«, sagte sie bedächtig. »Sie sind gut darin und nicht so auffällig wie ich.«

Ford schüttelte den Kopf. »Nicht unauffällig genug, jedenfalls nach dieser Kapriole nicht mehr. Aber ich weiß, wer dafür geeignet wäre: entweder Lunzie hier oder der junge Aygar.«

»Aygar?«

Ford zählte an die Fingern die Gründe ab, die dafür sprachen. »Erstens hat er einen triftigen Grund, in den Datenbanken zu recherchieren: die Kultur ist neu für ihn, und er muß so schnell und so viel wie möglich lernen. Zweitens hat noch niemand ein Profil von ihm angefertigt. Deshalb kann niemand sagen, ob eine bestimmte Anfrage für ihn untypisch ist. In dieser Hinsicht ist er sogar besser als Lunzie. Wer mißtrauisch ist, würde sofort darauf aufmerksam werden, wenn sie Anfragen stellt, die nicht ihr Fachgebiet oder die Ereignisse ihres eigenen Lebens betreffen. Und drittens: selbst wenn jemand ein Profil anfertigen würde, wären genau die Fachgebiete erfaßt, die er ohnehin bearbeiten soll.«

»Aber ist er denn vertrauenswürdig?« fragte Lunzie. Sie hatte Sassinak die Frage stellen wollen, richtete sie dann aber doch an Ford. Er zuckte die Achseln.

»Und wenn nicht? Er braucht uns, um Zugriff zu bekommen und zu behalten. Er ist klug, aber er ist nicht sonderlich erfahren, und Sie wissen bestimmt noch, wie lang jeder von uns gebraucht hat, um zu lernen, wie man sich durch die großen Datenbanken manövriert. Und wir können ihn mit einer Markierung versehen. Daran wäre nichts Ungewöhnliches. Wir sollten nicht den Eindruck erwecken, als trauten wir ihm.«

Sassinak lachte. »Es gefällt mir, wenn mein Stellvertreter genauso denkt wie ich. Siehst du, Lunzie? Zwei gegen einen. Wir sind jetzt beide davon überzeugt, daß Aygar ideal für den Job ist.«

»Aber er erwartet etwas mehr von uns – zumindest von mir. Wenn er's nicht bekommt …«

»Lunzie!« Sie schlug wieder diesen autoritären Ton an, der aus der fernen Verwandten Sassinak den Captain eines Flottenkreuzers machte, auf dem Lunzie nur ein Passagier war. Die nächsten Worte klangen etwas weicher, aber Lunzie konnte immer noch die Härte spüren, die darin mitschwang. »Wir werden Aygar kein Leid zufügen. Wir wissen, daß er mit der Verschwörung nichts zu tun hat … unter allen Bürgern der Föderation ist er einer der wenigen, die nichts damit zu tun haben *können*. Und deshalb ist er auch nicht unser Feind, in keiner Hinsicht. Der Kampf gegen die Piraten wird allen nützen, darunter Aygars Freunden und Verwandten auf Ireta. Darunter auch Aygar selbst. In dieser Hinsicht stehen wir auf seiner Seite, und meiner Meinung nach – und ich darf dich daran erinnern, daß ich um zehn Jahre erfahrener bin – meiner Meinung nach genügt das. Mit

Aygar kommen wir klar. Wir haben es alle mit gefährlichen Feinden zu tun.«

Lunzies Blick löste sich von Sassinak, und sie sah, daß Ford vom selben Schlag war wie seine Vorgesetzte: ruhig, kompetent, selbstsicher und nicht bereit, auch nur eine Handbreit von dem abzuweichen, was sie gesagt hatte.

zweites kapitel

Lunzie trug ihr kleines Bündel von Bord der *Zaid-Dayan*, nahm den Salut des Offiziers, der an der backbordseitigen Gangway Wache schob, mit einem Nicken zur Kenntnis und blickte nicht zurück, als sie die Linie überschritt, die das Schiffterritorium vom Stationsdeck abgrenzte. Es fiel ihr furchtbar schwer, schon wieder ihre Familie im Stich zu lassen, auch wenn es nur eine ferne Nachfahrin war. Sie hatte Sassinak gemocht, so auch das Schiff und – sie blickte nicht zurück.

Vor ihr lag keine der Schranken, die sie aufgehalten hätte, wenn sie in einem zivilen Schiff eingetroffen wäre. Sie hatte Sassinaks persönliche Autorisierung dabei, die ihr vorübergehend den Rang und die Zugangsrechte eines Flottenmajors verlieh, deshalb mußte sie, wenn sie das Flottensegment verließ, lediglich dem Wachmann ihren Paß vorzeigen und konnte einfach durchgehen. Sie mußte keine Fragen beantworten und keinen aufdringlichen Presseleuten Interviews geben.

Sassinak hatte ihr auf dem ersten verfügbaren Shuttle nach Liaka einen Platz reserviert. Lunzie folgte der Wegbeschreibung, die man ihr mitgegeben hatte, ging durch zwei Ringkorridore, durchquerte einen Sektor und stand unversehens vor dem Ticketschalter der Nilokis InLine. Lunzies Name und Sassinaks Reservierung sorgten für eine prompte Bedienung. Bevor sie wußte, wie ihr geschah, saß Lunzie in einem leisen Raum mit Videomonitoren, die Außenaufnahmen der Station zeigten, und auf dem Tisch neben ihr stand ein Becher mit einem heißen, aromatischen Getränk. Einige Meter weiter blickte ein zweiter bevorzugter Passagier kurz von seinem tragbaren Computer auf und arbeitete weiter. Der gepolsterte Stuhl schmiegte sich an sie wie zwei warme Hände; ihre Füße ruhten auf einem dicken Teppich.

Sie versuchte sich zu entspannen. Sie hatte Sassinak nicht für immer verloren, sagte sie sich unentwegt. Sie würde nicht für den Rest ihres Lebens bei jedem Raumflug in eine Katastrophe geraten, und wenn doch, dann würde sie eben überleben, so wie sie alles andere überlebt hatte. Ihr dampfender Becher machte auf sich aufmerksam, und sie erinnerte sich daran, daß sie *Erit* bestellt hatte. Ein Schluck und ein zweiter beruhigten ihre Nerven und ihren Magen gleichermaßen. Ihr blieben noch vier Stunden bis zum Abflug, und sie hatte nichts zu tun. Sie überlegte, ob sie noch einmal in die Station hinausgehen sollte, aber es war einfacher, hierzusitzen und sich zu entspannen. Deshalb hatte sie um *Erit* gebeten. Sie schloß die Augen und ließ sich den Dampf zu Kopf steigen. Wenn ihr diesmal etwas geschah, würde sie wenigstens wissen, wer ihr auf den Fersen war und wie entschlossen er zur Sache ging. Sassinak würde es nicht zulassen, wenn jemand mit ihrer Familie Schindluder trieb. Lunzie spürte, wie ihre Lippen unwillkürlich ein Grinsen formten. Was für ein Mädchen, diese Sassinak, selbst für ihr Alter.

Sie zwang sich zur Konzentration, versuchte an die Tage zurückzudenken, die sie mit Mayerd beim Studium verbracht hatte. Mit Sassinaks Autorität als Rückendeckung hatte sie einen Großteil der entstandenen Wissenslücken ausfüllen können. Sie wußte, welche Zeitschriften auf dem neusten Stand waren, was sie zuerst lesen mußte, welche Gebiete eine förmliche Unterweisung erforderten. (Sie hatte nicht vor, die neuen Methoden zur Änderung der Gehirnchemie an sich selbst auszuprobieren – zumindest nicht, bevor sie eine Demonstration gesehen hatte). Ihre Gedanken kreisten um die Zeit, die ihr für Recherchen zur Verfügung stand, und sie holte ihren Rechner hervor, um die verstrichene mit der Standardzeit zu vergleichen. Wenn Sassinak mit dem voraussichtlichen Prozeßtermin Recht hatte und das Winter-Assisengericht sich der Sache annehmen würde, dann blieben ihr für den Auffrischungskurs in mentaler Displin, für eventuelle medizinische Auffrischungskurse, die ihre Neuzertifizierung verlangte, für die Reise nach Diplo und die Rückkehr zu Sassinak (oder zumindest für die Übertragung von Informationen an sie) gerade einmal acht Monate Zeit.

Ein weiterer Passagier betrat die Lounge, dann ein Paar, das innig miteinander beschäftigt war. Lunzie trank den Becher aus und beobachtete sie wohlwollend. Sie sahen alle normal aus, wie reisende Geschäftsleute (mit Ausnahme der beiden Verliebten, die wie zwei Jungbeamte auf Urlaub aussahen). Das Shuttle flog auf einer Dreiecksroute erst nach Liaka, dann nach Bearnaise und zurück hierher. Lunzie versuchte zu erraten, wer wohin reiste und wie viele weniger bevorteilte Gäste in der Gemeinschaftslounge warteten (orangefarbene Plastikbänke an den Wänden und ein einziger Trinkbrunnen).

Selbst mit Unterstützung des *Erit* und ihrer mentalen Disziplin verbrachte Lunzie den kurzen Sprung nach Liaka in einer elenden, paranoiden Stimmung. Jedes neue Geräusch, jede geringfügige Verlagerung des Schwerkraftfeldes des Schiffs, jeder neue Geruch versetzte sie in Alarmbereitschaft. Sie schlief flach und wachte unausgeruht auf. Auf kurzen Reisen, die weniger als fünf Tage dauerten, blieben erfahrene Passagiere gern allein. Es blieb ihr erspart, nett und umgänglich sein zu müssen. Sie aß ihre abgepackten Standardmahlzeiten, nickte freundlich und verbrachte die meiste Zeit in ihrer winzigen Kabine, auch wenn sie darin klaustrophobischen Anfällen nahekam. Es war ihr aber immer noch lieber, als sich in der Lounge aufzuhalten, wo das Liebespaar (zweifellos Jungbeamte, die niemand befördern würde, wenn sie nicht bald erwachsen wurden) seine Zuneigung auf eine Weise zur Schau stellte, als sei es eine preiswürdige Vorstellung, die die Aufmerksamkeit aller verdiente.

Als das Shuttle endlich andockte, hatte Lunzie bereits stundenlang mit gepackten Sachen gewartet. Sie nahm ihren Platz in der Reihe von Passagieren ein, die das Schiff verließen, vergewisserte sich, ob sie Recht behalten hatte, was die Reiseziele der anderen Passagiere anging (das Liebespaar flog natürlich nach Bearnaise) und verlagerte ihr Gewicht von einem Fuß auf den anderen. Über den auf- und abhüpfenden Köpfen konnte sie die Hauptpromenade erkennen und versuchte sich an den schnellsten Weg zum ›Berg‹ zu erinnern.

»Ah … Lunzie Mespil.« Die Zollbeamtin warf einen Blick auf den Bildschirm, der Lunzies Bild, Handflächenabdruck und Netzhautscan zeigte. »Es wartet eine Nachricht auf Sie, Madame. MedOps, Hauptpromenade, Blaue Bucht. Brauchen Sie einen Führer?«

»Es ist nicht so weit«, sagte Lunzie, lächelte und schwang sich den Beutel über die Schulter. MedOp hatte eine Nachricht für sie? Sie fragte sich nur, wie alt diese Nachricht sein mochte.

Die Hauptpromenade spaltete den hereinkommenden Verkehr in viele divergierende Ströme. Die Blaue Bucht war die vierte Sektion auf der rechten Seite, nach zwei (für Lunzies Augen) schwarzen und einer violetten Sektion. Die schwarzen waren eigentlich ultraviolett, nur von Alienrassen zu erkennen, die in diesem Bereich des Spektrums sehen konnten, und führten zu Dienststellen, die diese Rassen wahrscheinlich benötigten. Die Blaue Bucht ging von der Hauptstraße ab und umfaßte sämtliche medizinischen Ausbildungseinrichtungen. Die MedOps befand sich mitten in der Bucht.

»Ahh … Lunzie.« Derselbe amüsierte, überraschte Tonfall. Lunzie stützte sich auf den Schalter und starrte das Mädchen mit dem glänzenden Haar an, das am Computer saß. »Eine Nachricht, Madame. Wollen Sie einen Ausdruck oder bevorzugen Sie eine Einzelkabine?«

Die Augen das Mädchens waren braun und wirkten arglos. Lunzie überlegte einen Moment lang. Die Tatsache, daß ihr eine Einzelkabine angeboten wurde, deutete darauf hin, daß eine Audio- oder Videonachricht eingetroffen war und nicht bloß eine Textbotschaft.

»Eine Einzelkabine«, sagte sie, und das Mädchen deutete auf die Reihe von Zylindern an einer Seite des Saals. Lunzie ging in die erste, schob die durchsichtige Tür zu, drückte die Knöpfe, die sie nach außen hin isolierten, und gab schließlich ihren ID-Code ein. Der Bildschirm blinkte zweimal, wurde hell und zeigte ein Gesicht, das sie kannte, aber seit über vierzig Jahren nicht mehr gesehen hatte.

»Willkommen, Adeptin Lunzie.« Seine Stimme klang wie immer, tief, beherrscht und fordernd. Seine schwarzen Augen schienen ihr zuzublinzeln; sein vom Alter gezeichnetes Gesicht hatte sich seit ihrem Kennenlernen nicht verändert. War dies eine Aufzeichnung aus der Vergangenheit? Oder lebte er etwa immer noch hier?

»Ehrwürdiger Meister.« Sie holte tief Luft, um sich zu beruhigen, und senkte den Kopf zu einem förmlichen Gruß.

»Sie altern gut«, sagte er. Das Blinzeln war jetzt nicht mehr zu übersehen, die Falten um seine Mundwinkel auch nicht. Sein Humor war selten und kostbar wie die Jahrtausende alten Porzellanschalen, aus denen er Tee schlürfte. Es war keine Aufzeichnung. Es konnte keine Aufzeichnung sein, sonst wäre ihm nicht aufgefallen, daß sie nicht gealtert war. Sie atmete noch einmal bewußt durch, beruhigte ihren rasenden Puls und fragte sich, was er gehört hatte, was er wußte.

»Ehrwürdiger Meister, es ist sehr wichtig …«

»… daß Sie Ihr Training wieder aufnehmen«, sagte er.

Unterbrechungen waren ebenso selten wie Humor. Zur mentalen Disziplin gehörte eine gewisse Höflichkeit. Man mußte lernen, auf andere zu warten, ohne sie zu drängen oder sich selbst bedrängt zu fühlen. Hatte sich dies, wie der Rest ihrer Welt, in der Zwischenzeit geändert? *Eile nie, warte nie,* war einer der ersten Merksprüche gewesen, die sie in Erinnerung hatte. Er war ihr immer suspekt geblieben, weil Ärzte nun einmal oft in Situationen kamen, daß sie sich beeilen mußten, um Leben zu retten, oder abwarten mußten, um zu sehen, was geschah. Das Gesicht des Meisters war jetzt ernst, unerschütterlich wie ein Fels, der weder eilt noch wartet, sondern einfach dort existiert, wo er ist.

»Der Moment ist gekommen«, sagte er. Es war der Anfang eines Sprichworts, das sie nicht fortführen konnten, denn er sagte gleich darauf: »Im vierten Geschoß. Beginne mit der Reinigung des Steins.«

Dann wurde der Bildschirm schwarz und ließ sie verwirrt, aber auf eine seltsame Weise beruhigt zurück. Sie ging zurück zum Schalter, um zu sehen, ob sich Liakas Korridorplan in den vergangenen Jahren geändert hatte.

Er hatte sich tatsächlich geändert. Lunzie erhielt eine Orientierungsdrohne, die immer piepste, wenn sie eine Biegung oder eine Kreuzung erreichte, und sie in einen Multilift hinein und wieder hinaus führte. Einige Dinge sahen vertraut aus: die kühl grünen Türen, die zur Chirurgie führten, die roten Streifen, die vor einem Quarantänebereich warnten. Noch immer streiften kleine Gruppen weiß- oder grüngewandeter Ärzte durch die Korridore und sprachen durcheinander. Lunzie sah ihnen hinterher und fragte sich, ob sie sich unter ihren Kollegen je wieder zu Hause fühlen würde. In Nischen in jeder Wand standen Terminals zum Zugriff auf die medizinischen Datenbanken. Lunzie war versucht nachzusehen, ob die Daten über die Klonkolonie wirklich gelöscht worden waren, ließ es dann aber. Später, wenn ihr wohler war, hatte sie noch genug Zeit dafür.

Vierter Stock. Wie immer war sie etwas außer Atem, als sie den letzten Multilift verließ, und stand unversehens vor einer einfachen Holztür aus breiten, rotgelben Brettern, die von Pflöcken aus einem leichteren Holz zusammengehalten wurden. Das Holz glänzte und war so unübersehbar echt wie das Holz, aus dem Sassinaks Schreibtisch bestand. Lunzie holte tief Luft, versuchte innerlich zur Ruhe zu finden und spürte, wie sie in sich selbst zurücksackte. Sie verbeugte sich, und die Tür schwang über einer schneeweißen, steinernen Schwelle auf. Ein braun gekleideter Novize verbeugte sich vor ihr, trat zurück, um Lunzie einzulassen, und schob hinter ihr die Tür wieder zu. Mit einer weiteren Verbeugung nahm der Novize Lunzies Tasche an sich und verschwand leise in Richtung der Schlafhütten.

Diese Anlage war mit keinem anderen Ort auf dieser Station oder auf irgendeiner anderen Station zu vergleichen. Vor ihr, auf der linken Seite, ragte ein Stein wie ein miniaturisierter Berg von einem Gehweg auf, der kunstvoll so angelegt war, daß er den Blick auf einen Pavillon lenkte. Lunzie blieb stehen, wo sie war, betrachtete den Stein und den kleinen, unregelmäßig geformten Teich dahinter.

Die ›Reinigung des Steins‹ war eine elementare Übung, auf der aber viele andere, fortgeschrittenere Übungen aufbauten. Befreie den Geist von allen Bedrängnissen, sehe den Stein so, wie er ist … reinige ihn von Assoziationen, Wünschen, Träumen, Phantasien, Ängsten. Das Wort ›Stein‹ hallte in ihrem Kopf wider, wurde zum Sinnbild all dessen, was ihr Schmerzen zugefügt hatte, auch der mysteriösen Thek, die jeden Versuch vereitelten, sie verstehen zu wollen. Sie stand ruhig und entspannt da, ließ all diese Gedanken hinausströmen und wischte sie dann weg. Doch sie kamen immer wieder und mußten viele Male von dem Stein abgewischt werden, vor dem sie stand. Er hatte eine gewisse Schönheit für sich, eine Geschichte, eine Zukunft, ein *Jetzt*. Sie ließ den Blick über die unregelmäßige Oberfläche wandern und machte sich nicht die Mühe, sich das Glitzern von Glimmer, das Schimmern von Quarz einzuprägen. Sie mußte nichts im Gedächtnis bewahren, der Stein war hier und jetzt, so stofflich wie sie und ebenso wert, daß man ihn kannte.

Nachdem sie ihn ausgiebig betrachtet hatte, streckte sie die Hand aus, um ihn leicht und zaghaft zu berühren, seine unregelmäßige, plumpe Gestalt von neuem kennenzulernen (aber nicht, um sich daran zu erinnern). Sie beugte sich vor, um ihn zu riechen, den seltsamen, unbeschreiblichen Geruch eines Steins in sich einzusaugen, unter den sich der Geruch von Wasser und anderen Steinen mischte. Es hing noch ein anderer, süßlicher Geruch in der Luft, auf den sie aufmerksam wurde, als sie sich aufs Riechen konzentrierte, aber sie ließ sich nicht von dem Stein ablenken.

Sie war immer noch ganz ruhig, wurde von keiner Eile getrieben und hatte nicht das Gefühl, warten zu müssen, als er auf einmal im Pavillon auftauchte. Er, der ehrwürdige Meisteradept, der zwar einen Namen hatte, den aber hier, wo Namen nichts bedeuteten und das Wesen alles, nie ausgesprochen wurde. Als sie sich seiner Gegenwart bewußt wurde, erkannte sie, daß er schon eine ganze Zeit dort gestanden hatte. Sie wußte nicht wie lang, und es war ohne Bedeutung. Wichtig war nur, daß sie ihren Geist beherrschen, sich auf Wunsch in etwas versenken und wieder zurückziehen konnte. Er würde bereit sein, wenn sie bereit war; sie würde bereit sein, wenn er bereit war. Sie hörte einen Tropfen Wasser fallen und bemerkte, daß der Brunnen eingeschaltet war. Sie verbeugte sich vor dem Felsen, und als sie langsam den Weg entlangging, hatte sie zum ersten Mal seit Jahren das Gefühl, daß ihre Seele völlig frei war (denn ihre Sorgen hatte sie sogar in den Kälteschlaf mitgeschleppt, ohne ihnen darin nachhängen zu können). Die Gedanken schwammen durch ihren Kopf wie der Karpfen durch den Teich. Sie ließ ihnen ihre Freiheit, ließ die einen in ihrer schuppigen, glänzenden Schönheit fast bis an die Oberfläche auftauchen, während andere reglos als bloße Schatten unter der Oberfläche dahinschwebten.

Dies war der Mittelpunkt der Welt, ihrer Welt, der Welt jedes Adepten, auch wenn die Anlage, physisch gesehen, keinen Mittelpunkt von irgend etwas bildete. Vor dem Meisteradepten hatten Verlegenheiten keinen Platz. Sie kniete auf der anderen Seite des kleinen Tisches vor ihm nieder und war sich nicht mehr bewußt, daß ihre abgenutzte Arbeitskleidung, die sie auf Ireta getragen hatte (wie gründlich Sassinaks Leute sie auch gereinigt und aufgefrischt hatten), sich von seinem fleckenlosen weißen Gewand unterschied. Seine Schärpe war heute mit verschlungenen grünen, blauen und purpurroten Mustern verziert, durch die sich ein einzelner schwefelgelber Faden wand. Lunzies Blick folgte diesem Faden und richtete sich dann wieder auf die Hände des Meisters, die gerade zwei blütenblätterzarte Tassen und Untertassen sanft berührten. Er hielt ihr eine hin, und sie nahm sie entgegen. Selbst im gedämpften Licht im Innern des Pavillons schien die Tasse zu glühen. Lunzie fühlte die Wärme des Tees durch das Porzellan. Der Duft wirkte beruhigend.

Nach einiger Zeit hob er seine Tasse und trank einen Schluck, und Lunzie tat dasselbe. Sie sagten nichts, denn zu diesem Zeitpunkt mußte nichts gesagt werden. Sie teilten die Stille, den Tee, den kleinen Teich, in den Wasser aus einem Brunnen plätscherte, und den Karpfen, der es von unten aufwühlte.

Unter anderen Umständen hätte Lunzie vielleicht gedacht, wie sehr sich diese Szene doch von der Welt unterschied, die sie eben verlassen hatte, aber solche Gedanken waren überflüssig. Wichtig war nur, daß sie die Schönheit vor ihren Augen anerkannte und wertschätzte. Während sie den Karpfen beobachtete und in regelmäßigen Abständen einen Schluck Tee trank, trat ein Novize an den Teich und warf eine Handvoll Brotkrumen hinein. Der Karpfen tauchte mit wilden Flossenschlägen an die Oberfläche. Ein leises Plätschern übertönte des regellose Lied des Brunnens. Der Novize zog sich zurück.

Als der Meisteradept sprach, war seine Stimme kaum lauter als dieses Plätschern. »Es ist dieses Gefühl des *Verlustes*, das uns Sorgen bereitet, Adeptin Lunzie. Wenn man weiß, daß einem nichts gehört, kann man auch nichts verlieren und nichts betrauern.«

Ihr Geist schreckte davor zurück wie vor heißem Metall. Es war eine ganz unwillkürliche Reaktion. Der Meister hatte nie ein Kind gehabt, und sie führten dieses Gespräch nicht zum ersten Mal.

»Ich rede nicht von Ihrem Kind«, sagte er. »Ein Mutterinstinkt ist keiner Übung zugänglich … und so muß es auch sein. Es geht um die Jahre, die du verloren hast und die du als ›deine‹ bezeichnest. Die Zeit gehört niemandem. Niemand kann auch nur einen Augenblick für sich beanspruchen.«

Ihr Herz schlug wieder ruhiger. Sie konnte die Wärme in ihrem Gesicht spüren, die sie verraten hatte. Aus Scham errötete sie gleich wieder.

»Ehrwürdiger Meister … was ich fühle … ist Verwirrung.«

Es war immer besser, zu sagen, was man fühlte, als zu sagen, was man dachte. Es war mehr als eine Tradition in das Konzept der mentalen Disziplin eingegangen, und der Ehrwürdige Meister hatte das geradezu sokratische Talent, einen verlogenen Gedanken bis an seinen Ursprung zurückzuverfolgen und zu entlarven. Lunzie wagte ihn nicht anzusehen. Er beobachtete sie mit diesen glänzenden schwarzen Augen, in denen keine Spur von Belustigung funkelte. Diesmal nicht.

»Verwirrung? Glaubst du vielleicht, daß du die Zeit als dein Eigentum beanspruchen kannst?«

»Nein, Ehrwürdiger Meister. Aber ...«

Sie versuchte ihre Gedanken zu ordnen. Sie hatte ihn so lang nicht gesehen. Wie gut war er darüber unterrichtet, was mit ihr geschehen war? Wie sollte er helfen, wenn sie nicht alles erklärte? Zu ihrer Grundausbildung als Novizin hatte es unter anderem gehört, Erinnerungen und Ereignisse zu ordnen und miteinander in Beziehung zu setzen. Sie besann sich darauf und erzählte fast unwillkürlich mit ruhiger, langsamer Stimme von ihren langjährigen Abenteuern, als seien sie von jemand anderem über das Leben eines Fremden geschrieben worden.

Er hörte zu und achtete darauf, daß nicht die kleinste Änderung seines Gesichtsausdrucks ihre Fähigkeit beeinträchtigte, sich an das Geschehene zu erinnern und darüber zu berichten. Als sie fertig war, nickte er einmal.

»Jetzt verstehe ich deine Verwirrung, Adeptin Lunzie. Du bist bis an die Grenze deiner Fähigkeiten belastet worden. Und trotzdem bist du wie das biegsame Schilf gewesen: Du bist nicht gebrochen.«

Damit hatte er ihr Verhalten akzeptiert und sie sogar gelobt. Diesmal brachte die Wärme, die über sie hinwegstrich, ihren verkrampften Gliedern Entspannung und drang bis in Winkel ihrer Seele vor, die trotz der Reinigung des Steins noch wund waren. Sie hatte fest damit gerechnet, daß er sagen würde, sie habe versagt, sie sei nicht würdig, eine Adeptin zu sein.

»Deine Ausbildung«, sagte er, »hat nicht die besonderen Belastungen berücksichtigt, die Menschen nach wiederholten temporalen Verschiebungen ausgesetzt sind, obwohl du uns auf das Problem aufmerksam gemacht hast. Wir hätten vorhersehen müssen, daß ein Bedarf besteht, aber …« Er zuckte die Achseln. »Wir sind keine Götter, und deshalb kennen wir nicht alles, was wir noch nicht gesehen haben. Auch in dieser Hinsicht können wir viel von dir lernen, während wir dir helfen, dein Gleichgewicht wiederzufinden.«

»Ich lebe, um zu lernen, Ehrwürdiger Meister«, sagte Lunzie und senkte den Kopf.

»Wir lernen durchs Leben. Wir leben durchs Lernen.«

Sie spürte seine Hand über ihrem Kopf, die rare Berührung, die Anerkennung und Zustimmung bedeutete. Als sie wieder aufblickte, war er verschwunden, und sie war im Pavillon mit ihren Gedanken allein.

Die Neuausbildung verlief anstrengender, als sie befürchtet hatte. Ihr Lager in der Schlafhüte war nach ihren Erlebnissen auf Ireta vergleichsweise bequem, und sie hatte nie etwas gegen einfache Kost gehabt. Aber es war eine ganze Zeit her, seit sie das letzte Mal die vielen körperlichen Übungen durchgeführt hatte. In den ersten Tagen laborierte sie ständig an Blessuren und war müde.

Die Übungsleiter waren durchweg Perfektionisten; es gab immer nur eine Möglichkeit (daran wurde sie erinnert), wie man eine Abwehr, eine Finte, einen Schlag ausführte. Es gab nur eine Art, richtig zu sitzen, zu knien, das innere Gleichgewicht zu halten. Sie war nie besonders gut in den Kampfkünsten gewesen, die mit der mentalen Disziplin einhergingen. Sie hatte sie für eine Ärztin immer als unpassend empfunden. Aber sie war noch nie so schlecht gewesen. Schließlich bat eine Lehrerin sie zu einer Pause und setzte sich neben sie.

»Ich spüre entweder Unwillen oder einen großen Widerstand des Körpers, Lunzie. Kannst du mir das erklären?«

»Beides, glaube ich«, erwiderte Lunzie und versuchte ihren Atem zu beruhigen. »Als Heilerin habe ich mich der Erhaltung der Gesundheit verschrieben. Der martialische Aspekt der mentalen Disziplin ist mir immer abwegig vorgekommen … als hätten wir etwas nicht richtig gemacht und würden so Konflikte heraufbeschwören. Und dann muß ein Arzt – vielleicht ich, vielleicht auch ein anderer – das wieder richten, was wir verletzt haben.«

»Das erklärt den Unwillen«, sagte die Übungsleiterin. »Was ist mit den Problemen deines Körpers? Steckt etwas anderes dahinter?«

»Ich bin mir nicht sicher.« Lunzie sackte zusammen und erinnerte sich daran, daß sie den Rücken aufrecht halten sollte. »Ich könnte mir vorstellen, daß es an den vielen Kälteschlafzeiten gelegen hat, als ich Jahre in einer Position zubringen mußte. Angeblich altert man im Kälteschlaf nicht, aber nach dem Erwachen fühlt man sich schrecklich steif. Vielleicht hat der Kälteschlaf doch Nachwirkungen und beeinträchtigt langfristig die Beweglichkeit.«

Die Übungsleiterin sagte eine ganze Zeit nichts und hielt die Augen halb geschlossen. Lunzie entspannte sich und gestattete es ihren geschundenen Muskeln, sich auf angenehme Länge zu dehnen.

»Was deinen Unwillen angeht, mußt du mit dem Ehrwürdigen Meister sprechen«, sagte die Übungsleiterin schließlich. »Was den Widerstand des Körpers angeht, könntest du Recht haben. Es kann wirklich am wiederholten Kälteschlaf liegen. Wir werden einige Tage lang versuchen, dem Problem auf eine andere Art beizukommen, und sehen, ob es etwas nützt.«

Die andere Herangehensweise bestand in stundenlangen Aufenthalten in kalten und heißen Wasserbecken und im Schwimmen in einer Gegenstromanlage. Lunzie spürte, wie ihr Körper sich aufbäumte, lockerte und dann wieder zu dem straffen, leistungsfähigen Körper zusammenzog, den sie in Erinnerung hatte – fast so, als sei er wie ein gebrochener Knochen wieder zusammengewachsen. Ihre Wiederherstellung umfaßte Gymnastik, Laufen, Klettern, Musik und schließlich – nach mehreren langen Unterredungen mit dem Ehrwürdigen Meister – neuen Übungen im unbewaffneten Kampf.

Sie würde nie der Inbegriff einer Kriegerin sein, hatte er ihr erklärt, aber jeder Aspekt der mentalen Disziplin hatte in jedem Adepten seinen Platz, und sie mußte akzeptieren, daß sie gelegentlich auch verletzen oder töten mußte, wenn ein Versagen den Tod anderer nach sich ziehen konnte.

Ihre Abneigung gegen körperliche Auseinandersetzungen wurde aber überhaupt nicht diskutiert. Der Meister hatte in den Jahren, die sie im Exil des Kälteschlafs verbracht hatte, wirklich gelebt; er erinnerte sich sowohl an sie, wie sie einmal gewesen war, als auch an das, was sie versäumt hatte. Er ließ sie ausführlich von ihrem Ärger über die Entfremdung ihrer Familie erzählen, von ihrem Schuldgefühl, weil sie einige ihrer Nachkommen nicht leiden konnte und etwas gegen ihre Einstellung hatte. Auch über den Schmerz, einen Geliebten zu verlieren, und der Befürchtung, daß keine Beziehung je von Dauer sein konnte. Sie erzählte ihm von ihrem Zusammentreffen mit Sassinak und den Spannungen zwischen ihnen.

»Sie ist wirklich die Ältere, sie hat's ja auch gesagt ...« Sie verstummte, doch der Meister bestand darauf, daß sie ihn von dem ganzen Gespräch erzählte, bis in alle Einzelheiten.

»Das hat dich verletzt«, sagte er hinterher. »Du hast das Gefühl, daß du älter bist, und du erwartest den Respekt, der von Natur aus den Älteren gebührt ...« Er ließ den Satz in einem neutralen Ton ausklingen.

»Aber ich fühle mich gar nicht älter«, sagte Lunzie und entspannte bewußt ihre Hände, die sich zu Fäusten ballen wollten. »Ich fühle ... Ich weiß nicht, was ich fühle. Ich glaube, ich kann weder alt noch jung sein. Ich hänge heute im Leben fest, so wie ich damals im Kälteschlaf festgehangen habe. Ich weiß nicht einmal, *welches* Kind sie ist – habe ich sie schon einmal gesehen und wieder vergessen? Ist sie eine, die nie erwähnt wurde?«

»Das Blatt, das der Wind vom Zweig gerissen hat«, sagte er leise und lächelte.

»Genau.«

»Du mußt begreifen, daß der Zweig so wenig dir gehört wie der Wind. Du mußt erkennen, daß jeder von uns, in jedem Augenblick, am richtigen Ort ist, an dem Ort, von dem alles Handeln und Reflektieren ausgeht und wohin es zurückkehrt.« Er legte den Kopf schräg wie ein Vogel. »Was wirst du tun, wenn du noch einmal in den Kälteschlaf mußt?«

Darüber hatte sie noch nicht nachgedacht. Mit aller mentaler Disziplin, die sie aufbringen konnte, zwang sie eine Panik nieder. Woher hatte er gewußt, daß sie in manchen Nächten schweißgebadet aufwachte und das sichere Gefühl hatte, die furchtbare Taubheit breite sich wieder in ihrem Körper aus?

»Ich ... ich könnte es nicht.« Sie hielt den Atem an, verkrampfte jeden Muskel und wandte den Blick von ihrem Meister ab. Sie hörte den schwachen Hauch eines Seufzers.

»Du kannst dich nicht darauf verlassen, daß es nie wieder geschehen wird.« Seine Stimme klang neutral.

»Nicht noch einmal ...« Es war ebenso ein Flehen wie ein Versprechen an sich selbst. Die vielen Tage der Neuausbildung waren nichts gewesen, verglichen mit dem Anflug dieses Gefühl.

»Ich hatte gehofft, diese Wunden würden sich von allein schließen«, sagte der Meister nachdenklich. »Aber da es nicht geschehen ist, müssen wir sie behandeln.« Es trat eine so lange Pause ein, daß sie fast aufblickte, dann schnauzte er unvermittelt: »Adeptin Lunzie!« Und sie sah ihm in die Augen. »Es übersteigt nicht deine Kraft oder deine Fähigkeiten. Du wirst dich dagegen wehren. Wir können dich nicht hinausschicken, wenn du weiterhin von solchen Ängsten heimgesucht wirst.«

Sie wollte protestieren, wußte aber, daß es keinen Sinn hatte. Die nächsten Tage stellten ihre körperliche und ihre Willenskraft auf eine harte Probe: intensive Beratungsgespräche, viele Stunden, die sie in unterschiedlichen Kabinen verbrachte, die an Kälteschlaftanks verschiedener Typen erinnerte, sogar einige Kälteschlafinduktionen, die mit der Verabreichung der entsprechenden Drogen verbunden waren und ihr für kurze Zeit das Bewußtsein raubten.

Anfangs fürchtete sie, einfach verrückt zu werden, aber der Ehrwürdige Meister behielt Recht: sie konnte es ertragen und ohne seelische Schäden überstehen. Ein wertvolles Wissen, das ihr einmal nützlich sein mochte, auch wenn sie hoffte, daß es nie dazu kommen würde.

Als andere Übungsleiter sich schließlich daran machten, ihre Fähigkeiten zu verbessern, hatte ihre Seele ein neues Gleichgewicht gefunden. Sie erkannte ihre früheren Unsicherheiten, ihre Unruhe und Sorge, ihr Ankämpfen gegen Neid und Schuldgefühle, als die Mühen eines Geschöpfes, das von einer Gestalt in die nächste überging. Die meisten Menschen machten in ihren Dreißigern den einen oder anderen emotionalen Aufruhr durch; vielleicht war ein Teil ihrer eigenen Schwierigkeiten damit zu erklären, daß sie aus einer Lebensphase herauswuchs. Sie war diese Person gewesen; jetzt war sie eine andere, jemand, der nicht mehr Sassinak um ihre Macht oder Aygar um seine Körperkraft beneidete. Ihr Leben ergab jetzt einen Sinn für sie, nicht als eine Aneinanderfolge von Verlusten, sondern als eine Reihe von Herausforderungen, denen sie sich gestellt, und Veränderungen, die sie ertragen und manchmal sogar genossen hatte.

Die Erinnerung an ihre muffigen, spießigen Nachkommen irritierte sie nicht mehr – arme Teufel, dachte sie, sie wissen nicht einmal, welcher Spaß ihnen entgeht –, und Sassinaks Gewaltpotential bildete jetzt das passende Kontrastmittel für ihre eigenen pazifistischen Neigungen. Sie konnte Sassinak als Nachfahrin schätzen und gleichzeitig als Ältere respektieren, mit einer leisen Belustigung über die seltsamen Umstände, die beides zugleich ermöglichten.

Ihr letzter Blick auf den ›Berg‹ galt demselben ruhigen Teich, demselben Findling und der Tür, die diesmal von einem anderen Novizen geöffnet wurde. Lunzie wußte, daß ihr eigenes Gesicht nicht mehr als Ruhe ausdrückte; innerlich aber lächelte ihr Herz, und sie war aufgeregt, weil sie eine neue Gelegenheit bekam, sich dem Leben mit allen seinen Schwierigkeiten zu stellen.

Jetzt sah das medizinische Personal in den Korridoren mehr wie potentielle Kollegen und weniger wie vom Glück begünstigte Fremde aus, die sie nie akzeptieren würden. Lunzie checkte sich am ersten offenen Terminal in die Herberge für Gastärzte ein und gab dann den Rufcode ein, den der Ehrwürdige Meisteradept ihr genannt hatte. Der Bildschirm blitzte kurz auf und beruhigte sich wieder, als eine Textzeile darüber hinwegwanderte.

»Gute Nachrichten, Lunzie. Siebtes Geschoß, Promenade B, morgen 13.00.« Mehr nicht, aber sie war schon unterwegs.

Als sie die Tür der Herberge erreichte, wurde ihr der elektronische Schlüssel für ein Einzelzimmer mit Memokubusleser und Datenkanal ausgehändigt. Sie legte ihren Kleidersack aufs Bett und berührte das Sensorpult. Auf dem Wandbildschirm erschien eine Liste mit den verfügbaren Dienstleistungen. Sie konnte einen Partner für Schach oder fürs Bett finden, Waren oder Informationen kaufen (die mit einem Servicezuschlag über ihr Herbergskonto abgerechnet wurden) oder in den medizinischen Datenbanken recherchieren, ohne das Zimmer verlassen zu müssen.

Sie war versucht, eine Nachricht an Sassinak zu schicken. Die Flottenpost, das öffentlich zugängliche Nachrichtensystem für das gesamte Flottenpersonal, würde sie übermitteln. Aber das würde vielleicht unerwünschte Aufmerksamkeit auf sie lenken. Es war sicherer, wenn sie wartete. Sie hatte fast einen ganzen Standardtag vor sich, bis sie morgen um 1300 jemanden treffen würde (der Ehrwürdige Meister hatte nicht gesagt wen). Sie würde die Zeit nutzen, um unverfängliche Erkundigungen anzustellen und andere Dinge zu tun, die man von ihr erwartete.

Sie gönnte sich eine schmackhafte Mahlzeit in einem Café, das heute den Platz einnahm, wo sich vor Jahren eine Bar befunden hatte. Die Musik hatte einen ganz anderen Sound, der sich durch helle Glocken und tiefe Holzbläser hinter einem weiblichen Trio auszeichnete. Als sie wieder in ihrem Zimmer war, schlief Lunzie schnell ein und wachte unbeschwert auf.

Das siebte Geschoß der Promenade B fiel immer noch durch die aprikosenfarben gestreiften Wände auf, die Lunzie das Gefühl gaben, als sei sie in eine Dessertschüssel gefallen. Verschiedene Bezeichnungen, von ›Exotischer Epidemiologie‹ bis ›Medizinischer Hilfsdienst für nicht standardmäßig Kolonien‹, waren für diese Sektion vorgeschlagen worden. Keiner war hängengeblieben. Damals hatte sie jeder das ›Korps der Verschrobenen‹ genannt (und wie Lunzie herausfand, nannte man sie heute noch so). Die offizielle Bezeichnung lautete zur Zeit ›Analyseabteilung für diverse medizinische Daten‹ – aber davon machte kaum jemand Gebrauch.

Lunzie legte am Eingangsschalter ihre Empfehlungen vor. Überraschenderweise erfuhr sie nicht, von wem sie erwartet wurde, statt dessen rief wenig später aus dem Korridor eine fröhliche Stimme nach ihr.

»Lunzie! Die legendäre Lunzie!« Ein großer, bärtiger Mann grinste sie an, während er mit ausgestreckten Händen auf sie zukam. Sie strengte ihr Gedächtnis an, kam aber zu keinem Ergebnis. Wer war dieser Kerl? »Wir haben gehört, daß Sie kommen würden«, fuhr er fort. »Wie lang hat dieser letzte Kälteschlaf gedauert? Dreiundvierzig Jahre? Wieviel macht das insgesamt? Wir können eine Menge Untersuchungen mit Ihnen anstellen.« Sein Gesicht sackte leicht herab, und er betrachtete sie etwas aufmerksamer. »Sie erinnern sich doch an mich, oder?«

Sie wollte schon verneinen, als sie im Aufflackern einer Erinnerung das Gesicht eines enthusiastischen Teenagers vor sich sah, der mit seiner Schulklasse durch eine Klinik geführt wurde. Wo war das nur gewesen? Lunzie wußte nicht recht ... aber er war der neugierigste von allen gewesen und hatte noch Fragen gestellt, als seine Kameraden (und sogar seine Lehrer) sich längst langweilten. Er hatte sich erst losreißen können, als er zum fünften Mal ermahnt wurde, daß ihr Wagen gleich abfahren würde. Lunzie hatte keine Ahnung, wie er hieß.

»Sie waren jünger«, sagte sie langsam und nahm sich Zeit zum Überlegen. »An den Bart erinnere ich mich nicht.«

Seine Hände berührten ihn. »Ach, ja. Ich nehme an, das macht schon einen Unterschied. Außerdem ist es für Sie über vierzig Jahre her, auch wenn der Großteil davon keine reale Zeit war. Keine wache Zeit, meine ich. Ich war so froh, als Ihr Name auf den Tafeln erschienen ist. Ich nehme an, Sie haben nie erfahren, daß es diese Führung gewesen ist, die mich für den Arztberuf interessiert hat. Und die mich letztlich zum Korps der Verlorenen geführt hat ...«

»Das freut mich«, sagte sie. Wie hieß er bloß? Er hatte damals ein großes, rechteckiges Namensschild getragen. Sie konnte sich an das grüne Schild und die schwarzen Buchstaben erinnern, aber nicht an den Namen.

»Jerik«, sagte er endlich und löste ihre Spannung. »*Doktor* Jerik heute, aber für Sie natürlich einfach Jerik. Ich bin Epidemiologe und muß mich zur Zeit in der Verwaltung herumschlagen, weil mein Chef in Urlaub ist.«

Er trug am Kragen die Nadel eines Studenten, der mit Auszeichnung abgeschlossen hatte, und dazu einen winzigen Diamantanstecker, der ihn als Adepten auswies. Dergleichen gehörte nicht zu den Dingen, über die man redete, war aber ein deutlicher Hinweis darauf, daß er nicht einfach dummes Zeug daherredete. Seine Pose müßiger Geschwätzigkeit und unschuldiger Begeisterung war nicht mehr als das – eine Pose.

»Sie werden sich fragen«, sagte er, »warum Sie zum Korps der Verlorenen eingeladen worden sind, wo Sie doch eine vernünftige Ruhepause und Zeit brauchen, um Ihre Kenntnisse aufzufrischen.«

»Ja, durchaus«, sagte Lunzie. Er fürchtete offenbar, daß diese Sektion abgehört wurde, und es war durchaus möglich. Nur der ›Berg‹ war mit Sicherheit außer Reichweite jedes Schnüfflers.

»Es gehen einige interessante Dinge vor – und in Anbetracht der Erfahrungen, die Sie mit dem Kälteschlaf gemacht haben, könnten Sie genau die Person sein, die wir brauchen. Natürlich müssen Sie eine neue Zertifizierung erwerben ...«

Lunzie zog eine Grimasse. »Ich verabscheue Instruktionsbänder ...«

Er war voller Mitgefühl. »Ich weiß. Ich verabscheue sie auch – es ist so, als äße man drei Mahlzeiten in fünf Minuten. Das Gehirn fühlt sich wie vollgestopft an. Aber es ist die einzige Möglichkeit, wenn Sie nicht gerade zwei oder drei Jahre erübrigen können.«

»Nein. Sie haben Recht. Was werde ich brauchen?«

Was sie nach dreiundvierzig verlorenen Jahren brauchte, war weit mehr, als Mayerd auf Sassinaks Schiff ihr hatte geben können. Außerdem hatte sie Mayerds Angebot abgelehnt, sich mit Hilfe von Instruktionsbändern auf den neusten Stand bringen zu lassen. Neue chirurgische Verfahren und neue Instrumente lernte man nicht in einem Crashkurs mit Instruktionsbändern zu beherrschen. Dazu waren praktische Übungen im Operationssaal an ›Dummies‹ nötig, den furchterregend realistischen Androiden, die für die Ausbildung von Chirurgen eingesetzt wurden. Darüber hinaus benötigte sie Kenntnisse über neue Medikamente, über ihre Dosierung, Nebenwirkungen, Gegenanzeigen und Wechselwirkungen mit anderen Medikamenten. Außerdem gab es neue Theorien über das menschliche Bewußtsein, die Aufschluß über die Auswirkungen des Kälteschlafs versprachen.

Einer der nützlichsten Aspekte ihrer gedrängten Neuausbildung, das erkannte Lunzie erst unterwegs, bestand darin, daß sie ihr einen ungewöhnlichen Überblick über den medizinischen Fortschritt und auch Rückschritt verschaffte. Am vierten Tag löste Lunzie ein diagnostisches Problem und wies darauf hin, daß man dieses Zusammentreffen von Symptomen vor nur fünfundvierzig Jahren und in zwei Sektoren Entfernung als Galles Krankheit bezeichnet hatte. Diese Krankheit war durch eine geschickte genetische Korrektur ausgerottet worden und nun in einem Gebiet, wo sich keiner mehr an sie erinnerte, neu aufgetreten. (»Wahrscheinlich durch eine zufällige Mutation«, bemerkte der Chefermittler mit einem Seufzen. »Das hätte ich mir denken können.«)

Unterschiede zwischen den Sektoren oder zwischen verschiedenen Kulturen innerhalb eines Sektors liefen darauf hinaus, daß ihre neuen Kenntnisse an einem Ort veraltet waren – oder Allgemeingut an zwanzig anderen. Der Zugriff auf die beste medizinische Technik war mindestens so ungleichmäßig verteilt wie auf der alten Erde. Lunzie verbrachte ihre ganze Zeit in Instruktionskabinen, übte neue Verfahren ein und absolvierte die Vorprüfungen für ihre Neuzulassung. Lebenserhaltung für Anfänger und Fortgeschrittene, Erstbehandlung von Traumata für Anfänger und Fortgeschrittene, Umgang mit ansteckenden Krankheiten für Anfänger und Fortgeschrittene … Ihr hätte der Kopf geschwirrt, wenn dafür Zeit geblieben wäre.

In ihrer spärlichen ›Freizeit‹ versuchte sie sich über den aktuellen Stand der Forschung in ihrem Fachgebiet zu informieren, indem sie computerisierte Zusammenfassungen von Fachartikeln überflog.

»Wir brauchen wirklich noch eine Verstärkung für eine Reise nach Diplo.« Im hinteren Teil des Saals stöhnte jemand, und ein anderer brachte den Betreffenden mit einem ›Psst‹ zum Schweigen.

»Nun kommt schon«, sagte der Sprecher etwas ungehalten. »Es ist nur eine kurze Reise, maximal dreißig Tage.«

»Aber nur, weil dreißig Tage das medizinische Limit sind«, brummte jemand.

»Es ist jedes Jahr dasselbe«, sagte der Sprecher. »Wir müssen einen Vertrag erfüllen. Wir sind eine Verpflichtung eingegangen. Was immer Ihre persönlichen Ansichten sein mögen, die Schwerweltler auf Diplo haben ernste medizinische Probleme, die immer noch erforscht werden.«

»Nicht bevor Sie uns eine Entschädigung für gravitationsbedingte Schäden zahlen.«

Lunzie hatte den Eindruck, daß es derselbe Nörgler war, der einige Plätze links hinter ihr saß.

»Zahlungen und Entschädigungen hängen von den

lokalen Bedingungen ab«, fuhr der Sprecher fort und starrte unbewegt auf seine Notizen. »Das diesjährige Thema sind die Auswirkungen eines längeren Kälteschlafs auf die Biochemie von Schwerweltlern, vor allem die Anreicherung von Calcium und ihre Folgen für die Herzfunktion.« Er machte eine Pause. Lunzie fragte sich, wann die Entscheidung für dieses Thema gefallen war. Jeder konnte in ihren Dateien nachlesen, daß sie über relevante Fachkenntnisse für dieses Thema verfügte. Aber es war nicht sinnvoll, wenn sie zuviel Eifer an den Tag legte. Der Sprecher fuhr fort. »Wir haben bereits einen Molekularbiologen und einen Herzphysiologen ...«

Die Namen und eine Liste ihrer jüngsten Veröffentlichungen erschienen auf dem Bildschirm des großen Saals. Sehr eindrucksvoll, dachte Lunzie. Sowohl Bias, der Biologie, wie auch Tailler, der Herzphysiologe, hatten Artikel in angesehenen Zeitschriften veröffentlicht.

»Rehabilitationsmedizin?« fragte jemand von hinten.

Der Sprecher nickte. »Wenn Sie Kenntnisse in Rehabilitationsmedizin für Schwerweltler nachgewiesen haben, dann natürlich. Dieses Fachgebiet ist für das diesjährige Thema sicher von Bedeutung.«

Ein weiterer Name erschien auf dem Bildschirm, vermutlich der Name der Rehabilitationsspezialistin, die sich eben gemeldet hatte: Conigan, 42, hatte ein Lehrbuch über die Rehabilitation von Schwerweltlern nach längeren Einsätzen unter Wasser publiziert.

Lunzie kam zu dem Schluß, daß sie lang genug gewartet hatte. Es war schließlich möglich, daß auch andere für ›ihren‹ Posten qualifiziert waren.

»Ich habe mich ausgiebig mit längeren Kälteschlafphasen befaßt und einige Erfahrung mit Schwerweltlern gesammelt.« Köpfe drehten sich ihr zu. Ihre mentale Disziplin verhinderte, daß sie unter den aufmerksamen Blicken errötete. Der Sprecher warf einen Blick auf seinen Podiumsmonitor. »Ach, ja … Lunzie. Ja. Wie ich sehe, haben Sie Ihre Prüfung zur Neuzertifizierung noch nicht abgelegt?«

»Sie wird in drei Tagen stattfinden.« Sie hätte eigentlich erst in sechs Monaten stattgefunden, aber Jerik hatte dafür gesorgt, daß sie die Prüfung schon vorher allein ablegen konnte. »Und die Vorprüfungen sind in meiner Datei verzeichnet.«

»Ja, richtig. Es ist erstaunlich, wie schnell Sie aufgeholt haben. Und Ihre Kenntnisse könnten auf dieser Mission von großem Nutzen sein. Vorausgesetzt, daß Sie die Prüfung bestehen, sind Sie angenommen.« Er blickte auf und durchsuchte den Saal nach dem nächsten möglichen Bewerber.

Die Frau neben Lunzie stieß sie mit dem Ellbogen an. »Wollen Sie wirklich nach Diplo reisen? Ich habe gehört, der Grund für Ihren letzten Kälteschlaf war, daß Schwerweltler in die Primitivität zurückgefallen sind.«

Lunzie schaffte es, sie nicht anzustarren. Die Gerüchte waren ihr selbst noch nicht zu Ohren gekommen, aber sie wußte, daß sie in der Gemeinschaft der Mediziner und Wissenschaftler die Runde machten.

»Ich kann nicht darüber reden«, sagte sie nicht unaufrichtig. »Der Fall wird erst in einigen Monaten verhandelt, und bis dahin …«

»Oh, ich verstehe schon. Ich wollte nicht neugierig sein, Doktor. Es ist nur so, wenn *ich* ein Schwerweltler wäre, würde ich mich wundern, daß Sie sich für eine Mission auf Diplo verpflichten.«

Lunzie lachte. »Tja, wenn diese Lücke in meinen Gehaltszahlungen nicht wäre …«

Die Frau schnaubte verächtlich. »Das dachte ich mir. Ich weiß, was Sie meinen. Man sollte glauben, die Verantwortlichen seien sich darüber im klaren, daß Sie sich nicht auch noch um Geld Gedanken machen können, aber die Förderation scheint in akuten Zahlungsschwierigkeiten zu stecken.«

»Eine schlimme Sache«, sagte Lunzie.

Wie die anderen reckte sie den Hals, um den letzten Bewerber zu sehen, einen dunklen Mann, der sich auf dic Genetik der Schwerweltler spezialisiert hatte. Seinen breiten Schultern nach zu urteilen, hatte er vielleicht selbst Schwerweltlerblut in den Adern, dachte Lunzie.

Als sich die Mannschaft hinterher zu einer Besprechung traf, stellte sich heraus, daß Jarl der kleinere (und schlechter angepaßte) Bruder eines Zwillingspaars war, das zwei Schwerweltler gezeugt hatten. Er war fasziniert von ungewöhnlichen erblichen Anpassungsmustern und von ungewöhnlichen erblichen Toleranzen oder Intoleranzen gegenüber dem Kälteschlaf. Abgesehen von seinen Schwerweltlergenen machte er einen ganz normalen Eindruck, und Lunzie fühlte sich in seiner Nähe nicht unwohl.

Bias, der flatterhafte Molekularbiologe, war weit unangenehmer; er machte den Eindruck, als könne er jeden Moment in die Luft gehen. Lunzie fragte sich, wie er mit der hohen Schwerkraft klarkommen würde; er wirkte nicht besonders athletisch. Tailler, der Herzphysiolge, beeindruckte Lunzie als guter Mannschaftsleiter: er war stabil, zuverlässig, aber energisch, und man konnte sicher problemlos mit ihm zusammenarbeiten. Einer kurzen biographischen Fußnote in einem seiner Artikel hatte sie entnommen, daß er sich in der Freizeit mit Bergsteigen entspannte; die körperlichen Belastungen würden ihn also nicht überfordern. Die Rehabilitationsspezialistin Conigan war eine schlanke, rothaarige Frau, die Lunzie an eine ältere (aber nicht minder enthusiastische) Varian erinnerte.

Lunzie war sich bewußt, daß sie im Mittelpunkt ebensolcher Neugier und Aufmerksamkeit stand. Die anderen wußten wenig mehr über sie, als in ihren Dateien stand; sie hatte keine Freunde oder frühere Bekannte, bei denen sie sich heimlich erkundigen konnten. Lunzie fragte sich, was sie in ihrem Gesicht sahen, was sie von ihr erwarteten, erhofften oder befürchteten. Zumindest hatte sie ihre Prüfungen bestanden, und das sogar mit respektablen Noten, wie Jerik ihr anvertraut hatte. Sie wunderte sich, fragte aber nicht, wie er an die vorläufigen Ergebnisse gekommen war, die doch angeblich niemand zu Gesicht bekam.

Und die ganze Zeit schilderte Bias das Projekt mit begeisterten Worten, hielt seinen Zeigestock in die Höhe, um sich zu vergewissern, daß jeder die letzte Erklärung verstanden hatte. Lunzie zwang sich, ihm aufmerksam zuzuhören. Welche Informationen sie auch für Sassinak und den Prozeß ermitteln konnte, ihre Kameraden verdienten, daß sie ihr Bestes gab.

Als ihr Schiff schließlich die Station in Diplos Orbit erreichte, arbeiteten sie alle reibungslos zusammen. Lunzie dachte über die nächsten Monate und den Prozeß gegen Tanegli hinaus und hoffte, daß sie noch einmal so professionelle Kollegen finden würde. Es gab Dinge, die man einem Kreuzercaptain wie Sassinak einfach nicht sagen konnte, wie nah man ihr auch stand. Es gab Scherze, die sie nie verstehen, Ideen, die sie nie nachvollziehen würde. Unter Kollegen wie diesen war Lunzie viel unbefangener.

drittes kapitel

»Das fehlt mir gerade noch.« Sassinak winkte Dupaynil und Ford mit einem Ausdruck der Nachricht zu, die ihr der Sicherheitsdienst übermittelt hatte. »Ich habe zu tun. Wir haben *alle* zu tun. Und ich kann's wirklich nicht gebrauchen, wenn ich jetzt auch noch das Kindermädchen für einen senilen Verschwörer spielen muß.« Seit sie Lunzie losgeschickt hatte, überlegte sie, war alles glatt gelaufen. Sie hätte damit rechnen müssen, daß sich ihren Plänen das eine oder andere Problem in den Weg stellen würde.

Dupaynil sah sie auf diese freundliche Art an, die ihr so zuwider war. »Wie bitte, Commander?«

Er wäre wohl nicht so freundlich gewesen, wenn er nicht gewußt hätte, was in der Nachricht stand. Ford, der es offensichtlich nicht wußte, wirkte besorgt.

»Befehle«, erklärte Sassinak schroff. »Neue Befehle, die mit allen denkbaren Codierungen über FTL-Kontakt gesendet wurden. Wir sollen den mutmaßlichen Verschwörer Tanegli und den angeblich auf Ireta geborenen Aygar ...« Sie machte eine Pause und beobachtete die beiden Männer. Dupaynil wartete nur mit geschürzten Lippen. Ford sprach den Satz zu Ende.

»... ins Sektorhauptquartier bringen? Ins Flottenhauptquartier auf Regg?«

»Nein. Ins *Föderations*hauptquartier. Zu einem Prozeß vor und in Anwesenheit des Hohen Rats der Föderation. Wir sind verantwortlich«, sie warf einen Blick auf den Text, um den genauen Wortlaut zu zitieren, »für den Transport und die sichere Ankunft des besagten Gefangenen, der ausschließlich ins Gewahrsam der ratseigenen Sicherheitskräfte übergeben werden darf. Der Prozeß ist bereits für ein lokales Datum angesetzt worden, das einem Zeitpunkt in etwa acht Standardmonaten entspricht. Zu dieser Zeit tagt das Winter-Assisengericht, wie uns bereits mitgeteilt wurde. Als Vertreter des Angeklagten wurden Klepsin, Vigal und Tollwin genannt. Und ihr wißt, was das bedeutet.«

»Pinky Vigal, Verteidiger der Unschuldigen«, sagte Dupaynil und kicherte fast. »Das dürfte ein aufregender Prozeß werden. Wissen Sie, Commander, er bringt es fertig, sogar Sie als Planetenpiraten hinzustellen, einen besonders heimtückischen, der sich als Flottenoffizier tarnt. Hmmm ... Sie haben Tanegli die Uniform gestohlen und alle anderen bestochen, damit sie gegen ihn aussagen.«

»Das ist nicht komisch«, sagte Sassinak und sah ihn finster an. Sie hatte sich nie sonderlich für die Eskapaden populärer Rechtsanwälte interessiert, aber im besiedelten Weltraum hatte jeder schon einmal von Pinky Vigal gehört. Es war eine der Schwächen der zivilen Rechtsprechung, dachte sie, wenn ein Straftäter, von dem jeder wußte, was er getan hatte, nicht verurteilt werden konnte, weil ein schleimiger Rechtsverdreher auch nur ein Mitglied der Jury davon überzeugen konnte, daß ein Verfahrensfehler aufgetreten war. Die Flotte hatte verläßlichere Methoden.

»Also gut«, versuchte Ford das Gespräch in eine andere Richtung zu lenken. »Wir sind für Tanegli verantwortlich, bis wir die Föderationszentrale erreichen ... und für Aygar auch? Warum Aygar?«

»Ich nehme an, er tritt als Zeuge für beide Seiten auf«, sagte Dupaynil mit einer schwungvollen Handbewegung. »Der einen freundlich, der anderen feindlich gesonnen, aber unentbehrlich für beide.«

»Außerdem werden beglaubigte Kopien aller Zeugenaussagen benötigt, die wir aufgenommen haben, und eidliche Aussagen aller Brückenoffiziere und aller anderen Mannschaftsmitglieder, die mit dem besagten Tanegli und Aygar Kontakt hatten«, las Sassinak weiter. »Bei Kipling! So wie's Aygar getrieben hat, ist das die halbe Mannschaft. Wenn ich das gewußt hätte ...«

Sie merkte Fords Gesichtsausdruck an, daß sie ebenso wütend aussah, wie sie sich fühlte. Sie würden wochenlang von einer Transferposition zur nächsten springen, um die Föderationszentrale zu erreichen, und weitere Wochen würden vergehen, bis alle ihre Aussagen gemacht hatten – ihre *eidlichen* Aussagen, dachte sie –, und zweifellos verfügte der Sicherheitsdienst der Flotte über eigene Spezialisten, die Verhöre führten. In der Zwischenzeit würde die *Zaid-Dayan* untätig warten, während ihre Feinde in aller Ruhe weitermachten. Sassinak würde zweifellos zigtausende Formulare ausfüllen und unterzeichnen müssen, die aus Sicherheitsgründen einzeln und nicht vom Computer bearbeitet wurden.

Sie bemerkte, daß Dupaynil sie mit wachem Interesse beobachtete. Also hatte er die Nachricht tatsächlich schon gelesen, bevor Sassinak sie erhalten hatte – was nur bedeuten konnte, daß er den FTL-Kontakt angezapft oder einen ihrer Kommunikationsoffiziere irgendwie dazu gezwungen hatte, eine Kopie in sein Quartier zu schmuggeln. Was wußte er sonst noch, oder was hatte man ihm gesagt? Sie beschloß, ihn nicht zu fragen; er würde es ihr nicht sagen, und sie wäre einfach nur wütend, wenn er sich weigerte.

»Dupaynil.« Der Wechsel ihres Tonfalls überraschte ihn; seine Blasiertheit verflog. »Sie werden herausfinden, mit welchen Mannschaftsmitgliedern Aygar Kontakt hatte. Wasserbewohner, Weber, Offiziere, untere Dienstgrade, alle. Wenn Sie einen Protokollführer brauchen, stelle ich Ihnen einen zur Verfügung ...«

»Nein. Ich komme schon klar.« Die Stimme klang amüsiert. Es war ihr ganz angenehm, daß sie ihn zum Nachdenken brachte.

»Ich nehme an, es ist zu spät, um seine Kontakte einzuschränken. Und schließlich wollen wir, daß er die Verfahrensweise der FES akzeptiert. Aber wenn unsere Kameraden wissen, daß sie sich seinetwegen durch Papierkram wühlen und Aussagen machen müssen, werden sie sich vielleicht zurückhalten.«

»Gute Idee. Dann mache ich mich am besten gleich an die Arbeit.« Dupaynil salutierte – nicht nur aus Respekt vor ihrem Rang, vermutete sie – und ging.

Einen Moment lang sagte Lunzie nichts und hing ihren eigenen, privaten Gedanken nach. Dann grinste sie Ford an.

»Dieser hinterhältige Mistkerl. Er hat es schon gewußt.«

»Das habe ich auch vermutet. Aber woher?«

»Er gehört dem Nachrichtendienst der Flotte an. Bei diesen Nachrichtendienstleuten bin ich mir allerdings nie sicher, ob sie nicht für andere oder jemand anderen tätig sind. Die Tatsache, daß er seine eigenen Quellen hat – und zu geschickt vorgeht, als daß ich mir seiner eigentlichen Ziele sicher sein könnte –, ist sehr beunruhigend, weil ich einfach nicht weiß, *warum* er etwas macht. *Ich* …« – und dabei drückte sich Sassinak den Daumen an die Brust – »darf so gerissen sein, aber meine Untergebenen nicht.

Aber im Moment ist das nicht unser Thema. Im Moment ist nur wichtig, daß wir Sie loseisen können, damit Sie Ihre liebe Großmutter oder sonstwen suchen können, denn ich will nicht, daß Sie die ganze Zeit gebunden sind, bis diese Sache ausgestanden ist. Wir brauchen Informationen, bis der Prozeß beginnt.« Sassinak schob Ford die Befehle zu, der das Datum und die Umrechnung in den Flottenstandard in seinem persönlichen

Handcomputer notierte. »Wenn Sie bis dahin nichts herausgefunden haben, seien Sie rechtzeitig zurück, um uns darüber zu unterrichten.«

»Aber ich kann doch nicht gehen, wenn alle anderen ...«

Sassinak brachte ihn mit einer Handbewegung zum Schweigen. »Ich habe mehr Tricks in der Hinterhand, als Dupaynil ahnt. Bislang ist er der einzige, der weiß, daß Sie zugegen waren, als diese Befehle eingetroffen sind. Und auf ihn warten Befehle mit höherer Priorität, von denen er noch nichts weiß. Aber er wird es bald erfahren. Folgen Sie nur meinem Beispiel.«

Die Brückenmannschaft ging in Habachtstellung, als Sassinak erschien, aber sie übergab das Kommando an Ford und betrat die Kommunikationsnische.

»Befehle des Captain«, sagte sie schroff zu dem Offizier, der gerade Dienst hatte. »Haben Sie vor kurzem eine FTL-Nachricht empfangen?«

»Ja, verschlüsselt an die Adresse des Captains.«

Sassinak wußte nicht recht, ob die Anspannung des Kommunikationsoffiziers normal war oder nicht. »Der Inhalt der Nachricht erfordert es, daß ich selbst für zwei Stunden den Kommunikationsdienst übernehme.« Das war ungewöhnlich, kam aber vor; manchmal wurden besonders heikle Informationen auf diese Weise übermittelt. »Ich erwarte ein verschlüsseltes FTL-Signal, und diesen Befehlen zufolge«, sie winkte mit dem Papier, »kann nur der Captain des Schiffs sie empfangen.«

»Verstanden. Braucht der Captain meine Hilfe?«

Sassinak reagierte mit einem finsteren Blick, und der Kommunikationsoffizier zog sich auf die Brücke zurück. Was sie vorhatte, war gleichermaßen illegal wie gefährlich ... aber das galt auch für Dupaynils Vorgehen und für das, was ihre Feinde getan hatten. Sie loggte sich ein und baute einen Privatkanal zum Ssli-Interface auf.

Bisher war dies eine normale Verfahrensweise. Jetzt

aber ... ihre Finger tanzten übers Pult und riefen die Datei mit dem Original der verschlüsselten Nachricht ab. Und da hatte sie den vierteiligen Adreßcode vor sich, den sie in all den Jahren nicht vergessen hatte. *Idioten*, dachte sie. Er hätte längst geändert werden müssen, so wie sie sich von einem naiven Fähnrich im Kommunikationsdienst zu einem mächtigen und erfahrenen Schiffscaptain weiterentwickelt hatte.

Mit dem richtigen Adreßcode war es einfach, eine eingehende Nachricht so zu präparieren, daß Dupaynil sie für echt halten würde. Die andere ›eingehende‹ Nachricht wäre im üblichen Flottenjargon abgefaßt und würde Fords Abwesenheit wegen einer ›Familienangelegenheit‹ betreffen ... aber sie würde erst eintreffen, wenn Dupaynil fort war.

Wohin sollte sie Dupaynil schicken? Wo wäre er sicher aus dem Wege und würde doch den Eindruck haben, daß er etwas Sinnvolles tat? Sie wünschte, sie könnte ihn zu einem Thek schicken – vorzugsweise zu einem großen, alten, sehr trägen. Aber das würde nicht funktionieren. Der Sicherheitsdienst der Flotte hatte nichts mit den pazifistischen Bronthins oder den Mrouxt zu schaffen.

Plötzlich kam ihr eine Idee, und sie mußte ein Grinsen unterdrücken, das jedem aufgefallen wäre, der zufällig einen Blick in die Kommunikationsnische geworfen hätte. (Und was sollte der Captain dort zu schmunzeln haben?) Ford würde bei der Familie Paraden im Dreck wühlen, und Lunzie würde auf Diplo herausfinden, was sie konnte. Und nach allem, was sie auf Ireta herausgefunden hatten, bedeutete dies, daß sich noch jemand um die fremden Seti kümmern mußte. *Das* wäre Dupaynils Aufgabe.

Angeblich hatte er lange Zeit im diplomatischen Dienst gearbeitet. Er hatte einmal nach dem Essen damit geprahlt, daß er mit allen Aliens in der Förderation zurechtkäme und sogar behauptet, daß die Seti weniger schlimm seien, als alle glaubten.

Und so tippte Sassinak schnell und sorgfältig die Befehle. Die Ssli hatten ihr immer besondere Gefälligkeiten erwiesen, die weit über ihre üblichen Pflichten an Bord hinausgingen. Sie verdankte ihr Leben einem festsitzenden Ssli namens Hssrho, der auf ihrer ersten Mission als Kommunikationsoffizier gedient und sie im Tiefenraum aufgespürt hatte, nachdem sie in einer Evakuierungskapsel ›vom Kurs abgekommen‹ war. Aus Dankbarkeit hatte sie bei jedem neuen Kommando Wert darauf gelegt, daß sie einen Ssli als Kommunikationsoffizier einsetzte. Auch diesmal wandte sie sich wieder an den Ssli, der in ihrem Schiff diente. Sie konnte nicht einfach so tun, als sei eine FTL-Nachricht eingetroffen. Die Computerprotokolle würden das Gegenteil beweisen, und wahrscheinlich hatte Dupaynil in einem gewissen Maße die Sicherheitsvorkehrungen der Computersysteme unterlaufen. Aber Dupaynil hatte an Bord nur begrenzte Erfahrungen sammeln können, und Sassinak wußte, daß er sich nie die Mühe gemacht hatte, sich Dhrossh vorzustellen. Ihre Lieblingsweber, darunter Gelory, hatten beiläufig erwähnt, daß Dupaynil psychisch nicht für einen direkten Kontakt geeignet war. Was immer damit gemeint sein mochte.

Der Sssli hielt ihren Plan für ›köstlich‹, eine etwas seltsame Formulierung, die in Sassinak Zweifel aufkommen ließ, ob die Software des Sprachsynthesizers richtig funktionierte. Sie hatte nie den Eindruck gehabt, daß die Ssli auch nur im entferntesten zu menschlichen Emotionen imstande waren. Die Syntax der Ssli hatte eher mathematische Züge. Aber sie gab ihre verschlüsselte Nachricht ein, und der Ssli stellte eine FTL-Verbindung zu einem anderen Ssli auf einem anderen Flottenschiff her. Zu welchem, würde sie nie erfahren.

Der andere Ssli, erklärte ihr Dhrossh, empfand keine

Gewissensbisse, weil er der menschlichen Mannschaft diesen Vorgang verheimlichte. Sassinaks Nachricht wurde zurückgeschickt und erschien als echte eingehende Nachricht auf dem Computer und dem Pult. Sassinak leitete sie an den Entschlüsselungscomputer weiter, übertrug eine Kopie in Dupaynils Datei und beugte sich hinaus, um dem Kommunikationsoffizier etwas zuzurufen, der einen Platz auf der Brücke eingenommen hatte.

»Holen Sie mir Dupaynil«, sagte sie und setzte einen etwas finsteren Blick auf.

Ford warf ihr einen Blick zu, hob aber nicht einmal die Augenbrauen. Dupaynil erschien in verdächtig kurzer Zeit. Diesmal war Sassinaks finsterer Blick nicht gespielt.

»Sie«, sagte sie und zeigte mit dem Finger auf ihn. Die restliche Brückenmannschaft hatte plötzlich furchtbar viel zu tun. »Eben ist eine FTL-Nachricht für Sie eingetroffen, die nicht nur Entschlüsselung und Bestätigungen erfordert, auf die ich keinen Zugriff habe, sondern außerdem mit Initialisierungscodes versehen ist, an die ich mich nur zu gut erinnere!«

Er mußte es wissen oder hätte es ohnehin herausgefunden, und ihr Wutanfall würde ihn vielleicht davon ablenken, wie unwahrscheinlich seine Befehle waren. Im Moment sah er jedenfalls verwirrt aus, und das war gut so.

»Hier!« Sassinak zeigte auf die Daten, die sie auf dem Bildschirm festgehalten hatte. »Das letzte Mal, als ich diesen und zwar genau diesen vierteiligen Initialisierungscode gesehen habe, hat mich jemand niedergeschlagen und in eine Evakuierungskapsel gesteckt. Wenn Sie meinen, daß Sie dasselbe mit mir machen können, Major, daß Sie mich ausschalten und mein Schiff übernehmen können, muß ich Sie schwer enttäuschen!« Sie konnte den Zorn in ihrer Stimme hören, und auf der Brücke herrschte völlige Stille.

»Ich … Commander Sassinak, es tut mir leid, aber ich weiß nicht, wovon Sie reden. Der Code ist mir bekannt, ja. Er stammt aus dem Büro des Generalinspekteurs, aber …«

»Ich mag keine Geheimniskrämerei auf meinem Schiff, Dupaynil! Es gefällt mir überhaupt nicht, wenn Junioroffiziere FTL-Nachrichten erhalten, auf die der Captain keinen Zugriff hat. Vor allem, wenn es verschlüsselte Nachrichten sind. Ich mag's nicht, wenn Leute sich über meinen Kopf hinweg ans Büro des Generalinspekteurs wenden. Was haben Sie zu meckern, häh?«

Sie hatte das Gefühl, daß Dupaynil nicht so schokkiert war, wie er aussah. Dafür war er viel zu gescheit. Aber er reagierte auf ihren offensichtlichen Ärger und hatte einen Teil seiner glatten Selbstsicherheit eingebüßt. »Commander, das Büro des Generalinspekteurs könnte Gründe haben, warum es sich nach der Arbeit erkundigen will, die ich hier im Auftrag des Sicherheitsdienstes geleistet habe. Sofern nichts anderes vorliegt …« Er senkte die Stimme. Sassinak beruhigte sich ein wenig.

»Es gefällt mir trotzdem nicht«, brummte sie, aber etwas leiser. Drüben an der Waffensteuerung unterdrückte jemand ein Husten und erstickte fast von der Anstrengung. »Naa gut. Ich verstehe, was Sie meinen, und nach dem, was Lunzie gesagt hat, war die ganze Sache geheim. Vielleicht gibt es einen Grund. Aber ich mag keine Geheimnisse. Nicht zu einer Zeit, wenn wir alle …« Sie ließ den Satz unbeendet. Dupaynils Lider erschlafften leicht. War er überzeugt? »Nehmen Sie Ihre verdammte Nachricht entgegen, und wenn Sie mir nicht unbedingt Kopfschmerzen bereiten wollen, dann sagen Sie mir, was so wichtig ist, daß nicht einmal ich es lesen darf.«

Dupaynil trat an den Entschlüsselungscomputer und gab sein Paßwort ein.

Sassinak wandte sich dem Kommunikationsoffizier zu und sagte: »Übernehmen Sie. Und sorgen Sie dafür, daß ich von allen ein- und ausgehenden Nachrichten erfahre. Ganz gleich, an wen sie gerichtet sind.« Die letzte Bemerkung war mit einem Seitenblick auf Dupaynil verbunden.

Der Sicherheitsoffizier starrte auf den Bildschirm, als seien ihm Tentakel gewachsen. Sassinak unterdrückte einen Impuls, ihn auszulachen. Er warf ihr einen scharfen, berechnenden Blick zu, und sie reagierte sofort darauf.

»Und? Sollen Sie mich in Ketten legen oder was?«

Er schüttelte den Kopf und seufzte. »Nein, Commander, nichts dergleichen. Es ist … einfach nur seltsam. Können wir in Ihrem Büro sprechen? Unter vier Augen?«

Sassinak nickte und verließ die Brücke mit einem letzten finsteren Blick, der allen galt. Sie konnte die Unterstützung ihrer Mannschaft – ihrer *eigenen* Mannschaft – wie eine warme Decke um die Schultern spüren. In ihrem Büro achtete sie darauf, daß der Schreibtisch zwischen ihr und Dupaynil stand. Dupaynil hob die Brauen, verstand die Distanzierung und seufzte noch einmal.

»Captain, ich schwöre Ihnen …«

»Machen Sie sich keine Umstände.« Sassinak warf einen flüchtigen Blick auf den Ausdruck, den er ihr hinhielt, und sah ihm dann fest in die dunklen Augen. »Wenn Sie nicht wissen, worüber ich rede, dann wissen Sie's eben nicht. Aber ich kann dergleichen nicht ignorieren. Es hat mich vor zwanzig Jahren fast das Leben gekostet.«

»Es tut mir leid. Wirklich. Aber so wie Sie gerade unangenehme Befehle erhalten haben, so habe ich eben den unangenehmen Befehl erhalten, daß ich dieses Schiff verlassen muß – und weitere Befehle, die noch seltsamer sind als Ihre.«

»Tatsächlich? Und wo werden Sie eingesetzt?« Sie sah, daß ihr frostiger Ton Dupaynil zusammenzucken ließ. Es konnte ihr kaum gleichgültiger sein, wo er eingesetzt wurde, solang sie nur einen potentiellen Verräter loswurde.

»Bei den Seti – bei den Sek von Fomalhaut, um genau zu sein. Ich fürchte, da rächt sich eine meiner früheren Sünden. Offenbar gibt es ein diplomatisches Problem mit dem neuen menschlichen Gesandten am Hohen Gerichtshof, und ich kenne angeblich jemanden, der hilfreich sein könnte.«

»Aber das geht nicht«, sagte Sassinak scharf. »Sie können nicht gehen. Wir sollen alle in der Förderationszentrale erscheinen, vor allem Sie. Sie waren von Anfang an in die Sache verwickelt. Ihre Aussage …«

»… kann aufgezeichnet werden, und anders wird es nicht gehen. Wie ich schon sagte, es tut mir wirklich leid, aber diese Befehle haben Vorrang. Es muß sein.« Er tippte mit den Fingerspitzen auf das Siegel und den Autorisierungscode; in den labyrinthischen Zuständigkeiten der Flotte hatte die Signatur des Generalinspekteurs noch mehr Gewicht als die des Militärjustizchefs. »Außerdem könnte ich Ihnen immer noch nützlich sein. Die Thek haben angedeutet, daß die Seti in die Sache verwickelt sein könnten, aber sie hatten keine soliden Daten oder wollten keine an uns weitergeben. Mit meinen Kontakten zur diplomatischen Subkultur der Seti könnte ich mich darum kümmern. Meine Vorgesetzten schätzen, daß mein Einsatz etwa sechs Monate dauern wird. Ich kann rechtzeitig zurück sein, um Sie über meine Ergebnisse zu unterrichten und auszusagen, wenn es verlangt wird.«

Sassinak gab einen dramatischen Seufzer von sich. »Nun gut, ich schätze, wenn Sie müssen, dann müssen Sie eben. Und vielleicht können Sie wirklich etwas Nützliches herausfinden, auch wenn die Seti die unsympathischsten Halunken sind, die ich je kennengelernt habe.«

»Sie verlangen einiges Einfühlungsvermögen«, murmelte Dupaynil fast zickig.

Sassinak fragte sich, was er jetzt vorhatte. Sie traute ihm keinen Millimeter weit. »Na schön. Wo sollen wir Sie absetzen?«

»Es heißt, Sie werden in Kürze Befehle erhalten, und ich soll am nächsten Transferpunkt das Schiff verlassen. Wo immer das sein mag.«

»Irgendwer ist mir da ein bißchen zu clever«, knurrte Lunzie. Sie hoffte nicht, daß sie selbst zu clever gewesen war und sich mit dieser Aktion selbst ein Bein gestellt hatte. Aber bisher hatte es den Anschein, als sei Dupaynil überzeugt.

In diesem Moment klopfte der Junior-Kommunikationsoffizier zaghaft an ihre Tür und reichte ihr einen Ausdruck der zweiten fingierten FTL-Nachricht, die sie anwies, den FTL-Antrieb zu deaktivieren und die nächste Flottenstation anzusteuern. Die nächste Flottenstation war ein Nachschubdepot, an dem nur einmal monatlich ein Tanker und gelegentlich ein Begleit- oder Patrouillenschiff anlegte. Sie hatte die Station von ihrem letzten Besuch vor fünfzehn Jahren gut in Erinnerung. Sie zeigte Dupaynil die Befehle.

»Nachschubdepot 64. Hier steht, daß gerade ein Begleitschiff angedockt hat. Ich nehme an, damit werden Sie weiterfliegen.« Auf sein Nicken hin sagte sie: »Seien Sie um 1500 wieder hier, damit Sie Ihre Aussage machen können. Bis dahin haben wir die Ausrüstung zusammengestellt und wissen ungefähr, wann wir eintreffen werden.«

Den restlichen Tag wagte Sassinak Ford kaum anzusehen. Sie hätte sonst laut losgelacht. Dupaynil kam zurück und machte seine Aussage, während Sassinak jede Frage stellte, die ihr in den Sinn kam, bevor sie ihn wieder wegschickte, damit er seine Sachen packen konnte.

In einer Entfernung von wenigen Flugstunden bis zum Nachschubdepot verließen sie den FTL-Raum. Sassinak hatte bereits Nachrichten an das Depot und das Begleitschiff geschickt (dessen Captain eine nicht genehmigte Dreitagesfeier mit der Mannschaft des Nachschubdepots geplant hatte). Begleitschiffe, die für einen Ssli nicht genug Platz an Bord hatten, waren über FTL-Kanäle nicht zu erreichen. Wenn Dupaynil erst an Bord war, konnte er sich seine Befehle nur noch über unterlichtschnelle Kanäle bestätigen lassen.

Die *Zaid-Dayan* konnte problemlos an das Nachschubdepot andocken. Die Station war entsprechend ausgerüstet, um große Transporter aller erdenklichen Bauarten zu bewältigen, und das Begleitschiff beanspruchte nur wenig Platz am anderen Ende der Station. Sassinak nahm die seltene Gelegenheit wahr, ihrer heimlichen Leidenschaft zu frönen, und steuerte den Kreuzer beim Andockmanöver selbst, lenkte ihn so vorsichtig an das Dock heran, daß niemand die Berührung spürte, bis die Statuslampen die Farbe wechselten.

»Gut gemacht!« sagte der Dockmeister der Station, ein Weber. »In ein paar Minuten haben wir Luft in den Röhren. Ist Ihr Passagier bereit, an Bord zu kommen?«

»Wenn Sie soweit sind.«

Dupaynil würde durch eine der kleinen Luken aussteigen, einer Luftschleuse auf dem zweiten Flugdeck. Selbst wenn sie an eine Flottenstation anlegte, setzte Sassinak größere Innenräume nicht gern der Gefahr eines Druckverlustes aus. Sie warf einen Blick auf Dupaynil, der auf einem der Seitenmonitore zu erkennen war, und betätigte einen Schalter, um mit ihm zu sprechen.

»Es wird gerade Luft in die Röhre gelassen. Sie brauchen doch sicher keinen Druckanzug, oder?«

»Nein, danke.«

Er hatte bereits erklärt, was er von Druckanzügen hielt. Sassinak war versucht, ihm in dieser Hinsicht eine Lektion zu erteilen, aber unter den gegebenen Umständen wollte sie sich so freundschaftlich wie möglich von ihm trennen.

»Gut. Wir warten dann auf Ihr Abgangssignal.« Sie konnte auf dem Monitor erkennen, daß die Lampe über der Luke aufblitzte, zweimal blinkte und dann dauerhaft grün leuchtete.

»Bin unterwegs«, sagte Dupaynil. Dann machte er eine Pause und sah direkt in die Monitorkamera. »Commander? Ich wollte Ihnen keinen Ärger bereiten, und ich habe keine Ahnung, was der Initialisierungscode für Sie bedeutet. Ob Sie mir glauben oder nicht, ich habe nicht die Absicht, Sie zu verletzen.«

Und ich kann's nicht abwarten, bis Sie endlich mein Schiff verlassen haben, dachte Lunzie, lächelte ihm zuliebe aber. »Ich würde Ihnen gern glauben, und wenn es stimmt, hoffe ich, daß wir irgendwann wieder gemeinsam dienen werden. Gute Reise. Lassen Sie sich von diesen Seti nicht als Nestfüllung verarbeiten.«

Als die Statuslampe bestätigte, daß Dupaynil sicher das Schiff verlassen hatte und sich an Bord der Station befand, entfuhr Sassinak ein Seufzer der Erleichterung. *Jetzt* konnte sie Ford sagen, was sie eigentlich vorhatte – und ihn dazu überreden, daß er ihr half, das Manöver gegen Dupaynil zum Abschluß zu bringen. Dazu gehörten einige klare Worte zum Captain des Begleitschiffs, der davon überzeugt werden mußte, wie wichtig es war, daß er sofort aufbrach und unter allen Umständen den Mund hielt. Sassinak sorgte dafür, daß die *Zaid-Dayan* an der Station angedockt blieb, bis das Begleitschiff startete.

»Und wie haben Sie das geschafft?« Ford hatte gewartet, bis sie die Abhörsicherung ihres Büros eingeschaltet hatte. Sassinak grinste ihn an. »Und tun Sie nicht so unschuldig«, fügte er hinzu. »Ich weiß nicht, wie Sie's gemacht haben, aber irgendwie muß es Ihnen gelungen sein.«

»Sagen wir einfach, daß jemand, der seine ganze Karriere auf Schiffen verbracht hat, ein bißchen mehr drauf hat als ein Bürohengst vom Sicherheitsdienst.«

»Und Sie werden's mir nicht erklären, richtig?«

»Nicht alles. Würden Sie sich etwa darauf verlassen, daß Dupaynil alles wieder in Ordnung bringt, was er an Bord manipuliert hat?«

»Hmmm. Ich verstehe.«

»Und Sie sind klug genug, um sich selbst zusammenzureimen, was Sie wissen müssen. Sie können darüber nachgrübeln, während Sie nach Ihrer bemerkenswerten Verwandten suchen.«

»Aber was ist mit meiner Aussage? Ich kann noch nicht weg.« Sein Gesichtsausdruck änderte sich von einem Moment zum anderen. »Oh. Der einzige, der von diesen Befehlen wußte, ist … Bei allen Göttern, Captain, was haben Sie angestellt?«

»Ich habe die zur Verfügung stehenden Mittel genutzt, um mein Personal in einer äußerst heiklen Situation am effektivsten einzusetzen«, sagte Sassinak schroff. »Und mehr muß ich dazu nicht sagen. Ihre Aufgabe besteht darin, mögliche Verbindungen zwischen den verdächtigen Kaufmannsfamilien, den Planetenpiraten und dem Sklavenhandel aufzudecken. Meiner Einschätzung nach ist diese Angelegenheit von solcher Bedeutung, daß ich alle anderen Befehle außer Kraft setzen kann, die Sie sonst noch erhalten haben mögen.«

»Ähm … Ja, Captain.«

»Gut. Dupaynil wird in der Zwischenzeit herausfinden, ob die Seti irgendwie in diese Sauerei verwickelt sind. Mir ist gelegentlich zu Ohren gekommen, daß die Seti Mitgefühl für die Schwerweltler geäußert haben, weil sie Opfer genetischer Manipulationen geworden sind. Sicher wissen Sie, daß die Seti derartige Manipulationen grundsätzlich ablehnen und keinerlei eigene Biotechnik betreiben. Sie sind außerdem dafür bekannt, daß sie die Weber hassen, auch wenn niemand die Gründe zu kennen scheint und die Weber selbst sich nicht dazu äußern wollen.«

»Ich habe nie verstanden, warum die Seti überhaupt der Föderation beigetreten sind«, sagte Ford. Der Exkurs schien ihm ganz angenehm zu sein.

»Darüber soll sich Dupaynil den Kopf zerbrechen«, sagte Sassinak. »Was meinen Sie, könnten Sie mit einem direkten Anruf bei Ihrer Familie herausfinden, wo Ihre Großtante steckt?«

»Nein, wahrscheinlich nicht. Lassen Sie mich nachdenken. Die Familie trifft sich mindestens einmal pro Standardjahr in Homefaring, aber das sind fünf Monate von hier. Und sie reist viel durch die Gegend, wissen Sie. Angeblich besitzt sie eine der luxuriösesten Raumjachten. Vielleicht berichtet eines der Gesellschaftsmagazine über sie.«

»Gesellschaftsmagazine?«

Ford wurde rot. »So ist sie eben. Ich hab's Ihnen gesagt. Sie gehört zur untergeordneten Aristokratie, hält sich aber für eine der ganz Großen. Wenn wir sie gefunden haben, kann ich eine Nachricht von der Familie fälschen – ich meine verfassen –, die einen Besuch rechtfertigt.«

Sassinak kannte nicht einmal die Namen der Magazine. Während der nächsten Schicht stellte Ford eine Verbindung zum Normalraum her. Sassinak überflog die Seiten nur. Selbst als qualitativ minderwertige Kopien funkelten die Photographien nur so vor Luxus: juwelenbehangene Frauen in glänzenden Kleidern, Männer in protziger Hofkleidung mit knielangen Ordensbändern, die verschwenderische Inneneinrichtung ›eleganter Häuser‹, wie sie genannt wurden, Häuser, die ausschließlich dem Zweck dienten, den Reichtum ihrer Besitzer zu demonstrieren. Sassinak konnte sich beim besten Willen nicht vorstellen, in einem der zur Schau gestellten Betten tatsächlich zu schlafen, einem ›Meisterwerk der Bildhauerkunst‹, das tatsächlich von einem kleinen Wasserlauf geteilt wurde. Sassinak rümpfte unwillkürlich die Nase.

»Ah, da haben wir sie!« Ford zeigte auf einen Artikel. »Unter den angesehenen Gästen dieser Hochzeit – schauen Sie sich mal die sogenannte Braut an! – ist auch meine verehrte Tante. Sie wird anreisen, um in dieser Saison wieder an den Regenbogenfeiern teilzunehmen … und das heißt, daß sie sich irgendwo zwischen Zalaive und dem Regenbogen aufhält. Darf ich eine Suche starten?«

»Legen Sie los!« Sassinak hatte sich in eine Diskussion vertieft, in der es darum ging, warum Cuulinda in Kürze Folsath als neusten Lieblingssport der hohen Gesellschaft ablösen würde. Sie hatte von beidem noch nie gehört, und der Artikel erwähnte nicht, ob dieser Sport in Mannschaften, mit Tieren oder Computern gespielt wurde. Ford machte sich am Terminal zu schaffen und durchsuchte über Standardkontakt die umfassende Flottendatenbank, die über die Besitzer und aktuelle Position privater Schiffe Auskunft gab.

»Ah! Sie ist unterwegs nach Colles, zwei Wochen laut ETA, und es … Oh, zum Teufel!«

»Was?« fragte Sassinak und blickte auf.

»Nu ja. Ich kann Sie bis zu Ihrem nächsten Planetenaufenthalt erreichen, aber dafür müßte ich auf einem Tankschiff mitfliegen.«

Sassinak grinste ihn an. Tankschiffe standen im Ruf, daß sie die unbequemsten Transportmittel überhaupt waren, und die Besatzungen gaben sich keine Mühe, es Besuchern leichter zu machen.

»Das wird den Kontrast um so größer machen.« Sie warf einen Blick auf die Route, die er sich hatte anzeigen lassen. »Ich setzte Ihre Befehle außer Kraft, und Sie reservieren sich einen Platz auf diesem Tankschiff. Vergessen Sie nicht, dafür zu sorgen, daß Ihre Familie eine Nachricht schickt.«

»Mach ich.«

Seine Termine ließen ihnen nicht viel Zeit, aber da Lunzie und Dupaynil aus dem Weg waren, genossen sie einen letzten feierlichen Abend in Sassinaks Kabine. Dann war er fort, und Sassinak mußte sich um die letzten Planungen kümmern, während das Schiff sich dem übervölkerten inneren Sektor der Föderation näherte.

Sie fragte sich, wie Aygar auf die Publicity und den Kulturschock in der Föderationszentrale reagieren würde. Er hatte mehrere Stunden täglich in den Datenbanken der *Zaid-Dayan* recherchiert. Ford führte ein Protokoll seiner Zugriffe. Er hatte sich mit Marine- und Flottenpersonal unterhalten, und Einzelheiten darüber waren durch Kanäle zu Sassinak durchgedrungen, von denen Aygar sicher nichts wußte. Er hatte darum gebeten, einen der einfachen Eignungstests absolvieren zu dürfen, um seinen Ausbildungsstand einzuschätzen. Sassinak hatte die Erlaubnis erteilt, auch wenn Dr. Mayerd der Ansicht war, daß ›der Junge‹, wie sie ihn nannte, professionelle Hilfe brauchte.

Aus Respekt vor Aygars Privatsphäre hatte Lunzie noch nicht auf die Dateien zugegriffen, die die Ergebnisse enthielten. Seinem Verhalten nach zu urteilen, war er mit sich zufrieden. Sassinak hatte ihre Zweifel.

Er war ein auffälliger junger Mann und durchaus attraktiv, wenn man auf Muskeln und ebenmäßige Züge stand, und sie mußte zugeben, daß es bei ihr so war. Aber wäre ihre subtile Rivalität mit Lunzie nicht gewesen, hätte er sie kaum gereizt. Sie mochte erfahrene

Männer, mit denen sie sich austauschen konnte, Flottenoffiziere ihres Rangs oder knapp darunter. Er hatte alles, um junge Frauen wie Fähnrich Timran zu beeindrucken. Keine Frau hatte etwas gegen die begehrlichen Blicke eines jungen Mannes, solang er sich respektvoll verhielt. Aber Aaygar paßte nicht in diese Kategorie und auch in keine andere.

»Commander? Die Andockstation der Zentrale will Sie sprechen.«

Sie schreckte aus ihren Grübeleien und marschierte durch den Korridor auf die Brücke. Sie hatte noch mit keinem Schiff an die Föderationszentrale angedockt. Die wenigsten konnten das von sich behaupten. Die Flotte beschützte die Föderationszentrale, war hier aber in Truppenstärke nicht besonders gern gesehen. Manche Rassen, vor allem Menschen, fürchteten Militäraufstände und Putsche. Deshalb durften Schiffe sich nur langsam nähern, mußten weit vor dem System auf Unterlichtgeschwindigkeit abbremsen und auf einem (zeitraubenden und treibstoffintensiven) Zickzackkurs diverse Kontrollposten anfliegen, wo Abwehrsatelliten ihre äußere Erscheinung und ihre Befehle überprüften.

»Commander Sassinak, FES-Kreuzer *Zaid-Dayan*«, sagte Sassinak.

»Ach ja … Commander … äh … die Föderation verlangt von allen eintreffenden Kriegsschiffen, daß die Bewaffnung vollständig gesichert sein muß, bevor ein Schiff die äußere Abschirmung passieren darf.«

Sassinak runzelte die Stirn und fing einen Blick von Arly auf. Die *Zaid-Dayan* konnte es tatsächlich mit den meisten planetaren Verteidigungsanlagen aufnehmen. Sassinak hatte Verständnis dafür, warum manche Föderationsmitglieder nervös wurden, wenn über ihren Köpfen ein schwer bewaffneter Schlachtkreuzer mit menschlicher Besatzung kreiste. Aber ihr Vertrauen in den Sicherheitsdienst der Flotte war zur Zeit arg begrenzt. Sie wollte ihr Schiff nicht wehrlos machen.

»Sichern«, sagte sie mit einem Nicken zu Arly.

Arly runzelte die Stirn, aber mehr aus Konzentration denn aus Unzufriedenheit. Sie hatten bereits besprochen, was sie tun würden. Es blieb abzuwarten, ob es funktionieren würde. Die technische Herausforderung war jedenfalls interessant, dachte Sassinak und sah zu, wie Arlys Hände am Steuerpult hantierten.

In der Föderation gab es nur eine telepathisch veranlagte Rasse, nämlich die Weber. Weil die Weber gewöhnlich gut mit Menschen auskamen und nichts davon hatten, wenn sie Flottenschiffe entwaffneten, war es unwahrscheinlich, daß sich ein Weber beschweren würde. Die Seti würden sich mit Sicherheit über alles beschweren, was ihnen auffiel, und die pazifistischen Mitglieder der Föderation, die Bronthin, wären durchgedreht, wenn sie Bescheid gewußt hätten. Aber würden sie etwas bemerken? Würden sie der Bewaffnung dieselbe Aufmerksamkeit wie Sassinak und Arly widmen?

Die auffälligeren Teile der Bewaffnung, die in den Schiffsunterlagen aufgeführt wurden, mußten gesichert werden. Das bedeutete in diesem Zusammenhang, daß die Steuerschaltkreise lahmgelegt, die Projektile entfernt und in verschlossenen Kammern deponiert und die Energiezufuhr der EM-Projektoren und optischen Systeme gekappt werden mußte. Eine Sicherheitsmannschaft der Föderationszentrale würde an Bord kommen und den Zugang zu diesen Bereichen des Schiffs überwachen, um zu verhindern, daß jemand ein Geschoß abfeuerte oder etwas mit einem Laser grillte.

Aber die Kampfstärke der *Zaid-Dayan* beruhte nicht bloß auf ihrer offiziell verzeichneten Bewaffnung. Die gefährlichste Waffe, die einem je zur Verfügung stehen wird, hatte einer von Sassinaks Ausbildern an der Akademie einmal gesagt, befindet sich unter der eigenen Schädeldecke. Die Waffen, die man sehen oder in der Hand halten kann, sind nicht mehr als Metall- und Plastikklumpen.

Arly und Sassinak hatten sich Möglichkeiten überlegt, um die Steuerschaltkreise zu umgehen, und es geschafft, daß die Displays saubere Werte anzeigten, die Systeme aber immer noch funktionierten. Auf die Projektilgeschosse mußten sie allerdings verzichten, denn schließlich konnte sich jeder mit eigenen Augen davon überzeugen, ob noch etwas in der Röhre steckte. Aber die EM-Projektoren und die optischen Systeme waren zu gebrauchen, und die Schlösser der Geschoß- und Munitionsdepots ließen sich so herrichten, daß sie abgeschlossen aussahen.

»Admiral Coromells Büro«, sagte Sassinak und trat vor den Identifikationsbildschirm. Sie hatte keine Ahnung, wo auf diesem Planeten sich der Admiral aufhielt, aber darum würde sich der Kommunikationscomputer kümmern. Sicher war nur ein Admiral Coromell auf einmal hier.

»Admiral Coromells Büro, Leutnant Commander Dallish am Apparat.« Dallish sah wie die meisten Leutnant Commanders aus, die in einem Bodenposten festhingen: leicht gelangweilt, aber wachsam. Als er einen Moment Zeit gehabt hatte, Sassinaks Rang zur Kenntnis zu nehmen, erstrahlte sein Blick. »Commander Sassinak! Es ist mir ein Vergnügen. Wir haben von Ihrer aufregenden Reise gehört!«

Sassinak gestattete sich ein Lächeln. Sie hätte natürlich ahnen können, daß Gerüchte sich bis hier herumgesprochen hatten. Die Flotte behielt keine Geheimnisse für sich. »Ich sehe die Sache etwas anders. Ist der Admiral zu sprechen?«

Dallish wirkte aufrichtig enttäuscht. »Nein, Commander, tut mir leid. Er ist drüben auf Sechs zur Rhuch-Jagd und wird erst in einigen Wochen Standardzeit wieder hier sein. Sie könnten vielleicht …«

Sassinak schüttelte den Kopf. »Dafür bleibt leider keine Zeit. Ich habe Befehl, den Gefangenen abzuliefern und mich für Vorverhandlungen und Anhörungen zur Verfügung zu halten.«

»Bei Kipling! Tut mir leid, Commander. Wirklich schade. Das ist kein Raumhafen für einen Kreuzer.«

»Sie sprechen mir aus der Seele! Hören Sie, können Sie einen Ort empfehlen, wo die Mannschaftsmitglieder Urlaub machen können, die mit dem Fall nichts zu tun haben? Wo sie sich ohne großen Ärger amüsieren können?« Der neue Ausdruck in Dallishs Gesicht, eine plötzliche kühle Wachsamkeit, entging ihr nicht. Hatte sie ihn hervorgerufen oder etwas in seinem Büro, das von den Kameras nicht erfaßt wurde?

»Commander, vielleicht sollte ich besser an Bord kommen, und Sie können mir die Nachricht für Admiral Coromell persönlich übergeben.«

Ganz korrekt, ganz förmlich und völlig falsch; Sassinak hatte nichts von einer Nachricht erwähnt. Ihre Nackenhaare sträubten sich. »Gern«, sagte sie. »Wann dürfen wir Sie erwarten?«

»Äh … sechzehn Uhr nach Flotten-Standardzeit. Das ist dreiundzwanzig Uhr fünfzig Lokalzeit.«

Mit anderen Worten: sehr spät. Spät genug nach Flottenzeit, daß er hinterher nicht mehr ins Büro des Admirals zurückkehren würde; sehr spät nach lokaler Zeit.

»Einverstanden. Mit einem Flottenshuttle oder …«

»Mit einem Shuttle des Insystem-Sicherheitsdienstes der Föderation, Commander. Die Flotte verfügt über keine dezidierten planetaren Shuttles.«

Oho, dachte Sassinak. Das Flottenpersonal auf dem Planeten ist also isoliert, wenn der Sicherheitsdienst es nicht fliegen läßt? Sie verlangte und erhielt ein Identifikationsprofil und beendete das Gespräch. Als sie in die Runde blickte, stellte sie fest, daß ihre Brückenmannschaft offenbar zugehört hatte.

»Das gefällt mir nicht«, sagte sie zu Arly. »Wenn – und falls – ich mich auf den Planeten begebe, will ich, daß mir für alle Fälle eines unserer Shuttles zur Verfügung steht.«

Arly nickte, und ihre Augen funkelten. Sassinak wußte, daß sie an die letzte Shuttleexpedition dachte. Und die unerwartete Tollkühnheit der jungen Timran, die noch einmal Glück gehabt hatte.

»Die Lahmlegung der Waffensysteme umfaßt gewöhnlich auch die Lahmlegung der Shuttles«, mahnte Arly.

Sassinak sparte sich eine Antwort. Arly hatte ihre Befehle. Sie verstanden sich. Sassinak hoffte, daß ein unautorisierter Shuttleflug nicht nötig sein würde. Aber wenn doch, verließ sie sich darauf, daß Arly es irgendwie arrangieren würde.

Als Leutnant Commander Dallish wenig später mit dem Shuttle des Sicherheitsdienstes eintraf und in ihrem Büro erschien, entschuldigte er sich für seine Weitschweifigkeit vorhin.

»Der Admiral sagte mir, er sei der Ansicht, daß sie in einer einzigartigen Position sind, um Beweise gegen die Planetenpiraten zu liefern«, sagte er. »Aus diesem Grund hat er mich gebeten, alle erdenklichen Vorkehrungen zu treffen, wenn Sie mit seinem Büro Kontakt aufnehmen. Ich glaube eigentlich nicht, daß dort ein Verräter sitzt, aber bei dem ganzen ein und aus … und weil ein Ratsbürokrat darunter ist … Da wollte ich keine Risiken eingehen.«

»Sehr klug«, sagte Sassinak.

Im persönlichen Gegenüber sah er genauso aus wie auf dem Bildschirm: vielleicht fünf Jahre jünger als sie, professionell, aber nicht steif, und offenkundig intelligent.

»Sie haben um Landurlaub für Ihre Mannschaft gebeten. Um offen zu sein, hätten Sie sich keinen ungünstigeren Ort aussuchen können, vor allem zur Zeit. Wissen Sie, daß in diesem Jahr der Hohe Rat tagt?«

Sassinak gab ungern zu, daß sie nur vage Vorstellungen davon hatte, in welchen Abständen der Hohe Rat der Föderation tagte, und gab eine nichtssagende Antwort. Dallish fuhr fort, als habe sie etwas Intelligentes gesagt.

»Natürlich wird die ganze Arbeit in den vorausgehenden Sektionssitzungen erledigt. Der Hohe Rat hat vor allem eine repräsentative Funktion. Aber er tagt noch, wenn das Winter-Assisengericht zusammentritt. Ein günstiges Zusammentreffen für die Delegierten, wenn ein großer interkultureller Fall verhandelt wird. So wie diesmal. Und das bedeutet, daß die Hotels schon Monate vorher mit Delegationen aller Mitgliedsplaneten ausgebucht sind. Das Begleitpersonal trifft noch früher ein. Ihre Mannschaft wird natürlich, weil sie in den Fall verwickelt ist, vom Nachrichtendienst *und* vom Sicherheitsdienst der Flotte unter die Lupe genommen. Und wenn ihre Leute sich danach auf den Planeten wagen, werden die Presseleute sie bestürmen.«

Sassinak runzelte die Stirn. »Wie auch immer, ich kann sie nicht die ganze Zeit ins Schiff einsperren. Wir hängen fest, und es gibt nicht viel zu tun.« Im Hinterkopf ging sie die vielen langweiligen, zeitraubenden Routinearbeiten durch, die sie zuteilen konnte, aber da die Waffensysteme lahmgelegt und die Flugdecks wahrscheinlich abgesperrt waren, hätte sie ihre Mannschaft höchstens komplett beschäftigen können, wenn sie ihr befohlen hätte, das ganze Lebenserhaltungssystem mit Zahnbürsten zu säubern.

»Ich würde Ihnen empfehlen, Captain, daß Sie die

Leute, die bereits unter Eid ausgesagt haben und deren Aussage bestenfalls von untergeordneter Bedeutung ist, zum Landurlaub auf Sechs schicken. Das ist ein Erholungsgebiet: Jagen, Fischen, Segeln, ein paar gute Casinos. Und die Flotte unterhält eine Jagdhütte in den Bergen. Ihre Leute würden einen zivilen Frachter nehmen müssen, aber wenigstens hätten Sie sie vom Hals.«

»Ich reiße meine Mannschaft nicht gern auseinander.« Ohne die Daten abzurufen, wußte sie nicht genau, wie lang die Reise nach Sechs dauern würde; auf einer zivilen Insystem-Fähre würde es aber sicher Tage dauern. Wenn unterwegs etwas passierte … Sie verfolgte diesen Gedanken nicht weiter. Besser war's, wenn sie das ganze Lebenserhaltungssystem mit Zahnbürsten reinigten. Sie hatte die Erfahrung gemacht, daß man Ärger aus dem Weg gehen konnte, wenn man auf ihn vorbereitet war. Und es gab schlimmere Probleme als Langeweile.

viertes kapitel

»Mein lieber Junge!« Tante Q., dachte Ford, war die archetypische verwöhnte, reiche Witwe. An jedem Zentimeter nackter Haut trug sie funkelnde Juwelen: Ringe, Armbänder, Halsketten, Ohrringe und sogar einen zwischen die Augen implantierten Rubin. Ford hoffte zumindest, daß es ein Rubin war und nicht ein Blindes Auge, ein gentechnisch erzeugtes Schmuckstück. »Du ahnst nicht, wie sehr ich mich darauf gefreut habe, dich zu sehen!« Tante Q. hatte außerdem diese Stimme, vor der ihn sein Vater gewarnt hatte. Er hatte bereits das Gefühl, daß sein Rückgrat weich wurde und ihn zu einer ehrerbietigen Haltung zwang.

»Ich freue mich auch sehr«, brachte er über die Lippen.

Er hoffte, daß es aufrichtig klang. Ansonsten würde es ihm schlecht ergehen. Es hatte ihn viel Zeit und Geld gekostet, um Tante Q. aufzuspüren. Die meisten unmittelbaren Angehörigen hatten ihre Adresse absichtlich verlegt, und ihre Anwälte waren nicht geneigt, den privaten Kommunikationscode ihrer Jacht einem angeheirateter Großneffen zu verraten, der auf einem Flottenkreuzer diente. Er hatte sich schließlich an Vetter Chalbert wenden müssen, was mit einem qualvollen Verhör endete, das mit einer ganz harmlosen Frage anfing. »Aber warum willst du sie unbedingt sehen? Sind deine Mittel knapp oder etwas in der Art?« Am Ende hatte er alle läßlichen und Todsünden gestehen müssen, die er je begangen hatte.

Danach hatte er die Reise auf dem Tanker durchstehen müssen, dessen Brückenmannschaft Spaß daran hatte, es einem Mann, der von einem Kreuzer kam, möglichst schwer zu machen. Sie schienen zu glauben, daß Kreuzermannschaften in obszönem Luxus lebten und obendrein allen Ruhm einheimsten. Ford gab gern zu, daß ein Nachschubtransport weniger aufregend war als eine Piratenjagd, aber am dritten Tag hatte er die Nase voll davon, um Luxus beneidet zu werden, den er nie genossen hatte.

Tante Q. warf ihm einen Blick zu, der andeutete, daß sie alles im Griff hatte, drehte sich um und sprach in ein Mikrophongitter hinein. »Sam, mein Großneffe ist endlich eingetroffen. Wir sind also beim Essen zu dritt, und ich erwarte, daß Sie Ihr Bestes geben.«

»Ja, Madame.«

Ford wünschte, er hätte weglaufen können, wußte aber, daß es keinen Ausweg gab. Die Mannschaft des Tankers hatte darauf bestanden, daß er mit ihr aß, und sein Magen bäumte sich immer noch auf.

»Hast du dir etwas zum Anziehen mitgebracht?« fragte Tante Q. und sah Ford noch einmal scharf an.

Aber man hatte ihn vorgewarnt. Ein Teil seiner Auslagen war für Kleidungsstücke draufgegangen, die Tante Q. bei einem Gentleman für obligatorisch hielt.

»Natürlich ... es könnte aber sein, daß die Sachen ein wenig aus der Mode sind ...«

Sie strahlte ihn an. »Aber ganz und gar nicht, mein Lieber. Männerkleidung kommt nicht so leicht aus der Mode. Das ganze Gerede, an welches Bein man die Bänder heftet, ist doch Unsinn. Ein schwarzer Schlips reicht, Junge. Es kommt schließlich niemand zu Besuch ...«

Tante Q.s liebste Herrenmode war vor dreißig Jahren aktuell gewesen, eine Neuentdeckung der europäischen Herrengarderobe, die man im neunzehnten Jahrhundert auf der Alten Erde getragen hatte. Ford hielt die Sachen für lächerlich, aber das traf auf jede feine Kleidung zu und mußte wahrscheinlich so sein. Die Flotte erwartete nicht, daß man bestimmte Kleidung trug, sondern nur, daß man seine Arbeit tat. Er dachte daran, als er sich in seiner riesigen Passagierkabine im Spiegel betrachtete. Die Kabine war so groß wie Sassinaks Privatkabine und Büro an Bord der *Zaid-Dayan* zusammengenommen und mit Möbeln eingerichtet, die so teuer waren wie ihr Schreibtisch. Seine schwarze, korrekt sitzende Krawatte steckte zwischen steifen weißen Kragenspitzen. Teure Kragenknöpfe hielten die gestärkten Hemdaufschläge zusammen (gewöhnliche Knöpfe galten als langweilig und alltäglich) und Manschettenknöpfe die Manschetten. Es sah vollkommen lächerlich aus, und er konnte nicht anders, als sich selbst anzugrinsen. Er rückte mit einem Achselzucken die eng sitzende Smokingjacke zurecht. Wie seine Ausgehuniform betonte sie breite Schultern und eine schmale Taille, sofern man sie hatte, oder wurde mit einem weißen, weiten Hemd getragen, wenn nicht. Er trug bereits die engen schwarzen Hosen und die Lackschuhe. Er sah, seinem Empfinden nach, wie die Karikatur eines viktorianischen Dandys aus.

Im Spiegel erschien ein Gesicht hinter ihm: überheblich, halsstarrig, das ergrauende Haar zu komplizierten Locken und Haarrollen hochgesteckt, ein Diamantcollier um den faltigen Hals. Ihr Kleid, das kunstvoll so drapiert war, daß es vortäuschte, was sie in Wirklichkeit nicht mehr zu bieten hatte, war eine glänzende Masse aus schwarzem, mit silbergrauen Fäden durchwirktem Stoff. Aus ihrer Frisur ragten drei große Federn hervor, die in Grün- und Silbertönen schimmerten. Ford blinzelte. Das waren doch wohl keine …?

Sie zwinkerte ihm zu, und er mußte grinsen. »Ja genau, mein Lieber«, sagte sie. »Schwanzfedern von Ryxi, und du solltest mal hören, wie ich sie bekommen habe.«

Kaum zu fassen, aber dieser Besuch würde ihm Spaß

machen. Kein Wunder, daß sein Vater so überwältigt gewesen war; kein Mann unter fünfunddreißig hätte eine Chance gehabt. Ford machte eine schwungvolle Verbeugung, die sie als angemessenes Zeichen seiner Wertschätzung hinnahm, und hielt ihr den Arm hin. Die Berührung ihrer Hand war sanft, aber fest. Sie führte ihn unaufdringlich in ihr Speisezimmer.

Die dritte am Tisch war neben Ford und Tante Q. ihre ›Bekannte‹, die als Madame Flaubert vorgestellt wurde. Fords hervorragende Erziehung erinnerte ihn an alle denkbaren gesellschaftlichen Zusammenhänge, und sein in der Flotte geschultes Mißtrauen regte sich. Madame Flaubert hatte schauderhaft rotes Haar, einen noch üppigeren Busen als Tante Q. und trug eine verzierte Brosche, die groß genug war, um eine kleine Schußwaffe darunter zu verstecken. Die beiden Frauen verständigten sich mit gehobenen Augenbrauen, vielsagendem Nicken und Achselzucken, und Ford tat so, als bemerkte er es nicht. Schließlich beugte sich Madame Flaubert herüber und legte eine Hand auf Fords Arm. Er beherrschte sich soweit, daß er nicht zusammenzuckte.

»Sie sind also Lady Quesadas Urgroßneffe?« Ihre Stimme klang rauh, und ihre Resonanz ließ vermuten, daß Madame Flaubert eine Gesangsausbildung genossen hatte.

»Ihr angeheirateter Urgroßneffe«, sagte Ford glatt und nickte Tante Q. lächelnd zu. »Genaugenommen hat mein Vater in die Familie eingeheiratet.«

»Ich hab's dir doch schon erzählt, Seraphine«, sagte seine Tante etwas schnippisch.

»Entschuldige, aber du weißt doch, daß ich mit den Gedanken immer woanders bin.« Ford kam zu keinem Schluß, ob die Drohung, die in diesen Worten mitschwang, beabsichtigt oder zufällig war. Aber seine Tante setzte sich aufrechter hin; sie wußte etwas darüber. Madame Flaubert lächelte Ford an, und es war offensichtlich ein beherrschtes Lächeln. »Ihr Tante hat Ihnen vielleicht noch nicht erzählt, daß ich ihre spirituelle Beraterin bin.«

Ford konnte nicht verhindern, daß er die Augen aufriß und zu seiner Tante hinübersah. Auf ihren Wangen waren zwei rote Flecken erschienen. Sie verblaßten langsam, während er hinsah. Madame Flaubert drückte seine Hand, um seine Aufmerksamkeit zu erregen, und er zwang sich, ihrem Blick zu begegnen.

»Sie halten nichts von spirituellen Führern? Nein. Ich sehe, daß Sie ein praktisch veranlagter junger Mann sind, und ich nehme an, daß ... daß Ihre Flotte Sie nicht zu einer spirituellen Lebenshaltung ermutigt.«

Ford überlegte, was er Unverfängliches erwidern könne. Er hatte mit allem gerechnet, aber nicht damit, daß er sich bei Tisch in Gegenwart seiner berüchtigten Tante Q. über Spiritualismus unterhalten mußte. Madame Flaubert tätschelte schließlich seine Hand, so wie man ein Kind tätschelte, das sich gerade als Enttäuschung erwiesen hatte, und lächelte traurig.

»Ob Sie es glauben oder nicht, mein Lieber, ist es von geringer Bedeutung, solang Ihr Herz rein ist. Aber auf Sie, einen Mann, der seinen Lebensunterhalt mit dem Krieg verdient, sehe ich große Probleme zukommen, wenn sie keinen höheren Weg einschlagen.« Ihre Hand rutschte schwer von seiner herunter, ein kleiner Daumen berührte den Tisch, und sie lehnte sich in ihren Stuhl zurück und schloß die Augen. Ford warf seiner Tante, die stocksteif dasaß und die Lippen fest zusammengepreßt hatte, einen Blick zu. Sie sagte nichts, starrte an ihm vorbei auf den Tisch, bis Madame Flaubert stöhnte, sich aufsetzte und (wie Ford schon erwartet hatte) sagte: »Oh! Habe ich etwas gesagt?«

»Später, Seraphine.« Tante Q. hob die Kristallglocke, und als ihr leises Klingeln ertönte, trat ein livrierter Diener mit einem Tablett voller Speisen ein.

Was immer Tante Q. sonst noch zu bieten hatte, dachte Ford später am Abend, so arbeitete jedenfalls ein Wunder von einem Koch für sie. Es lag sicher nicht nur am Kontrast zu dem Fraß, den man ihm auf dem Tanker vorgesetzt hatte; auf der *Zaid-Dayan* und in zahlreichen eleganten Restaurants in verschiedenen Sektoren hatte er gut gegessen. Aber das hier war etwas Besonderes, Delikatessen auf einem Niveau, von dem er nicht zu träumen gewagt hatte. Nichts sah nach dem aus, was es war, oder schmeckte so, wie man es auf den ersten Blick vermutete, und Worte wie ›gut‹ oder ›köstlich‹ waren angesichts dieses Menüs einfach unzureichend. Wenn sein reizbarer Magen an Bord des Tankers nicht so gelitten hätte, wäre er dem kulinarische Himmel nahe gewesen.

Die Konversation dagegen war spärlich. Madame Flaubert warf Ford immer wieder vielsagende Blicke zu, sagte aber nichts, außer daß sie hin und wieder darum bat, ihr eine Schüssel zu reichen. Spirituelle Beratung machte offensichtlich hungrig; sie aß zweimal so viel wie Tante Q. und sogar mehr als Ford. Tante Q. stellte Ford oberflächliche Fragen über seine Familie und war mit den vagsten Antworten zufrieden. Er hatte das Gefühl, daß sie unter anderen Umständen gefragt hätte, welche Farbe die Strümpfe der Brautjungfern auf der Hochzeit seiner Schwester gehabt hatten und wer was geschenkt hatte, aber etwas lenkte sie ab. Plötzlich stieß Tante Q., während Madame Flaubert noch einen Bissen im Mund hatte, ihren Stuhl zurück.

»Wir werden uns zurückziehen«, sagte sie, »während du deinen Portwein trinkst.«

Madame Flaubert rief rot an, verschluckte sich fast und stand auf. Ford war bereits auf den Beinen und verbeugte sich vor ihnen. Portwein? Nachdem er abgeräumt hatte, war der Diener mit einem Tablett zurückgekehrt, auf dem eine Flasche, ein Glas und eine Zigarrenkiste standen, die Ford sich näher ansah. Er selbst rauchte nicht, und alles, was er über Zigarren gelesen hatte, warnte ihn, gar nicht erst damit anzufangen. Der Portwein war etwas anderes. Würde er seinen Magen beruhigen oder die Sache noch schlimmer machen? Und wie lang sollte er warten, bis er sich den Damen wieder anschließen durfte? Und vor allem: was taten die Damen eigentlich, während sie darauf warteten, daß ein Gentleman seinen Portwein austrank?

Er kostete einen Schluck und lächelte unwillkürlich. Wo immer Tante Q. dieses Zeug aufgetrieben hatte, es war genau das Richtige für seine Magenprobleme und wärmte ihn bis tief ins Innere. Er streckte die Beine unter dem Tisch aus und stellte sich vor, er sei der Herr all dessen, was er hier vor Augen hatte. Mit Ausnahme von Tante Q. natürlich, die immer die Oberhand behielt, wo immer sie sich gerade auch aufhielt.

Nach einiger Zeit erschien derselbe Diener, um das Tablett abzuräumen und Ford in ›den Salon der Madame‹ zu führen. Eigentlich in den Damensalon, dachte Ford, in den sich die Damen zurückzogen, während die Männer mit ihren Zigarren paffende und schmatzende Geräusche und üblen Gestank produzierten.

Der Salon seiner Tante war zurückhaltender eingerichtet, als Ford vermutet hätte: ein kleines Instrument mit großen schwarzen und kleinen weißen Tasten, zu klein für ein Piano (Ford rätselte, um was es sich handelte, fragte aber nicht); einige elegante, aber robuste Stühle, jeder ein Einzelstück; ein niedriger Tisch aus einem bemerkenswerten Holz, das man quer durch die Knoten und Wirbel gesägt hatte, so daß die komplizierte Maserung zum Vorschein kam; eine einzige hohe Vitrine, deren polierte Türen geschlossen waren, und zwei kunstvolle Radierungen an den Wänden, aber keine überladenen Exzentrizitäten, die er ihr nach ihren sonstigen Verschrobenheiten zugetraut hätte.

Madame Flaubert räkelte sich in einem Brokatstuhl in einer Pose, mit der sie, wie er vermutete, eine innere Anspannung überspielte, die sie nicht zugeben wollte. Sie kraulte ein haariges Etwas, das er erst auf den zweiten Blick als einen Hund erkannte. Sein Fell war zu phantasievollen Wirbeln gebürstet, und er trug ein juwelenbesetztes Halsband. Zwei glänzende schwarze Knopfaugen sahen Ford an. Der Hund kläffte einmal kurz, bevor er sich wieder in Madame Flauberts üppigen Schoß zurücksinken ließ. Fords Tante dagegen saß aufrecht vor dem Rahmen eines Wandteppichs.

»Ich erinnere mich an deinen Vater«, sagte Tante Q. »Damals war er fast noch ein Junge. Aus irgendeinem Grund schien er Angst vor mir zu haben. Sehr steif.«

Ford versuchte es bei ihr mit dem Lächeln, mit dem er bei anderen Frauen Erfolg gehabt hatte. »Wenn ich noch ein Junge wäre, würdest du mir auch Angst machen.«

»Das bezweifle ich.« Sie schnippte die Nadelspitze frei und zog einen blauen Faden. »Ich weiß, was dein Zweig der Familie über mich denkt. Zu reich, um vernünftig zu sein, zu alt, um zu wissen, was sie tut, und anstrengend. Habe ich nicht Recht?« Der Blick, den sie auf ihn richtete, war so scharf wie die Nadelspitze.

Ford grinste und zuckte die Achseln. »Verwöhnt, hochmütig, arrogant und manchmal langweilig. Was du sicher schon weißt.«

Sie warf ihm ein Lächeln zu. »Danke, mein Lieber. Verwandte sollten ehrlich zueinander sein, auch wenn es bei anderen Gelegenheiten unangebracht ist. Jetzt wissen wir, wo wir stehen, nicht wahr? Du bist nicht gekommen, nur weil du Spaß daran hast, eine verwöhnte, hochmütige, arrogante und langweilige alte Dame zu besuchen.«

»Nicht weil ich Spaß dran habe.« Ford erlaubte sich ein Stirnrunzeln. »Eigentlich war's Neugier.«

»Tatsächlich?«

»Ich wollte mich selbst davon überzeugen, ob du so schlimm bist, wie alle sagen. Ob du so krank und elend bist, wie du sagst. Welche Frau das sein kann, die einen Santon und dann einen Paraden geheiratet hat und beide wieder losgeworden ist.«

»Und jetzt?«

»Welche Frau das sein kann, die Ryxi-Schwanzfedern zum Abendessen trägt. Wie könnte da jemand widerstehen?«

»Ich kann dir nicht sagen, was du wissen willst«, sagte sie und wurde für einen Moment ernst. »Ich kann dir nicht sagen warum. Aber ich kann dir immerhin erzählen, wie das mit dem Ryxi gewesen ist.«

Ford war nicht überrascht, als ihm auffiel, daß Madame Flaubert in den Salon zurückgekommen war und ihrem Hund zuflüsterte, der sich in der Zwischenzeit auf ihrem Stuhl zusammengekauert hatte.

»Auch die Ryxi sind Mitgeschöpfe, die nach dem Licht streben«, sagte Madame Flaubert. »Der Schaden, den ein Spötter ...«

»Ich spotte nicht«, sagte Tante Q. scharf. »Ich wollte Ford nur erzählen, woher ich diese Federn habe.«

Sie fing zu erzählen an, ohne Madame Flaubert noch einmal anzusehen. Ihre Stimme zitterte erst, dann wurde sie fester. Ford hörte zu und amüsierte sich über die Geschichte. Er hätte voraussagen können, was eine feurige, reiche, junge Frau auf einem dieser prunkvollen Bälle zu tun imstande war, wenn ihr ›unverbesserlich biederer‹ Ehemann darauf bestand, daß sie sich diskret verhielt. Diskretion hatte aber offensichtlich nie zu Tante Q.s Stärken gezählt. Er konnte ihr jüngeres (und zweifellos schönes) Ich geradezu vor sich sehen, wie sie einem Ryxi aus dem diplomatischen Dienst mit spöttischen Herumgehüpfe den Hof gemacht hatte ... einem Ryxi, der sich dazu hatte hinreißen lassen, ihr die juwelenbesetzte Nadel aus dem Turban zu reißen und laut loszukrächzen (wie es Ryxi gelegentlich tun, wenn ihr Temperament mit ihnen durchgeht).

Er konnte sich ihren Schock vorstellen, ihren Wunsch, sich mit einer anderen Unverschämtheit zu revanchieren. Als der Ryxi sich in die letzten wilden Umdrehungen seines Balztanzes hineinsteigerte, hatte sie kräftig an seinen Schwanzfedern gezogen. Während der Ryxi, der halb vor Schmerz und halb vor Demütigung kreischte, wieder zur Ruhe kam, war sie davongelaufen und hatte sich in der aufgewühlten Menge versteckt.

Ford sah zu Madame Flaubert hinüber, die den Mund zu einem Ausdruck des Abscheus verzogen hatte. Er konnte ihren gedanklichen Kommentar fast hören: *Wie vulgär!* Ford stimmte ihr zu, war aber bei weitem nicht so empört.

Das Meiste, was er über die Reichen und Mächtigen wußte, empfand er als vulgär, aber es kümmerte ihn nicht. Und vor allem kümmerte es ihn nicht, welches Maß an Vulgarität sie den Handlungen eines anderen zusprachen. So zart ihre Familienbande auch waren, so würde er Tante Q. einer Madame Flaubert jederzeit vorziehen. Seine Tante hatte ihre Geschichte mit herausfordernd, fast trotzig gehobenem Kinn zu Ende erzählt. Er konnte sie sich als verwöhntes Kind mit Grübchen in den Mundwinkeln vorstellen. Diese Vorstellung brachte ihn ebenso zum Grinsen wie ihre Geschichte.

»Hat er keinen Protest eingereicht?« fragte Ford.

Seine Tante mußte sich zusammenreißen. »Natürlich. Aber ich habe auch protestiert. Schließlich hatte er immer noch meine Schmucknadel, und er hatte die öffentliche Ordnung gefährdet, weil er die Beherrschung verlor und sich zum Balzritual hinreißen ließ. Es ist kaum mißzuverstehen, selbst wenn man es noch nie gesehen hat.«

»Ich hab's schon einmal gesehen.« Ford hatte Mühe,

nicht laut loszulachen. Es muß das Spektakel des Jahres gewesen ein, dachte er bei sich.

»Es gab viel Gerede. Die Anwälte meines Mannes haben sich eingeschaltet, und schließlich haben beide Seiten ihre Anklagen zurückgezogen. Der Gesandte der Ryxi hat persönlich eine Entschuldigung geschickt. Alle bestanden darauf, daß ich dasselbe tue. Aber wir beide haben unsere Trophäen behalten. Ich mußte mich bereit erklären, sie niemandem zu zeigen – zumindest nicht in der Öffentlichkeit –, aber das ist Jahre her, und wir befinden uns auf meiner Privatjacht.«

Es klang, als rechnete sie mit einem Streit; ein Blick auf Madame Flaubert deutete an, mit wem. Ford hatte das Gefühl, daß er ihr zur Seite stehen müsse, erkannte aber, daß Tante Q. von ihren Männern erwartete (und sie so erzog), daß sie sich als ihre Beschützer fühlten.

»Das war eine wunderbare Geschichte«, sagte er ganz ehrlich. »Ich wünschte, ich wäre dabei gewesen.« Auch das meinte er ehrlich. Offizielle diplomatische Termine mit Vertretern verschiedener Rassen waren gewöhnlich qualvoll langweilig, aus dem einfachen Grund, weil niemand die Etikette einer fremden Kultur verletzen wollte. Flottenoffiziere mußten sich zur Verfügung halten und sich stundenlang höflich die Beschwerden von Zivilisten anhören, während alle attraktiven Vertreter des anderen Geschlechts sich auf der anderen Seite einer überfüllten Tanzfläche amüsierten. Er erinnerte sich, daß Sassinak ihm einmal von einem etwas aufregenderen Abend erzählt hatte, aber das war alles.

Seine Tante beugte sich herüber und berührte ihn an der Wange. »Glaub mir, du hättest deinen Spaß gehabt. Du hättest mir vielleicht sogar geholfen.«

»Aber natürlich.«

Sein Magen knurrte laut und beharrlich, und er spürte, daß er rot wurde. Seine Tante ignorierte das ungehörige Geräusch und wandte sich statt dessen Madame Flaubert zu, die auf Fords Magen starrte, als könne sie hineinsehen.

»Seraphine, könntest du vielleicht den Memokubus mit den Nachrichten von heute abend suchen?« Ihrem Tonfall nach war es mehr ein Befehl als eine Bitte. Madame Flaubert fuhr geradezu hoch, nickte aber rasch und setzte ihren Schoßhund auf den Stuhl.

»Natürlich.«

In dem Moment, als sie aufstand, bäumte sich Fords Magen auf, und er bemerkte, daß ihm schlecht wurde. Er fühlte sich klamm und kalt, und sein Blickfeld zog sich zusammen.

»Entschuldige mich bitte«, sagte er zwischen zusammengebissenen Zähnen.

Tante Q. nickte höflich und wurde starr. »Du bist ja ganz grün im Gesicht«, sagte sie. »Bist du krank?«

Ein weiterer Schmerz durchfuhr ihn, und er brachte kaum ein Flüstern über die Lippen. »Wahrscheinlich etwas, das ich auf dem Tanker gegessen habe.«

»Natürlich. Ich werde Sam eine Medizin holen lassen.« Sie stand so herrisch auf wie nach dem Abendessen. »Komm, Seraphine.«

Sie schwebten graziös hinaus, während sich Ford zur Tür schleppte. Er war auf eine eigentümliche Art verärgert darüber, daß er in ihrer Gegenwart die Beherrschung verloren hatte und daß sie ihn nötigte, allein in seine Kabine zurückfinden zu müssen. Er wollte sich nicht auf ihrem eleganten silbernen und rosenfarbigen Teppich übergeben, aber wenn er weit gehen mußte …

Er war kaum ein paar Schritte durch den Korridor gegangen, als ein kräftig gebauter Mann im weißen Kittel eines Chefkochs (auch das eine Uniform, die sich im Laufe der Jahrhunderte nicht geändert hatte), ihn unterm Arm faßte und zügig in sein Quartier zurückbrachte.

Er übergab sich heftig in die Toilette, bedauerte den

Verlust des köstlichen Abendessens und bemerkte kaum die schweigende, effiziente Hilfe des Kochs. Als er sein Gleichgewichtsgefühl zurückfand, wurde er ins Bett gesteckt, seine Kleidung über einen Stuhl gehängt, und die klamme Kühle ging in ein brennendes Fieber und schmerzende Gelenke über. Meine Ermittlung in der feinen Gesellschaft fängt ja gut an, dachte er und sank in einen unruhigen Schlaf.

Er erwachte mit einem faulen Geschmack im Mund, dem säuerlichen Geruch der Krankheit in der Nase, und hatte den Verdacht, daß hier etwas ganz und gar nicht stimmte. Er hatte schlecht geträumt, von lauter Dingen mit finsterer symbolischer Bedeutung (ein *schwarzer* Ryxi, der um den Sarg seiner Tante tanzte und in makaberem Triumph mit den beiden gestohlenen Schwanzfedern winkte; Commander Sassinak, die ihm eine glänzende Medaille überreichte, die sich in schwarzen Rauch auflöste, als er sie an seine Uniform stecken wollte; eine schuppige, schwarze Klaue, die eine Handvoll Flottenschiffe, darunter die *Zaid-Dayan*, wie Würfel auf ein Spielbrett warf, dessen Spielsteine Sonnen und Planeten waren.)

Er war ziemlich sicher, daß Madame Flaubert all das ›erklären‹ konnte, auf eine Weise freilich, daß sie ihn für seine Träume verantwortlich machen würde, wenn er sich nicht bessern wollte. Aber er war zu schwach, um sich zu bessern. Er konnte nicht einmal aufstehen. Jemand klopfte an die Tür, und er krächzte eine kaum vernehmliche Antwort.

»Entschuldigung, Sir, daß ich das Frühstück so spät bringe.«

Es war der Mann in Weiß, der Koch. Sam, wenn er sich recht erinnerte. Er hatte niemanden erwartet, aber wenn er mit jemandem gerechnet hätte, dann mit dem Diener, der das Abendessen serviert hatte. Sam trug ein volles

Tablett. Unter anderen Umständen hätte Ford den Geruch appetitlich gefunden, aber was immer es war, er wollte es nicht. Er schüttelte den Kopf, aber Sam brachte es trotzdem und stellte es auf einen Klapptisch, den er in der anderen Hand hielt.

»Es geht Ihnen immer noch nicht besser. Das sehe ich auf den ersten Blick.« Er zog das Tuch weg, das das Tablett bedeckte, und enthüllte einen kleinen Teller mit knusprigen Toastscheiben, kleinen Gläsern mit Wasser und Fruchtsaft und einer kleinen Pillenschale aus geschliffenem Glas. »Vielleicht werden Sie das hier nicht lang bei sich behalten, aber wenigstens werde ich einen Hinweis haben, was ich als nächstes ausprobieren kann …«

»Ich will nichts.« Er sprach mit einer heiseren Stimme, die er kaum als seine eigene erkannte. »Etwas auf dem Tanker …«

»Ich habe nicht angenommen, daß es etwas aus *meiner* Küche war.« Es klang fast ein wenig eingebildet, erfüllt vom Stolz eines Mannes, der sein Handwerk meisterhaft verstand. »Haben Sie einen Blick in die Kombüse des Tankers geworfen?« Sam hielt ihm ein Glas Wasser hin. Ford trank einen Schluck und hoffte, daß er den bitteren Geschmack in seinem Mund hinunterspülen konnte. Zumindest war seine Kehle nicht mehr so trocken.

»Sie haben mir gesagt, sogar damit angegeben, daß sie keine Kombüse haben. Sie bereiten ihr Essen selbst zu, indem sie einfach nur aufwärmen, was aus dem Synthesizer kommt.«

»Und ich nehme mal an, daß sie die Syntheseapparate nicht oft genug reinigen. Es ist nicht einfach, aus Synthesernahrung tolle Mahlzeiten zu zaubern, aber es muß einen auch nicht krank machen.« Während er das sagte, bot Sam einen Toast an, Ford schüttelte aber wieder den Kopf.

»Nur das Wasser, danke. Entschuldigen Sie, wenn ich Ihnen Unannehmlichkeiten bereitet habe.« Eine schwache Entschuldigung für den gestrigen Abend, als er ihm mehr als Unannehmlichkeiten bereitet hatte. Und was sollte er jetzt tun? Er hatte keinen Zweifel, daß man in Tante Q.s Kreisen den Gastgeber nicht mit seinen Krankheiten belastete. Aber er konnte nirgendwo sonst hin. Die *Zaid-Dayan* war unterwegs zur Föderationszentrale. Die nächste Flotteneinrichtung lag sechs Monate Reisezeit entfernt, selbst wenn die Jacht in diese Richtung geflogen wäre, was aber nicht zutraf.

»Überhaupt nicht, Sir.« Sam räumte den Toast ab, legte die Decke wieder über das Tablett und ließ das kalte Wasser auf dem Nachttisch stehen. Ford wäre am liebsten bald wieder gegangen. Ihm war nicht mehr so übel, aber er spürte, daß er sich längst noch nicht erholt hatte. »Bowers wird später kommen, um Ihnen beim Baden zu helfen. Ich werde die Madame darüber unterrichten, daß Sie immer noch unpäßlich sind. Sie hat sich natürlich nach Ihnen erkundigt.«

»Natürlich«, murmelte Ford.

»Sie bedauert, daß ihr Hausarzt zur Zeit in Urlaub ist, aber wenn wir unser Ziel erreichen, wird sie sicher in der lokalen Bevölkerung professionelle Hilfe für Sie finden.«

»Ich hoffe, daß ich sie dann nicht mehr brauchen werde.« Der Doppelsinn dieser Bemerkung fiel ihm selbst erst auf, nachdem er sie ausgesprochen hatte. Der Koch – der, von seinem Können abgesehen, nicht ganz dem entsprach, was er von Tante Q.s Koch erwartet hätte – lächelte ihn an.

»Das wäre natürlich das Beste, Sir, und ich hoffe es auch. Wir haben ein stattliches Sortiment an Medikamenten, wenn sie sich selbst etwas verabreichen wollen.«

»Nein, danke. Ich kuriere es aus. Solche Beschwerden halten nie lang an.«

Schließlich stand der Koch auf, nahm das Tablett und lächelte ein letztes Mal, bevor er zur Tür ging. Ford ließ sich in die Kissen zurücksacken. Seine Ermittlungen hatten ja gut angefangen! Er war sicher, daß Tante Q. ihn mochte – und daß sie ihm von all ihren Verbindungen zu den Paradens erzählt hätte –, aber es war nicht ihre Art, ihre Zeit mit einem kränkelnden Invaliden zu verschwenden. Er hoffte, das Virus, oder was immer es war, würde ihm nicht länger zu schaffen machen, als es bei solchen Krankheiten üblich war. Von seiner Mission abgesehen, wollte er noch einmal in den Genuß von Sams bemerkenswerten Kochkünsten kommen.

Zwei Tage später, nachdem er ein leichtes Frühstück ohne schwere Folgen überstanden hatte, begab er sich ins Speisezimmer. Er trug wieder die förmliche Tageskleidung eines Europäers aus dem neunzehnten Jahrhundert. (Er hielt es zumindest für die Kleidung eines Europäers – etwas von der Alten Erde, und die Europäer hatten in jenem Jahrhundert dominiert). Tante Q. hatte ihm zur Unterhaltung ein paar alte Bücher geschickt (echte Bücher mit Papierseiten) und sich zweimal täglich nach seinem Befinden erkundigt, ihn ansonsten aber in Ruhe gelassen. Er mußte zugeben, daß es ihm so lieber war, als jemanden um sich zu haben, auf dessen Gefühle er Rücksicht nehmen mußte.

Tante Q. begrüßte ihn mit reservierter Zuneigung. Madame Flaubert erkundigte sich geschwätzig nach seinen Symptomen, bis Tante Q. herrisch eine Hand hob.

»Also wirklich, Seraphine! Ich bin mir sicher, daß unser lieber Ford nicht über seine gequälten inneren Organe reden möchte, und offen gestanden, habe ich auch kein Interesse daran. Jedenfalls nicht vor dem Essen.« Madame Flaubert fügte sich widerwillig, bemerkte aber, daß Fords Aura unausgeglichen schien.

Das Essen war mal wieder ein kulinarisches Meisterwerk. Ford genoß jeden Bissen. Ihm fiel auf, daß Sam viel mit Farbe und Struktur gearbeitet und zugleich darauf geachtet hatte, daß die Zutaten seinem angeschlagenen Magen nicht zu schaffen machten. Tante Q. lenkte das Gespräch auf kuriose Sammelstücke, ein Thema, zu dem Ford nichts beitragen konnte. Er ließ sie mit Madame Flaubert freundlich darüber streiten, wie wahrscheinlich es war, daß eine bestimmte Urne in der Sammlung der Familie Tsing aus echter Wedgwoodware von der Alten Erde bestand oder ob es sich (wie Madame Flaubert behauptete) um eine der exzellenten Reproduktionen handelte, die auf Gaeshin im ersten Jahrhundert dieser Kolonie entstanden waren.

Sie schnappten erst wieder nach Luft, als das Dessert serviert wurde. Madame Flaubert reichte Ford ein Tablett mit feinem Gebäck und sagte: »Wir langweilen Sie doch sicher, aber vielleicht regt das hier Ihre Phantasie an.«

Ford nahm ein Stück Gebäck, dessen kräftig purpurrote Farbe in ihm die Hoffnung weckte, daß es mit Dilbeeren gefüllt war, die er am liebsten aß. Madame Flaubert stellte das Tablett weg. Seine Tante, bemerkte er, tunkte ihr Gebäck in eine Schale mit etwas Gelbem. Er biß in das blättrige Backwerk, fand seine Hoffnung bestätigt und schluckte, bevor er antwortete.

»Ich langweile mich nie, wenn ich von Dingen erfahre, die mir neu sind. Ich muß allerdings gestehen, daß ich den roten Faden verloren habe, als Sie über den Unterschied zwischen gepreßten und geschnitzten Ornamenten diskutiert haben.«

Wie erhofft hielt seine Tante einen kurzen Vortrag über diesen Unterschied und warum er für ihren Streit so wichtig war. Wenn sie wollte, konnte sie knapp, direkt und bemerkenswert witzig sein. Sie ist keine Idiotin und auch keine verwöhnte Müßiggängerin, dachte er bei sich. Wenn sie diesen Eindruck macht, dann will sie es so – weil es für sie funktioniert. Von zwei Stunden abgesehen, die Tante Q. sich hinlegte, um ›ihre Jugend zu erhalten‹, verbrachten sie den Rest des Nachmittags mit der Art von Familientratsch, zu dem sie am ersten Abend noch nicht gekommen waren. Tante Q. hatte sich über alle fernen Verästelungen ihres Familienstammbaums auf dem Laufenden gehalten. Vieles war Ford völlig unbekannt, darunter die Karrieren und Ehen seiner eigenen Verwandten und Vettern ersten Grades. Sie hielt seinen Bruder Asmel für einen Idioten, weil er seinen guten Job in den Prime-Laboratorien aufgegeben hatte, um sein Glück mit Lieselfellen zu versuchen; Ford war ihrer Meinung. Sie beharrte darauf, daß seine Schwester Tara das Richtige getan hatte, als sie diesen Bankangestellten heiratete, auch wenn Ford fand, daß sie zuerst die Grundschule hätte abschließen sollen.

»Du verstehst das nicht«, sagte Tante Q. zum dritten Mal, und diesmal erklärte sie es im Detail. »Dieser junge Mann ist ein entfernter Vetter von Maurice Quen Chang. Er war ein Bankangestellter, als Tara ihn heiratete, aber in zehn Jahren wird er es nicht mehr sein. Maurice ist der bei weitem gerissenste Investor in dieser Familie. Am Ende wird er zwei Schlüsselindustrien im Cordade-Sektor kontrollieren. Hat deine Schwester es dir nicht erklärt?«

»Ich habe sie nicht gesehen. Mutter hat es mir in einem Brief geschrieben.«

»Ach ja. Deine Mutter ist ein lieber Mensch. Weißt du, meine alte Freundin Arielle kannte sie als Mädchen. Bevor sie deinen Vater heiratete. Mit viel Rückgrat, sagte Arielle, und nicht im mindesten geneigt, gesellschaftlichen Konventionen zu gehorchen, aber charmant auf eine ruhige Art.« Ford hielt das für eine angemessene Beschreibung seiner Mutter, obwohl sie ihre Intelligenz, ihren Witz und ihre bemerkenswerte Schönheit ausließ. Er hatte ihre glatte, bronzefarbene Haut geerbt und den

Instinkt, der es ihm erlaubte, sich in jeder Gesellschaftsschicht zu bewegen. Aber es stimmte wohl, daß seine Mutter, wenn sie von den Beziehungen dieses Bankangestellten gewußt hätte, eine solche Form der Berechnung bei einer ihrer Töchter nie gebilligt hätte. »Ich bin mir aber sicher«, fuhr Tante Q. fort, »daß jede Tochter deiner Mutter aufrichtige Zuneigung für den jungen Mann empfunden hätte, unabhängig von seinen Beziehungen.«

»Mutter sagte dasselbe.« Interessant war, daß Mutter nie erwähnt hat, daß sie eine Freundin von Tante Q. kannte, so oft sie sich mit Vater auch über sie unterhalten hatte. Hatte sie nicht gewußt, daß Arielle Tante Q.s Freundin war? Oder hatte es sie nicht interessiert? Er versuchte dahinterzukommen und spürte eine zunehmende Wirrnis im Kopf. Er blinzelte, um seinen Blick zu klären, und bemerkte, daß Tante Q. ihn mit geschützten Lippen ansah.

»Du fühlst dich wieder krank.« Es war keine Frage. Er widersprach nicht; er fühlte sich tatsächlich wieder krank. Besuche von Verwandten sollten eigentlich unterhaltsam sein. Es wurde erwartet, daß man sich ihre Geschichten anhörte und Material für neue Geschichten lieferte, die sie weitererzählen konnten. Es wurde nicht erwartet, daß sie in luxuriös eingerichteten Zimmern unelegant zusammenbrachen und die Luft mit schlechten Gerüchen verpesteten.

Er bemerkte jetzt erst, daß er vom Stuhl seitlich auf den Boden gefallen war. Es war eine Schande. Sie sprach es nicht aus, und es war auch nicht nötig. Er wußte es. Er lag da, erinnerte sich daran, daß er atmen sollte und wünschte sich verzweifelt, wieder auf der *Zaid-Dayan* zu sein, wo ihn jemand auf die Krankenstation gebracht, wo das Diagnosegerät binnen Minuten festgestellt hätte, was mit ihm nicht stimmte und was zu tun war, und wo eine schroffe, aber fähige Mannschaft von Flottenmedizinern seine Behandlung überwacht hätte. Und Sassinak, die auf ihre Art vitaler war als Tante Q. in ihren wildesten Momenten, hätte ihn besucht und wäre nicht beleidigt hinausmarschiert. Mit der verrückten Klarheit eines Kranken erinnerte er sich an die juwelenbesetzten Zierschleifen auf Tante Q.s Schuhspitzen, als sie sich aus dem Stuhl stemmte, abwandte und hinausging.

Diesmal kam er im Bett wieder zu Bewußtsein, aber mit dem Gefühl, daß sich über ihm ein katastrophaler Streit abspielte. Er hatte überall Schrammen, und seine Haut zuckte unter der Berührung des Bettzeugs zusammen. Der Raum zwischen seinen Ohren, wo sein Geist lautlos vor sich hinarbeiten sollte, schien von leisem Knistern erfüllt zu sein, ein Gefühl, das er vor fünf Jahren schon einmal gehabt hatte, als er unter einem Anfall von Plahr-Fieber litt.

»Ich versichere Ihnen, Sam, daß Madames Neffe meiner Heilkräfte bedarf.« Diese affektierte Stimme konnte nur Madame Flaubert gehören.

Ford versuchte die Augen zu öffnen, aber ihm fehlte die Kraft. Er hörte etwas quietschen und einen Kleiderstapel rascheln.

»Seine Aura verrät die Natur seine Krankheit: sie wurzelt im spirituellen Sitz seiner dunkelsten Sünden. Durch Studien und Gebete bin ich gerüstet, damit fertigzuwerden. Ich brauche Ruhe, Frieden und darf auf keinen Fall gestört werden. Sie können jetzt gehen.«

Ford bemühte sich verzweifelt, die Augen zu öffnen, etwas zu sagen, aber er konnte nicht einmal zucken. War er irgendwie hypnotisiert worden? Hatte man ihm eine paralysierende Droge verabreicht? Panik durchfuhr ihn, aber nicht einmal das lockerte seine Muskeln. Zum ersten Mal hatte er das Gefühl, daß er hier, in einer luxuriösen Kabine auf einer Privatjacht, umgeben von reichen alten Frauen und ihren Dienern, tatsächlich *sterben* könnte. Er konnte sich keinen schrecklicheren Tod vorstellen.

Im selben Moment, als er dies dachte, spürte er eine feiste, feuchte Hand auf seiner Stirn. Spitze Fingernägel bohrten sich ein wenig in die Haut seiner rechten Schläfe. Ihm fiel eine Vision aus seinem Alptraum wieder ein: eine schuppige Klaue, die ihm Begriff war, ihm das Schädeldach wegzureißen. Der Duft von Madame Flauberts Kölnischwasser vermischte sich mit dem eingebildeten Geruch eines zähnestarrenden Reptilienmauls. Er wollte würgen und konnte sich nicht rühren.

»Sie können jetzt gehen«, wiederholte sie, irgendwo neben seiner linken Schulter. Offensichtlich war Sam nicht gegangen; Ford hoffte inständig, daß er bleiben würde, aber er konnte nicht einmal einen Zeh rühren, um ihm ein Zeichen zu geben.

»Tut mir leid, Madame«, sagte Sam, und es klang eher wie ein fester Entschluß als wie eine Entschuldigung. »Ich glaube, es ist für uns alle besser, wenn ich bleibe.« Er sprach es auf eine Weise aus, daß Ford sich wünschte, er könne lächeln. Es schwang ein Unterton von unerschütterlicher Rechtschaffenheit mit, als sei er davon überzeugt, daß Madame Flaubert Bescheid gewußt hatte – was sie vielleicht ihren außergewöhnlichen Talenten verdankte. Als Ford an ihre Hände auf seinem Körper dachte, fuhr er tatsächlich zusammen.

»Ihre Stimme tut ihm weh«, sagte Madame Flaubert. Eine leise, bissige Stimme, die dasselbe Schaudern hervorrief. »Haben Sie dieses Zucken nicht gesehen? Sie gehen jetzt besser, oder ich sehe mich gezwungen, mit Ihrer Herrin zu sprechen.«

Kein Geräusch deutete darauf hin, daß er gehorchte. Ford bemühte sich noch einmal, die Augen zu öffnen, und brachte auf einer Seite die Lider fast auseinander. Dann glitt diese Hand seine Stirn hinunter, und er spürte einen Daumen auf den Lidern.

»Madame hat mir die Erlaubnis erteilt. Sie hielt es auch für das Beste.«

Ein regelrechtes Zischen folgte, ein Geräusch, von dem er schon einmal gelesen, das er aber noch nie aus dem Mund einer Frau vernommen hatte. Der Daumen drückte sich fester auf sein Auge. Ford sah funkelnde Lichtwirbel. Dann ließ der Daumen mit einem letzten Ruck locker, der eine Warnung zu sein schien, und die Hand sackte schwer auf seine Schulter.

»Ich kann mir vorstellen, was sie damit gemeint hat.« Jetzt klang Madame Flaubert fast verdrießlich, eine Frau, die von falschen Verdächtigungen in die Irre geführt wurde.

»Sie hat ... sie hat manchmal solche Gedanken.« Ein leises Kratzen am anderen Ende der Kabine; ein Geräusch, als ob sich jemand in einen Stuhl setzte. »Sie hat nicht vergessen, warum Sie hier sind. Und ich auch nicht.«

Madame Flaubert rümpfte die Nase. Es klang so vielsagend und so falsch wie ihr Zischen. »Sie vergessen sich, Sam. Ein Diener, der ...«

»Madames Koch.« Die Betonung war unüberhörbar. Madames Koch – ihr und nicht Madame Flauberts loyaler Diener. Und war sie jemand, den er nur auf Geheiß seiner Herrin tolerierte?

Ford wünschte sich, er hätte klar denken können. Er wußte zuwenig darüber, welche Loyalitäten in solchen Situationen ausschlaggebend waren. In der Flotte hätte nur ein vertrauenswürdiger Unteroffizier eines guten Offiziers mit solchen Untertönen wie Sam gesprochen. Aber er konnte sich seine Tante Q. kaum als guten Offizier vorstellen. Oder vielleicht doch? Und warum war Madame Flaubert an Bord, wenn weder Tante Q. noch ihr treuer Diener sie wollten?

»Wie auch immer. Sie können kaum etwas dagegen haben, daß ich ihn heilen will.«

»Solang das alles ist.« Sams Stimme war etwas flacher geworden. Aus Wachsamkeit? Aus Angst?

»Wer von Gewalt lebt, stirbt an ihrem Entzug«, tönte Madame Flaubert. Ford spürte, wie etwas Zartes sein Gesicht berührte, und war gerade zu dem Schluß gekommen, daß es sich um einen Schal oder einen Schleier handelte, als Madame Flaubert es wieder wegzog. »Ich sehe Schmerz in dieser Aura. Ich sehe Gewalt und Trauer. Ich sehe einen Schatten von Bosheit aus der Vergangenheit und sein ungeborenes Kind der Dunkelheit …« Sie hatte einen eigenartigen, nicht ganz musikalischen Ton angeschlagen, der sich in Fords Kopf zu bohren schien und das Denken unterband. Er konnte förmlich spüren, wie er von dieser Stimme davongetragen wurde, als sei sie ein schwerer Strom von Honig.

»Was haben Sie vor? Wollen Sie, daß er sich schuldig fühlt?« Sams Stimme brachte ihre zum Verstummen, und Ford hatte das Gefühl, als stürze er aus mehreren Metern Höhe ab. Ein Krampf durchzuckte seinen Fuß; er spürte, wie die Laken an ihm zerrten. Bevor Madame Flaubert sich rühren konnte, massierten Sams starke Hände den Fuß und lösten den Krampf.

»Fassen Sie ihn nicht an!« rief sie. »Sie behindern den Strom der Heilkräfte, sofern er in ihrer Anwesenheit überhaupt ins Fließen kommt.«

»Er hat sich zu lange nicht bewegt. Er braucht eine Massage.« Wo Sams Hände ihn massierten, spürte Ford Wärme und hatte das Gefühl, daß er sich fast wieder aus eigenen Kräften bewegen konnte.

»Unmöglich!« Ihre Hand rutschte von seiner Schulter. Er hörte ein Rascheln, als sie aufstand. »Ich kann nichts bewirken, wenn Sie seine Beine wie Brotteig durchkneten, seine Aura aufrühren, die Zeichen verwirren. Seien Sie so freundlich, mich darüber zu unterrichten, wenn Sie fertig sind! Das heißt, wenn er dann noch am Leben ist.« Ein seltsames Geräusch folgte, ein vielfaches Rascheln, dann fügte sie hinzu: »Ich werde dieses Schutzsymbol bei ihm lassen.«

Es lag kalt auf seiner Stirn, so kalt, als könne es ihm direkt ins Hirn dringen. Er rang um Atem. Aber sie ging, das Rascheln entfernte sich, und er hörte, daß die Tür geöffnet und geschlossen wurde. Sofort zog eine warme Hand das Ding weg, was immer es auch war, und ein warmer Finger zog ein Augenlid hoch. Irgendwie überraschte es ihn, daß er Sams Gesicht sah, der auf ihn herunterstarrte. Der Mann schüttelte den Kopf.

»Sie sind ein kranker Mann. Machen Sie sich nichts vor. Sie hätten nie versuchen sollen, ihre Großtante auszutricksen, Junge … Sie spielt in einer anderen Liga.«

fünftes kapitel

»Das war keine gute Idee«, brummte jemand vom Ärzteteam, als sie am einzigen vollausgestatteten Raumhafen von Diplo müde aus dem Shuttle stapften. Lunzie achtete nicht darauf, wer es sagte; sie war seiner Meinung. Ihr Druckausgleichsanzug klebte an ihr wie ein Gürtel, der den ganzen Körper umschloß. Wenn der Steuerschaltkreis richtig funktionierte, stellte er von den Zehen bis zum Hals einen Druckgradienten her, ohne die Beweglichkeit der Gelenke einzuschränken – zumindest nicht allzu sehr. Darüber trug sie die Oberbekleidung, die für Diplos strenge Winter empfohlen wurde, leicht und warm auf einer Ein-G-Welt, aber (nörgelte sie im Stillen) schwer und sperrig hier. Sie spürte, wie ihre Füße in die extra dick gefütterten Stiefel einsanken, die sie tragen mußten, und jeder einzelne Knochen klagte über die zusätzliche Last.

»Winter auf Diplo«, sagte Conigan und zeigte mit einer umhüllten Hand auf die runden Fenster des Terminals hinaus. Der Wind blies einen Schneeschauer gegen das Gebäude, und es erbebte. Schneeflocken, erinnerte sich Lunzie, ähnelten hier mehr Graupel- oder Hagelkörnern. Der aufziehende Sturm hatte ihr Shuttle stark abgebremst. Sie hatte etwas auf dem Rumpf klirren hören.

Wenigstens hatten sie den Zoll hinter sich. Erst waren sie in der Orbitalstation, dann im Terminal von Schwerweltlern durchsucht worden, die den Alpträumen von Leichtgewichten entsprungen zu sein schienen. Groß, stämmig, ihre Gesichter Masken der Feindseligkeit und des Mißtrauens, in Uniformen, die Muskelpakete und breite Schultern betonten, hatten sie auf eine arrogante Weise die Ermächtigungen und die Ausrüstung der Mannschaft unter die Lupe genommen. Lunzie erlebte einen Anflug von Panik, als ihr klar wurde, wie überheblich diese Schwerweltler waren, aber ihre mentale Disziplin schaltete sich ein, und sie entspannte sich fast augenblicklich wieder. Die Schwerweltler hatten bisher nicht mehr getan, als sich unfreundlich verhalten, und das kümmerte sie nicht weiter.

Aber diese Unfreundlichkeit ließ das Minimum an Höflichkeit, das ihnen jetzt entgegengebracht wurde, fast wie eine herzliche Begrüßung erscheinen. Ihnen wurde ein Lastwagen für die Ausrüstung und eine Fahrt zum Forschungszentrum angeboten. Niemand nahm Anstoß daran, daß ihr Begleiter nur ein Student war und nicht, wie zu erwarten gewesen wäre, ein Mitarbeiter der Fakultät.

Wenn Lunzie gehofft hatte, daß ihre Erlebnisse auf Ireta sich auf Diplo noch nicht herumgesprochen hatten, dann wurde sie bald eines Besseren belehrt. Nachdem der Student einen Blick auf die Namensliste geworfen hatte, lächelte er sie sogar an.

»Dr. Lunzie? Oder nennen Sie sich Mespil? Sind Sie nicht die, die so oft im Kälteschlaf gelegen hat? Aber die Schwerweltler auf dieser Expedition haben *Sie* in den Kälteschlaf versetzt, nicht wahr?«

Lunzie hatte mit den anderen Ärzten noch nicht viel über die Geschehnisse gesprochen. Sie war sich ihrer Neugier bewußt.

»Nein«, sagte sie so ruhig, als diskutiere sie über verschiedene Methoden der Datenrecherche. »Ich war die Ärztin. Ich habe unsere Leichtgewichte in den Kälteschlaf versetzt.«

»Aber es hielten sich doch Schwerweltler auf Ireta auf, und …«, begann der Student. Der Stimme nach war er jung, aber sein stämmiger Körper ließ ihn älter erscheinen.

»Sie haben gemeutert«, sagte Lunzie, immer noch ruhig. Wenn er das andere gehört hatte, dann hätte er auch davon wissen müssen. Aber vielleicht hatte der Gouverneur die Fakten so verdreht, daß sie seinem Volk genehm waren.

»Oh.« Er warf einen kurzen Blick über die Schulter, bevor er den Wagen in einen Tunnel steuerte. »Sind Sie sicher? Gab es kein Mißverständnis?«

Die anderen verhielten sich völlig ruhig. Lunzie spürte, daß sie ihre Version der Geschichte gern gehört hätten, aber nicht hier. Der Student machte einen harmlosen Eindruck, aber wer wußte das schon?

»Ich kann nicht darüber reden«, sagte sie und versuchte einen Ton freundlicher Entschlossenheit anzuschlagen. »Es wird ein Prozeß stattfinden, und bis dahin darf ich mich nicht über den Fall äußern.«

»Aber das ist ein Föderationsgesetz«, sagte er ärgerlich. »Es ist hier nicht bindend. Hier können Sie darüber reden, und niemand wird davon erfahren.«

Lunzie unterdrückte ein Grinsen. Studenten waren überall gleich! Wenn sie etwas wissen wollten, glaubten sie immer, das Gesetz sei für sie nicht bindend. Natürlich war es möglich, daß die restliche Bevölkerung von Diplo dieselbe Einstellung zu den Föderationsgesetzen hatte – was die FES auch vermutete –, aber vielleicht war es auch nur die reine Neugier eines Studenten.

»Tut mir leid«, sagte sie, auch wenn es ihr überhaupt nicht leid tat. »Ich habe es versprochen, und ich breche keine Versprechen.« Erst nachdem sie es gesagt hatte, fiel ihr das alte Schwerweltler-Sprichwort ein, daß Zebara ihr eingebleut hatte: *Breche Knochen! Keine Versprechen!* Sie schauderte. Sie hatte nicht die Absicht, Knochen zu brechen – oder sich von anderen brechen zu lassen –, wenn es sich vermeiden ließ.

Ihre ersten Tage auf Diplo waren ein ständiger Kampf gegen die höhere Schwerkraft und die Maßnahmen, die sie erforderlich machte, um zu überleben. Lunzie haßte die tägliche Anstrengung, sich in einen sauberen Druckanzug hineinwinden zu müssen, die subtilen Anpassungen, die für die Erhaltung der Körperfunktionen nötig waren, die straffe Umhüllung, die ihr das Gefühl gab, die ganze Zeit in einer Falle zu sitzen. Die mentale Disziplin konnte einen Teil der Ermüdung kompensieren, unter der ihre Kollegen Tailler und Bias litten, zumindest eine Zeitlang, damit ihre Finger nicht von den Instrumenten rutschten oder zitterten, wenn sie aß. Aber am Ende eines Arbeitstages waren sie alle müde und versuchten, nicht mürrisch zu sein.

Ein zusätzliches Beschwernis waren Diplos natürliche Umdrehungsperiode und die offizielle Tagesdauer, die genau um den Bruchteil länger als ein Standardtag waren, daß sie Besucher erschöpften, eine Anpassung an die Standardmaße aber nicht rechtfertigten.

Lunzie fand die Forschung faszinierend und mußte sich daran erinnern, daß der eigentliche Grund für ihr Kommen nichts mit der Reaktion von Schwerweltlern auf den Kälteschlaf zu tun hatte. Vor allem blieb ihr nur eine begrenzte Zeit, um mit Zebara Kontakt aufzunehmen. Sie hatte inzwischen herausgefunden, daß er noch lebte und sich auf Diplo aufhielt. Es konnte schwierig werden, mit ihm Kontakt aufzunehmen, und es war nicht ausgemacht, ob sie auf seine Hilfe zählen konnte. Aber Zebara war ihre einzige Möglichkeit. Er war inzwischen mindestens achtzig, erinnerte sie sich, selbst wenn das Leben auf Schiffen und auf Planeten mit niedriger Schwerkraft seine Lebenserwartung sicher erhöht hatte. Er und Lunzie hatten einander einmal vertraut; würde dieses alte Vertrauen ausreichen, daß er ihr die Informationen lieferte, die sie brauchte? Vorausgesetzt, er war überhaupt in der Lage, ihr zu helfen.

Am Ende der ersten Woche wurde dem Team die erste offizielle Anerkennung zuteil: eine Einladung zu einem Empfang und einem Tanz im Palast des Gouverneurs. Das Team beendete früh die Arbeit. Lunzie legte sich für eine Stunde in eine heiße Wanne, ehe sie sich anzog. Die Notwendigkeit, daß sie ständig Druckanzüge tragen mußten, brachte es mit sich, daß die ›formelle Kleidung‹ von Frauen hier weniger enthüllte als üblich. Lunzie hatte ein grünes Kleid mit langen Ärmeln und hohem Kragen eingepackt, das die Schutzkleidung bedeckte, aber eng anlag. In Diplos hoher Schwerkraft hingen lange, weite Kleider ungleichmäßig herunter. Man hatte sie vorgewarnt, und dieses Kleid war gerade weit genug, daß sie darin bequem gehen und tanzen konnte. Sie sah in den Spiegel und lächelte. Sie sah zerbrechlicher aus, als sie es tatsächlich war, und weniger gefährlich. Also genau richtig.

Das Team versammelte sich in Taillers Zimmer, um auf das Fahrzeug zu warten, das sie zu den Festlichkeiten bringen sollte. Lunzie erkundigte sich nach dem Grundstück des Gouverneurs.

»Es ist wirklich ein Palast«, sagte Tailler, der schon einmal dort gewesen war. »Er steht unter einer eigenen Kuppel, deshalb konnten sie für die Fenster dünneres Plexiglas verwenden. Er ist von Gärten umgeben, die selbst in dieser Jahreszeit noch farbenfroh sind. Es ist ein prachtvoller Anblick. Natürlich sind die Kosten, die für die Unterhaltung aufgewendet werden müssen, angesichts der allgemeinen Armut wirklich exorbitant.«

»Früher war es nicht so schlimm«, unterbrach Bias. »Es war erst das jüngste Bevölkerungswachstum, das die Ressourcen derart verknappt hat.«

Tailler runzelte die Stirn. »Sie haben lange Zeit gehungert, Bias. Das Leben auf Diplo war nie einfach.«

»Aber Sie müssen zugeben, daß es sie nicht zu stören

scheint. Jedenfalls geben sie nicht dem Gouverneur die Schuld.«

»Nein, und das ist so unfair daran. Sie geben *uns* die Schuld, der Föderation, obwohl es ihre eigene Verschwendung ist, die ...«

»Psst.« Lunzie glaubte, sie habe jemanden draußen im Korridor gehört. Sie wartete; nach einer langen Pause klopfte jemand an die Tür. Sie öffnete sie und stand einem uniformierten Schwerweltler gegenüber, den zahlreiche Ordensbänder, Medaillen und goldene Haarknoten schmückten. Sein ausdrucksloses Gesicht gab nichts preis, aber sie hatte das Gefühl, daß er die letzten Sätze ihres Gesprächs belauscht hatte.

»Wenn Sie soweit sind, können wir zum Palast aufbrechen«, sagte er.

»Danke«, sagte Lunzie. Sie hörte, wie die anderen ihre Außenbekleidung zusammenkramten. Ihren eigenen silbernen Anorak hielt sie in der Hand.

Unter der Kuppel glitzerte der Palast im versprochenen Prunk. Ringsum leuchteten breite Rasenflächen und streng angelegte Blumenbeete im Licht sorgfältig plazierter Scheinwerfer. Das Ärzteteam ging über einen schmalen Streifen aus silbrigem Material, das wie ein Stahlnetz aussah, sich unter den Füßen aber weich wie ein Teppich anfühlte. Das Team eines Nachrichtensenders schaltete grelle Scheinwerfer ein, als sie die massigen Türen und den Kopf des Empfangskommitees erreichten.

»Lächeln! Wir werden jetzt berühmt«, brummte Bias.

Lunzie hatte nicht damit gerechnet, lächelte aber trotzdem in die Kamera. Andere blinzelten im Scheinwerferlicht und überhörten die erste von vielen Anweisungen. Lunzie grinste, als sie ihre unbeholfen gestotterten Antworten hörte. Solche Begrüßungsrituale waren ganz einfach, solang man nicht vergaß, zwischen zwei der fünf oder sechs akzeptablen Grußformeln zu wechseln, und ständig lächelte. Als sie der Hälfte der Leute, die zu ihrer Begrüßung anstanden, die Hand geschüttelt hatte und ihr Floskeln wie ›Das ist ganz reizend‹ oder ›Freut mich sehr, Sie kennenzulernen‹ immer flüssiger über die Lippen kamen, arbeitete es in ihrem Hinterkopf schon wieder.

Warum, fragte sie sich, kopierten die Schwerweltlerinnen ausgerechnet hier die Mode der Leichtgewichte, wo sie auf Diplo doch sonst überall Kleidung trugen, die für ihre Kraft und Größe besser geeignet war? Mit Rücksicht auf die unterschiedlichen Proportionen hätte man auch für sie feine Abendkleider schneidern können. Aber keine Schwerweltlerin sollte ein enges Satinkleid mit Volants an den Hüften tragen, oder ein Kleid, dessen seitlicher Schlitz so aussah, als habe es einfach dem inneren Druck nachgegeben.

Einer der Männer – der ihr als Vizegouverneur vorgestellt wurde, als ihre Hand in seiner massige Faust verschwand – hatte sich ebenfalls für die aktuelle Mode der Leichtgewichte entschieden. Und wenn es etwas Dämlicheres gab als einen Schwerweltler, der einen Knoten rosaroter und limonengrüner Bänder ums Knie gebunden trug, konnte sie es sich jedenfalls nicht vorstellen. Das Hemd mit den langen, weiten Ärmeln paßte noch zu ihm, nicht aber diese engen, kurzen Hosen! Lunzie mußte sich mit Gewalt beherrschen und ging zum nächsten weiter. Der Gouverneur selbst trug einen eher konservativen dunkelblauen Anzug, einen Overall von der Art, wie Lunzie seit ihrer Ankunft viele gesehen hatte.

An zwei langen Tischen, die in einem Winkel am Stirnende des großen Saals standen, wurden Erfrischungen serviert. Lunzie ließ sich von einem Diener einen massigen, silbernen Becher reichen, der eine trübe Flüssigkeit enthielt, und nippte daran. Sie mußte vorsichtig sein und trank nur in kleinen Schlucken, glaubte aber nicht, daß das Getränk stark genug war, um sie umzubauen. Sie aß einen Cracker mit etwas Orangenem darauf und zwei grüne Gebilde, die sie für Süßigkeiten hielt, und ging weiter, lächelte und nickte den Schwerweltlern ringsum zu. Abgesehen vom Ärzteteam waren die einzigen Leichtgewichte der FES-Konsul und einige Konsulatsbeamte.

Sie erkannte einige Schwerweltler wieder: Wissenschaftler und Ärzte aus dem medizinischen Zentrum, in dem sie gearbeitet hatte. Sie standen beieinander und fachsimpelten, während die politischen Gäste – hohe Regierungsbeamte, Angehörige des Parlaments von Diplo (von dem Lunzie gehört hatte, daß es unter der Knute des Gouverneurs stand) – sich um die ›Vertiefung der menschlichen Kontakte‹ bemühten.

Die grünen Dinger stellten sich als salzig, nicht süß heraus, und die orangefarbenen Brocken auf dem Cracker waren kein Käse, sondern eine Art Frucht. Am anderen Ende des Saals kündigte ein lautes Geschrei von einer erhöhten Plattform eine Musikdarbietung an. Lunzie konnte nicht über die höheren Schultern ringsum hinwegsehen. Während sich der Saal füllte, war ihr mehr und mehr wie ein Kind zumute, das sich in eine Erwachsenenparty geschlichen hatte.

»Lunzie!« rief der Vizegouverneur. Seine weiten weißen Ärmel bauschten sich auf, und die Bänder an seinen Knien schaukelten. Er faßte ihre freie Hand. »Darf ich Ihnen meine Nichte Colgara vorstellen?«

Colgara war nicht so groß wie ihr Onkel, aber immer noch größer als Lunzie und gewohnt massig gebaut. Ihr blaßgelbes Kleid war auf beiden Seiten mit einer Reihe aprikosenfarbener Rüschen und einem aprikosenfarbenen Volant am Saum verziert. Der Vizegouverneur klopfte seiner Nichte auf die Schulter, als er weiterredete.

»Sie will Ärztin werden, aber natürlich ist das nur ein

Zeichen jugendlicher Begeisterung. Sie wird in einem Jahr den Sohn des Gouverneurs heiraten, wenn er von …« Er verstummte, als ihm jemand auf die Schulter klopfte. Er wandte sich ab, und die beiden Männer begannen ein Gespräch.

Lunzie lächelte das Mädchen an, das über ihr aufragte. »Sie interessieren sich also für Medizin?«

»Ja. Ich habe fleißig studiert.« Colgara zupfte an den Rüschen an ihrem Kleid, eine nervöse Geste, die sie tatsächlich wie eine Jugendliche wirken ließ. »Ich … ich wollte Ihrem Team einen Besuch abstatten, aber ich weiß, daß Sie zu beschäftigt sind. Mein Onkel sagte, daß Sie sich bestimmt nicht langweilen, und außerdem werde ich ohnehin nicht auf die medizinische Schule gehen.« Sie zog ein finsteres Gesicht deswegen. Sie hatte es offensichtlich noch nicht aufgegeben, darum zu kämpfen.

Lunzie wußte nicht so recht, wie sie damit umgehen sollte. Sie wollte sich auf keinen Fall in einen Familienstreit einmischen, vor allem nicht, wenn es sich um eine so einflußreiche Familie handelte. Aber das Mädchen wirkte so niedergeschlagen.

»Vielleicht könnten Sie beides tun«, sagte sie.

»Zur Schule gehen *und* heiraten?« Colgara starrte sie fassungslos an. »Aber ich muß Kinder bekommen. Ich kann nicht zur Schule gehen und gleichzeitig Kinder haben.«

Lunzie lachte. »Es gibt Leute, die es so machen«, sagte sie. »Es ist keine Seltenheit.«

»Hier schon.« Colgara senkte die Stimme. »Sie verstehen nicht, wie es um uns steht. Es ist so schwierig, mit unseren Genen und dieser Umwelt.«

Bevor sie es merkte, erhielt Lunzie einen drastischen Bericht über die Komplikationen, die bei Schwangerschaften von Schwerweltlern auftreten konnten. Colgara erzählte von den Erfahrungen, die ihre Mutter, dann ihre Tante und ihre ältere Schwester gemacht hatten. Unter anderen Umständen wäre es interessant gewesen, aber auf einem offiziellen Empfang, während im Hintergrund über Politik, Landwirtschaft, Leicht- und Schwerindustrie und die Handelsbeziehungen diskutiert wurde, die ganzen abstoßenden Details zu erfahren, war mehr als unangenehm. »Sehen Sie«, sagte Colgara schließlich. »Und deshalb kann ich nicht gleichzeitig auf die medizinische Schule gehen und Kinder bekommen.«

»Ich verstehe, was Sie meinen«, sagte Lunzie und fragte sich, wie sie sich davonstehlen könne. Der Vizegouverneur war hinter einer Mauer aus breiten Schultern verschwunden. Lunzie sah niemanden, den sie kannte, und niemanden, der ihr einen Vorwand für ein Gespräch geliefert hätte.

»Ich habe Sie gelangweilt, nicht wahr?« Colgaras Stimme klang traurig. Sie schob schmollend die Unterlippe vor.

Lunzie wollte taktvoll sein und brachte nur Gestammel heraus. »Eigentlich nicht, ich wollte nur …« Sie konnte nicht sagen: *Ich will nur weg von Ihnen.*

»Ich dachte, als Ärztin sind Sie vielleicht an den medizinischen Problemen interessiert …«

»Ja, schon, aber …« Sie hatte einen Einfall. »Sehen Sie, Geburtshilfe ist eigentlich nicht mein Fachgebiet. Ich verfüge nicht über die Fachkenntnisse, um das, was Sie mir erzählt haben, richtig einzuordnen.« Es schien zu funktionieren. Colgara zog ihre Unterlippe wieder zurück. »Ich beschäftige mich hauptsächlich mit beruflicher Rehabilitation. Ich will es ihnen ermöglichen, die Arbeit zu leisten, die sie leisten wollen. Die Leute finden immer Gründe, warum sie nicht arbeiten können. Wir versuchen es ihnen möglich zu machen.«

Colgara nickte zögernd und lächelte sogar. Lunzie wußte nicht recht, mit welcher Bemerkung sie es vollbracht hatte, aber das Mädchen sah sie nicht mehr so finster an. Colgara beugte sich heran.

»Dies ist mein erster offizieller Empfang. Ich habe die ganze Zeit gebettelt, und schließlich hat mich Onkel mitgenommen, weil seine Frau krank ist.« Lunzie machte sich auf einen weiteren detaillierten Bericht über die Symptome gefaßt, aber glücklicherweise hatte Colgara jetzt ein anderes Thema. »Er hat darauf bestanden, daß ich mich im Stil der Außenweltler kleide. Dieses Kleid hier gehört meiner Cousine Jayce. Ich find's schrecklich, aber ich nehme an, für Sie ist es nichts Ungewöhnliches.«

»Eigentlich nicht.« Lunzie wollte diesem unbedarften Mädchen nicht erklären, daß sie dreiundvierzig Jahre lang denselben Arbeitsanzug getragen und länger im Kälteschlaf gelegen hatte, als Colgara auf der Welt war. »Ich habe für offizielle Anlässe nicht viel anzuziehen. Ärzte haben wenig Zeit zum Ausgehen.«

Lunzie konnte nicht anders, als sich in der Hoffnung umzusehen, in dem Spalier aus Schultern und Rücken irgend etwas oder irgendwen zu finden, das ihr einen Vorwand liefern würde, sich zu entfernen.

»Wollen Sie noch etwas essen?« fragte Colgara. »Ich verhungere.« Ohne Lunzies Antwort abzuwarten, drehte sie sich um und ging auf den Tisch mit den Erfrischungen zu.

Lunzie folgte ihr. Zumindest saßen die Leute an diesem Ende des Saals an Tischen, und sie konnte sich umsehen. Dann wurde Lunzie auf ein prunkvolles Arrangement auf dem nächsten Tisch aufmerksam, das aus einer rosigen bis rot marmorierten, von Blumen und Früchten umgebenen Masse bestand. Das war doch wohl kein …? Aber ihre Nase bestätigte es, und ein Teil davon war nicht einmal gekocht. Sie sah zu Colgara hinüber. Das Mädchen schaufelte gerade ihren Teller mit der Masse voll. Wußte sie etwa nicht Bescheid? Oder war es eine absichtliche Beleidigung? Lunzie wurde von dieser marktschreierischen Zurschaustellung ein wenig übel, und sie beschränkte sich auf einige Scheiben einer gelblichen Frucht, noch ein paar Crackern und ging weg.

»Ist es wahr, daß Leichtgewichte kein Fleisch essen können?« fragte Colgara. In ihrer Stimme schwang keine versteckte Geringschätzung mit. Sie fragte aus reiner Neugier. Lunzie wußte nicht recht, was sie *darauf* antworten sollte.

»Es ist ein philosophischer Standpunkt«, erklärte sie schließlich. Colgara, die sich den Mund mit Fleisch vollgestopft hatte, schien verwirrt. Lunzie seufzte und sagte: »Wir halten es nicht für richtig, Geschöpfe zu verspeisen, die empfindungsfähig sein könnten.«

Colgara wirkte noch verwirrter, während sie kaute und schluckte. »Aber … aber Muskys sind doch keine Menschen. Sie sind Tiere, und nicht einmal besonders kluge. Sie können nicht sprechen oder so.« Sie stopfte sich noch einen Bissen zwischen die Zähne und sprach mit vollem Mund. »Außerdem brauchen wir die komplexen Proteine. Das gehört zu unserer Anpassung.«

Lunzie wollte sagen, daß man jedes beliebige Protein synthetisieren konnte, ohne dafür empfindungsfähige Tiere töten und aufessen zu müssen. Sie begriff aber, daß es keinen Sinn hatte. »Wie ich sagte, meine Liebe, es ist ein philosophischer Standpunkt. Genießen Sie Ihren … äh … Musky.«

Sie drehte sich um und stand unversehens einem weißhaarigen Mann gegenüber, dem das Alter den breiten Rücken gebeugt hatte, so daß er sie fast aus gleicher Augenhöhe ansah. Einen Moment lang sah sie ihn einfach so, wie er war, ungewöhnlich alt für einen Schwerweltler, der in erhöhter Schwerkraft gelebt hatte, mit unübersehbarem Verstand und Esprit (denn seine Augen zwinkerten ihr zu), dann erst erinnerte sie sich an sein jüngeres Gesicht.

»Zebara!«

Sie sagte es halb vor Freude und halb aus Schock. Sie hatte sich insgeheim gewünscht, ihn wiederzusehen, hatte aber nicht in den Datenbanken recherchieren und dabei vielleicht herausfinden wollen, daß er gestorben war, während sie im Kälteschlaf gelegen hatte; hatte nicht sehen wollen, was sie jetzt vor sich hatte: einen vitalen Mann, den das Alter gebeugt hatte. Er lächelte, und es war dasselbe warme Lächeln, das sie in Erinnerung hatte.

»Lunzie! Ich habe Ihren Namen auf der Liste gesehen und konnte kaum glauben, daß Sie es sind. Und dann habe ich Sie plötzlich auf dem Bildschirm gesehen! Ich mußte einfach runterkommen und Sie begrüßen.«

Gegensätzliche Gedanken gingen ihr durch den Kopf. Sie wollte ihn fragen, was er in ihren verlorenen Jahren getan hatte. Sie wollte ihm erzählen, was ihr zugestoßen war. Aber sie hatte kein Zeit für ein langes, müßiges Geplauder, selbst wenn er sich zu ihr gesellt hätte. Sie war bereits mit zwei Aufträgen hier, und im Moment mußte sie sich auf Sassinaks Bedürfnisse konzentrieren.

»Sie sehen«, sagte er gerade, »überraschend ... äh ...«

»Ich habe noch einmal dreiundvierzig Jahre im Kälteschlaf gelegen«, erklärte Lunzie und wunderte sich, warum er nicht wußte, was sich unter den anderen Schwerweltlern schon herumgesprochen hatte. »Und Sie, Sie sehen ...«

»... alt aus«, sagte Zebara und lachte. »Versuchen Sie mir nicht zu schmeicheln. Ich bin froh, daß ich noch lebe, aber ich habe mich sehr verändert. Es war ein interessantes Leben, und ich wünschte, wir hätten Zeit, uns darüber zu unterhalten.« Lunzie sah ihn fragend an, und er hob die buschigen Augenbrauen. »Sie wissen doch, daß wir keine Zeit haben, mein Mädchen. Und ja, ich kann mich zu Ihnen herablassen, weil ich in diesen dreiundvierzig Jahren *gelebt* habe.« Er nahm ihr den Teller aus der Hand. »Kommen Sie.«

Lunzie sah sich um, und überall stieß ihr Blick nur auf ein dichtes Spalier massiger Körper. Keins der anderen Leichtgewichte war in Sicht. Von der anderen Seite des Serviertischs beobachtete sie schmunzelnd einer der Diener.

»Kommen Sie mit«, sagte Zebara mit einem Anflug von Ungeduld. »Sie glauben doch sicher nicht, daß ich Sie vergewaltigen werde.«

Natürlich glaubte sie das nicht. Aber sie wünschte, sie hätte jemanden gefunden, ein Leichtgewicht aus dem Team, um ihnen Bescheid zu sagen, wo sie sich aufhielt. Sie schaffte es, nicht zusammenzuzucken, als Zebara sie am Handgelenk packte und sie am Serviertisch entlang zum Stirnende des Saals führte. Der Diener schmunzelte immer noch, grinste sie schließlich sogar an, als Zebara sie durch eine Doppeltür in eine weite, mit Teppichen ausgelegte Galerie führte. Hier herrschte kein solches Gedränge, aber auch hier schoben sich in beide Richtungen Schwerweltler und Schwerweltlerinnen an ihnen vorbei.

»Da vorn sind die Tageszimmer«, sagte Zebara und führte sie am Handgelenk nach rechts in einen Seitenkorridor, dann nach links in einen anderen. Er öffnete eine Tür und führte Lunzie in ein Zimmer voller Glasvitrinen. Um einen massigen Tisch mit gläsernen Tischplatten standen einige breite, schwere Sofas. »Hier! Setzen Sie sich, dann können wir ein wenig plaudern.«

»Und das halten Sie wirklich für eine gute Idee?« begann Lunzie, als Zebara sich mit hängenden Augenlidern umschaute. Er machte einen Wink, den Lunzie als Aufforderung verstand, den Mund zu halten.

Das Sofa war zu tief, als daß sie sich darin wohl fühlen konnte. Ihre Füße berührten nicht mehr den Boden, wenn sie sich zurücklehnte. Sie fühlte sich wie ein Kind in einem Erwachsenenzimmer. Zebara ging langsam durch den Raum und schien sich auf etwas zu konzentrieren, das Lunzie weder hören noch sehen konnte. Sie konnte sich nicht entspannen, solang er so angespannt war. Schließlich seufzte er, zuckte die Achseln und setzte sich neben sie.

»Wir müssen die Chance wahrnehmen, Lunzie. Wenn jemand kommt, müssen Sie so tun, als kämpften Sie mit mir. *Das* werden sie verstehen. Die anderen wissen, daß ich Sie mochte, daß ich Sie als mein ›Leichtgewicht-Schoßtierchen‹ betrachtet habe. So nennen sie das jedenfalls ...«

»Aber ...«

»Streiten Sie nicht mit mir. Wir haben keine Zeit.« Er schaute unaufhörlich durchs Zimmer. Aus der Nähe konnte Lunzie erkennen, daß er vor Altersschwäche leicht zitterte. Sie trauerte um den Mann, der er einmal gewesen war. »Ich habe erfahren, was auf Ireta passiert ist, aber erst hinterher, und deshalb konnte ich es nicht verhindern. Bitte glauben Sie mir das.«

»Aber natürlich. Sie sind doch keiner, der ...«

»Ich weiß nicht mehr, was für einer ich bin.« Nicht die Worte, sondern der gnadenlos kalte Tonfall brachte sie zum Verstummen. »Ich bin ein Schwerweltler, und ich sterbe. Ja, und zwar binnen eines Jahres, wie man mir sagte, und es gibt keine Rettung mehr. Ich hatte mehr Glück als die meisten. Meine Kinder und Enkelkinder sind Schwerweltler, die denselben Beschränkungen unterliegen wie ich. Ich denke zwar auch, daß Meuterei und Piraterie falsch sind und daß wir nicht alle Leichtgewichte zu unseren Feinden erklären dürfen, aber ich wünschte, daß die Föderation gewisse Tatsachen über uns zur Kenntnis nehmen würde. Wir sind keine dummen Tiere, so wie Sie sagen, daß die nichtmenschlichen Geschöpfe, die früher jeder gegessen hat, keine dummen Tiere sind. Wir soll ich meine Kinder davon überzeugen, daß sie ihre Kinder verhungern lassen müssen, nur um auf die Empfindlichkeiten, den ›philosophischen Standpunkt‹ jener Rücksicht zu nehmen, die kein Fleisch *brauchen*, aber unsere Kraft ausbeuten wollen?«

Lunzie war so erschüttert, daß sie ihm nicht in die Augen sehen konnte. Sie war sich so lange Zeit sicher gewesen, daß Zebara das beste Beispiel für einen guten Schwerweltler war: vertrauenswürdig, idealistisch, selbstlos. Hatte sie sich geirrt?

»Verstehen Sie mich nicht falsch«, sagte Zebara, als habe sie ihre Bedenken laut geäußert. War ihr Gesichtsausdruck so offenkundig? Aber er sah sie überhaupt nicht an. Er starrte durchs Zimmer. »Sie können sich gar nicht vorstellen, wie sehr ich mich damals, als ich Sie kennengelernt hatte, darum bemühte, andere von meinem Standpunkt zu überzeugen. Aber Sie wissen nicht, was ich seitdem, in all den Jahren, die Sie geschlafen haben, erleben mußte. Ich will keinen Krieg, Lunzie. Nicht nur weil mein Volk ihn verlieren würde, sondern weil ich es für verkehrt halte.« Er seufzte schwer und tätschelte ihren Arm wie ein Großvater ein Enkelkind. »Und es gefällt mir nicht, daß ich so bin. Es gefällt mir nicht, daß ich so denke.«

»Es tut mir leid«, sagte Lunzie. Mehr fiel ihr nicht ein. Sie hatte Zebara vertraut. Er war ein guter Mann gewesen. Wenn etwas ihn verändert hatte, dann mußte es etwas sehr Mächtiges gewesen sein. Sie fragte nicht, ob sie heute nicht genauso denken würde wie er, wenn sie dem ausgesetzt gewesen wäre.

»Nein, *mir* tut es leid«, sagte Zebara und lächelte sie an. »Ich habe mir oft gewünscht, ich könnte mit Ihnen reden, Ihnen meine Gefühle anvertrauen. Sie hätten mich verstanden und mir geholfen, meinen Idealen treu zu bleiben. Und jetzt habe ich mit meinen senilen Zweifeln und Ängsten unser Wiedersehen verdorben, ein Wiedersehen, von dem ich geträumt habe, und Sie zittern wie eine Harfensaite und fürchten sich vor mir. Kein Wunder. Ich habe immer gewußt, daß Sie eine tapfere Frau sind, aber warum kommen Sie nach Diplo, nachdem Sie von Schwerweltlern so mies behandelt worden sind? Das ist unglaublich, Lunzie.«

»Sie haben mir beigebracht, daß nicht alle Schwerweltler so sind«, sagte Lunzie und brachte ein Lächeln zustande.

Er tat so, als zucke er zusammen, und grinste. »Das hat gesessen! Wenn Ihr Vertrauen in mich dafür verantwortlich ist, daß andere Sie verletzt haben, dann tut es mir wirklich leid. Aber wenn es Ihnen den Mut gegeben hat, nach Diplo zu kommen und nach allem, was Sie durchgemacht haben, unserem Volk zu helfen, dann fühle ich mich geschmeichelt.« Sein Gesicht wurde ernst. »Aber im Ernst, ich brauche bei etwas Ihre Hilfe, und es könnte gefährlich sein.«

»Sie brauchen *meine* Hilfe?«

»Ja, und das …« Er machte plötzlich einen Satz auf sie zu und drückte sie aufs Sofa nieder.

»He!« Seine Lippen drückten sich auf ihren Mund. Sie schlug auf eine Tätowierung auf seinem Rücken. Hinter sich hörte sie ein Kichern.

»Nicht schlecht für den Anfang, Zebara!« sagte jemand, den sie nicht sehen konnte. »Aber beeilen Sie sich etwas. Sie verpassen sonst die Rede des Gouverneurs.«

»Verschwinden Sie, Follard!« sagte Zebara an ihrem Ohr. »Ich bin beschäftigt, und die Rede des Gouverneurs interessiert mich einen Scheiß.«

Ein Lachen, das wie ein Schnauben klang. »Die Schlafzimmer sind oben, falls Sie niemandem die Möglichkeit geben wollen, Sie zu erpressen.«

Zebara blickte auf. Lunzie wußte nicht recht, ob sie schreien oder Einvernehmen spielen sollte. »Wenn ich Ihren Rat brauche, Follard, werde ich darum bitten.«

»Schon gut, schon gut. Ich gehe ja schon.«

Lunzie hörte einen dumpfen Laut, als die Tür zuschlug, und zählte bis fünf, während Zebara sich aufsetzte.

»Ich bin froh, daß Sie mich gewarnt haben. Sonst hätte ich mich gefragt, wofür Sie meine Hilfe brauchen.«

»Ich brauche wirklich Ihre Hilfe.« Zebara war angespannt und wurde offenbar von Sorgen geplagt. »Lunzie, wir können hier nicht reden, aber wir müssen miteinander reden. Ich brauche Ihre Hilfe, und dafür müssen Sie so tun, als empfänden Sie die alte Zuneigung für mich.«

»Hier? Damit Follard etwas davon hat?«

»Er nicht! Die Sache ist gleichermaßen für Sie, die Föderation und für mich wichtig. Also bitte, tun Sie so, als ob …« Ein lautes Schrillen unterbrach ihn. Er murmelte einen Fluch, den Lunzie seit Jahren nicht gehört hatte, und stand auf. »Das war's. Im Büro des Gouverneurs hat jemand einen Alarm ausgelöst, und im Handumdrehen wird's im Palast von Polizisten und internen Wachleuten wimmeln. Lunzie, Sie müssen mir vertrauen, zumindest dieses eine Mal. Wenn wir gehen, lehnen Sie sich an mich. Tun Sie so, als seien Sie ein wenig verwirrt.«

»Das bin ich ohnehin.«

»Und dann treffen wir uns morgen, wenn Sie frei haben. Sagen Sie Ihren Kollegen, Sie gingen mit einem alten Freund Abendessen, ja?«

»Das wäre nicht einmal eine Lüge«, erwiderte sie mit einem schiefen Lächeln.

Dann zog er sie hoch, und es zeigte sich, daß seine Arme immer noch stärker waren als ihre. Er legte einen Arm um ihre Schulter und streichelte ihr Haar. Sie lehnte sich gegen ihn und versuchte eine wiedererweckte Angst zu beherrschen. In dem Moment, als sich die Tür öffnete, hörten sie lautes Geschrei und die Sirene, und zwei uniformierte Polizisten kamen ihnen entgegen. Lunzie hoffte, daß sie das Gesicht einer Frau machte, die in einer komprimittierenden Situation erwischt wurde. Sie wagte Zebara nicht anzusehen.

Aber wer immer er war, welche Rolle er auch in seiner Heimatwelt spielte, sein Name hatte Gewicht bei den Polizisten, die lediglich seine ID-Plakette mit einem Handcomputer überprüften und dann ihrer Wege gingen. Danach führte Zebara Lunzie in den großen Saal zurück, wo die meisten Gäste sich an einem Ende versammelt hatten und die Leichtgewichte eine kleinere Gruppe auf der anderen Seite bildeten. Lunzie bemerkte, daß die anderen Mitglieder des Teams erst erleichtert waren, sie zu sehen, dann schockiert. Sie versuchte den Eindruck zu erwecken, als kämpfe sie gegen eine blinde Leidenschaft an, die auf keinen Fall die Oberhand gewinnen durfte.

Zebara brachte sie zu ihrer Gruppe, schloß sie noch einmal in die Arme und murmelte: »Also morgen. Vergiß es nicht!«, bevor er sie mit einem leichten Stups auf ihre Kollegen zuschob.

»Na so was!« Das gleichzeitige Schnauben von zwei Teamangehörigen brachte Lunzie zum Lachen. Sie konnte nichts dagegen tun.

»Was soll der Alarm?« fragte sie und kämpfte das Lachen bis unters Zwerchfell nieder, wo es hingehörte.

»Angeblich hat jemand versucht, ins Arbeitszimmer des Gouverneurs einzubrechen.« Bias' Stimme klang immer noch geziert und mißbilligend. »Weil Sie nicht sofort aufgetaucht sind, haben wir schon befürchtet, Sie hätten etwas damit zu tun.« Bias machte eine Pause, während der Lunzie fast gefragt hätte, warum *sie* ins Büro des Gouverneurs einbrechen sollte. »Wie ich sehe, hatten Sie wirklich zu tun.«

»Miau«, sagte Lunzie. »Ich habe Ihnen schon von Zebara erzählt. Er hat mir vor vielen Jahren das Leben gerettet, und obwohl es für ihn länger her ist, habe ich mich gefreut, ihn zu sehen …«

»Das ist uns nicht entgangen.« Lunzie hätte Bias eine solche Prüderie nicht zugetraut, aber seine Stimme klang immer noch eisig verächtlich. »Ich darf Sie daran erinnern, Doktor, daß wir zu medizinischen Forschungen hier sind, nicht um frühere Geliebte wiederzuvereinen. Vor allem jene nicht, die ein Gefühl dafür haben sollten, wie *unpassend* ihre Beziehung ist.« Lunzie fand das Wort ›unpassend‹ einfach nur komisch, und sie hätte fast wieder losgelacht. Offensichtlich sah man es ihr an, denn Bias setzte eine finstere Miene auf. »Sie könnten wenigstens versuchen, sich wie ein Profi zu verhalten!« sagte er und wandte sich ab.

Lunzie bemerkte Conigans Blick und zuckte die Achseln. Die andere Frau grinste und schüttelte den Kopf. An Bias schieden sich die Geister, wenn nicht gerade seine Fachkenntnisse gefragt waren. Seine Brillanz hatte ihren Preis. Lunzie fiel auf, daß Jarl sie mit einem neugierigen Gesichtsausdruck beobachtete, der ihn in diesem Moment den anderen Schwerweltlern viel ähnlicher machte.

Während die Wachleute durch die Menge gingen und ID-Plaketten überprüften, schob sich Jarl zwischen sie und die anderen Teamkollegen. Er sprach so leise, daß das unstete Gemurmel der Menge ihn übertönte.

»Es geht mich zwar nichts an, und ich habe keine solchen … äh … Skrupel wie Bias, aber … Sie wissen doch sicher, daß Zebara heute Chef des externen Sicherheitsdienstes ist?«

Sie hatte es nicht gewußt. Sie wußte nicht, woher Jarl es wußte.

»Wir waren nur Freunde«, sagte sie ebenso leise.

»Der Sicherheitsdienst hat keine Freunde«, sagte Jarl. Sein Gesicht war ausdruckslos, aber die Bemerkung hatte eine tödliche Endgültigkeit.

»Danke für die Warnung«, sagte Lunzie.

Sie spürte, daß ihr Herz schneller schlug, und

bemühte ihre mentale Disziplin, um zu verhindern, daß ihr das Blut ins Gesicht schoß. Warum hatte er es ihr nicht selbst gesagt? Hätte er es ihr gesagt, wenn sie mehr Zeit gehabt hätten? Würde er es ihr bei ihrem nächsten Treffen sagen? Oder wenn er sie umbrachte?

Beinahe hätte sie gezittert, aber es gelang ihr, die Angst zu unterdrücken. Was ging hier vor?

Am nächsten Tag, als sie Feierabend machte, grübelte sie immer noch. Auf dem Rückweg in ihre Unterkünfte hatte Bias sich unablässig über Forscherinnen ausgelassen, die Probleme mit ihren Hormonen hatten, bis Conigan ihm schließlich gedroht hatte, ihn wegen Belästigung anzuzeigen. Das hatte ihn verstummen lassen, aber das Team war anschließend in gereizter Stimmung auseinandergegangen. Der Morgen begann mit einem Rückschlag für die Forschungen: jemand hatte versehentlich den falschen Datenkubus gelöscht, und die Patientendaten mußten neu eingegeben werden. In der Hoffnung, sie könne Bias damit besänftigen, hatte Lunzie sich dafür angeboten, aber es funktionierte nicht.

»Sie sind keine Datentypistin«, sagte er wütend. »Sie sind Ärztin. Sofern Sie nicht für den Datenverlust verantwortlich sind, haben Sie keine Veranlassung, ihre wertvolle Zeit zu verschwenden und sie selbst neu einzugeben.«

»Ich mache Ihnen einen Vorschlag«, sagte Tailler und legte Bias einen Arm um die Schulter. »Warum beauftragen wir Lunzie nicht damit, einen Datentypisten einzustellen? Sie selbst haben doch keine Zeit dafür. Und ich auch nicht. Ich habe heute morgen eine Operation, und Sie sollen die Auswertung dieser Herzmuskelkulturen überprüfen. Conigan ist im Labor beschäftigt, und Jarl hat bereits drüben in den Archiven zu tun. Lunzie ist die einzige, die in den nächsten Stunden noch für keine Arbeit eingeteilt ist.«

»Aber sie sollte ihre Zeit nicht verschwenden«, schnaubte Bias. Taillers Arm wurde sichtlich schwerer, und der kleine Biologe verstummte.

»Ich verlange nicht von ihr, daß sie es selbst macht«, sagte Tailler und grinste Lunzie herrisch, aber freundlich an. »Sie soll sich nur darum kümmern, daß es erledigt wird. Lunzie ist gut in Verwaltungsarbeit. Sie wird sich drum kümmern. Kommen Sie. Überlassen wir das ihr. Sie wollen sich doch nicht verspäten.«

»Aber sie ist *Ärztin* ...«, klagte Bias ein letztes Mal, als Tailler ihn wegschob. Tailler zwinkerte Lunzie über die Schultern zu. Lunzie grinste zurück.

Es war nicht schwer, einen Typisten zu finden, der bereit war, die Daten einzugeben. Lunzie blieb lang genug, um sich zu vergewissern, daß der junge Mann sein Handwerk verstand, dann hatte sie ihren ersten Termin. Um Bias aus dem Weg zu gehen, wartete sie bis zum Nachmittag, ehe sie eine Essenspause einlegte. Er hatte den Speisesaal tatsächlich schon verlassen, als sie eintraf, aber Conigan und Jarl saßen noch beim Essen zusammen. Lunzie setzte sich zu ihnen.

»Haben Sie jemanden gefunden, der die Daten neu eingibt?« fragte Jarl amüsiert.

Lunzie rollte mit den Augen. »Ich schwöre, daß ich sie nicht selbst eingegeben habe. Dank Tailler und einem Typisten aus dem Personalbestand des Universitätssekretariats war es kein Problem. Ich habe mich gerade davon überzeugt, daß die Daten vollständig, korrekt etikettiert und gesichert sind.«

Jarl lachte. »Als wir zum Essen kamen, hat uns Tailler von Bias' kleinem Anfall erzählt. Er sagt, in der zweiten Woche einer Expedition, ob nach Diplo oder sonstwohin, ist Bias immer so. Er hat sechs oder sieben Mal mit ihm gearbeitet.«

»Ich bin froh, daß es nicht an meiner Aura liegt«, sagte Lunzie.

»Nein, und Tailler sagt, er will sich mit Ihnen noch über den gestrigen Abend unterhalten. Er sagt, es gibt gute Gründe dafür, daß Bias sich aufregt, wenn Frauen sich hier mit einheimischen Männern einlassen.«

»Der männliche Herdeninstinkt«, brummte Conigan.

Jarl schüttelte den Kopf. »Tailler ist anderer Meinung. Auf einer seiner letzten Expeditionen ist etwas passiert, und er wurde dafür verantwortlich gemacht. Tailler wollte nicht sagen was, aber er sagte, er wollte es Ihnen erzählen, damit Sie Bias verstehen.«

Lunzie freute sich nicht besonders auf diese Erklärung. Wenn Bias gewisse Probleme hatte, konnte sie damit leben; man brauchte sie nicht zum Mitgefühl animieren. Aber sie vermutete, daß es schwierig sein würde, Tailler aus dem Weg zu gehen. Sie konnte es immerhin versuchen.

»Ich esse heute mit Zebara zu Abend«, sagte sie. »Bias wird einfach damit leben müssen.«

Jarl sah ihr tief in die Augen. »Nicht daß ich Bias' Meinung wäre, aber halten Sie das für klug? Sie wissen doch Bescheid.«

»Ich weiß, was Sie gesagt haben, aber ich weiß auch, was Zebara vor über vierzig Jahren für mich getan hat. Dafür stoße ich Bias gern vor den Kopf und gehe jedes Risiko ein, das *Sie* fürchten.«

»Ich habe den Sicherheitsdienst nirgendwo gemocht, ganz gleich, ob's der interne, der externe oder der militärische ist. Es hat noch keinen gegeben, der sich nicht als die private Interessenvertretung von irgend jemand herausgestellt hat. Sie hatten selbst schon einmal ein unangenehmes Erlebnis mit Schwerweltlern. Sie haben eine nahe Verwandte in der Flotte. Genug Gründe, um etwas gegen Sie zu haben.«

»Nicht für Zebara!« Lunzie hoffte, daß sie überzeugt klang. Tief in ihrem Innern hegte sie genau diese Befürchtung.

»Seien Sie einfach vorsichtig«, sagte Jarl. »Ich will nicht Ihretwegen meinen Hals riskieren müssen. Und ich will nicht zu Hause jede Menge unangenehmer Fragen beantworten, wenn Sie verschwinden.«

Lunzie lachte fast, dann merkte sie, daß er ganz aufrichtig war. Er hatte ihr den mäßigen Respekt entgegengebracht, den er ihr als Kollege schuldig war, aber empfand keine besondere Freundschaft für sie (oder sonst irgendwen) und würde sich nicht aufraffen, ihr zu helfen, wenn sie in Schwierigkeiten geriet. Sie konnte sich schnell von einer Kollegin in ein großes Ärgernis verwandeln, was nach seiner Wertordnung ausreichen würde, um sie von der Liste seiner Bekannten zu streichen.

Ihre Beklemmungen wurden noch dadurch verstärkt, daß Tailler sie tatsächlich noch erwischte, bevor sie das Zentrum verließ, und darauf bestand, ihr ausführlich von dem Vorfall zu berichten, der Bias so empfindlich gegenüber ›Beziehungen‹ zwischen Forschungspersonal und Einheimischen gemacht hatte. Eine schmutzige kleine Geschichte, dachte Lunzie; nichts Spektakuläres und gewiß keine Rechtfertigung für seine anhaltende Skepsis. Er mußte schon recht prüde gewesen sein, bevor der Zwischenfall ihm einen Vorwand geliefert hatte, in Prüderie zu schwelgen.

sechstes kapitel

Dupaynil hastete durch die verkratzten, widerhallenden Korridore der Transferstation zum Steuerzentrum, wo der Captain der *Klaue* ihn mit der Aufforderung begrüßte, daß er ›Beine machen‹ und sich in die Andockbucht des Begleitschiffs begeben sollte, und hatte erst Gelegenheit, über seinen Einsatz nachzudenken, als er sicher festgeschnallt in der winzigen Reservekabine des Begleitschiffs lag. Er war seit Jahren auf keinem kleineren Schiff als einem leichten Kreuzer geflogen, und noch nie in einem Schiff der Eskortklasse. Nach der *Zaid-Dayan* kam ihm das Ding unglaublich klein vor. Wahrscheinlich mußte er für die Dauer der Reise in dieser winzigen Kammer ausharren, in der kaum genug Platz war, um sich hinzulegen. Er hörte ein lautes Klirren, als etwas gegen den Rumpf stieß, dann zündeten die Insystemtriebwerke des Begleitschiffs und drückten ihn seitlich in sein Geschirr. Das kleine Schiff verfügte über eine Art künstlicher Schwerkraft, die aber bei weitem nicht an das Hauptdeck der *Zaid-Dayan* heranreichte, wo man das Gefühl hatte, auf einem Planeten zu stehen.

Die glühenden Zahlen auf dem Display unter der Decke verrieten ihm, daß zwei Standardstunden vergangen waren, als er plötzlich ein seltsames Stechen spürte und begriff, daß das Schiff auf die FTL-Turbinen umgeschaltet hatte. Obwohl er eine Grundausbildung in Astronavigation absolviert hatte, war er nicht daran gewöhnt, und er hatte nur eine vage Vorstellung davon, was ein FTL-Flug wirklich bedeutete. Oder wo sich das

Schiff im Moment, konventionell ausgedrückt, eigentlich befand. Er betrachtete es so, als habe er den Kreuzer mit seiner inzwischen vertrauten Mannschaft und seinem höchst attraktiven Captain irgendwo hinter sich zurückgelassen. Seinem *sehr wütenden* und höchst attraktiven Captain. Er wünschte, sie hätte seinen Motiven nicht so offenkundig mißtraut. *Sie* war keine Planetenpiratin und auch keine Agentin der Sklavenhändler. Sie hatte nichts von ihm zu befürchten. Und er hätte gern mehr Zeit mit ihr verbracht. Er stellte sich die gemeinsamen Nächte vor, die ihnen entgangen waren.

»Sir, wir haben auf FTL-Antrieb umgeschaltet. Kommen Sie bitte aufs Hauptdeck.«

Dupaynil seufzte, als die Stimme ihn aus seinen Phantasien schreckte, und drückte mit dem Daumen auf die Sprechtaste.

»Bin schon unterwegs.«

Er mußte einige Nachrichten abschicken, für die er in der Transferstation keine Zeit mehr gehabt hatte. Und mit einer wütenden Sassinak, die gewissermaßen auf der anderen Seite des Schotts saß, hätte er sie von dort ohnehin nicht abgeschickt. Es vergingen nur wenige verdrießliche Minuten, und ihm fiel wieder alles ein, was man ihm über Schiffe der Eskortklasse berichtet hatte. Sie waren klein, im Verhältnis zu ihrer Masse mit zu vielen Triebwerken ausgestattet und unterbesetzt. Auf dem Hauptdeck war niemand im Dienst außer dem Captain, der auch als Pilot fungierte. Die Mannschaft bestand aus rund einem Dutzend Leuten: einem weiteren Offizier, dem Stellvertreter des Captains und elf Unteroffizieren, von der Waffensteuerung bis zum Fachmann für die Lebenserhaltung. Es war kein Koch an Bord. Die Mannschaft ernährte sich entweder von dehydrierten Mahlzeiten, die wiederhergestellt und aufgewärmt wurden, oder ließ ihre Nahrungsmittel aus den Abfallprodukten der Lebenserhaltungsanlagen synthetisieren.

Dupaynil schauderte. Einer der größten Vorzüge der *Zaid-Dayan* war das Essen gewesen. Mit einer vollständigen Mannschaft und einem Ladungsaufseher mußte das Begleitschiff das Wasser rationieren. Es durfte nur eingeschränkt gebadet werden. Man bekam den Kopf nicht frei. Die engen Kabinen regten nicht gerade zur Meditation an. Es gab keine Sporthalle, aber die ungleichmäßige Gravitation und die Zugangsröhren, die das ganze Schiff durchzogen, boten reichlich Gelegenheit für unsystematische Übungen. Zumindest für jene, die bei unterschiedlichen Schwerkraftwerten gern lange Leitern hinaufkletterten. Am schlimmsten war aber, daß das Schiff über keinen FTL-Kontakt verfügte.

»Natürlich haben wir kein FTL«, sagte der Captain, ein Major Ollery, dessen Gesicht jedesmal zu erstrahlen schien, wenn Dupaynil etwas Neues entdeckte, das ihm nicht gefiel. »Wir haben doch auch kein Ssli-Interface, oder?«

»Aber ich dachte ...« Er brachte den Satz nicht zu Ende. Er hatte in einer Einsatzbesprechung einmal ein Papier zu Gesicht bekommen, in dem die Schiffstypen aufgelistet wurden, die über FTL verfügten, und andere, die wegen ›grundlegender technischer Beschränkungen‹ darauf verzichten mußten. »Dieses ... dieses *Miststück*!« sagte er, als ihm plötzlich klar wurde, was Sassinak getan hatte.

»Was?« fragte Ollery.

»Nichts.« Hin- und hergerissen zwischen Zorn und Bewunderung hoffte Dupaynil, daß sein Gesicht nicht verriet, was er empfand. Diese unglaubliche Frau hatte *ihn* gefoppt. Sie hatte einen erfahrenen Offizier des Sicherheitsdienstes ausgetrickst, der in seinem ganzen Leben nichts anderes getan hatte, als andere auszutricksen. Er hatte ihre Kommunikationskanäle auf eine Weise angezapft, die unmöglich auffallen konnte, und doch hatte sie es irgendwie herausgefunden. Und beschlossen, daß sie ihn loswerden wollte. Und wie, in Dreiteufelsnamen, hatte sie es geschafft, eine eingehende FTL-Nachricht zu fälschen? Mit diesem Ursprungscode?

Er ließ sich in einen der leeren Sitze auf der Brücke des Begleitschiffs fallen und dachte darüber nach. Natürlich konnte sie den Code fälschen, wenn sie die Nachricht fälschen konnte. Das war ganz einfach, wenn ihr das andere möglich war. Aber in seinem langen, verschlagenen Leben hatte er noch nie einen Hinweis darauf erhalten, daß man eine FTL-Nachricht fälschen konnte. Dafür müßte man ... er runzelte die Stirn und überlegte angestrengt. Es würde die Zusammenarbeit mit einem Ssli erfordern; mit *zwei* Ssli sogar, mindestens. Wie konnte der Captain des einen Schiffs den Ssli eines anderen zur Mitarbeit bewegen? Es war ihm nie in den Sinn gekommen, daß die Ssli echte Freundschaft mit Menschen schließen konnten. Wenn er sich einmal festgesetzt hatte, konnte ein Ssli in keine andere Umgebung mehr versetzt werden und niemanden mehr ›kennenlernen‹, außer durch ein Computerinterface. Das hatte er bisher zumindest angenommen.

Er hatte das Gefühl, als habe er sich gerade in einen Ameisenhaufen gesetzt. Seine neuen Erkenntnisse juckten ihn geradezu, und er konnte sie keinem anderen mitteilen. Ssli konnten mit Menschen Beziehungen eingehen, die über den reinen Dienst hinausreichten. Auch mit anderen Rassen? Mit Webern? Waren die Ssli vielleicht telepathisch veranlagt? Niemand hatte das vermutet. Dupaynil schaute sich auf der Brücke um und sah nur Gesichter von Menschen, die sich in ihre Arbeit vertieft hatten. Er räusperte sich, und der Captain blickte auf.

»Haben Sie ... äh ... irgendwelche Weber an Bord?«

Er sah ihn seltsam an. »Weber? Nein, warum?« Bevor er antworten konnte, hob Ollery einen Zeigefinger. »Ach ja! Ich weiß, Sie haben unter Sassinak gedient. Sie hat an

Webern einen Narren gefressen, nicht? Man erzählt, es hat schon auf der Akademie angefangen. Sie war in einen Weber verliebt oder so. Stimmt das?« Ollery hatte diesen wiehernden Ton in der Stimme, den man bei allen hörte, die ihren Vorgesetzten immer nur das Schlechteste wünschten.

Dupaynil unterdrückte einen Wutanfall. Als Offizier des Sicherheitsdienstes hörte er sich Klatsch von Berufs wegen an. Müßigen Klatsch, gehässigen Klatsch, pikanten Klatsch, langweiligen Klatsch. Gewöhnlich fand er ihn dumm und manchmal abstoßend; ein notwendiger, aber unangenehmer Aspekt seiner Karriere. Aber auf Sassinak bezogen, machte ihn dieses Gerede rasend.

»Soviel ich weiß«, sagte er so gelassen, wie er konnte, »wurde diese Geschichte von einem Kadetten in Umlauf gebracht, den man ausschloß, weil er weibliche Kadetten bestohlen und belästigt hatte.« Er kannte die Wahrheit. Er hatte die Dateien eingesehen. »*Commander* Sassinak«, er betonte absichtlich den Dienstgrad und amüsierte sich über Ollerys blasses Gesicht, »beschränkt ihr Geschlechtsleben auf ihre Privatkabine, wo es hingehört und wo ich es auch lassen werde.«

Ein gedämpftes Lachen hinter ihm deutete an, daß jemand der Ansicht war, der Captain habe seine Kompetenzen überschritten oder Dupaynils Verteidigung beruhe auf eigenen Erfahrungen. Er beließ es dabei und hoffte, daß niemand nachfragen würde.

Auf der Brücke wurde es still. Er grübelte weiter. *Telepathische* Weber und ein Schiffscaptain, der sich manchmal auf diese Weise mit ihnen verständigen konnte. Er hatte die Berichte über Sassinaks ersten Einsatz gelesen. Ein Ssli, der … Plötzlich fiel ihm etwas ein, das auf dem Flug vor seiner Versetzung auf die *Zaid-Dayan* geschehen war. Sassinak hatte darüber in ihrer Aussage vor dem Untersuchungsausschuß berichtet. Ihr Ssli, eben jener Ssli, hatte für einen Moment die Kontrolle über das Schiff übernommen und es für Sekunden in den FTL-Raum versetzt. Eine Maßnahme, die sie als ›beispiellos‹, aber auch ›als den einzigen Grund, warum ich heute hier stehe‹ bezeichnet hatte.

Er hatte allmählich den Verdacht, daß die Flotte viel zu wenig über die Fähigkeiten der Ssli wußte. Aber er hatte im Moment keine Möglichkeiten, mehr herauszufinden, deshalb konzentrierte er sich auf Sassinaks Person. Wenn er darüber nachdachte, fand er ihr Handeln nachvollziehbar. Er hätte sich in den Hintern treten können, weil er nicht begriffen hatte, daß sie gegen jede Bedrohung, die sie wahrnahm, schnell und entschlossen vorgehen würde. Sie hatte ihn nie gern an Bord gehabt. Sie hatte ihm nie wirklich vertraut. Deshalb hatte sie natürlich reagiert, als sie herausfand, daß er eine geheime Nachricht an sie gelesen hatte. Ihre Lebensgeschichte deutete darauf hin, daß sie ein Talent dafür hatte, Gefahren sofort zu erkennen und auf eine unvorhersehbare, effektive Weise darauf zu reagieren.

Also saß er hier fest und war von jeglicher Kommunikation abgeschnitten, bis das Begleitschiff sein Ziel erreichte. Er konnte weder die Gültigkeit seiner Befehle überprüfen (auch wenn er keinen Zweifel mehr hatte, von wem sie stammten), noch konnte er jemandem mitteilen, was er herausgefunden hatte. Erst jetzt kam ihm der Gedanke, daß Sassinak vielleicht mehr im Sinn gehabt hatte, als ihn vom Schiff zu schaffen, bevor er ›etwas anstellen‹ konnte. Vielleicht hatte sie andere Pläne. Vielleicht würde sie die *Zaid-Dayan* nicht brav in die Föderationszentrale bringen, entwaffnen und ihre Shuttles lahmlegen.

Für einen Moment mußte er Panik niederkämpfen. Sie konnte schlechterdings *alles* tun. Dann beruhigte er sich wieder. Die Frau war brillant, aber nicht verrückt. Sie war nicht zimperlich, wenn sie sich verteidigte, und reagierte auf Gefahren, aber sie war der Flotte und der Föderation loyal gesonnen und würde keine Dummheiten anstellen, zum Beispiel die Föderationszentrale bombardieren. Er hoffte es zumindest.

»Panis, übernehmen Sie das Steuer.« Ollery stieß sich von der Konsole ab, sah Dupaynil herausfordernd an und streckte sich.

»Sir.« Panis, sein Stellvertreter, hatte sich zum Hauptsteuerpult geschlichen. Auch er warf Dupaynil einen Blick zu, bevor er wieder auf den Bildschirm schaute.

»Ich drehe eine Runde«, sagte Ollery. »Wollen Sie mitkommen, Major?« Er meinte eine Inspektionsrunde durch die langen Zugangsröhren.

Dupaynil schüttelte den Kopf. »Diesmal nicht, danke. Ich wollte gerade ...« *Was?* fragte er sich. Auf der winzigen Brücke konnte er nichts anderes tun, als auf Panis' Hinterkopf oder auf den Stiernacken des Waffenoffiziers zu starren. Ein aufgeklappter Flachbildschirm verdeckte sein Gesicht, während er behutsam an den Waffensystemen hantierte. Zumindest vermutete Dupaynil, daß der winzige Joystick und das kleine Ding, das wie ein silberner Zahnstocher aussah, zu den Waffensystemen gehörten. Vielleicht machte er auch nur ein Spiel.

»Es wird Sie ermüden«, warnte Ollery. Dann war er durch eine der schmalen Luken verschwunden.

Ein langes Schweigen trat ein. Dupaynil bemerkte die abgenutzten Stellen an Ollerys Sitz, die verblaßten blauen Einbände der Flottenhandbücher, die als Nachschlagewerke auf einem Regal unter der Konsole des stellvertretenden Commanders standen. Schließlich sah der Jig Panis ihn über die Schulter an und lächelte scheu.

»Der Captain ist ein wenig nervös«, sagte er leise. »Wir haben das Nachschubdepot einen Tag früher erreicht.«

»Bericht von Ollery: Lebenserhaltungssysteme, Sektion 43, Rieselturm Nr. 2 läuft nur mit halber Kapazität.«

»Ist protokolliert, Sir.« Panis gab den Bericht ein,

drückte mit dem Daumen auf einen Knopf und beauftragte ›Spezi Zigran‹ damit, den fraglichen Rieselturm zu überprüfen. Dann wandte er sich wieder Dupaynil zu. »Wir hatten seit einiger Zeit keinen Urlaub mehr«, erklärte er. »Der Captain meinte, wir könnten ein paar Tage freinehmen, um uns zu erholen, bevor wir uns auf die Inspektion vorbereiten.«

Dupaynil nickte. »Ach so … dann hat meine Mission Ihnen wohl die Party verdorben, was?«

»Ja. Zur selben Zeit sollte die *Playtak* anlegen.«

Mit einem lauten Klicken klappte der Waffenoffizier den Flachbildschirm zu. Dupaynil bemerkte, wie er den jungen Offizier ansah. Er hatte schon oft erlebt, wie ältere Unteroffiziere höheren Dienstgraden bis hin zum Admiral diesen warnenden ›Sie reden zuviel!‹-Blick zuwarfen.

Panis wurde rot und konzentrierte sich auf seine Konsole. Duaypnil fragte nicht weiter; er hatte genug gehört, um zu wissen, warum Ollery so feindselig war. Vermutlich war der Captain der *Playtak* mit Ollery befreundet, und sie hatten sich zum Feiern in diesem Nachschubdepot verabredet. Was ganz und gar den Vorschriften widersprach, denn Dupaynil hatte keinen Zweifel, daß sie ihre Befehle etwas großzügig ausgelegt hatten, damit sie zur gleichen Zeit vor Ort waren. Es mochte ganz harmlos sein, nur ein Treffen alter Freunde, aber es konnte auch mehr dahinterstecken. Schmuggel, Spionage, wer wußte es schon? Und er war ihnen in die Quere gekommen und hatte sie gezwungen, vorzeitig abzufliegen.

»Wie schade«, sagte er beiläufig. »Meine Idee war's nicht. Aber die Flotte ist die Flotte, und Befehle sind Befehle.«

»Richtig, Sir.« Panis blickte nicht auf. Dupaynil sah zu dem Waffenoffizier hinüber, dessen mürrisches Gesicht sich nicht aufheiterte, auch wenn es keine offene Feindseligkeit ausdrückte.

»Arbeiten Sie für den Sicherheitsdienst, Sir?« fragte er.

»Richtig. Ich bin Major Dupaynil.«

»Und wir bringen Sie in den Seti-Raum?«

»Richtig.« Er fragte sich, woher der Mann das wußte. Ollery mußte Bescheid wissen, aber hatte er nicht begriffen, daß diese Befehle geheim waren? Natürlich waren sie nicht wirklich geheim, weil es sich um gefälschte Befehle handelte, aber … Er schob den Gedanken beiseite. Es war zu kompliziert, um darüber nachzudenken.

»Bäh. Verdammte Mistviecher.« Der Waffenoffizier legte das zahnstocherartige Werkzeug, das er benutzt hatte, in einen Werkzeugkoffer zurück und ließ sich zurücksinken. »Ich habe immer das Gefühl, daß sie unbedingt Ärger haben wollen.«

Dupaynil hatte von dem Waffenoffizier denselben Eindruck. Diese vernarbten Knöchel hatten sicher mehr als einen Zahn ausgeschlagen. »Ich war einmal mit einer diplomatischen Abordnung dort«, sagte er. »Ich nehme an, daß sie mich deshalb schicken.«

»Ach so. Dann halten Sie sich die Kröten vom Hals.« Der Waffenoffizier raffte sich auf und verließ mit einem beiläufigen Wink zum stellvertretenden Commander die Brücke.

Dupaynil sah ihm ein wenig bestürzt hinterher. Er hatte nie den Eindruck gehabt, daß Sassinak großen Wert auf Etikette legte, aber auf ihrem Schiff hätte *niemand* ohne Erlaubnis und einen angemessenen Salut vor dem verantwortlichen Offizier die Brücke verlassen. Natürlich war dies das kleinste Schiff, auf dem er je gereist war. Waren solche lockeren Beziehungen überhaupt gesund?

Außerdem war der Begriff ›Kröte‹ keine angemessene Beschreibung für die Seti, sondern zeugte von rassistischen Vorbehalten, die Dupaynil wachsam machten. Jeder wußte, daß die Föderation Rassen und Kulturen zusammenführte, die lieber getrennt blieben, daß Umstände, an die sich kaum jemand erinnerte, Seti und Menschen genötigt hatten, einen Nichtangriffspakt zu unterzeichnen. Einen Pakt, der von den meisten anerkannt wurde. Von Flottenangehörigen als professionellen Bewahrern dieses prekären Friedens wurde erwartet, daß sie die Dinge nüchterner betrachteten. Davon abgesehen hatte er die Seti immer als ›Eidechsen‹ gesehen.

»'tschuldigung, Sir«, sagte ein anderes Mannschaftsmitglied, das sich zum Steuerpult zu seiner Linken an ihm vorbeischob.

Dupaynil hatte das Gefühl, daß er allen im Weg stand und von niemandem erwünscht war. Zum Teufel mit Sassinak! Diese Frau hätte ihn wenigstens irgendwohin abschieben können, wo er es *bequemer* gehabt hätte. Er sah zu Panis hinüber, der seinem Blick bewußt auswich. Wenn er es richtig in Erinnerung hatte, beanspruchte die kürzeste Route in den Seti-Raum mehrere Wochen Flugzeit, und so lang konnte er solche Umstände nicht ertragen.

In weniger als einer Woche hatte die Mannschaft ihre Feindseligkeit abgelegt. Dupaynil spielte seinen beträchtlichen Charme aus, ließ Ollery einige Kartenspiele gewinnen und unterhielt die Mannschaft mit einigen weniger verfänglichen, deftigen Anekdoten aus seinem letzten Einsatz in Politikerkreisen. Er hatte Ollery richtig eingeschätzt. Der Mann hatte ein lebhaftes Interesse an den Schwächen aller, die über ihm standen, vor allem Schwächen, die für Erpressungen taugten. Wenn man ihm von der Frau eines Botschafters erzählte, die drogensüchtig war, oder von einem hochrangigen Bürokraten, der etwas für interkulturelle Zerstreuung übrig hatte, glänzten seine Augen und seine Wangen liefen rot an.

Dupaynil ließ sich seine Verachtung nicht anmerken. Leute, die auf solche Dinge versessen waren, hatten gewöhnlich ihre eigenen schmutzigen Geheimnisse.

Panis allerdings war von einem ganz anderen Schlag. Er hatte nervös herumgezappelt, als Dupaynil die Geschichte von dem Bürokraten erzählte, und war puterrot angelaufen, als Ollery und der Waffenoffizier sich über ihn lustig machten. Es war nicht zu übersehen, daß er in der Mannschaft keine engen Freunde hatte. Als Dupaynil seine Dateien einsah, stellte er fest, daß er den früheren Stellvertreter erst vor fünf Monaten abgelöst hatte, während der Rest der Mannschaft seit fast fünf Jahren unverändert zusammenarbeitete. Und der frühere Stellvertreter hatte das Schiff wegen einer Verletzung verlassen, die er sich bei einer Schlägerei in einem Dock zugezogen hatte. Das Ganze war mehr als seltsam. Besonders auf kleinen Schiffen war es wichtig, daß die Mannschaft regelmäßig ausgetauscht wurde. Die Flotte schrieb es so vor. Ganz gleich, wie effektiv eine Mannschaft zu sein schien, blieb sie nie lang unverändert.

Dupaynil hatte nicht alle seine Instrumente mitbringen können, aber ein paar hatte er immer bei sich. Er plazierte seine Sensoren so sorgfältig wie auf dem großen Schiff und führte seine Sonde mit äußerster Vorsicht in die Datenleitungen ein. Er hatte das Gefühl, daß Nachlässigkeit ihm hier mehr Ärger einbringen würde, als vom Captain niedergemacht zu werden.

Während die Tage verstrichen, wurde die Mannschaft ihm gegenüber immer lockerer und spielte endlose Partien sämtlicher Kartenspiele, die er kannte, und einiger anderer, von denen er nie gehört hatte. ›Krücke‹ war ein Piratenspiel, wie ihm der Kaufmann anvertraut hatte, von dem er es kannte; er fragte sich, wo diese Mannschaft es gelernt hatte. Dazu kamen Poker, Blindfisch und eine Partie ›Teufel auf Toast‹, bei der er alles zurückgewann, was er verloren hatte. Dieses Spiel hatte er auf Bretagne gelernt, wo man es erfunden hatte.

Er kletterte schwitzend die Zugangsleitern auf und ab und lernte, auf Schwankungen der künstlichen Schwerkraft schnell zu reagieren. Die Anstrengungen hielten seine Muskeln geschmeidig. Er entdeckte ein Vorratsbecken voller Wassereis, das Einschränkungen beim Baden lächerlich erscheinen ließ. Es war genug vorhanden, um eine Mannschaft von der doppelten Größe bis zum *Seti*-Raum und zurück zu versorgen, aber er hielt den Mund. Es erschien ihm sicherer so.

Trotz ihrer Freundlichkeit, ihres lässigen Auftretens war ihm aufgefallen, daß Ollery oder der ältere Waffenoffizier in jeder Sektion des Schiffes zugegen waren, in der er sich gerade aufhielt. Außer in seiner winzigen Kabine. Und als er Beweise dafür entdeckte, daß jemand seine Sachen durchsucht hatte, zweifelte er nicht mehr daran, daß sie sich auch dort umgesehen hatten. Ihm blieb genug Muße, um sich zu fragen, ob Sassinak gewußt hatte, auf welche Art von Schiff sie ihn schickte. Er glaubte nicht. Sie hatte sich wahrscheinlich einen kurzen Überblick verschafft, was zur Verfügung stand, das nächste angedockte Begleitschiff ausgesucht und darauf geachtet, daß er nicht kommunizieren konnte, solang er sich im FTL-Raum aufhielt.

»Ich sage, er spioniert *uns* aus, und ich glaube, daß wir ihn rausschmeißen sollten«, sagte der Waffenoffizier. Der eiskalte Ton ließ Dupaynil schaudern.

»Er hat Befehle vom Generalinspekteur. Sie werden wissen wollen, was passiert ist.« Das kam von Ollery, der sich seiner Sache nicht so sicher war.

»Wir können ihn nicht einfach rauswerfen. Wir müssen uns etwas anderes überlegen.«

»Wie wär's mit einer Evakuierungsübung? Wir sprengen die Kapsel in die Luft und behaupten, es sei ein Unfall gewesen.« Die Stimme des Waffenoffiziers deutete schon das Achselzucken an, mit dem er reagieren würde, wenn man ihn später verhörte.

»Was ist, wenn er's rausbekommt?«

»Was kann er schon machen? Die Kapsel hat kein Marschtriebwerk, keinen Langstreckenfunk, keinen Scanner. Schmeißen wir ihn einfach irgendwo raus, wo er in den Gravitationssog eines Sterns oder etwas anderem Großen hineingezogen wird. Den Funk und das Signalfeuer legen wir lahm. Auf diese Weise wird niemand je erfahren, daß er dort gewesen ist. Außerdem halte ich seine Befehle nicht für echt. Überlegen Sie mal, Sir. Würde der Generalinspekteur jemanden von einem großen Kreuzer wie der *Zaid-Dayan* holen – dafür müßte er eine FTL-Nachricht schicken – und dann in ein mickriges kleines Begleitschiff stecken? Um ihn in den Seti-Raum zu befördern? Hören Sie mal. Man schickt einen Sondergesandten zu den Seti, und man schickt eine Flottille gleich mit, kein Begleitschiff. Nein, glauben Sie mir, Sir, er ist hier, um *uns* auszuspionieren, und das ist der Beweis.«

Dupaynil konnte über den Audiokanal nicht feststellen, welche Wanze sie gefunden hatten, aber er hoffte inständig, daß nicht er sie plaziert hatte. Er hatte sich, wie auf Sassinaks Schiff, mal wieder selbst ausgetrickst. Man sollte einen Feind nie unterschätzen, und man sollte unbedingt wissen, wer der Feind war; eine einfache Grundregel, gegen die er sich versündigt hatte.

Ihm rannen Schweißtropfen den Brustkorb hinunter. Sassinak war in eine Evakuierungskapsel gesteckt und durch die vereinte Anstrengung eines Webers und eines Ssli gerettet worden. Er selbst hatte keine Weber oder Ssli, die ihm den Rücken stärkten; er würde selbst einen Ausweg finden müssen.

»Sind Sie sicher, daß er die wichtigsten Sachen noch nicht aus dem Computer kopiert hat?«

»Ziemlich sicher.« Die Stimme der Waffenoffiziers wurde noch grimmiger. »Aber dem Sicherheitsdienst stehen gute Hilfsmittel zur Verfügung. Wenn wir ihn bis zum Seti-Raum Zeit lassen, hat er genug herausgefunden, um uns alle an die Wand zu nageln, bis hin zu Lady Luisa persönlich.«

Dupaynil vergaß fast seine Angst. *Lady Luisa?* Etwa Luisa *Paraden*? Er hatte nie Schwierigkeiten gehabt, zwei und zwei zusammenzuzählen, und kam manchmal zu interessanteren Ergebnissen als vier. Jetzt spürte er, wie ein fast körperlich Ruck ihn durchfuhr, als er in Gedanken alles zusammenfügte, was er gehört und gesehen hatte; darunter alle Informationen, die Sassinak gesammelt hatte.

So hell wie eine Graphik, die bei einer Strategiekonferenz auf den Bildschirm projiziert wurde, traten in leuchtenden, roten oder gelben Linien die Verbindungen hervor ... zwischen Luisa und Randolph, der triftige Gründe hatte, Sassinak zu hassen. Es war *Randolph* Paradens Rache gewesen, ausgeführt von einer Handlangerin seiner Tante, einer manipulierten Flottenoffizierin, die man als kleines Mädchen auf demselben Außenposten der Sklavenhänder festgehalten hatte. Dupaynil bedauerte diese unselige Offizierin für einen Moment; Sassinak würde nie dazu imstande sein, selbst wenn sie die ganze Geschichte erfuhr. Luisa hatte etwas derart Riskantes aber sicher nicht nur für Randolph getan. Es mußte eine Rache für Abes Rolle bei der Vereitelung ihrer Pläne gewesen sein, eine Warnung an andere. Vielleicht aus Angst, daß er ihr weiteren Ärger bereiten würde.

Zwischen Abe und Sassinak, zwischen Sassinak und Randolph, zwischen Randolph und Luisa, deren erste Handlangerin teilweise versagt hatte. Wo steckte Randolph *heute*? fragte sich Dupaynil plötzlich. Er sollte es wissen, und er wußte es nicht. Ihm wurde klar, daß niemals auch nur die geringste Information über Randolph zu ihm durchgedrungen war, seit der arrogante junge Mann die Akademie verlassen hatte. Das war höchst verwunderlich. Ein reicher Paraden mit vielen Beziehungen – er mußte doch *irgend etwas* getan haben. Er hätte in den Gesellschaftsnachrichten auftauchen oder als Offizier in einer von Tante Luisas Kompanien dienen müssen.

Es sei denn, er hatte auf irgendeine Weise seine Identität geändert. Es war möglich, aber sehr kostspielig. Für einen Paraden war das allerdings kein Hindernis. Und warum hatten sie nach nur einem Angriff auf Sassinak aufgegeben? Dupaynil wünschte, er hätte ihre Datei zur Hand. Es mußten verdeckte Aktionen gewesen sein, aber weil er wußte, wonach er suchte, hätte er vielleicht Hinweise gefunden. Aber natürlich! Die Weber! Die Weber, die sie an der Akademie gegen Paradens Anschuldigungen verteidigt hatte; die Weber, die sie aus der Kapsel gerettet hatten. Die Weber konnten alle möglichen Angriffe vereitelt haben, ohne es ihr zu sagen.

Vielleicht wußte sie auch Bescheid, aber hatte nie eine Verbindung gesehen oder sich, ungeachtet der Vorschriften, nie die Mühe gemacht, einen Bericht zu erstatten. Sassinak war nicht gerade bekannt dafür, daß sie sich an die Vorschriften hielt. Er lehnte sich an die Wand seiner Kabine, in Schweiß gebadet und gleichermaßen auf sich selbst wie auf die vielen Verschwörer wütend. Das war sein *Job*, dafür war er ausgebildet, darin hatte er sich für gut gehalten: Hintergründe aufklären, Verbindungen herstellen, Daten durchsieben, Daten interpretieren. Und nun stand er hier, hatte alle roten Fäden zu einem Muster verknüpft und hatte keine Möglichkeit, diese Informationen an jemanden zu übermitteln.

Du bist so clever, dachte er bitter. *Du gehst in den Tod und hast den Krieg gewonnen, aber die Schlacht verloren.* Er wußte – es stand in ihrer Datei, und sie hatte es selbst zugegeben –, daß Sassinak immer noch über die wahren Gründe für Abes Tod rätselte. Sie hatte den Vorfall nie vergessen und nie zu den Akten gelegt. Und er konnte ihr genau die Aufklärung liefern, auf die sie wartete, was mehr als ausreichend sein sollte, um ihm ein früheres Mißverständnis zu verzeihen. Aber es war zu spät!

Wenn er an Sassinak dachte, erinnerte er sich wieder an ihr Erlebnis in der Fluchtkapsel. Selbst in der neutralen Prosa, die ihr Captain verwendete, hatte ihn der Bericht über den Vorfall schaudern lassen. In der Hoffnung, daß sie leichter auf sich aufmerksam machen konnte, wenn sie bei Bewußtsein war, hatte sie die Sauerstoffvorräte der Kapsel fast aufgebraucht. Er fröstelte. Er selbst hätte sich wahrscheinlich in den Kälteschlaf versetzt, sobald er gemerkt hätte, was geschah, und wahrscheinlich wäre er daran gestorben. Oder so wie Lunzie erst Jahrzehnte später wieder aufgewacht. Beides war eine entsetzliche Vorstellung. Er konnte es kaum abwarten, seine neu erworbenen Einsichten dort anzuwenden, wo sie am meisten nutzen würden.

Also Sassinak. Was hätte sie getan, wenn sie in einem Begleitschiff voller Rebellen gelandet wäre? Er hatte Schwierigkeiten, sie sich in einer anderen Situation als auf der Brücke der *Zaid-Dayan* vorzustellen, aber sie hatte schon auf kleineren Schiffen gedient. Würde sie eine Waffe finden (wo?) und die Mannschaft von der Brücke aus bedrohen? Würde sie sich mit einem intakten Funkgerät und in der Hoffnung, daß man sie rechtzeitig fand, in einer Fluchtkapsel davonmachen, bevor man sie über Bord warf? (Und was hieß ›rechtzeitig‹? Zum Prozeß? Oder um am Leben zu bleiben?) Er hatte jedoch keinen Zweifel, daß sie *eines* mit Sicherheit nicht tun würde: sich in eine Koje hocken und fragen, was sie tun sollte. Sie hätte sich längst etwas ausgedacht, und bei ihrem Glück hätte es wahrscheinlich auch funktioniert.

Die Idee, auf die er Stunden später kam (nach mühseligen, schweißtreibenden Stunden, in denen er eigentlich hätte schlafen müssen), erschien ganz einfach. Vermutlich würde die Mannschaft eine Evakuierungsübung durchführen, damit sie eine Gelegenheit bekam, ihn umzubringen. Auch die anderen würden in ihre Kapseln steigen, damit alles normal aussah. Sie hatten eine seiner Wanzen gefunden, aber nicht alle (sonst hätten sie die Audioverbindung unterbrochen, damit er nicht mithörte). Und deshalb konnte er die Kanäle noch einmal anzapfen, die Steuerung der Kapseln zurückstellen und *ihnen* – oder den meisten von ihnen – in den Kapseln eine Falle stellen. Sie würden nicht in der Lage sein, seine Kapsel abzufeuern; er würde ihre abfeuern.

Er steckte mitten in der Umprogrammierung der Kapselsteuerungen, als ihm klar wurde, daß sein Plan alles andere als eine einfache Lösung war. Die Flotte hatte einen Namen für jemanden, der illegal die Kontrolle über ein Schiff übernahm und den Captain und die Mannschaft tötete. Einen alten, häßlichen Namen, der zu einem Prozeß führen würde, den er leicht verlieren konnte.

Ich plane keine Meuterei, schärfte er sich ein. *Diese Männer sind Verbrecher.* Aber sie waren noch nicht überführt, und bis dahin lief sein Plan nach sämtlichen Gesetzen und Regularien nicht nur auf Meuterei, sondern auf Mord hinaus. Und auf Piraterie. Und wahrscheinlich auf ein Dutzend anderer, kleinerer Verbrechen, die man mit auf die Anklageschrift setzen würde, darunter die Vorwürfe, die Sassinak ihm in der Kommunikationsnische gemacht hatte. Dazu kam die Manipulation von Rettungsequipment, die er gerade durchführte. Ganz zu schweigen von seinen angeblichen Befehlen, in den Seti-Raum weiterzufliegen. Nachdem er ein Schiff an sich gebracht und die Mannschaft getötet hatte, würde ihm niemand mehr glauben, daß er die Befehle nicht selbst gefälscht hatte.

Was würde Sassinak unter *solchen* Umständen unternehmen? fragte er sich. Er erinnerte sich an die Holographie der *Zaid-Dayan* mit ihrem geflickten Rumpf und den Schrammen, die die Entermannschaft der Piraten verursacht hatte. Sassinak hatte den Feind auf ihr Schiff gelassen, um ihm eine Falle zu stellen. Konnte er sich etwas ähnlich Verheerendes ausdenken? Unterm Strich waren dreiundvierzig Jahre im Kälteschlaf vielleicht der einfachste Ausweg, überlegte er, und tippte den Rest der neuen Schaltsequenz ein.

Sassinaks Ururgroßmutter hätte ihn vielleicht gewarnt, aber eine kurze Zeit im Kühlschrank konnte ihm größeren Ärger ersparen. Ach was. Er sollte *die anderen* auf Eis legen. Das würde die Vorwürfe auf Meuterei, Piraterie und so weiter beschränken und ihm eine Mordanklage (und die obligatorische Gedächtnislöschung, falls er verurteilt würde) ersparen, und er könnte damit davonkommen, daß er die nächsten zwanzig Jahre Sanitäranlagen mit einer Zahnbürste putzen mußte.

Natürlich war es nicht so einfach. So oft er auch die Treppen hinauf- und hinabgeklettert war, so wußte er doch so wenig wie der Held einer Space Opera darüber, wie dieses Schiff zu bedienen war. Er hatte sich vor vielen Jahren nur einige Grundkenntnisse angeeignet; er war einen Simulator geflogen, kein Schiff. Er konnte sich von dem Wassereisvorrat etwas abklopfen, um nicht zu verdursten, aber er konnte es nicht in die Leitungen einspeisen und duschen. Er konnte das Schiff nicht einmal aus dem FTL-Raum bringen. Sassinak hätte es wahrscheinlich gekonnt, aber er konnte nicht mehr, als den Schalter für das Notsignalfeuer umzulegen und zu hoffen, daß die Mannschaft des Empfangsschiff nicht derselben konspirativen Gruppe angehörte. Aber er würde nicht einmal das schaffen, wenn er nicht endlich seine Nervosität ablegte und sich an die Arbeit machte.

siebtes kapitel

Diplo

Zebara hatte sie mit zügigen Schritten durch das Straßenlabyrinth rings um den Universitätskomplex geführt. Trotz seines Alters und seiner merklichen körperlichen Einbußen war er immer noch bemerkenswert gut in Form. Lunzie bemerkte, daß man ihnen verwundert hinterhersah. Sie wußte nicht zu sagen, ob es an Zebara persönlich lag oder daran, daß er von einem Leichtgewicht begleitet wurde. Sie schnaufte, als er schließlich vor einem Lokal stehenblieb, das so aussah wie viele andere.

»Giris Laden«, sagte Zebara. »Da gibt's den besten Chooli-Eintopf in der Stadt, außerdem sehr umgängliche Gäste und eine Kapelle mit ziemlich schrägen Musikern. Es wird ihnen gefallen.«

Lunzie hoffte es. Chooli-Eintopf entsprach den Föderationsgesetzen, weil er ohne Fleisch zubereitet wurde, aber sie hatte sich noch nicht an die seltsamen Gewürze gewöhnt, denen diese Mischung aus stärkehaltigen Gemüsen ihren Geschmack verdankte.

In dem Lokal würdigte sie kaum jemand eines Blickes. Die ›umgänglichen Gäste‹ wurden alle von ihren eigenen Mahlzeiten und Gesprächen in Anspruch genommen. Lunzie roch Fleisch, sah aber keine Sorte, die sie wiedererkannte. Die schrägen Musiker spielten mit großer Begeisterung, aber geringem Können und übertönten ihre Furze und Rülpser mit schrillen Freuden- oder Schmerzensschreien. Lunzie war sich nicht sicher, was eher zutraf, aber in jedem Fall sorgten die Musiker für eine respektable Geräuschkulisse. Sie setzte sich mit

Zebara in eine der Nischen an der Seite und bestellten Chooli-Eintopf mit Figgerunds, den grünen Nüssen, die sie auf dem Empfang gegessen hatte, wie Zebara ihr erklärte.

»Es gibt einige Dinge, die Sie wissen müssen«, begann er, als der Chooli-Eintopf serviert wurde und Lunzie zaghaft auf dem ersten Bissen einer gelblichen Masse herumkaute.

»Ich habe gehört, daß Sie Chef des Sicherheitsdienstes geworden sind«, sagte sie ruhig.

Er schien erschrocken. »Wer hat Ihnen das gesagt? Nein, das ist unwichtig. Es stimmt, ist aber nicht allgemein bekannt.« Er seufzte. »Ich habe den Eindruck, das macht es Ihnen schwerer ...«

»Was macht es mir schwerer?«

»Mir zu vertrauen.« Er schaute hin und her, als sei er ein gewöhnlicher Gast, aber Lunzie konnte nicht glauben, daß es nur beiläufige Blicke waren. Dann sah er sie wieder an. »Sie vertrauen mir nicht, und ich kann es Ihnen nicht verdenken, aber wir müssen zusammenarbeiten, sonst ... Sonst wird es wirklich ganz schlimm.«

»Wird Ihre Beziehung zu einer Außenweltlerin nicht ein gewisses Mißtrauen hervorrufen?« Sie ließ ihre Stimme ein wenig sarkastisch klingen. Für wie naiv hielt er sie?

»Natürlich. Aber das ist unwichtig.« Er aß ein paar Bissen, während sie über die Bedeutung dieser Bemerkung nachgrübelte. Es konnte nur dann ›unwichtig‹ sein, wenn die Entscheidungsträger davon wußten und es billigten. Als er aufblickte und schluckte, nickte sie ihm zu. »Gut! Sie haben mich verstanden. Ihr Name auf der Personalliste des Ärzteteams wäre ein wenig verdächtig gewesen, wenn Sie mit Nebenabsichten hergekommen wären ...« Er ließ den Satz unbeendet, und Lunzie sagte nichts. Welche Motive sie auch hatte, wichtig war jetzt nur, daß sie herausfand, worüber Zebara überhaupt redete. Sie aß noch einen Löffel von dem Eintopf; er war besser als der Chooli-Eintopf, der in der Kantine des Forschungszentrums serviert wurde.

»Ich habe die Liste gesehen«, fuhr Zebara fort. »Zu den Aufgaben meiner Abteilung gehört es, solche Delegationen unter die Lupe zu nehmen und mögliche Störenfriede auszusondern. Das ist nichts Ungewöhnliches. Auf den meisten Planeten wird genauso verfahren. Ich habe also Ihren Namen gesehen und mich gefragt, ob es dieselbe Lunzie ist. Als ich herausfand, daß Sie es sind, ist ein Donnerwetter über mich hereingebrochen.«

»Was?«

»Meine ... meine Vorgesetzten. Sie wollten, daß ich mich mit Ihnen in Verbindung setze und unsere Freundschaft wiederbelebe. Möglichst mehr als unsere Freundschaft. Ich sollte mich Ihrer Hilfe vergewissern, um wichtige Daten vom Planeten zu schaffen.«

»Aber Ihre Vorgesetzten ... ist das nicht der Gouverneur?« Obwohl sie etwas darüber gelesen hatte, war Lunzie sich nicht ganz sicher, wer auf diesem Planeten die politische Macht innehatte.

»Nicht direkt. Der Gouverneur kennt sie, und das ist ein Teil des Problems. Ich muß davon ausgehen, daß Sie, nach allem, was Ihnen zugestoßen ist, dasselbe wie jeder durchschnittliche Förderationsbürger denken. Zum Beispiel über Piraterie.«

Er hatte die Stimme zu einem gedämpften Knurren gesenkt, dem sie kaum folgen konnte. Die schrägen Musiker hockten auf ihren hohen Stühlen und schütteten aus hohen Glasbechern ein bernsteinfarbenes Getränk in sich hinein. Sie hoffte, daß es ihre Musik ebenso wie ihre Gedanken einschläfern würde.

»*Meine* moralischen Maßstäbe haben sich nicht geändert«, sagte sie mit einer leichten Betonung auf das Pronomen.

»Gut. Darauf haben sie sich verlassen, und ich mich in

gewisser Weise auch.« Er trank einen kräftigen Schluck von seinem Getränk.

»Wollen Sie damit andeuten«, sagte Lunzie langsam, Wort für Wort, »daß Ihre Ziele und die Ihrer Vorgesetzten von der Standhaftigkeit meiner Überzeugungen abhängen, auch wenn es … andere sind?«

»So könnte man es ausdrücken.« Zebara grinste sie an und hob seinen Becher.

Und wie, mit welchen Untertönen könnte ich es ausdrücken? fragte sich Lunzie. Sie nippte an ihrem eigenen Becher, schmeckte nur das Wasser, das sie bestellt hatte, und sagte: »Alles schön und gut, aber was soll das bedeuten?«

»Das, fürchte ich, können wir hier nicht besprechen. Ich werde Ihnen sagen, was ich kann, und dann werden wir uns neu verabreden.« Auf ihr Stirnrunzeln hin nickte er. »Anders geht es nicht, Lunzie, wenn wir den unmittelbaren Ärger in Grenzen halten wollen. Wir werden beobachtet. Natürlich werden wir beobachtet, dessen bin ich mir bewußt, und deshalb müssen wir unsere freundschaftliche Beziehung aufrechterhalten.«

»Fragt sich nur, wie freundschaftlich?«

Es kam ihr eher ungewollt über die Lippen. Sie hatte es, wenn überhaupt, erst später fragen wollen. Er lachte, aber es klang etwas gezwungen.

»Lunzie, Sie wissen, wie gut wir befreundet *waren*. Sie erinnern sich wahrscheinlich besser daran als ich, weil sie in den über vierzig Jahren seitdem friedlich geschlafen haben.«

Sie tat nichts dagegen, daß ihr das Blut ins Gesicht schoß. Jeder, der sie beobachtete, hätte es für einen echten Gefühlsausdruck gehalten.

»Verlassen Sie sich darauf! Ich muß zugeben, daß ich Sie nicht vergessen habe, nicht … nicht die kleinste Kleinigkeit.«

Diesmal war er mit dem Rotwerden an der Reihe. Sie

hoffte, daß es jeden möglichen Spitzel zufriedenstellte, fürchtete aber, daß ein Mitschnitt des Gesprächs nichts hergeben würde.

Als könne er ihre Gedanken lesen, sagte er: »Keine Sorge. Zum jetzigen Zeitpunkt darf ich immer noch die Überwachung organisieren. Wir sind relativ sicher, solang wir nichts tun, was ihren Plänen widerspricht.«

Ihren Plänen oder *deinen* Plänen? fragte sie sich. Sie hätte Zebara gern vertraut; sie vertraute jedenfalls dem Zebara, den sie gekannt hatte. Aber dieser neue Zebara, dieser alte Mann mit den verhangenen Augen, den Enkelkindern, die er retten wollte, dem Chef des Externen Sicherheitsdienstes, konnte sie *diesem* Zebara vertrauen? Und wie weit?

Als er ihre Hand faßte, ließ sie es zu. Seine Finger streichelte ihre Handfläche, und sie fragte sich, ob er etwas so Einfaches wie Morsezeichen versuchen würde. Überwachungskameras konnten es aufzeichnen. Statt dessen zeichnete er mit dem Fingernagel vorsichtig das Logo auf dem FES-Banner in ihre Hand, dann Buchstabe für Buchstabe ihren Namen. Sie lächelte ihn an, drückte seine Hand und hoffte, daß sie Recht hatte.

Am nächsten Tag kam die Arbeit im Forschungszentrum gut voran. Was immer Bias dachte, er hütete sein Mundwerk, und auch sonst stellte niemand unangenehme Fragen. Als Lunzie in ihre Unterkunft zurückkehrte, empfand sie ein leichtes Unbehagen, weil Zebara sich nicht gemeldet hatte, aber die Signallampe an ihrer Konsole blinkte, als sie eintrat. Sie ließ sich mit der Nummer verbinden, die ihr genannt wurde, und war nicht überrascht, als sie seine Stimme hörte.

»Sie haben mir einmal gesagt, daß Sie gern unsere einheimische Musik hören würden«, begann er. »Heute abend findet eine Aufführung von Zilmachs epischen Werken statt. Würden Sie mich begleiten?«

»Mit oder ohne Abendgarderobe?« fragte Lunzie.

»Sie müssen sich nicht so fein machen wie zum Empfang des Gouverneurs, aber nett.«

Sie war sicher, daß er insgeheim über ihr Interesse an der Garderobe lachte. Aber sie erklärte sich einverstanden, in einer Stunde fertig zu sein, und sagte nichts dazu. Das Abendessen vor der Aufführung fand in einem offenkundig erstklassigen Restaurant statt. Die anderen Gäste trugen teuren Schmuck zu ihrer ausgefallenen Abendgarderobe. In ihrem einfachen, dunkelgrünen Kleid mit der Kupfer- und Email-Halskette, die sie zu unterschiedlichsten Anlässen trug, kam Lunzie sich ein wenig ärmlich vor. Zebara trug eine Uniform, die sie nicht erkannte. Bevorzugten die Angehörigen des Externen Sicherheitsdienstes wirklich diesen pechschwarzen Aufzug oder wollten sie nur die Außenweltler einschüchtern? Er sah wie das krasse Gegenteil von Sassinak aus. Lunzie erinnerte sich an Sassinak in ihrem weißen Kleid und an ihren aufmerksamen, lebhaften Gesichtsausdruck, der sie so schön machte. Zebara saß da wie ein schroffer, schwarzer Felsblock, schwer und düster. Dann lächelte er.

»Liebe Lunzie, warum sehen Sie mich so grimmig an?«

»Ich habe an meine Ururureckelin gedacht«, sagte sie, aufrichtig und unehrlich zugleich. »Sie sagten doch, Sie haben Enkel, ja? Dann kommen sie Ihnen bestimmt bei den unmöglichsten Gelegenheiten in den Sinn und lenken Sie ab. Und doch würden Sie sie nie missen wollen.«

»Das stimmt.« Er schüttelte mit einem trübsinnigen Lächeln den Kopf. »Und weil meine persönlich hier sind, können sie mich auch leibhaftig stören. Der kleine Pog, der Jüngste, hat sich in meinem Büro einmal von seiner Mutter losgerissen, ist an meiner Sekretärin vorbeigeflitzt und in meinen Konferenzraum geplatzt. Dabei hat er die Alarmanlage ausgelöst und den Vizegouverneur und den Stabschef sehr verärgert. Er hat sich an mein Bein geklammert und laut geheult, weil ihm die Alarmsirene Angst machte. Er hat soviel Krach gemacht, daß die Wachen meinten, jemand sei ernsthaft verletzt.« Sein Lächeln war breiter geworden. Jetzt lachte er. »Als ich ihn endlich von meinem Bein losbekommen, seine Mutter gefunden und die Wachen davon überzeugt hatte, daß es sich nicht um einen raffinierten Attentatsversuch handelte, bei dem ein Zwerg oder ein Roboter eingesetzt wurde, konnten wir uns nicht mehr auf die Tagesordnung konzentrieren. Schlimmer noch, ich mußte mir einen Vortrag des Vizegouverneurs darüber anhören, wie er *seine* Familie diszipliniert. Er wußte allerdings noch nicht – und ich konnte es ihm nicht sagen –, daß sein ältester Sohn wegen Agitation verhaftet werden sollte. Sie ahnen sicher schon, daß ich vom früheren Vizegouverneur rede, nicht von dem, den Sie gestern abend kennengelernt haben.«

Die Enthüllungen über seine Tätigkeit beruhigten Lunzies Nerven nicht im mindesten. Jeder, der so tun konnte, als wisse er nicht, daß das Kind eines anderen inhaftiert werden sollte, hatte genug Talent zur Unaufrichtigkeit, um *sie* zu verwirren. Sie konzentrierte sich angestrengt auf seine Gefühle für seine Kinder und Enkel. Die konnte sie wenigstens nachvollziehen und mitempfinden.

»Und was ist mit dem kleinen ... wie hieß der doch, Pog?«

»Ja, eine Abkürzung für Poglin, der Familienname seiner Mutter. Also, ich habe zur Nachsicht geraten, weil die Alarmsirenen und das darauffolgende Chaos ihn so furchtbar erschreckt hatten, aber seine Mutter fühlte sich schuldig, weil er ihr entwischt ist. Sie versprach ihm eine ordentliche Abreibung, wenn sie wieder heimkämen. Ich hoffe, das geschah hauptsächlich mir zuliebe. Sie ... sie hat großen Respekt vor meiner Stellung.«

Es war nicht zu übersehen, daß er seine Schwiegertochter nicht besonders mochte. Lunzie fragte sich, ob er es ihr hatte zeigen wollen. »Und sind Sie nach dem langen Schlaf mit Ihrer Familie zurechtgekommen?« fragte er.

Lunzie schüttelte den Kopf und kostete beiläufig von der dampfenden Suppe, die man vor sie hingestellt hatte. Blaß orange, würzig und gar nicht so schlecht.

»Mein Ururenkelin Sassinak hat mich mit einem Flottenschiff ins Hauptquartier gebracht. Sie ist eine Waise. Sie hat die anderen nie kennengelernt.«

»Oh. Das ist doch nicht üblich, oder? Warum nehmen sie sie nicht zu sich?« Seine Augenlider waren wieder herabgesackt und verschleierten seinen Gesichtsausdruck. Lunzie vermutete, daß er sehr viel mehr über sie und ihre Familie einschließlich Sassinak wußte, als er vorgab.

»Sie haben es nicht gewußt.« In aller Kürze erzählte sie ihm das wenige, was Sassinak erzählt hatte und fügte ihre eigene Erklärung dafür hinzu, warum Sassinak sich nicht um einen Kontakt mit den Verwandten ihrer Eltern bemüht hatte. »Ich glaube, sie hat immer noch Angst vor Ablehnung. Die Flotte hat sie aufgenommen. Sie betrachtet sie als ihre Familie. Ich hatte einen Enkel namens Dougal, der der Flotte angehörte, und weiß noch, daß die anderen darüber klagten, er sei fast ein Fremder für sie. Selbst wenn er zu Besuch war, schien er mit dem Herzen anderswo zu sein.«

»Wollen Sie sie miteinander bekannt machen?«

»Ich habe darüber nachgedacht. Es sind noch einmal dreiundvierzig Jahre vergangen. Ich weiß nicht, wer noch lebt und wo sie sich alle aufhalten. Es dürfte allerdings nicht schwer herauszufinden sein. Es ist aber möglich, daß Sassinak die anderen gar nicht kennenlernen will, selbst wenn ich sie begleiten würde. Ich versuche ja immer noch herauszubekommen, wessen Kind sie ist.« Sie lachte über sein bestürztes Gesicht. »Zebara, Sie waren die ganze Zeit mit Ihrer Familie zusammen. Natürlich ist Ihnen nichts wichtiger. Aber ich habe eine lange Trennung nach der anderen durchgemacht. Ich mußte Beziehungen knüpfen, wann und wo ich konnte. Zuerst mußte ich meine Zertifizierung zurückerhalten, dann irgendeinen Job.«

»Aber Ihre Ururenkelin Sassinak hätte Sie doch sicher nicht verhungern lassen?«

»Sie gehört der Flotte an, schon vergessen? Sie folgt ihren Befehlen. Ich bin Zivilistin.« *Gewissermaßen*, dachte sie und fragte sich, welchen Status sie eigentlich innehatte. Coromell hatte sie rekrutiert, aber war das offiziell? Der Ehrwürdige Meisteradept schien Beziehungen zur Flotte zu unterhalten, die sie nie ganz verstanden hatte. Aber *er* war doch wohl kein Flottenagent? Sassinak hatte sie mit demselben Vertrauen nach Liaka geschickt wie einen ihrer eigenen Offiziere. »Nein, verhungert wäre ich nicht. Da haben Sie Recht. Aber zu dem Zeitpunkt, als ich Liaka verließ, hatte ich meine Nachzahlung immer noch nicht erhalten. Man versicherte mir, sie würde bald eintreffen, aber irgend jemanden wurmte es, daß er mich für dreiundvierzig Jahre Kälteschlaf bezahlen mußte. Eigentlich wollte ich nur für die Zeit bezahlt werden, die ich wach gewesen war, aber ...« Sie zuckte die Achseln. »Bürokraten.«

»Manchmal sind wir schwierig.« Er lächelte, aber sie fragte sich, warum er wieder seine Position betonte.

Sie unterhielten sich nicht mehr viel, während sie zu Ende aßen, und gingen anschließend ins Konzert. Zebaras Position verschaffte ihnen hervorragende Plätze, einen respektvollen Platzanweiser und eine Mauer von Stille ringsum, hinter der Lunzie neugieriges Getuschel hörte. Sie warf einen Blick in das Programmheft. Sie hatte noch nie von Zilmach und seinen (oder ihren) epischen Werken gehört. Die Titelseite zeigte zwei muskulöse Schwerweltler, die ein Raumschiff hochstemmten. Sie wußte nicht, ob dies eine Szene aus dem Stück war, das sie hören würde, oder das Logo der Musikakademie von Diplo. Sie stieß Zebara mit dem Ellbogen an.

»Erzählen Sie mir, worum es geht.«

»Zilmach, ein Komponist, von dem Sie sicher noch nicht gehört haben, hat zwanzig Jahre damit verbracht, eine Reihe von Gedichten umzusetzen, die Rudrik während des ersten langen Frostes auf Diplo schrieb. Rudrik ist übrigens mit vierzigtausend anderen frühen Kolonisten verhungert. Das Stück heißt *Bitteres Schicksal*, und sein Thema ist die Ausbeutung unserer Kraft, um Reichtümer für die Leichtgewichte zu schaffen. Das Libretto wird Ihnen nicht gefallen, aber die Musik ist außergewöhnlich.« Er streichelte ihren Nacken, und Lunzie beherrschte sich soweit, daß sie nicht hochfuhr. »Außerdem ist es laut, und wir können uns unterhalten, wenn wir aufpassen.«

»Ist das nicht unhöflich?«

»Schon«, flüsterte er ihr ins Ohr. »Aber wissen Sie, es gibt Abschnitte in dem Stück, die gehen fast jedem ans Herz.«

Zilmachs episches Werk begann mit tiefen, klagenden Saiten- und Holzblasinstrumenten, dazu ein rhythmisches Pochen auf einem Instrument, von dem Lunzie noch nie gehört hatte und das ungefähr so klang, als ob jemand mit einem Hammer eine schwere Kette bearbeitete. Sie flüsterte Zebara eine Frage ins Ohr, und er erklärte ihr, daß es für die Pioniere stand, die das Eis von ihren Maschinen gemeißelt hatten. Zilmach hatte dieses Instrument erfunden, während er die Musik komponierte.

Während der Ouvertüre marschierte ein großer, singender Chor herein. Lunzie spürte eine Gänsehaut auf ihren Armen. Obwohl man ihr gesagt hatte, daß die Schwerweltler über ein kreatives Potential verfügten, hatte sie es nie wirklich geglaubt. Sie hatte sich nie eines ihre Kunstwerke angesehen oder ihre Musik angehört. Doch als sie jetzt diese voluminösen Stimmen hörte, die ohne Mühe den Saal füllten, mußte sie sich eingestehen, wie engstirnig sie gewesen war. Das Beste, was sie sich vorgestellt hatte, war nur ›nett‹ oder ›angenehm‹ gewesen. Aber das hier war schlichtweg großartig.

Die Bühnendarstellung der leichtgewichtigen ›Ausbeuter‹ gefiel ihr nicht. Es hatte aber etwas amüsant Widersinniges, massig gebaute Schwerweltler in den Rollen kleiner, zerbrechlicher Leichtgewichte zu sehen, die voreinander kuschten. Lunzie erinnerte sich, daß sie einmal eine Opernaufzeichnung von der Alten Erde gesehen hatte, in der eine große Dame mit hängendem Doppelkinn eine ›Nymphe‹ mimte.

Aber diese Stimmen! Sie hatte sich die Musik von Schwerweltlern als schwer, wuchtig, unmelodisch vorgestellt … und sie hatte sich geirrt.

»Es ist einfach schön«, flüsterte sie Zebara in einer Pause zwischen zwei Stücken zu.

»Das überrascht Sie.« Es war keine Frage. Sie entschuldigte sich mit ihrem Gesichtsausdruck, als die Musik weiterging. Er beugte sich zu ihr herüber. »Keine Sorge. Ich habe mir gedacht, daß Sie überrascht sein würden. Und es kommt noch mehr.«

Dazu gehörte unter anderem eine gymnastische Vorführung, die die wechselnden Allianzen in dem kommerziellen Konsortium darstellte, das (dem Skript zufolge) einige ahnungslose Schwerweltler-Kolonisten auf einem Planeten zurückgelassen hatte, der von vorhersehbaren, aber unregelmäßig auftretenden ›Dreifachwintern‹ geplagt wurde. Komplizierte Gongmusik imitierte offensichtlich das herzlose Abwägen von Profit und Verlusten (auf einer Waage, die auf der einen Seite mit Goldbarren, auf der anderen mit den Leichen von Schwerweltlern beladen war), während die kommerziellen Seilschaften an den Waagschalen und aneinander zerrten und in seltsam anmutigen Zuckungen herumhüpften.

Diplos Schwerkraft schloß die imposanten Sprünge des klassischen Balletts aus, aber schnelle Überschläge waren möglich und wurden mit großer Wirkung eingesetzt. Eine Szene, die das luxuriöse Leben der Schwergewichte im Weltraum darstellte, war einfach lächerlich. Lunzie hatte noch nie jemanden an Bord eines Raumschiffs gesehen, der sich in einem parfümieren Whirlpool räkelte, während ein Schwerweltler-Diener mit einer Schale voller Obst vor ihm kniete.

Die Abschnitte des Stücks, die Zebaras Worten nach ›fast jedem ans Herz gingen‹, zeigten die Kolonisten, die mit Gesang und Liebe gegen die Depression eines langen Winters ankämpften. Oder auch mit Lust. Lunzie war sich nicht sicher. Vielleicht waren die Kolonisten sich selbst nicht ganz sicher gewesen. Aber sie waren entschlossen gewesen, zu überleben und Nachkommen in die Welt zu setzen.

Ein Duett folgte dem nächsten, und beide vereinten sich zu einem Quartett, das ›die Liebe zum Leben‹ pries, die ›das Herz wärmt‹. Dann wurde eine Arie von einer Sopranistin gesungen, deren tiefe, dunkle, resonante Stimme vor Verzweiflung bebte, bevor sie sich langsam über unmögliche drei Oktaven bis in glanzvolle Höhen steigerte, was die Sängerin mit geballten Fäusten unterstrich, die sie vor den boshaften Leichtgewichten in ihren fernen Schiffen schüttelte.

Schließlich stimmte der männliche Chor der Kolonisten, die freiwillig verhungerten, damit ihre Kinder und schwangeren Frauen eine Überlebenschance hatten, einen letzten Schwur an, angeführt von einem Tenor, dessen Stimme nahezu in dieselben dynamischen Höhen emporstieg wie die Stimme der Sopranistin.

»Nur euch, den Kindern unserer Träume, überlassen

wir das Brot des Lebens!« Lunzie brannten Tränen in den Augen. »Wir bitten nur darum: erinnert euch …«

Der Stimmen wurden leiser, reduzierten sich langsam zu einem vielstimmigen Singsang. Die Musik und der üppige Weihrauch, der von den Weihrauchfässern auf der Bühne aufstieg, hätte auch die Hormone des nüchternsten Zuhörers in Wallung gebracht. Lunzie ließ den Kopf an Zeberas Schulter sinken.

»Braves Mädchen«, murmelte er.

Das Rascheln ringsum deutete darauf hin, daß auch andere ihre Haltung änderten. Plötzlich spürte Lunzie etwas an ihre Beine stoßen und begriff, daß die Sitze in diesem Teil des Auditoriums ganz nach hinten geklappt wurden. Die Armlehne zwischen ihr und Zebara verschwand. Auf der Bühne schwoll die Musik an, während das Licht abgedunkelt wurde. Eine Einladung zu Zilmachs Epos war offensichtlich mit mehr verbunden, als sich nur die Musik anzuhören.

Im selben Moment, als sie sich fragte, wie sie sich seinen offenkundigen Absichten entziehen konnte, fiel ihr der Druckanzug wieder ein, und sie kicherte.

»Was ist das?« fragte er. Sein Arm lag schwer auf ihrer Schulter, seine breite Hand streichelte ihren Rücken.

»Ein Aspekt der schwächlichen Leichtgewichte, den Ihr Regisseur nicht gezeigt hat«, sagte Lunzie und versuchte ihr Lachen zu unterdrücken. »Wir müssen dieses Ding tragen. Auch wenn es in Momenten wie diesen etwas unbequem ist.«

Zebara lachte. »Liebe Lunzie, ich habe nicht die Absicht, Sie zu etwas zu zwingen. Sie könnten schwanger werden. Sie sind noch jung genug dafür. Sie wollen kein Kind von mir, und ich will die Verantwortung nicht tragen. Aber es wird schon erwartet, daß wir uns etwas zärtlich ins Ohr flüstern. Es wird keiner merken, daß die zärtlichen Worte nur gespielt sind.«

Es war nicht der richtige Zeitpunkt, um zu fragen, ob

der Externe Sicherheitsdienst von Diplo über dieselben elektronischen Hilfsmittel wie die Flotte verfügte, mit denen man Lunzies Magenknurren vor dem Abendessen registriert hätte, ganz zu schweigen von jedem Geflüster zwischen ihr und Zebara. Wenn nicht, brauchten sie es nicht zu wissen. Wenn doch, dann hoffte sie, daß Zebara nur *einen* Hintergedanken hatte.

»Und wie lang dauert das?«

»Einige *lange* Minuten. Keine Sorge. Wir werden mehrfach gewarnt, bevor es vorbei ist. Es kommt noch die Begräbnisszene und die Entscheidung, ob die Leichen gegessen werden oder nicht. Also nutzen Sie die Zeit, um mich über alles aufzuklären, was ich wissen muß. Wer hat Sie hergeschickt und was versuchen Sie herauszufinden?«

Lunzie konnte nicht sofort antworten. Sie hätte nicht erwartet, daß ein Schwerweltler so seelenruhig Kannibalismus erwähnen konnte. Ein weiterer Schlag gegen ihren Wunsch, ihm zu vertrauen. Seine Zunge zuckte in ihr Ohr und beanspruchte ihre ganze Aufmerksamkeit.

»Lunzie, Sie erwarten doch nicht, daß ich ernsthaft glaube, Sie seien nur nach Diplo gekommen, um Ihre Angst vor Schwerweltlern zu überwinden. Die Sache auf Ireta hätte noch schlimmer ausgehen können. Sie interessieren sich bestimmt nicht sonderlich dafür, wie wir den Kälteschlaf erleben und wie er sich auf uns auswirkt. Sie sind mit einer bestimmten Absicht hier. Entweder in eigener Sache oder im Auftrag von jemand anderem, und ich muß es wissen, damit ich für Ihre Sicherheit garantieren kann.«

»Sie haben mir gesagt, Ihre Regierung will, daß Sie Ihre alte Freundschaft zu mir ausnutzen. Wie können Sie da erwarten, daß ich mich zuerst Ihnen anvertraue?« Das war schwach, aber solang sie den Kannibalismus im Hinterkopf hatte, fiel ihr nichts Besseres ein.

»Ich will, daß meine Enkelkinder leben! Richtig leben.

Ich will, daß sie genug zu essen haben, ungehindert reisen, jeden Beruf ergreifen und arbeiten können, wo sie wollen. Sie wünschen sich dasselbe für Ihre Nachkommen. Darin sind wir uns also einig. Wenn zwischen unseren Völkern ein Krieg ausbricht, werden unsere Nachkommen niemals das Leben führen können, das wir uns für sie wünschen. Begreifen Sie das nicht?«

Lunzie nickte. »Ja, aber wenn Ihr Volk nicht aufhört, mit den Planetenpiraten zu kooperieren, wüßte ich nicht, wie wir den Krieg aufhalten sollten.«

»Wir kooperieren nicht mit ihnen, es sei denn, daß sie uns eine bessere Zukunft anbieten. Lunzie, ich möchte, daß sie unsere Beraterin sind, unser Sprachrohr vor dem Hohen Rat. Sie haben unter uns gelitten, aber Sie haben auch gesehen, vielleicht sogar verstanden, was wir sind, was wir sein könnten. Ich will, daß Sie sagen: ›Geben Sie den Schwerweltlern Hoffnung! Erlauben Sie ihnen die Besiedlung von Welten mit normaler Schwerkraft, auf denen sie leben können, Welten wie Ireta. Dann werden sie keinen Grund mehr haben, sie zu annektieren.‹ Aber solang Sie hier sind, um Beweise dafür zu sammeln, wie schlecht wir sind ...«

»Nicht alle.«

Lunzie sah neben und über ihnen einen Hauch von Bewegung und kuschelte sich enger an Zebara. Vielleicht schob sich jemand, der austreten mußte, zwischen die Sitzreihen. Vielleicht wollte sie auch jemand belauschen.

»Sie sind anders. Die Patienten, die ich hier kennengelernt habe, sind nicht mit den Schwerweltlern zu vergleichen, die mich verletzt haben.« Sie spürte unter ihren Händen seine leichte Anspannung. Er hatte auch die schattige Gestalt bemerkt, die an ihnen vorbeischlich.

»Liebe Lunzie«, hauchte er und drückte ihr einen seltsam großväterlichen, trockenen Kuß auf die Lippen.

Dann seufzte er, bewegte sich, als litte er unter einem leichten Krampf, und strich ihr mit einer Hand übers Haar.

»Wer? Sagen Sie's mir!«

Sie beschloß, ihm eine Kleinigkeit anzuvertrauen, die er selbst herausgefunden hätte, wenn sein Volk klug genug gewesen wäre, um die Kommunikation der Flotte abzuhorchen.

»Sassinak. Sie wollte wissen, ob der Gouverneur offiziell etwas mit Ireta zu tun hat. Captain Cruss, der Schwerweltler auf diesem Kolonialschiff, war davon überzeugt. Die Thek haben es aus ihm herausgeholt. Im Hinblick auf Taneglis Prozeß wollte sie wissen, ob sie der Flotte den Vorschlag machen sollte, den Gouverneur vorzuladen.«

»Aha. So haben wir uns das ungefähr gedacht. Aber wie sollten Sie, eine Ärztin, solche Dinge herausfinden?«

»Ich habe ihr von Ihnen erzählt. Sie hat vorgeschlagen, daß ich nach Diplo reise.« Das stimmte nicht ganz, aber wenn er glaubte, daß jemand sie in die Sache hineingedrängt hatte, würde er vielleicht Mitgefühl empfinden.

»Ich verstehe. Aus ihrem professionellen Blickwinkel hat Ihre Nachfahrin Ihre Gefühle, Ihren natürlichen Widerwillen nicht berücksichtigt. Nicht besonders einfühlsam, diese Sassinak.«

»Oh, doch«, sagte Lunzie rasch. »Sie ist sehr einfühlsam, nur … Ihre Pflicht hat eben Vorrang.«

»Für eine Flottenoffizierin ist das sicher lobenswert, nicht aber für eine Urururenkelin. Sie sollte mehr Respekt zeigen.«

»Da gibt's ein Problem«, gestand Lunzie. »Sie ist objektiv älter als ich – zumindest, was die tatsächlich verstrichene Zeit angeht –, und sie hat Schwierigkeiten, mich als älter zu betrachten. Das haben wir beide.« Sie wand sich ein wenig, weil sich eine starre Falte gegen ihre Hüfte drückte. »Aber deshalb bin ich gekommen ... ehrlich.«

»Und ich biete Ihnen genau die Informationen an, die Sie benötigen, und bitte Sie, noch mehr hinauszuschmuggeln. Aber wenn Sie auffliegen, werden Sie Informationen von großem kommerziellem Wert bei sich haben. Man wird sie für einen Industriespion halten und so lang festhalten, daß Sie nicht mehr gegen Tanegli aussagen können. Eine Aufzeichnung Ihrer Aussage wird nicht annähernd so wirkungsvoll sein, und wenn Kai und Varian nicht dort sind ...«

»Warum sollten sie nicht?«

»Vielleicht haben sie einen Vertrag mit der EEC unterschrieben? Es wäre ganz einfach, ein Schiff zu schicken, das sie alle zum Prozeß vor dem Assisengericht abholt. Jemand mit den entsprechenden Ressourcen könnte leicht dafür sorgen, daß sie sich verspäten. Oder überhaupt nicht ankommen.«

Lunzie schauderte. Wie konnte sie Kai und Varian warnen? Warum hatte sie bisher nicht an die beiden gedacht? Sie hatte angenommen, daß man ihnen als Zivilisten erlauben würde, auf Ireta ihren neuen Pflichten nachzukommen. Sie hätte es besser wissen müssen.

»Es sind nicht nur Schwerweltler«, sagte Zebara, als habe er ihre Gedanken gelesen. »Sie wissen doch, daß es noch andere gibt?« Lunzie nickte.

Jedes kommerzielle Unternehmen würde mehr Profite machen, wenn es seine Ressourcen ohne einengende Vorschriften entwickeln könnte. Das galt für Menschen und Aliens. Lunzie hatte noch von keiner Gesellschaft gehört, die so idealistisch war, daß es in ihren Reihen keine Verbrecher gab. Vielleicht mit Ausnahme der Ssli, verbesserte sie sich. Wenn sich ein Ssli einmal festgesetzt hatte, wie konnte er dann noch, nach welchen Maßstäben auch immer, etwas Falsches tun? Aber hier und jetzt?

»Die Seti!« kam es Zebara über die Lippen. »Sie haben uns benutzt, indem sie Mitgefühl vortäuschten, weil wir genetisch modifiziert worden sind. Aber sie verachten uns deswegen auch.«

Lunzie nickte an seiner Brust und versuchte nachzudenken. Die Seti waren noch vor der Menschheit in die FES eingetreten, allerdings nicht viel früher. Sie waren anders, sehr viel fremdartiger und weniger amüsant als die Ryxi oder die Weber. Sie hatten einen Weber-Planeten zerstört und hinterher behauptet, es sei ein Versehen gewesen und sie hätten nichts von den Webern gewußt, die sie umgebracht hatten. Und von den Thek!

»Genau genommen geht's um drei Ecken.« Zebara drückte einen Moment lang den Kopf in ihr Haar, und sie spürte einen Luftstrom, als sich jemand an ihnen vorbeidrängte. »Unser Gouverneur hat über zwanzig Jahre lang für das Pralungan-Konsortium gearbeitet. Er wurde mit Geld, Anteilen und Posten für seine Verwandten bezahlt. Das Konsortium erhält starke Rückendeckung für seine internen Sicherheitskräfte und um seine Marktposition zu verteidigen. Sogar private Truppen. Und Mannschaften für illegal bewaffnete Schiffe, um Einmischungen der Flotte abzuwehren. Ihre Sassinak war übrigens ein großes Problem für uns. Sie kommt einfach zu gut mit ihren Schwerweltlern aus. Das hat sich herumgesprochen, und wir haben einfach zu viele Jugendliche, die eine Zukunft in der Flotte sehen. Ganz zu schweigen von der Zahl an Schiffen, die sie im Laufe ihrer Karriere gesprengt hat. Außerdem haben die Seti eigene Pläne, die wir noch nicht ganz durchschaut haben. Sie sind an einigen Planeten interessiert, die wir besetzt haben, vor allem jenen, die für menschliche Besiedlung ungeeignet sind. Sie pumpen Geld in das Konsortium, und das Konsortium leitet einen kleinen Anteil davon an uns weiter.«

Es war fast zuviel, um es zu erfassen. »Was soll ich für Sie tun?« fragte Lunzie.

»Schaffen Sie die richtigen Daten raus. Nicht das gefälschte Zeug, mit dem Sie erwischt werden sollen. Sie werden vor Ihrem Team abreisen müssen. Es soll so aussehen, als ob sie mit gestohlenen Informationen fliehen wollten. Wenn Sie es nicht tun, wird man wissen, daß ich Sie nicht überzeugt habe. Aber Sie können verschwinden, bevor jemand Verdacht schöpft. Ich könnte behaupten, Sie hätten mich getäuscht und den Paß benutzt, der Ihnen zu früh ausgehändigt wurde.«

Es klang höchst unwahrscheinlich. Kein Leichtgewicht konnte unbemerkt von Diplo verschwinden. Sie wurde sicher beschattet. Wenn sie abzuhauen versuchte, würde man sicher auch Zebara vorladen. Und dann würde man die richtigen Daten entdecken, womit ihr beider Schicksal besiegelt wäre. Sie sagte ihm das sehr hastig und sehr leise ins Ohr. Er drückte sie mit einem festen Griff an sich, der sie beruhigt hätte, wenn ihr Kopf nicht schon die naheliegenden Schlußfolgerungen gezogen hätte.

Er erwartete nicht von ihr, daß sie als Leichtgewicht fliehen sollte. Sie sollte nicht einfach die Rampe hochmarschieren, ihre Papiere vorzeigen und sich ins Shuttle setzen. Er hatte etwas anderes, weniger Auffälliges im Sinn. Vor ihrem geistigen Auge rollte eine Liste mit den Möglichkeiten wie über einen Bildschirm. Als Frachtstück? Ein Infrarotscanner würde sie schnell finden. Als …? – Sie erstarrte, zog den Kopf zurück und versuchte in dem abgedunkelten Saal Zebaras Gesicht zu erkennen.

»Nein, nicht im Kälteschlaf.« Ihr Ton gab zu verstehen, daß sie darüber nicht mit sich reden ließ.

»Es tut mir leid«, sagte er ihr ins Haar.

»Nein«, erwiderte sie ruhig, aber entschlossen und ohne eine Spur von Kompromißbereitschaft. »Nicht noch einmal.«

In diesem äußerst unpassenden Moment verstummte die weiche, leidenschaftliche Musik und tauchte den Saal in eine plötzliche, von Kleiderrascheln erfüllte Stille. Die Stille zog sich hin. Der langsame, unerbittliche Rhythmus einer einzigen Trommel kündigte ein verhängnisvolles Ereignis an, und die Rückenlehne ihres Sitzes drückte Lunzie hoch und weg von Zebara. Die Armlehne schob sich zwischen sie. Die Fußstütze sackte nach unten. Eine zweite Trommel, schwer und dumpf vor Trauer, schloß sich der anderen an. Auf der Bühne enthüllte die spärliche Beleuchtung die Konturen eines Haufens lebloser Körper und anderer, die immer noch lebten und hungerten. Das Opfer war umsonst gewesen. Sie würden doch alle sterben. Ein Kindersopran, spitz wie eine Nadel, schrie nach Essen, und Lunzie zuckte zusammen. Die Altstimme, die antwortete, drückte alle Bitterkeit der Geschichte aus.

Es war sicher nicht *so* schlimm gewesen! Das war kaum vorstellbar! Der reglose Arm des Mannes, der neben ihr saß, beharrte aber darauf, daß es sich genauso zugetragen hatte. Zumindest glaubte er daran, und er fürchtete, die Zukunft könne ähnlich düster aussehen. Lunzie schluckte und kämpfte gegen Übelkeit an. Wenn tatsächlich auf der Bühne Kannibalismus dargestellt wurde … aber darauf wurde verzichtet. Es folgte ein Chor klagender Frauen und hungernder Kinder. Einer sang vor, und die anderen fielen in sein Wehklagen ein, und so ging es (wie so oft in Opern) etwas länger weiter, als nötig gewesen wäre, um jeden davon zu überzeugen, daß beide Seiten es ernst meinten.

Einer nach dem anderen schlug sich, den Kindern zuliebe, auf die Seite des Schreckens, aber am Ende war es ein Kind, das einen zitternden Arm hob und auf einen neuen Aspekt in der Krise hinwies. Dieser neue Aspekt, der auf der Bühne als ein pelzbedeckter Roboter dargestellt wurde, war der einheimische Grasfresser, der die

Tundra bewohnte. Diese zotteligen, schwerfälligen und dank göttlicher Vorsehung dummen Tiere waren durch die Wärme der Kolonistenhütten von ihren üblichen Wanderwegen weggelockt worden. Dieselbe Frau, die bereit gewesen war, die Toten in einen Synthesizer zu stecken, rang nun mit dem haarigen Vieh und tötete es; aber nicht, ohne dabei von zweien seiner sechs Hörner aufgeschlitzt zu werden. Und damit war das Überleben der Kolonie gesichert, solang man bereit war, die Tiere zu töten und zu essen.

Nur eine Frau hielt sich an das Verbot der Föderation und drohte, die anderen zu verraten. Sie wurde davon abgehalten, eine Nachricht zu schicken, und starb durch eigene Hand, nachdem sie in einer ausgedehnten Arie erklärt hatte, warum sie nicht nur sich selbst, sondern auch ihr ungeborenes Kind umbrachte.

»Damit niemand von meinem Blut das Blut anderer vergießt, die so wie wir empfinden ...«

Lunzie stellte fest, daß das Stück sie mehr bewegte, als sie erwartet hatte. Ob es der Wahrheit entsprach oder nicht, ob alles sich so ereignet hatte oder aus diesen Gründen, war nicht wichtig – die Geschichte selbst nötigte einem Respekt und Mitgefühl ab. Und sie erklärte eine Menge über die Schwerweltler. Wenn man *daran* glaubte, wenn man mit diesen Bildern aufgewachsen war, wenn einen diese prunkvolle Musik davon überzeugt hatte, daß die Leichtgewichte vierzigtausend Menschen an Hunger und Kälte sterben ließen, weil ihre Rettung ihnen zu lästig war und die Profitspanne verringerte – war es dann ein Wunder, daß sie Leichtgewichten mißtrauten und ihre Eßgewohnheiten ablehnten?

Hätte ich Fleisch gegessen, wenn es jemand durch den Synthesizer geschickt hätte? fragte sie sich. Sie erinnerte sich an ihre eigene Schwangerschaft und die Jahre, als Fiona noch ein Kleinkind mit rundem Gesicht gewesen war. Sie hätte Fiona um keinen Preis verhungern lassen.

In einem pompösen Finale kehrten die Leichtgewichte in einer warmen Jahreszeit zurück und tadelten die Kolonisten für ihre Geburtenrate und ihre Eßgewohnheiten. Die führende Sopranistin, die inzwischen weiße Haare hatte und vielfache Großmutter war und um die sich die Kinder scharten, während sie sang, wies sie in volltönenden Phrasen und schwindelerregenden Melodiebögen zurück, die unmöglich einer einzigen Kehle entstammen konnten. Die Kolonisten erkannten die Ansprüche der Leichtgewichte nicht an, weigerten sich, ihren Vorschriften und ihren Gesetzen zu folgen, und verlangten Gerechtigkeit vor den Gerichten, sonst würden sie ihren eigenen Weg gehen.

Die Leichtgewichte zückten Waffen, doch zwei Schwergewichte wuchteten sie verächtlich hoch und schleuderten sie – die kleinsten Schauspieler, die Lunzie bisher gesehen hatte – von sich, so daß sie derb zu Boden krachten. Dann stemmten die beiden das Raumschiff hoch, steckten den Abgesandten der Leichtgewichte hinein, und schleuderten das Ganze in den Weltraum hinaus. So erschien es jedenfalls. Lunzie vermutete, daß irgendein Mechanismus hinter der Bühne es nach oben zog.

Die Vorhänge fielen, daß Licht ging an. Zebara wandte sich ihr zu.

»Und? Was halten Sie von Zilmach?« Dann berührte sein stumpfer Finger sie an der Wange. »Sie haben geweint.«

»Natürlich habe ich geweint.« Ihre Stimme bebte noch vor Emotionen. Für ihre eigenen Ohren klang sie grämlich. »Wenn das wahr ist …« Sie schüttelte den Kopf und fing wieder an. »Es ist großartig, es ist schrecklich, und Tränen sind die einzige angemessene Reaktion.« Was sie eigentlich sagen wollte, würde entweder einen Aufruhr hervorrufen oder keinen Sinn ergeben. Sie sagte statt dessen: »Was für Stimmen! Wenn ich mir vorstelle, daß ich diese Musik noch nie gehört habe ... Warum ist sie nicht bekannter?«

»Wir führen sie nur auf Diplo auf. Wir sind der Ansicht, daß Ihr Volk kein Interesse daran hätte.«

»Musik ist Musik.«

»Und Politik ist Politik. Kommen Sie! Würden Sie gern Ertrid kennenlernen, die Sie so zum Weinen gebracht hat?«

Die einzige Antwort konnte nur ja sein, also sagte sie ja. Zebaras Rang öffnete ihm alle Türen, und Minuten später standen sie hinter der Bühne, wo sich herausstellte, daß Ertrid eine ebenso schöne Sprech- wie Gesangsstimme hatte. Lunzie hatte wenig Erfahrung mit Künstlern. Sie wußte kaum, worauf sie sich gefaßt machen mußte. Ertrid lächelte, wenn auch kühl, und dankte Lunzie für ihre Komplimente, wenn auch mit einem Unterton, als habe sie das Lob von Leichtgewichten nicht nötig. Aber sie umschmeichelte Zebara und schmiegte sich fast an ihn. Lunzie spürte einen Stich von völlig unvernünftiger Eifersucht. Ertrids Lächeln wurde breiter.

»Sie dürfen nicht böse sein, Lunzie. Er hat *so viele* Freunde!«

Sie fingerte an ihrer Halskette herum, die Lunzie bewundert hatte, ohne über ihre Herkunft nachzudenken. Zebara schloß die Sängerin noch einmal kurz in die Arme und führte Lunzie weg. Als sie außer Hörweite waren, flüsterte er ihr ins Ohr:

»Ich hätte sagen können, daß es bei ihr genauso ist, aber ich wollte eine so große Künstlerin an einem Abend wie diesem nicht in Verlegenheit bringen. Sie sieht mich nicht gern mit anderen Frauen, und schon gar nicht mit einem Leichtgewicht.«

»Und schon gar nicht nach dieser Rolle«, sagte Lunzie und versuchte, ihre Eifersucht zu unterdrücken und vernünftig zu sein. Wenn sie Zebara jemals gewollt hatte, dann bestimmt nicht jetzt. Das Gefühl war lächerlich.

»Und *ich* habe ihr diese Halskette nicht gekauft«, sagte Zebara, als wollte er ihr etwas beweisen. »Das war der Sohn des früheren Vizegouverneurs, von dem ich gesprochen habe.«

»Schon gut.«

Lunzie wünschte, er würde nicht mehr darüber reden. Es war ihr gleichgültig, schärfte sie sich ein, was Zebara mit der Sängerin angestellt oder wer ihr den sichtbaren und versteckten Schmuck gekauft oder was der Sohn des Vizegouverneurs getan hatte. Wichtig waren nur ihre Mission und seine – und die Frage, ob beide nicht erfolgreich beendet werden konnten, ohne daß sie einen weiteren Kälteschlaf ertragen mußte.

achtes kapitel

Föderationszentrale,
Flottenhauptquartier

»Ist das die letzte eidliche Aussage meiner Mannschaft?« fragte Sassinak. Der Leutnant hinter dem Schreibtisch nickte.

»Ja, Captain. Das Büro des Anklägers hat mir mitgeteilt, daß keine weiteren Aussagen benötigt werden. Anscheinend wollen auch die Verteidiger keine Unteroffiziere in den Zeugenstand rufen.«

Also haben wir zwei Wochen umsonst für diesen Unsinn verschwendet, dachte Sassinak. Immer wieder hatte sie ihre Leute in diesen lächerlichen zivilen Shuttles hinauf- und heruntergeflogen und mit ihnen stundenlang dumme Fragen beantwortet, die nur wiederkäuten, was sie auf dem Schiff bereits aufgezeichnet hatten. Sie sagte nichts davon. Sowohl das Büro des Chefanklägers wie die Verteidiger waren wütend gewesen, weil Lunzie, Dupaynil und Ford nicht an Bord waren. Kai und Varian waren auch nicht erschienen, um ihre Aussagen zu machen. Niemand wußte, ob die Mannschaft des Schnellschiffs, das die beiden von Ireta abholen sollte, sie auf der Planetenoberfläche gefunden hatte, denn von beiden Seiten war keine Nachricht eingetroffen.

Sie selbst hatte keinen Zweifel, daß Ford und Lunzie rechtzeitig zurückkehren würden. Aber Dupaynil? Was ihn anging, mußte sie sich überraschen lassen, obwohl sie ihn für fähiger hielt als die Bürohengste im Sicherheitsdienst. Wenn er sie nicht so wütend gemacht hätte, dann hätte sie gern noch ein wenig seine Gesellschaft genossen.

Sie hätte ihn Aygar als Forschungsassistenten sicher vorgezogen. Gut, Aygar konnte in verschiedenen Datenbanken recherchieren, ohne Mißtrauen zu erwecken. Niemand erwartete etwas anderes von ihm. Das Anklägerbüro hatte ihm einen Universitätsausweis, einen Bibliotheksausweis und alle Zugangsberechtigungen beschafft, die er möglicherweise benötigte. Und er war eifrig bei der Sache.

Aber er hatte keine Forschungserfahrung und keine akademische Ausbildung genossen. Sassinak mußte ihm genau erklären, wo er nachschauen und wonach er suchen sollte. Aber selbst dann kam er mit leeren Händen und verwirrt zurück, weil er keine Ahnung hatte, wie man kleine, unzusammenhängende Informationspartikel zu einem bedeutungsvollen Ganzen zusammenfügte. Er konnte einen ganzen Tag damit verbringen, die Abstammung der Schwerweltler-Meuterer zu recherchieren oder eigenen Interessen nachzugehen. Dupaynil mit seiner herablassenden Höflichkeit wäre eine Wohltat gewesen.

Sie spazierte ohne Eile durch die Haupteinkaufsstraßen der Stadt. Sie wollte sich mit Aygar zum Abend-Shuttleflug treffen. Bis dahin hatte sie Zeit, um sich die Füße zu vertreten. Eine Fensterauslage, die in ihren Lieblingsfarben strahlte, erregte ihre Aufmerksamkeit. Sie bewunderte eine juwelenbesetzte Jacke über einem königsblauen Kleid, das je nach Lichteinfall türkisblau schimmerte. Sie warf einen Blick auf die elegante Kalligraphie über der schwarz glänzenden Tür. Kein Wunder! Fleur de Paris war eine exklusive Modedesignerin für die feine Gesellschaft. Sassinak verzog den Mund. Wenigstens hatte sie einen guten Geschmack.

Die Tür, deren Sensoren registrierten, daß jemand länger draußen stand, als für einen flüchtigen Blick erforderlich war, schwang nach innen auf. Ein livrierter menschlicher Wachmann stand unmittelbar dahinter.

»Möchte Madame eintreten?«

Der Gehsteig brannte ihr durch die Uniformstiefel an den Füßen. Ihr Kopf schmerzte. Sie hatte noch nie in ihrem Leben einen solchen Laden betreten. Aber warum nicht? Es konnte nichts schaden, sich einmal umzuschauen.

»Danke«, sagte sie und trat ein.

Drinnen fand sie eine kühle Oase vor: weiche Farben, weiche Teppiche, im Hintergrund Harfenmusik, die gerade laut genug war, um das Gemurmel von der Straße zu übertönen. Eine gut gekleidete Frau, die nach vorn kam, betrachtete sie von Kopf bis Fuß, und zu Sassinaks Überraschung nickte sie anerkennend.

»Commander ... Sassinak, richtig?«

»Ich bin überrascht«, sagte sie. Die Frau lächelte.

»Wissen Sie, wir sehen uns die Nachrichtenprogramme an. Und was für eine Überraschung! Fleur würde Sie gern kennenlernen.«

Sassinak sackte der Unterkiefer herab. Man hatte ihr ein wenig über solche Geschäfte erzählt. Die Designerin kam gewöhnlich nicht zur Tür und begrüßte die Kunden persönlich.

»Möchten Sie sich nicht setzen?« fuhr die Frau fort. »Und wie wär's mit einer Erfrischung?« Sie führte Sassinak zu einem gepolsterten Stuhl neben einem eleganten kleinen Tisch, auf dem ein hoher Krug, an dem Wassertropfen herunterperlten, und ein Kristallglas standen. Sassinak betrachtete ihn zweifelnd. »Fruchtsaft«, erklärte die Frau. »Aber wenn Sie etwas Alkoholisches bevorzugen?«

»Nein, danke. Das ist in Ordnung.«

Sie nahm das Glas, das ihr angeboten wurde, und nippte daran, um ihre Verwirrung zu überspielen. Die Frau ging weg und ließ ihr Zeit, sich umzuschauen. Sie hatte schon einige sehr gute Geschäfte mit eleganten Auslagen aus wenigen Schmuckstücken oder einem einzelnen Seidenkleid besucht. Aber dieser Raum war durch nichts als Teil eines Geschäfts zu erkennen. Es hätte der Salon einer reichen Matrone sein können: bequeme, um kleine Tische gruppierte Stühle, frische Blumen, leise Musik. Sassinak entspannte sich allmählich und genoß den herben Fruchtsaft. Wenn das Personal wußte, daß sie eine Flottenoffizierin war, dann wußten sie sicher auch, daß ihr Gehalt für eine Originalkreation nicht ausreichte. Aber wenn sie bereit waren, sie in einem komfortablen Stuhl ausruhen zu lassen, nahm sie das Angebot gern an.

»Meine Liebe!« Die silberhaarige Frau, die sie anlächelte, hätte eine elegante Urgroßmutter sein können, die ihre Figur gehalten hatte. Über siebzig? Achtzig? Sassinak war sich nicht sicher. »Was für eine wunderbare Überraschung. Hat Mirelle Ihnen erzählt, daß wir Sie in den Nachrichten gesehen haben? Und natürlich haben wir Sie vorbeispazieren sehen. Und ich muß gestehen«, sagte sie mit einem kehligen Lachen, dem Sassinak nicht widerstehen konnte, »daß ich ein exklusives Stück nach dem anderen ins Schaufenster gehängt habe, um Ihre Aufmerksamkeit zu erregen.« Sie wandte sich der anderen Frau zu. »Und wie du siehst, Mirelle, hatte ich Recht: die Jacke mit den Juwelen hat's geschafft.«

Mirelle hob anmutig die Schultern. »Und ich wette, wenn Sie sie fragen, wird sie sich daran erinnern, daß sie diese meergrüne Nummer gesehen hat.«

»Ja, das stimmt«, sagte Sassinak, ein wenig verwirrt von ihren Scherzen. »Aber was …?«

»Mirelle, ich glaube, wir könnten einen kleinen Imbiß gebrauchen.« Ihre Stimme klang sanft, aber autoritär. Mirelle lächelte und zog sich zurück, und die ältere Frau lächelte Sassinak an. »Meine liebe Sassinak, ich muß mich entschuldigen. Ich … ich weiß nicht recht, was ich sagen soll. Sie wissen gar nicht, was Sie für Menschen wie uns bedeuten.«

Sassinak war jetzt völlig durcheinander und murmelte etwas Unverständliches. Träumten berühmte Designerinnen von Raumschiffen? Sie konnte es nicht recht glauben, aber was ging hier sonst vor?

»Ich bin auf dieser Welt als Fleur bekannt«, sagte die Frau und setzte sich zu Sassinak an den Tisch. »Fleur de Paris, ein Scherzname, obwohl das nur wenige wissen. Ich kann Ihnen nicht einmal jetzt verraten, wie ich früher hieß. Aber ich kann Ihnen sagen, daß wir einen gemeinsamen Freund hatten. Einen sehr lieben Freund.«

»Ja?« Sassinak kramte in ihrem Gedächtnis nach dem Namen einer reichen oder prominenten Frau, die sie gekannt haben könnte. Ein Admiral oder die Frau eines Admirals? Aber ihr fiel nichts ein.

»Ihr Mentor, meine Liebe, als sie ein kleines Mädchen waren. Ich meine Abe.«

Sie wäre nicht erschrockener gewesen, wenn Fleur einen Kübel Eis über sie ausgeschüttet hätte. »Abe? Sie haben *Abe* gekannt?«

Die Frau nickte. »Ja, allerdings. Ich kannte ihn, bevor er in Gefangenschaft geriet, und hinterher. Obwohl ich Sie nie kennengelernt habe, wäre es früher oder später dazu gekommen, wenn Abe nicht ...«

»Ich weiß.« Noch einmal brach die Trauer über sie herein, so erschreckend intensiv wie ihr Erstaunen darüber, daß diese Frau – diese alte Frau – Abe gekannt hatte. Aber Abe wäre heute auch ein alter Mann, wenn er nicht umgekommen wäre. Auch das schockierte sie. In ihrer Erinnerung war er immer in demselben Alter geblieben. Doch sie hatte später erfahren, daß er jünger gewesen war, als sie alle meinten.

»Es tut mir leid, wenn ich Ihnen Kummer mache, aber ich mußte mit Ihnen sprechen. Über Abe und über unsere gemeinsame Vergangenheit. Und über Ihre Zukunft.«

»Meine Zukunft?« Was konnte diese Frau mit ihrer Zukunft zu schaffen haben? Offensichtlich sah man ihr diese Zweifel an, denn Fleur schüttelte den Kopf.

»Eine dumme alte Frau, meinen Sie wohl, die sich in Ihr Leben einmischt. Sie bewundern die Kleider, die ich entwerfe, aber Sie brauchen keine reiche, alte Aufschneiderin, die Sie an Abe erinnert. Habe ich Recht?«

Sie kam Sassinaks Gedanken unangenehm nahe. »Es tut mir leid«, entschuldigte sie sich für ihre Taktlosigkeit, aber für nichts anderes.

»Schon gut. Er sagte mir, Sie seien praktisch veranlagt, verläßlich und klar im Kopf, und so muß es sein. Aber es gibt Dinge, die Sie wissen sollten. Wir könnten jederzeit gestört werden – schließlich ist dies ein Geschäft –, deshalb möchte ich Ihnen zunächst anbieten, daß Sie, sollten Sie einmal Hilfe brauchen oder in der Stadt in eine schwierige Situation geraten, nur meinen Namen zu erwähnen brauchen. Ich habe gute Beziehungen. Hat Abe vielleicht Samizdat erwähnt?«

»Ja, hat er.« Sassinak war plötzlich hellwach. Sie hatte nie eine Spur der Organisation gefunden, von der Abe ihr nach ihrem Abgang von der Akademie erzählt hatte. Existierte sie immer noch?

»Gut. Wenn Abe länger gelebt hätte, dann hätte er Sie sicher darüber unterrichtet, wie Sie mit einigen seiner Mitglieder Kontakt aufnehmen können. Aber leider hat es sich so ergeben, daß niemand Sie gut genug kannte, um Ihnen vertrauen zu können, selbst mit Ihrem Hintergrund. Mit einem Treffen könnten wir das in Ordnung bringen.«

»Aber dann sind Sie …?«

Fleurs Lächeln war diesmal von einer gewissen Bitterkeit gefärbt. »Ich habe meine eigene Geschichte. So wie wir alle. Wenn die Zeit reif ist, werde ich Sie Ihnen erzählen. Im Moment reicht es, wenn Sie wissen, daß ich Abe kannte und ihn sehr geliebt und daß ich Ihre Karriere mit großem Interesse beobachtet habe, soweit in den Nachrichten darüber berichtet wurde ...«

»Aber wie ...?« Sie kam nicht dazu, ihre Frage zu stellen, denn in diesem Moment öffnete sich die Tür und drei Frauen, die lebhaft miteinander plauderten, traten ein. Fleur stand sofort auf und begrüßte sie lächelnd. Sassinak wußte nicht recht, was sie tun sollte, und blieb sitzen. Die Frauen, schien es, waren in der Hoffnung gekommen, daß Fleur Zeit für sie hatte. Sie schauten zu Sassinak herüber, dann wieder weg und sagten, daß sie in einer bedeutsamen Angelegenheit *unbedingt* Fleurs Rat brauchten.

»Aber natürlich«, sagte sie. »Kommen Sie doch in meinen Salon.« Eine der Frauen schien etwas über Sassinak zu flüstern, denn Fleur fügte hinzu: »Nein, nein. Mirelle wird sich gleich um den Commander kümmern.«

Wie durch Zauberei war Mirelle wieder zur Stelle und brachte Sassinak ein Tablett mit kleinen Sandwiches und Keksen in den verrücktesten Formen.

»Fleur läßt ausrichten, daß Sie gern bleiben können, aber sie wird wahrscheinlich für einige Stunden keine Zeit haben. Das ist eine alte Stammkundin mit ihren Schwiegertöchtern, und sie kommen nicht nur her, um sich einen Rat zu holen, sondern auch um zu tratschen. Es tut ihr sehr leid. Sie möchten doch einen Imbiß?«

Um nicht unhöflich zu erscheinen, nahm sich Sassinak ein Sandwich. Mirelle blieb in ihrer Nähe. Irgend etwas schien ihr Unbehagen zu bereiten. Als Sassinak darauf bestand, daß sie gehen wollte, wirkte Mirelle gleichermaßen enttäuscht wie erleichtert.

»Sie kommen doch wieder?«

»Wenn ich kann. Richten Sie Fleur bitte aus, daß es mir eine Ehre war, sie kennenzulernen, aber ich kann nicht sagen, wann ich wieder auf dem Planeten sein werde.«

Damit verschaffte Sassinak sich ein wenig Zeit zum Nachdenken, und wenn sie bis zur nächsten planmäßigen Konferenz keine Entscheidung getroffen hatte, konnte sie einfach durch eine andere Straße spazieren. Als sie wieder auf der Straße stand, dachte sie wieder an Dupaynil, einfach wegen seiner besonderen Fähigkeiten. Sie wünschte, sie hätte eine Möglichkeit, ohne Aygar als Handlanger selbst auf die Datenbanken zuzugreifen, und ohne dabei registriert zu werden. Sie hätte sehr gern gewußt, wer ›Fleur de Paris‹ wirklich war und warum sie behauptete, ihr Name sei ein Scherz.

In seiner Zeit auf der *Zaid-Dayan* hätte Dupaynil geschworen, daß er jeden Datenkanal unterbrechen und jedes Steuerpult auf jedem Schiff zurückstellen konnte. Er mußte nicht mehr tun, als die Steuerelektronik in jeder der fünfzehn Fluchtkapseln des Begleitschiffs neu zu konfigurieren, damit er sie kontrollieren konnte. Es hätte ganz einfach sein müssen. Aber es war nicht einfach. Er hatte zwischendurch nur ein paar kurze Nickerchen eingelegt. Er wagte nicht zu schlafen, bis es geschafft war. Und doch mußte er den Eindruck machen, als habe er geschlafen und gegessen, er mußte Karten spielen, müßig plaudern und die regelmäßigen Übungen absolvieren, die er sich angewöhnt hatte, nämlich die Leitern hinauf- und hinunterklettern.

Er hatte keinen Zugriff auf den Schiffscomputer und war in den Sektionen, wo seine Sabotage am einfachsten gewesen wäre, nie allein. Er mußte alles von seiner winzigen Kabine aus erledigen, und das in den wenigen Stunden, die er zum ›Schlafen‹ abzweigen konnte.

Und eine seiner Wanzen hatte man bereits gefunden. Es ängstigte ihn auf eine Art, wie ihn nie zuvor etwas geängstigt hatte. Mit den Feinheiten seiner Arbeit kam er gut zurecht. Sein Ausbilder hatte ihn immer als einen der geschicktesten gelobt, ein Naturtalent. Aber wenn ein Tölpel wie Ollery eine seiner Wanzen fand, konnte das nur bedeuten, daß er oberflächlich und sorglos gearbeitet hatte. Oder er hatte die Besatzung unterschätzt, und das war nicht weniger oberflächlich und sorglos.

Er wäre nicht mehr am Leben, wenn er wirklich so oberflächlich und sorglos gearbeitet hätte, aber er hatte sich auf die Unübersichtlichkeit und Komplexität eines großen Schiffes verlassen. Seine Hände zitterten vor Angst. *Bleib ruhig* forderte er sich auf, als sei er ein Neuling im Lehrgang für Überwachungstechnik. *Denk nach,* befahl er sich, dem nervösen Anfänger. Du hast Köpfchen, sonst wärst du nicht hier. Nutz deine Fähigkeiten. Er machte sich keine Gedanken darum, wie seine Chancen standen. Was nützte eine genaue Prozentangabe? Er ließ sich das ganze Problem durch den Kopf gehen. Er mußte einfach diese Fluchtkapseln unter seine Kontrolle bringen.

Eine Mannschaft, die fünf Jahre gemeinsam auf einem Schiff verbracht hatte, wußte alles und bemerkte alles, vor allem, wenn sie ihn ohnehin schon in Verdacht hatte. Aber da sie ohnedies planten, ihn von Bord zu werfen, machten sie sich dann noch Sorgen um seine Wanzen? Würden sie sich nicht eher über seine scheinbaren Fortschritte lustig machen, ihn in dem Glauben lassen, daß er sie ausspionierte, wo doch alle wußten, daß nie jemand erfahren würde, was er herausgefunden hatte? Er vermutete es.

Die Frage war nur, wann er in ihre Falle tappen würde und ob seine vorher zuschnappen konnte. Angenommen, er bekam die Fluchtkapseln unter Kontrolle, so daß die anderen seine nicht, er aber ihre starten konnte, dann hatte er immer noch das Problem, daß sie erst einmal in die Kapseln einsteigen mußten. Sie würden wissen – zumindest würden es der Captain und der Waffenoffizier wissen –, daß die Evakuierungsübung getürkt war. Also war es durchaus denkbar, daß sie überhaupt nicht in die

Kapseln einsteigen würden. Aber wenn er soweit dachte, ließen das Zittern seiner Hände und die Trockenheit in seinem Mund nach.

Verdrahtungsdiagramme und logische Schaltkreise gingen ihm durch den Kopf, sowie die möglichen Modifikationen, die eine abtrünnige Mannschaft daran vornehmen konnte. Seine Audiowanze in der Kabine des Captain funktionierte noch. Beim Abhören einer noch funktionstüchtigen Wanze erfuhr er, daß die Wanze, die der Waffenoffizier entdeckt hatte, bei einem seltenen Reinigungsgang aufgefallen war. Soweit er wußte, und soweit die Männer sagten, hatten sie keine andere gefunden. Andererseits hatte er zwei von *ihren* gefunden. Sie machten ihm keine Sorgen, und er rührte sie nicht an.

Zu seinen persönlichen Utensilien, die er immer bei sich hatte, gehörte der beste Antiüberwachungschip, eingebaut in seinen Rasierapparat. Mit Hilfe seiner eigenen Wanzen arbeitete er sich langsam an die Steuerfunktionen heran. Einige waren für sein begrenztes Instrumentarium zu gut abgesichert. Er konnte den Captain nicht in seine Kabine einschließen oder die Luftzufuhr zum Mannschaftsquartier unterbrechen. Er konnte die Kontrolle des Captain über die Brückenzugriffe nicht außer Kraft setzen. Er wußte, daß die anderen ihn beobachteten und mit einem solchen Trick rechneten. Er konnte die Computerdateien auch nicht in zu großem Umfang durchsuchen. Aber er konnte offene Dateien wie die Wartungs- und Reparaturprotokolle einsehen und erfuhr dabei, daß die Kombüsenluke sich mehrfach verklemmt hatte. Als ein Experiment, um herauszufinden, ob es ihm unbemerkt gelingen würde, änderte Dupaynil den Druck auf die obere Lukenschiene. Sie sollte sich verklemmen und mit ein paar Flüchen über das verdammte Ding repariert werden.

Beim Frühstück beklagte sich tatsächlich ein Mann

darüber, daß die Kombüsenluke wieder festhing. Es lag wahrscheinlich an dem verfluchten Drucksensor an der oberen Schiene. Der Waffenoffizier nickte und beauftragte jemanden mit der Reparatur.

Auf einem so kleinen Schiff waren die Fluchtkapseln zu beiden Seiten der Hauptachse montiert: drei waren direkt von der Brücke zugänglich, die anderen achtern, sechs vom Hauptkorridor und sechs vom Parallelgang aus. Eine Evakuierungsübung verlangte von jedem Mannschaftsmitglied, die ihm zugewiesene Kabine zu finden, auch wenn er in der Nähe einer anderen arbeitete. Eine Liste mit den Zuweisungen hing auf der Brücke und in der Kombüse aus.

Dupaynil überlegte, ob tatsächlich schon einmal jemand den Rumpfbruch auf einem Begleitschiff überlebt hatte, und ihm fiel kein einziger Fall ein. Die Kapseln waren vorhanden, weil die Vorschriften verlangten, daß jedes Schiff welche an Bord hatte. Von praktischem Nutzen waren sie nicht. Die Kapseln auf Begleitschiffen wurden von altmodischen elektromagnetischen Relais gesteuert; eine Sicherheitsvorkehrung gegen die magnetischen Entladungen von EM-Waffen, die modernere Steuermechanismen außer Kraft setzen konnten, indem sie die Funktionsweise der Steuerchips beeinträchtigen.

Diese Vereinfachung brachte es mit sich, daß die Werkzeuge ausreichten, die er bei sich hatte. Wenn jemand danach suchte, wären die Manipulationen allerdings auffälliger als eine Umprogrammierung oder ein Chipaustausch. Das Herumbasteln an Schaltern und Relais nahm auch mehr Zeit in Anspruch, und es fiel ihm schwer, nett und höflich zu bleiben, wenn er gerade an einer der Leitungen herumfummelte und zufällig ein Mannschaftsmitglied vorbeikam.

Der letzte Schritt bestand darin, die Steuermechanismen aller Kapseln an eine zu koppeln und diese an seinen Handcomputer anzuschließen. Er stieß dabei an die Grenzen seiner Fähigkeiten. Er war sich einigermaßen sicher, daß das System funktionieren würde. Unglücklicherweise würde er es aber erst erfahren, wenn er es ausprobierte. Er war so bereit, wie er nur bereit sein konnte. Er hätte es vorgezogen, den Alarm selbst auszulösen, aber er wollte nichts riskieren. Er spielte seine übliche Partie Karten mit Ollery und dem Waffenoffizier, wobei er darauf achtete, daß er weder zu gut noch zu schlecht spielte, und lehnte ein Würfelspiel ab.

»Morgen«, sagte er mit der heiteren Zuversicht eines Mannes, der damit rechnete, daß der morgige Tag pünktlich anbrechen würde. »Soviel Aufregung an einem Abend verkrafte ich nicht.«

Sie kicherten wie Raubtiere, deren Beute in der Falle saß. Dupaynil ging hinaus und fragte sich, wann sie ihre Falle zuschnappen lassen würden. Er brauchte unbedingt noch eine ganze Schicht Schlaf.

Die gellenden Sirenen und das Blitzlicht weckten ihn aus dem unruhigen Schlummer, in den er gesunken war. Er zog seinen Druckanzug an, torkelte fluchend gegen das Schott und stolperte in den Gang hinaus. Draußen stand der Waffenoffizier und grinste ihn an. Es war kein freundliches Grinsen.

»Eine Evakuierungsübung, Leutnant Commander! Wissen Sie noch, welche Kapsel Ihnen zugewiesen wurde?«

»Nummer vierzehn, Steuerbord, die übernächste Luke.«

»Richtig, Sir. Also los!« Der Waffenoffizier hatte einen Handcomputer dabei und schien die Reaktionen auf die Übung zu protokollieren.

Aber das konnte nicht sein. Der Computer protokollierte automatisch, wenn jemand eine Kapsel bestieg oder verließ. Dupaynil lief eilig den Gang hinunter und hörte dabei die dumpfen Schritte und die Flüche der anderen, die zu ihren Kapseln unterwegs waren. Er stieg durch die übernächste Luke in die Kapsel und hoffte, daß sie nicht nur sicher unter seiner Kontrolle war, sondern ihm auch Kontrolle über die anderen gab.

Auf einem so kleinen Schiff verlangte eine Übung, daß jeder in seiner Kapsel blieb, bis alle sich gemeldet hatten. Dupaynil hörte über den Bordfunk, wie sich die Kapseln füllten. Er hoffte, daß der Captain die Illusion einer echten Übung aufrechterhalten würde. Und sei es nur, damit er, um mit seinem Stellvertreter die Spuren zu verwischen, tatsächlich seine eigene Luke bestieg und verschloß.

Es konnte wirklich sehr ungemütlich werden, wenn der Captain, bevor er seine eigene Kapsel bestieg, die Entdeckung machte, daß Dupaynil einen Teil seiner Mannschaft eingesperrt hatte. Vier waren bereits ›verkapselt‹, als Dupaynil sich anmeldete. Er sicherte ihre Kapseln. Es war besser, zu warten, bis alle eingestiegen waren. Aber wenn sich jemand befreite, wäre er in ernsten Schwierigkeiten. Wenn alle an der Evakuierungsübung teilnahmen, würden sie erst dann etwas merken, wenn er die volle Kontrolle über die Kapseln hatte.

Einer nach dem anderen, so schnell, daß er kaum mitkam, stiegen die anderen in ihre Kapseln und zogen die Luken zu. Acht, neun (darunter der Waffenoffizier, wie er zu seiner Erleichterung feststellte). Nur die Offiziere und ein Unteroffizier fehlten noch.

»Captain! Da stimmt etwas nicht …«

Es war der Waffenoffizier. Natürlich hatte Dupaynil nicht gleichzeitig den Bordfunk lahmlegen und die Kapselsteuerung umkonfigurieren können. Der Waffenoffizier hatte offenbar geplant, sich nur so lang in seiner Kapsel aufzuhalten, bis der Computer seine Anwesenheit bemerkt hatte, und danach wollte er dem Captain dabei helfen, Dupaynil über Bord zu werfen.

Als er die Stimme des Waffenoffiziers hörte, aktivierte

Dupaynil alle Sensoren, die er installiert hatte. Zum Teufel mit den Detektoren! Die anderen wußten, daß er sie im Visier hatte, und er brauchte alle Daten, die er bekommen konnte. Seine Kapselschlösser mußten unbedingt funktionieren! Er hatte inzwischen seine eigene Kapsel verlassen und trug einen winzigen Empfänger im Ohr und ein kleines Steuerpult in der Hand.

Ollery und Panis befanden sich auf der Brücke. Als Dupaynil losrannte, meldete sich der letzte Mann in seiner Kapsel, und Dupaynil schloß sie ab. Offensichtlich hatte er den Waffenoffizier nicht gehört.

Somit blieben nur noch der Captain und sein unerfahrener Stellvertreter übrig, der wahrscheinlich alles glauben würde, was der Captain ihm sagte. Dupaynil drückte die Luke seiner Rettungskapsel mit den Händen zu. Aus dem Korridor würde es so aussehen, als sei er eingestiegen.

Was sollte er tun? Sollte er es auf eine Konfrontation mit dem Captain ankommen lassen? Nein. Er mußte sich vergewissern, daß die anderen, vor allem der Waffenoffizier, eingesperrt blieben. Seine Manipulationen würden vielleicht verhindern, daß jemand seine Kapsel manuell öffnete, aber es gab keine Garantie dafür. Deshalb begab er sich zunächst zu den benachbarten Kapseln und zertrümmerte die Steuerpulte neben jeder Luke. Seine eigene Kapsel, Nr. 14, lag dem Hauptkorridor am nächsten, deshalb konnte er sich vergewissern, daß kein Feind *hinter* ihm auftauchen würde. Er würde sich aber zwischen den Korridoren hin- und herarbeiten müssen. Zum Glück war die fünfzehnte Kapsel leer und die dreizehnte auch. Obwohl die Kapseln so numeriert waren, daß die traditionelle Unglückszahl dreizehn ausgelassen wurde, mieden die meisten Mannschaften die Kapsel, die eigentlich die dreizehnte war. Ein dummer Aberglaube, dachte Dupaynil, der ihm jetzt aber half.

Obwohl er glaubte, daß er es nicht vergessen hatte,

vergewisserte er sich noch einmal mit einem Blick auf den Handcomputer, wer in welcher Kapsel saß, und deaktivierte als nächstes den Mechanismus der Kapsel, in der der Waffenoffizier saß. Kapsel neun war am Parallelgang montiert. Dupaynil mußte sich durch einen Verbindungsgang quetschen und an der ›14A‹ (der eigentlichen Nr. 13) und der elften vorbei. Dann ging er zurück, um Kapsel elf zu deaktivieren und zu überprüfen, ob die beiden anderen auf dieser Seite tatsächlich leer waren. Es kam vor, daß ein faules Mannschaftsmitglied einfach in die nächste freie Kapsel stieg.

Die ganze Zeit fragte er sich, was der Captain gerade machte. Ganz zu schweigen von seinem Stellvertreter. Wenn es ihm nur gelungen wäre, die Brücke auf allen Kanälen abzuhören! Er hatte sich gerade in einen schmalen Quergang zwischen dem Haupt- und dem Parallelkorridor gezwängt, als er ein leises Geräusch hörte und vor ihm eine Notluke zuglitt. Ollery hatte den Alarm ausgelöst und isolierte die Sektionen voneinander.

Das hätte ich vorhersehen müssen, dachte Dupaynil. Mit einem wilden Satz bekam er den Lukenrand zu fassen. Das Sicherungsventil zischte, aber er hielt die Luke offen, während er sich durch den engen Spalt zwängte. Dann befand er sich im Hauptkorridor. Gegenüber konnte er die Aussparungen für die zehnte und die achte Kapsel erkennen. Er legte nacheinander ihre manuelle Steuerung lahm. Er arbeitete so schnell, wie er konnte, und machte sich keine Gedanken um den Lärm. Unmittelbar hinter ihm hatte sich eine weitere Luke vorgeschoben, eine graue Stahlbarriere zwischen ihm und den Kapseln weiter achtern. Kapsel zwölf hatte er aber schon deaktiviert, unmittelbar nachdem er seine eigene verlassen hatte. Es blieb also noch eine.

Ein dünnes, kaum hörbares Zischen ließ ihn innehalten, als er sie erreicht hatte. Es konnte nichts Gutes bedeuten. Er wußte, daß Ollery aus jeder Sektion die Luft herauspumpen konnte, und sein Druckanzug verfügte über einen Sauerstoffvorrat, der maximal für zwei Stunden reichte. Für weniger, wenn er sich anstrengen mußte. Eine explosive Dekompression war kaum zu befürchten, auch wenn er keine Ahnung hatte, wie lang eine Notdekompression dauerte. Er hatte seinen Druckhelm nicht versiegelt. Er hatte alles hören wollen, was es zu hören gab. Für dieses Zischen konnten Ollery oder Panis verantwortlich sein, die mit einer Waffe, einem Nadelwerfer vielleicht, ein Loch in die Trennwand schnitten.

In dem kurzen Gangabschnitt zwischen den Trennwänden konnte er sich nirgendwo verstecken. Alle Sektionsluken wurden versiegelt, wenn das Schiff im Alarmzustand war. Selbst wenn er sich in die Kombüse geflüchtet hätte, wäre er dort sofort entdeckt worden. Zwei Schritte vor, einer zurück. Was hätte Sassinak an seiner Stelle getan? Sie hätte sicher eine Zugangsluke gefunden oder etwas über die Schiffssteuerung gewußt, daß es ihr erlaubt hätte, sich aus dieser Falle zu befreien und gleichzeitig Ollery festzunageln. Sie hätte sicher gewußt, wohin jedes Rohr führte und was es enthielt, welchen Zweck dieser Draht oder jener Schalter hatte. Dupaynil aber fiel nichts ein.

Wenn man es unter diesem Blickwinkel betrachtete, war es interessant, daß Ollery nicht versucht hatte, über den Bordfunk mit ihm Kontakt aufzunehmen. Wußte er überhaupt, daß Dupaynil seine Kapsel verlassen hatte? Ganz sicher. Ihm standen in jeder Sektion die standardmäßigen Bordscanner zur Verfügung. Dupaynils Sensoren zeigten an, daß die Kapseln, die er versiegelt hatte, immer noch versiegelt waren und ihre Insassen nicht in die Auseinandersetzung eingreifen konnten. Zwei Lichtflecken auf einem winzigen Bildschirm bestätigten ihm, daß der Captain und Panis sich auf der Brücke aufhielten, wie nicht anders zu erwarten war. Dann wagte sich einer von beiden langsam in den Parallelkorridor hinein. Dupaynil konnte nicht sagen, wer es war, aber die Logik sagte ihm, daß der Captain Panis vorgeschickt hatte. Die Logik versagte allerdings, als er wenig später über den Bordfunk Ollerys Stimme hörte.

»Überprüfen Sie jede Sektion. Ich erwarte einen sofortigen Bericht, wenn Ihnen etwas Ungewöhnliches auffällt.«

Dupaynil konnte die Antwort des Jig nicht hören. Er trug sicher einen Druckanzug und antwortete über sein Komgerät. War sich der Captain nicht darüber im klaren, daß Dupaynil den Bordfunk mithören konnte? Oder war es ihm gleichgültig? Inzwischen hatte Dupaynil ein neues Problem: das Sicherheitsschott. Dupaynil kam zu dem Schluß, daß das Zischen lediglich von einer undichten Stelle zwischen den Sektionen herrührte, einem verkanteten Schott vielleicht, und machte sich daran, die Steuerung zu überbrücken.

Einige heiße, schweißtreibende Minuten später hatte er das Ding in die Aussparung zurückgeschoben und konnte sich durchquetschen. Der Hauptgang sah zum Bug hin trügerisch normal aus. Alle sichtbaren Luken waren geschlossen, nichts bewegte sich auf den verschrammten Deckfliesen, kein Schatten huschte über die glänzende grüne Oberfläche des Schotts. Vorn konnte er ein weiteres Schott erkennen. Dahinter, das wußte er, bog der Gang nach innen ab und endete vor einer Treppenflucht, die aufs Hauptdeck und zur Brücke und den drei dortigen Fluchtkapseln führte.

Dupaynil blieb stehen, um die manuelle Steuerung der Kapseln sechs und vier zu deaktivieren. Jetzt konnten nur noch drei Kapseln ein Problem sein: fünf und sieben, die beiden am Vorderende des Parallelgangs, und Kapsel drei, die von der Brücke zugänglich und für den Waffentechniker vorgesehen war. Diese konnte er auf dem Weg zur Brücke deaktivieren, sofern es ihm gelang, das Schott zu überwinden. Was war mit fünf und sieben? Panis würde sie vielleicht von außen öffnen können, auch wenn die Steuerung nicht wie gewohnt funktionieren würde.

Wie lang würde er dafür brauchen? Würde er überhaupt daran denken? Würde der Captain versuchen, den Mann in Kapsel drei zu befreien? Immerhin waren Dupaynils Chancen gestiegen. Selbst wenn alle drei befreit werden konnten, wären es nur noch fünf gegen einen, nicht mehr zwölf gegen einen. Dieser Teilerfolg brachte seine Selbstsicherheit zurück und sogar ein wenig Übermut. Er mußte sich mahnen, daß er den Krieg noch nicht gewonnen hatte. Nicht einmal die erste Schlacht. Nur ein Vorgeplänkel, das unbedeutend sein würde, wenn er das nächste Scharmützel verlor.

»Es ist mir egal, ob es normal aussieht«, hörte er aus dem Bordfunk. »Versuchen Sie diese Luken zu öffnen und holen Sie Siris raus.«

Peng. Ollery war nicht ganz dumm. Panis kümmerte sich offenbar um Kapsel fünf. Siris war Datentechniker, der Spezialist für Computer, Sensoren und den ganzen Kram. Dupaynil machte sich am vorderen Schott zu schaffen und hoffte, daß Ollery sich mehr für die Bemühungen seines Stellvertreters interessierte und sich darauf verließ, daß die Trennwand hinter ihm hielt. Eine lange Pause trat ein, in der er seine eigenen Atemzüge laut und stockend in dem leeren, stillen Gang hallen hörte.

Dann: »Es ist mir egal, was erforderlich ist. *Machen Sie das Ding auf!*«

Wenigstens hielten einige seiner Umbauten äußeren Einwirkungen stand. Dupaynil blieb keine Zeit für Schadenfreude, denn das vordere Schott bereitete ihm mehr Schwierigkeiten als das vorherige. Wenn er nur seine ganzen Werkzeuge dabeigehabt hätte … Aber schließlich gab es nach und glitt mit einem fast spürbaren Widerwillen, sich dem Computer zu widersetzen, in den Spalt zurück. Unmittelbar dahinter bog sich der Gang, und Dupaynil lief bis zur Treppe weiter. Er drückte sich ans innere Schott und achtete darauf, ob sich in der glatten Oberfläche gegenüber keine Bewegung spiegelte. Glücklicherweise hatte Ollery sich an die Richtlinien der Flotte gehalten und auf Sauberkeit bestanden. Dupaynil war überrascht. Er hatte sich Abtrünnige immer als schmutzig und unordentlich vorgestellt. Aber dieses Schiff hätte jede Flotteninspektion überstanden, ganz gleich, ob seine Mannschaft loyal war oder nicht.

Er wartete. Nichts regte sich. Er warf immer wieder einen Blick auf den Handcomputer, während er weiterschlich. Der Lichtfleck, der den Captain darstellte, blieb an Ort und Stelle. Panis hielt sich immer noch im Parallelgang unweit der Luke der fünften Kapsel auf. Am Fuß der Treppe blieb Dupaynil stehen. Über ihm befand sich der Absatz vor der eigentlichen Brücke, auf der linken Seite die Luken der drei Kapseln. Die erste und die zweite mußten offenstehen; sie waren für den Captain und seinen Stellvertreter reserviert. Die dritte mußte geschlossen und der Waffentechniker darin gefangen sein. Die Luke zur Brücke mußte geschlossen sein, sofern Panis sie nicht offen gelassen hatte, als er losgerannt war. Wenn sie offen stand, würde der Captain Dupaynil kommen hören. Selbst wenn er die Sensoren nicht überwachte – und es war anzunehmen, daß er es tat –, würde er genau wissen, wo sich Dupaynil befand. Und wenn Dupaynil den Treppenabsatz erreicht hatte, konnte er ihn durch die offene Luke sehen. Wenn die Luke offen war.

Hatte Panis die Brückenluke wirklich offen gelassen? Hatte er das Schott im Parallelkorridor nicht geschlossen? Es wäre sinnvoll gewesen. Obwohl der Captain die

Schotts von der Brücke aus einzeln steuern und die Programmierung außer Kraft setzen konnte, würde er dafür einige Sekunden benötigen. Wenn der Captain den Eindruck hatte, daß Panis Hilfe brauchte, würde er die Schotts öffnen, damit Panis oder inzwischen befreite Kameraden leichten Zugang hatten.

Dupaynil lief die Treppe hinauf und erinnerte sich daran, daß er tief durchatmen mußte. Eins. Zwei. Kein Geräusch von oben, und er konnte die Brückenluke nicht sehen, ohne selbst gesehen zu werden. Noch eine Stufe und noch eine. Wenn er Zeit gehabt, wenn er sein komplettes Werkzeugset mitgenommen hätte, dann hätte er überall Wanzen plaziert und gewußt, ob diese Luke …

Auf einer Seite des Schiffs brach ein wilder Krach los. Metall kreischte, und Leute schrien durcheinander. Über sich und hinter der Biegung hörte er die Stimme des Captain, sowohl live wie über den Bordfunk.

»*Los*, Siris!«

Dann polternde Schritte, als der Captain die Brücke verließ (kein Geräusch einer sich öffnenden Luke; die Luke hatte also wirklich offengestanden) und in den Parallelgang hineinlief. Dupaynil hatte keine Ahnung, was vor sich ging, lief aber die letzten Stufen hinauf und steckte den Kopf in den Parallelkorridor. Dabei sah er den Captain, der mit einer Waffe, wahrscheinlich einem Nadelwerfer, in der geballter Faust nach achtern lief. Panis und der Mann, den er befreit hatte, schrien durcheinander.

Plötzlich kam Dupaynil darauf, daß Ollery seinen Stellvertreter umbringen wollte. Vielleicht vermutete er, daß Panis mit Dupaynil gemeinsame Sache machte, vielleicht brauchte er auch nur einen Vorwand, um zu behaupten, Panis habe gemeutert. Dupaynil setzte dem Captain nach und hoffte, daß der Befreite nicht bewaffnet war. Panis und Siris prügelten sich immer noch auf dem Boden. Dupaynil sah nur zwei miteinander verschlungene Druckanzüge. Die Schreie und Schläge der beiden Männer übertönten seine eigenen Schritte. Ollery blieb über ihnen stehen und wartete offenbar auf eine Gelegenheit, um zu schießen. Dupaynil sah, daß der junge Offizier den Captain erkannte und wohl auch begriff, was er im Sinn hatte. Sein Gesichtsausdruck schlug von Überraschung in nacktes Entsetzen um.

Dann schlang Dupaynil einen dünnen schwarzen Draht um den Hals des Captains und zog zu. Der Captain bäumte sich auf, sackte zusammen und stürzte hin. Er zuckte noch, war aber hilflos. Dupaynil hob den Nadelwerfer auf, nach dem der Befreite griff, und trat dem Mann mit trügerischer Eleganz aufs Handgelenk. Er konnte die Knochen unter seiner Ferse knirschen spüren.

»Was war das? Und wer …?« Ein völlig zerzauster Panis, der bereits ein blaues Auge bekam, war immerhin noch so geistesgegenwärtig, daß er den Arm des anderen weiter festhielt.

Dupaynil lächelte. »Bringen wir erst einmal wieder alles unter Kontrolle«, sagte er.

»Ich weiß nicht, was passiert ist«, fuhr Panis fort. »Irgend etwas hat mit den Luken der Fluchtkapseln nicht gestimmt. Es hat ewig gedauert, um die hier zu öffnen, und dann ist Siris auf mich losgegangen, und der Captain …« Er verstummte, als er einen Blick auf den Captain warf, der mit puterrotem Gesicht auf dem Deck lag.

Siris versuchte sich mit einer schnellen Bewegung zu entwinden, aber der Jig hielt ihn fest. Dupaynil drückte ihm die Ferse noch etwas fester aufs Handgelenk. Der Mann fluchte wild.

»Lassen Sie das lieber«, warnte Dupaynil und wedelte vor ihm mit dem Nadelwerfer. »Wenn Sie sich von Panis losreißen, bringe ich Sie einfach um. Aber vielleicht würden Sie das einem Prozeß vorziehen. Was meinen Sie?«

Siris blieb ruhig liegen und atmete schwer. Panis hatte ihm auch ein paar ordentliche Schläge versetzt. Sein Gesicht war zerschrammt, und die Lippe, an der er nervös herumleckte, war aufgeplatzt. Dupaynil empfand kein Mitgefühl. Mit einem Blick auf Siris, der immer noch Ärger machen konnte, wandte er sich an Panis.

»Ihr Captain war in illegale Machenschaften verwickelt. Er hatte geplant, uns beide umzubringen.« Als er es aussprach, fragte er sich, ob er wirklich einen Untersuchungsausschuß davon überzeugen konnte, daß der ganze Plan, einschließlich der Manipulation an den Steuermechanismen der Rettungskapseln, auf dem Mist des Captain gewachsen war. Wahrscheinlich nicht, aber es lohnte sich, in den nächsten Tagen darüber nachzudenken.

»Ich kann nicht glauben, daß ...« Wieder verstummte Panis. Wieso konnte er es nicht glauben? Er hatte den Nadelwerfer in den Händen des Captain gesehen und gehört, was der Captain gesagt hatte. »Und wer sind Sie?«

»Ich arbeite für den Sicherheitsdienst der Flotte. Offenbar hat das Major Ollery Angst gemacht und ihn davon überzeugt, daß ich ihm auf der Spur war. Aber das war ich gar nicht.«

»Lügner!« rief Siris.

Dupaynil warf ihm ein Lächeln zu, das, wie er hoffte, beleidigten Stolz mit raubtierhafter Schadenfreude verband. Offenbar gelang es ihm, denn der Mann schluckte und wurde blaß.

»Ich brauche nicht zu lügen«, sagte Dupaynil gelassen, »wenn die Wahrheit so nützlich ist.« Er fuhr mit seiner Erklärung fort. »Als ich herausfand, daß der Captain mich umbringen wollte und Sie nicht in seine Verschwörung verwickelt waren, habe ich angenommen, daß er Sie auch umbringen würde, damit er sich nicht um unerwünschte Zeugen sorgen brauchte. Und sehen

Sie! Als höchstrangiger Offizier, der noch im Dienst ist, sind Sie jetzt faktisch Captain dieses Schiffs, was soviel bedeutet, daß Sie entscheiden, was mit Siris geschehen soll. Ich würde nicht empfehlen, ihn einfach laufen zu lassen.«

»Nein.« Das Gesicht des Jig trug einen seltsam nach innen gewandten Ausdruck, und Dupaynil vermutete, daß er einfach mit den Ereignissen Schritt zu halten versuchte. »Nein, das kann ich nicht zulassen. Aber ...« – er bemerkte Dupaynils Rangabzeichen –, »aber Sir, Sie stehen höher als ich.«

»Nicht auf diesem Schiff.« Dieser verdammte Idiot! Konnte er nicht begreifen, daß er das Kommando übernehmen mußte? Sassinak hätte es sofort getan.

»Richtig.« Er brauchte etwas länger, aber er kam zur selben Entscheidung. Dupaynil applaudierte ihm insgeheim. »Dann müssen wir diesen Kerl – Siris – in Gewahrsam nehmen.«

»Darf ich die Fluchtkapsel vorschlagen, aus der Sie ihn befreit haben? Wie Sie wissen, reagiert der Steuermechanismus nicht mehr. Er wird sich nicht befreien und er wird auch das Schiff nicht verlassen können.«

»Nein!« Dupaynil wußte nicht recht, ob es ein Ausdruck von Zorn oder Angst war. »Ich gehe da nicht rein. Ich würde lieber sterben, bevor ich Sie abhauen lasse!«

»Das ist mir, offen gestanden, ziemlich gleichgültig«, sagte Dupaynil. »Aber da drin können wir Sie in den Kälteschlaf versetzen. Sie wissen, daß die erforderliche Ausrüstung eingebaut ist.«

Siris stieß die übliche Folge wilder und phantasieloser Flüche aus. Dupaynil vermutete, daß der Waffenoffizier besser gewesen wäre, aber er wollte ihm keine Gelegenheit geben, es zu versuchen. Panis befreite sich aus seiner unangenehmen Lage, ohne die Schulter und den Arm des Mannes loszulassen, unter dem er halb begraben lag, oder zwischen Dupaynils Nadelwerfer und

Siris zu geraten. Dann ging er auf Abstand und wich einem letzten verzweifelten Griff nach seinem Fußgelenk aus. Dupaynil stützte für einen Moment sein ganzes Gewicht auf das eingeklemmte Handgelenk, so daß Siris ein Keuchen entfuhr, dann trat er zurück und richtete die Waffe auf ihn. Siris stieg ohne weiteren Widerstand in die Rettungskapsel, auch wenn er beiden die schlimmste Vergeltung androhte, die seine verbrecherischen Kumpanen verüben konnten.

»Sie werden euch erwischen!« rief er, als Panis die Luke schloß. Dupaynil zielte auf den immer enger werdenden Spalt. »Ihr wißt gar nicht, mit wem ihr euch anlegt. Sie sitzen bis in die höchsten Ränge der Flotte, und ihr werdet euch wünschen, ihr hättet niemals …«

Mit einem satten Wums schloß sich die Luke, und Panis folgte Dupaynils Anweisungen, um sie zu sichern. Dann sah er Dupaynil in die Augen und warf nur einen flüchtigen Blick auf den Nadelwerfer, den er immer noch in der Hand hielt.

»Also, Commander, entweder Sie sind ehrlich und ich bin in Sicherheit, oder Sie werden mich gleich erledigen und sich eine eigene Geschichte ausdenken, um zu erklären, was passiert ist. Oder Sie haben immer noch Zweifel an mir.«

Dupaynil lachte. »Nicht mehr, seit ich gesehen habe, daß der Captain Sie wirklich umbringen wollte. Aber ich schätze, Sie haben selbst noch einige Fragen und werden sich sehr viel wohler fühlen, wenn keine Waffe mehr auf sie gerichtet ist. Hier.« Er übergab ihm den Nadelwerfer mit dem Kolben voran.

Panis nahm ihn, stellte mit dem Daumen die Energiezufuhr ab und steckte ihn in eine der Schlaufen seines Druckanzugs.

»Danke.« Panis fuhr sich mit einer zerkratzten Hand über das zerschlagene Gesicht. »Das ist … nicht ganz so … wie man's uns beigebracht hat.« Er atmete tief durch und hielt für einen Moment inne, als ob seine Rippen schmerzten. »Ich würde sagen, ich gehe jetzt besser auf die Brücke und schreibe alles ins Logbuch.« Sein Blick blieb an Ollerys verkrümmtem Körper auf dem Deck hängen. »Ist er …?«

»Das wäre besser«, sagte Dupaynil und ging in die Knie, um Ollerys Puls zu fühlen. Nichts mehr. Damit blieb ihnen das Problem erspart, was sie getan hätten, wäre er noch am Leben, aber schwer verletzt gewesen. »Tot«, sagte er.

»Sie … äh …«

»Ich habe ihn gedrosselt, ja. Das ist nicht die feine Art, aber ich hatte keine andere Waffe, und er war im Begriff, Sie umzubringen.«

»Ich beschwere mich nicht.« Panis wirkte jetzt etwas gefaßter und sah Dupaynil in die Augen. »Also gut. Dann habe ich jetzt das Kommando? Sie haben Recht, ich muß es machen. Ich trage diesen Vorfall erst einmal ins Logbuch ein. Danach kommen wir zurück und werden diese Leiche«, er brachte den Satz nur schleppend zu Ende, »irgendwo verstauen.«

neuntes kapitel

Diplo

Obwohl Zebara behauptet hatte, daß nur wenige Außenweltler Zilmachs Oper kannten, sie schon einmal gesehen oder gehört hatten, stellte Lunzie am nächsten Morgen fest, daß einige Kollegen aus dem Ärzteteam mehr als genug gehört hatten. Bias lauerte ihr im Eingang des Klinikgebäudes auf, in dem sie arbeiteten. Bevor Lunzie ihm auch nur einen guten Morgen wünschen konnte, legte er los.

»Ich weiß nicht, was Sie vorhaben«, sagte er in einem zornigen Ton, der die Aufmerksamkeit anderer erweckte, obwohl er mit gedämpfter Stimme sprach. »Ich weiß nicht, ob es eine geistige Verwirrung ist, die durch langwierigen Kälteschlaf hervorgerufen wurde, oder eine perverse Sehnsucht, jenen gefällig zu sein, die Sie auf Ireta verletzt haben ...«

»Bias!« Lunzie versuchte seine Hand von ihrem Arm abzuschütteln, aber er wollte nicht loslassen.

»Es ist mir gleichgültig, woran es liegt«, sagte er etwas lauter. Lunzie spürte, daß sie rot anlief. Ringsum versuchten die Leute so zu tun, als ob sie keine Notiz davon nähmen, obwohl man fast sehen konnte, wie sie die Ohren aufstellten. Bias schob Lunzie ins Gebäude wie ein widerwilliges Kind und schlug mit dem Ellbogen seines freien Arms auf den Liftknopf. »Aber ich sage Ihnen, es ist entwürdigend. Entwürdigend! Eine professionelle Medizinerin, eine Forscherin, von der man ein Mindestmaß an professioneller Ethik und angemessenem Verhalten erwarten könnte ...«

Schließlich holte Lunzies Verärgerung ihre Überraschung ein. Sie riß ihren Arm los.

»Es zeugt auch nicht gerade von Professionalität, wenn Sie mich am Arm packen und in der Öffentlichkeit ausschelten, als seien Sie mein Vater. Und das sind Sie nicht. Ich darf Sie daran erinnern, daß ich erheblich älter bin als Sie, und wenn ich Lust habe ...«

Lust worauf? Sie hatte nicht getan, was Bias vermutete. In gewisser Hinsicht war sie seiner Meinung. Wenn sie wirklich eine heiße Affäre mit dem Chef des Externen Sicherheitsdienstes angefangen hätte, wäre das dumm und unprofessionell gewesen. An Bias' Stelle, der für eine jüngere (ältere?) Frau verantwortlich war, die so etwas tat, wäre sie selbst nervös geworden. Es hatte sie selbst ziemlich nervös gemacht, als sie den Eindruck gewonnen hatte, daß Varian sich zu dem jungen Iretaner Aygar hingezogen fühlte. Ihr Ärger verflog so schnell, wie er gekommen war, und ihr Sinn für Humor sprang in die Bresche. Sie rang für einen Moment mit diesen widersprüchlichen Gefühlen, dann lachte sie. Bias wurde blaß und preßte die Lippen fest aufeinander.

»Bias, ich schlafe nicht mit Zebara. Er ist ein alter Freund.«

»Jeder weiß, was in dieser Oper vor sich geht!«

»Ich wußte es nicht.« Das war nicht gelogen. »Und woher haben Sie es gewußt?«

Diesmal errötete Bias. Sein Gesicht bedeckte sich mit häßlichen Flecken. »Als das letzte Mal ... äh ... Nun ja. Ich habe schon immer gern Musik gehört. Überall, wo ich war, habe ich versucht, die Musik der Einheimischen ein wenig kennenzulernen. Ich habe ein Plakat gesehen, mit dem eine Aufführung angekündigt wurde, und mir eine Eintrittskarte gekauft. Aber man hat mich nicht eingelassen. Es sei nur mit einem Partner oder einer Partnerin erlaubt.«

Das hatte Lunzie nicht gewußt. Nach einem anfänglichen Schock begriff sie, daß es einen Sinn ergab. Bias hatte offenbar damit argumentiert, daß er bereits für seine Eintrittskarte bezahlt hatte. Er hatte sein Geld mit dem verächtlichen Rat zurückerhalten, daß er es für etwas ausgeben sollte, das ihm besser bekommen würde als diese Opernvorführung. Im medizinischen Zentrum fand er schließlich einen Schwerweltler-Arzt, der ihm erklärte, um was es in der Oper ging und warum ihn niemand dort sehen wollte.

»Und deshalb weiß ich, daß Sie, ganz gleich, was Sie behaupten ...«

Lunzie unterbrach ihn mit einem Lachen. Sie betraten mit einem Pulk von medizinischem Personal der ersten Schicht den Lift, und Bias hielt den Mund, bis sie ihr Geschoß erreicht hatten. Er wollte etwas sagen, aber Lunzie brachte ihn mit einem Wink zum Schweigen.

»Bias, ich war selbst überrascht. Aber man wird nicht ... Sie wissen schon. Prüfen Sie's nach. Und außerdem«, sie sah ihn mit schiefem Kopf an, »gibt's noch das Problem des Druckanzugs.«

Bias wurde puterrot. Sein Mund öffnete und schloß sich, als japste er nach Luft, aber es kam kein Wort heraus.

»Schon gut, Bias«, sagte sie und tätschelte ihm den Kopf wie einem nervösen kleinen Jungen, der gleich auf die Bühne mußte. »Ich bin über hundert Jahre alt, und ich bin nicht so alt geworden, weil ich ungewollte Schwangerschaften riskiere.«

Und bevor ihr unberechenbarer Humor mit ihr durchging, marschierte sie zügig durch den Korridor zu ihrem ersten Termin.

Aber Bias war nicht der einzige, der das Thema zur Sprache brachte.

»Ich habe gehört, daß Schwerweltler-Opern etwas Besonderes sind. Ganz *anders* ...«, sagte Conigan. Sie grinste nicht einmal.

Lunzie gab sich gelassen. »›Anders‹ ist kaum das richtige Wort, aber es könnte sein, daß Sie mehr gehört haben, als ich gesehen habe.«

»Oder gefühlt?«

»Also bitte. Ich bin vielleicht alt und vom vielen Kälteschlaf verschrumpelt, aber ich weiß, daß ich kein Kind von einem Schwerweltler haben will. Die Oper ist einer großen historischen Tragödie nachempfunden. Ich bin eine Außenseiterin, eine Beobachterin, und ich bin so vernünftig, daß ich es weiß.«

»Das ist wenigstens etwas. Aber ist sie wirklich so gut?«

»Die Musik schon. Unglaublich. Ich gebe ungern zu, daß ich von der Qualität überrascht war.«

Conigan schien zufrieden. Falls nicht, war sie immerhin so taktvoll und ließ Lunzie in Frieden. Unangenehmer waren ihr die seltsamen Blicke von den anderen Kollegen und von einem der Schwerweltler-Ärzte, mit denen sie zusammengearbeitet hatten. Sie konnte nicht behaupten, daß sie nichts für Zebara empfand. Selbst wenn es nicht so gewesen wäre, setzte ihre versuchsweise Zusammenarbeit voraus, daß sie sich als Freunde ausgaben. Sie fragte sich, ob es besser gewesen wäre, wenn sie eine stärkere emotionale Reaktion auf die Oper vorgetäuscht hätte.

In ihrem Hinterkopf, während des Arbeitstages von ihren vordergründigen Gedanken abgeschirmt, blieb die Frage nach dem Kälteschlaf stehen. *Nicht noch einmal!* wollte sie Zebara und jedem anderen entgegenschreien, der solche Pläne hegte. *Ich würde lieber sterben.* Aber das stimmte nicht. Genau genommen wollte sie nicht auf Diplo sterben, in den Händen des Sicherheitsdienstes oder in einem der hiesigen Gefängnisse. In Anbetracht der Kraft und Gesundheit, die sie durch ihren Auffrischungskurs in mentaler Disziplin neu hinzugewonnen hatte, wollte sie eigentlich nirgendwo sterben, jedenfalls nicht in nächster Zeit. Sie hatte noch ein Jahrhundert bei bester Gesundheit vor sich, wenn sie sich von Welten mit hoher Schwerkraft fernhielt. Und diese Zeit wollte sie genießen.

Der Ehrwürdige Meisteradept hatte gesagt, daß sie den Kälteschlaf vielleicht noch einmal brauchen würde. Sie hatte für diese Möglichkeit trainiert. Sie wußte, daß sie es schaffen konnte. *Aber ich will nicht*, jammerte eine Hälfte ihres Hirns der anderen zu. Sie verdrängte diesen Gedanken und hoffte, daß es nicht nötig sein würde. Sie und Zebara konnten sicher einen anderen Weg finden. In dieser Nacht erhielt sie keine Nachricht und holte dankbar den Schlaf nach, dessen sie dringend benötigte.

Der nächste Schritt in Zebaras Feldzug folgte zwei Tage später, als er sie einlud, den nächsten freien Tag mit ihm zu verbringen.

»Das Team soll sich zusammensetzen und eine Einschätzung vornehmen, was unsere Fortschritte angeht.« Lunzie rümpfe die Nase; sie hielt es für eine Zeitverschwendung. »Wenn ich mir mit Ihnen die Zeit vertreibe, bekomme ich Ärger mit meinen Kollegen.«

Sie hatte bereits Ärger mit ihren Kollegen, sah aber keinen Grund, Zebara davon zu erzählen. Und diese Art von Ärger würde den Eindruck erwecken, daß der Plan seiner Auftraggeber glänzend funktionierte. Ein Leichtgewicht, das sich von seinesgleichen entfremdet, ist sicher leichter zu manipulieren. Sie schauderte und fragte sich, wer hier wen manipulierte.

Zebaras Bild zog eine Grimasse. »Wir haben so wenig Zeit, Lunzie. Ihr Forschungseinsatz ist schon halb vorbei. Wir wissen beide, daß Sie wahrscheinlich nie zurückkommen werden, und wenn doch, wäre ich nicht mehr hier.«

»Bias hat mich ausdrücklich darauf hingewiesen, daß

der Zweck dieser medizinischen Mission nicht darin besteht, alte Liebespaare wieder zusammenzuführen.«

»Aus seiner Sicht nicht. Und ich respektiere Ihre professionelle Arbeit, Lunzie. Immer schon. Wir wissen, daß es keine richtige Beziehung sein würde. Sie müssen gehen, und ich werde nicht mehr lange leben. Aber ich möchte Sie wiedersehen, und nicht nur ein paar Minuten in der Öffentlichkeit.«

Lunzie zuckte zusammen, wenn sie an die Agenten dachte, die sicher lachen würden, wenn sie die Aufzeichnung dieses Gesprächs abhörten und an diese Stelle kamen. Das heißt, sofern Lunzie und Zebara nicht live abgehört wurden. Lunzie warf einen Blick auf ihren Terminkalender an der Wand. Nur ein freier Tag nach diesem. Die Zeit war ihnen durch die Finger geronnen, und selbst wenn sie nicht auch noch das Problem mit Zebara und ihren verdeckten Ermittlungen gehabt hätte, wäre sie überrascht gewesen, wie kurz ein dreißigtägiger Einsatz sein konnte.

»Bitte«, unterbrach Zebara ihre Gedanken. War er wirklich so versessen auf sie? Oder gab es einen anderen Grund, warum er sie unbedingt jetzt und nicht später treffen wollte? »Ich kann nicht warten.«

»Bias wird einen Wutanfall bekommen«, sagte Lunzie. Sein Gesicht entspannte sich, als habe sie ihm mehr gesagt, als sie sagen wollte. »Ich werde mit Tailler reden müssen. Ich verstehe nicht, warum Sie nicht bis zu meinem nächsten freien Tag warten können. Es sind nur acht Tage.«

»Danke, Lunzie. Ich werde jemanden schicken, der Sie gleich nach dem Frühstück abholt.«

»Aber worum geht's denn?« Der Bildschirm wurde schwarz. Zebara hatte die Verbindung unterbrochen. Zum Teufel mit dem Kerl! Lunzie starrte finster auf den Bildschirm und überlegte, ob sie seinen Boten morgen früh nicht einfach ignorieren sollte. Aber das wäre vielleicht zu gefährlich. Was immer in seinem Kopf oder in den Köpfen seiner Auftraggeber vor sich ging, sie mußte mitspielen.

Als sie es ihm erzählte, seufzte Tailler schwer und stützte sich mit beiden Armen auf den Arbeitstisch.

»Wollen Sie Bias einen Schlag versetzen oder was? Ich dachte, Sie hätten verstanden. Zugegeben, er reagiert nicht ganz rational, aber das verpflichtet uns, ihn nicht ganz umzuhauen.«

Lunzie breitete die Hände aus. Wenn sich das ganze Team gegen sie wandte, verspielte sie jede Chance auf einen guten Posten nach der Mission. *Und nach der Mission könntest du ein gefrorener Haufen totes Fleisch sein,* gemahnte sie sich.

»Es tut mir leid«, sagte sie und meinte es sogar ernst. Diese aufrichtige Abneigung, andere zu verletzen, entging auch Tailler nicht. »Ich glaube, man hätte an mir die Auswirkungen eines längeren Kälteschlafs studieren sollen, statt mich mit Informationen über neuste Trends in der Medizin vollzustopfen und hier herauszuschicken. Aber man sagte mir, daß verzweifelt jemand gesucht werde, der über meine Erfahrungen verfügt. Vielleicht ist meine Reaktion auf Zebara teilweise dadurch zu erklären, obwohl ich glaube, daß niemand, der es nicht selbst durchgemacht hat, wirklich begreifen kann, wie es ist, wenn man aufwacht und feststellt, daß dreißig oder vierzig Jahre vergangen sind. Wußten Sie, daß ich eine Ururenkelin habe, die – was verstrichene Zeit angeht – älter ist als ich? Wir fühlen uns beide seltsam dabei. Zebara hat die Lunzie von damals gekannt. Aus meiner Sicht aber ist es dieselbe Lunzie, die ich heute bin. Doch er stirbt an Altersschwäche. Ich weiß, daß persönliche Gefühle die Mission nicht beeinträchtigen dürfen, aber in gewisser Hinsicht sind diese Gefühle von Bedeutung für meine Arbeit. Meine normale Lebensdauer, ohne Kälteschlaf, hätte zwölf bis vierzehn Jahrzehnte betragen, richtig?«

»Ja. Heutzutage vielleicht noch länger. Ich glaube, die Werte für Frauen mit Ihrer genetischen Veranlagung liegen bei fünfzehn oder sechzehn Jahrzehnten.«

Lunzie zuckte die Achseln. »Sehen Sie? Sogar die Lebenserwartung hat sich geändert, seit ich das letzte Mal wach war. Aber ich will darauf hinaus, daß ich jedesmal, wenn ich aus einem längeren Kälteschlaf aufgewacht bin, mit schweren Depressionen wegen meiner abgebrochenen Beziehungen zu kämpfen hatte. Depressionen von der Art, die das Immunsystem schwächen und Menschen anfälliger für vorzeitiges Altern und Krankheiten machen. Diese Depressionen, diese Verzweiflung und das Chaos beeinflußt die Schwerweltler noch stärker, weil ihre Lebenserwartung von Natur aus kürzer ist, vor allem auf Welten mit hoher Schwerkraft. Meine Gefühle – meine persönlichen Erfahrungen – haben mich für diese Mission qualifiziert. Ich kann zwar nicht behaupten, daß ich mir Zebara bewußt als Forschungsgegenstand ausgesucht habe. Aber seine Reaktion auf meine verlangsamte Alterung und meine Reaktion auf seinen körperlichen Verfall sind Dinge, die ich nicht ignorieren kann.«

Tailler stand auf, streckte sich und lehnte sich an die Bank hinter ihm. »Ich verstehe, was Sie meinen. Emotionen und Verstand sind so eng miteinander verwoben, daß Sie nicht entscheiden können, was von beiden wichtiger ist. Würden Sie sagen, daß Sie, insgesamt gesehen, eher eine intuitive oder eine methodische Denkerin sind?«

»Intuitiv, laut meiner frühen psychologischen Profile, aber auch mit ausgeprägten logischen Fähigkeiten.«

»Wahrscheinlich, sonst hätte ich Sie, ohne zu fragen, als einen intuitiven Typ eingeschätzt. Es hört sich so an, als ob Ihr Verstand etwas zusammenzufügen versucht, das

Sie noch nicht artikulieren können. Wenn Sie sich unter diesen Voraussetzungen mit Zebara treffen und einen Tag mit ihm verbringen, könnten sie genug Informationen sammeln, um zu einer Schlußfolgerung zu gelangen. Wir anderen aber müßten uns mit Bias herumplagen.«

»Ich weiß. Es tut mir leid. Wirklich.«

»Wenn ich Ihnen nicht glauben würde, wäre ich versucht, den autoritären Vorgesetzten zu spielen und Ihnen das Treffen einfach zu verbieten. Ich nehme an, wenn Ihr Kopf mitten in der Nacht eine Lösung herausgefiltert hat, werden Sie lieber bei uns bleiben.«

»Ja. Aber ich glaube nicht, daß es dazu kommt.«

Tailler seufzte. »Wahrscheinlich nicht. Heute wird ein ruhiger Tag. Gehen Sie Bias morgen aus dem Weg und überlassen Sie es mir, es ihm zu sagen. Sonst kommen wir zu keinem Ergebnis.«

Als sie am nächsten Morgen die Fragen beantwortete, konnte Zebaras Begleitschutz sie kaum beruhigen. Uniformiert, bewaffnet – zumindest hielt sie die Ausbeulung unter dem Leder an seiner Hüfte für eine Waffe – und mit ausdruckslosem Gesicht, überprüfte er zunächst ihre ID-Plakette, bevor er sie zu einem klotzigen Transporter führte, der fast so groß war wie der Instrumentenwagen des medizinischen Zentrums. Das Innere war mit einem glatten, gelbbraunen Material gepolstert, das Lunzie noch nie gesehen hatte. Sie fuhr mit den Fingern darüber, kam zu keinem Schluß, was es sein konnte, und wünschte sich, die breiten Sitze wären nicht ganz so riesig gewesen. Der Mann saß ihr gegenüber und brachte es fertig, auf eine dekadente Weise müßig zu erscheinen, obwohl er aufrecht dasaß. Der Fahrer hinter dem getönten Plexiglas war nur ein verwaschener Schatten.

»Es ist Leder«, erklärte er, weil sie weiter den Sitz streichelte.

»Leder?« Sie hätte das Wort kennen müssen, aber sie kam nicht drauf, was es bedeutete. Seinem Grinsen nach zu urteilen, hätte sie schockiert sein müssen.

»Die Haut von Muskys«, sagte er. »Es läßt sich gut gerben. Und ist fest und glatt. Wir verwenden es oft.«

Lunzie hatte ihren Gesichtsausdruck gut unter Kontrolle. Sie wollte ihm nicht die Befriedigung verschaffen, zu wissen, daß sie sich ekelte.

»Ich dachte, sie seien haariger«, sagte sie. »Mehr wie ein Pelz.«

Sein Gesichtsausdruck änderte sich geringfügig. Ein Schimmer von Respekt trat in seine kalten blauen Augen.

»Das Wollhaar wird manchmal benutzt, aber ist nicht von besonders guter Qualität. Beim Gerben fallen die Haare aus.«

»Aha.« Lunzie überwand sich und berührte noch einmal den Sitz, auch wenn sie wünschte, daß sie nicht darauf sitzen müßte. »Hat es immer diese Farbe? Kann man es färben?«

Seine Geringschätzung wich aufrichtigem Respekt. Sein Tonfall lockerte sich, und er wurde gesprächiger.

»Das meiste wird in dieser Farbe gegerbt. Anderes ist von Natur aus schwarz. Wenn man es für Kleidung verwendet, wird es gewöhnlich gefärbt. Aber wenn man Polster färbt, dann färben sie leicht auf die Person ab, die darauf sitzt.«

»Daraus wird Kleidung gemacht? Das stelle ich mir etwas unbequem vor, verglichen mit Leinen.« Lunzie gab sich selbst Punkte für ihren lockeren Tonfall und die beiläufigen Blicke aus dem getönten Fenster.

»Nein, Madame. Es werden nur noch Stiefel draus gemacht.« Er deutete auf seine glänzenden Stiefel. »Sie sind schwer zu polieren, aber die Füße schwitzen darin nicht.«

Lunzie dachte daran, wie ihre Füße sich in den speziell gepolsterten Stiefel anfühlten, die sie den Großteil des Tages trug. Am Abend war es so, als ob sie durch Pfützen watete. Natürlich war es barbarisch, die Haut toter empfindungsfähiger Geschöpfe zu tragen. Aber wenn man sie aufaß, konnte man wohl auch den Rest verarbeiten.

»Man bekommt weniger Frostbeulen«, ließ sich der Mann über die Vorzüge des Leders gegenüber den gebräuchlichen synthetischen Materialien aus.

Draußen malträtierte ein eisiger Wind das Fahrzeug mit großen Eisschloßen. Lunzie konnte hinter den Fenstern wenig erkennen; die blassen Umrisse nicht besonders hoher Gebäude, die sie nicht kannte; wenig Verkehr; kaum jemand auf den Straßen. Lunzie nahm an, daß die meisten Leute die unterirdischen Gehwege und Bahnen verwendeten, die sie und Zebara bei ihren beiden letzten Treffen benutzt hatten.

»Die Fahrt dauert über eine Stunde«, sagte ihr Begleiter. »Vielleicht wollen Sie sich ein wenig entspannen.« Er grinste wieder, aber nicht mehr so anzüglich wie eben.

Lunzie zermarterte sich das Hirn, um sich ein harmloses Gesprächsthema auszudenken. Bei einem Schwerweltler war nichts harmlos. Aber sicher konnte es nicht schaden, wenn sie nach seinem Namen fragte.

»Es tut mir leid«, begann sie höflich. »Aber ich weiß nicht, was Ihr Rangabzeichen bedeutet, und ich kenne auch Ihren Namen nicht.«

Sein Grinsen bekam etwas Animalisches. »Ich bezweifle, ob es Sie wirklich interessiert. Aber meinem Rang entspricht in Ihrer Flotte ein Major. Ich bin nicht befugt, Ihnen meinen Namen zu nennen.«

Traute Zebara ihr doch nicht? Oder plante er, sie an einen anderen Zweig seiner Organisation zu übergeben, um selbst sauber dazustehen?

Die Zeit verging, aufgelockert nur vom Schlittern und Kratzen der Fahrzeugräder auf der vereisten Straße.

»Der Direktor sagte, er habe Sie vor vielen Jahren gekannt. Ist das wahr?« Es konnte nichts schaden, auf eine Frage zu antworten, deren Antwort viele schon kannten.

»Ja, vor über vierzig Jahren.«

»Das ist lange her. In den letzten vierzig Jahren hat sich hier viel verändert.«

»Daran zweifle ich nicht«, sagte Lunzie.

»Ich war noch nicht geboren, als der Direktor Sie kennenlernte.« Der Mann sagte es so, als sei sein eigenes Geburtsdatum das bedeutsamste Ereignis in diesen vierzig Jahren gewesen. Lunzie unterdrückte ein belustigtes Schnauben. Wenn er sich tatsächlich für so wichtig hielt, hatte er bestimmt keinen Sinn für Humor. »Ich arbeite erst seit acht Jahren in seiner Abteilung.« In seiner Stimme klang Stolz mit und eine Spur von etwas, das Zuneigung sein mochte. »Der Direktor ist ein bemerkenswerter Mann. Jemand, der höchste Loyalität verdient.«

Lunzie sagte nichts. Es schien nicht erforderlich zu sein.

»Wir brauchen einen Mann wie ihn an der Spitze. Es macht mich traurig, daß er im letzten Jahr soviel Kraft verloren hat. Er will es nicht zugeben, aber ich habe gehört, die Ärzte haben ihm gesagt, daß der Schnee fällt.« Der Mann starrte sie an, offenbar in der Hoffnung, daß sie mehr wußte und es ihm anvertraute. Sie hakte wegen der Redewendung nach.

»Der Schnee fällt? Drücken Sie es so aus, wenn jemand krank ist?«

»So drücken wir es aus, wenn der Tod nahe ist. Sie sollten das wissen. Sie haben *Bittere Bestimmung* gesehen.«

Jetzt fiel es ihr wieder ein. Die Phrase war in mehr als einer Arie wiederholt worden, aber mit derselben melodischen Linie. War sie auf diesem Wege zu einem kulturellen Standard geworden?

»Ich habe gehört, daß Sie medizinische Forschungen über die physiologischen Auswirkungen längeren Kälteschlafs auf unser Volk durchführen. Hat Ihnen jemand gesagt, wie wir den Kälteschlaf nennen, was wir davon halten?«

Das war professioneller Boden, auf dem sie fest und sicher stand.

»Nein, aber ich habe mir die Frage schon gestellt. Sie weichen dem Thema aus. Nach der Oper habe ich mich gefragt, ob sie den Kälteschlaf mit dieser Tragödie assoziieren. Das gehört zu den Dingen, die ich Zebara fragen wollte. Er sagte, wir würden uns heute darüber unterhalten.«

»Gut. Vielleicht sollte er es Ihnen erzählen. Wie Sie vielleicht vermuten, ist der Kältetod die entwürdigendste und zugleich ehrenvollste Todesart, die wir kennen. Entwürdigend deshalb, weil unser Volk dazu gezwungen wurde. Er ist das Symbol unserer politischen Schwäche. Und ehrenvoll ist er deshalb, weil viele sich dafür entschieden haben, um andere zu retten. Einen anderen zum Tod durch Kälte oder Hunger zu verurteilen, ist das schlimmste Verbrechen, schlimmer als jede Folter. Aber freiwillig den Weißen Weg, den Weg in den Schnee zu gehen, ist die beste Art zu sterben, eine Bekräftigung aller Werte, die uns das Überleben ermöglichen.« Er machte eine Pause, fuhr sich mit dem Finger um den Kragen, als wollte er ihn lockern, und sprach weiter. »Deshalb ist der Kälteschlaf für uns eine eigenartige Parodie unserer Ängste und Hoffnungen. Er ist ein kleiner Kältetod. Wenn er so lang andauert, wie Sie es erlebt haben, ist er gleichbedeutend mit dem Tod der Vergangenheit, dem Verlust von Familie und Freunden, als sei man wirklich gestorben – nur daß man noch lebt und sich dessen bewußt ist. Aber er betrügt auch den langen Tod des Winters. Er ist wie ein Same einer Chranghal – eine unserer Pflanzen, die nach einem Langen Winter aus dem Boden schießt. Sie schläft, ohne zu träumen, ist fast tot! Und dann erwacht sie wieder und ist frisch und grün.

Wenn wir reisen und wissen, daß wir uns in den Kälteschlaf begeben müssen, unterziehen wir uns den Sterberitualen und nehmen die drei Früchte mit, die wir alle essen, um den Frühling und die Wiedergeburt zu feiern.«

»Aber Ihre Sterberate im Kälteschlaf, wenn er länger als einige Monate andauert, ist sehr viel höher als gewöhnlich«, sagte Lunzie. »Und die Lebensdauer danach ist tendenziell kürzer.«

»Richtig. Vielleicht finden Sie heraus, woran es liegt, zumindest in physiologischer Hinsicht. Ich persönlich glaube, daß jeder, der einem längeren Kälteschlaf zustimmt, sich dem Tod selbst ergeben hat. Er erbringt noch einmal dieses erste Opfer, und wenn er es überlebt, hängt er danach weniger am Leben. Schließlich würden wir bei unserer allgemein niedrigeren Lebenserwartung unsere Freunde viel eher überleben als Sie. Und wie mir der Direktor gesagt hat, ist es Ihnen nicht leichtgefallen, hinterher wieder ins Leben zurückzufinden.«

»Nein.«

Lunzie sah erst zu Boden, dann zum verschwommenen Fenster hinaus und dachte an diese erste finstere Verzweiflung zurück, als sie erfahren hatte, daß Fiona erwachsen und fort war, daß sie ihr Kind als Kind nie wiedersehen würde. Und es war jedesmal ein Schock gewesen, wenn sie erfahren hatte, daß Menschen alt geworden waren, die sie als Kinder gekannt hatte. Als sie erfahren hatte, daß ihre Ururenkelin älter war als sie.

Ihr Begleiter schwieg. Sie verbrachten die restliche Fahrt, ohne ein weiteres Wort zu wechseln, aber ohne jede Feindseligkeit. Zebaras Haus stellte sich, als sie schließlich in die überdachte Einfahrt einfuhren, als ein dunkler Maulwurfshügel aus Granit, eine Kreuzung aus einer Festung und einem Lager heraus.

»Danke, Major«, sagte Zebara kühl, als er aus dem Haus kam, Lunzie begrüßte und durch eine doppelte Glastür in eine kreisrunde Halle unter einer niedrigen Kuppel führte. Der Boden war mit einem bernsteinfarbenen Stein gefliest, den braune und rote Adern durchzogen; die Kuppel glänzte in matter Bronze, erhellt von Lampen, die sich in Aussparungen um den Rand versteckten. Ringsum zwischen den vier überwölbten Türen standen Steinbänke an den gewölbten Wänden. In der Mitte führten zwei Stufen zu einer Feuergrube hinunter, in der Flammen flackerten, die ohne Rauch brannten.

Lunzie folgte Zebara die Stufen hinunter, und auf seinen Wink hin setzte sie sich auf den niedrigsten gepolsterten Stuhl. Sie genoß die Wärme des kleinen Feuers. Zebara griff unter den Sitz neben sich und holte eine durchsichtige Perle hervor.

»Räucherwerk«, erklärte er, bevor er sie ins Feuer warf. »Willkommen in unserer Halle, Lunzie. Ich wünsche Ihnen und den Kindern Ihrer Kinder Frieden, Gesundheit und Wohlstand.«

Es klang so förmlich, so seltsam, daß sie keine Ahnung hatte, was sie erwidern sollte. Sie sagte lieber nichts und senkte für einen Moment den Kopf. Als sie wieder aufblickte, hatte sich eine Runde von Schwerweltlern um sie geschlossen. Zebara hob die Stimme.

»Meine Kinder und ihre Kinder. Sie kennen Lunzie, und Lunzie kennt sie.«

Die Runde machte einen schwerfälligen, teilnahmslosen Eindruck. Es waren Zebaras Söhne und ihre Frauen, die Enkelkinder, sogar die Kleinsten, alle breit wie Ringkämpfer. Lunzie fragte sich, wer von ihnen der kleine Junge gewesen war, der jene Sitzung gestört hatte. Aber sie kam nicht drauf.

Er stellte sie einzeln vor. Alle verbeugten sich aus der Hüfte, ohne etwas zu sagen, und Lunzie nickte und murmelte einen Gruß. Dann schickte Zebara sie mit einem Wink weg, und sie marschierten durch eine der Bogentüren hinaus.

»Dort liegen die Familienunterkünfte«, erklärte er. »Schlafzimmer, Kinderzimmer, Unterrichtsräume für die Kinder.«

»Unterrichtsräume? Haben Sie keine öffentlichen Schulen?«

»Schon, aber nicht so weit draußen. Und jeder, der genug Kinder im Haushalt hat, kann einen Lehrer einstellen und sie privat unterrichten lassen. Es spart Steuergelder für jene, die sich keine privaten Lehrer leisten können. Übrigens haben Sie nur die älteren Kinder kennengelernt. Insgesamt wohnen hier fünfzig.«

Lunzie fand den Gedanken beunruhigend, ein weiterer Beweis dafür, daß die Kultur der Schwerweltler von der der FES abwich. Sie hatte gewußt, daß die Schwerweltler sich unkontrolliert vermehrten. Aber Zebara war ihr immer so *zivilisiert* vorgekommen.

Doch als er sie am Arm aus der Feuergrube und durch die Halle zu einer Tür führte, hatte sie das Gefühl, ihn überhaupt nicht zu kennen. Er trug weder die bedrohliche schwarze Uniform noch den Arbeitsoverall, den Lunzie bei den meisten Bürgern gesehen hatte. Statt dessen trug er einen langen, lockeren Umhang, der so dunkel war, daß sie in dem schwach beleuchteten Gang seine Farbe nicht erkennen konnte, und flache, an den Seiten mit hellen Mustern verzierte Stiefel. Er wirkte so wuchtig wie immer, schien sich aber auch wohl zu fühlen, völlig entspannt zu sein.

»Da drin«, sagte er schließlich und schob sie in einen weiteren, wenn auch kleineren kreisrunden Raum. »Das ist mein privates Arbeitszimmer.«

Lunzie setzte sich in den niedrigen, üppig gepolsterten Stuhl, den er ihr anbot, und sah sich um. An den Wänden standen nach innen gewölbte Regale, die mit Memokuben, Videokartuschen, altmodischen Büchern und Papierstapeln beladen waren. Es gab nur wenige dekorative Elemente: ein schwungvolles Gebilde aus einem Material, das wie blaugrünes Glas aussah, starre menschliche Figuren aus braunem Steingut, ein amateurhaftes, aber strahlend buntes Gemälde und ein mißgestalteter Tonklumpen, bei dem es sich nur um den ersten Modellierversuch eines Lieblingskindes oder -enkelkindes handeln konnte. Darüber wölbte sich eine weitere flache Kuppel, auf der Innenseite mit Platten aus weißer Keramik besetzt. Das niedrige Sofa, auf dem Lunzie saß, war mit einem knotigen Stoff ausgepolstert. Sie war auf eine absurde Weise froh, daß es kein Leder war. Flauschige Kissen waren aufgestapelt worden, damit sie es mit ihren kurzen Beinen bequemer hatte.

Zebara hatte sich ihr gegenüber hinter einen breiten, geschwungenen Schreibtisch gesetzt. Er betätigte unter dem Tisch einen Knopf, und die Tischplatte senkte sich auf Kniehöhe und wurde mehr eine Brücke als eine Schranke. Noch ein Knopf, und der Raum erstrahlte in hellem Licht. Ihr Spiegelbild in der Kuppel glänzte wie am hellichten Tag.

»Es ist … schön hier«, sagte Lunzie.

Ihr fiel nichts Besseres ein. Zebara gönnte ihr ein überraschend zärtliches Lächeln, das mit einer Spur Traurigkeit gefärbt war.

»Haben Ihnen Ihre Kollegen Ärger gemacht, weil Sie sich mit mir treffen?«

»Ja.« Sie erzählte ihm von Bias und empfand einen gewissen Widerwillen gegen Zebaras offenkundige Belustigung. »Er versucht nur, gewissenhaft zu handeln«, schloß sie. Sie hatte das Gefühl, daß sie Bias als einen vernünftigen Menschen schildern mußte, obwohl sie ihn nicht so einschätzte.

»Er hat sich wie ein Idiot benommen«, sagte Zebara. »Sie sind kein dummes Gör, das sich in einen Muskelmann verliebt hat. Sie sind eine erwachsene Frau.«

»Ja, aber wissen Sie, in gewisser Hinsicht hat er Recht. Ich bin mir selbst nicht ganz sicher, ob meine Erfahrungen mit dem Kälteschlaf mich nicht völlig ... völlig irrational gemacht haben.« Sie fragte sich, ob sie etwas von dem aufgreifen sollte, was der junge Offizier ihr gesagt hatte, und beschloß, es zu wagen. »Es ist so, als ob man stirbt und wiedergeboren wird, ohne einen echten Neuanfang zu machen. Es machen einem Überbleibsel aus der Vergangenheit zu schaffen. Wie zum Beispiel meine vermißte Tochter ... Ich habe Ihnen davon erzählt. Wie mein Zusammentreffen mit Sassinak. Die Leute sagen einem: ›Lebe einfach Dein Leben weiter und laß alles hinter dir.‹ Und es liegt tatsächlich hinter mir und ist unendlich weit weg, aber gleichzeitig schleppe ich es die ganze Zeit mit mir herum. Das sind Konsequenzen, die die meisten Menschen nicht kennen, mit denen sie sich nicht auseinandersetzen müssen.«

»Aha. Genau darüber wollte ich mit Ihnen reden. Denn ich werde bald den langen Marsch antreten und den Tod sterben, aus dem es kein Erwachen mehr gibt, und ich habe den Eindruck, daß mein jüngeres Ich – das Ich, das Sie kannten – für Sie noch lebt. Daß es noch jung ist, dieses Ich, an das sich niemand hier so genau erinnert wie Sie. Sagen Sie, Lunzie, wird *dieses* Ich« – er zeigte mit dem Daumen auf seine Brust – »in Ihrer Erinnerung das Ich auslöschen, das ich einmal war? Das Ich, das Sie kannten?«

Sie schüttelte den Kopf. »Wenn ich nur ein wenig blinzele, sehe ich Sie so wie damals vor mir. Es fällt mir jetzt noch schwer, zu glauben, daß Sie ... Es tut mir leid ...«

»Nein, schon gut. Ich verstehe Sie, und genau darum ging es mir.« Er atmete ein wenig schneller, als habe er sich körperlich angestrengt, aber er sah nicht gestreßt, nur ein wenig aufgeregt aus. »Lunzie, es ist eine sentimentale Sache, ein törichter Wunsch, und ich gebe ihn ungern preis. Ich schäme mich dafür, daß ich diesen Wunsch habe. Aber ich weiß, wie schnell die Erinnerungen verblassen. In all den Jahren dachte ich, daß ich mich genau an Sie erinnere. Unser Wiedersehen hat mir bewiesen, daß dem nicht so ist. Ich hatte diesen goldenen Flecken in Ihrem rechten Auge vergessen und die Art, wie Sie diesen Finger krümmen.« Er zeigte darauf, und Lunzie senkte den Blick und war überrascht, auf eine Geste aufmerksam gemacht zu werden, die ihr selbst nie an sich aufgefallen war. »Deshalb weiß ich, daß man mich – mein Ich, mein gegenwärtiges Ich – vergessen wird, so wie mein jüngeres bereits vergessen worden ist. Ich weiß, daß es allen so geht. Aber … aber Sie, Sie behalten mein jüngeres Ich in Erinnerung, und Sie werden weiterleben … wie lang? Ein Jahrhundert vielleicht noch? Zu dieser Zeit werde ich für meine Urenkel nur noch ein Name sein und alle Geschichten sind vergessen. Außer wenn Sie da sind.«

»Wollen Sie … wollen Sie mich bitten, Sie in Erinnerung zu behalten? Sie wissen sicher, daß ich gar nicht anders kann.«

»Ja … aber nicht nur das. Ich bitte Sie, mich so in Erinnerung zu behalten, wie ich einmal war, als der junge Schwerweltler, dem Sie vertraut, den Sie geliebt haben, auch wenn es nur ein wenig und für kurze Zeit war. Ich bitte Sie, die Erinnerung klar im Gedächtnis zu bewahren, wann immer Sie über mein Volk nachdenken. Der Kälteschlaf hat eine besondere Bedeutung für unser Volk.«

»Ich weiß. Der Mann, den Sie mir geschickt haben, sagte es mir.«

Zebara hob die Augenbrauen und schüttelte den Kopf. »Ich sollte nicht überrascht sein. Sie sind eine Person, mit der man leicht ins Gespräch kommt. Aber wenn mich jemand gefragt hätte, ob Major Hessik mit einem Leichtgewicht über solche Dinge sprechen würde, hätte ich es für ausgeschlossen gehalten.«

»Ich brauchte etwas, um vom Thema Leder abzulenken«, sagte Lunzie und rümpfte die Nase. »Und so sind wir irgendwie ...«

Sie erzählte ihm, was Hessik ihr erklärt hatte. Zebara hörte zu, ohne sie zu unterbrechen.

»Das ist richtig«, sagte er, als sie fertig war. »Ein symbolischer Tod und eine Wiedergeburt, die Sie einige Male durchgestanden haben. Und die Sie bitte noch einmal durchstehen sollten, mir und meinem Volk zuliebe.«

Das rigorose *Nein*, das sie hatte aussprechen wollen, blieb ihr im Hals stecken.

»Ich ... ich hab's nie gemocht«, sagte sie und fragte sich, ob es für ihn so lächerlich klang wie für sie.

»Natürlich nicht, Lunzie. Ich habe Sie heute aus mehreren Gründen herbringen lassen. Zunächst wollte ich Sie an etwas erinnern – und habe mich von Ihnen daran erinnern lassen –, weil ich bald sterben werde. Ich will durch Ihre Erinnerungen noch einmal diese kurze glückliche Zeit erleben, die wir gemeinsam hatten. Ich weiß, daß es sentimental ist, die Sentimentalität eines alten Mannes. Zweitens möchte ich mit Ihnen über mein Volk reden, seine Geschichte, seine Sitten, in der Hoffnung, daß sie ein gewisses Mitgefühl für uns und unser Dilemma aufbringen. Daß Sie ehrlich für uns sprechen werden, wo Sie können. Ich bitte Sie nicht, Verbrechen zu vergeben und zu vergessen. Sie könnten es nicht, und ich würde es nicht von Ihnen verlangen. Aber wie Sie wissen, sind nicht alle schuldig. Und schließlich muß ich Ihnen die Dinge übergeben, über die wir schon gesprochen haben – sofern Sie bereit sind, sie zu überbringen.«

Er saß leicht nach vorn gebeugt da. Der dunkle, weiche Umhang bedeckte seine Hände. Einen Moment lang sagte Lunzie nichts, versuchte sein gealtertes Gesicht, mit all den häßlichen Spuren eines schweren Lebens in hoher Schwerkraft, mit den derben, aber gesunden Zügen des jüngeren Mannes zu vergleichen. Sie hatte das schon einmal getan. Sie würde es, dachte sie, selbst nach seinem Tod noch tun, wenn sie sich damit anzufreunden versuchte, was er in diesen gut vierzig Jahren im Verhältnis zu ihr verloren hatte.

Er seufzte, lächelte sie an und sagte: »Darf ich mich neben Sie setzen? Es … es ist nicht, was Sie vielleicht denken.«

Im selben Moment, als sie nickte, empfand sie einen leichten Widerwillen. Als Ärztin wußte sie, daß sie es besser nicht erlauben sollte. Das Alter änderte an den Gefühlen nichts. Aber *sein* Alter hatte *ihre* Gefühle verändert, so wie eine ähnliche Zeitspanne Tees Gefühle für sie verändert hatte. Was sie und Zebara an Gefahr und Leidenschaft geteilt hatten, gab es nicht mehr. Mit dieser Einsicht schlugen ihre Gefühle für Tee von Bitterkeit in Verständnis um. Es hatte sicher auch ihm sehr weh getan, als er zugeben mußte, daß er sich verändert hatte. Und jetzt Zebara.

Er setzte sich neben sie und faßte ihre Hände. Wie mußte es für ihn sein, sie so jung vor sich zu sehen, ihre Kraft zu spüren und zu wissen, daß seine eigene sich erschöpfte wie Wasser, das aus einem gesprungenen Krug rinnt?

»Es gibt Beweise für die Geschichte unseres Volkes, die Sie glauben würden«, begann er. »Nur sind sie bei weitem zu umfangreich, um sich schnell damit vertraut zu machen. Sie können mir entweder vertrauen oder nicht, wenn ich Ihnen sage, daß sie unbestreitbar sind. Jene, die die ersten Kolonisten geschickt hatten, wußten von den Langen Wintern, die in größeren Abständen auftreten. Sie wußten es, haben es den Kolonisten aber nicht gesagt. Wir kennen nicht alle ihre Gründe. Vielleicht dachten sie, daß zwei Jahre ausreichen, um genug

Lebensmittelvorräte anzulegen. Vielleicht hatten sie keine Vorstellung davon, wie schlimm es sein würde. Ich würde gern annehmen, sie haben nichts Schlimmeres als ein paar Unannehmlichkeiten befürchtet. Aber es ist bekannt, daß keine Hilfe geschickt wurde, obwohl unsere Kolonie einen Notruf gesendet hat.«

»Wurde dieser Notruf empfangen?«

»Ja. Wie Sie vielleicht wissen, gab es damals noch keine FTL-Kommunikation. Als offenkundig wurde, daß der Winter so bald nicht vorbeigehen würde, begriffen die Kolonisten, daß selbst ein beantworteter Notruf zu spät kommen würde. Sie rechneten kurzfristig mit nichts. Aber es sollte eine Transferkapsel nur zwei Lichtmonate entfernt sein, die eine FTL-Kapsel an Bord hatte, die auf das nächste Sektorhauptquartier der Flotte vorprogrammiert war. So wurden damals Notrufe übermittelt: mit Unterlichtgeschwindigkeit zum Transferpunkt, wo die Kapsel gestartet wurde, die eine Standardnachricht mit den Ursprungscodes transportierte.«

Lunzie rümpfe die Nase und überlegte, wann die Kolonisten frühestens mit einer Antwort hätten rechnen können. »Dann also zwei Monate. Wie lang dauerte es zum Flottenhauptquartier?«

»Insgesamt wären es vielleicht vier Monate gewesen. Eine FTL-Nachricht und ein Rettungsversuch hätten weitere zwei oder drei Monate später folgen können. Jedenfalls innerhalb von zwölf Standardmonaten, wenn wir die Abbremszeit und das Manövrieren an beiden Enden mitrechnen. Die Kolonisten hätten große Mühe gehabt, so lang durchzuhalten. Sie hätten ihre ganze Saat und ihre Vorräte essen müssen. Aber die meisten hätten es geschafft. Statt dessen ...« Er seufzte wieder und breitete die großen, knorrigen Hände auseinander.

»Ich kann mir nicht vorstellen, daß die Flotte ein solches Signal ignoriert hat.« Es sei denn, daß es jemand abgefangen hat, dachte Lunzie plötzlich. Jemand innerhalb der Flotte, der aus irgendeinem Grund wollte, daß die Kolonie scheiterte.

»Ich konnte es auch nicht glauben!« Zebara drückte ihr die Hände, stand auf, und der Umhang wirbelte um ihn herum. »Ich bringe Ihnen etwas. Ich bin in letzter Zeit selbst sehr durstig.« Er deutete auf die Auswahl von Getränken auf dem Regal hinter seinem Schreibtisch. »Fruchtsaft? Einen Muntermacher?«

»Saft bitte.« Lunzie sah zu, wie er zwei Gläser eingoß und ihr die Wahl zwischen beiden ließ. Glaubte er wirklich, sie traute ihm zu, daß er ihr etwas ins Getränk mischte? Und wenn doch, sollte sie sich Sorgen machen? Aber sie trank einen Schluck und schmeckte nichts als das angenehme Aroma des Fruchtsafts, während Zebara sich wieder neben sie setzte.

Er trank einen kräftigen Schluck, ehe er weitersprach. »Soweit wir sagen können, lag es nicht an der Flotte. Jedenfalls hat sie keine Notkapsel ignoriert. Es gab keine Notkapsel.«

»Wie bitte?«

»Versteckt in einer der Dateien haben wir die Notiz gefunden, daß die Kosten für eine FTL-Notkapsel als nicht gerechtfertigt erachtet wurden, weil Diplo nicht weiter als zwölf Standard-Lichtmonate von einem großen Kommunikations-Knotenpunkt entfernt liegt, der alles wichtige Material weiterleiten könne. In dem Bericht hieß es, Kolonisten hätten schon öfter solche teuren Ressourcen für unbedeutende Angelegenheiten verschwendet, die keine Antwort erforderten. Wenn Kolonisten nicht zwölf Monate lang für sich selbst sorgen könnten – und an dieser Stelle kann ich einige Schreibtischhengste die Nase rümpfen hören –, dann könne man sie kaum als Kolonisten bezeichnen.« Er trank noch einen Schluck. »Sie verstehen, was das bedeutet.«

»Natürlich. Die Nachricht ist nicht nach vier Monaten irgendwo angekommen, wo sie etwas hätte bewirken können. Sie hat nach zwölf Monaten eine kommerzielle Telekommunikations-Station erreicht, zu einem Zeitpunkt, als die Kolonisten bereits mit einer Rettungsmission rechneten.«

»Und von dort«, sagte Zebara, »wurde sie umgeleitet … und hat die Flotte nie erreicht.«

»Aber das ist …«

»Es war schon peinlich. In dem Vertrag, den die Kolonisten unterzeichnet hatten, war die genaue Plazierung der Sonde vereinbart worden. Als diese Nachricht die Station erreichte, war das ein Beweis dafür, daß man keine Sonde installiert hatte. Und nach zwölf Monaten? Angenommen, man hätte dann eine Rettungsmannschaft geschickt. Was hätte sie gefunden? Von da an haben wir keine direkten Beweise mehr, aber wir nehmen an, daß jemand entschieden hat, die ganze Datei verschwinden zu lassen. Und die nächste planmäßige Lieferung von Fertigungsteilen abzuwarten, die erst in zwei weiteren Standardjahren erfolgen sollte, wenn damit zu rechnen war, daß niemand mehr leben würde. Es mag traurig sein, aber so ergeht es den Kolonien. Es ist ein gefährliches Geschäft!«

Lunzie fröstelte erst, dann stieg in ihr ein wilder Zorn empor. »Es … es ist *Mord*. Vorsätzlicher Mord!«

»Nicht nach den Gesetzen der FES zu jener Zeit. Auch nicht nach den heutigen. Wir konnten es nicht beweisen. Ich sage ›wir‹, aber Sie wissen sicher, daß ich die damalige Regierung von Diplo meine. Wie auch immer, als das Schiff eintraf, fand es die Überlebenden vor: die Frauen, die Kinder und ein paar junge Männer, die am Anfang des Langen Winters noch Kinder gewesen waren. Die Mannschaft des ersten Schiffs tat so, als wüßte sie nicht, daß etwas geschehen war. Als sei sie selbst überrascht! Aber einer der Konzernvertreter auf dem zweiten Schiff hat betrunken einiges ausgeplaudert.«

Lunzie fiel nichts Angemessenes ein, das sie sagen konnte. Glücklicherweise schien er nichts von ihr zu erwarten. Nach einer kurzen Pause wandte er sich wieder Familienangelegenheiten zu und erzählte ihr von seinen Hoffnungen für seine Angehörigen. Nach und nach beruhigten sich Lunzies Gedanken wieder. Als es Zeit wurde zu gehen, führte sie eine neue Erinnerung mit sich, die so angenehm war wie die frühere. Es war ihr nicht mehr pervers vorgekommen, von den Händen eines alten Mannes berührt zu werden, eines Mannes, der sie nach all den Jahren immer noch liebte.

zehntes kapitel

FES-Begleitschiff *Klaue*

Dupaynil ging mit sicheren, bedächtigen Schritten zur Brücke voraus. Der junge Offizier hatte vielleicht immer noch Zweifel, wünschte immer noch, er hätte Dupaynil bewachen lassen. Nur gab es keine Wachen mehr. Es war ihm sicher angenehmer, wenn Dupaynil ruhig und ohne Hast vor ihm herging. Auf dem Treppenabsatz vor der Brücke sagte Dupaynil über die Schulter: »Wenn Sie nichts dagegen haben, würde ich gern noch die Schlösser der dritten Kapsel sichern.«

»Wer steckt da drin?«

»Ihr Waffentechniker. Soweit ich weiß, hat sich die ganze Mannschaft mit Ollery gegen uns verschworen. Sie sind alle gefährlich, aber er besonders.«

Panis runzelte die Stirn. »Angenommen, wir kommen in eine Situation, in der wir uns verteidigen müssen.«

»Besser nicht. Wir können ihm nicht trauen. Ich glaube nicht, daß er sich eigenhändig befreien kann. Jedenfalls nicht ohne Ihre Hilfe. Aber er und Siris hatten am ehesten eine Möglichkeit, sich zusammenzureimen, was ich gemacht habe und wie man die Schlösser wieder richten kann, sogar mit dem kleinen Werkzeugset, das zur Ausstattung der Kapseln gehört.«

»Sie könnten Recht haben, aber hören Sie, ich will wenigstens einen Teil der Ereignisse zunächst im Logbuch festhalten. Und ich möchte, daß Sie mir helfen.«

Dupaynil zuckte die Achseln und betrat die Brücke. Er nahm an, es würde Stunden dauern, bis der Waffentechniker sich möglicherweise befreit hätte. Aber im Moment war es wichtiger, daß Panis Selbstvertrauen gewann. Sie verfielen in ein betretenes Schweigen. Panis setzte sich in den Kommandantensitz, Dupaynil auf den Platz, auf dem er den Waffenoffizier zuerst gesehen hatte.

Er sagte nichts, während Panis einen förmlichen Eintrag in den Schiffscomputer vornahm, das Datum und den Zeitpunkt eintippte, zu dem er das Kommando übernommen hatte, und den Code, unter dem er einen vollständigen Bericht abspeichern würde. Die Reaktion des Computers auf einen Kommandowechsel, stellte Dupaynil fest, bestand darin, daß er Panis' Netzhaut- und Handabdrücke und sein Stimmenspektrum mit den gespeicherten Daten verglich. Dupaynil hätte erhebliche Schwierigkeiten gehabt, das Kommando selbst zu übernehmen, wenn Panis etwas zugestoßen wäre. Er erkundigte sich danach.

»Nein, als Schiffskommandant nicht, Sir. Sie hätten den Computer möglicherweise davon überzeugen können, daß Sie Überlebender eines Unglücksfalls sind. Sie sind als legitimer Passagier registriert worden. Aber Sie hätten keinen Zugriff auf gesicherte Dateien erhalten oder eine Kursänderung vornehmen können. Er hätte dafür gesorgt, daß die Lebenserhaltungssysteme weiterarbeiten, daß Sie Wasser und Nahrung erhalten und die Hauptsektionen mit Luft gefüllt bleiben. Das ist alles. Und das Schiff hätte ein automatisches Notsignal gesendet, wenn es aus dem FTL-Raum gefallen wäre.«

»Ich verstehe. Der Computer hat Dateien gespeichert, Captain, die die nötigen Beweise enthalten, die Ollerys Verrat bestätigen.«

Dupaynil bemerkte, daß Panis auf die Verwendung seines neuen Titels reagierte, indem er sich geringfügig aufrichtete; ein gutes Zeichen. Er erwähnte nicht, daß er einige der gesicherten Dateien bereits eingesehen hatte. Wartungsprotokolle sollten seiner Meinung nach nicht dazugehören. Panis sah sie flüchtig durch.

»Ich nehme an, Sie wollen, daß ich sie auf den Bildschirm hole. Obwohl ich glaube, daß es eher eine Sache für den Sicherheitsdienst der Flotte wäre.« Dupaynil sagte nichts und wartete. Plötzlich verzog Panis das Gesicht. »Aber natürlich. Sie gehören ja zum Sicherheitsdienst, zumindest teilweise. Behaupten Sie jedenfalls.« Er wurde vorsichtig. Dupaynil konnte fast zusehen, wie er von Minute zu Minute reifte.

»Ja, das stimmt. Anderseits haben Sie, weil ich der Offizier bin, der Ollery getötet hat, verständliche Bedenken, mich in den Dateien herumpfuschen zu lassen. Habe ich Recht?«

»Ja.« Panis schüttelte den Kopf. »Und ich dachte, ich hätte Glück, als man mich von einer Schlachtplattform holte, wo ich einer von hundert Jigs war, und in ein Begleitschiff steckte, wo ich Stellvertreter des Captains sein sollte! Vielleicht würde endlich einmal etwas passieren, dachte ich mir.«

»Es ist doch etwas passiert.« Dupaynil grinste ihn auf diese verschmitzte Art an, mit der er mehr als einmal jemanden auf seine Seite gebracht hatte, der Mißtrauen gegen ihn hegte. »Und Sie haben überlebt und sich gut geschlagen. Ich versichere Ihnen, wenn Sie Beweise dafür mitbringen, daß Agenten der Piraten in der Flotte sitzen, werden Sie Eindruck hinterlassen.«

»Der Piraten?« Panis wollte noch mehr sagen, hob aber die Hand. »Nein, soweit sind wir noch nicht. Lassen Sie mich erst diesen Vorfall erfassen. Mit dem Rest beschäftigen wir uns später.«

So redete nur ein Schiffscaptain, wie unerfahren er auch sein mochte. Dupaynil nickte und wartete. Der mündliche Bericht war erstaunlich klar und knapp für jemanden, der knapp dem Tod entkommen war und immer noch Schrammen im Gesicht hatte. Dupaynils Wertschätzung für ihn stieg um zwei Punkte und um einen weiteren, als Panis ihn zur Inputkonsole des Commanders winkte.

»Ich möchte, daß Sie auch einen Bericht erstatten, Sir. Leutnant Commander Dupaynil, im Nachschubdepot 64 an Bord der *Klaue* gekommen, am Flotten-Standarddatum ... Computer?« Der Computer überprüfte das Datum und die Zeit und ließ beides auf Panis' Bildschirm blinken. »Genau! 23.05.34.0247. Übergesetzt vom Kreuzer *Zaid-Dayan* unter dem Kommando von Commander Sassinak, mit Befehl von Generalinspekteur Parchandri, auf einer gemeinen Mission in den Seti-Raum weiterzufliegen. Ist das richtig, Sir?«

»Richtig«, sagte Dupaynil. War dies der richtige Zeitpunkt, um zu erwähnen, daß er vermutlich gefälschte Befehle erhalten hatte? Wahrscheinlich nicht. Zumindest nicht, ohne noch ein wenig darüber nachzudenken. Er glaubte nicht, daß Sassinak beabsichtigt hatte, ihn in Probleme mit den Planetenpiraten oder ihren Verbündeten zu verwickeln. Wenn er behauptete, daß seine Befehle gefälscht seien, würde er sie mit hineinziehen.

»Wenn Sie jetzt bitte Ihren Bericht erstatten, Commander.« Panis reichte ihm das Mikrophon.

Mit Rücksicht auf die Folgen, die sein Bericht haben konnte, erklärte Dupaynil, daß das Verhalten des Captain und die Zeit, die die Mannschaft schon zusammen war, sein Mißtrauen geweckt hätten.

»Die Mannschaft von Begleit- und Patrouillenschiffen werden gewöhnlich spätestens nach vierundzwanzig Monaten ausgetauscht«, sagte er. »Und zwar genau aus dem Grund, weil diese schwer aufzuspüren, sehr gefährlich und klein genug sind, um von einem oder zwei Meuterern übernommen zu werden. Fünf Jahre ohne Personalwechsel sind einfach unmöglich.« Er fuhr damit fort, daß er einige Wanzen installiert und den Waffenoffizier und den Captain dabei belauscht hatten, als sie seine Ermordung planten. »Sie sagten genug über ihre Kontakte zur Flotte und zu gewissen politisch einflußreichen Familien, um mich davon zu überzeugen, daß Informationen, denen wir seit Jahren auf der Spur sind, auf diesem Schiff zu finden sein könnten. Agenten sollten nichts aufschreiben, aber sie tun es alle. Namen, Daten, Treffpunkte, Codes – niemand kann sich das alles merken. Entweder notieren Sie's schriftlich oder speichern es im Computer ab. Und sie wußten es, weil sie Angst hatten, daß ich auf diese Dateien zugreifen könnte.« Er schloß mit einem kurzen Bericht über seine Sabotage an den Fluchtkapseln und sein Vorgehen während und nach der Übung.

»Haben Sie irgendwelche Beweise, um diese Behauptungen zu untermauern?« fragte Panis.

»Ich habe die Aufzeichnungen dieser Audiowanze. Auch die anderen Wanzen könnten Daten gespeichert haben. Ich hatte noch keine Zeit, sie mir anzusehen.«

»Ich würde mir gern anhören, was Sie haben«, sagte Panis.

»Sie ist in meiner Kabine.« Dupaynil reagierte auf seinen Gesichtsausdruck mit einem Achselzucken. »Entweder hätte ich überlebt, um sie mir hinterher zu holen, oder ich wäre gestorben und sie hätte möglicherweise mich überlebt. Aber nicht an meinem Körper, den sie durchsucht hätten. Darf ich sie Ihnen holen?«

Er sah die Unsicherheit in Panis' Gesicht und konnte sie nachempfinden. Es war eine Menge, woran Panis sich in weniger als einer Stunde gewöhnen mußte. Und für ihn war Dupaynil immer noch ein Fremder, dem er kaum vertrauen konnte. Aber er traf seine Entscheidung und erteilte ihm mit einem Nicken die Erlaubnis. Dupaynil verließ eilig die Brücke und bemerkte, daß alle Schotts zurückgezogen worden waren. Er ging direkt in seine Kabine, holte den Memokubus und ging zurück. Panis hatte sich der Brückenluke zugewandt und wartete auf ihn. Ohne ein weiteres Wort steckte Dupaynil den Kubus in ein Lesegerät und schaltete es ein. Während die Tonaufzeichnung abgespielt wurde, schlug Panis' Gesichtsausdruck von Mißtrauen in Erstaunen und schließlich in Wut um.

»Diese Dreckskerle!« sagte er, als der Ton verstummte und Dupaynil den Kubus wieder an sich nahm. »Ich wußte, daß die beiden Sie nicht mögen, aber ich hätte nicht gedacht ... Und daß sie mit den Planetenpiraten unter einer Decke stecken! Wer ist diese Lady Luisa, von der sie geredet haben?«

»Luisa Paraden. Übrigens die Tante von Randolph Paraden, der aus der Akademie ausgeschlossen wurde, weil Commander Sassinak beweisen konnte, daß er in einen Diebstahl, sexuelle Belästigungen und rassische Diskriminierung von Webern verwickelt war. Sie waren zur selben Zeit Kadetten.«

»Davon habe ich nie gehört.«

Dupaynil grinste höhnisch. »Natürlich nicht. Es wurde nicht darüber berichtet. Aber wenn Sie sich je gefragt haben, warum Commander Sassinak einen Anhang von Webern hat, kennen Sie einen Grund dafür. Als Ollery versuchte, aus mir etwas Klatsch über sie herauszuholen, war das einer der Punkte, die er erwähnte. Und das hat mich mißtrauisch gemacht. Er hätte es eigentlich nicht wissen können. Die Sache wurde sehr vertraulich behandelt.«

»Und Sie meinen, in den Schiffscomputern sind weitere Beweise zu finden?«

»Ja, Sie haben gehört, was die beiden sagten. Vielleicht noch mehr in ihren persönlichen Besitztümern. Aber Sie sind der Captain, Panis. Sie haben das Kommando übernommen. Ich nehme an, Sie sind sich darüber im klaren, daß wir beide in einer sehr heiklen Situation sind. Wir haben hier einen toten ehemaligen Captain und elf lebende Mannschaftsmitglieder, die in Rettungskapseln eingesperrt sind. Wenn wir mit anderen Abtrünnigen zusammentreffen sollten, vor allem mit einigen von Ollerys Freunden, könnte man uns wegen Meuterei erschießen und umbringen, bevor wir diese Beweise vor ein Kriegsgericht bringen könnten.«

Panis betastete zaghaft sein angeschwollenes Gesicht und grinste. »Dann lassen wir uns besser nicht erwischen.«

In der Zeit, die es dauerte, um Ollerys Leiche in einer Lagerbucht zu verstauen und die Steuerung der letzten besetzten Kapsel zu deaktivieren, überlegte sich Dupaynil, wie er mit seinen gefälschten Befehlen umgehen sollte. Er konnte sie dem Verräter im Büro des Generalinspekteurs anhängen. Sassinak würde den wahren Ursprung nie preisgeben. Er war sich ziemlich sicher, daß er einen Ssli niemals dazu bringen konnte, gegen *sie* auszusagen. Außerdem war es nur eine Vermutung, daß sie dahintersteckte. Es lag nicht im Interesse der FES oder der Flotte, daß sie angeklagt wurde, selbst wenn sie es getan hatte. Aber es lag ganz und gar im Interesse der Flotte, so viele Anklagen wie möglich gegen jene auszusprechen, die sich der Planetenpiraterie schuldig gemacht hatten.

Er ließ sich die ganze Ereigniskette durch den Kopf gehen. Wäre es für einen solchen Verräter sinnvoll gewesen, ihn auf die *Klaue* zu versetzen und umbringen zu lassen? Sicher dann, wenn sie Sassinak als eine Bedrohung betrachteten und wußten, daß er mit ihr zusammengearbeitet hatte. Sie hatten auf Ireta eine profitable Gaunerei vereitelt. Er hatte einen ihrer Agenten auf der *Zaid-Dayan* enttarnt. Er war selbst gefährlich für sie, und sie hatten die Gelegenheit wahrgenommen, ihn von Sassinak zu trennen.

Er konnte fast daran glauben. Wenn man sich auf die Gedankengänge von Kriminellen einließ, ergab es einen Sinn. Ollery oder der Waffenoffizier, den er in Verdacht hatte, der Kopf dieser kriminellen Vereinigung zu sein, hatten wahrscheinlich von Anfang an über ihn Bescheid gewußt und nicht erst die Wanze finden müssen, um ihn zu verdächtigen. Natürlich kam es immer wieder zu

Pannen, wenn innerhalb einer Organisation Daten übermittelt wurden. Vielleicht war die Nachricht, die Ollery auf ihn aufmerksam machen sollte, jetzt noch in den Computern des Nachschubdepots gespeichert.

Panis ließ ihn ein wenig erste Hilfe leisten, ein Zeichen von Vertrauen, das Dupaynil zu schätzen wußte. Der Jig hatte nicht nur in seinem zerschrammten Gesicht Verletzungen davongetragen. Er hatte auf einer Seite einen tiefen Kratzer über den Rippen.

»Ollery«, erklärte er, als Dupaynil die Verletzung mit gehobenen Augenbrauen betrachtete. »Als er mir das da verpaßte, habe ich endlich begriffen, daß etwas nicht stimmte. Siris hatte sich auf mich gestürzt, und dann sah ich den Captain mit dem Nadelwerfer. Er rief Siris zu, daß er sich zur Seite rollen sollte, und hat mich getreten, und dann sind Sie …«

»Ja«, unterbrach Dupaynil. »Und das Atmen wird Ihnen noch eine Weile Schmerzen bereiten. Wir müssen auf ihre Hautfarbe achten und uns vergewissern, daß sich in Ihren Lungen keine Flüssigkeit ansammelt. Warum bringen Sie mir nicht einfach bei, was ich wissen muß, um die schwere Arbeit zu erledigen, solang wir unterwegs sind? Sie müssen nicht unbedingt die Leitern rauf- und runterklettern.«

Panis holte sich eine saubere Uniform aus seinem Quartier und ließ sich von Dupaynil hineinhelfen. Die Verletzungen wurden mit Eis gekühlt. Daran mangelte es ihnen jedenfalls nicht. Er erwähnte den Bottich mit dem Wassereis und schlug vor, einen Teil davon fürs Duschen aufzutauen.

»Noch etwas bereitet mir Sorgen«, sagte Dupaynil mit entwaffnender Offenheit, als sie wieder auf der Brücke waren. »Ich bin mir nicht mehr sicher, ob meine Befehle, die *Zaid-Dayan* zu verlassen und an Bord dieses Schiffs zu kommen, echt waren.«

»Was? Sie meinen, daß jemand falsche Befehle geschickt hat?« Dupaynil nickte. »Meine Befehle waren mit einem Initialisierungscode versehen, über den Commander Sassinak sich sehr aufgeregt hat. Sie behauptete, sie habe diesen Code vor Jahren auf ihrem ersten Kreuzflug schon einmal gesehen, kurz bevor jemand versucht hat, sie umzubringen. Ich hatte immer angenommen, dieser Initialisierungscode stamme aus dem Büro des Generalinspekteurs. Von einer bestimmten Workstation oder einem bestimmten Offizier. Aber sogar sie hielt es für seltsam, daß sie an ein Nachschubdepot andocken sollte. Und daß ich ihr Schiff verlassen sollte, obwohl sie vorher den Befehl erhalten hatte, daß wir alle beim Ireta-Prozeß aussagen sollten.« Er hatte Panis die Zusammenhänge in Grundzügen erläutert. »Ich konnte es kaum glauben, aber die Nachricht war über einen FTL-Kanal eingetroffen. Manipulationen waren ausgeschlossen. Aber Sie haben die Aufzeichnung gehört und was Siris gesagt hat. Wenn es in der Flotte Verräter in hohen Rängen gibt, vor allem in der Personalabteilung – und etwas anderes ist kaum anzunehmen, wenn diese Mannschaft so lang zusammengeblieben ist –, wäre es überhaupt kein Problem, mich versetzen zu lassen.«

»Es wäre schwer zu beweisen«, sagte Panis und schlürfte aus einem Becher heiße Suppe.

»Schlimmer noch.« Dupaynil breitete die Hände aus. »Nehmen wir an, es sei genauso gelaufen und man habe damit gerechnet, daß es eine gute Erklärung dafür gibt, wenn ich umkomme, zum Beispiel durch eine defekte Rettungskapsel. Möglicherweise wären sie trotzdem so vorsichtig gewesen und hätten alle Aufzeichnungen dieser Befehle aus den Computer gelöscht. Nehmen wir an, sie wollten behaupten, Commander Sassinak oder ich hätten diese Befehle gefälscht. Wenn ich wieder lebend auftauche, können sie mich dafür belangen. Wenn nicht, können sie's ihr anhängen. Sie hat ihnen im Laufe der Jahre eine Menge Ärger gemacht, und ich würde wetten, Randy Paraden hegt immer noch einen bösen Groll gegen sie. Befehle zu fälschen oder einen FTL-Kanal zu manipulieren reicht aus, um sogar einen angesehenen Kreuzercaptain in ernste Schwierigkeiten zu bringen.«

»Ich verstehe. Angesichts der Beweise, die Sie gesammelt haben, hätten sie einen guten Grund, Sie von Sassinak zu trennen. Und wenn sie ihr später etwas anhängen könnten …«

»Ich frage mich, wie viele andere Personen sie von ihrer Mannschaft trennen konnten«, spekulierte Dupaynil aus Spaß am Spekulieren. »Was ist, wenn wir herausfinden, daß ein Offizier wegen einer Familienkrise abberufen worden ist oder ein anderer dringend versetzt werden mußte? Das würde es beweisen.«

Dupaynil war erleichtert, daß Panis all das ohne Schwierigkeiten akzeptierte. Schließlich ergab es einen Sinn. Während das, was Sassinak getan hatte – und er war immer noch davon überzeugt, *daß* sie es getan hatte – nur aus einer persönlichen Perspektive einen Sinn ergab: er hatte sie zu Feindseligkeiten provoziert. Wenigstens würde seine neue Erklärung sie entlasten und nur denen Schuld zusprechen, die ohnehin damit belastet waren.

»Und was sollten wir Ihrer Meinung jetzt tun, außer uns von den unbekannten Freunden des verstorbenen Majors Ollery fernzuhalten?«

Dupaynil lächelte ihn an. Er mochte die Art, wie der junge Mann von Ollery sprach, und er mochte seinen trockenen Humor.

»Ich glaube, wir sollten herausfinden, wer sie sind, vorzugsweise indem wir Ollerys Dateien durchsuchen. Und dann wäre es äußerst hilfreich, wenn wir zum Ireta-Prozeß auftauchen würden. Zum Prozeß gegen Tanegli, sollte ich sagen. Und dann sollten wir uns überlegen, was wir mit unseren Gefangenen anstellen wollen, bevor die Sauerstoffvorräte ihrer Kapseln erschöpft sind.«

»Das habe ich ganz vergessen.« Panis warf einen Blick auf den Monitor. »Oh, sie sind ja immer noch an die Luftversorgung des Schiffs angeschlossen. Es sei denn, Sie haben daran auch etwas gedreht.«

»Dazu hatte ich keine Zeit mehr. Aber ihre Recyclingkapazität reicht nur für maximal hundert Stunden, stimmt's? Ich glaube nicht, daß einer von uns beiden die Männer rauslassen will, nicht einmal einen nach dem anderen.«

»Nein. Aber ich kann ...«

»Sie könnten den Männern anbieten, sie in den Kälteschlaf zu versetzen. Die entsprechenden Drogen und Einrichtungen sind vorhanden. Sie wären vollkommen sicher, bis sie die nächsten Flottenanlage erreicht hätten.«

Panis nickte nachdenklich. »Das wäre eine bessere Alternative, an die ich noch gar nicht gedacht habe. Aber was ist, wenn sie es nicht wollen?«

»Warnen Sie sie. Warten Sie zwölf Stunden. Warnen Sie sie noch einmal und trennen Sie die Kapseln dann von der Luftversorgung des Schiffes ab. Dann hätten sie einige Stunden Zeit, um sich zu entscheiden und vorzubereiten. Sind das Standardkapseln, die über einen Luftvorrat für hundert Stunden verfügen?«

»Ja. Aber was ist, wenn sie sich immer noch weigern?«

Dupaynil zuckte die Achseln. »Wenn sie lieber ersticken wollen, als vor einem Kriegsgericht zu landen, ist es ihre Entscheidung. Wir können nichts dagegen tun, ohne die Kapseln zu öffnen, und das würde ich nicht empfehlen. Nur Siris ist verletzt und nicht so schwer, daß es ihn davon abhalten könnte, die Induktionsmedikamente zu nehmen.«

Als es darauf ankam, zeterten zwar die meisten, aber nur drei warteten so lang, bis die Schiffsventilatoren ausgeschaltet wurden. Der Waffenoffizier, stellte Dupaynil fest, war einer von ihnen. Alle anderen versetzten sich selbst in den Kälteschlaf, lang bevor die Luft in der Kapsel verbraucht war. Als die Werte auf dem Bioscan auch des letzten Mannes absackten, feierten Dupaynil und Panis mit dem Besten, was die Kombüse zu bieten hatte.

Dupaynil hatte entdeckt, daß die Mannschaft in ihren Kabinen besondere Genüsse versteckte. Zwar keine frische Nahrung, aber immerhin eine Blechdose mit trockenem Fruchtkuchen und eine gedrungene Flasche teuren Likörs, mit der es sich feiern ließ.

»Ich glaube, ich hätte darauf bestehen sollen, die Mannschaftsunterkünfte zu versiegeln«, sagte Panis zwischen zwei Bissen Kuchen. »Aber Sie mußten nach Beweisen suchen.«

»Die ich auch finden werde.« Dupaynil goß ihnen beiden mit einer schwungvollen Bewegung die Gläser voll. »Der Waffenoffizier hat ein kleines Buch geführt. Aus echtem Papier, wenn Sie das glauben können. Ich bin mir nicht sicher, was all die Einträge bedeuten – noch –, aber ich habe größte Zweifel, daß es etwas Unverfängliches ist. Ollery hatte unter seinen persönlichen Sachen Gegenstände, die er sich mit seinem Flottengehalt unmöglich leisten konnte, und das gilt nicht nur für dieses Paar antiker Duellpistolen. Wir können von Glück reden, daß er Ihnen nicht mit einem dieser Dinger ein Loch in den Pelz gebrannt hat.«

»Sie hören sich an wie ein Moskito in einer Blutbank«, knurrte Panis. »Sie gieren geradezu nach den Informationen, die Sie hier finden könnten.«

»Das stimmt«, pflichtete Dupaynil ihm bei. »Sie haben ganz Recht. Selbst wenn wir das hier nicht hätten«, er hob sein Glas, »wäre ich betrunken vor Freunde über die

Möglichkeiten, die ich jetzt habe. Haben Sie eine Ahnung, wie hart wir sonst für jeden Informationsschipsel arbeiten müssen? Wie oft wir überprüfen und wieder überprüfen müssen? Wie viele Stunden wir uns das Hirn zermartern, um Zusammenhänge aufzuspüren, die nicht einmal einem Computer auffallen würden?«

»Mir blutet das Herz«, sagte Panis, und sein Mund zuckte.

»Sie sind nur ein Jig. Aber zum Teufel, Sie werden einen fabelhaften Kommandanten abgeben.«

»Sofern ich überlebe. Ich nehme an, Sie wollen sich morgen in die Computer hineinhacken?«

»Mit Ihrer Erlaubnis.« Dupaynil deutete im Sitzen eine Verbeugung an. »Wir können nur hoffen, daß die Männer zu bequem waren, um mehr als die einfachsten Sicherheitsvorkehrungen für die heiklen Datein zu treffen. Wenn Ollery es so eingerichtet hat, daß die Dateien sich selbst löschen, wenn ein neuer Offizier das Kommando übernimmt ...«

Panis wurde blaß. »Daran habe ich nicht gedacht.«

»Ich schon. Aber dann dachte ich an Ollery. Leute, die so überheblich sind, ziehen nie in Betracht, daß sie auch einmal Pech haben könnten. Außerdem mußten Sie einen Kommandowechsel ins Logbuch eintragen. Das steht in den Vorschriften.«

»An die Sie sich immer halten.« Panis ließ diese Bemerkung im Raum stehen. Sie klang wie eine Art Herausforderung.

Dupaynil fragte sich, worauf er genau hinauswollte. Sie hatten bisher gut zusammengearbeitet. Der jüngere Mann schien seinen Spaß an Dupaynils Scherzen zu haben. Aber er mußte sich daran erinnern, daß er Panis nicht richtig kannte. Er ließ sich die Ermattung ansehen, die er empfand, und ergab sich seinem Alter und seinem gewöhnlich versteckten Zynismus.

»Wenn Sie damit sagen wollen, daß der Sicherheitsdienst sich nicht immer an den Wortlaut der Vorschriften hält, dann haben Sie Recht. Ich gebe offen zu, daß Wanzen auf diesem Schiff gegen die Vorschriften verstoßen und eine grobe Unhöflichkeit darstellen. Aber unter den gegebenen Umständen ...« Dupaynil beugte sich mit ausgebreiteten Händen dem Unausweichlichen.

Panis wurde rot, hakte aber trotzdem nach. »Das wollte ich nicht damit sagen. Sie hatten Gründe für Ihr Mißtrauen, die ich nicht kannte. Jedenfalls hat es uns das Leben gerettet. Aber ich habe von Commander Sassinak gehört, daß sie nicht unbedingt dafür bekannt ist, sich an die Vorschriften zu halten. Hat sie hier ihre Finger im Spiel?«

Volltreffer. Der Junge war einfach zu clever. Er hatte hinter die Kulissen geschaut. Dupaynil ließ die Sorge, die er empfand, in seiner Stimme anklingen.

»Von wem haben Sie das gehört?«

»Von Admiral Spirak. Er war Captain der Schlachtplattform, auf der ich ...«

»Spirak!« Eine Mischung aus Erleichterung und Geringschätzung gaben ihm den Schwung, den er brauchte. Dupaynil senkte die Stimme und hielt sie ruhig. »Panis, Ihr Admiral ist der letzte, der sich darüber beschweren dürfte, daß jemand anderes sich nicht an die Vorschriften hält. Ich werde Ihnen *nicht* verraten, warum er wegen Sassinak immer noch Gift verspritzt, obwohl sie ihm einmal die Karriere gerettet hat. Klatsch war Ollerys Spezialität. Aber wenn Sie sich je gefragt haben, warum er es in seinem Alter nur zu zwei Sternen gebracht hat und warum er die einzige Schlachtplattform der Flotte kommandiert, die *nicht* in Betrieb ist, dann gibt's einen triftigen Grund dafür. Ich habe Commander Sassinaks Dateien durchgesehen, und ich weiß, daß sie nicht immer nach dem Lehrbuch kämpft. Aber sie hat Konfrontationen überstanden, die anderen Kommandeuren ihr Schiff gekostet hätten. Sie verstößt nur dann gegen Vorschriften, wenn sie sie hindern, ihre Mission zu erfüllen. Sie hat weit mehr Wert auf Disziplin an Bord gelegt als irgend jemand sonst auf diesem Schiff.«

Jetzt sah Panis so aus, als sei er in kochendes Wasser getaucht worden.

»Tut mir leid, Sir. Aber er sagte, wenn ich je in die Verlegenheit kommen sollten, unter einem ihrer Offiziere zu dienen, sollte ich aufpassen. Sie habe Anhänger, die ihr loyaler gesonnen seien als der Flotte.«

»Ich nehme an, er hat Ihnen nicht von der Beförderungsfeier erzählt, die er selbst veranstaltet hat? Und daß niemand gekommen ist? Es nützt nichts, wenn ich Ihnen davon erzähle, Panis. Sie müssen Ihre eigenen Schlüsse ziehen. Sassinak ist beliebt, aber sie ist auch klug und eine gute Kommandantin. Was die Vorschriften angeht, bin ich der Ansicht, daß meine Pflichten mich berechtigt haben, ein paar davon auf ihrem Schiff zu beugen, und sie hat es in kürzester Zeit wieder in Ordnung gebracht.«

»Was haben Sie gemacht? Haben Sie *sie* mit einer Wanze abgehört?«

Dupaynil sah ihn streng an, und als Panis plötzlich begriff, was gemeint sein könnte, errötete er noch mehr.

»Ich wollte damit nicht sagen ... Ich meine ...«

»Gut.« Dupaynils Tonfall gab nichts preis. »Ich habe versucht, ohne ihr Einverständnis einen Teil des Kommunikationsverkehrs zu überwachen. Wie ich schon sagte, suchten wir nach einem Saboteur. Ich dachte mir, es könnte nichts schaden, wenn ich in den Korridoren, der Sporthalle und so weiter ein wenig herumschnüffelte. Sie war anderer Ansicht.« Daß diese Schilderung nur in Grundzügen der Wahrheit entsprach, störte ihn nicht weiter. Sassinak war außer sich gewesen. Er hatte ohne ihre Erlaubnis Überwachungsgeräte installiert. Soviel stimmte. »Ich betrachte mich nicht als einen von Commander Sassinaks Offizieren«, fuhr Dupaynil fort.

»Ich bin nur kurzfristig auf ihr Schiff versetzt worden. Meine Aufgabe bestand darin, den Saboteur zu überführen.«

Er konnte nicht sagen, ob Panis damit zufrieden war, und es kümmerte ihn nicht sonderlich. Er hatte den jungen Offizier gemocht, aber suggestive Fragen nach Sassinak gingen ihm gegen den Strich. Warum? Er wußte nicht recht. Er war nie versucht gewesen, mit ihr etwas anzufangen. Es war nicht zu übersehen, daß sie etwas mit Ford hatte. Warum also war er so wütend, wenn jemand sie kritisierte? Es würde sich lohnen, später darüber nachzudenken, wenn sie die Beweise, die er benötigte, gefunden oder nicht gefunden und beschlossen hatten, was sie damit anfangen wollten.

Dupaynils Recherchen im Schiffscomputer förderten alles zutage, was er sich nur wünschen konnte. Er wußte, daß man ihm seine Zufriedenheit ansah. Er bestand darauf, daß Panis sich mit seinen Funden beschäftigte, damit er die Gründe dafür kannte.

»Außerdem«, sagte er, »hätten Sie, wenn jemand mich aus dem Weg räumt, dann immer noch eine Chance, die Verschwörung aufzudecken.«

»Wie?« Panis blickte von dem Ausdruck einer der verfänglichsten Dateien auf und tippte mit dem Finger darauf. »Wenn all diese Leute wirklich darin verwickelt sind, dann ist die Flotte rettungslos verloren.«

»Ganz und gar nicht.« Dupaynil legte die Fingerspitzen zusammen. »Wissen Sie, wie viele Offiziere für die Flotte dienen? Das hier sind weniger als fünf Prozent. Ihre Reaktion ist nicht weniger gefährlich als diese Leute. Wenn Sie meinen, daß fünf Prozent eines Ganzen die restlichen fünfundneunzig Prozent verderben, dann haben Sie diesen Leuten die Arbeit abgenommen.«

»So habe ich das noch nicht betrachtet.«

»Nein. So geht's den meisten. Aber seien wir doch

froh, daß wir nur fünf Prozent beseitigen müssen. Und überlegen wir uns, wie wir diese Information unter den restlichen fünfundneunzig Prozent publik machen, die *nicht* darin verwickelt sind.«

Panis hatte einen seltsamen Ausdruck im Gesicht. »Eigentlich bin ich … Ich will damit sagen, daß ich nur bescheidene Fähigkeiten als Navigator habe. Und der Computer dieses Schiffs hat nur eine begrenzte Anzahl an Plots gespeichert.«

»Plots?«

»Vorprogrammierte Kurse zwischen kartierten Punkten. Ich bezweifle, ob ich uns aus dem FTL-Raum holen und an ein Ziel bringen könnte, das nicht im Computer gespeichert ist.«

Dupaynil war davon ausgegangen, daß sich alle Schiffsoffiziere mit Navigation auskannten. Er öffnete den Mund, um eine Frage zu stellen, und schloß ihn gleich wieder. *Er* war nicht in der Lage, das Schiff zu steuern oder ohne Panis' Anweisung auch nur die Lebenserhaltungssysteme zu warten, was konnte er also von einem jungen Jig erwarten?

»Soll das heißen, daß wir auf die Kurse und Ziele festgelegt sind, die Ollery eingegeben hat?« Ein schlimmer Gedanke explodierte in seinem Gehirn mit der Gewalt eine Bombe. »Wissen wir nicht einmal, wohin wie fliegen?«

»Doch. Der Computer hat keine Bedenken, es mir zu verraten. Wir sind in den Seti-Raum unterwegs, so wie es Ihre Befehle vorgesehen haben.« Panis runzelte die Stirn. »Was haben Sie angenommen?«

»Mir ist nur der Gedanke gekommen, daß Ollery diesen Kurs vielleicht nie eingegeben hat oder ihn geändert haben könnte, weil er mich umbringen wollte. In den Seti-Raum! Ich weiß nicht, ob ich darüber lachen oder weinen soll«, sagte Dupaynil. »Angenommen, meine Befehle waren gefälscht, wurde dieses Ziel dann willkürlich ausgewählt oder aus einem bestimmten Grund?«

Panis fummelte an den Hebeln an seinem Sitz herum und beobachtete etwas auf dem Kommandomonitor an seiner Seite.

»Also … von unserer Position aus ist das die längstmögliche Strecke, die wir mit FTL-Antrieb zurücklegen können. Zeit genug für Ollery, sich zu überlegen, was er mit Ihnen und mir anstellen soll. Vielleicht war das der Grund. Oder vielleicht sollte er im Seti-Raum noch etwas erledigen, nachdem er sie umgebracht hatte.«

»Sie wollen damit also sagen, daß wir erst unser Ziel erreichen müssen, bevor wir anderswohin können?«

»Wenn Sie sicher sein wollen, daß wir in absehbarer Zeit irgendwo landen werden«, sagte Panis. »Wir haben uns längere Zeit im unbestimmten Raum aufgehalten – im FTL-Modus –, und wenn wir ihn vor dem nächsten Knotenpunkt verlassen, habe ich keine Ahnung, wo wir landen könnten. Wir haben die zusätzlichen Vorräte, die die Mannschaft benötigt hätte, aber …«

»Schon gut. Also in den Seti-Raum. Ich nehme an, ich könnte dort auch noch ein wenig im Dreck wühlen, auch wenn wir schon mehr als genug haben.« Dupaynil streckte sich. »Wir sollten allerdings bedenken, daß es nichts zu bedeuten hat, wenn auf der Liste von Ollerys Helfern niemand auftaucht, der beim Botschafter der Sek angestellt ist. Diese Leute könnten in dieselbe Verschwörung verwickelt sein, ohne daß Ollery davon weiß.«

Das äußere Signalfeuer der Seti-Systeme zeugte ungefähr von soviel Höflichkeit wie ein Stiefeltritt ins Gesicht.

»Warnung an alle Eindringlinge!« blökte es nacheinander in allen in der FES bekannten Sprachen. »Eindringlinge werden nicht geduldet. Eindringlinge werden zerstört, wenn nicht sofort zufriedenstellend identifiziert.«

Panis stellte den Sender der *Klaue* auf die richtigen Werte und übertrug die standardmäßige Identifikationssequenz der Flotte. Er hatte sich gut von dem Schock erholt, daß sein früherer Captain ein Verräter gewesen war und er selbst zu einer Meuterei beigetragen hatte, dachte Dupaynil. Panis rieb dem Flottenoffizier, der dem Botschafter als Militarattaché diente, nicht gleich alles unter die Nase und bat auch nicht um eine sofortige Unterredung mit dem Botschafter. Statt dessen berichtete er einfach, daß er von einem Offizier begleitet wurde, der mit dringenden Befehlen im System zu tun hatte, und überließ Dupaynil den Rest.

»Ich bin mir nicht sicher, ob ich verstanden habe, warum Sie überhaupt hier sind, Commander Dupaynil.«

Diese diplomatische Glätte wäre ihm früher harmlos vorgekommen. Heute wußte er nicht mehr, ob es Gewohnheit war oder eine Verschwörung dahintersteckte.

»Ich habe den Befehl«, sagte Dupaynil und bemühte sich, seine Stimme so locker und unbeschwert klingen zu lassen wie sein Gegenüber, »die Frachtunterlagen der wichtigsten kommerziellen Seti-Unternehmen zu überprüfen, die mit den menschlichen Welten im Sektor 18 Handel betreiben. Vielleicht wissen Sie, wie das läuft. Ich habe nicht den blassesten Schimmer, wonach gesucht wird und warum man es nicht auch aus der Entfernung erledigen könnte.«

»Es hat nichts mit dieser Geschichte auf Ireta zu tun?«

Auch das konnte gewöhnliche Neugier sein. Oder etwas sehr viel Gefährlicheres. Dupaynil zuckte die Achseln, fuhr sich mit einem Finger über die Nasenwurzel und hoffte, daß er als geckenhafter Bretagner durchging.

»Könnte schon sein, würde ich sagen. Oder auch nicht. Woher soll ich das wissen? Ich hatte einen angenehmen

Posten auf einem der besseren Kreuzer der Flotte, unter einem weiblichen Commander von beträchtlicher persönlicher … äh … Ausstrahlung …« Er sprach es neutral, aber mit einem Unterton aus, als spiele er auf viel greifbarere Qualitäten an, und sagte sich, daß es übertrieben wäre, es noch mit einem Augenzwinkern zu unterstreichen. »Ich hätte nichts dagegen gehabt, den Flug mit ihr … äh … mit ihrem Schiff zu beenden.« Er zuckte wieder die Achseln und gab einen schweren Seufzer von sich. »Und dann mußte ich auf einmal weit nach draußen, nur weil ich schon einmal mit den Seti Kontakt hatte, ohne einen Zwischenfall zu provozieren. Ich habe angenommen, ich sollte einige Tage lang freundliche Erkundigungen anstellen, auf die ich unfreundliche Antworten erhalten würde. Das ist alles, was ich weiß – abgesehen davon, daß ein Feind im Hauptquartier, sofern ich dort einen hätte, sich kaum etwas anderes ausdenken könnte, was mir weniger gefallen würde.«

Die letzte Bemerkung kam ihm mit etwas mehr Nachdruck über die Lippen, als er beabsichtigt hatte, aber sie schien den Kerl davon zu überzeugen, daß er es ernst meinte. Sein Gesichtsausdruck änderte sich nicht, aber Dupaynil bemerkte ein leichtes Nachlassen seiner Anspannung.

»Also, ich denke, ich kann Sie dem Handelsbeauftragten der Seti vorstellen. Das ist am Hof der Sek eine Position auf Kabinettsebene. Er kann Ihnen sagen, an wen Sie sich wenden müssen.«

»Das wäre sehr freundlich von Ihnen«, sagte Dupaynil. Er hatte nichts dagegen, bedeutungslose Höflichkeiten auszutauschen, um sich die tägliche Arbeit zu erleichtern.

»Ganz im Gegenteil«, sagte der andere und schaute bereits auf den Papierstapel auf seinem Schreibtisch. »Der Kommissar ist ein Fanatiker der schlimmsten Sorte, selbst für einen Seti. Wenn Sie einen Feind im

Hauptquartier haben, dann hat er's wirklich auf Sie abgesehen.«

Die Seti hatten ihre Beziehungen zu anderen Rassen so eingerichtet, daß die überlegene Rasse des Universums immer in einer überlegenen Position blieb und die unterlegenen sich stets ihrer Unterlegenheit bewußt waren. Für die Seti gehörten zu den unterlegenen Rassen all jene, die mit medizinischen Hilfsmitteln (darunter vor allem der Gentechnik) am ›Heiligen Glück‹ herumpfuschten oder (wie sie es ausdrückten) zu feige waren, um zu spielen. Menschen waren dafür bekannt, daß sie Gentechnik praktizierten. Viele von Ihnen veränderten je nach Mode ihre äußere Erscheinung – so faßten die Seti Make-up und Frisuren auf. Sehr wenige setzten so gern etwas auf Spiel, wie es die Seti taten, wenn sie zum Beispiel einen Raum durch das Tor der Ehre betraten, das – abhängig vom Zufallsgenerator eines Computers – ein Fallbeil auf jeden herunterfallen lassen konnte, der hindurchging.

Dupaynil machte es keinen Spaß, durch den Tunnel der Mutlosen Memmen zu kriechen, aber er hatte gewußt, was auf ihn zukam. Er saß verkrümmt auf dem harten, pilzförmigen Stuhl, der gottlosen Fremden zugestanden wurde, und hielt den Blick höflich gesenkt, während der Handelskommissar sein zweites Frühstück verzehrte. Auf ihrer eigenen Welt ignorierten die Seti alle FES-Verbote und taten sich freimütig an solchen Abscheulichkeiten gütlich, wie sie jetzt in der Schale des Kommissars wimmelten. Der Kommissar kaute und rülpste zum Abschluß, stieß einen Schwall faulen Atems aus und ließ sich behaglich in sein gepolstertes Sofa zurücksinken.

»Das tut gut. Und jetzt zu Ihnen, Herrrrr Duh-paaynil. Sie möchten die Seti um einen Gefallen bitten?«

»Mit allem Respekt vor der Ehre der Sek und der Eierträger …«, begann Dupaynil eine lange Reihe von eingeprägten Formalitäten, bevor er zur Sache kam. »Und wenn es dem Kommissar gefällt, möchte ich nur einen Blick auf die Handelsunterlagen werfen, die den Handel mit den menschlichen Welten in Sektor 18 betreffen.«

Noch ein Schwall schlechten Atems. Der Kommissar gähnte ungeniert und zeigte Zähne, die dringend geputzt werden mußten, auch wenn Dupaynil nicht wußte, ob die Seti je unter Zahnausfall oder Zahnfleischentzündungen litten.

»Sssektor 18«, sagte er und schlug mit dem schweren Schwanz auf den Boden.

Ein Seti-Diener eilte mit einem Tablett voller Memokuben herbei. Dupaynil fragte sich, ob das Tor der Ehre Diener ignorierte oder ob sie auch ihr Leben riskierten, wenn sie einen Raum betraten. Der Diener zog sich zurück, und der Kommissar fuhr mit der Zunge leicht über die Kuben. Dupaynil riß die Augen auf, dann begriff er, daß die Kuben mit chemischen Codes versehen sein mußten, die der Kommissar schmecken konnte. Er klaubte einen der Kuben von dem Stapel und steckte ihn in ein Lesegerät.

»Aha! Was die menschlich dominierte Flotte als Sektor 18 bezeichnet, ist die Blume des Verborgenen Glücks. Handel mit menschlichen Welten? Nur sehr spärlich. Kaum Ihre Zeit wert.«

»Erlauchter und glücklichster Sproß einer glücklichen Familie«, sagte Dupaynil. »Es ist mein unseliges Schicksal, daß ich der Laune meiner Admirale ausgeliefert bin.«

Das amüsierte den Kommissar, der milde lachte.

»Ahhhaaaa! Dann ist dies eine Frage des Glücks, wollen Sie mich glauben machen? In unglücklicher Position, Unglück mit dem Admiral, der Sie geschickt hat? Aber Sie glauben nicht an Glück, heißt es in Ihrem Volk. Sie glauben an … Wie heißt diese Obszönität? Wahrscheinlichkeitsrechung? Statistik?«

Das alte Sprichwort über »Lügen, verdammte Lügen und Statistik« kam Dupaynil in den Sinn, aber es schien der falsche Moment zu sein. Statt dessen sagte er: »Ich kann nicht für andere sprechen, aber ich persönlich glaube an mein Glück. Ohne Glück wäre ich gar nicht angekommen.«

Er glaubte wirklich an sein Glück. Zumindest für den Moment. Wenn er Sassinaks Kommunikation nicht auf diese ungeschickte Weise abgehört hätte, wäre er nie an die Beweise gelangt, die er jetzt in den Händen hatte. Wenn er jetzt noch das hier hinter sich brachte und rechtzeitig zu Taneglis Prozeß die Föderationszentrale erreichte ... Dann konnte er wirklich von Glück sprechen! Offenbar wirkte sogar eine vorübergehende Aufrichtigkeit überzeugend. Der Seti-Kommissar zeigte ihm mit einem breiten Grinsen seine Zähne.

»Gut. Ein halb Konvertierter. Sie wissen doch, was wir über Statistik sagen? Es sind Lügen, verdammte Lügen und ...«

Und ich bin froh, daß ich diesen Witz nicht gebracht habe, dachte Dupaynil. Denn ich glaube nicht, daß dieser Kerl den Spruch für einen Scherz hält.

»Ich werde Ihren Augen die Mühe einer Durchsicht unserer fehlerlosen, aber umfangreichen Unterlagen über den Handel mit der Blume des Verborgenen Glücks ersparen. Wenn Sie mit Ihrem Admiral Unglück hatten, können Sie sich meiner Unterstützung glücklich schätzen. Ihr erkennbarer Unwille, sich mit dieser undankbaren Aufgabe abzumühen, soll belohnt werden. Ich verweigere Ihnen die Einsicht in unsere Unterlagen, nicht weil wir etwas zu verbergen hätten, sondern weil wir uns in der Zeit der Unversöhnlichkeit befinden, in der solche Untersuchungen gegen das Gesetz verstoßen. Sie können sich meiner Anerkennung glücklich schätzen, denn ich werde Sie auf eine Weise zurückweisen, daß es selbst den unglücklichsten Admiral zufriedenstellt.«

Wieder folgte ein kräftiger Schlag mit dem Schwanz, dazu ein verdrossen zeterndes Grunzen, und der Diener rollte hastig einen kleinen Wagen herein, auf dem eine hellgrüne Kiste lag. Der Kommissar steckte einen Finger hinein und holte ein durchsichtiges, limettengrünes Blatt heraus, das mit Seti-Schriftzeichen bedeckt war. Dann noch eins und noch eins.

»Das ist für den Botschafter der Menschen, das ist für Ihren Admiral, und das hier, o glücklichster aller Menschen, ist Ihre Berechtigung, um an Bord unseres Schiffs *Großes Glück* in einer menschengerechten Kabine in Ihr Heimatsystem zurückzufliegen. Oder genauer: um an einer Sitzung des Hohen Rats teilzunehmen. Sie genießen den Vorzug, sich der überlegenen Technik der Seti aus erster Hand erfreuen zu dürfen, eine einzigartige Gelegenheit, die Sie allein Ihrem … äh … Glück verdanken.«

Er hielt ihm die Blätter ihn, und Dupaynil nahm sie ohne nachzudenken entgegen und fragte sich, wie er aus *dieser* Geschichte herauskommen sollte.

»Ich bin mit Glück im Übermaß gesegnet«, begann er. »Es ist kaum zu fassen, daß ich mit einem solchen Glücksgeschenk gesegnet werden soll. Ein bloßer Mensch, der mit den Seti reisen darf? Es ist meine Bestimmung, daß ich bescheidener reisen muß.«

Ein wirklich boshaftes Kichern unterbrach ihn. Der Kommissar beugte sich näher, und sein fauler Atem sorgte dafür, daß Dupaynil übel wurde.

»Kleiner Mann«, sagte er. »Ich glaube, Sie werden bescheiden genug reisen, um jeden Gott zu erfreuen, dem Ihr Kriechen durch den Tunnel der Mutlosen Memmen gefallen haben mag. Wer eine Wahl hat, hat immer eine Chance. Aber wer eine Chance bekommt, hat keine Wahl mehr. Sie haben die Befehle in der Hand. Ihre Fingerabdrücke beweisen, daß Sie einverstanden sind. Sie werden sich bei Ihrem Botschafter melden, dann begeben sie sich auf unsere *Großes Glück*, wo einmalige Chancen auf Sie warten.«

elftes kapitel

Privatjacht *Adagio*

Ford erwachte, weil er über sich einen Streit hörte. Es war nicht das erste Mal, daß er aufwachte, aber es war das erste Mal, daß er so klar im Kopf war. Vorsichtshalber hielt er die Augen geschlossen, während er den beiden Frauen zuhörte.

»Es ist zu seinem eigenen Besten«, schnurrte Madame Flaubert. »Sein spiritueller Zustand ist einfach schauderhaft.«

»Er sieht schauderhaft aus.« Tante Quesada raschelte mit etwas. Er konnte nicht sagen, ob es ihr Kleid war oder etwas, das sie herumtrug.

»Das äußere, sichtbare Zeichen einer inneren, spirituellen Schande. Ein Gift, wenn du so willst. Es muß abgelassen werden, Quesada, sonst wird es uns alle ins Unglück stürzen.«

Ein Naserümpfen und ein Seufzen. Beides hörte sich nicht vielversprechend an. Ford hatte im Moment keine Schmerzen, aber er hatte keinen Zweifel, daß beide Frauen ihn erledigen konnten, ohne daß er sich zu wehren vermocht hätte. Und warum? Selbst wenn sie wußten, was er wollte, dürfte er keine Bedrohung für sie sein. Tante Quesada hatte sogar den Eindruck erweckt, daß sie ihn mochte, und er war von ihr seinerseits sehr beeindruckt gewesen. Er hörte einen Klick, gefolgt von einem leisen Zischen, dann stieg ihm ein scharfer Geruch in die Nase. Ein leises Winseln, das plötzlich abbrach, erinnerte ihn an Madame Flauberts Schoßtier. Seine Nase kitzelte. Er versuchte es zu ignorieren, schaffte es aber nicht und brach in ein wildes Husten aus.

»Böse Geister«, intonierte Madame Flaubert.

Als er in dem gedämpften Licht die Augen öffnete, konnte er ihre prunkvolle Garderobe in all ihren grellen Farben erkennen: rot, purpur, orange, ein blumengesäumtes, um ihre roten Haarflechten geschlungenes Tuch. Ihre halb geschlossenen Augen funkelten ihn an, während sie so tat – und er war sich ganz sicher, daß es nur gespielt war – als kommuniziere sie mit den Sphären, mit denen Medien gewöhnlich kommunizieren. Er wußte es nicht. Er war ein rational veranlagter, gut ausgebildeter Flottenoffizier. Er hatte nichts mehr mit Aberglauben zu schaffen gehabt, seit er als kleiner Junge mit einem Freund davon überzeugt gewesen war, daß je ein Tropfen Blut, den beide auf einen Felsen vergossen, dem Stein etwas Magisches verliehen.

»Mögen sie fortfliegen, die bösen Geister, mögen sie für immer von ihm ablassen …«

Madame Flaubert fuhr mit diesem Sermon noch eine Weile fort, und Ford fragte sich, was die Höflichkeit in einer solchen Situation gebot. Seine Tante sah, wie vorhin schon, ganz elend aus, hockte steif auf der Kante ihres Stuhls und starrte Ford an. Er hätte sie gern beruhigt, wußte aber nicht wie. Er fühlte sich wie ein schmutziger, feuchter Lappen, mit dem jemand eine Theke abgewischt hatte. Der beißende Rauch einer Art pflanzlichen Räucherwerks ließ seine Augen tränen und alles verschwimmen. Schließlich verstummte Madame Flaubert, setzte sich einfach und warf den Kopf in den Nacken. Nach einer langen, dramatischen Pause seufzte sie, rollte den Kopf hin und her, als wollte sie den Hals lockern, und stand auf.

»Kommst du mit, Quesada?«

»Nein … Ich glaube, ich bleibe ein wenig bei ihm sitzen.«

»Das solltest du nicht tun. Er muß die heilenden Strahlen in sich aufnehmen.«

Madame Flauberts Gesicht schwebte über seinem. Sie hatte ihren Schoßhund im Arm, der Ford besabberte. Ford fuhr zusammen. Aber sie wandte sich einfach ab und watschelte langsam aus der Kabine. Seine Großtante sah ihn einfach an.

Ford räusperte sich etwas geräuschvoller, als er beabsichtigt hatte, und sagte: »Es tut mir leid, Tante Quesada … das hatte ich nicht im Sinn.«

Sie schüttelte den Kopf. »Natürlich nicht. Ich verstehe es einfach nicht.«

»Was?«

»Warum Seraphine so überzeugt davon ist, daß du gefährlich für mich bist. Natürlich bist du nicht einfach nur zu Besuch gekommen. Aber ich war immer eine gute Menschenkennerin, ob bei jungen oder alten, und ich kann nicht glauben, daß du mir etwas antun wolltest.«

»Das wollte ich auch nicht.« Seine Stimme bebte, und er hatte Mühe, sie unter Kontrolle zu bringen. »Ich wollte dir nichts tun. Warum sollte ich?«

»Aber der *Schwarze Schlüssel*, verstehst du? Wie sollte ich ignorieren, was ich mit eigenen Augen gesehen habe?«

»Der schwarze Schlüssel?« Er mochte schwach sein, aber sein Hirn funktionierte wieder. Sie hatte diese Worte mit besonderer Betonung ausgesprochen.

Seine Tante sah von ihm weg und schürzte die Lippen. In dieser Pose hätte sie eine ältere Lehrerin sein können, die mit einem moralischen Dilemma konfrontiert wurde, das sich ihren Erfahrungen entzog.

»Ich nehme an, es kann nicht schaden, es dir zu sagen«, sagte sie leise.

Der Schwarze Schlüssel, schien es, war eine von Madame Flauberts Spezialitäten. Er konnte die Wahrheit über Menschen enthüllen. Er konnte ihre verborgenen, böswilligen Absichten entlarven. Ford war sicher, daß

Madame Flaubert die einzige war, die hier böswillige Absichten verfolgte, aber er fragte einfach nur, wie es funktionierte.

Seine Tante zuckte die Achseln. »Ich weiß es nicht. Ich bin nicht das Medium. Aber ich habe ihn *gesehen*, mein Lieber. Er ist über den Tisch geglitten, in die Luft geschwebt und hat sich immer wieder gedreht, bis ... bis er direkt auf die schuldige Partei zeigte.«

Ford fielen mehrere Möglichkeiten ein, wie sich das bewerkstelligen ließ, ohne Magie oder ›höhere Geister‹ bemühen zu müssen. Er selbst war kein Experte, aber er vermutete, daß Dupaynil in weniger als fünf Minuten dahintergekommen wäre, wie der Schwarze Schlüssel funktionierte.

»Es war eine meiner Dienerinnen«, erzählte Tante Q. »Ich hatte einige Sachen vermißt, wenn auch nur Kleinigkeiten. Aber man darf es den Leuten nicht durchgehen lassen. Seraphine hat das ganze Personal antreten lassen und befragt, und der Schwarze Schlüssel hat enthüllt, wer es war. Das Mädchen hat gestanden! Sogar Dinge, von denen ich noch gar nichts wußte.«

»Was haben die Autoritäten gesagt, als du erklären mußtest, wie du an dieses Geständnis gekommen bist?«

Tante Q. errötete. »Nun ja, mein Lieber. Weißt du, ich habe es gar nicht gemeldet. Das Mädchen war so aufgelöst. Ich mußte sie natürlich entlassen, und sie hatte schon genug Scherereien in ihrem Leben. Seraphine sagte, daß der Weg der Vergeltung immer mit dem Bösen endet.«

Darauf könnte ich wetten, dachte Ford. Wahrscheinlich hatte sie den Diebstahl selbst arrangiert, damit sie eine Gelegenheit bekam, Tante Q. von der Macht des Schwarzen Schlüssels zu überzeugen.

»Ich muß dazu sagen«, erklärte Tante Q., »daß Seraphine sich, glaube ich, ein wenig schuldig fühlte. Sie hatte mich darauf hingewiesen, daß ich zur nächsten

Saison noch eine Magd brauche und mir selbst den Namen der Agentur genannt.«

»Ich verstehe.« Er verstand es tatsächlich. Er wußte nur noch nicht, warum Seraphine ihn als eine Bedrohung wahrgenommen hatte – und warum seine Tante sie überhaupt bei sich aufgenommen hatte. »Seit wann begleitet dich Madame Flaubert schon?«

Tante Q. rutschte auf ihrem Stuhl herum, verschränkte und löste ihre Hände. »Seit ... seit ein paar Monaten ... seitdem ...« Ihr Mund arbeitete, aber sie schien die Worte nicht herauszubekommen. Schließlich sagte sie: »Ich ... ich kann nicht darüber reden, Junge, also bitte frag mich nicht.«

Ford starrte sie an und vergaß sein eigenes Elend. Was immer sonst vor sich ging, was immer Tante Q. wußte, das Sassinak gegen die Planetenpiraten helfen konnte, er würde seine Tante erst von Madame Flaubert befreien müssen.

So sanft, wie er konnte, sagte er: »Es tut mir leid, Tante Quesada. Ich wollte dir keinen Ärger machen. Und was immer der Schwarze Schlüssel angedeutet haben mag, ich schwöre dir, ich will dir nichts tun.«

»Ich würde dir gern glauben!« Jetzt zerknitterte das alte Gesicht. Tränen rollten über die Wangen. »Du bist der erste, nein, der einzige Verwandte, der mich seit Jahren besucht hat, und ich habe dich wirklich gemocht!«

Er stemmte sich im Bett hoch und ignorierte es, daß er für einen Moment alles verschwommen sah.

»Bitte, meine Liebe! Ich habe zugegeben, daß mein Vater sich in dir geirrt hat. Ich finde dich fabelhaft.«

»Sie sagte, du würdest mir schmeicheln.«

Man hörte, daß in ihr der Wunsch, geschmeichelt zu werden, und die Entschlossenheit, sich nicht täuschen zu lassen, miteinander rangen.

»Mag sein, wenn Lob eine Form von Schmeichelei ist. Aber liebe Tante, ich habe wirklich noch nie jemanden kennengelernt, der soviel Mumm gehabt hätte, sich diese beiden Ryxi-Schwanzfedern zu holen! Wie sollte ich dir da nicht schmeicheln?«

Tante Q. schniefte und wischte sich das Gesicht mit einem spitzengesäumten Taschentuch ab. »Sie sagt mir immer wieder, es sei ein vulgärer Triumph gewesen, für den ich mich schämen sollte.«

»Firlefanz!« Das Wort, das er in einem vergessenen alten Roman gelesen hatte, überraschte ihn. Es amüsierte seine Tante, die durch ihre Tränen lächelte. »Liebe Tante, sie ist eifersüchtig auf dich, das ist alles, und sogar ich, der ich nur ein Mann bin, kann es auf den ersten Blick sehen. Sie mag mich nicht, weil ich … Nun ja, mag sie überhaupt einen der Männer, die für dich arbeiten?«

»Eigentlich nicht.« Seine Tante wurde nachdenklich. »Sie sagt … sie sagt, es sei unschicklich für eine alte Dame, mit so vielen männlichen Besatzungsmitgliedern und nur einer Magd zu reisen. Weißt du, ich hatte einmal einen Kammerdiener, der aus den Diensten meines Ex-Mannes ausgetreten ist, als wir uns getrennt haben. Madame Flaubert war so empört darüber, daß mir nichts anderes übrigblieb, als ihn zu entlassen.«

»Und dann hat sie dir eine Magd ausgesucht, die sich als Diebin herausgestellt hat«, sagte Ford. Er ließ diese Bemerkung auf sie einwirken. Als in diesen alten Augen endlich das Begreifen dämmerte, grinste er sie an.

»Diese … diese *nichtswürdige* Person!« Tante Q.s Wutanfälle waren immer noch so bezaubernd, wie sie es vor sechzig Jahren gewesen sein mußten. »Diese aufgetakelte alte Dirne. Und ich habe sie an meinen Busen gedrückt!« Sicher nur im übertragenen Sinne, vermutete Ford. »Ich habe sie mit meinen Freunden bekannt gemacht, und so vergilt sie es mir!«

Es klang wie ein Zitat aus einem besonders schlechten viktorianischen Roman und nicht ganz ehrlich. Er sah seiner Tante ins Gesicht, das rot angelaufen, blaß geworden und wieder errötet war.

»Trotzdem, Ford. Sie hat wirklich diese Kräfte. Sie hat mir und den anderen erstaunliche Dinge sagen können. Sie kennt alle unsere Geheimnisse, scheint es. Ich … Ich muß gestehen, daß ich ein wenig Angst vor ihr habe.« Sie versuchte über ihre eigene Dummheit zu kichern, aber es gelang ihr nicht.

»Du hast wirklich Angst«, sagte Ford und streckte die Hand aus. Sie griff zu, und er spürte das Zittern ihrer Finger.

»Ach, eigentlich nicht! Wie dumm!« Aber sie wollte ihm nicht in die Augen sehen, und wie bei einem verängstigten Tier zeigte sich bei ihr das Weiße in den Augen.

»Verzeih mir, wenn ich frage, Tante Q., aber … aber kommen dich deine Freunde je besuchen? Nach dem, was mir mein Vater erzählte, habe ich den Eindruck, daß du mit einem großen Troß herumreist und diese Jacht zum Bersten voll ist.«

»Das war einmal. Aber du weißt, wie das ist. Na, vielleicht nicht. In der Flotte kann man sich seine Gefährten nicht aussuchen. Aber es gab Krach und Streitigkeiten. Dem einen gefiel dies, dem anderen das nicht …«

»Und einige haben Madame Flaubert nicht gemocht«, sagte Ford ganz leise. »Und Madame Flaubert hat niemanden gemocht, der sich zwischen euch stellte.«

Sie saß vollkommen ruhig da, hielt seine Hand, und die Farbe auf seinen Wangen kam und ging. Dann beugte sie sich vor und flüsterte ihm zaghaft etwas ins Ohr.

»Ich kann … Ich kann dir nicht sagen, wie schrecklich es gewesen ist. Diese Frau! Aber ich kann nichts dagegen tun. Ich … ich weiß nicht warum. Ich k-kann nichts sagen … nichts sagen, was sie mich nicht sagen lassen will.« Ihr Atem ging stoßweise, ihr Gesicht war fast purpurrot angelaufen. »Sonst sterbe ich!« Sie setzte sich auf und hätte ihre Hände zurückgezogen, aber Ford hielt sie fest.

»Bitte schicke Sam, damit er mir in … äh … in die Einrichtungen hilft«, sagte er mit der neutralsten Stimme, die er aufbringen konnte.

Seine Tante nickte, ohne ihn auch nur anzusehen, und stand auf. Ford spürte, wie in einem Anflug sengender Wut und Anteilnahme seine Kraft zurückkehrte. Natürlich, seine Tante war eine reiche, einfältige alte Dame, aber selbst einfältige alte Damen hatten ein Recht auf Freunde, auf ihre eigenen Dummheiten und nicht die anderer. Als Sam auftauchte, betrachtete er ihn mit dürftigem Respekt.

»Werden Sie überleben? Oder wollen Sie uns den Ärger machen und an Bord sterben?«

»Ich habe vor, meine normale Lebenserwartung zu erreichen und erst in vielen Jahren zu sterben«, sagte Ford.

Mit Sams Hilfe konnte er gerade aufstehen und sich ins Bad schleppen. Das Gesicht, das er im Spiegel erblickte, sah schauderhaft aus, und er schüttelte den Kopf darüber.

»Blicke töten nicht«, sagte er.

Sam nickte anerkennend. »Scheint so, als ob Sie zur Vernunft kommen. Wollen Sie Madame jetzt den wahren Grund verraten, weshalb Sie zu Besuch gekommen sind?«

»Ich hatte kaum eine Gelegenheit.« Er sah Sam finster an, aber es blieb ohne Wirkung. »Für Leute, die mir meine müßige Neugier nicht abnehmen, sind Sie selbst ziemlich neugierig.«

»Aus Gewohnheit«, sagte Sam und half ihm in einen sauberen Schlafanzug. »Madame Flaubert hält uns auf Trab.«

Ford schnaubte. »Darauf würde ich wetten. Wie lang ist sie schon an Bord?«

»Seit etwa sechs Monaten, seit Madame und ihr Paraden-Gatte die letzte Verhandlung hatten, um ihre Trennung zu regeln. Ich meine die Verhandlung, die Madame einige beträchtliche Anteile am Besitz der Paradens eingebracht hat«, erklärte Sam. Auf Fords bestürzten Blick zwinkerte er. »Bemerkenswert, nicht wahr?«

»Ist sie eine …?« Ford formte mit den Lippen das Wort ›Paraden‹, ohne es aber auszusprechen.

Sam schüttelte den Kopf. »Sie gehört nicht derselben Blutlinie an, um es so auszudrücken. Vielleicht teilt sie nicht einmal mit einem Paraden das Bett. Aber sie tut von Herzen das, wofür sie bezahlt wird.«

»Weiß meine Tante davon?«

Sam runzelte die Stirn und schürzte die Lippen. »Ich war mir nie sicher. Madame Flaubert hat Ihre Tante irgendwie im Griff, aber was das angeht, habe ich keine Ahnung.«

»Man will, daß sie sich ruhig verhält und aus dem Weg bleibt. Kein Gerede, keine Skandale. Ich bin überrascht, daß sie so lang überlebt hat.«

»Ein paarmal war es ziemlich knapp.« Sam schüttelte den Kopf, während er Ford beim Zähneputzen half und ihm eine Flasche mit Mundwasser reichte. »Es ist merkwürdig, Ihre Tante ist in mancher Hinsicht sehr mißtrauisch, aber sie unternimmt einfach nichts. Wenn Sie verstehen, was ich meine.«

Sie hatte wahrscheinlich Angst, etwas zu unternehmen, überlegte Ford. Sie war völlig verängstigt, weil Madame Flaubert ihr in den letzten Jahren einen Freund nach dem anderen entfremdet hatte. Er lächelte Sam im Spiegel an und stellte erfreut fest, daß er noch lächeln konnte, daß er nicht mehr ganz so wie ein Toter aussah.

»Ich glaube, es wird Zeit«, leierte er, »daß meine liebe Tante sich von Madame Flaubert befreit.«

Sam wölbte die Augenbrauen. »Können Sie mir einen Grund nennen, warum ich *Ihnen* trauen sollte, Sir?«

Ford zog eine Grimasse. »Wenn ich Madame Flaubert nicht vorzuziehen bin, dann habe ich mir das wohl selbst zuzuschreiben, aber ich dachte, Sie hätten mehr Verstand.«

»Genug Verstand, um keine Herausforderung anzunehmen, der ich nicht standhalten kann. Ihre Tante vertraut mir als Diener, aber nicht mehr.«

»Sie sollte es besser wissen.« Ford sah Sam aufmerksam an und erinnerte sich wieder an die besseren Unteroffiziere, die er zu seiner Zeit gekannt hatte. »Sind Sie sicher, daß Sie nicht in der Flotte angefangen haben?«

Ein Flackern in Sams Augen, die rasch zu Boden blickten. »Vielleicht sind Sie sich nicht bewußt, Sir, wie sehr sich manche Situationen ähneln.«

Das war zugleich doppeldeutig und die einzige Antwort, die ihm einfiel. Ohne besonderen Grund fühlte sich Ford besser.

»Kann schon sein«, sagte er zerstreut und überlegte, was er gegen Madame Flaubert unternehmen konnte. Sein eigenes Überleben und das seiner Tante hing davon ab.

»Lassen Sie sich auf keinen Fall von ihr anfassen«, sagte Sam. »Essen Sie nichts, das sie angefaßt hat. Lassen Sie sich nichts von ihr andrehen.«

»Wissen Sie, was es ist? Wie sie es macht?«

Sam schüttelte den Kopf, weigerte sich, noch mehr zu sagen, und verließ schweigend die Kabine. Ford starrte mißgelaunt in den Spiegel und versuchte die Sache zu durchdenken. Wenn die Paradens auf seine Tante so schlecht zu sprechen waren, warum brachten sie sie dann nicht einfach um? Waren ihre sozialen und wirtschaftlichen Beziehungen *so* mächtig? Hatte sie die Paradens irgendwie im Griff, hatte sie irgend etwas in der Hand, um sie in Schach zu halten, wagte es aber nicht, sie offen anzugreifen? Er wußte wenig über die wirtschaftlichen Aspekte der Politik und nichts über die hohe Gesellschaft, abgesehen von dem, was jeder erfahrene Flottenoffizier seines Ranges erlebte, wenn er sich in offiziellen Kreisen bewegen mußte. Es kam ihm etwas unwirklich vor. Und darin, das wußte er, bestand die größte Gefahr.

Die Konfrontation kam früher als erwartet. Er lag gerade wieder im Bett und dachte angestrengt nach, als Madame Flaubert hereinrauschte, begleitet von ihrem Schoßhund, der hinter ihr herhechelte. Sie hatte eine Netztasche voller Kleinkram bei sich, die sie auspackte, ohne ein Wort an ihn zu verschwenden. Einen Kerzenständer mit einer dicken grünen Kerze, eine Handvoll verschieden gefärbter Steine in einer Kristallschale und geometrische Figuren aus einem glänzenden Material. Er konnte nicht erkennen, ob es sich um Plastik, Metall oder bemaltes Holz handelte. Außerdem gazeartige Tücher, die von den Leuchtkörpern herunterhingen, und einen Vorhang, der vor die Tür gehängt wurde.

»Halten Sie das nicht für ein bißchen übertrieben?« fragte Ford und verschränkte die Arme über der Brust. Er konnte auch gleich sagen, worauf er hinauswollte. »An diesen Kram glaubt nur meine Tante.«

»Angesichts der dämonischen Kräfte, die immer noch in Ihnen toben, kann man nicht erwarten, daß Sie es verstehen«, erwiderte sie.

»Oh, ich weiß nicht. Ich glaube, daß ich mich mit dämonischen Kräften ganz gut auskenne.« Das verschlug ihr für einen Moment die Sprache. Sie starrte ihn feindselig an.

»Es geht Ihnen schlecht«, sagte sie. »Ihr Geist ist verwirrt.«

»Ich bin krank wie ein Hund«, stimmte er zu. »Aber mein Geist ist so klar wie Ihre Absichten.«

Unter ihrem Make-up zeigten sich rote Flecken. »Lächerlich. Ihre zweifelhafte Vergangenheit spricht für sich selbst. Sie können mich nicht aus der Fassung bringen.«

»Ich habe gar nicht die Absicht, Madame Flaubert, süße Seraphine, aber ich möchte Sie unbedingt von Handlungen abbringen, die Ihnen nichts einbringen ... ja, gefährlich für Sie sind.«

»Ihre Aura ist abstoßend«, sagte sie entschlossen, aber ihre Lider flatterten.

»Ich könnte dasselbe sagen«, murmelte er. Wider flatterten ihre Lider, zeigte sich Unsicherheit.

»Sie sind nicht umsonst hierher gekommen! Sie wollten das Leben ihrer Tante zerstören!« Ihre feiste Hand zitterte, als sie die farbigen Steine auf dem kleinen Nachttisch ausbreitete. »Sie bringen Tod und Verderben! Das habe ich sofort gesehen.«

Schnell wie eine Schlangenzunge zuckte ihre Hand vor, um einen der Steine auf seine Brust zu legen. Ford wickelte seine Hand ins Laken, hob ihn auf und warf ihn auf den Boden. Ihr Gesicht wurde blaß, als der Hund daran schnüffelte.

»Weg da, Frouff! Der Stein ist mit seiner Bosheit vergiftet.«

Der Hund sah Ford an und wedelte zögernd mit dem Schwanz. Madame Flaubert bückte sich, ohne den Blick von Ford abzulassen, und hob den Stein auf. Ford sah ihr gleichermaßen ängstlich wie fasziniert zu, als sie den Stein vor sich hinhielt, leise vor sich hinsang und ihn wieder zu den anderen legte.

Wenn er nicht so aufmerksam zugesehen hätte, dann wäre es ihm nicht aufgefallen. Ihre Hände waren in den Falten ihrer Ärmel, den Dutzenden Armbändern und den protzigen Ringen an jedem Finger kaum sichtbar. Aber sie steckten *in Handschuhen*. Ihre Fingerspitzen glänzten zu sehr, und als sie den Stein aufhob, *zerknitterte* einer. Ford hoffte, daß man ihm seine Gefühle nicht anmerkte, als er zusah, wie sie den Stein massierte und drückte. Und mit einer benommenen Faszination bemerkte, daß sie aus einem der klotzigen Ringe etwas herausdrückte und die Steine damit imprägnierte.

Ein Kontaktgift. Er hatte an Injektionen gedacht, als Sam ihn gewarnt hatte, sich nicht von ihr berühren zu lassen. Er hatte an Gift in seinem Essen gedacht, aber nicht an ein Kontaktgift, das durch die intakte Haut wirkte. War *das* die paralysierende Substanz gewesen, die ihn schon einmal bewegungsunfähig gehalten hatte, während sie behauptet hatte, mit den Geistern über ihm zu kommunizierend? Er war kein Arzt oder Chemiker, deshalb hatte er keine Ahnung, welche Wirkungen sich mit Giften erzielen ließen, die durch die Haut wirkten.

Er ließ die Augenlider herabsacken, gab sich erschöpft, konnte aber nicht verhindern, daß er zusammenzuckte, als Madame Flaubert die Hand nach ihm ausstreckte. Ihr raubtierhaftes Lächeln würde breiter.

»Ah! Sie vermuten etwas, ja? Oder Sie glauben, Bescheid zu wissen?«

Ford wich weiter zurück und redete sich ein, daß er sogar in seinem gegenwärtigen Zustand einer Frau wie Madame Flaubert jederzeit Paroli bieten könnte. Er glaubte aber nicht daran. Sie war groß und wahrscheinlich kräftiger, als sie aussah. Als habe sie seine Gedanken gelesen, nickte sie lächelnd.

»Sie Dummkopf«, sagte sie. »Sie hätten so klug sein sollen, zu warten, bis Sie stärker sind. Natürlich werden Sie nicht mehr stärker.«

Er wußte nicht, was er sagen sollte. Sein Rücken lehnte am Kabinenschott. Madame Flaubert stand zwischen ihm und der Tür und hielt einen purpurroten Stein hoch, den sie langsam zwischen den Fingern rieb. Ford konnte jeden Quadratzentimeter seiner nackten Haut fühlen. Wieviel Schutz konnte ein Schlafanzug schon bieten?

»Ich muß mich nur entscheiden«, sagte sie und starrte

ihn an, »ob es wie ein Herzinfarkt oder wie ein Schlaganfall aussehen soll. Oder vielleicht wie ein letzter Krampf dieser ekelhaften Organkrankheit, die Sie an Bord gebracht haben.«

Er sollte mit bloßen Händen töten können. Er sollte in der Lage sein, jede Situation an sich zu reißen. Er sollte sich nicht im Schlafanzug zusammenkauern und vor der Berührung einer aufgetakelten falschen Spiritistin mit einem Giftring ängstigen. Wenn jemals jemand davon erfahren sollte, würde es sich für ihn anhören wie eine Szene aus dem schlimmstmöglichen Trivialstück.

Er krallte eine Hand in eins der übertrieben flauschigen Kissen, die Tante Q. dem Invaliden gebracht hatte. Er konnte es benutzen, um seine Hand abzuschirmen. Was war, wenn diese mordlüsterne alte Hexe auch sein Bettzeug vergiftet hatte? Ihm war kalt, und er zitterte. Angst? Gift?

»Es ist ein Jammer«, sagte Madame Flaubert und ließ den Blick über ihn wandern. »Sie sind der hübscheste junge Mann, den wir seit Jahren an Bord hatten. Wenn Sie nur ein wenig vernünftiger wären, könnten wir vorher ein bißchen Spaß miteinander haben. Vielleicht würde ich Sie sogar am Leben lassen.«

»Spaß? Mit Ihnen?« Er konnte seinen Abscheu nicht verhehlen, und sie starrte ihn finster an.

»Ja, mit mir. Und Sie hätten Spaß daran gehabt, mein hübscher junger Mann, mit Hilfe meiner … meiner besonderen Künste.« Sie deutete mit einem Wink auf ihren Kram. »Sie wären zu meinen Füßen in Ohnmacht gefallen.«

Ford sagte nichts. Er konnte an keinen der Rufknöpfe gelangen, ohne in ihre Reichweite zu geraten, und er wußte, daß die Kabinen schalldicht waren. Konnte er es ins Bad schaffen und die Tür zuhalten? Nein. Es war zu weit, und Möbel standen im Weg. Sie würde vor ihm dort sein. Wenn er stark und gesund gewesen wäre, hätte er sicher etwas ausrichten können. Aber ein weiterer Blick in diese glitzernden Augen ließ ihn zweifeln.

Ihr Hund heulte plötzlich auf und flitzte zur Tür. Ford holte Luft, um zu schreien, falls sie geöffnet wurde. Madame Flaubert zog sich langsam vom Bett zurück und drückte auf den Knopf des Bordfunks.

»Nicht jetzt«, sagte sie. »Ganz gleich was … Ignorieren Sie's!«

Ford sprang auf und schrie. Seine Füße verfingen sich im Bettzeug, und er fiel kopfüber auf den Boden zwischen dem Bett und der verzierten Garderobe mit den Spiegeltüren. Er sah Madame Flauberts triumphierendes Grinsen, verzerrt von den antiken Spiegeln, und rollte sich gerade noch rechtzeitig zur Seite, daß sie ihn nicht mit dem Stein erwischte. Ihr Hund brach in ein wildes Geheul aus, tanzte ihr um die Füße und wedelte mit dem buschigen Schwanz. Ford warf sein Gewicht gegen ihre Knie und versuchte noch einmal, ins Bad zu kommen. Ein glühender Schmerz traf seinen Rücken, dann verschwamm alles vor seinen Augen.

»Idiot!« Sie stand über ihm, und ihre tiefroten Locken hingen schief herunter. Dann zog sie die Haare weg, um die häßliche Kahlheit ihres – oder seines? – Kopfes zu enthüllen. »Zu schade, daß Sie es nicht mehr erleben werde, was ich mit ihrem Captain Sassinak anstellen werde.«

Die Perücke sackte wieder hinunter, blieb schräg hängen. Ford wand sich, versuchte wegzukriechen, konnte aber ein Bein nicht mehr rühren. Der kleine Hund war völlig aus dem Häuschen und hüpfte heulend auf und ab. Der Stein, den sie benutzt hatte, lag auf dem Boden, knapp außerhalb seiner Reichweite. Natürlich wollte er ihn nicht berühren …

»Der grüne, würde ich sagen. Er hat eine gewisse Anziehungskraft …« Sie hatte einen weiteren Stein in die

Hand genommen, und diesmal versuchte sie nichts zu verheimlichen, als sie eine ölige Flüssigkeit aus einem der Ringe auf ihn tropfen ließ. »Natürlich könnte Ihre arme Tante selbst einen Schock erleiden – womöglich einen tödlichen –, wenn Sie sie dort liegen sieht und den hier von Ihrer Brust aufhebt.«

Sie stolzierte durch die Kabine und lächelte auf ihre erbarmungslose Art. Ford bäumte sich gegen die Wirkung des Gifts auf. Schweiß strömte ihm übers Gesicht, aber er konnte sich beim besten Willen nicht mehr als ein paar Zentimeter bewegen. Dann öffnete sich die Kabinentür, und seine Tante steckte den Kopf herein.

»Ford, ich dachte mir … Seraphine! Was machst du da?«

Der kleine Hund stürzte sich bellend auf sie und wich zurück. Mit einem Fluch fuhr Madame Flaubert herum und streckte den Arm aus.

»Paß auf!« rief Ford so laut, wie er konnte, und jemand riß seine Tante mit einem muskulösen Arm außer Sicht. Madame Flaubert fuhr wieder herum, kam einen Schritt näher und geriet ins Straucheln, als der Hund ihr zwischen die Füße lief. Sie fiel in ein Durcheinander aus Hemden und Schals und streckte die Arme auseinander, um den Sturz abzufangen.

Ford betete, daß jemand hereinkäme, bevor sie sich aufrappeln konnte. Aber sie stand nicht mehr auf. Sie blieb mit dem Gesicht nach unten liegen, den mörderischen Stein in der einen Hand. Der kleine Hund zitterte, drückte sich auf den Boden und hob schließlich die Schnauze, um fürchterlich loszuheulen.

Ich kann das nicht glauben, dachte Ford benommen, als Sam eintrat und ihn ins Bett zurücktrug. Als er das Bewußtsein verlor, dachte er, daß es nur ein Traum im Moment seines Todes sein könne.

Aber als er aufwachte, war er anderer Ansicht.

Vom Einfluß Madame Flauberts befreit, war Tante Q. noch mehr sie selbst, als Ford erwartet hatte. Es hatte ihn drei Tage gekostet, um die Wirkung des Gifts abzuschütteln. In dieser Zeit hatte seine Tante, mit Ausnahme von Sam, den Großteil der Mannschaft und des Personals gefeuert. Genaugenommen jeden, den sie seit Madame Flauberts Ankunft eingestellt hatte.

Jetzt vertrieb sich Tante Q. mit Wandteppichen, Klatsch und Erinnerungen die Zeit. Sie weigerte sich, viel über Madame Flaubert zu sprechen, weil sie der Ansicht war, daß man unangenehmen Dinge am besten so schnell wie möglich verdrängte.

Ford hatte von Sam erfahren, daß Madame Flauberts verzierte Ringe versehentlich ihre chirurgischen Handschuhe aufgerissen hatten und das Gift in Kontakt mit ihrer nackten Haut gekommen war. Sie hatte genau das bekommen, was sie verdiente, aber Ford fröstelte immer noch, wenn er an den knappen Ausgang dieser Geschichte dachte. Kein Wunder, daß seine Tante nicht darüber reden wollte.

Aber Tante Q. hatte reichlich über die Familie Paraden zu erzählen. Ford hatte ihr den tatsächlichen Grund für seinen Besuch gestanden, und sie nahm es besser auf als erwartet.

»Schließlich«, sagte sie mit einem Achselzucken, das die Ryxi-Schwanzfedern über ihrem Kopf tanzen ließ, »kommen einen hübsche junge Männer nicht mehr einfach so besuchen, wenn man in meinem Alter ist. Aber du hast mir gut Gesellschaft geleistet und mir diese … diese *furchtbare* Person vom Hals geschafft. Frag mich, was du willst, mein Lieber. Ich werde mich freuen, dir alles zu sagen. Erzähl mir nur noch etwas von deinem Captain, dieser Frau, die dein Blut in Wallung bringt. Aber natürlich, das sehe ich doch. Ich bin vielleicht alt, aber ich bin immer noch eine Frau, und ich will wissen, ob sie gut genug für dich ist.«

Als Ford fertig war und ihr mehr über Sassinak erzählt hatte als beabsichtigt, nickte seine Tante eifrig.

»Ich würde sie gern kennenlernen, mein Lieber. Wenn all das vorbei ist, dann komm mich mit ihr besuchen. Du sagst, sie mag gutes Essen. Und wie du weißt, ist Sam talentiert genug, um für einen Kaiser zu kochen.«

Ford versuchte sich Sassinak und Tante Q. im selben Raum vorzustellen, und es war ihm völlig unmöglich. Aber seine Tante wartete mit ihrem strahlenden Lächeln auf eine Antwort, und schließlich erklärte er sich einverstanden.

zwölftes kapitel

Föderationszentrale

Lunzie hörte jemanden, der sie ausschimpfte – so kam es ihr jedenfalls vor –, bevor sie auch nur die Augen öffnen konnte. Bias, vermutete sie. Er ist wütend, weil ich so lang bei Zebara geblieben bin. Warum will der Mann nicht begreifen, daß eine Frau, die über zweihundert Jahre alt ist, ihre eigenen Entscheidungen treffen kann? Dann spürte sie einen Stich in ihrem Arm und etwas Warmes, als das Gefühl zurückkehrte.

Mit ihm kamen die Erinnerung und dann die Wut. Dieser Lügner, dieser Betrüger, dieser korrupte Dreckskerl Zebara hatte sie verkauft! Wahrscheinlich buchstäblich verkauft, und nur die Götter wußten, wo sie sich befand! Sie schlug die Augen auf und sah einen müden Mann in einem grünen Medizinerkittel, der sich über sie beugte und sagte: »Wachen Sie auf. Na los! Öffnen Sie die Augen!«

»Sie sind schon offen«, sagte Lunzie. Ihr Stimme klang rauh und fast so mißgelaunt, wie sie sich fühlte.

»Sie sollten das hier besser trinken«, sagte er mit derselben ruhigen Stimme. »Sie brauchen die Flüssigkeit.«

Lunzie wollte sich widersetzen, aber was immer es sein mochte, wenn sie es nicht trank, konnte man es ihr auch in die Adern pumpen. Es schmeckte wie eines der Standard-Stärkungsmittel: fruchtig, süß, mit einem leichten Nebengeschmack nach Bittersalz. Sie spürte, daß ihr Hals wieder geschmeidiger wurde. Als sie das nächste Mal sprach, hatte sie ihre Stimme wieder unter Kontrolle.

»Weil ich darüber informiert worden bin, daß Sie gar

nicht existieren«, fuhr der Mann fort und verzog den Mund zu einem halben Grinsen, »spare ich es mir, Ihre Reaktion auf den standardmäßigen mentalen Statustest zu prüfen. Keine Person, kein Ort und keine Zeit. Ich bin befugt, Sie darüber zu unterrichten, daß Sie sich zur Zeit in einer gesicherten medizinischen Einrichtung in der Föderationszentrale befinden, daß Sie annähernd vier Standardmonate lang im Kälteschlaf gelegen haben und daß sich Ihre persönlichen Habseligkeiten, oder was davon übrig ist, in diesem Spind befinden.« Er zeigte auf einen Schrank. »Sie werden in ihrem Quartier mit Mahlzeiten versorgt, bis Sie jemanden – ich darf nicht sagen wen – von Ihrer Identität und den Gründen überzeugt haben, warum Sie sich als eine Ladung Musky-Felle haben verschiffen lassen. Wissen Sie überhaupt noch, wer Sie sind? Oder leiden Sie unter Desorientierung?«

»Ich weiß, wer ich bin«, sagte Lunzie grimmig. »Und ich weiß, wer mich in diese Lage gebracht hat. Ist dies eine Flottenanlage oder eine zivile FES-Einrichtung?«

»Es tut mir leid. Das darf ich Ihnen nicht sagen. Ihre körperlichen Werte befinden sich jetzt innerhalb der normalen Toleranzen. Die Telemetrie übermittelt die Daten an … an jene, die Entscheidungen treffen, und ich muß mich jetzt zurückziehen.« Er winkte zaghaft und lächelte, diesmal ohne erkennbare Ironie. »Ich hoffe, daß Sie sich besser fühlen, und wünsche Ihnen einen angenehmen Aufenthalt hier.« Dann ging er und warf mit einem verdächtig entschlossenen Wumms die schwere Tür hinter sich zu.

Lunzie lag für einen Moment reglos da und versuchte sich zusammenzureimen, was hier vor sich ging. Telemetrie? Das konnte nur bedeuten, daß Sie immer noch überwacht wurde. Sie trug nicht mehr die Sachen, an die sie sich erinnerte, den Druckanzug und den Overall, die sie auf Diplo getragen hatte, sondern ein Krankenhaushemd mit einem lächerlichen Muster aus gelben Gänseblümchen, aus einem knittrigen weißen Stoff, der sich wie Plastik anfühlte. So stellte sich wohl jemand etwas vor, das Patienten fröhlich machte. Bei Lunzie wirkte es nicht. Sie sah keine Drähte und spürte keine Schläuche, also mußte die Telemetrie auf indirektem Wege erfolgen. Sie lag wahrscheinlich in einem ›intelligenten‹ Krankenbett, das die Herzfrequenz und Schweißabsonderung, die Temperatur, Aktivität und sogar die Verdauungsgeräusche eines Patienten registrieren konnte, ohne mit ihm verbunden zu sein.

Sie setzte sich auf, gewöhnte ihre Arme und Beine langsam wieder an die Bewegung. Ihr schwindelte nicht, ihr war nicht übel, sie hatte keine pochenden Kopfschmerzen. Sie wußte nicht recht, was sie daran so überraschte. Schließlich hatte man dreiundvierzig Jahre Zeit gehabt, um Drogen mit geringeren Nebenwirkungen als jene zu entwickeln, die sie auf Ireta zur Verfügung gehabt hatte.

Wo immer sie sein mochte, ihre Unterkunft war jedenfalls mit allen Annehmlichkeiten ausgestattet. Lunzie stellte sich unter die Dusche und schrie auf, als sie mit dem eigenartigen Hebel das Wasser abzuschalten versuchte und statt dessen mit Kältegüssen traktiert wurde. *Das* war jedenfalls eine todsichere Methode, um richtig wach zu werden. Sie hüllte sich in ein dickes, schweres Handtuch und sah sich in dem kleinen Zimmer um. Die Tasche mit ihren Habseligkeiten, deren grüner Stoff nicht abgenutzter war, als sie ihn in Erinnerung hatte, enthielt immer noch ihre angebrochenen Behälter mit Kosmetik, Parfüms und Cremes. In den Schubladen unter dem Nachttisch fand sie noch mehr davon, außerdem Medikamente für Notfälle und kleinere Unpäßlichkeiten. Sie runzelte nachdenklich die Stirn. Es würde schwierig sein, bei dieser Vielzahl an Medikamenten Selbstmord zu begehen, aber vielleicht würde es etwas nützen, wenn man sie auf nüchternen Magen alle auf einmal schluckte. Wurden Menschen in Gefangenschaft Drogen nicht gewöhnlich vorenthalten?

Schubladen auf der einen Seite enthielten säuberlich zusammengefaltete Kleidungsstücke, die Lunzie nicht einmal erkannte, als sie sie ausschüttelte, darunter Schlafanzüge und Freizeitkleidung in ihrer Größe und in Farben, die sie mochte, die sie aber selbst nie gekauft hätte. Sie entschied sich für einen Aufzug, den sie auch in der Öffentlichkeit getragen hätte, eine lockere Plüschhose und einen Pullover. Danach fühlte sie sich besser. In diesem lächerlichen Krankenhaushemdchen hätte sich jeder hilflos und unterwürfig gefühlt. Nachdem sie sich angezogen, ihre Haare gewaschen und gebürstet und ihre Füße in weiche Schuhe gesteckt hatte, war sie bereit, sich der Welt zu stellen. Welche Welt es auch sein mochte.

Als sie ins andere Zimmer zurückkam, stellte sie fest, daß jemand das Bett gemacht und zur Seite gerollt hatte. Jetzt stand ein kleiner Tisch mit einer angerichteten Mahlzeit mitten im Raum. Die Mahlzeit bestand aus einer Suppe, Obst und einem Stück Brot. Genau das, was sie sich gewünscht hätte. Aber das Zimmer war leer und still. Hatte sie so lang gebraucht, um sich herzurichten? Sie sah sich um, fand aber keine Uhr.

Sie fragte sich, ob man das Essen mit Drogen versetzt hatte, und kam zu dem Schluß, daß es keinen Unterschied machte. Wenn die Verantwortlichen – wer immer es sein mochte – sie unter Drogen setzen wollten, würden sie es auch einfacher bewerkstelligen können. Sie aß das köstliche Menü im vollen Bewußtsein, wie gut es schmeckte. Dann nahm sie sich den Spind vor, auf den ihr Betreuer gezeigt hatte. Er enthielt die restliche Kleidung von ihrer Reise nach Diplo und die anderen persönlichen Gegenstände, die sie mitgenommen hatte. Alles schien frisch gesäubert, ansonsten aber nicht angerührt worden zu sein.

Die Föderationszentrale. Der Mann hatte gesagt, sie befände sich in der Föderationszentrale. Sie war noch nie dort gewesen und wußte nicht mehr darüber, als man den Medienberichten über die Ratssitzungen entnehmen konnte. *Wer* verfügte über gesicherte medizinische Einrichtungen in der Föderationszentrale? Die Flotte? Aber wenn sie in den Händen der Flotte war, konnte Sassinak sie doch sicher identifizieren und hier rausholen? Es sei denn, Sassinak war etwas zugestoßen ... und diese Möglichkeit wollte sie gar nicht erst in Erwägung ziehen.

Statt dessen versuchte sie die Zeit zu summieren, die verstrichen war, seit sie die *Zaid-Dayan* verlassen hatte. Der Prozeß gegen Tanegli, bei dem sie aussagen sollte, mußte sehr nahe sein. Es sei denn, daß sie hier festgehalten wurde. Hatte jemand Interesse daran? War das von Anfang an Zebaras Plan gewesen? Sie kramte in ihrem Beutel nach den Beweisen für die Verstrickung Diplos in die Verschwörungen, die Zebara ihr versprochen hatte, fand aber nichts. Alle Kleidungsstücke und das bißchen Schmuck, das sie nach Diplo mitgenommen hatte, waren noch vorhanden.

Auf ihrem kleinen Computer war nur die Software gespeichert. Nichts steckte in Dateien mit mysteriösen Namen und nichts Neues in den Dateien, die sie angelegt hatte. Keine eigenartigen Beulen in ihrer Kleidung, nichts steckte in den Taschen ihres Kleidersacks. Sogar der Krimskrams war noch vorhanden. Sie fragte sich, warum niemand das Programmheft für die Aufführung von *Bittere Bestimmung* oder den Gepäckzettel von Diplo oder den zerknäulten Zettel weggeworfen hatte, auf dem sie die Zimmernummer auf Liaka notiert hatte, wo das Ärzteteam sich treffen sollte. Dazu kam ein Werbezettel von einer Boutique, die sie nie besucht hatte. Sie konnte sich nicht einmal daran erinnern, ob das vor oder nach Ireta gewesen war. Zuletzt ein weiterer Papierfetzen mit den Nummern der Fälle, die neu in die Kuben eingetragen werden mußten, nämliche die Fälle, um die Bias solches Aufhebens gemacht hatte. Aber es war nichts darunter, was Zebaras versprochenen Beweisstücken ähnelte. Schließlich ließ sich Lunzie enttäuscht in den weichgepolsterten Stuhl fallen und starrte finster auf die Tür, die sich verdächtig schnell öffnete.

Sie erkannte den alten Mann nicht, der dort stand. Er dagegen kannte sie offensichtlich schon, wartete aber entspannt ab, bis sie ihn mit einem Nicken zur Kenntnis nahm.

»Darf ich reinkommen?« fragte er dann.

Als ob ich dich aufhalten könnte, dachte sie, versuchte aber großzügig zu lächeln und sagte: »Natürlich. Kommen Sie rein.«

Ihre Stimme klang schärfer, als sie beabsichtigt hatte, aber es schien ihn nicht zu stören. Er schloß hinter sich gewissenhaft die Tür, während sie herauszufinden versuchte, wer oder was er war.

Obwohl er keine Uniform trug, hatte sie den Eindruck, daß eine Uniform ihm ganz selbstverständlich gestanden hätte. Dieses Auftreten hätte zu einem Offizier gepaßt. In seinem Alter – wegen seines silbergrauen Haars und der tief gerunzelten Stirn schätzte sie ihn mindestens auf sechzig – hätte er mehrere Sterne getragen. Er war überdurchschnittlich groß und hatte durchdringend blaue Augen. Wenn sein Haar blond oder schwarz oder braun gewesen wäre … ein warmes Honigbraun …

Es war immer ein Schock, und es würde ein Schock bleiben, so wie bei Zebara. Zumindest war dieser Mann gesund und sein graues Haar nur ein Zeichen des Alters, nicht des Verfalls.

»Admiral Coromell«, flüsterte sie leise. Er lächelte – dasselbe charmante Lächeln, das sie von einem viel jüngeren Gesicht in Erinnerung hatte. Er war nicht um die sechzig, sondern sicher weit über achtzig. »Ihr Vater?« Er mußte tot sein, aber …

»Er ist vor etwa zwanzig Jahren schmerzlos im Schlaf gestorben«, sagte Coromell. »Und Sie haben noch einen langen Schlaf überlebt! Bemerkenswert.«

Nicht bemerkenswert, dachte Lunzie, sondern abstoßend. »Allmählich habe ich das Gefühl, daß diese abergläubischen Raumfahrer Recht hatten! Ich bin ein Jonas.«

Es klang erstaunlich jugendlich, als er verächtlich schnaubte. »Ireta ist nur ein Planet. Er zählt nicht viel. Meine Liebe, so gern ich mit Ihnen plaudern und verbale Scharmützel ausfechten würde, können wir uns diesen Luxus leider nicht erlauben. Wir haben ein Problem.«

Lunzie hob neugierig die Augenbrauen. Soweit es sie betraf, hatten sie viel mehr als nur ein Problem. Er konnte sagen, was er wollte.

»Es geht um Ihre Nachfahrin.«

Damit hatte sie nicht gerechnet. »Meine Nachfahrin?« Fiona mußte inzwischen tot sein. Was konnte das bedeuten? Aber natürlich! »Sassinak?« Er nickte. Sie spürte einen Anflug von Furcht. »Was ist mit ihr passiert? Wo ist sie?«

»Eben das wissen wir nicht. Sie war hier. Ich meine in der Föderationszentrale, während ich drüben auf Sechs einen Jagdurlaub gemacht habe. Unglücklicherweise. Jetzt ist sie verschwunden. Sie und ein iretanischer Eingeborener namens Aygar …«

»Aygar!«

Lunzie kam sich dämlich vor, als sie den Namen wiederholte, aber ihr fiel nichts Besseres ein. Warum sollte Sassinak mit Aygar irgendwohin unterwegs sein? Es sei denn, sie … aber Lunzie glaubte nicht für einen Moment daran. Sassinak hatte niemals auch nur für einen Moment an etwas anderes als ihr Schiff und dann an die

Flotte gedacht. Sie würde sicher nicht mit Aygar auf eine Spritztour gehen, wenn der Prozeß gegen Tanegli anstand.

»Laut den Aussagen von Arly, der ranghöchsten Offizierin an Bord der *Zaid-Dayan* …« Er machte eine Pause, um zu sehen, ob sie den Namen kannte. Sie nickte. »Nach ihren Aussagen hat Commander Sassinak Sie nach Diplo geschickt, um Informationsquellen zu überprüfen, die eine Verbindung zwischen Diplo und den Vorfällen auf Ireta nahelegen. Ist das richtig?«

»Ja, das stimmt.«

In alle Kürze schilderte sie Sassinaks Überlegungen und ihren Entschluß, jemanden nach Diplo zu schicken.

»Ich war in vielerlei Hinsicht bestens dafür geeignet.«

»Das hätte ich nach Ihren unangenehmen Erlebnissen mit den Schwerweltlern auf Ireta eigentlich nicht vermutet«, sagte Coromell. »Die letzte Person, die man schicken sollte …«

»Aber ich bin froh, daß ich's getan habe.«

Sie verstummte, fragte sich, ob sie ihm alles erzählen sollte, und schob einen kurzen Bericht über ihre Neuausbildung auf Liaka und den ersten Teil der Expedition ein.

»Ich nehme an, daß Sie die Informationen ermittelt haben, die Sie suchten?« Weil sie nicht sofort antwortete, legte er den Kopf schräg und grinste. »Oder hat man Sie beim Herumschnüffeln erwischt und Sie in einer Kälteschlafkapsel nach Hause geschickt, um uns zu frustrieren?«

»Ich … ich bin mir nicht sicher.«

Er wartete ruhig, aber neugierig in der typischen Haltung eines erfahrenen Fragestellers ab, der weiß, daß der Verdächtige sich selbst entlarvt, wenn man ihm die Zügel lose läßt. Sie wollte keinem Flottenadmiral, vor allem *diesem* Flottenadmiral nicht erklären, was sie mit Zebara zu tun gehabt hatte, aber es gab keine andere

Möglichkeit. Wie sollte sie es am besten anstellen? Sie erinnerte sich daran, daß Sassinak einmal einen Jungoffizier zusammengestaucht hatte, der versucht hatte, einen Fehler zu verbergen. »Wenn nichts mehr geht, junger Mann, dann sagen Sie einfach die Wahrheit.« Lunzie glaubte nicht, daß sie selbst einen so großen Fehler gemacht hatte, aber es war trotzdem besser, wenn sie die Wahrheit sagte, und zwar die ganze Wahrheit.

Es dauerte länger als erwartet. Obwohl Coromell keine Fragen stellte, ehe sie fertig war, merkte sie seinem Gesichtsausdruck an, wenn er ihr nicht folgen konnte und sie einen Zusammenhang noch einmal erklären mußte. Und ihre verbliebene Empörung über Bias sowie ein natürlicher Widerwille, ihre emotionale Beziehung zu Zebara zu erörtern, veranlaßten sie, sich allzu lang über die Prüderie des Mannschaftsleiters auszulassen. Schließlich fand sie doch ein Ende und schloß mit den Worten: »... und dann bin ich in diesem stickigen Wagen furchtbar müde geworden, und als ich wieder aufwachte, war ich hier.«

Eine lange Pause trat ein, in der Lunzie dem Blick seiner strahlenden blauen Augen standhalten mußte. Das Alter hatte sie nicht im mindesten getrübt. Sie hatte das Gefühl, daß diese Augen Dinge sahen, die sie nicht erwähnt hatte. Sie hatte nichts über die Oper *Bittere Bestimmung* erzählt, außer daß Zebara mit ihr in die Oper gegangen war. Coromell seufzte schließlich. Es war der erste Laut, den er von sich gab, der wirklich alt klang.

»Aha. Und hat Zebara Ihnen die versprochenen Informationen anvertraut? Oder werden Sie beim Prozeß nur Ihre eigene Aussage machen können?«

»Als ich das Haus verließ, hatte er mir noch nichts verraten«, sagte Lunzie. »Er sagte nur, daß ich seine Botin sein sollte. Und dann ... dann war's vorbei.«

»Aber er hat Sie in den Kälteschlaf versetzt und an Bord eines Frachters geschafft, der Sie mit einer Ladung

Teppichen aus Musky-Fell hergebracht hat. Und wie ich gehört habe, hat es einige Aufregung gegeben, als der Zoll mit dem Scanner einen metallischen Gegenstand entdeckte und den ganze Kram auswickeln mußte. Ihre kleine Kapsel ist am Ende herausgerollt wie … wie hieß doch diese Königin auf der Alten Erde? Guinevere oder Catherine oder Cleopatra? – ungefähr so. Sie ließ sich in einen Teppich einrollen und machte sich selbst einem König zum Geschenk, in den sie sich verliebt hatte. Wie auch immer. Sie wissen also nicht, ob er Ihnen diese Informationen mitgegeben hat oder nicht?«

Lunzie schüttelte den Kopf. »Ich habe meine Sachen durchsucht und nichts gefunden. Ihre Leute haben doch sicher auch danach gesucht.«

»Ich fürchte ja.« Er schürzte die Lippen. »Wir haben nichts gefunden, womit wir etwas anfangen konnten. Wir dachten uns, wenn Sie aufwachen, fällt Ihnen vielleicht ein, wonach wir suchen müssen. Ist Ihnen etwas eingefallen?«

»Nein. Wenn er mir etwas mitgegeben hat, weiß ich es nicht.«

»Hat er Ihnen überhaupt nichts gegeben?« Coromells Stimme hatte jetzt einen ungehaltenen Unterton, und das Alter ließ sie vor Ungeduld rauh klingen. Er hat mir einige schöne Stunden bereitet, dachte Lunzie bei sich, *und jede Menge Sorgen.*

»Nichts.« Plötzlich runzelte sie die Stirn. Coromell wollte etwas sagen, aber sie brachte ihn mit einer Geste zum Schweigen. »Doch, da fällt mir etwas ein.«

Sie eilte zum Spind, holte ihren Kleidersack heraus und kramte darin herum. Sie hatte ihr Programmheft für *Bittere Bestimmung* nicht behalten. Sie hatte es nicht gebraucht, um sich an dieses eindrucksvolle Werk zu erinnern, und außerdem hatte sie vermeiden wollen, daß ihre Kollegen sie verspotteten, wenn sie es bei ihr sahen. Sie war sich nicht einmal sicher, ob die Sitten auf Diplo es ihr gestattet hätten, es mitzunehmen. Also mußte Zebara ihr das Heft zugesteckt haben. Sie fand es und brachte es Coromell.

»Das ist nicht meins. Ich habe meins weggeworfen. Und das hier ist signiert. Sehen Sie! Mit Autogrammen aller Sänger.«

Dicke Tintenstriche in sehr unterschiedlichen, zumeist extravagant individuellen Kalligraphien bedeckten die Seiten. Coromell riß ihr das Heft ungeduldig aus der Hand.

»Aha! Wirklich perfekt für eine so altmodische Technik. Ein Punkt von dieser Größe würde ausreichen«, er deutete auf einen der elliptischen Punkte zwischen dem Namen eines Künstlers und seiner Rolle, »um eine große Menge an Informationen zu übermitteln. Wir werden es uns anschauen.«

Er stand auf und sah sie kopfschüttelnd an. »Tut mir leid, liebe Lunzie, aber Sie müssen noch eine Weile unerkannt hierbleiben. Solang Sassinak verschwunden ist, können wir auf Ihre Aussage auf keinen Fall verzichten, ganz gleich was hier drin steckt.«

»Aber ich ...«

Aber er hatte sich rascher und müheloser bewegt, als sie es für möglich gehalten hatte, und unversehens stand sie wieder vor einer geschlossenen Tür.

»Zum Teufel mit dir!« sagte sie zu der reglosen Metallfläche. »Ich bin kein dummes Kind, nicht einmal für einen arroganten alten Sack wie dich.«

Sie bekam die Antwort, die sie verdiente. Nämlich keine. Aber sie fühlte sich besser. Sie fühlte sich sehr viel besser, als Coromell kurz danach zurückkam und berichtete, daß das Programmheft keinen der erwarteten Mikropunkte aufwies.

»Ich werde allmählich sauer auf Ihren Zebara«, sagte er und knallte das Programmheft zwischen ihnen auf den Tisch. »Wenn in diesem Ding eine Nachricht steckt, hat sie noch keiner gefunden. Haben Sie eine Ahnung, wie viele kleine Flecken in einem Programmheft zu finden sind? Jede einzelne Person, die an dieser Produktion beteiligt war, hat seine eigene Reihe von Pünktchen, und wir müßten jeden einzelnen überprüfen.«

»Aber es kann nur das sein«, sagte Lunzie. Sie nahm das Programmheft in die Hand und blätterte es durch. Sie fand das Titelbild immer noch sehr pompös. Obwohl der ganze Stolz der Schwerweltler in diesem Ding steckte, fiel ihr auf, daß die Produktion doch einige kommerzielle Sponsoren benötigt hatte. Die erste Innenseite und die Rückseiten waren mit Anzeigen bedruckt. Es folgten Photographien der Solosänger, Szenen aus der Oper selbst, eine Zusammenfassung des Librettos und die Besetzungsliste, dann weitere Photos und ein Interview mit dem Dirigenten. Ihr fiel auf, daß sie den Diplo-Dialekt viel flüssiger las als je zuvor. Er kam ihr fast natürlich vor. Sie summte unwillkürlich die Arie der Selbstmörderin vor sich hin, die sich geweigert hatte, resynthetisiertes Fleisch zu essen. Coromell sah Lunzie verwirrt an.

»Ich weiß nicht …«, sagte sie. Sie wollte kein Standard sprechen! Sie wollte singen! Singen? Etwas flatterte in ihrem Geist wie ein großer, gefiederter Flügel, und die alternative Dialektbedeutung des Wortes ›singen‹ kam ihr in den Sinn. Plötzlich wußte sie Bescheid. »Sing ein töricht' Lied … singe und gib Kunde … bei Gott, es ist ein Mann, so tückisch, daß keine Kugel wagt, ihn zu durchbohren …«

»Was?« schnauzte Coromell. Seine Geduld war endgültig verflogen, und er sah jetzt seinem ungestümen, herrschsüchtigen Vater sehr ähnlich.

»Die Nachricht ist da, aber sie … sie steckt in meinem Kopf. Es ist ein Schlüssel … ein Implantat, das an dieses Programmheft gebunden ist. Ich glaube … Noch ein bißchen Geduld!«

Sie starrte eine Weile ins Leere und überließ ihren Geist den inneren Kräften. Zebara hatte gewußt, daß sie die mentale Disziplin beherrschte. Sie hatte seinen Schmerz erleichtert, sie hatte seinen Geist ein wenig berührt und sein Herz noch etwas mehr. Sie sah das Programmheft durch, ohne genau zu wissen, was sie finden wollte. Aber sie wußte, daß sie es finden würde. Auf der letzten Seite bedeckte die schwungvolle Unterschrift der Künstlerin ihr halbes Gesicht, ihren breiten Busen, ihre Halskette … die Halskette, die Zebara … die Zebara ihr *nicht* geschenkt hatte. Das hatte er zumindest behauptet. Ein Geschenk vom Sohn des früheren Vizegouverneurs … nein … das war nicht die Verbindung.

Die Halskette, die Zebara ihr nicht geschenkt hatte … ihr! Er hatte *ihr* keine Halskette geschenkt, und doch lag die Halskette, die er ihr nicht geschenkt hatte, ganz unschuldig unter ihren Sachen. Sie war zwar billig, aber Lunzie hatte das Design gefallen, und sie hatte sie sich … vor der Reise nach Ireta gekauft, oder? Sie konnte sich nicht mehr daran erinnern. War es wichtig? – Allerdings.

Sie schreckte aus ihrer Trance, und ohne ein Wort zu Coromell kramte sie noch einmal in ihrem Kleidersack und holte die Halskette hervor. Ein ganz harmloses Schmuckstück, das sie nach Diplo mitgenommen hatte. Sie erinnerte sich daran, daß sie es in die Liste geschrieben hatte. Nicht teuer genug, um damit auf irgendeiner Welt zu protzen, aber ganz passend für offizielle Anlässe, ein Muster aneinandergehängter Blätter aus kupferfarbenem Metall mit Streifen aus blauer und grüner Emaille.

Sie legte die Kette auf den Tisch und schob Coromells Hand weg, als er danach greifen wollte. Sie widmete dem Stück ihre ganze Aufmerksamkeit. War die Anzahl der Kettenglieder noch dieselbe? Sie war sich nicht sicher. War es derselbe Verschluß? Sie wußte es nicht genau. Sie stocherte mit dem Finger darauf herum und hoffte auf eine Eingebung. Sie hatte die Kette an jenem letzten Tag getragen. Sie war an irgend etwas in Zebaras Haus hängengeblieben. Diesem flauschigen Kissen vielleicht? Zebara hat für sie den Verschluß geöffnet und hinterher wieder geschlossen. Sie wußte noch, daß sie Angst gehabt hatte, seine Hände so nah an ihrem Hals zu spüren, und sich selbst für diese Angst gehaßt hatte. Die beiden Teile des Verschlusses waren jetzt zusammengeschoben und bildeten einen kleinen Zylinder. Vorher war es ein eleganter Haken gewesen, geformt wie eine Ranke der Weinrebe, zu der die Blätter gehörten.

»Der Verschluß«, sagte sie ruhig, ohne zu Coromell aufzublicken. »Es ist der Verschluß. Es ist nicht mehr der gleiche.«

»Soll ich?« fragte er und streckte die Hand aus.

Sie schüttelte den Kopf. »Nein. Ich schau selber nach.« Sie spürte eine eisige Furcht, als könne das Ding jeden Moment explodieren, als sie es in die Hand nahm und an dem winzigen Verschluß herumfingerte. Die meisten Verschlüsse dieser Art ließen sich mit zwei oder drei Umdrehungen öffnen. Dieser hier hing fest, war vielleicht mit einem Faden verzurrt. Sie hörte, daß Coromell unruhig auf seinem Stuhl herumrückte. »Ein bißchen Geduld bitte«, sagte sie.

Mit Hilfe der mentalen Disziplin bündelte sie ihre Aufmerksamkeit. Die eigentliche Verbindung befand sich nicht in der Mitte, wie eine Rille vermuten ließ, sondern am Ende. Sie mußte nicht gedreht, sondern gezogen werden – wobei man das letzte Glied fest zusammenpreßte –, und dabei kam ein zarter Stift zum Vorschein, der mit der Spitze in einem dunklen Klumpen steckte. Sie zog den Stift heraus und hielt den winzigen, wächsernen Zylinder in der Hand.

»Das muß es sein. Was immer es ist.«

Was es war, erfuhr sie später. Es handelte sich um ein

vollständiges Protokoll sämtlicher Geschäfte Diplos mit den Paradens und den Seti während der letzten hundert Jahre: Namen, Daten, Codes, jede Einzelheit. Alles, was Zebara versprochen hatte, und noch mehr.

»Genug«, sagte Coromell, »um ihre Regierung zu stürzen … sogar genug, um ihre Charta aufzuheben.«

»Nein.« Lunzie schüttelte den Kopf. »Es sind nicht nur die Schwerweltler. Sie waren anfangs nur Opfer. Wir können nicht Rache an den Unschuldigen nehmen, an denen, die nicht in die Sache verwickelt sind.«

»Wissen Sie etwas, das ich nicht weiß?« Er sah sie auf eine Art an, mit der er sicher Generationen von Jungoffizieren eingeschüchtert hatte. Lunzie fühlte, was sie fühlen sollte, kämpfte aber dagegen an.

»Ja, richtig«, sagte sie entschlossen, trotz seines Alters und der Sterne auf seiner Uniform. »Ich war persönlich dort. Ich habe ihre Oper besucht!«

»Ihre Oper?« Es klang reichlich amüsiert.

Lunzie sah ihn finster an und schluckte ihren Ärger hinunter. »Es war eine sehr schöne Oper, Admiral Coromell, mit Sängern, die besser waren als die meisten, die ich in anderen Systemen gehört habe. Sie war von einem Schwerweltler komponiert worden und dramatisierte Gedichte, die ein Schwerweltler geschrieben hatte, das alles mit einer starken politischen Tendenz, die kein gutes Haar an uns gelassen hat. Sagen Sie, was wissen Sie über die erste Siedlung auf Diplo?«

Er zuckte die Achseln und war offensichtlich verblüfft von der Frage. »Nicht viel. Die Schwerweltler haben den Planeten besiedelt, weil die Atmosphäre ohne Schutzausrüstung für uns zu dicht war. Es ist kalt dort, nicht wahr? Und es war eine unserer ersten reinen Schwerweltler-Kolonien. Es ist immer noch die reichste.« Er hob die Augenbrauen, als wollte er fragen: *Und?*

»Es ist kalt, ja.« Lunzie schauderte, wenn sie sich an die Kälte erinnerte und was sie bedeutet hatte. »Und im ersten Winter haben die Kolonisten schwere Verluste erlitten.«

Er zuckte wieder die Achseln. »Kolonien haben anfangs immer mit Verlusten zu kämpfen gehabt.«

Sie war wütend. Zebara hatte gute Gründe für seine Bitterkeit, seinen Zorn, seine nahe Verzweiflung! Coromell hatte keinen anderen Grund für diese Selbstgefälligkeit als schiere Ignoranz.

»Vierzigtausend Tote, Admiral, von neunzigtausend Kolonisten.«

»Was?« Das erweckte seine Aufmerksamkeit. Er starrte sie an.

»Vierzigtausend *Männer*, die vor Hunger und Kälte gestorben sind, weil ihr Tod die einzige Hoffnung für das Überleben ihrer Frauen und Kinder war. Und trotzdem haben es nicht alle geschafft. Denn niemand hatte daran gedacht, sie vor den periodisch auftretenden langen Winterzyklen zu warnen und sie mit genügend Nahrungsmitteln zu versorgen.«

»Sind Sie ... sind Sie *sicher*? Haben sich die Schwerweltler nicht bei der FES beschwert?«

»Nach meinem besten Wissen hat es sich so abgespielt, und nach allem, was ich gehört habe – und was neben der Paraden- und Seti-Verschwörung auf diesem Chip sicher auch dokumentiert ist –, gibt es Gründe dafür, daß die FES nie offiziell von den Ereignissen erfahren hat. Große kommerzielle Konsortien, Admiral, hielten es für unklug, sich um Diplo zu kümmern. Und weil den Kolonisten vor Verzweiflung nichts anderes übrig blieb, als einheimische Tiere zu essen, haben dieselben Konsortien ihnen gedroht, die Flotte auf sie zu hetzen. Sie haben sie erpreßt, um es einfach auszudrücken. Die ganze lange Verschwörung, die Rekrutierung der Schwerweltler zu privaten Militärstreitkräften der Familien Paraden und Parchandri ... all das waren Folgen des ursprünglichen Verrats.«

»Aber warum hat uns nie jemand etwas gesagt? Die Sache ist Jahrzehnte her… Jahrhunderte… niemand kann so lang ein Geheimnis bewahren!«

»Man kann, wenn man Angst genug hat. Als es erst geschehen war, kam es den Machthungrigen auf beiden Seiten sehr gelegen, wenn die Bevölkerung von Diplo der Überzeugung war, daß die FES ihr nur Schwierigkeiten machte. Überlegen Sie mal. Die Partner dieser Konsortien hatten echte Macht. Und sie hatten diese Macht nur so lang, wie die von ihnen Beherrschten glaubten, daß niemand sonst eingreifen könne oder eingreifen würde, um für Gerechtigkeit zu sorgen. Sie erkoren andere, die ebenso ehrgeizig und skrupellos waren, zu ihren Gefolgsleuten. Die Regierung von Diplo oder die schuldigen Familien hätten nichts davon gehabt, wenn die Bürger von Diplo sich der FES anvertraut hätten. Niemand konnte auf Diplo eine Ausbildung absolvieren, ohne hinterher zu glauben, daß die FES nichts unternehmen würde, außer den Planeten für Fleischverzehr und eine mangelhafte Geburtenkontrolle zu bestrafen.« Sie machte eine Pause und sah, wie Coromells Gesichtsausdruck sich änderte, als er darüber nachdachte. »Natürlich essen sie tatsächlich Fleisch und haben ihr Bevölkerungswachstum wirklich nicht unter Kontrolle.« Er riß wieder die Augen auf.

»Sie wollen damit doch wohl nicht sagen …? Sie meinen es ernst! Aber das bedeutet ja …«

»Es bedeutet, sie haben nicht vergessen, daß nur Fleischverzehr ihnen das Leben gerettet hat und daß sie den Männern, die gestorben sind, versprochen haben, ihre Namen in Ehren zu halten. Sie sind ebenso seriös – ebenso *hingebungsvoll,* würden Sie vielleicht sagen – wie jeder aufrechte Bürger der FES, der würgen muß bei dem Gedanken, ein empfindungsfähiges Tier zu essen. Sie haben das Gesetz gebrochen, und sie rechnen damit, daß wir alle sie deswegen ablehnen. Aber sie betrachten das

Gesetz als eine Waffe, die sie beinahe alle getötet hat – denn einige sind lieber gestorben, als die Muskys zu essen – und die wir nur benutzen, um sie zu unterdrücken.«

»Aber nicht alle Schwerweltler, die Ärger machen, stammen von Diplo.«

»Nein, das stimmt. Obwohl ich keine direkten Beweise habe, könnte ich mir vorstellen, daß das Geheimnis, wenn überhaupt, nur an andere Schwerweltler in Form einer Warnung durchgedrungen ist. Einige glaubten ihr und andere nicht. Und so sind die Separationisten, die Integrationisten, das ganze komplizierte Durcheinander entstanden, das wir heute beobachten.«

»Ich glaube, ich verstehe.« Er starrte eine Zeitlang an ihr vorbei. »Wenn Sie Recht haben, Lunzie – und ich muß sagen, daß Sie starke Argumente vorweisen können –, dann haben wir es nicht bloß mit den heutigen Verschwörern zu tun, sondern mit langfristig verwirklichten Plänen aus der Vergangenheit. Wenn Sassinak nur nicht verschwunden wäre!«

»Sie haben mir immer noch nicht gesagt, wie es passiert ist.«

»Weil wir es nicht wissen.« Coromell schlug mit der Faust in die andere Hand. »Ich war nicht hier, und alle behaupten, nichts darüber zu wissen. Sie sagte ihrem Waffenoffizier, daß sie einen Termin bei mir habe, daß sie Aygar mitnehmen wollte und daß es nicht nötig sei, auf sie zu warten. Von meinen Leuten weiß niemand etwas von einem solchen Termin. Sie war darüber informiert worden, daß ich in Urlaub war und erst in drei Monaten zurückerwartet wurde. Zuletzt hat man sie gesehen – zumindest nach den Berichten, denen ich traue –, als sie und Aygar das Orbitshuttle verließen und in die übliche Menschenmenge im Raumhafen eingetaucht sind. Sie sind noch durch den Zoll gegangen, denn ihre Handabdrücke wurden gespeichert, danach hat man nichts mehr von ihnen gehört.«

dreizehntes kapitel

FES-Kreuzer *Zaid-Dayan*,
Föderationszentrale

Sassinak runzelte die Stirn über die sorgfältig formulierte Nachricht. Sie brauchte nicht die Codeliste zu konsultieren, um sich zusammenzureimen, was sie bedeutete. Sie war im gebräuchlichen Jargon der vorgesetzten Offiziere verfaßt, der deutlich erkennen ließ, daß sie von einem Flottenmitglied stammte. Es war fast unmöglich, den Jargon und die aktuellen Anspielungen nachzuahmen. Sie hatte diesen Jargon selbst gelegentlich, wenn auch eher selten benutzt. Es war unwahrscheinlich, daß ein Jungoffizier eine solche Nachricht an einen Vorgesetzten schickte. Eher wählte ein Vorgesetzter diesen Weg, um seinen aufmerksameren Untergebenen einen diskreten Wink zu geben.

Wenn sie sich vorstellte, daß ein Admiral, der gerade verfrüht aus dem Urlaub zurückkam, ein heimliches Treffen arrangieren wollte, wäre das eine Möglichkeit, um den betreffenden Offizier zu informieren. Padaylan reffte ihre Segel, tatsächlich! Die Anspielung auf das Schiff, auf dem sie vor der *Zaid-Dayan* gedient hatte, beseitigte ihre letzten Zweifel. Aber es lief darauf hinaus, daß sie die *Zaid-Dayan* noch einmal verlassen mußte, und sie hatte nicht damit gerechnet, sich wieder auf den Planeten zu begeben, ehe Coromell kurz vor dem Prozeß zurückkam. Es war nichts Illegales daran, solange ihr Schiff in der Andockstation der Föderationszentrale sicher angedockt lag. Es gefiel ihr trotzdem nicht.

Wenn Ford hier gewesen wäre ... aber Ford war nicht nur nicht hier, er hatte nicht einmal Bericht erstattet, nicht das Geringste hinterlassen. Sie hätte inzwischen von ihm gehört haben müssen. Eine Sorge mehr. Vor ein paar Monaten war es ihr noch so gerissen vorgekommen, Ford zu seiner Tante zu schicken, um auf diesem Wege etwas über die Paradens herauszufinden, Lunzie nach Diplo zu entsenden und Dupaynil zu den Seti abzuschieben. Sie spitzte die Lippen. Dupaynil war durchaus zuzutrauen, daß er etwas Brauchbares zutage förderte, selbst wenn er herausfand, daß seine Befehle gefälscht waren. Er brachte sich manchmal selbst in Schwierigkeiten, weil er zu clever war, aber eine Herausforderung würde ihm guttun.

Sie merkte, daß sie mit ihrem Stift auf der Konsole herumklopfte, und zwang sich, ihn wegzulegen. Sie konnte sich ein Dutzend gute Gründe vorstellen, warum bisher weder Ford noch Lunzie aufgetaucht waren. Und zwei Dutzend schlechte. Sie schaltete einen der Bildschirme ein und ließ sich eine Ansicht des Planeten unter ihr einblenden. Tatsache war, daß sie ihr Schiff einfach nicht verlassen wollte. Hier fühlte sie sich geborgen, sicher und hatte die Lage unter Kontrolle. Unten auf einem Planeten – auf jedem Planeten – fühlte sie sich verloren und allein, ein potentielles Opfer.

Einmal erkannt, trieb sie eben diese Angst zum Handeln. Sie war kein verängstigtes Kind mehr. Sie war eine Flottenkommandantin, die mit mehr als einem Stern auf der Schulter aufhören würde. Mit verdienten, nicht ererbten Sternen. Und sie konnte es sich nicht leisten, in Panik zu geraten, wenn sie auf einen Planeten ging. Admirale konnten sich nicht ununterbrochen im Weltraum aufhalten. Außerdem hatte sie versprochen, ihre Erinnerungen an Abe mit dieser bemerkenswerten Designerin zu teilen.

Noch nach all den Jahren fühlte sie sich wohler, wenn sie an Abe dachte. Sie schüttelte den Kopf über sich und ging auf die Brücke, um Arly ihre Befehle zu erteilen.

»Ich kann nicht mehr sagen, als ich selbst weiß«, sagte

sie und hielt die Stimme gesenkt. Sie vertraute ihrer Mannschaft, aber sie wollte ihr nicht die Last aufbürden, ein Geheimnis zu bewahren. »Coromell will mich außerhalb seines Büros treffen. Ich nehme Aygar mit, das ist weniger auffällig, als wenn es jemand von der Mannschaft ist. Ich weiß nicht, wie lang es dauern wird oder wann wir landen, aber bleibt wachsam. Wenn ihr könnt, überwacht ihre Langstreckenscanner. Ich habe das unangenehme Gefühl, daß da weit draußen etwas sein könnte, und wenn es zutrifft, wißt ihr, was ihr zu tun habt.«

Arly machte ein betrübtes Gesicht. »Ich werde die *Zaid-Dayan* nicht ohne Sie hier rausbringen, Captain.«

»Rechnen Sie nicht damit. Aber es wird mir nichts nützen, wenn jemand den Planeten angreift, solang ich noch drauf bin. Ich habe jedenfalls ein Komgerät dabei. Piepsen Sie mich über den Schiffskanal an, wenn Ford oder Lunzie auftauchen.«

»Bleiben Sie die ganze Zeit auf Empfang?«

»Nein! Dann wäre ich zu einfach aufzuspüren. Ich weiß, daß das Signal des Komgeräts schwer zu orten ist, aber es ist besser, als bekanntzugeben, wo sich der Admiral aufhält. Schließlich will er, daß das Treffen im Geheimen stattfindet.«

»Sind Sie sicher?«

»Sicher genug, um meinen Hals zu riskieren.« Sassinak sah sich auf der Brücke um und beugte sich heran. »Um die Wahrheit zu sagen, *irgend etwas* sträubt mir die Nackenhaare, aber ich weiß nicht was. Ford ist überfällig. Lunzie auch. Ich weiß nicht. Irgend etwas. Ich verlasse ungern das Schiff, aber ich kann die Nachricht nicht ignorieren. Passen Sie einfach auf.«

»Sie auch.« Arly vollführte einen Salut. Sassinak ging in ihr Quartier zurück und zog, wie verlangt, Zivilkleidung an. Noch eine Sorge: in Zivilkleidung hatte sie keinen Vorwand für die ›zeremoniellen‹ Waffen, die sie in Uniform trug.

Sie war sich bewußt, daß jeder gute Beobachter sie an ihrem Verhalten als Flottenmitglied erkennen würde. Warum konnte sie dann nicht einfach ihre Uniform anziehen? Aber Befehle – sofern es sich um echte handelte – waren nun einmal Befehle. Sie machte einen Abstecher in ihr Büro und steckte die Sachen ein, die sie in eine der Taschen verstauen konnte, die zur Zeit in Mode waren. Aygar sollte an der Zugangsluke warten. Zumindest er hatte lebhaftes Interesse gezeigt, den Planeten noch einmal zu besuchen. Natürlich hatte er nur diese wenigen Monate im Weltraum verbracht. Im Herzen war er ein Planetenbewohner.

Sie war überrascht, daß Fähnrich Timran mit Aygar wartete, als sie die Zugangsbucht erreichte. Sie nahm seinen zackigen Salut mit einem Nicken zur Kenntnis.

»Fähnrich.« Das hätte genügen müssen, um ihn wegzuschicken. Zu ihrer Überraschung genügte es nicht. Sie hob die Augenbrauen.

»Captain … äh …«

»Ja, Fähnrich?«

»Besteht eine Möglichkeit, daß … ähm … daß Aygar und ich vielleicht …«

Was sollte *das* denn jetzt?

»Spucken Sie's aus, Fähnrich, und machen Sie schnell. Wir müssen noch ein Shuttle erwischen.«

»Dürfen wir zusammen runter? Ich meine, Sie werden beschäftigt sein, und er braucht wirklich jemanden, der …«

Sie sah in seinem Gesicht, daß sich ihre eigene Miene verändert hatte.

»Woher wissen Sie denn, daß ich ›beschäftigt‹ sein werde?«

Er wurde rot und sagte nichts, warf aber einen flüchtigen Seitenblick auf Aygar. Sassinak seufzte.

»Fähnrich, wenn Ihr Gast über vertrauliche Informationen verfügt, sollten Sie so klug sein, darüber hinwegzusehen. Sie haben sicher meine Erklärung gehört: kein Freigang, kein Urlaub. Es ist nicht meine Entscheidung. Die Föderationszentrale hat es so verfügt. Man vertraut der Flotte hier nicht. Und wenn Sie durch irgendeinen unglücklichen Zufall doch auf dem Planeten landen sollten, könnte Sie eben dieses Mißtrauen in ernste Schwierigkeiten bringen.«

»Ja, Captain.«

»Mir ist auch neu, daß Sie und Aygar Freunde sind.«

Diesmal meldete sich Aygar zu Wort, mit fast demselben Eifer wie Tim.

»Der Kleine hier ist stärker, als er aussieht. Wir haben heute auf Anregung des Commanders zusammen in der Sporthalle trainiert.« Der clevere Currald, dachte Sassinak. Die beiden werden einander guttun.

»Trotzdem kann er nicht mit runter. Tut mir leid. Und Sie begleiten mich. Sie werden selbst genug zu tun haben.«

Timran wirkte untröstlich. Sassinak grinste ihn an.

»Na, kommen Sie schon. Ich brauche die besten Shuttle-Jockeys *hier oben*, nur für den Fall, daß es plötzlich rund geht.«

Er strahlte sofort, und Sassinak führte Aygar durch den Zugangstunnel in die Shuttlebucht der Station.

Es war nichts vorgefallen, das Mißtrauen erregte, dennoch fühlte sich Sassinak so beklommen, als drehe ihr jemand die Luft ab. Aygar hatte längst aufgegeben, auf interessante Geschäfte oder seltsame Kostümierungen zu zeigen. Er war in ein fast mürrisches Schweigen verfallen. ärgerte sich mehr darüber, als sie wollte. Schließlich gehörte er nicht der Flotte an. Man konnte nicht erwarten, daß er wie ein ausgebildeter Raumfahrer reagierte.

Sie waren ohne erkennbare Verfolger aus dem Shuttlehafen in einen stickigen Nachmittag hinausgetreten, der durch den brennenden braunen Dunst über der Stadt noch verschlimmert wurde. Sassinak war keine Expertin, aber sie hatte ausgiebig von den glänzenden Schaufenstern in der Einkaufspassage des Shuttlehafens Gebrauch gemacht. Niemand schien ihnen zu folgen. Niemand blieb wiederholt stehen, um in die Schaufenster zu schauen, wenn sie es auch tat. Sie war schon einmal mit Aygar in der Stadt gewesen. Wer nicht schon von ihrem Treffen mit Coromell wußte, mußte den Eindruck haben, daß es sich um einen ihrer üblichen Ausflüge handelte.

Man würde erwarten, daß sie ihn in eins der monotonen grauen Gebäude brachte, in denen die Vertreter der Anklage die Verhandlung gegen Tanegli vorbereiteten, oder in einen der flotteneigenen grauen Distrikte. Und danach, wo sie schon einmal hier waren, auf eine weitere Tour zu den Sehenswürdigkeiten.

Sie waren in Richtung der Flottenbüros gegangen, dann aber anweisungsgemäß in eine der Express-U-Bahnen gestiegen, die in die Vororte fuhren. Keiner von denen, die mit ihnen einstiegen, saß noch mit ihnen im Modul, als sie aus- und in eine andere Linie umstiegen. Sie fuhren so lang unter der riesigen Stadt im Zickzack, daß Sassinak selbst nicht mehr genau wußte, wo sie sich befanden.

Als schließlich nur noch ein kurzes Stück bis zum vereinbarten Treffpunkt vor ihnen lag, wünschte sie sich, sie wäre als Weberin zur Welt gekommen und hätte sich am Hinterkopf Augen wachsen lassen können. Die heiße Sonne und der Smog bereiteten ihr Kopfschmerzen. Sie hätte am liebsten den technischen Dienst angerufen und sich beschwert. Da! *Eklariks Phantasien und Schöpfungen*. Das Schild war mit purpurroten Schnörkeln auf grünem Untergrund beschriftet und in den Ecken mit mythischen Ungeheuern verziert. Kein Geschäft, das sie je allein betreten hätte. Eine Warnung an jeden Verfolger, soweit es sie betraf.

Hegte Admiral Coromell eine heimliche Leidenschaft für historische Kostüme oder antike Musikinstrumente? Sie stieß Aygar mit dem Ellbogen an. Seine Schultern zuckten, aber so bewegte er sich durch den Verkehr der Gleitschienenbahnen. Sassinak schob den Perlenvorhang beiseite und ließ ihn hinter sich zurasseln.

In dem Laden roch es nach Dufttöpfen und Räucherwerk. Ein Rauchfaden stieg zu einem blauen Schleier unter der Decke auf. Auf beiden Seiten standen Rüstungen, die eine glatt poliert, als bestünde sie aus einer Eisenhaut, die andere mit kunstvollen Dellen und Spitzen und roten Seidentroddeln verziert. Ringsum Regale voller Kostüme, gekrönt mit Gegenständen, bei denen es sich, wie Sassinak annahm, um die dazugehörigen Kopfbedeckungen handeln mußte: Schlapphüte, Pickelhauben, flache Strohhüte, mit Rüschen und Schleifen besetzte Mützen, eine Reihe winziger roter, mit Emaille überzogener Zylinder.

Sie trat einen Schritt vor, stieß etwas um, das mit lautem Klirren zu Boden fiel, und bemerkte, daß sie einen hohen Keramikkrug voller Schwerter umgeworfen hatte. Schwerter? Sie hob eines auf und bemerkte, daß es weder über eine Schneide noch über eine Spitze verfügte – ein Bühnenschwert? Es bestand nicht aus Stahl; das Metall machte ein flaches, wenig versprechendes Geräusch, als sie mit dem Finger dagegen tippte. Der schmale Durchgang war mit wackligen Stapeln aus Stiefeln, Schuhen und Sandalen zugestellt; zweifellos das passende Schuhwerk für die Kostüme in den Regalen. Von der Decke hingen Dutzende – nein, Hunderte – Masken in Formen und Farben, die Sassinak sich nie vorgestellt hätte. Sie blinzelte. Aygar stieß von hinten gegen sie.

»Was ist *das* denn?« begann er, als Sassinak jemanden bemerkte, der aus dem hinteren Teil des Ladens auf sie zu kam. Sie hob die Hand, und er verstummte, auch wenn sie seinen Widerwillen regelrecht spürte.

»Kann ich Ihnen helfen?« fragte eine hauchige Stimme aus dem Halbdunkel. »Ich fürchte, Eklarik steht im Moment nicht zur Verfügung, aber vielleicht handelt es sich nur um eine gewöhnliche Miete?«

»Ich … ich weiß nicht recht.« Die Nachricht von Coromell hatte sich nicht darüber ausgelassen, ob Eklariks Assistent sich ebenso um sie kümmern konnte wie der Ladenbesitzer selbst. »Es geht um die *Piraten von Penzance*«, sagte sie und kam sich dabei wie eine Idiotin vor.

Sie wußte nur wenig über Musikproduktionen. Sie hatte sich in einem Nachschlagewerk über die Komposition informiert, und obwohl sie erfahren hatte, daß Gilbert und Sullivan Zeitgenossen Kiplings gewesen waren, wußte sie nichts über das Werk selbst. Sie wußte auch nicht, was dabei herauskommen sollte, wenn sie es erwähnte.

»Ach ja«, sagte die farblose kleine Person, die jetzt zwischen einem Paar zur Schau gestellter Kostüme zum Vorschein kam, die offensichtlich für eine weibliche Figur bestimmt waren. Das eine war weiß, eine enge Draperie, die eine Schulter frei ließ; das andere, eine üppige, blaßblaue Kreation, reichlich verziert mit Schleifen, Bändern, Rüschen und Knöpfen – so als habe sein Schöpfer beweisen wollen, daß er mit all dem umzugehen verstand – ragte halb in den Gang hinein.

Zwischen den beiden Kleidern sah der Assistent so mickrig und unwichtig aus, daß Sassinak sofort mißtrauisch wurde. Niemand nahm sich absichtlich so sehr zurück.

»Ein Polizist hat …«, sagte der Assistent.

»… kein glückliches Schicksal«, erwiderte Sassinak pflichtschuldig und dachte dasselbe über das traurige Los von Flottenkommandeuren, die in Zivilkleidung auf einem Planeten festhingen und Spion spielten.

»Sie sind die dunkle Dame«, sagte der Assistent. Sassinak war sich immer noch nicht über das Geschlecht –

inzwischen nicht einmal mehr über die Rasse – des Assistenten im klaren. Er war klein, schlank und in etwas Dunkles, Faltiges gehüllt. »Ihr Stern leuchtet.«

Das mußte eine Anspielung an Admiral Coromell sein. Sie öffnete den Mund, um etwas zu sagen, sah sich aber plötzlich einer Kristallkugel gegenüber, die etwas zu groß war, als daß sie sie in einer Hand halten konnte. Der Assistent hielt sie mit beiden Händen. Der Kristall glänzte.

»Der Stern, dem Sie folgen«, sagte der Assistent in einem Ton, hinter dem Sassinak, hätte ihn einer ihrer Männer angeschlagen, Trunkenheit vermutet hätte. »An dunklen Orten ist er so eben zu erkennen und wird oft von boshaften Planeten verdeckt.«

»Haben Sie eine Nachricht für mich?« fragte Sassinak nach einem langen Schweigen, das eingetreten war, nachdem die Kristallkugel wieder im Halbdunkel verschwunden war.

»Das *war* Ihre Nachricht.« Ein spöttischer Ausdruck überflog sein Gesicht, gefolgt von der Frage: »Kennen Sie die örtlichen Bars? Sind Sie eine Raumfahrerin?«

Hinter ihr schluckte Aygar, und Sassinak konnte gerade noch verhindern, daß sie dasselbe tat.

»Nein«, sagte sie gelassen. »Ich kenne die örtlichen Bars genauso wenig wie die … äh … Kostüme.«

»Oh.« Noch ein langes Schweigen, während Sassinak auffiel, daß der Assistent elliptische Pupillen hatte und daß das dunkle Kostüm tatsächlich aus Fell bestand. »Das dachte ich mir. Versuchen Sie's in der Eklipse, zwei Ecken weiter, und bestellen Sie einen Planetenfeger.«

Das war ziemlich deutlich, aber Sassinak war sich nicht sicher, ob sie es für echt halten sollte.

»Sie …«, begann sie.

Der Assistent zog sich hinter das bauschige blaue Satinkleid zurück, riß den Mund auf und enthüllte zwei Reihen spitzer Zähne.

»Ich bin auch ein Waisenkind«, sagte er und verschwand.

Sassinak schüttelte den Kopf.

»Was war denn das?« hauchte Aygar.

»Ich weiß es nicht. Gehen wir.«

Sie gab ungern zu, daß sie einen solchen Alien noch nie gesehen hatte. Die ganze Sache gefiel ihr nicht.

Über der Eklipse hing ein grell rosafarbenes und gelbes Schild, das in der Nacht jedem auf der anderen Seite das Schlafen erschweren mußte. Sassinak warf einen Blick in diese Richtung und sah nur nackte Mauern über den Geschäften auf Straßenebene. Hier gab es keinen Perlenvorhang, sondern eine schwere Tür, die man nur mit Mühe aufschieben konnte und die schwer hinter einem zufiel. Auf der einen Seite stand ein Schwerweltler in einem glänzenden grauen Plastikpanzer – er konnte ihnen sowohl Ärger machen wie auch für Ruhe sorgen. Ein Blick in die Runde zeigte Sassinak, daß sie für dieses Lokal nicht passend angezogen war. Abgesehen von dem übertrieben ausstaffierten Trio, das an einem Tisch saß und offensichtlich die Aufgabe hatte, die Gäste auszunehmen, trugen die Frauen Overalls raumfahrender Kaufleute in guter Qualität, aber ohne jeden Schick. Die meisten Männer trugen dasselbe, außer zwei Kerlen in Geschäftskleidung, einer davon, der die Jacke auf dem Sitz neben sich zusammengefaltet hatte, in dem zerknitterten Anzug eines Rechtsanwalts. Sassinak nahm an, daß es sich bei dem kleinen grauen Knäuel auf der Jacke um eine Perücke handelte.

Sie spürte die Seitenblicke, aber die Gespräche wurden nicht unterbrochen. Dafür waren diese Leute zu erfahren. Sie führte Aygar in eine der Nischen und tippte ihre Bestellung ein. Ein Planetenfeger war natürlich nie ihr Lieblingsdrink gewesen, aber sie mußte das Zeug ja nicht trinken. Aygar stützte seine massigen Ellbogen auf den Tisch.

»Können Sie mir sagen, was hier vor sich geht, oder wollen Sie mich in den Wahnsinn treiben?«

»Das habe ich nicht vor, und ich weiß es nicht. Ich nehme an, daß früher oder später unser Kollege eintreffen wird. Wenigstens weiß ich, wie er aussieht.«

Sie versuchte, sich nicht allzu auffällig umzusehen. Niemand hier war in Coromells Alter, nicht einmal annähernd. Sie würden sicher keinen dritten Treffpunkt finden müssen. Aygar trank einen kräftigen Schluck seines Drinks.

»Das Zeug ist stark«, sagte sie leise. »Passen Sie auf.«

Es sah sie finster an. »Ich bin kein Kind mehr. Ich weiß nicht einmal, weshalb Sie …«

Er verstummte, als jemand an ihrem Tisch stehenblieb. Ein großer, grauhaariger, aufrechter Mann. Wenn Sassinak Coromell nicht gekannt hätte, dann hätte sie ihn für Coromell gehalten.

»Commander«, sagte er ruhig. »Darf ich mich setzen?«

»Bitte«, sagte Sassinak und zeigte auf Aygar. »Das ist der junge Iretaner, von dem Sie sicher schon eine Menge gehört haben.«

Der Mann nickte, machte aber keine Anstalten, ihnen die Hand zu schütteln. Er trug einen tadellosen Overall, der zum Captain eines Handelsschiffs gepaßt hätte. An einer Hand trug er einen Ring, der von der Akademie stammen konnte, aber er hatte die Krone gerade nach unten gedreht, so daß Sassinak sich nicht vergewissern konnte. Und die Art, sich zu bewegen, seine Selbstsicherheit rührten von jahrelanger Befehlsgewalt her, von welcher Art auch immer. Wenn er nicht Admiral Coromell war – und das war er nicht –, wer oder was war er dann?

»Es hat ein kleines Mißverständnis gegeben«, sagte er. »Es ist notwendig, daß wir uns von Überwachungsanlagen fernhalten, bis …«

Sassinak sah ein Licht flackern, den überraschten Ausdruck in seinem Gesicht und dann auf einmal die fünf sauberen, scharfen Löcher in seinem Gesicht.

Instinktiv rutschte sie unter den Tisch und kauerte sich zusammen, bevor das erste Blut floß. Sie hörte einen Aufschrei und einen Knall, als Aygar den Tisch wegstieß und ihr folgte. Etwas zischte, und Aygar schrie. Dann brach in dem Lokal die Hölle los.

Wie alle Kämpfe war auch dieser schneller vorüber, als es gedauert hätte, ihn zu schildern. Die Erfahrenen ließen sich auf den Boden fallen und krochen in Deckung. Die Unerfahrenen schrien, schlugen um sich und warfen Gegenstände, die krachten und klirrten. Dämpfe aus den zersprungenen Flaschen brannten ihr in der Nase und den Augen. Glassplitter stachen ihr in die Knie und die Handflächen.

Sassinak stieß mit anderen zusammen, die über den Boden krochen, entdeckte Aygar und riß ihn herunter, als ein rosiger Lichtblitz dort die Luft durchschnitt, wo er eben noch gehockt hatte, und die Fenster zerschmetterte. Sie zog ruckartig an seinem Handgelenk, und zwang ihn, ihr zu folgen, während sie sich einen Weg durch das Unterholz des Kampfes bahnte, vorbei an Körpern, Tisch- und Stuhlbeinen. Durch die Personaltür erreichten sie eine weißgeflieste Küche. Sassinak war überrascht, als sie feststellte, daß hier auch Speisen serviert wurden. Weiterer Lärm folgte ihnen. Sie rutschte auf dem glitschigen feuchten Boden aus, strauchelte und zog Aygar wieder mit sich.

»Kommen Sie schon, verdammt noch mal!«

»Aber …« Er warf einen letzten Blick über die Schulter, und was immer er sah, es veranlaßte ihn zu einem wilden Sprung, der damit endete, daß er mit Sassinak durch die Hintertür krachte und hinter ihnen Flammen hervorschossen.

»Verfluchter Mist!«

Sassinak wälzte den jungen Mann von sich herunter und schüttelte den Kopf. Aus dem Lokal hörten sie Schreie, die an Selbstverstümmelung denken ließen. Sassinak sah die Gasse entlang, in der sie gelandet waren. Sie verabscheute Planeten ... jedenfalls verabscheute sie es, sich auf einem aufzuhalten. Niemand sorgte so für Ordnung wie auf einem Schiff. Andererseits bot diese verdeckte und verrufene Gegend mehr Verstecke als ein sauberes Schiff. Aygar, bemerkte sie, hatte eine blutende Wunde im Gesicht und mehrere Risse im Overall, aber keine ernsten Verletzungen.

Er hatte sich bereits auf ein Knie aufgerichtet und sah überraschend entspannt und gelassen aus für jemanden, der knapp dem Tod entgangen war. Mit diesem letzten Sprung zur Hintertür hatte er ihr wahrscheinlich das Leben gerettet.

»Danke«, sagte sie und überlegte, was sie mit ihm anstellen sollte. Sie hatte eher erwartet, daß er abschreckend wirken statt eine ernsthafte Hilfe sein würde, wenn es unangenehm wurde. Und im Moment war die Lage so unangenehm wie seit langem nicht mehr.

»Wir sollten verschwinden«, betonte er. »Ich habe gehört, daß nur Insystem-Leute über solche Waffen verfügen.«

»Gehen wir.«

Noch ein schneller Blick, und sie entschied sich für das kürzere Ende der Gasse. Nichts geschah während des ersten schnellen Sprints zu einer stinkenden, rostig gestreiften Abfalltonne, hinter der sie sich versteckten. Sassinak behielt die anderen Hintertüren im Auge, die auf die Allee hinausgingen. Es hatte doch sicher jemand aus dem Fenster geschaut. Oder war die Nachbarschaft wirklich so hart im Nehmen? In diesem Fall ...

»Hinter der Tonne da vorn hat sich jemand versteckt«, flüsterte Aygar ihr ins Ohr.

Sie sah ihn respektvoll an. »Woher wissen Sie das?«

Er zuckte die Achseln. »Ich habe vom Jagen gelebt, wissen Sie noch? Auf Ireta jagt einen das, was man nicht wahrnimmt. Ich habe etwas Merkwürdiges gehört.«

»Gut.«

Keine Waffen. Kein Panzer. Und sie hatte wieder nur die Tricks aus ihrer Kindheit zur Verfügung, die Tricks, die auf dem Bildschirm funktionierten, aber nicht im echten Leben. Im echten Leben kam man mit echten Waffen viel besser zurecht.

»Ich kann mich darum kümmern«, fuhr Aygar fort.

Sie sah ihn an: er zeigte den ganzen Eifer eines jungen Mannes auf der Höhe seines Stolzes und ohne jede militärische Ausbildung. Und er unterstand nicht ihrem Befehl, so wie es bei Timran der Fall gewesen wäre. Er war ein Zivilist, der ihrem Schutz unterstellt war. Sie wollte den Kopf schütteln, aber er hatte nicht gewartet.

Obwohl sie von der großen Kraft wußte, die er seinen Genen und seiner Erziehung verdankte, war sie mehr als überrascht. Aygar stemmte die ganze Abfalltonne mit ihrem scheppernden, polternden, glitschenden und übelriechenden Inhalt hoch und schleuderte sie durch die Gasse gegen die nächste Tonne. Jemand schrie auf. Sassinak hörte das dumpfe Prasseln von Handfeuerwaffen, dann nichts mehr.

Aygar stapfte auf die Barriere aus den beiden zusammengestauchten Abfalltonnen zu. Mit einem schnellen Achselzucken folgte sie ihm und sprang direkt in einen Matsch aus verfaultem Gemüse und Obstschalen auf der anderen Seite. Aygar hatte dem Mann in seinem Versteck glatt den Hals gebrochen. Sassinak zog vorsichtig die Füße aus dem ekelhaften Matsch und lächelte Aygar an.

»Bemühe dich, niemanden zu töten, wenn es nicht unbedingt sein muß«, hörte sie sich sagen.

»Daran habe ich mich gehalten«, sagte er ernst. »Schauen Sie!«

Und es stellte sich heraus, daß der Insystem-Wachmann sich selbst da noch an seine Waffe geklammert hatte, als eine Abfalltonne ihm die Beine einklemmte.

»Richtig. Manchmal muß es sein … gut gemacht.« Zumindest mußte sie sich bei ihm keine Sorgen machen, daß er nach einem Kampf einen hysterischen Anfall bekam. »Hauen wir ab.«

Aygar zögerte. »Sollte ich nicht besser seine Waffe mitnehmen?«

»Nein, das ist illegal. Wir haben schon genug Ärger.« *Wir haben schon genug Ärger,* dachte sie. »Aber wenn ich noch einmal darüber nachdenke, dann ja. Nehmen Sie sie mit. Warum sollten die Bösen alle Vorteile genießen?«

Aygar riß dem Mann die Waffe aus der Hand und hielt sie Sassinak höflich hin. Sassinak hob überrascht die Augenbrauen, als sie sie entgegennahm und in eine Seitentasche steckte. Und indem sie vergeblich an den Flecken an ihrem Overall herumwischte, ging sie durch die Gasse auf die Straße hinaus.

Inzwischen heulten in der Nähe Sirenen. Mit etwas Glück konnten sie die andere Straße erreichen. Sassinak schob Aygar zurück. Solang ihm Blut aus dem Gesicht tropfte, versteckte er sich besser. Sie lugte vorsichtig um die Ecke. Als habe er auf sie gewartet, brüllte dort ein untersetzter Mann in heller, orangefarbener Uniform herum und blies auf einer Pfeife. Sassinak murmelte einen Fluch und gab Aygar mit einem Knuff zu verstehen, daß er ihr hinterherlaufen sollte. Es hatte keinen Sinn, in die Gasse zurückzuschleichen. Am anderen Ende stand sicher auch jemand.

Sie jagten die Straße hinunter und wichen Passanten aus, die ihnen entgegenkamen. Sassinak rechnete damit, daß wenigstens einer versuchte, sie aufzuhalten, aber niemand tat etwas. Der Mann mit der Pfeife blieb immer weiter hinter ihnen zurück. Sassinak lief bis zur nächsten Ecke voraus und verfiel in einen fast vornehmen Trab, als sie in die erste Gleitschienenbahn stieg. Ayagar neben ihr schnaufte nicht einmal.

Dann packte er sie am Handgelenk. Auf der anderen Straßenseite, auf einer Fußgängerbrücke über den Gleitschienenbahnen, stand ein Spalier von Männern in orangefarbenen Uniformen. Sie hielten Gegenstände in den Händen, die verdächtig nach Sturmgewehren aussahen. Sassinak und Aygar zogen sich aus der Bahn zurück. In dieser Straße, wie in den anderen, gab es viele kleine Bars und Geschäfte.

Es blieb keine Zeit, um wählerisch zu sein. Sassinak schlüpfte in den ersten Eingang und hoffte, daß der Laden über einen brauchbaren Hinterausgang verfügte.

»Sie sehen ja furchtbar aus«, sagte jemand aus dem Halbdunkel.

Sassinak wollte schon etwas erwidern, als sie bemerkte, daß die junge Frau Ayagar ansah. Der wiederum sie anschaute.

»Wir haben keine Zeit für so was«, sagte sie und zerrte an Aygars plötzlich unbeweglicher Gestalt.

»Für so was haben Männer immer Zeit«, sagte die junge Frau und setzte ihre verspielte Kostümierung in Bewegung. »Was Sie angeht, Schätzchen, warum schauen Sie sich nicht nebenan ein bißchen um?«

Jemand von dort war bereits unter den Türbogen getreten. Sassinak ignorierte ihn und versuchte das einzige, was ihr in diesem Moment einfiel.

»Wir müssen Fleur finden. Sofort. Es ist ein Notfall.«

»Fleur! Was wissen Sie über sie?«

Eine ältere Frau stürmte durch die Vorhänge, die einen weiteren Türbogen verdeckten. Zu Sassinaks nicht geringer Überraschung hatte sie das forsche, modische Auftreten einer erfolgreichen Geschäftsfrau, die sie in gewisser Hinsicht ja auch war. »Wer sind Sie überhaupt?«

»Ich muß sie finden. Mehr kann ich nicht sagen.«

»Ist Ihnen der Sicherheitsdienst auf den Fersen?« Weil Sassinak nicht sofort antwortete, drängte sich die Frau an ihnen vorbei, um zum Fenster hinauszuschauen. »Sie sind hinter jemandem her, und ihr seid mit Blut besudelt und stinkt nach Gott weiß was. Sagen Sie mir sofort, was los ist! Du da!«

»Ja. Ich bin …«

»Sagen Sie's mir nicht.«

Sassinak gehorchte. Hier, an diesem Ort, hatte jemand anderes das Kommando.

»Kommen Sie.« Als Aygar der jungen Frau, die sie begrüßt hatte, einen letzten Blick hinterherwarf, rümpfte die Greisin die Nase. »Hören Sie, Jungchen, was Sie da sehen, ist einen Wochenlohn wert, sofern Sie keinen höheren Rang haben, als ich glaube, und Sie werden tot sein, ehe Sie Ihren Spaß daran haben konnten, wenn wir uns nicht sofort verstecken.«

Und während sie ihre Gäste durch einen Gang führte, rief sie ihren Leuten noch etwas zu: »Lee, du begibst dich mit Ell in das dritte Zimmer. Ich glaube nicht, daß dich die Hiesigen schon kennen. Pearl, du hast Lee kommen sehen. Die Frau bei ihm – sofern jemand behauptet, er habe eine gesehen – hat auf der Straße für uns Werbung gemacht.« Über die Schulter brummte sie Sassinak zu: »Das wird die Männer zwar keine fünf Minuten aufhalten, wenn sie Sie wirklich gesehen haben, aber vielleicht sind Sie gar nicht gesehen worden. Ungefähr um diese Zeit herrscht hier immer viel Betrieb, also könnten wir Glück haben. Hier rein.«

Sie öffnete die Tür in ein kleines, mit einem Schreibtisch und zwei Stühlen zugestelltes Büro. Die Frau zog eine Schublade auf und knallte einen Erste-Hilfe-Kasten auf die Tischplatte.

»Mit dem vielen Blut kommt er nicht weit. Säubern Sie ihn. Ich bringe Ihnen einen neuen Overall.«

Aygar setzte sich auf einen der Stühle, während Sassinak die oberflächliche Wunde reinigte und ein Pflaster darauf klebte. Ohne die Blutflecken in seinem Gesicht sah er weniger verdächtig aus. Sie verbrauchte noch einige Pflaster, um die Risse in seinem Overall zu flicken. Die Kratzer darunter hatten längst aufgehört zu bluten.

Die Frau kam mit einem billigen Arbeitsoverall aus strapazierfähigem, gelbbraunem Stoff zurück und warf ihn Sassinak zu.

»Ziehen Sie dieses stinkende Ding aus, damit ich's in den Shredder in der Küche werfen kann. Was haben Sie gemacht? In einer Abfalltonne kampiert?«

»Nicht direkt.« Sassinak wollte es ihr nicht erklären. Sie gab Aygar die Waffe zum Halten, bevor sie sich den Overall abstreifte und in den anderen schlüpfte. Ayagar, fiel ihr auf, wandte den Blick ab, während die Frau sie unverhohlen anstarrte.

»Sie arbeiten sicher für die Flotte«, sagte sie etwas leiser. »Für eine Frau in Ihrem Alter haben Sie gute Muskeln. Wie alt sind Sie, über vierzig?«

»Etwas darüber, ja.«

Der gelbbraune Overall war an den Armen und Beinen etwas kurz. Sassinak stopfte ihre ID-Plakette und den Handcomputer in die Taschen und nahm dann von Aygar die Waffe zurück.

»Haben Sie je von Samizdat gehört?« Die Stimme der Frau wurde noch leiser, war kaum mehr als ein Murmeln.

Sassinak starrte sie an und erinnerte sich an den trüben Nachmittag, als Abe ihr ein bißchen über die Organisation erzählt hatte.

»Ein wenig«, sagte sie vorsichtig.

»Hmm. Die Flotte. Samizdat. Fleur. Ich sag Ihnen was, Schätzchen, Sie sollten besser ehrlich sein, sonst jage ich

Sie höchstpersönlich bis ans andere Ende Galaxis und werde Sie im Licht einer fremdem Sonne grillen, darauf können Sie sich verlassen. Diese Fleur hat mir mehr als einmal das Leben gerettet und einem Mädchen nie Vorwürfe gemacht, wenn sie tut, was sie tun muß.«

»Sie ist ein Flottencaptain«, sagte Aygar.

Beide Frauen sahen ihn finster an.

Bevor Aygar etwas hinzufügen konnte, sagte Sassinak: »Er gehört nicht zur Mannschaft. Er ist Zivilist, ein wichtiger Zeuge gegen die Planetenpiraten, und man versucht, ihn zum Schweigen zu bringen. Wir hatten einen geheimen Termin, aber er ist wohl nicht geheim geblieben.«

»Aha. Dann wissen Sie also über Samizdat Bescheid. Wie auch immer, wir werden Sie später hier rausbringen müssen, und ich werde Fleur verständigen …« Sie verstummte, als im Gang Stimmen laut wurden. »Ratten. Runter von dem Stuhl, Jungchen, und zwar schnell.«

Aygar stand auf, und die Frau schob ihn flach an die Wand. Sassinak, die ahnte, was sie vorhatte, stellte die Stühle auf den Schreibtisch. Unter dem ausgetretenen Teppich zeichnete sich eine Falltür ab. Die Frau brauchte nicht zur Eile zu mahnen, wenn Worte wie ›Durchsuchung‹, ›illegale Aliens‹ und ›Abtrünnige, die sich als Flottenmitglieder tarnen‹ durch den Gang hallten.

Zuerst mußten sie einsfünfzig tief auf einen Absatz über einer kleinen Treppe springen. Aygar hatte kaum den Kopf eingezogen, als die Falltür zukrachte und ihn mit Sassinak in völlige Dunkelheit tauchte. Sassinak hörte ein gedämpftes Rumpeln und Kratzen, als die Stühle wieder zurechtgerückt wurden. Sie hatte es fast bis zum ersten Kellergeschoß geschafft, blieb aber reglos stehen, damit sie in der Dunkelheit nicht strauchelte und Lärm machte. Aygar kroch drei Stufen hinunter und berührte sie an der Schulter.

»Was jetzt?« fragte er.

»Psst. Hoffen wir, daß die Kerle nichts von der Falltür wissen.«

Zum ersten Mal, seit der Ärger angefangen hatte, blieb Sassinak Muße, über das Geschehen und über ihr Schiff nachzudenken. Sie hatte sich von der Nachricht täuschen lassen, weil sie im Flottenjargon abgefaßt gewesen war. Das deutete darauf hin, bewies aber nicht, daß jemand in der Flotte sie umbringen lassen wollte. Wer immer es war, er wußte genug über Coromell, um zu vermuten, daß sein Name sie anlocken und daß sie nur seine allgemeine Erscheinung erkennen würde. Er war sehr prominent. Es bereitete keine Schwierigkeiten, seine Größe und sein Alter in Erfahrung zu bringen und jemanden zu finden, der ihm hinreichend ähnlich war, um in seine Rolle zu schlüpfen.

Aber warum die Umstände? Warum hatte man nicht einfach auf sie oder Aygar oder beide ein Attentat verübt, als sie den Shuttlehafen verließen oder sonstwo unterwegs waren? Und angenommen, diese orangefarbenen Uniformen wurden von der Polizei getragen, warum waren die Autoritäten auf der Seite der Angreifer?

Sie überlegte, was jemand gesagt haben könnte, um die örtliche Polizei davon zu überzeugen, daß sie und Aygar gefährliche Kriminelle waren, die etwas vorhatten. Es war nur vernünftig, wenn man vor einer Schlägerei in einer Bar davonlief. Sie hatte ursprünglich vorgehabt, in Coromells Büro anzurufen, sobald sie eine Telekabine gefunden hatte. Und was war oben auf ihrem Schiff los? Sie hätte am liebsten ihr Komgerät hervorgeholt und sich informiert, aber sie wagte es nicht, solang man ihr auf den Fersen war.

Wenn man im Dunkeln warten mußte, verzerrte sich die Zeit auf eine seltsame Weise. Sie wurde end- und nahtlos, zusammengepreßt von Furcht und gedehnt von Erwartung. Sassinak hatte keine Ahnung, wie lang es dauerte, bis sie vorsichtig einen Fuß zur nächsten Stufe auszustrecken wagte. Sie tastete sich nach unten und zog Aygar hinter sich her. Für den Fall, daß die Falltür doch noch gefunden wurde, wollte sie hinter der nächsten Ecke sein, sich hinter oder unter etwas verstecken. Noch ein Schritt und noch einer.

Als das Licht anging, war sie für einen Moment geblendet. Aygar keuchte. Jetzt konnte sie das lange, schmale Zimmer erkennen. Sie lief die letzten Stufen hinunter, Aygar hinter ihr, und suchte nach einem Versteck. Dort vielleicht? Ein Wandvorsprung, der vermutlich etwas im Geschoß darüber stützte. Sie verkroch sich dahinter und war von der Treppe aus nicht mehr zu sehen. Dann knisterte eine Stimme aus einem verborgenen Lautsprecher.

»... wissen, daß es hier ein Kellergeschoß gibt, Sera Valis, und Sie sollten besser kooperieren. In solchen Dingen kennen wir keinen Spaß.«

»Ich habe immer noch keinen Durchsuchungsbefehl gesehen.« Es klang nicht direkt trotzig, aber auch nicht ganz ruhig und selbstsicher. »Ich habe nichts zu verbergen, aber ich werde keinen Präzendenzfall schaffen, indem ich Sie ohne einen reinlasse.«

»Ich werde einen anfordern.«

Eine Pause, dann ein Stimmengewirr, das Sassinak nicht verstehen konnte. Funktionierte die Übertragung in beide Richtungen? Sie mußte sich darauf verlassen, daß dem nicht so war, mußte hoffen, daß die Frau einen verborgenen Schalter betätigt hatte, um sie beide zu warnen und einen Ausweg zu zeigen. An der langen Wand oder am anderen Ende waren keine Türen. Ein dickes Rohr- und Kabelbündel drang durch die Decke, führte durch einen massigen, mit Reglern versehenen Instrumentenkasten und verschwand in einer verwitterten Öffnung im Boden.

Aygar nickte in diese Richtung. Sassinak sah sich das

Loch aus der Nähe an. Nicht groß genug für Aygar, und sie war sich nicht einmal sicher, ob sie selbst sich an dem Bündel vorbeizwängen konnte, aber sie hatte eine Idee. Wenn dies ein Schiff wäre, hätte sich irgendwo eine Wartungsluke befunden. Sie fand nichts dergleichen, und das Gespräch über ihr konnte nur einen Ausgang haben.

Doch als Aygar einen der Aktenschränke verschob, die in einer Reihe am anderen Ende standen, parallel zu dem Kabelbündel, kam die Luke zum Vorschein. Ein flacher Deckel mit einem herausragenden Griff und darunter ein vertikaler Schacht mit einer seitlich angebrachten Leiter. Sie selbst hätte einige Schwierigkeiten gehabt, den Deckel von der Stelle zu bewegen, aber Aygars kräftige Finger hoben ihn so mühelos wie eine Scheibe Toast von einem Tablett.

Sassinak zwängte sich durch das Loch, stieg flink die Leiter hinunter, um Aygar Platz zu schaffen, und murmelte: »Wie wollen Sie den Deckel wieder hinter uns schließen?«

»Keine Sorge.«

Dennoch sorgte sie sich, als er den Deckel hinter den nächsten Aktenschrank schob, in das Loch kletterte und den Aktenschrank mitzog. Aber er konnte ihn doch sicher nicht mit bloßen Händen an seinen Platz ziehen? – Doch, er konnte.

Der Aktenschrank über ihnen dichtete den Schacht ab, und sie saßen wieder im Dunkeln, aber sie merkte Aygars Stimme an, daß er stolz grinste, als er sagte: »Wenn sie das nicht gehört haben, werden sie nichts merken. Und ich habe das Gefühl, wir sind nicht die ersten, die es so machen. Der Schrank ist nicht so schwer wie ein voller.«

»Gute Arbeit.«

Sie tätschelte sein Bein und stieg die Leiter hinunter. Sie sollten einen Querschacht erreichen … aber ihre Füße fühlten erst nichts, dann etwas Unebenes. Sie strich im Dunkeln mit dem Füßen darüber und fragte sich für einen Moment, warum sie so dumm gewesen war und keine Taschenlampe mitgenommen hatte. Es war etwas Schlaffes, Langes, Glitschiges … vielleicht das Kabelbündel. Sie konnte es nicht mit der Hand erreichen, solang sie an der Leiter hing. Sie mußte sich fallenlassen. Aygars Fuß stieß gegen ihren Kopf, und sie berührte seinen Knöchel und schob ihn leicht zur Seite, was er hoffentlich als Aufforderung verstehen würde, daß er warten sollte.

vierzehntes kapitel

»Soll ich Licht machen?« fragte Aygar leise.

Sassinak zählte bis zehn und mußte sich daran erinnern, daß er trotz seiner beachtlichen Fähigkeiten kein ausgebildeter Soldat war. Er hatte wahrscheinlich vorher nicht daran gedacht, ihr zu sagen, daß er eine Lampe bei sich hatte.

»Nichts dagegen.«

Über ihr wurde eine kleine Lampe eingeschaltet, die für Augen, die sich an die Dunkelheit gewöhnt hatten, ziemlich hell wirkte. Schatten tanzten umher, als er ihr die Lampe herunterreichte. Der Quertunnel unten hatte etwa den doppelten Durchmesser wie der Schacht, durch den sie gerade kletterten. Längs hindurch führte ein Bündel von Röhren, die auf einer Seite Platz für einen schmalen Steg ließen. Sassinak ließ sich hinunter, schwang ihre Beine auf den Steg und führte Aygars Füße. Sie mußte sich ein wenig ducken, er sich dagegen unangenehm tief bücken. Sie berührte ihn am Arm und riß den Kopf zur Seite. Sie würden ein ganzes Stück zurücklegen müssen, bevor sie wieder ungehindert reden konnten.

Zwanzig Meter weiter machte Sassinak eine Pause und schaltete die Taschenlampe aus. Kein Geräusch und keine Bewegung deuteten darauf hin, daß sie verfolgt wurden. Sie schloß die Augen, gab ihnen Zeit, sich wieder an die Dunkelheit zu gewöhnen, und wünschte sich, sie hätte wenigsten den Helm ihres Panzers dabeigehabt. Selbst ohne Verbindung zu den großen Computern des Kreuzers hätte die eigene Sensorenausstattung des

Helms ihr genau sagen können, was in Luftlinie vor ihnen lag.

Sie öffnete in völliger Dunkelheit die Augen. Nein, nicht in völliger Dunkelheit. Vor sich, so schwach, daß sie ihn kaum ausmachen konnte, sah sie einen fernen orangeroten Punkt. Sie blinzelte und erinnerte sich daran, daß sie den Blick in solchen Fällen hin und her springen lassen sollte. *Zwei* orangerote Punkte sogar. Sie beugte sich vor, um an Aygar vorbeizusehen. Noch einer, und dahinter noch einer.

Es konnte sich um Markierungslichter für die Wartungsarbeiter handeln. Das war die harmloseste Variante. Es konnten aber auch automatische Kameras sein, die ihr Bild direkt an eine Polizeiwache senden würden, ohne die Umgebung für Sassinaks Augen hell genug zu beleuchten. Oder automatische Laser, die mit Wärme- und Bewegungssensoren verbunden waren und dazu dienten, den Tunnel von Ungeziefer freizuhalten.

Sie verabscheute Planeten. Es konnte sein, daß in diesen Tunneln tatsächlich Ungeziefer lauerte. Aber wenn man keine Wahl hatte, scheute nur ein Idiot das Risiko … so hatte Abe es ihr jedenfalls immer gesagt. Sie tastete sich seitlich den Steg entlang und bewegte sich in dem engen Raum dabei mit einer Geschmeidigkeit, die sie sich an Bord von Raumschiffen angeeignet hatte. Aygar hatte mehr Schwierigkeiten. Sie konnte ihn poltern und straucheln hören und hoffte inständig, daß hier unten keine Geräuschsensoren eingesetzt wurden. Sie benutzte die Taschenlampe nur, wenn es unbedingt sein mußte.

Als sie unter dem ersten düsteren Lämpchen unter der Tunneldecke hinweggingen, wurde kein Alarm ausgelöst, von dem Sassinak etwas mitbekam, aber damit war auch nicht unbedingt zu rechnen. Sie schwitzte inzwischen in der reglosen Luft in dem Tunnel und fragte sich, wie frisch diese Luft war. Zwischen dem ersten und dem zweiten Lämpchen spürte sie plötzlich einen Zug von der Seite und richtete den Lichtstrahl an die Tunnelwand. In Hüfthöhe befand sich ein weiteres, diesmal hüfthohes Gitter. Aus ihm drang lautlos ein etwas kühlerer Lufthauch. Sassinak konnte keinen Ventilator hören, nicht einmal ein Zischen bewegter Luft. Dann strich der Luftzug für einen Moment über ihren Handrücken und hörte sofort wieder auf.

Nur ein Druckausgleichstunnel, dachte sie, wahrscheinlich zur Untergrundbahn. Beruhigend zu wissen, daß sie von anderswo mit frischer Luft versorgt wurden, auch wenn Sassinak lieber einen Weg an die Oberfläche gefunden hätte. Sie tippte Ayagar auf den Arm, und sie kauerten sich neben die Öffnung hin und legten eine kurze Pause ein.

»Ich bin mir nicht sicher, wer hinter uns her ist«, sagte sie. »Das war nicht der Mann, den ich treffen sollte. Er war genauso groß und im selben Alter, aber ein anderer.«

Aygar ignorierte die Bemerkung. »Wissen Sie, wo wir sind? Können wir zurück?«

»Das waren die falschen Fragen. Um zurückzuklettern, müßten wir herausfinden, wer uns umbringen will. Im Moment wissen wir nicht einmal, ob man hinter Ihnen, hinter mir oder hinter uns beiden her ist. Und warum.«

Sie konnte sich für beides Gründe vorstellen. Und für einige andere Vorkommnisse auch. Warum sollte ihr jemand einen falschen Coromell schicken und dann *ihn* umbringen? Es konnte kaum ein Irrtum gewesen sein: der Unterschied zwischen einem weißhaarigen alten Mann und einer dunkelhaarigen Frau war selbst für den dümmsten Attentäter augenfällig. Es konnte angesichts des Geschoßhagels, der dem Mann das Gesicht zerfetzt hatte, auch nicht an mangelnder Treffsicherheit gelegen haben. Waren vielleicht zwei verschiedene Verschwörerbanden am Werk gewesen, deren Machenschaften sich in wilder Verwirrung überschnitten hatten?

»Sie haben gesagt, das sei nicht Coromell gewesen.« Aygars Stimme klang ruhig, konzentriert zwar, aber nicht ängstlich. »Hat das der Kerl, der ihn umgebracht hat, auch gewußt?«

»Ich bin mir nicht sicher.« Sie war sich nicht vieler Dinge sicher, außer daß sie lieber auf ihrem Schiff geblieben wäre. Das war's dann, was die Konfrontation mit alten Ängsten anging. »Wenn das Coromell gewesen wäre und der nächste Schuß mich vielleicht auch getötet hätte, wären Sie der wichtigste Zeuge im Prozeß gegen Tanegli gewesen. Und wie Sie oft genug gesagt haben, wissen Sie nichts über die Kontakte zwischen Tanegli und anderen Verschwörern. Sie könnten lediglich bestätigen, daß er Sie angelogen und glauben gemacht hat, daß Ireta den Schwerweltlern gehörte. Wenn es eine Möglichkeit gegeben hätte, den Tod Coromells mir anzulasten …«

»Und warum haben die vielen anderen Leute draußen auf uns gewartet?« fragte Aygar.

Seine Gedanken gingen offenbar in eine andere Richtung. Das war bei seiner Herkunft nicht anders zu erwarten. Aber es war trotzdem eine gute Frage.

»Hmm. Angenommen, sie haben geplant, Coromell in dieser Bar umzubringen. Sie haben damit gerechnet, daß ich mit Ihnen flüchten würde, was wir ja auch getan haben. In einer solchen Situation kann man nichts Vernünftigeres tun als zu verschwinden. Also haben draußen weitere gewartet, um uns zu erledigen. Oder mich. Dann hätten sie mir Coromells Tod anlasten und damit die Flotte verunglimpfen und jede Aussage unglaubwürdig machen können, die ich vor Gericht gemacht hätte.«

»Was wäre aus der *Zaid-Dayan* geworden? Wer hätte Ihr Erbe angetreten?«

»Mein Erbe? Schiffe sind kein Privateigentum! Die Flotte würde einen anderen …« Sie verstummte, als ihr ein neuer Verdacht kam. »Aygar, Sie sind ein Genie, und Sie wissen es nicht einmal. Die Aussage ist eine Sache. Aber ein Schiff lahmzulegen, ist eine andere. Meine *Zaid* ist vermutlich das gefährlichste Schiff seiner Klasse. Wenn sie *das Schiff* fürchten und es außer Gefecht setzen wollten, dann müßten sie mich ausschalten oder auf dem Planeten festhalten, solang Coromells Tod untersucht wird. Das würde genügen. Es würde mehrere Standardwochen dauern, bis ein neuer Captain einträfe. Vielleicht würde man das Schiff sogar im Dock versiegeln.«

Aber warum sollte jemand so beunruhigt über einen Kreuzer sein, der an die Orbitstation angedockt hatte, einen Kreuzer, dessen Waffensysteme lahmgelegt waren? Welche Bedrohung sah jemand in diesem Kreuzer? Kreuzer waren keine Präzisionsinstrumente. Trotz ihrer Aktionen auf Ireta waren Kreuzer als strategische Plattformen konzipiert, die mit einem planetaren Aufstand oder einer Invasion aus dem Weltraum fertigwerden konnten. Oder mit beidem.

Sassinak war wieder auf den Beinen, bevor ihr ganz bewußt wurde, daß sie weitergehen wollte. »Kommen Sie«, sagte sie. »Wir müssen aufs Schiff zurück.«

Als ob das so einfach sein würde. Sie sah sich nach einer anderen Zugangsluke um. Früher oder später würde jemand auf diesen Tunnel aufmerksam werden, selbst wenn er die Luke in diesem … diesem Laden nicht gefunden hatte. Ihr Geist arbeitete jetzt auf Hochtouren und ging die verschiedenen möglichen Verschwörungen gegen sie durch. Sie alle ließen sich auf eine einzige zurückführen, sofern jemand eine Möglichkeit fand, Coromells Rückkehr hinauszuschieben und den Leichnam seines Stellvertreters lang genug als seinen auszugeben, um Sassinak in ernsthafte Schwierigkeiten zu bringen. Vielleicht hatte man auch den echten Coromell gefangengenommen und konnte seinen Leichnam vorweisen.

Das war nicht ihr Problem. Im Moment jedenfalls nicht. Im Moment gab es nichts Wichtigeres für sie, als einen Weg an die Oberfläche zu finden und Arly zu verständigen, damit sie ein Shuttle schickte, das Sassinak und Aygar abholte. Ob sie rechtmäßig handelte, war ihr längst gleichgültig.

Die nächste Zugangsluke führte nach unten, tiefer in das Untergrundlabyrinth aus Wartungstunneln hinein. Der Tunnel dahinter war beleuchtet, und die Schiene auf dem Boden deutete darauf hin, daß er zu Wartungszwecken regelmäßig von einer Einschienenbahn befahren wurde. Plastikverkleidungen verdeckten die Kabelbündel an einer Wand. Die Röhren liefen an der anderen entlang. Sassinak fiel auf, daß die Symbole dieselben zu sein schienen, die auf Flottenschiffen verwendet wurden, die farbigen Streifen und Logos, die sie so gut kannte, aber sie verzichtete darauf, an eine Wasserleitung zu klopfen, um sich zu vergewissern. Zumindest vorläufig. Sie konnten über den Steg neben der Schiene gehen, ohne sich bücken zu müssen. Mit der Beleuchtung kamen sie sehr viel schneller voran.

Das hilft uns aber wenig, dachte Sassinak grimmig, wenn wir nicht wissen, wohin wir unterwegs sind. Die Luke, durch die sie einstiegen, war auf der Rückseite mit einer Nummer versehen; eine nutzlose Information, wenn man keine Karte zur Hand hatte.

»Wir bewegen uns immer noch in dieselbe Richtung«, sagte Aygar.

Sie sah ihn überrascht an. Er kam mit der Situation sehr viel besser klar, als sie erwartet hätte.

»Ohne Bezugspunkte kann man sich leicht verlaufen«, begann sie, aber er hielt ein kleines knopfartiges Ding hoch. »Was ist das?«

»Ein Kartierungsmodul«, sagte Aygar. »Einer der Studenten, die ich in der Bibliothek kennengelernt habe, sagte mir, ich sollte besser einen bei mir haben, sonst könnte ich mich verlaufen.«

»Ein Lokalisierungssender?« Sie befürchtete das Schlimmste. Wenn er ein solches Ding mit sich herumtrug, konnten ihre unbekannten Gegner sie bequem auf einem Computermonitor verfolgen und einfach abwarten, bis sie wieder an die Oberfläche kamen.

»Nein. Er sagte mir, es gäbe zwei Typen. Zum einen solche, die anderen mitteilen, wo man sich gerade aufhält, damit sie einen finden und helfen können. Und zum anderen solche, mit denen man sich selbst darüber Klarheit verschaffen kann, wo man ist. Touristen führen Geräte vom ersten Typ mit sich, sagte er, auch reiche Leute, die sich darauf verlassen können, daß ihre Diener sie abholen. Studenten aber bevorzugen den zweiten Typ. Deshalb habe ich mir einen gekauft.«

Sie war sich nicht bewußt gewesen, daß er genug Zeit für sich gehabt hatte, um dergleichen zu tun. Aber wenn sie zurückdachte … es waren viele Stunden vergangen, nachdem man ihn am Eingang der Bibliothek abgesetzt hatte. Sie selbst oder einer der FES-Ankläger hatte ihn zwischen eidlichen Aussagen oder Konferenzen dort abgeliefert. Sie hatte nicht einmal gewußt, daß er andere Leute kennengelernt hatte.

»Wie funktioniert das Ding?«

»So.« Er schaltete es mit dem Daumennagel ein, und auf der Wand des Tunnels erschien, von der Kabelverkleidung verzerrt, eine Karte der Stadt. Ein blinkender roter Punkt markierte offenbar ihren Standort. Das Gerät schien in die Karte hineinzuzoomen, und Zahlen und Buchstaben ersetzten Teile des Linienzickzacks. »E-84, RR-72.« Aygar schnippte noch einmal mit dem Finger, und ein Netzwerk aus gelben Linien erschien. Es stellte sich heraus, daß sie sich in einem Gang mit der

Bezeichnung *Wartungstunnel 66-43-V* befanden. »Wohin wollen wir?«

»Ich … ich weiß nicht recht.« Solang sie nicht wußte, wer ihre Feinde waren, hatte sie keine Ahnung, wo sie am sichersten an die Oberfläche kommen und Arly verständigen oder ob sie es überhaupt wagen konnten. »Wie kommen wir am schnellsten an die Oberfläche?«

Der rote Punkt dehnte sich zu einer Linie, die durch das Gelb ihres Tunnels führte und sich dann orange färbte.

»Orange bedeutet, daß es dort aufwärts geht«, erklärte Aygar. »Wenn wir irgendwo nach unten steigen müssen, wird sich die Linie purpurrot färben.« Das ergab in gewisser Hinsicht einen Sinn.

»Also, gehen wir.«

Sie ließ ihn vorausgehen. Er schien zu wissen, wie das Kartierungsmodul funktionierte. Sie wußte es sicher nicht. Sie wollte sich nach dem Maßstab erkundigen, aber sie hatten sich ohnehin schon zu lang an einer Stelle aufgehalten. Ihr Nacken juckte, wenn sie daran dachte, daß sie mit Sicherheit verfolgt wurden.

»Wenn Sie noch ein paar Überraschungen wie die Taschenlampe oder das Kartierungsmodul auf Lager haben, warum sagen Sie's mir nicht gleich?« Es kam ihr etwas angriffslustiger über die Lippen, als sie beabsichtigt hatte.

»Es tut mir leid«, sagte er. Er hörte sich tatsächlich verlegen an. »Ich wußte nicht … Es war einfach keine Zeit.«

»Ich mache Ihnen keine Vorwürfe. Ich bin ganz froh, daß Sie sich für ein Kartierungsmodul dieses Typs und kein anderes entschieden haben.«

»Ich habe eigentlich nicht damit gerechnet, daß ich es brauchen würde«, sagte er. »Ich verlaufe mich nicht so leicht. Aber Gerstan war so freundlich.« Er zuckte die Achseln.

Sassinak spürte, wie sich eine weitere Sorge dem

Schwarm von Sorgen hinzugesellte, der bereits ihren Kopf ausfüllte. Ein freundlicher Student, der sich rein zufällig um das Wohlergehen eines Studenten sorgte?

»Erzählen Sie mir noch etwas über Gerstan«, sagte sie so ruhig, wie sie konnte.

Gerstan, schien es, war ›fast so wie Tim‹. Sassinak behielt für sich, was sie dachte, und hoffte, daß Aygar einen Fehler gemacht hatte. Gerstan war freundlich, offen und hilfreich gewesen. Er hatte für Aygars Lage Verständnis gezeigt. Natürlich deshalb, weil Aygar ihm alles über die Vorfälle auf Ireta erzählt hatte. Sassinak schluckte schwer und ließ Aygar reden, während sie weitergingen. Gerstan hatte ihm erklärt, wie man mit Hilfe der Universitätscomputer auf die Datenbanken zugriff, und er hatte ihn sogar darauf hingewiesen, daß es möglich war, die Zugangsbeschränkungen zu umgehen.

»Wirklich?« fragte Sassinak und hoffte, daß sie nicht zu neugierig klang. »Das ist ziemlich schwierig, habe ich immer gehört.«

Aygars Erklärung beruhigte sie nicht. Gerstan, schien es, hatte gewisse Freunde. Er hatte nie genau erklärt, welche Freunde; einfach Freunde, die sich darauf spezialisiert hatten, Datenübertragungen abzufangen und umzulenken.

»Welche Art von Übertragungen?«

»Das hat er mir nicht genau gesagt.« Aygar klang, was das anging, etwas mürrisch, so als käme ihm Gerstan im nachhinein gar nicht mehr so hilfreich vor. »Er sagte nur, wenn ich je auf eine Datenbank zugreifen wollte oder … oder einer Schleife entkommen, was immer das bedeutet, dann könnte er helfen. Er sagte, wenn man einmal den Trick wüßte, sei es ganz einfach. Man könnte sich bis hinauf zu Parchandri vorarbeiten, meinte er.«

Als sie das hörte, bohrte sich Sassinak ein eisiger Stachel in den Rücken. »Sind Sie sicher?« fragte sie unwillkürlich.

»Wessen sicher?« Aygar watschelte unbeholfen vor ihr her und machte einen ganz entspannten Eindruck.

»Daß er sagte ›bis hinauf zu Parchandri‹?«

»Bis zu *Parchandri*. Ja, das hat er gesagt. Warum?«

Er warf ihr über die Schulter einen Blick zu, und Sassinak hoffte, daß ihr Gesicht nichts als kühles Interesse verriet. Parchandri. Generalinspektor Parchandri? Er sollte gar nicht hier sein, sondern im Flottenhauptquartier. Als sei er in feurigen Buchstaben in die Luft geschrieben, sah Sassinak jenen Initialisierungscode vor sich, der angeblich aus dem Büro des Generalinspektors stammte …

»Ich versuche mir nur zusammenzureimen, wie alles zusammenhängt«, sagte sie zu Aygar, der noch einmal zurückblickte.

Sollte sie etwas davon Aygar erklären? Seine eigenen Probleme waren kompliziert genug, und außerdem war er nicht berechtigt, in die intimen Geheimnisse der Flotte eingeweiht zu werden. Aber wenn etwas passierte … Sie schüttelte entschieden den Kopf. Es würde nicht mehr passieren, als daß sie an Parchandris Grab lachen würde. Das hieß, wenn Parchandri wirklich den Mord an Abe verschuldet hatte.

In regelmäßigen Abständen kamen sie an Zugangsluken zu beiden Seiten, über und unter ihnen vorbei. Jede war mit Hilfe einer Schablone mit einer Nummer bemalt worden. Jede sah weitgehend so aus wie die anderen. Ohne Aygars Kartierungsmodul hätte Sassinak keine Ahnung gehabt, wohin sie gehen sollten.

Sie hatte das leise Wimmern schon einige Sekunden gehört, bevor sie es bewußt wahrnahm, und dann sprang sie vor und tippte Aygar auf die Schulter. »Hören Sie.«

Er zuckte die Achseln. »Der ganze Planet macht Geräusche«, sagte er. »In einer Stadt kann niemand etwas hören. Jedenfalls nichts, das etwas bedeutet.«

»Wie weit ist es noch?« fragte Sassinak. Das Winseln wurde geringfügig lauter.

»Noch etwa einen halben Kilometer, wenn ich die Anzeige richtig deute.«

»Zu weit.« Sie sah sich um und entdeckte weniger als zwanzig Meter vor ihnen, neben der Schiene und unter dem Kabelbündel, eine Zugangsluke. »Wir nehmen die da.«

»Aber warum?«

Das Wimmern war lauter geworden, und ein leichter Luftzug berührte ihr Gesicht. Aygar fuhr herum und lief auf die Luke zu. Sassinak holte ihn ein und half ihm, sie zu öffnen. Sofort ging eine Alarmsirene los, und ein orangefarbenen Licht blitzte. Sassinak unterdrückte einen Fluch. Wenn sie von diesem Planeten je wieder fortkam, würde sie nie mehr, unter keinen Umständen, auf einem Planeten landen! Aygar steckte bereits die Beine in die Luke, aber Sassinak entdeckte eine weitere nur fünf Meter vor ihnen.

»Ich werde die da auch öffnen. Dann werden sie nicht wissen, durch welche wir gekrochen sind.«

Sie konnte durch das Heulen der Alarmsirene das Wimmern des herannahenden Einschienenwagens nicht hören, aber die Änderung des Luftdrucks war deutlich zu spüren. Sie lief, wie sie seit Jahren nicht mehr gelaufen war, mühte sich mit dem Lukendeckel ab, warf ihn zurück und zuckte zusammen, als eine weitere Alarmsirene losheulte und ein Licht anging. Dann lief sie zurück zur ersten Luke und stieg ein. Aygar war klugerweise schon ein Stück hinuntergeklettert, um ihr Platz zu schaffen. Ein kurzer Ruck, und die Luke schloß sich über ihnen. Ringsum war wieder alles dunkel. Sassinak hörte die Sirenen immer noch heulen. Von dieser Luke? Von der anderen? Von beiden?

Während des ganzen Abstiegs, der sehr viel länger dauerte als alle bisherigen, tadelte sie sich selbst. Sie wußte nicht einmal, ob der Einschienenwagen bemannt war. Es konnte sein, daß er weder über Fenster noch über Sensoren verfügte. Sie hätte mit Aygar möglicherweise ruhig stehenbleiben und ihn vorbeifahren lassen können, um danach weiter Aygars Kartierungsmodul zu folgen. Vielleicht aber auch nicht. Nachträgliche Überlegungen halfen einem nicht, mit den Konsequenzen klarzukommen. Sie holte einmal tief Luft und ermahnte sich, nicht zu verkrampft zu sein. Obwohl eins nach dem anderen schief gegangen war, so waren sie doch immer noch am Leben, unverletzt und entwischt. Das mußte etwas wert sein. Ihr Fuß berührte Aygars Kopf. Er hatte das Ende der Leiter erreicht.

»Ich kann keine Luke finden«, sagte er. Seine Stimme hallte leise durch die dunkle Kammer. »Ich werd's mal bei Licht versuchen.«

Sassinak schloß die Augen und öffnete sie wieder, als ihre Lider rosig aufleuchteten. Sie stand mit Aygar auf dem Grund eines leicht gebogenen, nahezu vertikalen Schachts, und außer einer grob verschweißten Fuge waren die Wände völlig glatt. Aygars Atem ging laut und stockend.

»Wir … wir müssen einen Ausweg finden. Es muß einen Ausweg geben!«

»Wir werden ihn finden.«

Sassinak fühlte sich in Tunneln und Schächten fast zu Hause, Aygar hatte aber, bevor er auf die *Zaid-Dayan* gekommen war, große Scheu gehabt, in einen hineinzukriechen. Für jemanden ohne Schiffsausbildung hatte er seine Sache bemerkenswert gut gemacht, aber diese Sackgasse in einem engen Schacht war zuviel für ihn. Sie konnte plötzlich seinen Angstschweiß riechen; seine Hand auf ihrem Bein zitterte.

»Schon gut«, sagte sie in einem Ton, den sie sonst nur gegenüber einem nervösen Neuling auf seinem ersten

Kreuzflug angeschlagen hätte. »Er ist an uns vorbei, das ist das Wichtigste. Folgen Sie mir nach oben, aber *leise*.«

Es war nicht allzu weit bis zu einer kreisrunden Luke gegenüber der Leiter, die sich leicht erreichen ließ. Sassinak hatte gerade ihre Hand um den Verschlußring geschlossen und wollte daran ziehen, als er ihr aus der Hand gerissen wurde und plötzlich ein blendender Lichtstrahl auf sie fiel.

»Na so was.« Die Stimme klang schroff und nur leicht überrascht. »Was haben wir denn da? Diesmal nicht die Pollys.«

Sassinak blinzelte und konnte so eben eine dunkle Gestalt erkennen, die von weiterem Licht umspielt wurde, und den Lichtschimmer auf einer schmalen Röhre, zweifellos einer Waffe.

»Wie viele?« wollte die Stimme wissen.

Sassinak überlegte, ob Aygar sich unter ihr verstecken könnte, kam aber zu dem Schluß, daß es bei seinem Anfall von Klaustrophobie wohl nicht in Frage kam.

»Zwei«, sagte sie knapp.

»Ihr kommt da sofort raus«, sagte die Stimme.

Die Lichtquelle zog sich gerade soweit zurück, daß Sassinak Platz hatte. Sassinak stieg mit den Füßen voran in die Öffnung und rutschte aus einer hüfthohen Luke in einen horizontalen Tunnel. Aygar folgte ihr. Sein gebräuntes Gesicht war blaß um Mund und Augen und tropfte von Schweiß. Sorgfältig, so wie sie es an Bord ihres Schiffs getan hätte, schloß Sassinak die Luke und betätigte den Verschlußmechanismus.

Ihnen stand fünf zerlumpte Gestalten in oft geflickten Overalls gegenüber. Zwei hielten Waffen in den Händen, die wie Sturmgewehre der Infanterie aussahen. Ein anderer hatte ein langes Messer, das er in ein Stück Metallrohr gesteckt hatte, und einer hielt die Lampe, die Sassinak und Aygar immer noch blendete. Der letzte lehnte an der Wand und betrachtete sie mit einer Mischung aus Gier und Abscheu.

»Habt ihr da oben den Alarm ausgelöst?« fragte er. Dieselbe rauhe Stimme von einer untersetzten Gestalt, die ein Mann oder eine Frau sein konnte – es war schwer festzustellen, wenn eine solche Ansammlung von Lumpen den Körper verhüllte.

»Nicht mit Absicht«, sagte Sassinak. »Wir haben uns ein wenig verlaufen.«

»Nicht nur ein wenig. Mach das Licht aus, Jemi.«

Die Lampe wurde ausgeschaltet, und Sassinak schloß für einen Moment die Augen, um sich daran zu gewöhnen. Als sie die Augen wieder öffnete, stopfte die Frau, die die Lampe gehalten hatte, sie gerade in einen Rucksack. Die Gewehre hatten sich nicht gerührt. Sassinak auch nicht. Aygar gab hinter ihr einen unentschlossenen Laut von sich, der nicht ganz wie ein Knurren klang. Sie nahm an, daß ihm der Anblick des selbstgebauten Speers gefiel. Die Person, die gesprochen hatte, stieß sich von der Wand ab und beobachtete sie.

»Könnt ihr mir einen Grund nennen, warum wir euch nicht an Ort und Stelle abschlachten sollten?«

Sassinak grinste. Das war eine prahlerische Drohung, kein Entschluß.

»Das würde neben dem Schacht, aus dem wir gekrochen sind, eine ziemliche Sauerei hinterlassen«, sagte sie. »Wenn jemand uns hierher folgen würde ...«

»Man wird euch folgen«, sagte einer der Männer mit den Gewehren. Der Lauf ruckte einen Fingerbreit zur Seite. »Wir sollten verschwinden, Cor ...«

»Moment mal! Die beiden sind kein solcher Abschaum, wie er uns hier sonst über den Weg läuft, und oben ist jede Menge los. Wer seid ihr?«

»Wer sind die Pollys?« konterte Sassinak.

»Ihr werdet vom Insystem-Sicherheitsdienst der Föderation verfolgt und wißt nicht, wer die Pollys sind?«

Ein ähnlich kalter Schauer wie in dem Moment, als sie den Namen Parchandri gehört hatte, lief ihr den Rücken hinunter. Die aktiven Teile des Insystem-Sicherheitsdienstes sollten sich darauf beschränken, die Sicherheit der Regierungsstellen zu gewährleisten. Sie hatte angenommen, ihre Verfolger seien gedungene Killer der Planetenpiraten oder (schlimmer noch) eine Einheit der Stadtpolizei.

»Ich habe nicht gewußt, daß die hinter uns her sind. Orangefarbene Uniformen?«

»Sturmtruppen. Sondereinsatzkommandos. Ach, was soll's! Ihr sagt uns jetzt sofort, wer ihr seid, oder ihr seid auf der Stelle tot, und wenn die Sauerei noch so groß ist.«

»Commander Sassinak«, sagte sie. »Flottencaptain des schweren Kreuzers *Zaid-Dayan*, der im Orbit …«

»Und ich bin Luisa Paradens Friseur! Laßt euch was Besseres einfallen, sonst …«

»Aber sie ist es wirklich«, schaltete sich Aygar ein. Die andere Frau kniff die Augen zusammen, als sie seinen fremdartigen Akzent hörte. »Sie hat mich …«

Sassinak hatte eine Hand am Lukenrand. Eine ferne Erschütterung vibrierte in ihren Fingerspitzen.

»Ruhig«, sagte sie. Nicht laut, aber mit Nachdruck.

Alle verharrten. Die Stille schien zu erbeben.

»Sie kommen. Ich spüre Schwingungen.« Derjenige, der gesprochen hatte, knurrte einen unterdrücken Fluch, dann sagte er: »Also los! Beeilt euch! Wir klären das später.«

Sie folgten dem Tunnel, einer nackten, kühlen Röhre aus einem graugrünen Metall, das mit etwas Elastischem ausgelegt war. Darunter, dachte Sassinak, mußte sich das verbergen, wofür der Tunnel eigentlich bestimmt war. Sie war sich bewußt, daß ihr ein Mann mit einem Gewehr folgte, daß Aygars zunehmende Verwirrung ihn an den Rand der Panik brachte und daß ihre Beine schmerzten.

Nach kurzer Zeit hätte sie schon nicht mehr zurückgefunden. Sie bewegten sich zu schnell, kamen an zu vielen Schächten und Tunneln vorbei, als daß sie Gelegenheit gehabt hätte, sich zu orientieren. Sie fragte sich, ob es Aygar besser erging. Seine Jagderfahrung war ihm vielleicht eine Hilfe. Ihre Ohren klingelten einmal, und dann noch einmal, woraus sie schloß, daß sie sich inzwischen tief unter der Planetenoberfläche befanden. Genau dort, wo sie nun wirklich nicht sein wollte. Aber sie lebte noch. Daran mußte sie sich erinnern; sie und Aygar hätten längst tot sein können.

Schließlich blieben ihre Häscher stehen. Sie hatten eine gut beleuchtete, scheunenartige Kammer erreicht, die sich in einen der kleineren Tunnel öffnete. Auf einer Seite standen Tonnen und Lattenkisten bis an die niedrige Decke gestapelt. Wo der Boden freiblieb, hatte man mit zerfetzten Decken und Teppichstapeln Schlafstellen eingerichtet. Zerbeulte Plastikcontainer enthielten Wasser und Nahrung. Einige zusammengekauerte Gestalten schliefen, anderen hockten in kleinen Gruppen zusammen, ein paar gingen rastlos auf und ab. Das Stimmengewirr verstummte, und Sassinak sah blasse Gesichter, die sich ihr zuwandten, starr vor Angst und Zorn.

»Wir haben zwei von oben mitgebracht«, sagte der Anführer ihrer Gruppe. »Einer behauptet, ein Flottencaptain zu sein.«

Das gehässige Lachen, in das die anderen ausbrachen, klang eher angestrengt als belustigt.

»Dieser dicke Brocken da?« fragte jemand.

»Nein. Die … die *Dame*.« Sassinak hatte das Wort noch nie als eine Beleidigung gehört, aber es war nicht zu überhören, wie es gemeint war. »Die Pollys waren hinter ihnen her, und sie haben nicht einmal gewußt, was die orangefarbenen Uniformen bedeuten.«

Ein stämmiger Mann, der für seinen Knochenbau zu wenig Fleisch auf den Rippen hatte, zuckte die Achseln und trat vor. »Eine Außenweltlerin könnte es auch nicht wissen. Vielleicht ist sie ...«

»Eine Außenweltlerin? Kann schon sein. Aber von der Flotte? Flottenmitglieder treiben sich nicht in der Kanalisation rum. Sie lassen doch nicht ihre luxuriösen Schiffe im Stich und machen sich die Füße schmutzig. Sie fliegen frei und sauber durch den Weltraum und lassen uns in der Sklaverei verrotten. Das ist die Flotte!« Der Anführer spuckte Lunzie vor die Füße und grinste sie an.

»Ich glaube, ich weiß soviel über Sklaverei wie die meisten von euch«, sagte Sassinak ruhig.

»Weil ihr angeblich Sklavenhändler jagt, euch aber von Parchandri bestechen laßt?« Das kam von einem anderen, einem dürren, gebeugten kleinen Mann, dessen Gesicht mit Narben übersät war.

»Nein, weil ich selbst Sklavin gewesen bin«, sagte Sassinak. Fassungslosigkeit trat in die angespannten Gesichter. Jetzt hörten sie alle aufmerksam zu. Sassinak ging davon aus, daß sie nur eine Chance hatte. Sie sah den Anwesenden nacheinander in die Augen und nickte, weil sie sich ihrer Aufmerksamkeit sicher sein konnte. »Ja, es stimmt. Als ich ein Kind war, wurde die Kolonie überfallen, in der ich lebte. Ich habe meine Eltern sterben sehen. Ich habe die Leiche meiner Schwester in den Armen gehalten. Ich habe meinen kleinen Bruder nie wiedergesehen. Sie haben ihn zurückgelassen. Er war zu jung ...« Ihr Stimme zitterte, selbst jetzt noch, sogar hier. Sie zwang sich, klar und deutlich zu sprechen. »Und so bin ich eine Sklavin geworden.« Sie machte eine Pause und sah noch einmal in die Gesichter der anderen, die sich ihrer Feindseligkeit nicht mehr so sicher waren. »Ich weiß nicht mehr genau, wie viele Jahre lang. Dann wurde das Schiff, an das man mich verkauft hatte, von der Flotte geentert, und ich hatte eine Chance, die Schule zu beenden, auf die Akademie zu gehen und selbst Piraten zu jagen. Deshalb weiß ich es.«

»Wenn das stimmt, ist das der Grund, warum die Pollys euch verfolgt haben«, sagte der Anführer der Gruppe.

»Aber woher sollen wir das wissen?«

»Weil sie die Wahrheit sagt«, sagte Aygar. Alle sahen ihn an, und Sassinak war überrascht, als er errötete. »Sie ist auf meinen Heimatplaneten Ireta gekommen. Sie hat mich in ihrem Kreuzer zum Prozeß hergebracht.«

»Und du bist von Geburt an außerstande, zu lügen?« fragte der Anführer.

Aygar schien über diesen Sarkasmus vor Wut zu kochen. Sassinak hob die Hand und hoffte, daß er die Geste zur Kenntnis nahm.

»Das ist mein Ring von der Akademie«, sagte sie, zog den Ring vom Finger und hielt ihn hin. »Auf der Innenseite ist mein Name graviert und das Abschlußdatum auf der Außenseite.«

»Sas-si-nak«, las der Anführer stockend. »Gut, das ist ein Beweis, ich bin mir aber nicht sicher wofür.«

Sassinak nahm den Ring zurück, und der Anführer hätte vielleicht noch mehr gesagt, wäre nicht in diesem Moment aus dem Tunnel ein Neuankömmling hereingetrabt, der ein flaches schwarzes Kästchen trug, das wie ein Breitband-Abhörgerät aussah. Er ging ohne Umschweife auf den Anführer zu und fing zu reden an.

»Die Pollys haben eine Meldung an alle Wachen durchgegeben, daß ein abtrünniger Flottencaptain namens Sassinak und ein großer, kräftig gebauter Zivilist gesucht werden. Sie haben einen gewissen Admiral Coromell umgebracht …«

Der Anführer wandte sich Sassinak zu. Der Bote schien sie und Aygar jetzt erst zu bemerken und riß die Augen auf.

»Ist das wahr?«

»Nein.«

»Wie, nein? Habt ihr niemanden umgebracht, oder habt ihr Coromell nicht umgebracht?«

»Wir haben niemanden umgebracht, und der Tote ist nicht Coromell.«

»Woher wollt ihr ... Ach so!«

Sassinak lächelte. »Wir waren am Tatort und sollten Admiral Coromell treffen, als sich jemand in seinem Alter und von ähnlicher Erscheinung an unseren Tisch setzte und prompt einige Löcher in den Kopf geschossen bekam. Wir haben uns schnell davongemacht, und von da an war man hinter uns her. Wer immer ihn umgebracht hat, war vielleicht wirklich davon überzeugt, daß es sich um Coromell handelte. Es würde eine sorgfältige Autopsie erfordern, um das Gegenteil zu beweisen. Es sei denn, der echte Coromell tauchte auf. Ich weiß nicht, wer uns einen falschen Coromell geschickt hat und warum, oder wer den falschen Coromell umgebracht hat und warum. Vielleicht wollte man uns auch einfach nur in Schwierigkeiten bringen. Meine und Aygars Aussagen könnten in dem bevorstehenden Prozeß von entscheidender Bedeutung sein.«

Die ausdruckslosen Gesichter ließen erkennen, daß hier niemand etwas von einem bevorstehenden Prozeß gehört hatte.

»Ist der da Aygar?« fragte der Bote. »Hinter dem sind sie nämlich her, und hinter einer gewissen Sassinak.«

Die anderen tuschelten nicht einmal. Niemand wollte Sassinak in die Augen sehen. Sie konnte ihre Angst wie eine Spannung in der Luft spüren.

»Sie haben Parchandri erwähnt«, lenkte sie ihre Aufmerksamkeit wieder auf sich. »Wer ist dieser Parchandri?«

Zu ihrer Überraschung löste sich die Spannung des Anführers mit einem bellenden Lachen. »Gute Frage! Wer ist dieser Parchandri? Sie könnten auch fragen, *welcher* Parchandri es ist. Wenn Sie der Flotte angehören und nie in Berührung gekommen sind mit …«

»Wenn sie eine Sklavin gewesen ist, dann ist es nicht anders zu erwarten«, sagte der große Mann. »Das hätten sie zu verhindern gewußt.« Er wandte sich Sassinak zu. »Die Parchandris sind eine Familie, die für den Staatsdienst und die Flotte ungefähr dieselbe Bedeutung hat wie die Paradens für den kommerziellen Handel. Sie treiben's genauso: sie bestechen und lassen sich bestechen, sie erpressen, entführen, biegen sich die Gesetze zurecht, wie es ihnen gerade paßt, und scheffeln satte Profite.«

»Ich weiß, daß es einen Generalinspektor Parchandri gab«, sagte Sassinak.

»Ach der. Ja, aber er ist nicht der einzige. Nicht einmal in der Flotte. Dem Stab des Generalinspektors gehören allein drei Parchandris an, zwei weitere sitzen in der Beschaffungs- und fünf in der Personalabteilung. Sie gehören zur eigentlichen Familie Parchandri und tragen den Nachnamen ganz offen. Daneben gibt es viele Vettern und Cousinen, die andere Namen benutzen. In der EEC sitzt ein ganzes Nest von Parchandris und entscheidet über Kolonialisierungsanträge und dergleichen. Für den Insystem-Sicherheitsdienst arbeitet übrigens auch ein Parchandri. Und das Oberhaupt der Familie sitzt hier in der Föderationszentrale und sorgt dafür, daß der Hohe Rat keine Beschlüsse faßt, die der Familie Schwierigkeiten bereiten könnten.«

Die beiläufige Art seiner Erklärungen ließ sie um so überzeugender erscheinen. Sassinak stellte die erste Frage, die ihr durch den Kopf ging.

»Gibt es eine Verbindung zwischen den Parchandris und den Paradens?«

»Ganz sicher. Aber keine Blutsverwandtschaft. Sie achten sorgfältig darauf, daß sie nicht untereinander heiraten oder sonst etwas tun, das in den Computern auftaucht, auch wenn sie Leute im Zentralen Datenarchiv haben. Nehmen wir an, eine Firma, die der Familie Paraden gehört, will irgendwo eine Kolonie gründen, steht aber ganz unten auf der Liste. Irgendwie gehen dann die anderen Anträge verloren, oder jemand stellt fest, daß sie Fehler aufweisen. Eine Beschwerde gegen eine Paraden-Filiale ist auch schnell wieder vom Tisch.«

»Sind andere Familien beteiligt?« Sassinak bemerkte den plötzlichen Wechsel der Blickrichtungen. Sie wartete. Schließlich nickte der Anführer.

»Es ist vorgekommen. Nicht alle großen Familien. Die Chinesen halten sich da raus. Sie haben es nicht nötig. Aber einige kleinere Familien – vor allem solche, die im Transportgeschäft tätig sind – haben ihre Finger im Spiel. Jeder, der ein wenig profitiert, muß für das Ganze den Kopf hinhalten. Die Parchandris mögen keine Ausscherer. Es passiert immer wieder etwas.« Der Anführer holte tief Luft. »Aber jetzt kommen wir zu Dingen, über die ich nichts verraten kann, solang … solang ich nicht mehr über Sie weiß. Sie sagten, Sie seien eine Sklavin gewesen, die Flotte habe Sie befreit, und deshalb seien Sie der Flotte beigetreten?«

»Das ist richtig.«

»Gut. Haben Sie während Ihrer Sklavenzeit je von einer … einer Art Gruppe gehört? Leute, die … die Bescheid wußten?«

Sassinak nickte. »Samizdat«, sagte sie ganz leise.

Die angespannten Züge des Anführers lösten sich ein wenig.

»Ich riskier's.« Er streckte eine breite, kräftige Hand aus, um ihre zu schütteln. »Ich bin Coris. Es war meine Frau, die Sie mit dem Scheinwerfer geblendet hat.« Plötzlich setzte er ein schelmisches Grinsen auf. »Habe ich Sie getäuscht?«

»Wie getäuscht?«

»Mit all den Polstern. Wir halten es für nützlich, unsere Körperformen zu verhüllen. Ich werde in den offiziellen Berichten als eine ›leicht untersetzte Frau mittleren Alters von etwas kräftigerer Statur‹ geführt.« Er griff unter seinen Overall, zog mehrere Lagen hineingestopfter Lumpen heraus und sah plötzlich viele Kilo leichter und sehr viel männlicher aus. Zuletzt zog er sich eine Perücke vom Kopf, die offenbar aus dem Kostümgeschäft stammte, und enthüllte einen kahlen Schädel. »Es ist denen da oben ziemlich egal, wenn sich in den Tunneln Frauen herumtreiben. Eine Flottenkommandantin wie Sie könnte ihnen allerdings einen Herzinfarkt bereiten.«

»Das hoffe ich«, sagte Sassinak. Sie wußte nicht recht, was sie von einem Mann halten sollte, der unumwunden zugab, daß er sich als Frau verkleidete. »Aber ich bin ein ... ein wenig verwirrt.«

Coris kicherte. »Wen wundert's? Setzen Sie sich etwas zu uns, genießen Sie unsere köstliche einheimische Küche und den hervorragenden Wein, und reden wir darüber.«

Er führte sie zu einem Deckenstapel und bedeutete ihr, sich zu setzen. Sie und Aygar nahmen Platz. Sie war froh, daß sie endlich ihre schmerzenden Beine entspannen konnte.

Die ›köstliche einheimische Küche‹ stellte sich als ein nahezu geschmackloser cremefarbener Brei heraus. »Direkt aus dem Nahrungsprozessor«, erklärte jemand. »Es läßt sich sehr viel leichter frei machen, bevor Geschmacks- und Ballaststoffe hinzugefügt werden ... ein ekliges Zeug, aber nahrhaft.« Der Wein war Wasser, das man aus einer Hauptleitung abgezapft hatte, und schmeckte schal, war aber trinkbar.

»Hören wir uns Ihre Geschichte an«, schlug Coris vor.

Sassinak schluckte den letzten Löffel Brei hinunter und spülte mit einem Schluck Wasser nach. Ringsum nahmen die zerlumpten Gestalten Platz und entspannten sich, blieben aber wachsam.

»Was ist, wenn man nach uns sucht?« fragte sie. »Sollten wir nicht besser ...?«

Er tat das Problem mit einem Wink ab.

»Natürlich suchen sie nach euch, aber sie haben noch keinen unserer Sensoren ausgelöst. Und wir haben Kundschafter draußen. Also keine Sorge.«

Sassinak faßte knapp zusammen, was sich seit dem Empfang von Coromells Nachricht ereignet hatte. Der Bericht geriet ihr etwas verworren, aber sie hielt ihn für unumgänglich. Wenn sie hier unten starb – was sie natürlich nicht vorhatte –, mußte jemand die Wahrheit kennen. Die anderen hörten aufmerksam zu, ohne zu unterbrechen, bis sie von dem Freudenhaus erzählte.

»Sie waren bei *Vanlis*?« Das klang gleichermaßen überrascht wie wütend.

»Ich habe nicht gewußt, um was es sich handelte«, sagte Sassinak und hoffte, daß es nicht wie eine Kritik klang. »Es war die nächste Tür, und die Frau hat uns geholfen.«

Sie erzählte, wie die Frau auf Fleurs Namen reagiert hatte. Sie spürte, daß sie die anderen damit in eine prickelnde Spannung versetzte. Aber niemand sagte etwas, deshalb erzählte sie die Geschichte bis zu dem Moment weiter, als ihre jetzigen Gastgeber sie und Aygar ›gefangengenommen‹ hatten.

»Das hört sich nach jeder Menge Ärger an«, brummte Coris, inzwischen weit weniger hochnäsig.

»Tut mir leid.«

Und es tat ihr wirklich leid, obwohl sie sich sehr viel besser fühlte, nachdem das geschmacklose Essen, das Wasser und die kurze Pause ihre Wirkung gezeigt hatten. Sie warf Aygar, der launisch an dem Verband in seinem Gesicht herumzupfte, einen Blick zu. Er schien seinen Schrecken überwunden zu haben.

»Sie sind wie ein Faden, der Dinge miteinander verwebt, die wir nie zu verbinden gehofft haben«, sagte Jemi leise. Coris' Frau war eine dünne Blondine. Sie sah älter als Sassinak oder Coris aus, es konnte aber auch an ihrem besorgten Gesichtsausdruck liegen. »Eklariks Laden … Varis Etablissement … Fleur … Samizdat … Wissen Sie, die da oben sind nicht dumm. Wenn sie Zeit zum Nachdenken haben, werden sie die Puzzlesteine schnell zusammenfügen. Ich hoffe, Varis hat Fleur gewarnt. Ansonsten …«

Sie brauchte den Satz nicht zu beenden. Sassinak schauderte. Sie spürte, daß das anfängliche Interesse dieser Leute in einen Dunst aus Furcht und Feindseligkeit überging. Sassinak hatte ihre kostbare Existenz gefährdet. Es war alles so dumm. Sie hatte doch mit Ärger gerechnet, oder? Sie hätte nicht so unvorsichtig sein und sich auf unbekanntes Gelände vorwagen sollen, um einen General zu treffen, dessen Personal darauf beharrte, daß er gerade einen Jagdurlaub machte. Und weil sie eine solche Idiotin gewesen war, würden sie und Aygar sterben, und diese Menschen hier, die schon genug durchlitten hatten, würden auch sterben. Und ihr Schiff? Eine Vision der *Zaid-Dayan*, die sauber und machtvoll im Orbit ruhte, füllte ihre Augen für einen Moment mit Tränen. Nein!

Sie würde nicht hier unten sterben. Sie würde es nicht zulassen, daß die Paradens und Parchandris dieses Universums mit ihren schändlichen Plänen durchkamen. Bei Kipling, sie war eine Flottenkommandantin, und es wurde Zeit, daß sie wie eine handelte. Die vertrauten alten Routinen schienen ihren Geist zu beleben, als sie sich ihrer besann, so wie Lampen, die Sektion um Sektion ein dunkles Schiff erhellten. Statusberichte, Ressourcen, Personal, Ausrüstung, militärische Lage …

Sie merkte nicht, daß sich ihr Rückgrat aufrichtete, bis sie die Wirkung in den Gesichtern der anderen sah. Sie starrten sie an, als stünde sie plötzlich in einem weißen Kampfpanzer statt in einem befleckten zivilen Overall vor ihnen. Ihre Reaktion steigerte ihre Erregung.

»Also gut«, sagte sie, und ihre selbstsichere Stimme hallte durch die Kammer. »Dann wollen wir mal ihre Leichenhemden flicken.«

fünfzehntes kapitel

Dupaynil starrte auf das Schott gegenüber seiner Koje und fand, daß das Glück reichlich überschätzt wurde. Der für Menschen reservierte Platz an Bord des *Großen Glücks* beschränkte sich auf diese winzige Kabine unmittelbar neben den Rohrleitungen, gegen die ihm das spartanische Kabuff in der *Klaue* geradezu wie eine Luxusunterkunft erschien, und eine kleine nackte Kammer, in der er essen, trainieren und sich entspannen konnte, soweit es seine strapazierten Nerven erlaubte. Die meisten Leute glaubten, die Seti hätten keinen Sinn für Humor; er war anderer Meinung. Die Bemerkung der Kommissars, daß er bescheiden reisen werde, sprach zumindest für einen ausgeprägten Sinn für Ironie.

Er hatte ein kurzes und wenig hilfreiches Gespräch mit dem Botschafter geführt. Der Flottenattaché, der sich während dieses Gesprächs im Hintergrund gehalten hatte, war ihm unerträglich blasiert vorgekommen. Der Botschafter hatte nicht eingesehen, warum er Nachrichten an die Föderationszentrale schicken sollte, wenn Dupaynil selbst dorthin unterwegs war. Er kannte keinen Grund, der diese Redundanz ratsam erscheinen ließe. Wollte Dupaynil etwa andeuten, daß die Seti, Verbündete der Föderation, ihn daran hindern könnten, diese Nachrichten selbst zu überbringen? Das wäre eine schwere Anschuldigung, die Dupaynil besser nicht zu Papier bringen sollte. Und natürlich konnte Dupaynil kein letztes Gespräch mit Panis führen. Dieser ungeduldige junge Mann war gegen den Rat des Botschafters bereits mit unbekanntem Ziel abgereist.

Dieser Botschafter hatte wie noch kein anderer menschlicher Diplomat auf Dupaynil den Eindruck gemacht, daß er von den Verschwörern bezahlt wurde. *So* dumm konnte er einfach nicht sein. Als Dupaynil noch einmal in das rosige Gesicht und die wäßrigen Augen gesehen hatte, war er sich dessen allerdings nicht mehr so sicher gewesen. Er sah zum Flottenattaché hinüber und bemerkte, daß dieser dem Privatsekretär des Botschafters einen wissenden Blick zuwarf. So war das also. Die Seti lieferten wahrscheinlich die Drogen, die sein eigenes Personal dem Botschafter verabreichte, um ihn gefügig zu halten.

Und ich dachte, ich sei aus dem Ärger raus, dachte Dupaynil, als er sich mit einer letzten korrekten Verbeugung verabschiedete und zurückzog, um für die lange Reise seine Sachen zu packen. Es war keine Überraschung, daß der Flottenattaché darauf beharrte, nichts von dem, was Dupaynil angefordert hätte, stünde zur Verfügung.

Und jetzt hatte er die Muße, über die langsame Vergiftung des Botschafters zu sinnieren, während das Schiff der Seti ihn an ein unbekanntes Ziel transportierte; er glaubte nicht für einen Moment daran, daß sie wirklich zur Föderationszentrale unterwegs waren. Er zwang sich aufzustehen und in dem kleinen Raum umherzugehen, der ihm zum Training blieb. Was immer auf ihn zukam, es würde nichts schaden, wenn er sich dafür fit hielt. Er streifte die Ausgehuniform ab, die die Höflichkeit verlangte, und absolvierte die Übungen, die allen Flottenoffizieren empfohlen wurden. Er erinnerte sich daran, daß sie ein Major Sergeant zusammengestellt hatte, der nach seiner Pensionierung als Berater an Abenteuerfilmen mitgearbeitet hatte. Es gab nur eine begrenzte Anzahl von Möglichkeiten, wie man sich drehen, beugen und strecken konnte. Er schwitzte bereits, als das Bordfunkgerät quäkte.

»Du-paay-nil. Vorbereiten auf Inspektion durch den Sicherheitsoffizier.«

Natürlich hatten sie sich diese Zeit nicht umsonst ausgesucht. Dupaynil lächelte gallig in die glänzende Linse der Überwachungskamera und beendete seine Übungen mit einer doppelten Rolle rückwärts, die ihn in die winzige Sanitärkabine beförderte. Natürlich war sie mit keiner Dusche ausgestattet. Erst kam heiße Luft, dann ein feiner Grieß, dann wieder heiße Luft. Wäre er wie eine richtige Eidechse … wie ein Seti mit Schuppen bedeckt gewesen, hätten sie danach geglänzt. Als Mensch aber fühlte er sich klebrig, sandig und überhaupt nicht sauber. Wenn er das Schiff verließ, würde er wie ein Herumtreiber aus den Gossen einer unterentwickelten Kolonie stinken … was die Seti zweifellos beabsichtigten.

Er hatte seine Uniform fast zugeknöpft, als die Luke zu seiner Kabine aufgestoßen und eine lange Seti-Schnauze hereingesteckt wurde. Sie erwischten immer den richtigen Zeitpunkt. Immer, wenn er gerade seine Übungen machte oder die Sanitäreinrichtungen benutzte, setzten sie eine Inspektion an. Wie sehr er sich auch beeilte, sie trafen immer ein, bevor er sich ganz angezogen hatte. Er fand es seltsam, daß sie ihn nicht beim Schlafen oder Essen störten, aber er wußte dieses Mindestmaß an Höflichkeit zu schätzen.

»Aaaaahhhhh … Commmaaaannnndeeerrrr …« Der Sicherheitsoffizier hatte eine nicht ganz in der Mitte liegende Lücke zwischen den Vorderzähnen. Dupaynil konnte ihn daran als ein Individuum erkennen. »Esss issst unumgäänglich, dasss jetzt die Luftzufuhrrr getessstet wird.«

Das taten sie bei jeder zweiten oder dritten Inspektion, angeblich um sich zu vergewissern, daß sein Druckanzug funktionierte. Dazu mußte er sich mühselig in das Ding zwängen und eine ganze Zeit in brütender Hitze ausharren, während sie Luft aus seinem Quartier pumpten und der Anzug sich um ihn aufblähte. Es war kein Anzug, den er sich selbst ausgesucht hätte, aber – wie der Flottenattaché mit einem Lächeln versichert hatte – der einzige in seiner Größe, der in der Botschaft aufzutreiben gewesen war. Wenigstens hielt er weitgehend dicht und wies nur eine winzige undichte Stelle auf, die leicht geflickt werden konnte.

Als er sich umständlich in das Ding hineinwand, war die Belustigung des Seti nicht zu übersehen. Die Seti stellten sich den Unsicherheiten des Raumflugs ohne Druckanzüge. Obwohl sie solche Anzüge mitführten, falls jemand an der Außenseite des Schiffs arbeiten mußte, hatten sie nicht für jedes Mannschaftsmitglied einen an Bord. Es ergab einen Sinn. In den meisten Fällen, wenn ein Flottenschiff einen Rumpfbruch erlitt, schaffte es ein Großteil der Mannschaftsmitglieder ohnehin nicht mehr in ihre Anzüge. Und natürlich wäre ein Seti degradiert worden, wenn er darauf bestanden hätte, auf Nummer sicher zu gehen. Dennoch war Dupaynil froh, daß er einen Druckanzug hatte, auch wenn die Seti solche Hilfsmittel als einen weiteren Beweis für die Unterlegenheit des Menschen ansahen.

Er ließ den Helm einrasten und überprüfte die Dichtung der Naht, die von der Kehle bis zum Schritt verlief. Der Anzug war mit einem internen Komgerät ausgestattet, das es ihm erlaubte, mit den Seti zu reden oder – was er öfter tat – ihnen zuzuhören. Diesmal nahm er die Anweisungen des Sicherheitsoffiziers mit einiger Verwunderung zur Kenntnis.

»Kommen Sie mit auf die Brücke!«

Menschen wurden gewöhnlich nie auf die Brücke eines Seti-Schiffs eingeladen. Kein Mensch hatte je die Navigationsgeräte gesehen, mit deren Hilfe die Hasardspieler des Universums sich selbst weismachten, daß sie sich dem Zufall unterwarfen, während sie zugleich ihre Liefertermine einhielten.

»Sofort.«

Dupaynil folgte ihm schwitzend und grunzend. Dafür hätte er seinen Anzug nicht anziehen müssen. Die Seti sorgten in ihren Schiffen für eine atembare, wenn auch etwas übelriechende Atmosphäre. Ganz offensichtlich hatten sie die Absicht, ihn noch lächerlicher erscheinen zu lassen. Er hatte wiederholt gehört, was die Seti von der aufrechten Haltung der Menschen hielten. Er überlegte, ob sie vielleicht nur deshalb auf den Anzug bestanden hatten, um sich den unwürdigen menschlichen Geruch zu ersparen.

Die Brücke hatte nicht die geringste Ähnlichkeit mit der Brücke eines Flottenschiffs derselben Masse. Es war eine dreieckige Kammer – die genug Platz für die Schwänze bot, wie ihm auffiel – mit gepolsterten Wänden und einem mit dicken Teppichen ausgelegtem Boden, der überhaupt nicht wie ein Raum auf einem Schiff aussah. Zwei Seti, einer mit dem glitzernden Halsring und dem Schwanzschmuck, der einen Schiffscaptain kennzeichnete, kauerten über einem kleinen, kreisrunden, polierten Tisch und warfen vielseitige Würfel, während ein anderer in der Ecke stand und eine, wie es schien, Liste unzusammenhängender Zahlen aufsagte. Dupaynil fühlte sich zwischen dem Tisch und der Luke eingezwängt, durch die sie eingestiegen waren. Die Seti ignorierten Dupaynil, und er ignorierte, daß er ignoriert wurde, und versuchte herauszufinden, welches Spiel sie hier spielten.

Der Würfel landete mit einer flachen, horizontalen Seite nach oben. Gewöhnlich wurden drei Würfel auf einmal geworfen, gelegentlich aber nur zwei. Dupaynil erkannte die Beschriftungen nicht. Von dort, wo er stand, konnte er drei oder vier Seiten jedes Würfels erkennen, und er vertrieb sich die Zeit damit, zu grübeln, was die Krakel bedeuteten. Ein grünes Zeichen fiel ihm auf, das mit einer Art Schwanz versehen war, der nach unten zeigte. Auf der obersten Seite aller drei Würfel war dieses Zeichen für einen Moment zu sehen. Dann ein purpurroter Klecks, ein rotes Quadrat in einem weiteren Quadrat, ein gelber Klecks, zwei blaue Punkte. Der Würfel würde in die Höhe geworfen und fiel herab, prallte leicht auf und kam schließlich zum Liegen. Wieder grüne Krakel und auf den anderen Seiten purpurrote Flecken, blaue Punkte, weitere rote Quadrate in anderen Quadraten.

Der Seti, der die Nummern rief, machte zwischen zwei Würfen stets eine Pause. Dupaynils Aufmerksamkeit löste sich von den Würfeln und wandte sich dem Seti zu, und er rätselte, was der purpurrote Klecks auf dem serviettenartigen Tuch um seinen Hals zu bedeuten hatte. Als er wieder aufs Brett schaute, lagen die grünen Krakel erneut oben.

Das konnte sicher nicht stimmen, und sicher wollten sie nicht, daß ein Fremder die abendlichen Glücksspiele des Captains beobachtete. Er beobachtete die Würfel aufmerksam. Nach zwei weiteren Würfen hatte er keinen Zweifel mehr. Sie waren gezinkt, so zweifellos gezinkt wie die Würfel, mit denen Ahnungslose in den Hafenbars übers Ohr gehauen wurde. Die grünen Krakel landeten immer wieder oben. Warum also wurden sie überhaupt geworfen? Dupaynils Gedanken schweiften ab. Vielleicht befand er sich überhaupt nicht auf der Brücke. Vielleicht hatten ein paar gelangweilte Seti-Offiziere ihren menschlichen Gefangenen ködern wollen. Dann wurde ein vierter Würfel mit in die Luft geworfen, und drei grüne Krakel und ein purpurroter Klecks landeten oben.

Drei Seti-Köpfe drehten sich in seine Richtung, und ihre zahnbewehrten Kiefer standen leicht offen. Er zitterte in seinem Anzug. Wenn sie der Überzeugung waren, daß er ihnen Unglück gebracht hatte …

»Ahhh! Derrr Mennnsch!« Die Stimme des Captains

aus seinem Komgerät hatte nur den üblichen Seti-Akzent. »Esss wurrrde mir erklärrrt, dasss Sssie durch glückliche Umstände an Borrrd gekommen sssind. Ihrrr Glück hält also an. Wenn Ihrrr Glück versssagt, werden wir'sss Ihnen sssagen, obwohl esss unsss in Gefahrrr bringt.«

Dupaynil konnte sich nicht verbeugen. Der Anzug ließ ihm keinen Bewegungsspielraum.

»Erhabener Glücksbringer«, begann er, denn das gehörte zum Titel des Captains. »Wenn der Zufall es will, daß Sie Ihr kostbares Wissen mit mir teilen, kann ich mich wirklich glücklich schätzen.«

»Ganz genau!« Der Captain richtete sich auf die mächtigen Hinterbeine auf und ließ die Kiefer zusammenschnappen. Wie Dupaynil in den Handbüchern gelesen hatte, war dies ein Zeichen von Belustigung. »Nun, o Glücklicherrr, wirrr werden sssehen, wie Sssie Ihr Geschick einschätzen, wenn Sssie allesss wissen. Wirr werden noch früher eintreffen, alsss Sssie angenommen haben. Und wirrr werden mit Gewalt eintreffen.«

Der Seti konnte damit sicher nicht dasselbe meinen wie ein Mensch, dachte Dupaynil. Sicher nicht …

»Können Sssie den Ring der Wahrrrheit aus verssstreutem Spielzeug auflesen?« fragte der Seti. Dupaynil versuchte sich zu erinnern, was *das* bedeutete, aber der Seti-Captain redete weiter. »Sssie werrrden den Unterrrgang Ihresss unglücklichen Generalsss erleben, der Ihrrr Leben gegen die Weisheit unsererrr Sek in Gestalt desss Handelskommisssars gesetzt hat, und Sssie werrrden den Unterrrgang Ihrerrr Flotte errrleben … und derrr Föderrration selbssst und aller nichtswürrrdigen Rassen, die Gewißheit überrr dasss Heilige Glück stellen. Schauen Sssie vom Flaggschiff unserer Flotte zu, wie Sssie es nennen würrrden, das unsichtbarrr issst, bis dasss Geschick es will. Und dann, o Mensch, werden wir Ihrrr Fleisch verzehren, geräuchert mit dem Rauch derrr

Niederrrlage.« Die mächtige Schnauze des Captains stieß gegen Dupaynils Helmmonitor.

Aus der Bratpfanne von Sassinaks Unbehagen über das Feuer der Verschwörung an Bord der *Klaue* hatte er sich bis in den Feuerofen der Seti vorgearbeitet. Wenn das Glück war, würde er ihm in Zukunft einen absoluten Determinismus vorziehen. Er konnte nicht schlimmer werden. Er hoffte, daß die Seti die Schweißperlen nicht bemerkten, die ihm den Rücken hinunterrannen. Er konnte seine eigene Angst riechen, und es war ein deprimierender Geruch. Er versuchte unbekümmert zu klingen.

»Wie können Sie sicher sein, daß Sie dieses Ziel erreichen, wenn Sie Würfel werfen?« Es war kein echter Gedanke, aber die ersten Worte, die ihm in den Sinn kamen, ein Ausdruck reiner Neugier.

»Ahhh ...« Der Captain schlug mit dem Schwanz leicht auf den Boden, und sein Schwanzschmuck klirrte. »Kein Jammerrrn und kein Ssstreiten, sssondern verrrnünftige Gedanken. Ich werrrde antworrrten, wie derrr Zufall esss will.«

Seine Erklärungen des Verfahrens ergaben auf eine verquere Weise einen Sinn, wie Dupaynil es von Aliens nicht anders erwartet hatte. Der Zufall galt als heilig, und nur jene, die das Schicksal herausforderten, verdienten Respekt, aber das Maß an Risiko, mit dem jedes Unternehmen verbunden war, bestimmte das Maß an zusätzlichen Risiken, zu dem die Seti sich genötigt sahen, indem sie Würfel warfen oder Zufallsgeneratoren benutzten. »Das Ruhmreiche Chaos«, wie sie den unbestimmten Zustand bezeichneten, in dem Schiffe reisten oder schneller als das Licht zu reisen schienen, war unsicher genug und bedurfte keiner Unterstützung. Deshalb warfen sie gezinkte Würfel, als ein Zeichen des Respekts oder damit die Götter des Zufalls eingreifen konnten, wenn sie es wünschten.

»Auch derrr Krieg«, fuhr der Captain fort, »hat ssseine eigenen Unsicherrrheiten, so dasss sich ein würrrdiger Kommandant auf dem Schlachtfeld von ssseiner eigenen Weisheit und Intuition leiten lassen darrrf. Gelegentlich greift man auf die Würfel oderrr die Wurrrfhölzer zurrrück, ein Ausssdruck von Mut, den alle respektieren, aberrr je mehrrr in die Schlacht geworrrfen wird, desto unwahrscheinlicherrr wird'sss. Sie aberrr ...« Sein zähnebleckendes Grinsen beruhigte Dupaynil nicht im mindesten. »Sie sssind anderrrs alsss wirrr und werrrden mit zureichenderrr Gewisssheit scheiterrrn, wenn wirrr Ihnen nicht die Chance geben, an unserrrem Spiel teilzunehmen. Wie die Würrrfel gezeigt haben, bleibt Ihnen dasss Glück treu, deshalb bietet dasss Chaos Ihnen die Chance, unsss aufzuhalten. Ich haben Ihnen unserrren Plan errrklärt, und Sssie dürrrfen fragen, wasss Sssie wollen. Sssie werden nicht in Ihrrr Quartier zurückkehren.«

Dupaynil kämpfte gegen eine Vision an, in der er sich selbst als Zwischenmahlzeit der Seti sah. Wenn er Fragen stellen durfte, würde er *viele* Fragen stellen.

»Erfolgt diese Aktion aus zufälligem Anlaß oder hat eine Änderung der Föderationspolitik sie herausgefordert?«

Der Captain gab ein unartikuliertes Knurren von sich, dann verfiel er in eine weitschweifige, unzusammenhängende Tirade über die Verbündeten der Föderation. Die Seti empfanden ein gewisses Mitgefühl für die menschlichen Schwerweltler, die sie als Opfer genetischer Manipulation verstanden. Außerdem hatte einige Schwerweltler die richtige Einstellung bewiesen, indem sie die Herausforderung des Zufalls angenommen, zum Beispiel die Halle des Disputs durch das Tor der Ehre betreten hatten. Einige Menschen waren selbst Spieler, risikofreudige Unternehmer, die ein ganzes Vermögen auf eine vielversprechende Lagerstätte von Bodenschätzen setzten oder in ein Kolonieprojekt investierten. Davor hatten die Seti Respekt. Die Paradens zum Beispiel verdienten es, Eier zu legen. (Dupaynil konnte sich vorstellen, was die eleganten Paraden-Damen *davon* halten würden.) Aber die Mehrzahl der Menschen sehnte sich nach Sicherheit. Sie waren geborene Sklaven und verdienten es, so zu leben.

Was die verbündeten Aliens anging … Der Captain spuckte etwas aus, das Dupaynil glücklicherweise nicht riechen konnte. Die feigen Weber, diese Gestaltwandler, die den Beschränktheiten einer bestimmten äußeren Form nicht trauten … Dann die Bronthins, die darauf beharrten, daß es mathematische Beschränkungen für Chaos und Zufall gab, und statistische Analysen vorzogen. Die Ryxi, die des Eierlegens nicht würdig waren, weil sie nicht nur das Geschlecht ihrer ungeschlüpften Küken bestimmten, sondern sogar chirurgische Eingriffe durch die Eierschale vornahmen. Die Seti dagegen hatten den Anstand, knurrte der Captain, ihren Nachwuchs so ausschlüpfen zu lassen, wie er nun einmal war, und die Konsequenzen zu tragen. Dann waren da noch die Ssli, die darauf bestanden, ihre mobile Larvenform aufzugeben, um sich festzusetzen und ihr ganzes restliches Leben an einem Ort zu verbringen, was einer Ablehnung des Zufalls gleichkam.

Dupaynil wollte sagen, daß man von einem Ssli an Bord eines Kriegsschiffs wohl kaum behaupten konnte, daß er sein ganzes Leben ›an einem Ort‹ verbrachte, aber dann fiel ihm ein, daß niemand von den Ssli in Flottenschiffen wußte, und er fragte statt dessen: »Und was ist mit den Thek?«

Diesmal schlug der Schwanz des Captains so hart auf den Boden, daß sein Schmuck zersprang.

»Die Thek!« tönte er. »Abscheuliche Klumpen geometrischer Regelmäßigkeit. Undifferrrenziert, wahllosss, fessstgelegt, obssszön …« Er setzte den Wortschwall in einem Seti-Dialekt fort, dem Dupaynil nicht einmal ansatzweise folgen konnte. Schließlich gingen ihm die Beschimpfungen aus, und er warf Dupaynil einen säuerlichen Blick zu. »Ich kann von Glück rrreden, daß Sssie meine Suppe würrrzen werden, Sssie Unglücklicherrr, denn Sssie machen mich furchtbarrr nervös. Verrrschwinden Sssie sssofort!«

Er bekam keine Gelegenheit, aus eigener Kraft zu gehen. Der Captain hatte offenbar noch nach den Seti-Wachen gerufen, denn plötzlich wurde er unter den Armen gepackt und sehr viel schneller durch seltsame Korridore geschleift, als er selbst hätte gehen können.

Als die Wachen schließlich stehenblieben und seine Arme losließen, fand er sich in einer kleinen Kammer mit einer Anzahl von Aliens wieder. Der Bronthin nahm den meisten Platz ein, weil er seinen massigen, pferdeartigen Körper und den schweren Kopf beim besten Willen nicht einziehen konnte. Ein Paar Lethi klebte aneinander wie zwei große gelbe Mühlsteine, denen sie so ähnelten. In der Ecke hatte sich ein Ryxi zusammengekauert und bauschte sein Gefieder, und in einem durchsichtigen Tank flitzten zwei Ssli-Larven hin und her. An einer Wand hing ein Bildschirm, der einen schwindelerregend wilden Farbwirbel zeigte; mehr konnte eine Außenkamera vom FTL-Raum nicht einfangen. Daneben zeigte eine deutlich als solche erkennbare Skala den Druck verschiedener atmosphärischer Komponenten an. Die Luft war atembar, aber nicht besonders angenehm.

Hatten die Seti etwa eine Reihe fremdrassiger Beobachter gesammelt, die sie angaffen konnten? Dupaynil fragte sich, wer der Mensch gewesen wäre, wenn er und Panis nicht aufgetaucht wären. Sicher nicht der Flottenattaché. Wahrscheinlich der Botschafter. Waren sie alle darüber informiert worden, was vor sich ging? Er knackte vorsichtig die Dichtung seines Helms und schnüffelte. Eine Spur Schwefelgeruch hing in der Luft, die etwas zu feucht und zu warm war. Hier stand offenbar keine Dusche zur Verfügung. Mit einem Seufzen nahm er seinen Helm ab und begrüßte seine neuen Gefährten.

Niemand antwortete. Dem Ryxi stand der Schnabel offen, was laut einem Ausbildungshandbuch – wenn Dupaynil sich recht erinnerte – soviel bedeutete wie: »Keine Chance. Ich will nicht mit dir reden, bevor du das Geld hast.« Er hatte nie die Bronthinsprache gelernt (kein Mensch hatte das je), aber die tonnenartigen blauen Mathematiker zogen ohnehin Gleichungen jeder anderen Form der Verständigung vor. Die Lethi kannten keinerlei akustische Kommunikation. Sie unterhielten sich mittels chemischer Botschaften und konnten nur an einen Biokontakt angeschlossen werden, wenn sich mindestens acht Individuen zusammengefunden hatten. Damit blieben nur die Ssli-Larven übrig, die ohne einen Biokontakt aber auch keine Möglichkeit hatten, sich mit anderen zu verständigen. Es war ohnehin strittig, wie intelligent die Larven eigentlich waren. Sie besuchten die Flottenakademie, um Navigationstheorie zu lernen, aber Dupaynil hatte noch nie eine mit einem Ausbilder reden gehört.

Er hätte ihnen eine Nachricht schreiben können, nur hatte er nichts zum Schreiben bei sich. Die Seti hatten nichts von seinen Sachen aus der Kabine mitgebracht; er hatte nur seine Kleidung und den Anzug, in dem er steckte.

Es war gar nicht so schlimm, dachte er und zwang sich zum Optimismus. Die Seti hatten ihn und die anderen noch nicht umgebracht. Sie wollten ihre Gäste offensichtlich auch nicht verhungern lassen, obwohl sich Dupaynil fragte, ob die Tafel aus elementarem Schwefel wirklich ausreichte für die Lethi, die sich daran klammerten. Er fand einen Wasserspender und sogar eine kleine Nische mit eigenartig geformten Schalen, in die er das Wasser füllen konnte. Er goß sich eine Schale voll und leerte sie in einem Zug. Etwas stieß an seinen Arm und machte ihn auf den Bronthin aufmerksam, der kummervoll auf die Schale schaute und ein tiefes, grunzendes *Muh* von sich gab.

Ach ja. Bronthin konnten nicht besonders gut mit kleinen Werkzeugen umgehen. Dupaynil goß dem Bronthin Wasser ein und hielt ihm die Schale zum Trinken hin. Der Bronthin wischte sich das Gesicht mit einer rauhen, furchigen, lavendelfarbenen Zunge ab und hinterließ einen schwachen, süßlichen Geruch. Das nervöse Geschnatter, das durch die Kammer hallte, stammte von dem Ryxi, der inzwischen aufgestanden war, die Federn gespreizt und die Stummelflügel ausgebreitet hatte. Dupaynil verstand dies als eine Aufforderung und füllte eine weitere Schale. Der Ryxi entriß sie ihm mit seinen Flügelklauen und trank durstig.

»Sie füllen nur einmal täglich Wasser für uns nach«, piepste der Ryxi und ließ die leere Schale fallen. Dupaynil hob sie weniger elegant auf, als er sie gefüllt hatte. Er war nie ein Typ gewesen, der andere verpflegte. Doch dies hier war eine gewisse Art von Kommunikation. »Dann gibt's auch was zu essen, aber gerade genug, um nicht zu sterben. Ausscheidungen werden entfernt.«

»Hat man dir gesagt, wohin wir unterwegs sind?«

Ein ohrenbetäubendes Kreischen ließ ihn zusammenzucken. Der Ryxi hüpfte herum, prallte nacheinander gegen die Wände und schrie etwas in der Sprache der Ryxi. Der Bronthin kauerte sich zu einem großen Klumpen zusammen, so daß nur noch Dupaynil dem Ryxi im Weg stand. Er versuchte ihn umzureißen, aber ein knotiger Fuß traf ihn am Brustkorb. Der Ryxi wackelte mit seinem Hahnenkamm, jammerte lauthals und holte zu einem weiteren Tritt aus, aber Dupaynil rollte sich hinter den Ssli-Tank.

»Nimm's locker!« rief er, wußte aber, daß es keinen Sinn hatte. Ryxi nahmen nie etwas locker. Dieser hier beruhigte sich aber wenigstens ein wenig. Er atmete schwer, und sein Kamm war nur noch halb aufgerichtet.

»Sie haben gesagt …«, kam ein kummervolles tiefes Stöhnen von dem Bronthin. Dupaynil hatte noch nie einen Bronthin Standard sprechen gehört. »Diese heimtückischen Fleischfresser. Wir haben den Thek gesagt, was dabei herauskommen würde. Sie wedeln mit den Schwänzen über den Sand der Vernunft, wo Beweise der Weisheit gedeihen.« Die Bronthin hatten es ohne Papier oder Computer zu einer hochentwickelten Mathematik gebracht, indem sie ihre Gleichungen auf glatte Lehm- oder Sandflächen schrieben. Obwohl ihre drei stummelartigen Finger keine feineren Werkzeuge manipulieren konnten, hatten sie eine elegante mathematische Kalligraphie entwickelt. Und sehr förmliche Höflichkeitsfloskeln, in denen der ›Sand der Vernunft‹ eine Rolle spielte. Ein Fohlen (ein menschlicher Begriff), das mit seiner Schwanzquaste die Rechnungen eines anderen auswischte, wurde streng bestraft. Bronthin waren außerdem strenge Vegetarier und zogen es vor, auf ihrer Heimatwelt, auf der es nur kleine und unintelligente Raubtiere gab, friedlich zu weiden. Sie waren Pazifisten.

Duapynil beobachtete den Ryxi aufmerksam. Seine Rippen schmerzten. Auf einen weiteren Tritt konnte er verzichten. »Hast du einen Plan?« fragte er den Bronthin.

»Die Wahrscheinlichkeit, in nicht lebensfähigem Zustand von diesem Schiff zu entkommen, beträgt weniger als 0,1 Prozent. Die Wahrscheinlichkeit, in lebensfähigem Zustand von diesem Schiff zu entkommen, beträgt weniger als 0,0001 Prozent. Die Faktoren, die zu diesem …«

»Spar dir die Mühe«, sagte Dupaynil und überlegte sich eine Entschuldigung. »Meine mathematischen Fähigkeiten reichen nicht aus, um die Schönheit deiner Berechnungen anzuerkennen.«

»Wie freundlich, daß du mir die Mühe ersparst, in Standard zu übersetzen, was nur in der Sprache der ewigen Gesetze angemessen ausgedrückt werden kann.« Der Bronthin gab ein Seufzen von sich, das Dupaynil so verstand, daß das Gespräch beendet war.

Der Ryxi allerdings schien auf eine Unterhaltung ganz versessen zu sein, nachdem er sich soweit beruhigt hatte, daß ihm sein Standard wieder einfiel.

»Diese unwürdigen Reptilien«, schnatterte er. »Sie sind es nicht wert, Eier zu legen!« Nicht schon wieder, dachte Dupaynil und machte sich darauf gefaßt, daß er jetzt erfahren würde, was die Ryxi zu diesem Thema zu sagen hatten. »Sie haben dicke Schalen. Man kann einen Seti in seiner Schale noch nicht einmal *sehen*. Aber das macht keinen Unterschied, weil sie sowieso nichts unternehmen, selbst wenn sie wissen, daß etwas nicht stimmt. Sie lassen die Jungen einfach sterben, wenn sie's nicht allein schaffen. Manche pflegen nicht einmal ihre Nester. Oder warnen sie vor Raubtieren. Sie sagen, daß sie dem Heiligen Glück die Entscheidung überlassen. Ich würde das kriminelle Vernachlässigung nennen.«

»Verdammenswert«, sagte Dupaynil und wich vor dem Tanz dieser kraftvollen Füße zurück. Auf einmal hörte er aus unbestimmbarer Richtung eine glockenartige Stimme.

‹‹Freund von Sassinak?››

Dupaynil versuchte seine Verblüffung in Zaum zu halten und schaute sich um. Der Bronthin schien zu dösen, wie es Bronthins die meiste Zeit taten, und der Ryxi putzte gerade mit ruckartigen Schnabelhieben seine Federn. Die beide Lethi klebten immer noch miteinander an der Schwefeltafel.

‹‹Schau nicht … in den Tank.››

Er schaffte es, auf die leere Fläche über dem Bronthin

zu starren, während die Stimme weitersprach und sein Geist davor zurückschreckte. Er hatte sich Berichte über Telepathie immer nur sehr ungern angehört, und die Realität gefiel ihm noch viel weniger.

‹‹Du bist ein Freund von Sassinak. Wir begrüßen dich. Wir sind mehr oder weniger, als wir scheinen.››

Natürlich. Die Ssli. Ssli-Larven konnten also doch kommunizieren! Er konnte in seinem Geist nichts ›fühlen‹, wenn die Stimme verstummte, aber das bedeutete nicht, daß die Larve oder die Larven ihn nicht belauschten.

‹‹Keine Zeit, deine dunklen Geheimnisse zu erforschen. Wir müssen planen.››

Wenn sie seinen Widerwillen gegen ein eingehenderes Abhorchen aufgeschnappt hatten, dann lasen sie zumindest seine oberflächlichen Gedanken. Er sah eine gewisse Ironie darin, wenn das Innerste eines Menschen, der sonst andere ausspionierte, plötzlich von Aliens von innen nach außen gekehrt wurde. Er versuchte seine Gedanken zu ordnen, eine klare Botschaft zu formulieren.

»Starrst du aus einem bestimmten Grund an die Wand?« fragte der Ryxi, dessen Federn jetzt wieder glatt anlagen.

Dupaynil hätte den Ryxi dafür erwürgen können, daß er seine Konzentration störte, doch in diesem Moment spürte er eine federleichte Berührung, die ihn beruhigte, und einen Anflug von Belustigung.

»Ich bin sehr müde«, sagte er ehrlich. »Ich brauche Ruhe.«

Mit diesen Worten suchte er sich einen freien Platz auf dem Boden, zwischen der Wand und dem Ssli-Tank, kauerte sich hin und barg den Helm im Schoß. Der Ryxi rümpfte die Nase, drehte den Kopf nach hinten und steckte ihn in die Rückenfedern. Dupaynil schloß die Augen und starrte auf den Bildschirm seiner Augenlider.

‹‹Was können wir tun?››

‹‹Allein nichts. Wir haben gehofft, sie würden einen Menschen bringen.››

‹‹Was sollte das heißen: ›mehr oder weniger‹?››

Wieder ein Anflug von Belustigung. ‹‹Wir sind nicht beide Ssli.››

Die Stimme sagte nichts mehr, und Supaynil dachte darüber nach. Wenn sie jetzt seine Gedanken lasen, war es ihm ganz recht. Nicht beide Ssli? Eine andere Alienrasse, die unter Wasser lebte? Plötzlich begriff er, was dahinter stecken mußte, und er hätte fast laut losgelacht.

‹‹Ein Weber?››

‹‹Genau.››

‹‹Tut mir leid, aber ich glaube nicht, daß sie mich diesen Tank zu den Fluchtkapseln schieben lassen. Vorausgesetzt, sie haben welche.››

‹‹Das ist nicht unser Plan. Dürfen wir ihn dir anvertrauen?››

Es war ein seltsame Frage von Wesen, die einem geistige Intimität aufzwingen konnten und es bereits getan hatten, aber Dupaynil war in der Stimmung, jede angebotene Höflichkeit anzunehmen.

‹‹Gern.››

Er verkrampfte, wappnete sich gegen irgendein unbeschreibliches Gefühl, aber es kam nichts. Es wurden lediglich neue Informationen in die vorhandene kognitive Matrix eingeschrieben, als ob er so schnell lernte, daß die Informationen in sein Langzeitgedächtnis übergingen, bevor er sie bewußt zur Kenntnis nehmen konnte. Der Bronthin, erfuhr er, war von den Seti als Mathematikexperte angestellt worden. Auf Grundlage seiner Berechnungen und Modelle hatten sie den optimalen Zeitpunkt bestimmt, um den Angriff zu wagen.

Und der Bronthin hatte keine Möglichkeit gehabt, die Föderation zu warnen. Bronthins konnten die Kommunikationsanlagen der Seti nicht manipulieren, sie waren nicht telepathisch veranlagt, und sie litten unter schweren Depressionen, wenn sie vom sozialen Verband ihrer Herden isoliert wurden. Was den Ssli anging, so war er in seinem Tank an Bord gebracht worden, nachdem man ihn aus einem Rekrutierungsdepot der Flotte gestohlen hatte. Der Weber, der in diesem Depot als Wachmann diente, war von dem Einbrecher niedergeschossen worden und hatte nur überlebt, indem er seine Gestalt wechselte und sich als Ssli-Larve in den Tank rettete. Die Diebe hatten den Unterschied zwischen einem Weber und einer Ssli-Larve nicht gekannt und offenbar angenommen, daß in jedem Tank zwei oder mehr Larven untergebracht wurden, für den Fall, daß eine starb.

‹‹Aber was können wir tun?›› fragte Dupaynil.

‹‹Du kannst mit dem Bronthin sprechen und herausfinden, was er über diese Flotte weiß. Er hat die Informationen erhalten, um Modellberechnungen anzustellen. Er muß es wissen. Aber er ist deprimiert. Deshalb will er nicht reden. Später, wenn wir den FTL-Raum verlassen, kannst du den Bildschirm beobachten. Wir haben keine Augen dafür. Aber der Ssli kann mit anderen Ssli Kontakt aufnehmen, und jeder Ssli auf einem Flottenschiff hat einen Biokontakt zum Captain.››

Dupaynil mußte seinen ganzen beträchtlichen Charme aufbieten, um den Bronthin aufzumuntern. Anfangs wandte der Alien sich ab und murmelte Zahlenreihen vor sich hin, aber es half, als er ihm eine zweite Schale Wasser anbot. Er brachte auch dem Ryxi instinktiv noch etwas Wasser, und diesmal gab der gefiederte Alien ihm die Schale zurück, statt sie einfach fallenzulassen. Aber es waren viele Schalen und viele Sitzungen erforderlich, in denen er dem Bronthin Halme des trockenen Grases anbot, das die Seti ihm hinwarfen, bis der Alien nennenswerte Reaktionen zeigte.

Schließlich rieb er seinen schweren Kopf an seinem

Arm, nahm seine Hände zwischen seine muskulösen Lippen und sagte: »Ich ... ich werde versuchen, Standard zu sprechen ... danke für die Freundlichkeit ...«

»Auch wenn Standard für ein Genie deiner Art ungeeignet und zu unpräzise ist, könntest du mir trotzdem sagen, wie viele Schiffe in dieser Größe die Seti dabeihaben?«

Der Bronthin ließ die lange Oberlippe herunterhängen und seufzte.

»Das Verhältnis solcher Schiffe zu den nächstkleineren und den nächstkleineren danach und den kleinsten ist 1,2 zu 3,4 zu 5,6 zu 5 zu 4. Ein interessantes Verhältnis, das die Seti wegen seiner unregelmäßigen Harmonie gewählt haben, wenn ich sie recht verstehe.« Er schüttelte den langen Kopf. »Ach ... nie wieder werde ich auf den süßen grünen Auen der Heimat weiden oder in Gesellschaft meiner Freunde mit dem Schwanz über den Sand wischen.«

»Wieviel Mut du in deiner Einsamkeit beweist«, sagte Dupaynil. Seiner Erfahrung nach konnte man einer ängstlichen Person vorübergehend zu etwas Mut verhelfen, wenn man sie eben für ihren Mut lobte. »Und auf welche absoluten Zahlen bezieht sich dieses Verhältnis?«

Mit einem Laut, der einem Naserümpfen nahekam, schlug der Bronthin seine schönen lindgrünen Augen ganz auf.

»Aha! Du hast verstanden, daß dieses Verhältnis nur theoretisch ist. Die Flotte besteht aus echten Schiffen, von denen zu jedem Zeitpunkt ein gewisser Anteil zur Wartung und dergleichen außer Dienst ist. Was jene angeht, die tatsächlich hier sind, sofern *hier* überhaupt eine Bedeutung hat ... bist du mit Sere-kleth-vladins Transformationsreihe und ihrer Anwendungen auf die Hyperraum-Fluktuationsvarianten vertraut?«

»Leider nicht«, sagte Dupaynil, der nicht einmal

wußte, daß es solche Dinge überhaupt gab – ganz zu schweigen davon, was sie bedeuteten.

»Ähhh ... Einhundertvier. Acht davon wie dieses, was natürlich auf 22,6 und 37,3 und 35,9 Schiffe der anderen Klasse schließen lassen müßte, aber Bruchteile von Schiffen gibt es ja nicht. Also dreiundzwanzig der nächsten Klasse, dann siebenunddreißig und sechsunddreißig. Und weil das die nächste logische Frage wäre«, fuhr der Bronthin fort, und seine Augen fingen an zu funkeln, »werde ich erklären, daß die passive Verteidigung des Zentralsystems der Föderation, sofern sie nicht manipuliert worden ist, mindestens 82 % davon zerstören kann. Die übrigen hätten wenig Aussichten, die Planeten anzugreifen oder den Hohen Rat zu zerschlagen. Aber die Seti rechnen mit Manipulationen, welche die Effektivität der passiven Fernscanner auf 41 % reduzieren werden, und mit einer besonderen Unterstützung, über die ich nichts weiß, um zusätzliche Verteidigungsanlagen lahmzulegen. Es ist geplant, daß dieser Eingriff während der Sitzungen des Hohen Rats und der Winterassisen stattfindet, wenn die Anwesenheit vieler Schiffe ohnehin für Verwirrung sorgt.«

»Sie erwarten keinen Widerstand von der Flotte?«

Der Bronthin riß das Maul auf, zeigte die rechteckigen Mahlzähne eines Pflanzenfressers und gab einen gedehnten Laut zwischen einem Muhen und einem Eselsschrei von sich. »Entschuldige bitte«, sagte er dann. »Wir mißverstehen die Natur des Menschen immer wieder. Wir haben vor langer Zeit dagegen gestimmt, Gelder für Zwecke zu bewilligen, die nur der Erweiterung des Territoriums dienen. Diese Seti rechnen damit, daß alle Flottenschiffe im Zentralsystem der Föderation lahmgelegt sind. Und auch dafür haben wir gestimmt, weil wir es für nötig hielten, daß alle Flottenschiffe entwaffnet werden, damit sie den Hohen Rat nicht entmachten können.«

»Ein verständlicher Fehler für eine so friedliebende Rasse«, murmelte Dupaynil beruhigend.

Sassinak würde mit der *Zaid-Dayan* dort sein. Hatte sie ihr Schiff vollständig entwaffnet und sich darauf verlassen, daß sich auch die anderen an die Anweisung hielten? Aus irgendeinem Grund bezweifelte er es. Aber solang die lokale FES-Regierung sie überwachte, würde sie nicht in der Lage sein, alle Scanner auf ... Und ohne Warnung ... Ihm wurde klar, daß er keine Ahnung hatte, wie schnell die *Zaid-Dayan* einsatzfähig sein würde.

‹‹Wir haben Verständnis für die Schwierigkeiten.››

Wenn mentale Sprache Nuancen gehabt hätte, dann wäre das ein trockener Witz gewesen, dachte Dupaynil. Er schickte dem Weber und dem Ssli, die immer noch scheinbar sorglos in ihrem Tank herumschwammen, ein mentales Fingerschnippen zu. Für sie ist es einfach, dachte er säuerlich und begriff dann, daß es für sie überhaupt nicht einfach war. Er hätte sich noch mieser gefühlt, wenn er in einem solchen Tank festgehangen hätte.

Trotz der zunehmenden Anspannung war er schließlich doch eingeschlafen, bis ihn ein Kreischen des Ryxi hochfahren und blinzeln ließ. Der Bildschirm zeigte offenbar den Weltraum, auch wenn Dupaynil keine Ahnung hatte, welcher der äußeren Schiffssensoren das Bild erzeugte: Dunkelheit und Lichtpunkte, die sich merklich bewegten. Die Stimme eines Setis aus dem Wandlautsprecher unterbrach den Wutanfall des Ryxi.

»Aufgepaßt, Gefangene«, tönte sie in dem üblichen Seti-Rhythmus. »Schaut zu, wie eurrre jämmerrrlichen Hoffnungen zerrrstört werrrden.«

Der Blickwinkel verschob sich leicht. Die Außenseite des *Großen Glücks* kam in Sicht, und eine lange, spitze Schnauze, die aus einer Vertiefung herausragte, richtete sich auf einen fernen Feind. Das Bild wurde vergrößert, bis einige Lichtpunkte vor dem dunklen Hintergrund des Weltraums sich als Schiffe entpuppten, die aus der Ferne fast wie Spielzeuge wirkten. Dann verschob sich der Blickwinkel erneut, und der Stern kam in Sicht, um den sich der Planet mit der Föderationszentrale drehte, ein Stern, der kaum größer als die anderen erschien.

‹‹Melde dich noch einmal!››

Dupaynil versuchte sich zu entspannen. Er hatte bereits alles weitergegeben, was er von dem Bronthin erfahren hatte. Jetzt schaute er auf den Bildschirm, hörte den prahlerischen Kommentar der Seti und hoffte, daß es dem Ssli/Weber-Paar gelang, mit einem anderen Ssli Kontakt aufzunehmen. Die Zeit verging. Alle paar Minuten änderte sich der Blickwinkel, wenn von einem Sensor auf den anderen umgeschaltet wurde.

‹‹Kontakt!››

Dupaynil war sich nicht sicher, ob der triumphierende Ton von dem Ssli stammte oder seiner eigenen Reaktion zu verdanken war. Er rechnete damit, noch mehr zu hören, aber der Ssli bezog ihn nicht in die Verbindung ein, die er und der Weber geknüpft haben mochten. Der Ryxi klapperte mit dem Schnabel, verlagerte das Gewicht von einem großen, knotigen Fuß auf den anderen, bauschte seine Federn und strich sie wieder glatt und starrte mit großen Augen auf den Bildschirm. Der Bronthin weigerte sich hinzusehen. Seine geschlossenen Augen und sein monotones Summen deuteten darauf hin, daß er entweder schlief oder verzweifelte. Und die Lethi klebten einfach wie bisher aneinander und an der Schwefeltafel.

Dupaynil hatte das Gefühl, daß er mehr tun sollte, als sich auf die bevorstehende Schlacht vorzubereiten. Immerhin hatte der Ssli nun seinen Kameraden gewarnt. Sicher würde man gleich Alarm auslösen. Dupaynil blieb ein wenig Zeit, um über dringendere Probleme nachzudenken. Konnte er sich mit seinen Mitgefangenen aus dieser Kammer befreien? Konnten sie Waffen stehlen? Irgendein Fluchtgefährt finden? Oder, wenn ihnen die Flucht mißlang, dieses Schiff sabotieren und womöglich zerstören? Er und der Ryxi waren die einzigen, die tatsächlich etwas *tun* konnten, denn niemand hatte je davon gehört, daß ein Bronthin Gewalt anwendete. Er kroch zur Luke und fummelte an dem komplizierten Schloß herum.

Das ordinäre Gebrüll der Seti, das von draußen hereindrang, überzeugte ihn davon, daß es nicht funktionieren würde. Er sah sich nach etwas anderem um, das er untersuchen könne, als das Bild auf dem Monitor plötzlich verschwamm, wieder scharf wurde, verschwamm und nach ein paar kurzen FTL-Sprüngen erneut scharf wurde. Schließlich verblaßte es zu einem perlfarbenen Schleier, und das Schiff erbebte.

»Die Schlacht beginnt!« kam es auf Standard aus dem Lautsprecher, gefolgt von einem langen, komplizierten Seti-Gebrabbel, das den Eindruck machte, als erteile dort jemand Befehle.

‹‹Sassinak ist nicht an Bord ihres Schiffs.›› Als er die Neuigkeit hörte, lief es ihm kalt den Rücken hinunter. ‹‹Sie ist auf dem Planeten verschwunden. Weber können nicht landen, um sie zu suchen.››

Er war davon ausgegangen, daß sie sich auf ihrem Schiff aufhalten würde. Er hatte angenommen, daß sie so aufmerksam und wachsam sein würde, wie er es von ihr gewohnt war. Was trieb sie auf dem Planeten, während ihr Schiff hilflos im Orbit festhing, mit deaktivierter Bewaffnung, ohne Captain? Warum hatte sie nicht wenigstens einen Weber mitgenommen?

‹‹Keine größeren Schiffe als Insystem-Begleitschiffe.››

»Diese dumme Gans!«

Er hatte ein Elend nach dem anderen auf sich genommen, nur um ihr die Informationen zu beschaffen, die sie dringend benötigte, und nun war sie nicht dort, wo sie sein sollte.

‹‹*Zaid-Dayan* läuft aus.››

Das beendete seinen gedanklichen Wutanfall. Das *Große Glück* geriet plötzlich ins Wanken, als sei es an eine Backsteinmauer gestoßen, und als die Füße unter ihm wegrutschten, wurde Dupaynil klar, daß sein Kopf nirgendwo anders auftreffen konnte als auf der Kante des Ssli-Transporttanks.

sechzehntes kapitel

Föderationszentrale

»Du machst Witze.« Caris starrte sie an. »Du weißt wohl nicht …?«

»Ich weiß ganz genau, was mit uns allen passieren wird, wenn wir *nicht* die Initiative ergreifen.« Sassinak war inzwischen aufgestanden, und die anderen, die sich in diesem Streit noch nicht auf eine Seite geschlagen hatten, wurden unruhig. »Wenn du sterben willst oder auf eine Gehirnwäsche aus bist oder den Rest deines Lebens bei schwerer Arbeit verbringen willst, dann hast du schon alles dafür getan. Es ist ganz einfach, sogar jetzt noch. Warte einfach darauf, daß sie mich holen kommen. Denn Jemi hat ganz Recht. Sie werden kommen. Ich bin zu gefährlich, selbst auf mich allein gestellt.« Sie machte eine sorgfältig bemessene Pause und fügte hinzu: »Aber mit *eurer* Hilfe könnte ich gefährlich genug sein, um zu gewinnen.«

»Aber wir können … wir sind nicht …« Jemis nervöse Blicke in die Runde wurden nicht erwidert. Die meisten starrten Sassinak fasziniert an.

»Wir sind was nicht? Nicht stark genug? Nicht tapfer genug? Ihr wart stark und tapfer genug, um zu überleben und frei zu bleiben. Seit wann, Coris?«

»Ich bin seit acht Jahren hier. Jemi seit sechs. Fostin war schon hier, als ich kam …«

»Jahre eures Lebens«, schnurrte Sassinak geradezu. »Ihr habt Verhaftungen, Sklaverei, das Gefängnis und alle Katastrophen überlebt. Und ihr habt dieses Dasein unter der Stadt überlebt. Jetzt könnt ihr es beenden. Ihr könnt der Heimlichkeit und der Furcht ein

Ende machen. Euer eigenes und das Leiden anderer beenden.«

Sie spürte die Unruhe ihrer Zuhörer. Sie spürte ihr Bedürfnis, daß sie Recht behalten, daß sie an ihrer Stelle Stärke beweisen würde. Wenn man ihnen Zeit ließe, würden sie in ihre alten Gewohnheiten zurückfallen, aber dieser Augenblick gehörte Sassinak.

»Kommt schon«, sagte sie. »Zeigt mir, was in euch steckt. Sofort.«

Langsam standen sie auf und sahen Sassinak und einander mit einem Gefühl der Hoffnung an, das ihnen offensichtlich ganz neu war.

»Wie sieht's mit Waffen aus? Wir haben das hier.« Sie zog die stupsnasige Waffe hervor, die Aygar an sich genommen hatte. »Wie viele seid ihr insgesamt?«

Sie hatten Waffen, aber nicht viele, und die meisten, erklärten sie, führten ihre patrouillierenden Kundschafter mit. Sie wußten auch nicht genau, wie viele sie überhaupt waren. Zwanzig hier, ein Dutzend dort, vereinzelte Paare und Individuen, eine große Bande, deren Territorium sich in einer Richtung mit ihrem überschnitt, und eine Anzahl verstreuter Banden in der anderen Richtung. Einige von ihnen waren in gewisser Hinsicht Spezialisten. Einige waren geschickt darin, die großen Nahrungsprozessoren anzuzapfen, ohne aufzufallen, und einige kannten sich damit aus, wie man die Datenkanäle abhorchte.

»Gut«, sagte Sassinak. »Wo steckt dieser gottgleiche Parchandri, der, wie ihr behauptet, in der Föderationszentrale die Fäden in der Hand hält?«

»Du bist doch nicht hinter *ihm* her!« Coris' Schock spiegelte sich in jedem Gesicht. »Er wird bewacht! Wir kommen gar nicht an ihn ran. Das wäre so, als würden wir einen Krieg anfangen.«

»Coris, es ist seit dem Moment ein Krieg, als ein Krieger eingegriffen hat. Nämlich ich. Ich führe einen Krieg.

Krieg bedeutet Strategie, Taktik, Voraussetzungen für den Sieg zu schaffen.« Sie zählte die Punkte mit den Fingern ab. »Ihr könnt hier sitzen und euch von dem Feind ausrotten lassen, der mich jagt, oder ihr könnt meine Armee sein und habt eine Chance. Mehr verspreche ich euch nicht. Aber *wenn* wir gewinnen, werdet ihr nicht mehr hier unten leben, geschmacklosen Brei essen und Bilgenwasser trinken müssen. Es wird wieder eure Welt sein. Euer Leben! Eure Freiheit!«

Der stämmige Mann, der ihr vorhin schon aufgefallen war, zuckte die Achseln und trat neben Coris. »Es macht keinen Unterschied, Coris. Sie sind hinter ihr her und damit hinter uns. Wahrscheinlich werden sie wieder Gas einsetzen. Ich helfe ihr.«

»Ich auch!«

Er blieb nicht der einzige. Coris sah flüchtig in die Runde, zuckte die Achseln und grinste.

»Ich hätte dir da oben gleich die Kehle durchschneiden sollen«, sagte er und wies mit dem Kinn in die Richtung, aus der sie gekommen waren.

Aygar knurrte, aber Sassinak brachte ihn mit einem Wink zum Schweigen. »Du hast Recht, Coris. Wenn du dir eine Bedrohung vom Hals schaffen willst, mach es sofort. Das nächste Mal weißt du Bescheid.«

Man kann keinen Krieg führen, wenn man keinen Schlachtplan hat, hatte einer der Kommandeursausbilder betont. *Aber man kann verlieren, selbst wenn man einen hat.* Sassinak fand das nicht im mindesten hilfreich, als sie ihre zerlumpte Armee durch die Tunnel bis an die Grenze ihres Territoriums hetzte. Sie hatte keinen anderen Plan, als zu überleben, und sie wußte, daß das nicht genügte. Sie wollte den Parachandri finden und … Und was? – Es juckte ihr in den Fingern, ihn zu würgen und das Geständnis aus ihm herauszupressen. Aber würde das etwas nützen? Für den Prozeß gegen Tanegli war es sicher nicht nötig. Selbst wenn sie und Aygar es nicht zurück schafften, lagen genug Beweise vor, um den alten Schwerweltler zu überführen. Was den Status von Ireta anging, so bezweifelte sie, daß irgendein Gericht, das nicht aus Thek bestand, es wagen würde, die Vorherrschaft der Thek in Frage zu stellen, die bereits in den offiziellen Dateien anerkannt war.

Offizielle Dateien, auf die ein mächtiger Parchandri Zugriff haben könnte. Sie stolperte fast, als sie darüber nachdachte. Konnte man sich denn auf nichts verlassen? Sie sah sich unter ihren neuen Kameraden um und schüttelte den Kopf. Jedenfalls nicht auf diese Menschen, die mit Flottenmarines denkbar wenig gemein hatten. Man mußte anerkennen, daß sie so lang überlebt hatten. Aber konnten sie in einem echten Kampf bestehen?

Vor ihr wurden einige gepfiffene Signale gewechselt. Die Gruppe wurde langsamer und drückte sich an die Tunnelwände. Sassinak fragte sich, ob der Kampf jetzt beginnen würde, aber es stellte sich heraus, daß sie die Grenze ihres Territoriums erreicht hatten. Sie ging mit Coris nach vorn, um die andere Gruppe zu begrüßen. Zu ihrer Überraschung zeigten ›ihre‹ Leute die Haltung von Soldaten. Sie schienen ein Ziel zu haben, und die anderen waren sichtlich beeindruckt.

»Was gibt's?« fragte der Anführer der anderen Bande. Er war in ihrem Alter oder etwas älter und hatte ein breites, völlig vernarbtes Gesicht. Sein Blick war auf etwas neben ihr gerichtet, und viele Zähne fehlten. So auch ein Finger.

»Samizdat.« Es war die vereinbarte Antwort.

»Wessen Freundin?«

»Fleurs. Und Coris'.«

»He, hoffen wir, daß du wirklich Fleurs Freundin bist. Wir werden das überprüfen. Hast du auch einen Namen, Fleurs Freundin?«

»Sassinak.«

Er riß die Augen auf. »Fleur läßt nach dir suchen. Und die Polizei auch. Was hast du gemacht, häh?«

»Nicht alles, was du gehört hast, und manches, von dem du nichts weißt. Hast du auch einen Namen?«

Er grinste darüber, wurde aber schnell wieder ernst. »Ich bin Kelgar. Jeder kennt mich. Ich bin zweimal erwischt worden und sehr vorsichtig. Ich hatte Glück und habe mich zweimal aus der Sklaverei befreit.« Er machte eine Pause, und sie nickte. Sie konnte nichts dazu sagen, nur anerkennen, daß er ebenso schlechte Erfahrungen gemacht hatte wie sie. »Komm mit! Wir werden sehen, was sie sagt.«

»Ist sie *hier* unten?«

»Manchmal geht sie in den Untergrund, obwohl sie's nicht so nennt. Allerdings hält sie sich ziemlich weit oben auf, ein ganzes Stück von hier, und dazwischen liegen zwei andere Territorien. Wir kämpfen doch nicht, oder?« Diese Frage war an Coris gerichtet, der beschwichtigend die Hand hob.

»Wir sind gute Kinder«, sagte er.

»Wie immer«, erwiderte Kelgar. »Wir werden schon sehen, was wir davon haben.«

Diesmal ging er voran, und Sassinak folgte mit Coris' Gruppe. Sie merkte gleich, daß Kelgar nicht ganz richtig im Kopf war, aber wenn er paranoid war, dann auf eine clevere Weise. Sie sahen keine Patrouillen, während sie sein Territorium durchquerten und ins nächste vordrangen. Dort lernte sie einen weiteren Bandenführer kennen, diesmal eine gertenschlanke Frau, die kreidebleich wurde, als sie Sassinaks Gesicht sah. Eine desertierte Flottenangehörige? Ihre Bande agierte mit einer fast militärischen Disziplin, und nach dem ersten Schock kommandierte die Frau sie knapp und präzise. Sie hatte unzweifelhaft eine militärische Ausbildung genossen, wahrscheinlich in der Flotte. Es kam selten vor, daß man eine so gute Soldatin verlor. Sassinak fragte sich unwillkürlich, was geschehen war, aber sie wußte, daß sie keine Antwort erhalten würde, wenn sie fragte.

Sie überquerten eine weitere Grenze, und Sassinak wurde noch einem Anführer vorgestellt. Er hatte schwarzes Haar, dunkle Augen, bräunliche Haut und Gesichtszüge, die sie an einen Chinesen erinnerten. Die meisten seiner Gefährten sahen ähnlich aus, und Sassinak bemerkte einige zornige Blicke auf Aygar. Das letzte, was sie jetzt gebrauchen konnte, waren rassische Konflikte. Sie hoffte, daß der Anführer seine Leute im Zaum halten konnte.

»Sassinak ...«, wiederholte der Mann langsam. »Hast du eine Vorfahrin namens Lunzie?« Das war etwas Neues. Woher wußte er das? Sassinak nickte. »Dann glaube ich, daß wir entfernt miteinander verwandt sind.«

»Das bezweifle ich«, sagte Sassinak mißtrauisch. Was sollte das?

»Laß es mich erklären«, sagte er in einem Ton, als habe er sich mit ihr zum Plaudern an eine Bar gesetzt. »Dein Großvater Dougal hat so wie du in der Flotte gedient, und er hat in eine Kaufmannsfamilie eingeheiratet ... allerdings in eine chinesische. Was den Sitten seines Volks und des Volks seiner Braut völlig zuwiderlief. Er hat seiner Familie nie von der Heirat erzählt, und seine Frau verließ ihn schließlich, um mit ihren Töchtern zu ihrer Familie zurückzukehren. Seinen Sohn mochten sie weniger, und als er *deine* Mutter heiratete und beschloß, in eine neue Kolonie überzusiedeln, schien das die beste Lösung für alle zu sein. Aber die Familie deiner Großmutter hat deinen Vater natürlich im Auge behalten, und als ich ein Kind war, erfuhr ich aus Familiengebeten deinen Namen und die Namen deiner Geschwister.«

»Die ... die Familie wußte von uns?«

»Ja, natürlich. Als man deine Kolonie überfiel, wurde das Schiff deiner Großmutter mit weißen Flaggen behängt. Als deine Verwandten erfuhren, daß du überlebt hattest …«

»Aber woher konnten sie das wissen?«

»Du hast die Akademie mit Auszeichnung abgeschlossen. Dir ist doch wohl klar, daß eine Waise, die mit Auszeichnung abschließt, ein Thema für die Nachrichtensendungen ist.«

»Daran habe ich nie gedacht.« Möglicherweise hätte sie daran gedacht, wenn nicht unmittelbar nach diesem Triumph Abe gestorben wäre und ihre Trauer bis zu ihrem ersten Einsatz nicht jeden Moment ausgefüllt hätte.

»Der Name ist ungewöhnlich. Deine Großmutter war sehr wütend auf ihren Sohn, weil er sich einen solchen Namen ausgedacht hatte. Also haben sie die Datenbanken durchsucht und deine ursprüngliche ID gefunden. Sie haben angenommen, du hättest dasselbe getan und würdest dich melden, wenn und wann du es möchtest.« Er zuckte die Achseln und lächelte sie an. »Es hat nichts mit deiner Arbeit hier zu tun, aber ich dachte mir, du würdest es gern wissen, nachdem die Umstände uns zusammengeführt haben.«

Falls es ein später gab. »Ich … ich verstehe.« Sie hatte keine Ahnung, was die Etikette verlangte. Er erwartete sicherlich etwas mehr von ihr als von einem beliebigen gestrandeten Flottenoffizier. »Es tut mir leid. Ich habe keine Ahnung, welche Verpflichtungen ich nach euren Gebräuchen …«

»Du? Es ist unsere Familie, die dich nicht beschützt hat. Unsere Familie hat nicht dafür gesorgt, daß du von uns weißt. Ich versuche dir gerade zu sagen, daß du Ansprüche an uns hast, sofern du dich der Verbindung nicht schämst.«

»Ich schäme mich nicht.« Das zumindest konnte sie

ehrlich und aus voller Überzeugung sagen. Daß ein weiterer Zweig ihrer Familie sie anerkannte, brachte sie den Tränen nah und war gewiß kein Grund, sich zu schämen. »Ich bin ... erstaunt, überrascht, fassungslos. Aber ich schäme mich nicht.«

»Gut. Wenn du nichts dagegen hast, dann gehen wir jetzt in diese Richtung, damit du Fleur wiedersehen kannst. Sie hat auch darauf bestanden, daß du von deinen Verwandten erfährst, bevor du mit ihr sprichst.«

Sie versuchte ihre Gedanken zu ordnen, während sie weitergingen. Zumindest kannte sie jetzt den väterlichen Zweig ihrer Familie. Aber warum hatte sie immer angenommen, ihre Mutter sei die Verbindung zu Lunzie? Daß sie mit Chinesen verwandt war, störte sie nicht. Warum auch? Wie war Dougals Familie gewesen, daß er ihnen nicht von seiner Frau erzählt hatte? Lunzie hatte etwas in der Art gesagt, daß sie Fionas Kinder recht spießig fand. Sassinak versuchte sich an ihre Eltern zu erinnern, die sie sonst zu vergessen versuchte. Sie waren beide dunkelhaarig gewesen, und sie erinnerte sich daran, daß ihr Vater ihre Mutter einmal wegen ihrer ›assyrischen‹ Nase geneckt hatte, was immer damit gemeint sein mochte.

Ihr Verwandter – zumindest ferner Verwandter – führte sie in einen riesigen Raum, in dem große, übereinander gestapelte Zylinder leise zischten. Sie waren durch Röhren miteinander verbunden, die im Durchmesser Sassinaks Beckenbreite übertrafen und mit Farbcodierungen für heißes und kaltes Wasser, Dampf und Gas versehen waren. In der Ferne pochte irgend etwas. Eine schmale Tür mit der Aufschrift ›Lagerraum‹ öffnete sich in eine überraschend große Kammer, die von der Gruppe offensichtlich schon seit einiger Zeit benutzt worden und mit zerkratzten, aber bequemen Stühlen, Kissenstapeln und verblaßten Teppichstücken eingerichtet war. Sassinak wünschte, sie hätte sich in die Kissen fallenlassen und einen Tag lang schlafen können. Aber Fleur wartete auf sie, so elegant gekleidet wie in ihrem Laden, in zartblauen und lavendelfarbenen Stoffen, das silbergraue Haar zu einem Halo um ihren Kopf toupiert.

»Mein liebes Mädchen«, sagte sie und streckte mit einer solchen Grazie die Hand aus, daß Sassinak für einen Moment nichts erwidern konnte. »Du machst einen erschöpften Eindruck. Weißt du, du hättest dich nicht in solche Schwierigkeiten stürzen müssen, um mich wiederzusehen.«

»Es war nicht meine Absicht.«

Sassinak setzte sich auf den Stuhl, der ihr angeboten wurde. Ihr neuentdeckter Verwandter grinste sie an und schloß die Tür. Sie und Fleur waren allein. Sie betrachtete die ältere Frau und wußte nicht recht, wonach sie suchte.

»Man könnte wohl sagen, daß die Dinge … außer Kontrolle geraten sind.« In einem echten Stuhl zu sitzen, ließ sie jeden müden Muskel spüren. Sie unterdrückte ein Gähnen.

»Ich werde mich so kurz wie möglich fassen.« Fleur rutschte ein wenig auf ihrem Stuhl herum und starrte dann auf eine Stelle auf dem Boden zwischen ihnen. »Ich hoffe, daß wir später Zeit füreinander haben werden, damit ich die Lücken ausfüllen kann, die ich jetzt lassen muß.« Sassinak nickte. »Als ich Abe kennenlernte, war ich gerade in Gefangenschaft geraten. Ich diente als Geisel, um meine Familie gefügig zu machen, und wurde später in die Prostitution verkauft.« Damit fesselte sie schon einmal Sassinaks Aufmerksamkeit. Sie setzte sich aufrecht hin.

»Du?«

»Meine Familie bestand aus reichen Kaufleuten, Konkurrenten der Paradens. Zumindest hielten die Paradens sie dafür. Ich war in Reichtum, Luxus und der feinen Gesellschaft aufgewachsen und wahrscheinlich hoffnungslos verzogen, ohne mir dessen bewußt zu sein. Die perfekte Geisel, wenn man es so betrachtet.« Noch eine Pause. Sassinak empfand ein wachsendes Entsetzen und ahnte, was jetzt kommen würde. »Wir wurden entführt«, sagte Fleur und mußte sich zu jedem Wort überwinden. »Ich und mein Ehemann. Angeblich waren es unabhängige Piraten. Das hat man unseren Familien jedenfalls weismachen wollen. Aber wir wußten von dem Moment an Bescheid, als man uns in den gesicherten Flügel des Paraden-Hauses einsperrte. Ich habe die genauen Details nie erfahren, aber sie verlangten ein Lösegeld, das weder die Familie meines Mannes noch meine aufbringen konnten, ohne sich zu ruinieren. Seine Familie … seine Familie hat gezahlt. Und die Paradens haben ihn zurückgeschickt. Er war körperlich gesund und unversehrt, aber man hatte ihn einer Gedächtnislöschung unterzogen. Ich mußte dabei zusehen.«

Sassinak holte zittrig Luft, um etwas zu sagen, aber Fleur schüttelte den Kopf.

»Laß mich erst alles erzählen. Meine Familie glaubte, sie hätte Beweise dafür, daß die Paradens ihre Finger im Spiel hatten. Sie versuchten sie vor Gericht zu bringen. Am Ende hatte meine Familie durch die Gerichtskosten und Gegenklagen alles verloren. Mein Vater starb an einem Schlaganfall, meine Mutter an einem Herzinfarkt, und meine Brüder … nun, einer ging ins Gefängnis für einen ›besonders heimtückischen Anschlag‹ auf den Richter, den die Paradens bestochen hatten. Die anderen ließen sie aus Sicherheitsgründen umbringen. Und mich verkauften sie auf einen Planeten, wo meine Familie nie Handel betrieben hatte.«

Sassinak brannten Tränen in den Augen aus Trauer um die junge Frau, die Fleur einmal gewesen war. Bevor sie es merkte, hatte sie Fleur an den Händen gefaßt.

»Abe hat mich gerettet«, erzählte Fleur weiter. »Anfangs kam er auf mich zu wie jeder andere junge Mann, aber er hat ... er hat etwas bemerkt. Ich weiß es nicht. Er hat mich immer damit aufgezogen, daß ich die Erziehung durch meine Gouvernante nicht verbergen könne. Also hat er Fragen gestellt, und ich habe sie ihm eifrig beantwortet, weil ich gerade vom Tod meiner Schwägerin erfahren hatte. Die Paradens legten Wert darauf, daß ich auf dem laufenden blieb. Und er hat geschworen, daß er mich irgendwie rausbringen würde. In weniger als einem Jahr hatte er meinen Kaufpreis zusammengespart. Wie er das bei seinem Gehalt schaffte, werde ich nie erfahren. Er wollte mich heiraten, aber ich wußte, daß die Flotte sehr strenge Überprüfungen der Personalien durchführt. Ich hatte furchtbare Angst, daß die Paradens mich wiederfinden würden. Also hat er mir geholfen, meinen ersten Laden einzurichten, und von da an ...«

Sie wedelte mit der Hand, und Sassinak dachte an die Jahre mühsamer Arbeit, die es gekostet haben mußte, sich von diesem ersten kleinen Laden zu einer Modedesignerin hochzuarbeiten.

»Schließlich habe ich für die besten Familien Mode entworfen, natürlich auch für die Paradens. Keiner meiner Freunde hat mich erkannt. Ich habe graues Haar. Ich sehe älter aus, und natürlich achte ich darauf, daß ich wie eine Modeschöpferin aussehe, nicht wie eine Kundin.

Abe und ich sind in Kontakt geblieben, solang wir konnten. Er war davon überzeugt, daß er die Verbrechen irgendwie mit den Paradens in Verbindung bringen konnte, und deshalb fing er an zu recherchieren. Das war der eigentliche Anfang von Samizdat. Ich kannte ein paar Leute. Ich half, wo ich konnte. Ich habe Informationen an ihn weitergeleitet, wenn ich etwas Interessantes erfuhr, und er hat Informationen an mich weitergegeben. Wir haben auf einem Planeten nach dem anderen ein Netzwerk aufgebaut. Dann wurde er entführt, und ich dachte … ich dachte, ich würde über den Verlust nie hinwegkommen. Deshalb schwor ich mir, daß ich ihn heiraten würde, wenn er lebend zurückkäme. Falls er mich noch wollte.«

Sie tätschelte sanft Sassinaks Hand.

»Und da kommst du ins Spiel. Als er zurückkam, hatte er dich dabei: eine Waise, die noch unter dem litt, was geschehen war. Ich erfuhr durch unser Netzwerk, daß er wieder da sei. Ich flog nach Regg, um mit ihm zu sprechen. Und er erklärte mir, daß er, solange du deinen Weg noch nicht gemacht hättest, deine Zukunft nicht durch weitere Störungen gefährden wollte.«

»Aber ich hätte nichts dagegen gehabt«, sagte Sassinak. »Wie konnte er das nur glauben?«

»Ich weiß es nicht genau, aber wir beschlossen, daß wir mit der Heirat bis zu deinem Abschluß warten würden. Und darüber, Sassinak, wollte er an jenem Abend mit dir reden. Ich weiß nicht, ob dir etwas aufgefallen ist.«

»Oh, doch! Dann … dann warst *du* also sein großes Geheimnis.«

»Du klingst fast ein wenig enttäuscht.«

»Das bin ich nicht – aber ich habe nicht damit gerechnet. Ich hatte angenommen, er habe vielleicht etwas Neues über die Planetenpiraten herausgefunden.«

»Kann schon sein. Aber er hatte vor, dir nach deiner Abschlußfeier von mir zu erzählen. Wenn alles gut gegangen wäre, hätte er dich in das Hotel gebracht, in dem ich wohnte. Wir hätten uns kennengelernt, und du wärst vor deinem ersten Kreuzflug unsere Trauzeugin gewesen.«

Wie Licht, das in ein dunkles Haus drang, wenn ein Fensterladen nach dem anderen geöffnet wurde, klärte sich das Geheimnis jenes Abends auf, über das sie so lang nachgegrübelt hatte.

»Bist du zu seiner Beerdigung gekommen? Ich erinnere mich an keine Zivilisten.«

Fleur ließ den Kopf sinken. Sassinak konnte ihr nicht ins Gesicht sehen.

»Ich hatte Angst. Ich dachte, es seien die Paradens gewesen, die mich gefunden und Abe meinetwegen umgebracht hätten. Du brauchtest mich nicht, ja du kanntest mich nicht einmal. Du hättest nicht einmal gewußt, warum ich dort gewesen wäre. Also bin ich abgereist. Nenn es Feigheit, wenn du willst. Ich habe deine Karriere verfolgt, aber es hat sich nie eine passende Gelegenheit ergeben, um dir alles zu erzählen.«

Sassinak legte die Arme um Fleur, als sie zu weinen begann.

»Keine Sorge«, versprach sie. »Diesmal bring ich die Sache in Ordnung.«

Sie konnte selbst die eiserne Entschlossenheit in ihrer Stimme hören. Fleur löste sich von ihr.

»Sass! Du darfst nicht zulassen, daß Bitterkeit dein Handeln bestimmt.«

»Aber er hatte es *verdient*, dich zu bekommen.« Jetzt hatte auch sie Tränen in den Augen. »Abe hatte etwas Vergnügen verdient. Er hat so hart gearbeitet, um mich zu retten … und dich und andere. Und dann haben sie ihn umgebracht. Gerade als er …«

Sie hatte nicht mehr um Abe geweint, seit sie am Abend seines Todes ein paar Tränen vergossen hatte. Sie war die beherrschte, gefaßte Offizierin gewesen, als die er sie gern gesehen hätte. Jetzt machte ihr der lang zurückliegende Verlust wieder zu schaffen. Durch ihre Schluchzer hörte sie Fleur reden.

»Wenn du bitter wirst, dann läßt du sie gewinnen. Es ist nicht entscheidend, ob du sie tötest oder nicht. Das Wichtigste ist, ob du als du selber weiterlebst, als das Ich, das du respektieren kannst. Abe wollte mich nicht verzweifeln lassen – auch das wäre eine Art Niederlage gewesen –, aber er sagte mir, er mache sich Sorgen, daß du verbittert bleiben könntest.«

»Aber sie haben ihn umgebracht. Und meine Eltern und deine Familie. Und all die anderen …«

Fleur seufzte. »Sassinak, ich bin fast vierzig Jahre älter als du, und ich weiß, daß sich dir die Haare sträuben, wenn dir das jemand sagt.« Sassinak mußte lachen. Fleur hatte ja so Recht. »Und ich weiß, du willst nicht hören, daß vierzig Jahre mehr Erfahrung einem zu tieferen Einsichten verhelfen. Trotzdem!« Sie wedelte mit einem tadellos manikürten Finger vor Sassinaks Augen. »Hat Abe im Sklavenlager mehr als du gewußt?«

»Natürlich. Ich war ja erst ein Kind.«

»Und wenn er noch lebte, würdest du ihn immer noch wegen seines Alters und seiner größeren Erfahrung respektieren?«

»Nun ja …« Sie wußte, worauf das hinauslief, aber es gefiel ihr trotzdem nicht. Offensichtlich sah man es ihrem Gesicht an, denn Fleur lachte laut, ein silberhelles, glockenklares Lachen, das auch Sassinak zum Lachen brachte.

»Also vertrau mir jetzt bitte«, sagte Fleur und wurde wieder ernst. »Aus dir ist geworden, was Abe sich erträumt hat. Weißt du, ich habe deine Karriere in den Medien verfolgt. Aber je höher du in der Flotte aufsteigst, um so klarer muß dein Urteil sein. Wenn du es zuläßt, daß deine Verbitterung, die Ungerechtigkeit, die dir in deiner Kindheit und durch den Tod von Abe widerfahren ist, deine natürliche Herzlichkeit überwiegen, wirst du auf deine eigene Art ungerecht sein. Du mußt *mehr* als eine Piratenjägerin, mehr als die Rache in Person sein. Die Flotte neigt dazu, ihre Angehörigen, selbst die Besten, auf ganz bestimmte Interessen, auf starre Reaktionen zurechtzustutzen. Bist du nicht der Ansicht, daß ein Teil deiner Schwierigkeiten hier unten davon herrühren könnte?«

So betrachtet, traf das sicher auf einige ihrer Schwierigkeiten zu. Sie hatte die typische Abneigung von Raumfahrern gegenüber Planeten entwickelt. Sie hatte sich nicht die Mühe gemacht, die Fähigkeiten zu kultivieren, um sich auf Planeten wohl zu fühlen. Die verschiedenen Banden in den Tunneln kamen ihr fremdartig vor, auch wenn sie versuchte, aus ihnen eine schlagfertige Einheit zu formen.

»Abe sagte immer«, erzählte Fleur und strich ihr übers Haar, »daß Sterne, Ränge oder Reisen das Wachstum und die Entwicklung nicht aufhalten können. Du wächst weiter und hältst Abes Erinnerung in Ehren. Laß es nicht zu, daß die Paradens den Rest deines Lebens bestimmen, so wie sie die erste Hälfte bestimmt haben.«

»Ja, Madame.«

»Und jetzt sag mir, was du mit diesem zerlumpten Haufen anstellen willst?«

Sassinak grinste sie an, halb entschlossen und halb schwermütig.

»Ich werde Piraten jagen, Madame, und mir dann erst Gedanken machen, ob ich zu hart geworden bin.«

Aber als es darauf ankam, wußte niemand, wo genau sich *der* Parchandri überhaupt aufhielt. Sassinak runzelte die Stirn.

»Mit den richtigen Codes müßte es möglich sein, diese Information aus den Datensystemen zu holen«, sagte sie. »Du hast gesagt, deine Leute seien gut darin.«

»Aber wir kennen keinen der aktuellen Codes. Das einzige Mal, als wir versucht haben, die gesicherten Datenleitungen statt der öffentlichen anzuzapfen, hat man uns die Polizei auf den Hals gehetzt. Sie merken sofort, wo unsere Wanze sitzt, und wie wir's angestellt haben.«

»Sassinak?« Aygar tippte ihr auf die Schulter. Sie wollte ihn wegschieben, erinnerte sich aber an seine früheren positiven Überraschungen. »Ja?«

»Mein Freund, dieser Student …«

»Der damit angegeben hat, daß er die Datenkanäle anzapfen könne, ohne sich erwischen zu lassen? Ja. Aber er ist nicht hier, und wie sollen wir ihn finden?«

»Ich habe seinen Rufcode. Er sagte, es würde von jedem öffentlichen Kommunikationsstandort aus funktionieren.«

»Aber hier unten gibt's doch keine, oder?«

Sie sah zu ihren zerlumpten Begleitern hinüber. Einige von ihnen nickten, und Coris antwortete ihr.

»Doch, oben in den öffentlichen Tunneln. Es gibt einige, die wir erreichen könnten, ohne aufzufallen. Natürlich nicht wir alle.«

»Es gibt einen illegalen im 248sten Schacht«, sagte ein anderer. »Dieser Wartungsarbeiter hat ihn installiert und an die öffentlichen Leitungen angeschlossen, damit er während seiner Arbeitszeit Wetten abgeben konnte. Wir haben ihn immer wieder belauscht.«

»Wo ist der 248. Schacht?« fragte Sassinak.

Er lag nicht weit entfernt, auch wenn sie sich einige Stunden lang vorsichtig im Zickzack bewegen mußten, um ihn zu erreichen. Zweimal sahen sie umherstreifende Patrouillen, einmal in den graublauen Uniformen der Stadtpolizei und einmal in den orangefarbenen der Pollys. Ihr lustloser Streifzug durch die Tunnel beeindruckte Sassinak nicht sonderlich. Sie gaben sich offenbar damit zufrieden, einfach durch die Tunnel zu marschieren, ohne alle Luken und Seitengänge zu untersuchen. Als sie Coris darauf aufmerksam machte, zog er die Schultern ein.

»Ich wette, sie wollen Gas in das Tunnelsystem leiten. Im Moment suchen sie nach einfacher Beute, gefallenen Mädchen und Kindern … arme Teufel, mit denen sie sich ungestraft auf schweinische Art amüsieren können, um sie dann verschwinden zu lassen.«

»Gas? Meinst du Giftgas? Oder Betäubungsgas?«

»Sie haben beides schon benutzt. Es ist etwa drei Jahre her, und dabei haben sie drüben beim Shuttlehafen über tausend Leute umgebracht. Hier draußen waren wir ziemlich sicher, und wir sind damit davongekommen, daß wir für ein paar Tage alles erbrochen haben. Aber ich habe gehört, daß auf den Straßen Leute überfallen und U-Bahnen ausgeraubt worden sind.«

Sassinak fummelte an dem kleinen Päckchen in ihrer Tasche herum. Sie hatte den Detox-Filter mitgebracht, den die Flotte gegen Sturmgas einsetzte, aber würde er gegen jedes Gas etwas nützen? Sie wollte es nicht erst herausfinden, wenn sie ihn benutzte, und sie hatte nur diesen einen. Sie schob den Gedanken beiseite und unterrichtete Aygar darüber, was er seinem studierten Freund sagen und was er nicht sagen durfte. Wenn sie nur eine Gelegenheit gehabt hätte, sich von diesem Freund selbst einen Eindruck zu machen! Man konnte nicht sicher sein, ob er nicht für irgend jemand als Agent arbeitete, so lange nicht feststand, daß er wirklich nur ein Student war, der Spion spielte. Wenn es so war, würde er bald erfahren, wie aufregend das Leben als echter Spion sein konnte.

Zwei von der Gruppe stiegen vor Aygar durch die Luke in den 248. Schacht und riefen ihn dann hinein. Dieser Schacht, hatten sie erklärt, wurde oft benutzt. Deshalb mied ihn die Gruppe – außer bei besonderen Gelegenheiten.

Sassinak wartete und wünschte, sie hätte selbst anrufen können. Aygar war noch ein halbes Kind von einem Hinterwäldler-Planeten. Er kannte sich nicht aus mit Intrigen. Es würde ihm ähnlich sehen, wenn er diesen ›Freund‹ anrief und über eine ungesicherte Leitung gleich alles ausplauderte. Sie versuchte, sich nicht allzu viel Sorgen zu machen, ihre Nervosität in Zaum zu halten. Wie viele Stunden waren inzwischen vergangen? Machte Arly sich schon Sorgen? Oder sonst jemand?

Aygar schwang sich zurück durch die Luke. Seine jugendliche Kraft und Gesundheit bildeten einen lebhaften Kontrast zur verzweifelten Ausstrahlung der Unterweltbewohner.

»Er will mich treffen«, sagte Aygar. »Er sagt, die Studenten würden gern helfen.«

»Helfen? Helfen wobei?«

Sassinak wußte über zivile Studenten nicht mehr als das, was die Medien berichteten. Es war klar, daß sie nicht mit Kadetten verglichen werden konnten.

»Sie wollen beim Umsturz helfen«, sagte Aygar, als ob das alles erklärte. »Die Tyrannei der Gier und der Macht beenden, sagt er.«

»Wir planen keinen Umsturz«, sagte Sassinak, dann dachte sie näher darüber nach.

Auch wenn sie selbst nicht die Absicht hatte, eine Regierung zu stürzen, hatte die Regierung ihr mit Sicherheit Sturmtruppen auf den Hals gehetzt, so als wolle sie genau das tun. Glaubte man vielleicht, daß sie mit einem Haufen abtrünniger Studenten zusammenarbeitete? Hatten andere einen Umsturz geplant – und sie war mitten hinein gestolpert, und war *das* der Grund, weshalb …?

Ihr Gehirn schien zu explodieren, als Intuition und Logik sich aneinander entzündeten. Aygar sah sie verwirrt hatte, als sie etwas ruhiger weiterredete.

»Zumindest nicht den Umsturz, an den er denkt. Um genau zu sein. Und, wie kann er uns helfen? Kann er den Parchandri finden?«

»Er hat mich nur gebeten, mich mit ihm zu treffen, und mir den Treffpunkt genannt.« Aygar machte wieder einen störrischen Eindruck. Es entging ihm nicht, daß er benutzt wurde, und niemand mochte das.

»In der Öffentlichkeit. Na, großartig. Du wirst so wenig auffallen wie eine zerrissene Uniform bei einer Inspektion.«

»Fleur hat uns alles über Tarnung beigebracht«, sagte Coris. »Aber mit *dem* da wird's bestimmt nicht einfach.«

Sassinak fühlte sich zu erschöpft, um darüber nachzudenken, aber ihr blieb nichts anderes übrig. Sie riß sich zusammen und sagte: »Wir werden sie fragen. Wir können uns sicher nicht in diesem Aufzug nach draußen wagen. Außerdem werden wir uns noch etwas ausruhen, bevor wir irgendwohin gehen, denn mir ist aufgefallen, daß Aygar fast so müde aussieht, wie ich mich fühle. In der Zwischenzeit würde ich mir gern Karten des Untergrunds ansehen, wenn du welche hast, Coris.«

Sie hoffte, sie machte damit auf die anderen den Eindruck, daß sie einen genauen Plan im Kopf hatte.

siebzehntes kapitel

FES-Kreuzer *Zaid-Dayan*

»Das gefällt mir nicht.« Arly tippte mit den Fingern auf die Kante der Kommandokonsole. Auf einem ihrer Bildschirme war der lokale Nachrichtenkanal eingeblendet worden. »Wie kann jemand glauben, daß Sassinak einen Admiral umgebracht hat?«

Die älteren Offiziere, darunter Major Currald, hatten sich um sie versammelt, während die Brückenmannschaft so tat, als konzentriere sie sich ganz auf ihre Monitoren.

»Zivilisten.« Bures sah fast so angewidert aus, wie sie sich fühlte. »Wissen Sie, wenn die da unten solche Angst vor der Flotte haben, daß sie uns unsere eigenen Shuttles nicht benutzen lassen, dann sind sie wahrscheinlich der Ansicht, daß wir alle blutrünstige Raubtiere mit Fangzähnen bis hierhin sind.« Er deutete auf sein Kinn. »Lang und spitz. Wir laufen schwer bewaffnet durch die Gegend und warten nur darauf, jemanden umbringen zu können.«

»In den Nachrichten heißt es, der Kerl sei möglicherweise gar nicht Coromell gewesen«, sagte Mayerd, die auf die Brücke gekommen war, um sich mit ihnen die Nachrichten anzusehen. »Eine große Hilfe ist das allerdings nicht. Ein Glück, daß es in unmittelbarer Nähe keinen Ärger gibt. Es wäre schlimmer, wenn ein Einsatz auf uns zukäme.«

Arly sah sie mit einem Stirnrunzeln an. Soweit es sie betraf, kamen Ärzte gleich nach Zivilisten. »Wissen Sie nicht mehr, was sie sagte? Sie meinte, es könnte Ärger geben …«

»Ärger welcher Art? Eine Invasion geheimnisvoller Schleimmonster mit grünen Tentakeln? Wir befinden uns mitten im größten befriedeten Raumsektor, den es je gegeben hat. Dabei will ich die Aktivitäten der paar Raumpiraten nicht herunterspielen. Aber der letzte größere Zwischenfall liegt Jahrzehnte zurück. Selbst die Seti haben seit dem Zusammenstoß am Tonagai-Riff keine Vergeltungsmaßnahmen der Flotte mehr riskiert. Sie mögen Hasardeure sein, aber sie sind nicht dumm. Wenn die Paradens alle ihre Piraten-Konsorten auf einmal gegen die Föderationszentrale aufbieten würden, schätze ich, könnten sie uns ernsthafte Schwierigkeiten machen, aber auch sie sind nicht dumm. Sie brauchen eine fette, friedliche Kultur, von der sie schmarotzen können. In einem Schwarm von Haien genießt ein einzelner Hai keine Vorteile.«

Arly und Bures hatten über Mayerd hinweg Blicke gewechselt. Arly mußte zugegeben, daß sie noch nie eine ganze Piraten*flotte* in Betracht gezogen hatte. Die Piraten gingen einfach nicht auf diese Weise vor. Es wurden immer nur zwei oder drei Schiffe auf einmal eingesetzt, ein paar mehr, wenn eine illegale Anlage verteidigt werden mußte. Aber jetzt, da Sassinak dort unten verschwunden war, ruhte die ganze Last der Verantwortung für das Schiff auf ihren Schultern. Sie wünschte, Ford würde wieder von dort auftauchen, wohin er sich verzogen hatte. Sie wünschte, Sassinak würde zurückkommen. *Zum Teufel mit diesem Admiral,* dachte sie. Coromell, oder wer immer es gewesen war, hatte sie weggelockt. Und weshalb? Um sie von dem Prozeß fernzuhalten? Um die *Zaid-Dayan* lahmzulegen?

Ein Blinken machte sie darauf aufmerksam, daß jemand sie über den Flottenkanal sprechen wollte, und sie steckte sich den Stöpsel ins Ohr. »Leutnant Commander Arly, zur Zeit Captain der *Zaid-Dayan*.«

»Arly, hier ist Lunzie. Erkennen Sie meine Stimme?«

Natürlich erkannte sie die Stimme. Sie hatte Sassinaks erstaunlich junge Vorfahrin als angenehme Frau kennengelernt. Aber warum rief Lunzie über den Flottenkanal an? »Ja. Warum?«

»Es ist wichtig, daß Sie mich als die erkennen, die ich zu sein behaupte. Ich befinde mich in der Föderationszentrale. Ich kann Ihnen aber nicht sagen wo.«

Arlys Herz machte einen Sprung. War Sassinak vielleicht bei ihr? Versteckten sie sich?

»Was ist mit Sass … Commander Sassinak?« Sie hörte den rauhen Unterton in ihrer eigenen Stimme und hoffte, daß Lunzie ihn nicht bemerkte.

»Wir wissen es nicht. Arly, der *echte* Admiral Coromell möchte mit Ihnen sprechen. Ich weiß, daß es der echte Coromell ist, weil ich ihn vor vielen Jahren kennengelernt habe. Vor meinem letzten Kälteschlaf. Vertrauen Sie mir?«

Etwas an der Stimme klang anders. Irgend etwas hatte sich verändert, seit Lunzie sich im Sektorhauptquartier von Arly verabschiedet und das Schiff verlassen hatte. Arly dachte nach. Lunzie klang reifer, selbstsicherer. War das wichtig? Hatte es irgendeine Bedeutung? Und selbst wenn sie Lunzie nicht vertraute, war sie immer noch neugierig, was dieser mysteriöse Coromell ihr zu sagen hatte. Sie gab Bures ein Zeichen, und als er sich heranbeugte, tippte sie eine Nachricht in ihre Konsole: holen Sie das Flaggoffizier-Verzeichnis. Bures nickte. Arly hoffte, daß ihre Stimme ruhig klang, als sie weiterredete.

»Ich glaube, daß Sie Lunzie sind, wenn Sie das meinen.«

»Das meinte ich zwar nicht, aber es dürfte genügen. Hier ist er.«

Eine Pause trat ein, dann meldete sich eine tiefe Stimme, die es offenkundig gewöhnt war, Befehle zu erteilen.

»Hier ist Admiral Coromell. Sind Sie Leutnant Commander Arly?«

»Ja, Sir.«

Bures reichte ihr das Verzeichnis, und sie blätterte es durch. Coromell war groß, hatte graue Haare und strahlende blaue Augen. Ein stattlicher Mann, selbst in seinem fortgeschrittenen Alter. Er war wahrscheinlich sehr attraktiv gewesen, als Lunzie ihn kennengelernt hatte. Arly fragte sich, ob zwischen den beiden etwas lief, und zwang sich, ihm zuzuhören.

»Wie Sie sicher schon bemerkt haben, befinden wir uns in einer kritischen Lage. Ihr Captain ist verschwunden, und die lokalen Ordnungskräfte waren bis vor wenigen Stunden noch davon überzeugt, daß sie *mich* umgebracht hat. Ich habe nicht herausfinden können, was passiert ist, und einige meiner Leute sind auch verschwunden.«

»Sir, ich hatte angenommen, der Admiral mache drüben auf Sechs einen Jagdurlaub. Das hat Commander Sassinak mir jedenfalls gesagt.«

»Das war ich auch. Ich wurde dringend zurück gebeten, aber meine Rückkehr wurde kompliziert durch Lunzies …«

Ein Blinklicht auf der Konsole lenkte Arlys Aufmerksamkeit von Coromell ab. Der Ssli schlug über seinen Biokontakt Alarm. Durfte Arly einen Admiral unterbrechen?

»Entschuldigen Sie, Sir«, sagte sie so standhaft, wie sie konnte. »Unser Ssli meldet gerade etwas.«

Er schnaubte nicht gerade, aber der Laut, den er von sich gab, deutete auf eine Nervosität hin, die er kaum beherrschen konnte. »Dann überprüfen Sie's.«

Arly griff ans Pult, und die Nachricht des Ssli erschien auf dem oberen Bildschirm der Konsole.

»Feind im Anflug. Seti-Flotte verläßt den FTL-Raum und dringt ins System ein. Sie rechnen mit Unterstützung, um unbemerkt zu bleiben und der Systemverteidigung zu entgehen.«

Ihre Hände zitterten schon, als sie diese wenigen Zeilen gelesen hatte. Es folgten Details über das Ausmaß der Bedrohung: die Anzahl der Schiffe, die Masse, die geschätzte Bewaffnung, die wahrscheinliche Mannschafts- und Truppenstärke.

Bures, der sich den Hals verrenkte, um die Nachricht zu lesen, gab einen unterdrückten Pfiff von sich. Mayerd und dann Currald schlossen sich ihm an, und ihre Gesichter wurden blaß, während die Liste immer länger wurde.

»Commander Arly?« fragte der Admiral, dessen Geduld durch das lange Schweigen strapaziert wurde.

Arly antwortete und staunte, daß ihre Stimme ruhiger war als ihre Hände.

»Sir, unser Ssli meldet eine Seti-Flotte, die sich offenbar in feindlicher Absicht nähert.« Sie hörte ein Keuchen, brach aber nicht ab. »Wahrscheinlich haben die Seti Helfer innerhalb des Systems, die einen Teil der Verteidigungsanlagen lahmlegen sollen. Sie werden während der Sitzung des Hohen Rats eintreffen. Es ist offenbar eine Art Putsch geplant.« Die Nachricht war am Ende angelangt. Arly tippte eine Frage an den Ssli ein und wollte wissen, woher diese Informationen stammten.

»Aber woher wissen Sie das?« fragte Coromell. Die Antwort erschien im selben Moment auf dem Bildschirm.

»Sir, unser Ssli sagt, es befände sich eine gefangene Ssli-Larve an Bord des Seti-Flaggschiffs, außerdem ein Flottenoffizier namens … *Dupaynil*.« Ihre Überraschung entging Coromell nicht.

»Wer ist das?«

»Ein Sicherheitsoffizier der Flotte, der uns vor einigen Monaten zugeteilt wurde. Dann wurde er versetzt. Ich glaube, er sollte im Seti-Raum einige Nachforschungen anstellen.«

»Die ganz offensichtlich erfolgreich waren. Gut, Commander, Sie haben meine Erlaubnis, den Orbit zu verlassen und es diesen Seti-Schiffen so schwer wie möglich zu machen.«

Sie wollte noch fragen, was aus Sassinak werden sollte, sah aber ein, daß das jetzt keinen Sinn hatte. Selbst wenn ihr Captain sich im Shuttlehafen aufgehalten hätte, wäre keine Zeit geblieben, um auf sie zu warten. Und da sie nicht wußten, wo sie steckte, konnten sie erst recht keine Verzögerung hinnehmen.

»Ja, Sir«, sagte sie und fügte hinzu: »Erbitte Erlaubnis, ein Shuttle und einen Piloten abzusetzen für den Fall, daß Commander Sassinak auftaucht. Sie könnte es brauchen.«

»Erlaubnis erteilt«, sagte er.

Das war alles. Sie war jetzt mehr als eine Stellvertreterin des Captain: sie befehligt ein Kriegsschiff, das gegen eine Alien-Flotte kämpfen würde. *Das ist unmöglich,* dachte sie und drückte einen Knopf, der überall im Schiff rote Lichter blinken ließ. Dann schaltete sie den Bordfunk ein.

»Fähnrich Timran auf die Brücke«, sagte sie, und direkt zu Bures: »Holen Sie eine von Sassinaks Ersatzuniformen aus ihrem Quartier und was sie sonst noch brauchen könnte, und bringen Sie die Sachen aufs Zweite Flugdeck. Aber schnell!«

Sie hatte noch viele weitere Befehle zu erteilen. Sie mußte die Überwachungsmannschaften des Sicherheitsdienstes, die die Waffen lahmgelegt hatten, von Bord entfernen lassen und den Technischen Dienst anweisen, die Triebwerke hochzufahren.

»Fähnrich Timran, Captain!«

Er war entweder sehr schnell oder hatte draußen im Gang gelauert. Sie hoffte, daß er auch mit dem Shuttle so schnell sein und Glück haben würde.

»Melden Sie sich auf dem Zweiten Flugdeck. Sie

werden eine kleine Einheit auf den Planeten bringen.«

Der Admiral hatte nichts von einer Begleitmannschaft erwähnt, aber was immer Sassinak zugestoßen war, ein paar Weber und Marines konnten die Lage sicher nicht verschlimmern. Als sie zu Currald hinübersah, nickte er.

»Zehn Mann sollten reichen«, sagte er. »Lassen Sie Platz für Sassinak und diesen Aygar, falls sie wieder auftauchen.« Er griff nach einem Komgerät und rief seinen eigenen Adjutanten an.

»Ja, Captain!« sagte Tim mit glänzenden Augen. »Habe ich die Erlaubnis ...?«

»Sie haben die Erlaubnis, alles zu tun, was nötig ist, damit Commander Sassinak baldmöglichst wieder das Kommando übernehmen kann. Bures hat einige Sachen, die Sie mitnehmen sollen. Er wartet auf Sie.«

Er salutierte und machte sich auf den Weg. Arly hoffte, daß sie das Richtige getan hatte. Was immer Sassinak auch zugestoßen war – wenn sie noch lebte, würde sie davon ausgehen, daß ein Kreuzer auf sie wartete. Und der jetzt starten wird, dachte Arly. Das heißt, *ich* starte, nehme ihr das Schiff weg und lasse ihr nichts als ein Shuttle zurück.

Arly konnte nicht glauben, daß dies wirklich geschah, jedenfalls nicht so schnell, aber es half nichts. Trotz ihres Unglaubens hörte sie, wie ihre eigene Stimme im selben ruhigen, beherrschten Ton, den sie seit Jahren kultivierte, Befehle erteilte. Langstreckenscanner einschalten, sofort den Abdockvorgang einleiten, zwei Weber-Jungoffiziere aufs Zweite Flugdeck. Ein lautes Keifen vom Dockmeister der Station, der wissen wollte, warum die *Zaid-Dayan* ohne Erlaubnis abzulegen begann.

»Befehl von Admiral Coromell«, sagte Arly. Sollte sie von der Seti-Flotte erzählen? »Wir schicken ein Shuttle auf den Planeten.«

»Das *dürfen* Sie nicht!«

Die Stimme verstummte abrupt, und auf dem Bildschirm erschien jemand in der Uniform der Insystem-Sicherheitskräfte.

»Sie sind im Begriff, gegen die Vorschriften zu verstoßen. Sie brechen den Startvorgang sofort ab, sonst werden Maßnahmen ergriffen …«

»Fähnrich Gori, Captain!«

Er war nicht so schnell wie Tim, aber auf seine Art ebenso eifrig.

»Fähnrich, der Captain … äh … Commander Sassinak sagte mir, daß Sie die Vorschriften in- und auswendig kennen.« Er antwortete nicht, aber er wirkte auch nicht verlegen. »Sie werden mit dem Insystem-Sicherheitsdienst die Vorschriften besprechen. Wir starten auf Befehl eines höheren Offiziers, der nicht direkt in unserer Kommandohierarchie steht, um einer feindlichen Bedrohung zu begegnen.« Goris Gesicht erstrahlte, und er öffnete den Mund. Arly schob ihn auf eins der Arbeitspulte zu und sagte: »Sagen Sie's nicht *mir*, sagen Sie's *ihm*.«

Ein anderer Monitor zeigte das Zweite Flugdeck, auf dem sich die Luke hinter einem der Shuttle schloß. Als sich die Startluke öffnete, hob der Lift das Shuttle empor. Durch die offene Luke konnte Arly einen Teil der Station erkennen.

»… keine Genehmigung für einen solchen mutwilligen Verstoß gegen die Vorschriften«, leierte die Stimme des Sicherheitsoffiziers weiter. »Stellen Sie sofort wieder den inaktiven Zustand her, oder wir sehen uns gezwungen, Gewalt anzuwenden.«

Arlys Temperament ging mit ihr durch. »Es befindet sich eine feindliche Seti-Flotte im Anflug«, sagte sie langsam und betonte jedes Wort. »In Ihren Reihen sind Verräter, die sie an den Verteidigungsanlagen vorbeilassen wollen. Drohen Sie mir nicht. Bisher habe ich der Station keinen Schaden zugefügt.«

Vielleicht war nicht der ganze Insystem-Sicherheitsdienst in diese Verschwörung verwickelt. Dieser Mann jedenfalls sah so aus, als habe man ihm gerade einen Schlag versetzt.

»Aber ... aber darauf gibt es keine Hinweise. Kein einziges Detektornetz ist abge ...«

»Vielleicht hat jemand den Finger am Knopf.«

Das Shuttle verließ den Rumpf der *Zaid-Dayan* und verschwand. Arly schickte ihm ein stummes Gebet hinterher.

»An Ihrer Stelle würde ich mir die redundanten Systeme noch einmal genauer ansehen.«

Inzwischen waren die leistungsfähigen Scanner der *Zaid-Dayan* wieder in Betrieb. Bisher hatte sich nichts gezeigt. Der Feind war noch zu weit draußen. Arly sah in die Runde und stellte fest, daß die reguläre Brückenbesatzung inzwischen an ihren Plätzen war. Es war ein seltsames Gefühl, an Sassinaks Platz zu sitzen, während Leutnant Yulyin an ›ihrem‹ Pult saß, und noch seltsamer, daß dieses Pult nach einem Schiffsalarm weitgehend verdunkelt war. Sie zeigte auf Gori, der den Kanal zum Insystem-Sicherheitsdienst auf sein Pult umschaltete.

»Fähnrich Gori wird mit Ihnen in Kontakt bleiben.«

»Die Vorschriften der Flotte, Paragraph 21, Artikel 14, billigen diese Befugnis befehlshabenden Offizieren von Schiffen zu, die zu einem kurzfristigen Einsatz von ihren Routineaufgaben innerhalb eines Sektors entbunden werden ...« Gori klang selbstsicher und so glatt wie ein Diplomat.

Arly überließ ihm alles weitere. Eine überraschend aufgetauchte Seti-Flotte *und* Goris Begeisterung für Vorschriften sollten zusammen eigentlich ausreichen, daß niemand unbedacht einen bestimmten Knopf drückte, bis die *Zaid-Dayan* unterwegs war und die Schilde heben konnte.

»Andockbucht gesichert, Captain!«

Arly nickte den Männern vom Technischen Dienst zu. So kritisch die Situation auch war, sie konnte es auf keinen Fall rechtfertigen, die Station zu zerstören, um einen Blitzstart zu wagen, und die Inbetriebnahme des Insystem-Antriebs war eine heikle Sache. Zentimeter um Zentimeter entfernte sich der Kreuzer von der Station und entwickelte gerade genug Schub, daß die Rotationsträgheit ihn auf einen Spiralkurs brachte.

»Waffen immer noch deaktiviert«, meldete Yulyin, als zum zweiten Mal der Minutenzähler tickte.

»Keine Sorge. Sassinak und ich haben uns einige Tricks ausgedacht, die in dem Moment zum Tragen kommen werden, wenn wir sie brauchen.« Sie fragte sich, ob der Ssli und sein ferner Artgenosse noch miteinander in Kontakt standen. Und was machte Dupaynil auf diesem Schiff? Ihr blieb keine Zeit, darüber nachzudenken. Die Bewaffnung ging vor.

Sie tippte den Code ein, den Sassinak ihr hinterlassen hatte und der ihr Zugriff auf die Kommandocomputer verschaffte, die alle Waffensysteme zentral steuerten. Dann erklärte sie, welche Vorkehrungen sie und Sassinak getroffen hatten, und im Handumdrehen waren überall im Schiff Marines und Besatzungsmitglieder unterwegs, um die volle Kampfstärke herzustellen. In hundert Kilometern Abstand von der Station fuhr Arly den Insystem-Antrieb hoch.

Wenn die Eindringlinge ihr Schiff scannten, dann hatte bisher alles ganz normal ausgesehen: ein aufsteigender Spiralkurs, wie er von einem Schiff zu erwarten war, das sich von einer größeren Masse löste. Dann schaltete Arly die Tarnvorrichtung ein, und die *Zaid-Dayan* wurde eins mit der Stille und der Dunkelheit; eine Eule, die in der Nacht jagte.

Coromell wandte sich schwungvoll Lunzie zu. »*Daran* habe ich überhaupt nicht gedacht! Ich werde wohl allmählich senil!«

»Was?« Lunzie hatte nicht gehört, was Arly gesagt hatte, sie hatte nur Coromells Gesicht angesehen, welche Wirkung es hatte.

»Eine Seti-Flotte, die ins System unterwegs ist ...« Er erzählte ihr den Rest und stellte erste Verbindungen zu dem her, was sie bereits aus anderen Quellen erfahren hatten. »Dieser Vorfall auf Ireta ... offenbar sind Sie da jemandem mächtig auf die Füße getreten.«

»Vielleicht war's aber schon länger geplant, und wir sind nur mitten hineingeraten.«

»Kann schon sein. Ich vergesse immer wieder, daß Sie die letzten dreiundvierzig Jahre verschlafen haben. Sie waren wie eine Zeitbombe für diese Leute. Dabei fällt mir ein, daß die Winter-Assisen, abgesehen von dem Ireta-Prozeß, diesmal hauptsächlich kommerzielle Fälle verhandeln. Und das einzige, was vor den Hohen Rat kommt, ist eine Schlußabstimmung über einige Finanzvorschriften, die das Terraformen betreffen. Aber damit kenne ich mich nicht aus. Ich kann eine Aktie nicht von einer Bürgschaft unterscheiden.«

»Wenn sie also eine ruhige Sitzung abhalten wollten, hätten sie das arrangieren können ... und wir sind wirklich eine Zeitbombe.«

»Die sie selbst scharf gemacht haben, wenn ich Sie daran erinnern darf. Das paßt alles gut zusammen.«

»Wenn sie uns nicht in die Luft jagen«, sagte Lunzie. »Das da oben ist nicht Sassinak.«

»Sie hat ihr Schiff ihrer fähigsten Kampfoffizierin überlassen. Wir können nicht mehr tun, als dafür zu sorgen, daß das, was *hier unten* geplant ist, nicht funktioniert.«

Lunzie war nicht überzeugt. »Aber was soll ein Kreuzer gegen eine ganze Flotte ausrichten?«

»Er kann uns zumindest Zeit verschaffen. Sorgen Sie sich nicht um das, was Sie nicht ändern können. Wir werden dafür sorgen müssen, daß der Insystem-Sicherheitsdienst gewarnt und gerüstet ist, und Sassinak aus der Klemme befreien, in der sie steckt.«

Die winzige Klinik, die sich an das Zentrale Systemkommando der Flotte anschloß, bestand nur aus einem Korridor, der sich direkt in die hinteren Büros des Kommandogebäudes öffnete. Lunzie folgte Coromell und bemerkte, daß das Personal, als er auftauchte, so fassungslos war wie er in dem Moment, als er von der Seti-Flotte erfahren hatte.

»Sie? Wann ist der Admiral eingetroffen?« fragte einer, der ihnen fast, aber nicht ganz den Weg zum Lift versperrte, der die Aufschrift *Nur für den Admiral* trug.

»Vor etwa dreißig Stunden. Offenbar haben Ihre Sicherheitskräfte einige Personen miteinander verwechselt.« Er schlug mit der Faust auf den Schalter, und die Lifttür öffnete sich mit einem Laut wie ein Seufzen.

»Aber Sir, diese Kommandantin … die Mörderin …«

»Behalten Sie's für sich, Algin. Wer hat für uns gesprochen?«

»Leutnant Commander Dallish, Sir. Er ist oben …«

Aber Coromell hatte die Lifttür schon geschlossen und lächelte Lunzie trübsinnig an.

»Ich hab's gewußt. Aber er weiß nicht, daß Dallish der einzige Offizier ist, dem ich hier wirklich vertraue. Sein Vater und ich waren vor Jahren eng befreundet. Dallish hat mich gedeckt.«

»Hätten Sie nicht noch etwas länger untertauchen können?«

»Wenn Sassinak vorgeworfen wird, mich umgebracht zu haben? Nein. Wenn ich lebend auftauche, müßte das die Beteiligten ebenso aus der Fassung bringen, wie Sie die Verschwörer aus der Fassung gebracht haben, als sie mitten in ihre Machenschaften hinein erwacht sind. Wer immer der Überzeugung gewesen ist, daß er mich umgebracht hat, wird sich jetzt fragen, wer das wirkliche Opfer gewesen ist. Und wer immer das Opfer geschickt hat, um meinen Platz einzunehmen, wird sich jetzt fragen, ob wir ihm auf den Fersen sind. Und es wird bald soweit sein.«

Lunzie empfand Coromells Büro als eine Wohltat nach den pastellfarben gestrichenen Wänden und der gewollt beruhigenden Atmosphäre des Kliniktraktes. Ein großer, bogenförmiger Schreibtisch nahm den Platz einer Kommandokonsole an Bord eines Raumschiffs ein. Coromell grinste, als er ihren Gesichtsausdruck bemerkte.

»Ja, es ist ein Luxus. Aber einer, der es mir ermöglicht, weiterhin wie ein Admiral zu denken, der im Weltraum dient, und nicht wie ein Planetenbewohner.«

Ein jüngerer Mann, von dem Lunzie annahm, daß es ›Dallish‹ war, trat zur Seite, als sie hereinkamen, und reichte Coromell ein Bündel dünner Plastikstreifen. In einer Wand war ein Fenster, das auf die Stadt hinausging und Lunzie einen ersten unmittelbaren Blick auf den Sitz der interplanetaren Regierung erlaubte. Er sah für sie nur wie viele andere Großstädte aus. Unten wurde eine breite Straße von Gleitschienenbahnen und Personenfahrzeugen befahren, hellblauen und grünen Einschienenzügen. Sie sah sich wieder in Coromells Büro um: ein dunkelblauer, samtiger Teppich, den Flottenoffiziere zu bevorzugen schienen, eine Monitorbatterie an der Wand gegenüber, Regale mit Memokuben, Mikrofiche-Archiven, sogar einer Reihe in schlichtes blaues Leinen gebundenen Büchern.

»Lunzie!«

Sie blickte von einer Reihe detailfreudig gefertigter Schiffsmodelle auf, die vor einem gemalten Sternenhimmel ausgestellt waren. Coromell und Dallish hatten eine der zivilen Nachrichtensendungen eingeschaltet, und Lunzie sah etwas, das sie erst bei näherem Hinsehen als den Andockschlauch eines Schiffs erkannte, das an die Orbitstation angelegt hatte. Anfangs hörte sie nicht, was der Nachrichtensprecher sagte. Das Diplay über der Röhre war von Grün auf Orange umgesprungen. Der Schiffsname *Zaid-Dayan* und die Statusmeldung ›Vorsicht: Ablegemanöver‹ blinkten.

Eine Reporterin trat vor die Kamera, und Lunzie zwang sich, der glatthaarigen Frau mit der professionell gerunzelten Stirn zuzuhören.

»Dieses eigenartige Verhalten hat einige Beobachter zu der Vermutung veranlaßt, daß die vermißte Kommandantin dieses gefährlichen Schiffs mit einer psychoaktiven Substanz kontaminiert worden sein könnte, vielleicht sogar mit einem Krankheitserreger, den sie auf die Mannschaft übertragen hat. Wir haben gerade erfahren, daß die Mannschaften des föderalen Insystem-Sicherheitsdienstes, die sicherstellen sollen, daß die Kriegsschiffe ihre Waffen nicht auf unschuldige Zivilisten abfeuern können, von dem Schiff vertrieben worden sind. In diesen Minuten …« Die Reporterin drehte leicht den Kopf, so daß Lunzie hinter ihr verschwommene Bewegungen in der Röhre ausmachen konnte, die zum Schiff hinaufführte. »Ich glaube, ja, da sind sie, ganz gegen ihren Willen …«

Die Männer und Frauen, die die Röhre herunterstapften und dabei die Hände auf dem Kopf gefaltet hatten, machten einen recht elenden Eindruck. Hinter ihnen tauchten Gestalten in düsteren grauen Uniformen und grünen Panzern, mit zugeklappten Helmen und sehr eindrucksvollen Waffen in den Händen auf.

»Das sind die Waffen der Sicherheitsmannschaft«, sagte Coromell zu Dallish. »Haben Sie gesehen? Ihre eigenen sind wahrscheinlich immer noch unter Verschluß.

Sie haben die Aufsichtsmannschaften entwaffnet.« Er klang fast amüsiert. »Wahrscheinlich sind's Weber, die sie mit ihrer Gestaltwandlung ausgetrickst haben.«

»Entschuldigen Sie«, sagte die Reporterin und hielt ihr Mikrophon dem ersten Mann ins Gesicht, der aus der Röhre stieg, während die Kamera auf die Gruppe zoomte. »Was können Sie über die geistige Verfassung der Schiffsbesatzung sagen? Besteht die Gefahr, daß ...«

»Die sind völlig durchgedreht!« knurrte einer der Männer. Er hatte eine Schwellung über einem Auge und eine aufgeplatzte Lippe. »Sie haben Halluzinationen, diese Spinner. Schwafeln irgendwas von Eindringlingen aus dem Tiefenraum!«

»Bei Krims!« Dallish warf Lunzie einen Blick zu und schaute dann wieder auf den Bildschirm. »Wenn sich das ...«

Coromell saß bereits am Schreibtisch und hämmerte neue Befehle in die Tastatur. Lunzie sah zwischen ihm und dem Bildschirm hin und her. Sie hatte Schwierigkeiten, sich auf eins zu konzentrieren. Die Leute, die das Schiff verließen, hatten sich inzwischen um die Reporterin und ihr Team versammelt. Hinter ihnen erfaßten die Kameras eine vage Bewegung in der Röhre.

Plötzlich ließ ein lautes Kreischen alle auf dem Bildschirm zurückschrecken. Die Kamera richtete sich auf eine große rote Luke, die im selben Moment das Rohrende verschloß, als das Display auf die Meldung ›Manöver beendet: Zugang gesperrt‹ umsprang. Die Regie der Nachrichtensendung schaltete auf jemanden in einem Studio um.

»Danke, Cerise«, sagte ein Sprecher, der sich dann der Kamera zuwandte. »Wie Sie sehen, gehen seltsame Dinge an Bord des schweren Flottenkreuzers *Zaid-Dayan* vor, dessen frühere Kommandantin, eine Flottenoffizierin namens Sassinak, in Zusammenhang mit Ermittlung zu einem Mordfall auf der Oberfläche dieses Planeten gesucht wird. Wir haben keine Erklärung für die Vertreibung der Sicherheitsmannschaften oder für die offensichtliche Absicht des Kreuzers, ohne Erlaubnis von der Station abzulegen. Aus verläßlichen Quellen, die dem Büro des Chefanklägers im Justizministerium der Föderation nahestehen, haben wir erfahren, daß auch einige Beweisstücke und ein Zeuge im bevorstehenden Prozeß gegen den Schwerweltler-Verschwörer Tanegli vermißt werden. Obwohl wir zum gegenwärtigen Zeitpunkt nur über einen Zusammenhang zwischen beiden Vorfällen spekulieren können, steht unser Korrespondent Li Tsan jetzt vor dem Büro des Chefanklägers Ser Branik. Li, was können Sie uns über die Reaktion des Justizministeriums auf diese jüngste Entgleisung der Flotte sagen?«

»Nun, der Chefankläger will sich nicht dazu äußern. Die Neuigkeiten sind noch zu frisch. Aber wir haben Andeutungen gehört, daß die *Zaid-Dayan* auf dem verbotenen Planeten Ireta mit einer Art Spore oder einem viralen Partikel kontaminiert worden ist, was den Geisteszustand aller beeinflußt, die damit in Berührung gekommen sind.«

»Und trifft das auch auf die Zeugen zu, die innerhalb der nächsten Tage in einem EEC-Schiff erwartet werden … die … äh … die früheren Co-Gouverneure Kai und Varian?«

»Es wäre jedenfalls möglich. Wir rechnen mit einer Meldung, daß sie unter Quarantäne gestellt und ihre gesendeten Zeugenaussagen noch etwas gründlicher analysiert werden. Wenn eine solche Krankheit die geistige Leistungsfähigkeit beeinträchtigt, könnte das auch die Angeklagten entlasten. Tanegli hat zweifellos in keinem der Interviews, die wir gesehen haben, einen geistig gesunden Eindruck gemacht.«

»Nein!« Lunzie war über ihren Wutanfall ebenso erschrocken wie Coromell und Dallish. Beide starrten sie

an. Sie brachte ihre Stimme wieder unter Kontrolle, schluckte weniger feine Formulierungen hinunter, die sie gebrauchen wollte, und sagte: »Es ist einfach lächerlich, und jeder Arzt würde das auf den ersten Blick erkennen. Es gibt keinen Erreger, der Sassinak und Arly, obwohl sie ihm so kurz ausgesetzt waren, um den Verstand bringen könnte, uns aber in all den Jahren verschont hätte. Eher hätte er uns umgebracht. Tanegli ist kein harmloser Bursche, dem fremdartige Sporen den Verstand verwirrt haben. Er ist so schuldig, wie man nur sein kann, und ich werde dafür sorgen, daß er verurteilt wird.«

»Dazu wird es nicht kommen, wenn es so weitergeht«, sagte Dallish und deutete auf den Bildschirm. Er hatte den Ton abgedreht, aber Lunzie konnte erkennen, daß immer noch diskutiert wurde.

»Er hat Recht«, sagte Coromell und legte das Komgerät weg, das er in der Hand gehalten hatte. »Ich kann *niemanden* davon überzeugen, mir zuzuhören. Nicht einmal jene, die mir glauben, daß ich der bin, der ich zu sein behaupte. Irgend jemand hat die Sache hier fest in der Hand. Das«, fügte er hinzu und nickte in Richtung des Komgeräts, »war der Assistent des Langstreckenscanner-Inspektors, und soweit es ihn betrifft, gibt es im Umkreis einiger Lichtjahre kein Schiff, mit dessen Ankunft er nicht schon seit Monaten rechnet. Er gehört zu den Männern, denen ich vertraue, und ist gewöhnlich ebenso mißtrauisch wie ich, aber er verläßt sich auf seine Geräte und die Mannschaften in den Außenstationen. Und jemand hat ihn bereits angerufen und darauf bestanden, daß es seine Pflicht sei, in der Woche vor der Ratssitzung und der Eröffnung der Winterassisen jeglicher Panik vorzubeugen.«

»Wer?« fragte Dallish. »Ich habe noch nie erlebt, daß so schnell eine Blockade verhängt worden ist. Es ist so, als seien sie darauf vorbereitet gewesen.«

»Aber natürlich«, sagte Coromell. »Sobald sie von der Zeitbombe auf Ireta erfahren hatten, haben sie nach Möglichkeiten gesucht, alles zu kontern, was wir unternehmen könnten. Allmählich werde ich sehr mißtrauisch, was diesen Jagdurlaub angeht.«

»Aber Sir, Sie gehen doch jedes Jahr auf die Rhuch-Jagd.«

»Richtig, aber vielleicht erinnern Sie sich daran, daß ich, als Sassinak unterwegs war und sich der Prozeßtermin näherte, mit dem Gedanken gespielt habe, diesmal darauf zu verzichten. Dann kam diese ›Absage‹ in Bakli Lodge. Aber das ist jetzt nicht wichtig. Darum können wir uns später kümmern, sofern es ein ›später‹ gibt.«

»Sir, darf ich einen Vorschlag machen?« Dallish sah zugleich verlegen und entschlossen aus.

»Raus damit.«

»Lunzie ist jetzt die einzige Zeugin im Fall Ireta. Sie wäre selbst dann ein potentielles Opfer, wenn sie das Material von Diplo nicht mitgebracht hätte.«

»Sie dürfte hier ziemlich sicher sein ...«, begann Coromell, schüttelte dann aber den Kopf. »Nur haben wir dem Büro des Chefanklägers schon mitgeteilt, daß sie sich auf dem Planeten aufhält.«

»Und wir müssen eine undichte Stelle in diesem Büro vermuten. Genau, Sir.«

»Hmmm. Dann müssen wir eben dafür sorgen, daß es bei uns keine undichte Stelle gibt.« Sein Komgerät summte, und Coromell nahm es in die Hand. »Ah ... Richter Vrix. Ja, es stimmt tatsächlich, aber Sie haben ihre eidliche Aussage schon gespeichert. Nein. Nein, das ist unmöglich. Weil ... ja. Genau deshalb. Und bis dahin werde ich nicht das Leben der einzigen Zeugin riskieren, die die Regierung noch hat.« Er legte einen Schalter um und lächelte Lunzie an. »Sehen Sie? Bis zum Prozeß dürfen wir Sie nicht mehr aus den Augen lassen.«

Diesmal, schwor sich Fähnrich Timran, würde er von Anfang an alles richtig machen. Nicht einfach so, sondern dank seiner kühlen Urteilskraft und seiner scharfen Intelligenz. Er wußte, daß man ihn für diese Mission ausgewählt hatte, weil er ein notorischer Glückspilz war. Aber diesmal hatte er einen Trupp Marines dabei, ein Paar Weber-Offiziere (daß sie einen höheren Rang hatten, war kaum wichtig; solang er das Shuttle steuerte, war er ihr Vorgesetzter) und die Befugnis, seine bewunderte Kommandantin zu retten. Er würde alles richtig machen. Ihm würden keine Fehler unterlaufen.

Die Zunge zwischen den Zähnen, steuerte er das Shuttle von der Plattform, vergaß nicht, das entsprechende Signal an die *Zaid-Dayan* einzutippen, um den Start zu bestätigen, und den Standard- und den Hochleistungskontakt zur Kommunikationsabteilung des Kreuzers zu überprüfen. Aus einer gewissen Entfernung sah die Orbitstation aus, als habe ein übelgelauntes Kind wahllos eine Handvoll Bausteine zusammengesteckt. Als ein Stall für Rennmäuse hätte die Station vielleicht einen gewissen Charme gehabt, aber ihr fehlte das klare, funktionale Design, das Timran an Flottenanlagen so schätzte. Der Kreuzer war am Ende eines langen Arms angedockt gewesen; es gab einen zweiten, dem Tim ausweichen mußte und an dem eine Anzahl kastenförmiger Insystem-Transporter angelegt hatten.

Dann hatte er freie Bahn und konnte auf eine einfache Flugbahn hinunter zum Shuttlehafen einschwenken. Nur würde er nicht auf dem Shuttlehafen landen. Er hatte Arly nichts davon gesagt; sie hatte schon genug zu tun. Und in seinen Befehlen war von dem Shuttlehafen nicht die Rede gewesen, nur davon, daß er Sassinak behilflich sein sollte. Er wußte genau, daß sie sich nicht im Shuttlehafen aufhielt. Wenn doch, hätte sie längst mit dem Kreuzer Kontakt aufgenommen. Wenn er also auf dem Shuttlehafen landete, würde er nur Zeit mit Zivilisten vergeuden, die ohnehin kein Flottenshuttle in ihrem Luftraum dulden wollten.

Neben ihm hatte einer der Weber den zivilen Nachrichtenkanal eingeschaltet. Tim hätte fast hinübergesehen, als er die Reporterin hörte, die das vertriebene Sicherheitsteam befragte, aber er wußte noch, was das letzte Mal passiert war, als er sich hatte ablenken lassen. Konkreter waren die wütenden Anfragen der Luftüberwachung. Diese Leute schienen doch tatsächlich zu glauben, daß er den planmäßigen Luftverkehr stören würde. Er grinste in sich hinein. Kein militärischer Shuttlepilot hätte im Dienst lange überlebt, wenn er kein Auge für andere Flugzeuge gehabt hätte. Er wußte genausogut wie die Luftüberwachung, was um ihn herum vorging. Und durch die Prahlerei dieser eingebildeten Sicherheitsmannschaften wußten sie alle, daß die Föderationszentrale über keine innere Luftverteidigung verfügte. Der Bronthin hatte es nicht zugelassen. Aus Tims Sicht waren alle Waffen da unten reiner Kinderkram.

»Landen wir nicht auf dem Shuttlehafen?« fragte die Weberin. Sie hieß Kiksi. Falls es überhaupt eine Sie war ... Tim hatte sich nie viel Gedanken über Weber gemacht. Sie waren ihm nicht unsympathisch, er fand nur seine eigene Arten des Zeitvertreibs unterhaltsamer, als theoretisches Wissen über Aliens zu sammeln.

»Nein«, sagte Tim. »Dort wird man nur versuchen, uns einzusperren. Und Commander Sassinak ist sicher nicht dort, sonst hätte sie sich gemeldet.«

»Guter Gedanke«, sagte die Weberin. »Wissen Sie denn, wo sie ist?«

»Niemand weiß es«, sagte Tim. Er hatte die Kartierungsautomatik aktiviert und überlegte gerade, wo er landen sollte. In der Gegend, wo Sassinak sich vermutlich aufhielt, verfügte die Föderationszentrale über wenig freies Gelände.

»Das ist nicht ganz richtig«, sagte Leutnant Sricka, der andere Weber. »Sassinak ist nirgendwo, wo das Shuttle sie erreichen kann.«

Diesmal sah Tim weg, obwohl er die Hände fest am Steuer hielt. »Sie wissen also, wo sie ist? Warum haben Sie es Arly nicht gesagt?«

»Sie war unterwegs. Unter der Oberfläche. Sie hat sich noch nicht zurückgemeldet.«

»Unter der Oberfläche ... etwa in einem U-Boot?« Auf dem Planeten gab es nur einen Ozean, und Tim hatte nicht erwartet, daß er von U-Booten befahren wurde.

Ein Kichern von Kiksi, das in seinen Ohren brannte. »Nein ... unter der Stadt. In der Kanalisation oder den U-Bahn-Tunneln. Wir wissen es nicht. In menschlicher Gestalt können wir uns nicht mit ihr verständigen. Dafür sind wir nicht geschaffen. Es ist nur ein Richtungsgefühl. Wenn wir spüren, daß wir ihr nah sind, kann ich die Gestalt wechseln und dann vielleicht direkten geistigen Kontakt mit ihr aufnehmen. Aber wo wollen Sie das Shuttle landen? Und wie wollen Sie verhindern, daß es entdeckt wird?«

»Ich weiß nicht genau.«

Er wußte, daß seine Ohren und sein Nacken unter der Uniform rot anliefen. Es war ihm wie eine gute Idee vorgekommen, und noch bevor Arly ihn auf die Brücke gerufen hatte, war seine Phantasie mit ihm durchgegangen, und er hatte über den Karten des riesigen Komplexes gehockt und davon geträumt, Sassinak zu retten. Das Shuttle konnte auf normalem Gelände landen und sogar einen vertikalen Sturz aus zwanzig bis dreißig Metern Höhe überstehen, auch wenn er es noch nie versucht hatte. Aber er konnte auf keinen Fall auf den Dächern gewöhnlicher Gebäude oder auf Bahnstrecken landen.

Sricka beugte sich herüber und tippte auf das Kartierungsgerät; der Abschnitt, den Tim gerade in Augenschein genommen hatte, glitt zur Seite und machte einem anderen Platz. Ein offenes Gelände, nicht zu uneben und in nicht zu weiter Entfernung von der Stadt. Er erkannte den Code nicht.

»Eine Wiederaufforstung«, erklärte der Weber. »Diese Seite ist bereits wieder bedeckt, aber die Neubepflanzung besteht bisher nur aus Gras. Und diese gelbe Linie hier ist ein unterirdischer Tunnel, durch den Arbeiter in ihre Unterkünfte zurückkehren. Es ist Ihre Entscheidung, aber wäre ich der Pilot dieses Shuttles, würde ich dort landen.«

Er hatte keine bessere Idee, und er wollte es nicht auf eine Diskussion ankommen lassen. Er konnte geradezu fühlen, daß sich die Marines über ihn amüsierten, und dabei lief es ihm kalt den Rücken hinunter.

»Sieht gut aus«, sagte er und versuchte, einen lockeren Ton anzuschlagen. »Und danke.«

»Geht der Alarm los, wenn ich die Gestalt wechsle?«

»Nein. Natürlich nicht.«

Trotzdem mußte er schwer schlucken, als sich die gewöhnliche menschliche Gestalt neben ihm plötzlich in eine Masse zusätzlicher Gelenke, stacheliger Ausstülpungen und viel zu vieler Beine verwandelte. Statt hinzuschauen, gab er das gewünschte Ziel in den Navigationscomputer des Shuttles ein und vergewisserte sich, daß die Kursänderung wie gewünscht vonstatten ging. Als sie sich einige Zeit später wie ein gewöhnliches Flugzeug der Wiederaufforstung näherten, wußte er, daß die *Zaid-Dayan* inzwischen weit draußen war. Diesmal mußte er alles richtig machen. Wenn er wieder versagte, würde es keine Rettung geben.

achtzehntes kapitel

Während sie Aygar in die öffentlicheren Tunnel hinterherstieg, überlegte Sassinak für einen Moment, wie sie das Ganze dem Untersuchungsausschuß erklären sollte, falls sie so lang überhaupt noch leben würde. Es gab keine Einsatzvorschriften, die solche Umstände vorgesehen hatten. Sie erinnerte sich an etwas über ›zivile Freiwillige, die sich an militärischen Einsätzen beteiligten‹ – was nicht empfohlen wurde, aber gelegentlich vorkam –, und an mehr als einen Abschnitt, der Flottenoffizieren davon abriet, sich in die Lokalpolitik einzumischen. Hier allerdings ging es kaum um Lokalpolitik. Sie vertrat einen Teil der Flotte, und obwohl sie die Leute, die in die Sache verwickelt waren, als Verräter betrachtete, konnten die anderen dasselbe von ihr behaupten.

Sie wagte nicht zu weit vorauszudenken, sonst hätte die Last ihrer Verantwortung sie erdrückt. Ein einziger Flottencaptain gegen die mächtigsten Familien in der Föderation, gegen die vereinten Piraten, dazu die Seti? Und mit keinen weiteren Verbündeten als einem Haufen zerlumpter Verrückter und Verlierer? Wie konnte sie nur auf eine solche Idee kommen? Doch dieser Gedanke schüchterte sie nur für einen Moment ein. Sie hatte entgegen aller Wahrscheinlichkeit den Überfall auf ihre Heimatwelt überlebt. Sie hatte eine Raumschlacht nach der anderen überlebt, und manchmal war sie nah daran gewesen, einen tödlichen Fehler zu begehen. Sie hatte die Eifersucht anderer Offiziere und unzählige Unfälle überlebt, um dorthin zu kommen, wo sie heute war.

Wenn du nicht, wer dann? hatte Abe mehr als einmal gesagt.

Sie hatte keine Zeit, ihre Gedanken abschweifen zu lassen, nicht einmal im Hinblick auf die Dinge, die Fleur ihr erzählt hatte. Sie würde später Zeit für solche Gespräche haben, für ausgiebige Erinnerungen, für gemeinsames Lachen und Weinen – sofern sie dann nicht schon tot wäre. Im Moment hatte sie keine andere Sorge, als daß Aygar die Verabredung mit seinem studierten Freund wahrnehmen konnte und alles überstand, was danach kam. Sie betastete ihren Bauch, wo die zusätzliche Last, die Fleur ihr unbedingt in den blaßblauen Arbeitsanzug hatte stopfen wollen, juckte und drückte. Noch schlimmer war der leichte Buckel, der kribbelte, wenn ihre Schultern zuckten und sie sich daran erinnerte, daß sie sich geduckt bewegen sollte. Obwohl sie im Spiegel gesehen hatte, daß die grauen Strähnen, die Fleur ihr ins Haar gefärbt hatte, sowie ein Make-up sie um Jahre älter aussehen ließen, wurde sie den Gedanken nicht los, daß eine komplette Tarnung besser gewesen wäre. Aygar, dessen Größe und breite Schultern nicht zu übersehen waren, hatte sie in einen eitlen Gecken verwandelt. Ein weites, magentarotes Hemd steckte, bis zur Brust aufgeknöpft, in engen, grauen Shorts, daß er nicht im mindesten mehr wie ein Flüchtling aussah. Sein Kartierungsmodul war als Schmuckstück getarnt, mit dem ein riesiges Medaillon besetzt war, das ihm an einer Kette um den Hals hing.

Die ersten ›Überirdischen‹, die sie sahen, nahmen sie kaum zur Kenntnis. Durch den aufsteigenden Tunnel, der ein Geschoß des U-Bahn-Systems mit dem anderen verband, hasteten Scharen von Fußgängern in beide Richtungen. Die meisten trugen einteilige graue, braune und blaue Arbeitsanzüge; andere waren so auffallend wie Aygar gekleidet. Die meisten, hatte Fleur ihr erklärt, waren Arbeiter auf dem Heimweg, die sich mit den

Vergnügungssüchtigen vermischten, die ebenfalls dazu neigten, während der Hauptverkehrszeit die ›Schicht zu wechseln‹. Sassinak folgte Aygar und versuchte den Eindruck zu erwecken, als ginge sie nur zufällig in dieselbe Richtung. In der kurzen Zeit unter der Erde hatte sie vergessen, wie laut große Menschenmengen sein konnten. Aus den Geschossen über und unter diesem dröhnten Lautsprecherdurchsagen, die niemand verstehen konnte; das Getrappel der Füße wurde durch das unaufhörliche Stimmengewirr übertönt. Eine Handvoll Ryxi kreischten, drohte mit den Schnäbeln – und die Menschen machten ihnen Platz. Jemand in einer grauen Uniform trabte heran.

Ein Geschoß höher teilte sich der Menschenstrom. Ein Drittel strebte nach links und zwei Drittel nach rechts. Noch mehr Lärm brach über Aygar und Sassinak herein. Die synthetisierte Stimme der Transportcomputer kündigte eintreffende und abfahrende Züge an, warnte Passagiere, sich von den Schienen fernzuhalten, wiederholte dieselbe Liste von Sicherheitsempfehlungen immer wieder. Auf den Bahnsteigen begrüßten sich Freunde mit Freudenschreien, so als hätten sie sich nicht am Vortag in der Hauptverkehrszeit das letzte Mal gesehen. Weniger extrovertierte Arbeiter sahen sie finster an und fauchten kurze Flüche. Aygar und Sassinak wandten sich nach rechts. Hier waren die Bahnsteige mit Brunnen, Wartezonen, öffentlichen Komgeräten und sogar ein paar Imbißbuden zugestellt. Wie vereinbart betrat Aygar die dritte. Sassinak blieb für einen Moment stehen und tat so, als werfe sie einen Blick auf die Speisekarte, dann folgte sie ihm geduckt in die Bude.

Er schüttelte bereits die Hand eines sehr viel kleineren jungen Mannes, der ähnlich, aber nicht ganz so geckenhaft gekleidet war. Er trug ein purpurrotes, blümchengemustertes Hemd und weite grüne Shorts, sowie hockhackige Stiefel. Er wurde von zwei anderen, ähnlich aufgemachten jungen Männern und einem Mädchen begleitet, das einer Neuausstrahlung der Carin Coldae-Serie entsprungen zu sein schien. Ihr silbriger, hautenger Anzug schmiegte sich an ihre ansehnlichen Rundungen bis hinunter zu den schmalen, schwarzen Stiefeln, und ihr smaragdgrünes Halstuch war locker über der linken Schulter zusammengeknotet. Quer über den Rücken verlief eine aufgedruckte schwarze Kette, und zierliche, kurze Kettenglieder hingen ihr an den Ohrläppchen.

Sassinak mußte sich zusammenreißen, um nicht loszukichern. Unschuldige Tapferkeit verdiente ein gewisses Maß an Respekt, auch wenn sie der jungen Frau hätte sagen können, daß eine echte Waffe dort, wo sie ihre smaragdgrüne Plastikimitation eines Nadelwerfers hingesteckt hatte, kaum von praktischem Nutzen gewesen wäre, weil sie sie im Ernstfall gar nicht hätte schnell genug ziehen können. Ihre eigene Hand tastete nach der Waffe, die Aygar dem Toten hinter der Bar abgenommen hatte. Sie ging an den jungen Leuten vorbei zur Theke und bestellte eine Schale mit diesen gegrillten, spiralförmigen Dingern, die angeblich aus echtem Gemüse und nicht aus Prozessorerzeugnissen bestanden. Was immer es war, es würde sicher besser schmecken als ihre letzte Mahlzeit. Sie bezahlte mit dem Geld, das Fleur ihr gegeben hatte, und setzte sich an einen größeren Tisch in der Nähe der Jugendlichen. Sie unterhielten sich angeregt, wedelten mit den Armen und wirkten wie jede andere Clique junger Leute in der Öffentlichkeit. Schließlich standen sie auf, bestellten sich selbst etwas zu essen, und dann führte Aygar sie an den Tisch, an dem Sassinak saß.

»Können wir uns dazu setzen?« fragte der dunkelste der jungen Männer. Er saß bereits. »Wir brauchen einen großen Tisch.«

Sassinak nickte und hoffte, daß sie wie eine etwas eingeschüchterte Büroangestellte mittleren Alters aussah.

Sie aß etwas von ihrem Gemüse und kam zu dem Schluß, daß es unwichtig war, ob es sich um echtes oder von Prozessoren erzeugtes handelte. Es schmeckte jedenfalls köstlich.

»Ich bin Jonlik«, sagte er und strahlte sie an. »Das ist Gerstan, und das ist Bilis, und unser Coldae-Verschnitt heißt Erdra.« Das Mädchen sah Sassinak tief in die Augen, als wollte sie einen bleibenden Eindruck hinterlassen.

»Ich dachte, Sie sind ein Kreuzercaptain.«

»Das bin ich auch«, sagte Sasssinak leise. »Habt ihr nie etwas von Tarnung gehört?«

Sie wirkten alle unbeeindruckt, und Sassinak seufzte innerlich. War sie selbst je so jung gewesen?

»Ich trage das ihretwegen«, sagte das Mädchen. »Ich dachte ...«

Sassinak legte dem Mädchen eine Hand auf den Arm und drückte kräftig genug zu, um einen erschrockenen Blick zu ernten. »Als ich ein kleines Mädchen war, hatte ich ein silbernes Coldae-Poster an der Wand hängen. Aber das war nur ein Bild. Die Wirklichkeit ist anders.«

»Ja, natürlich, aber ...«

Sassinak ließ das Mädchen los, lehnte sich zurück und sah ihr nun selbst tief in die Augen. Das Mädchen errötete plötzlich.

»Erdra, du hättest im Sklavenlager nicht eine Woche lang überlebt. Die meisten meiner Freunde haben es nicht überstanden.«

Die Jugendlichen sahen sie inzwischen auf eine ganz andere Weise an. Jonlik kleckerte sich aus seiner Flasche *Drelz*-Sauce auf die Hose.

»Wischen Sie das besser gleich ab«, sagte Sassinak in einem Ton, den sie gewöhnlich an Bord anschlug.

Ihm sackte der Unterkiefer herab, er sah in seinen Schoß und wischt sich die Hose mit einem weiten Ärmel ab.

»Ich hab's euch gesagt«, knurrte Aygar. Sie fragte sich, was er ihnen noch alles gesagt hatte. Wenigstens hielt er die Stimme gesenkt.

Sassinak wandte sich Gerstan zu. »Stimmt es, was Aygar sagt, daß du die gesicherten Leitungen anzapfen kannst, ohne entdeckt zu werden?«

Gerstan nickte und schluckte einen Mundvoll Gemüse hinunter.

»Bisher schon. Wir sind bis zur H-Ebene gekommen, und ab der F-Ebene wird's wirklich schwierig. Ich hab's selbst nie bis zur H-Ebene geschafft. Erdra allerdings schon.«

»Was ist auf der H-Ebene?«

Erdra warf sich in eine Pose, die einer von Carin Coldae recht nahekam.

»Also, man kann auf diese Ebene Modellspiele mit den tieferen Ebenen spielen. Zum Beispiel, was passieren wird, wenn das Wasser im Reservespeicher verschwindet oder wenn die Pumpen in dieser Leitung sich festfressen. Das sind nicht nur Spiele, denn es funktioniert in Echtzeit, benutzt ihre Daten, legte ihre Sensoren lahm und umgeht die Sicherungseinrichtungen. Ich habe nie etwas wirklich Gefährliches gemacht …« Sie sah aus wie jemand, der tatsächlich etwas Kriminelles, wenn nicht sogar Gefährliches getan hatte, es aber nicht zugeben wollte.

Bilis rümpfe die Nase. »Wie war das denn, als du die Transportbehörde davon überzeugt hast, daß auf der Gelbe-Wiesen-Linie ein Zug von den Gleisen gesprungen ist?«

»Das war nicht *gefährlich*. Sie hatten Zeit, die nachfolgenden Züge anzuhalten. Dafür hatte ich gesorgt.«

»Es hat den Steuerzahler 80 000 Credits gekostet, war zu hören«, sagte Bilis zu Sassinak. »Der Zeitverlust, die Schäden durch die Notbremsungen, die stundenlange Überprüfung der Anlagen, ob etwas manipuliert worden ist. Aber man ist ihr nicht auf die Schliche gekommen.«

»Sie haben die Stelle, wo ich mich eingeklinkt hatte, sie gefunden«, sagte Erdra, die viel eingebildeter klang, als es jemandem zustand, der eine Zugentgleisung fingierte. »Und wenn etwas ausfällt, weil ein Zug eine Notbremsung macht, dann muß es gefunden werden. Wenn wirklich ein Unfall passiert wäre, dann wäre diese Nr. 43 direkt in die Unfallstelle hineingerast. Man sollte mir dafür dankbar sein, daß ich auf dieses Problem aufmerksam gemacht habe.«

Sassinak betrachtete das Mädchen und wünschte sich, sie hätte sie für einige Wochen auf der *Zaid-Dayan* gehabt. Trotz ihres Talents brauchte sie jemanden, der ihr die Flausen austrieb.

»Übrigens«, sagte Erdra, stopfte sich einige Gemüsestücke in den Mund und mampfte darauf herum. »Wie konnte Ihr Schiff ohne Sie starten?«

»Wie bitte?« Diese Frage war die einzige Alternative zu dem Schrei, der aus ihr hervorbrechen wollte.

»Ihr Schiff. Dieser Kreuzer. In den Nachrichten hieß es, er habe sich von der Orbitalstation losgerissen und sei davongerast, um irgendeine feindliche Flotte aufzuhalten. Der Captain, oder wen immer Sie da oben zurückgelassen haben, hat sich angeblich auf Ireta einen Virus oder sonst etwas eingefangen und ist durchgedreht. Dieselbe Krankheit soll dafür verantwortlich sein, daß Sie den Admiral umgebracht haben.«

Für einen Moment überschlugen sich Sassinaks Gedanken derart, daß sie keine Worte fand. Zum einen empfand sie Wut: wie konnten die anderen es nur wagen, sie zurückzulassen! Dann Angst: sie hatte fest damit gerechnet, daß Arly ihr helfen würde, wenn es ihr gelang, ein Signal zu senden. Und schließlich Triumph: sie hatte tatsächlich Recht gehabt! Es ging mehr vor, als irgend jemand vermutet hatte, und diese aufgeblasenen

Dummköpfe im Internen Sicherheitsdienst würden bald größere Sorgen haben als die Bewaffnung eines Flottenkreuzers.

Sie bändigte all diese Gedanken, beruhigte mit bewußter Anstrengung ihren Atem und sagte: »Ich habe keinen Admiral umgebracht.« Aber ich könnte *dich* freudigen Herzens umbringen, dachte sie Erdra zu, die aber offensichtlich keinerlei telepathische Begabung hatte, denn sie lächelte weiter.

»Sind Sie gleich fertig?« Die Frage kam von einer Gruppe nervöser Männer in geschäftsmäßigen Jumpern, die sich an ihren Gemüsetüten die Finger mit Fett beschmiert hatten.

»Ja, natürlich.« Gerstan stand so schnell auf wie die anderen. »Gehen wir uns irgendwo anders unterhalten, ja?«

Sassinak fühlte sich unter diesen herausgeputzten Jugendlichen wie eine graue Maus und kompensierte es, indem sie vorausging. Sie verließ sich darauf, daß Aygar ihr mit den anderen auf den Fersen blieb.

Sie gingen durch den abschüssigen Verbindungstunnel wieder zurück in die schmale Serviceröhre und erreichten die unauffällige Luke. Der letzte Protest der jungen Leute lag da schon einige Zeit zurück. Sassinak hatte ihm keine Aufmerksamkeit geschenkt. Es gab genug, worüber sie sich Gedanken machen mußte. Arly wäre nie ohne triftigen Grund mit der *Zaid-Dayan* gestartet. Das wußte sie mit Sicherheit. Aber abgesehen von ihren eigenen Interessen, ihrem brennenden Verlangen, an Bord zu sein, wenn etwas mit ihrem Schiff geschah, hing das Wort ›Kriegsgericht‹ drohend über ihr. Für einen Captain, der sich auf einem Planeten aufhielt, während sein Schiff einen Einsatz hatte, gab es wenige akzeptable Entschuldigungen außer seinem Tod.

Sie klopfte auf die vereinbarte Weise gegen die Luke,

und sie wurde geöffnet. Sassinak stieg voran, und als sich die Luke hinter ihnen schloß, sahen sich die Jugendlichen denselben Waffen gegenüber wie sie.

»Was soll das?« fragte Gerstan.

»Nur eine Vorsichtsmaßnahme«, sagte Sassinak. Und zu Coris: »Niemand hat uns bemerkt, und wir hatten keine Probleme. Einige von diesen jungen Leuten hatten ein etwas loses Mundwerk, aber die Imbißstube, in der wir saßen, war randvoll mit Pendlern. Dürfte kein Problem sein.« Sie wandte sich wieder den Studenten zu. »Ihr wolltet eine Verschwörung? Jetzt seid ihr auf eine gestoßen. Das hier«, sie deutete auf die bunte Truppe, »sind meine Mit-Verschwörer. Flüchtlinge und ehemalige Sklaven. Die Armen und Heimatlosen dieser Stadt, denen ihr, wie Aygar sagte, mit einem Umsturz zu helfen hofft.«

Ihren Gesichtern nach zu urteilen hatte keiner dieser Studenten jemals jemanden aus dem Untergrund kennengelernt. Man mußte ihnen zugute halten, daß sich keiner davonzumachen versuchte.

»Vertrauen Sie diesen vieren?« fragte Coris.

»Noch nicht ganz, aber am besten gehen wir noch etwas runter und schauen mal, ob Erdra so gut ist, wie Gerstan behauptet.« Corin nickte und winkte Sassinak nach vorn durch. Über die Schulter fragte sie Erdra: »Wurde etwas Genaueres darüber gesagt, warum das Schiff gestartet ist? Zum Beispiel, welche feindliche Flotte es aufhalten wollte?«

»Äh ... nicht direkt.« Erdra klang längst nicht mehr so blasiert. Vielleicht hatte das Mädchen begriffen, daß hier unten echte Waffen benutzt wurden. »Nur, daß sie – die Leute an Bord – die Sicherheitsmannschaften rausgeworfen haben, die darauf achten sollten, daß keine Waffen einsatzfähig sind. Ein Shuttle wurde gestartet, und danach hat das Schiff die Orbitalstation verlassen. Der Captain sagte etwas von einer Invasion, aber da ist nichts dran. Es ist bestätigt worden, daß sich draußen nichts befindet, das nicht dort sein sollte.«

»Und *das* glauben Sie?« Sassinak wartete nicht auf eine Antwort, sondern machte ihrer Verärgerung Luft. »Sie, die einen Bahnunfall fingiert hat? Die genauso leicht einen echten hätte vertuschen können?«

»Aber das habe ich nicht getan. Und das bedeutet, daß jemand anderes ...«

»... genau so schlau ist wie Sie. Genau.«

»Soll das heißen, daß wirklich etwas da draußen ist?« fragte Gerstan, der nervös zu ihr aufgeschlossen hatte. Sassinak mußte sich beherrschen, um ihn nicht zurück an seinen Platz zu scheuchen.

»Arly würde die *Zaid-Dayan* nicht ohne Grund starten. Sie ist nicht verrückter als ich. Deshalb nehme ich an, daß da draußen etwas ist. Was, kann ich nicht einmal vermuten.«

Sie vermutete allerdings schon etwas: eine Piraten-Streitmacht oder eine Seti-Flotte. Beides konnte Teil einer größeren Verschwörung sein, und sie hoffte, daß sich nicht beide Bedrohungen zur gleichen Zeit manifestierten. Ihre Überlegungen kamen auf etwas zurück, das Erdra kurz vorher gesagt hatte. Ein Shuttle? Warum hatte Arly ein Shuttle starten lassen?

Dann grinste sie. Ganz klar! Sie wäre jede Wette eingegangen, daß sie den Piloten nennen konnte, auch wenn sie nicht wußte, was der ungestüme junge Mann als nächstes tun würde.

»Sie wollen also sagen«, fuhr Gerstan fort, »daß die Föderation selbst Interesse daran hat, eine Bedrohung aus dem Tiefenraum zu verleugnen?«

Sassinak nickte. »Ja, weil irgendeine Fraktion sich erhofft, so an die Macht zu kommen. In solchen Fällen gibt es zwei Möglichkeiten. Entweder wollen die gegenwärtigen Herrscher Gewalt anwenden, um uneingeschränkte Macht zu erlangen, oder eine Fraktion, die noch nicht ganz das Ruder in der Hand hat, will das Gleichgewicht zu ihren Gunsten verlagern.«

»Und welche?«

»Ich weiß es nicht.« Sie grinste über die Verwirrung der anderen. »Es ist nicht besonders wichtig. Wenn die herannahende Flotte in Scannerreichweite der *Zaid-Dayan* ist, wird es immer noch Tage dauern, bis sie den Planeten erreicht. Sie wird nicht einfach Geschosse auf den Planeten abfeuern. Wenn das beabsichtigt wäre, hätte man außerhalb der Scannerreichweite ein passives Geschoß abfeuern können.« Ihre Gesichter wurden blaß. Sassinak mußte sich daran erinnern, daß keiner dieser Menschen eine militärische Ausbildung genossen hatte. »Wie auch immer«, sagte sie sanft. »Was da oben passiert, ist nicht unser Problem. *Unser* Problem ist die Gruppe hier unten, die es verschweigt. *Daran* können wir etwas ändern, wenn wir schnell genug sind. Danach sollten die vorhandenen Verteidigungsanlagen ausreichen, um die Eindringlinge abzuwehren.« Sie wußte nicht recht, ob sie daran glauben sollte. Würde Arly daran denken, weitere Unterstützung durch die Flotte anzufordern? Oder würde sie befürchten, daß die Verstärkung, die man schickte, nicht auf ihrer Seite wäre?

»Also denn«, sagte sie mit ausreichender Schärfe, daß die anderen, Studenten und Untergrundkämpfer gleichermaßen, ihr ihre volle Aufmerksamkeit widmeten. »Zuerst müssen wir den Parchandri finden und ihn ausschalten. Das ist deine Aufgabe, Erdra. Häng dich an die Leitungen und finde heraus, wo er sich verkrochen hat. Bring die Lebenserhaltung und die Kommunikation unter deine Kontrolle. Ich verwette meinen nächsten Jahressold darauf, daß er unter der Erde ist, aber nicht in einem ganz autarken Versteck.«

»Aber ...« Das Mädchen sah umher. »Wo ist eine Schnittstelle? Ich habe eine der kleinen Lesenischen in der Bibliothek benutzt, um reinzukommen.«

»Coris. Bring sie nach unten und hilf ihr mit einer der Schnittstellen an der Hauptstrecke. Bilis kann sie begleiten, und ihr werdet eine Zehnermannschaft als Bewachung brauchen. Wenn's Ärger gibt, haut ab! Und bringt sie zur nächsten Schnittstelle. Wir verständigen uns mit zwei Boten, bis wir unsere elektronische Kommunikation eingerichtet haben. Gerstan, du hast Aygar gesagt, daß es noch sehr viel mehr Studenten gibt, die sich an einem Aufstand beteiligen würden?«

»Ja, Commander.« Der Dienstgrad kam ihm nur mühsam über die Lippen, als habe er nicht beabsichtigt, ihn auszusprechen. Sassinak lächelte den Jungen an.

»Gut. Wir werden eine Schnittstelle finden, und dann kannst du sie verständigen. Wir brauchen Kommunikationsverbindungen nach oben, damit wir die Medien verfolgen können und wissen, was auf den Straßen vor sich geht. Wir brauchen außerdem einige kleine, transportable Komgeräte, etwa solche, wie sie die Polizei verwendet.« Seinem Gesichtsausdruck nach zu urteilen, fand Gerstan tatsächliches Handeln beängstigender, als er erwartet hatte. Und er hatte noch keine richtige Action erlebt.

»Meinen Sie, gestohlene …? Zum Beispiel von … von einem Polizisten? Oder einem Wachmann?«

»Was immer nötig ist. Ich dachte, du könntest es nicht abwarten, eine Revolution anzufangen. Meinst du, das ließe sich machen, ohne mit der Polizei aneinanderzugeraten?«

»Also … nein, aber …«

»Aber wenn du nur redest, kommst du dir tapfer vor, ohne etwas dafür tun zu müssen. Tut mir leid, Junge, aber die Zeit ist vorbei. Jetzt ist Zeit zum Handeln oder um sich irgendwo ganz tief unten zu verstecken, bis es vorbei ist. Fühlst du dich dazu imstande? Und deine Freunde?«

»Also … ja. Ein paar von ihnen mußten wir richtig im Zaum halten, damit sie keinen Unsinn anstellen.«

Sassinak grinste. »Ersetze ›Unsinn‹ durch ›etwas Vernünftiges‹, und bring sie her. Alle Mann los!«

Coris war bereits mit Erdra und Bilis abmarschiert. Sassinak führte die anderen in flottem Tempo zurück auf die unteren Ebenen. Nach dem ersten Schock, als sie erfahren hatte, daß die *Zaid-Dayan* gestartet war, hatte ihre Laune sich auf unerklärliche Weise gebessert. Die ganze Situation war absurd, aber am Ende würde alles gut ausgehen.

Nach nur wenigen Stunden wurden die zerbrechlichen Bande zwischen den verschiedenen Gruppen stärker. Immer wieder kamen durch den einen oder anderen Zugangstunnel Studenten hinzu, die die nötige Ausrüstung dabei hatten, darunter ein halbes Dutzend standardmäßiger Telephon-Reparatursets mit den offiziell zugelassenen Steckern, die keinen Alarm auslösten, wenn sie eingesteckt wurden. Außerdem zwei für die Polizei bestimmte Gürtelcomputer, die auch Kommunikationsfunktionen beherrschten, und neunzehn Gasschutzmasken, vergleichbar mit dem in der Flotte gebräuchlichen Typ, den Sassinak benutzte.

»Wo habt ihr die Dinger her?« fragte sie den kleinen, untersetzten Jugendlichen, der sie gebracht hatte. Er lief rot an und erzählte etwas über eine Theatergruppe. »Theatergruppe?«

»Wir haben letztes Jahr Hostigges *Atemlos* gespielt, und die Regisseurin hat auf realistische Requisiten Wert gelegt. Sie ist mit einem Kerl befreundet, der am Bahnhof arbeitet, und er sagte, daß die Dinger ohne die Detox-Röhren wenig nützen.« Mit diesen Worten reichte er ihr einen Beutel voller Detox-Röhren. »Die hier habe ich mir in den Trödelläden drüben an der Lollpi-Straße zusammengesucht. Die meisten sind schon einmal benutzt worden, aber ich dachte mir, vielleicht …«

»Wie lang hast du sie gesammelt?« Etwas an dem emsigen, verschwitzten Gesicht beeindruckte Sassinak. Er erinnerte sie an ihre besten Nachschuboffiziere: zäh und gewissenhaft.

»Also, ich habe schon vor dem Stück gedacht, daß sie mal für etwas nützlich sein würden, wenn jemand die Membranen synthetisieren könnte. Als wir dann die Membranmasken bekamen und sie nicht zurückverlangt wurden, dachte ich mir ...« Er brach ab, als sei ihm immer noch nicht ganz klar, was er getan hatte.

»Gut gemacht«, sagte sie.

Sie hoffte, daß er den bevorstehenden Kampf überleben würde. Seine Rekrutierung hätte sich gelohnt. Natürlich halfen neunzehn Gasmasken für hunderte Leute nicht viel, aber er hatte die richtige Idee gehabt.

Inzwischen hatten sie Zugriff auf die Medien und wußten, was die Nachrichtensendungen verbreiteten. Erdra hatte sich in gesicherte Leitungen der unteren Ebenen eingeklinkt und so herausbekommen, wo sich die Polizeistreifen befanden. Sassinak gähnte unwillkürlich, und als sie die Stunden zählte, wurde ihr klar, daß sie inzwischen über vierundzwanzig Stunden auf den Beinen war. Aygar schnarchte in einer Ecke der kleinen Wartungskammer, in der sich ihre Gruppe zusammengedrängt hatte. Sie würde selbst bald schlafen müssen.

»Ich bin drin!« jubelte Erdra.

Sassinak rappelte sich auf. Sie war irgendwann eingeschlafen, und jemand hatte eine Decke über sie gezogen. Sie fuhr sich mit den Fingern durchs Haar und wünschte, sie hätte dreißig Sekunden in ihrer Sanitärkabine gehabt.

»Bist du sicher?« hörte sie jemand anderen fragen.

»Ja, denn es ist so gesichert wie nichts, was wir bisher gesehen haben. Es befindet sich allerdings *nicht* im Stadtzentrum, wie ich vermutet hätte, sondern hier drüben an den Koordinaten 13-H. Unter den Haupttunneln. Aber nicht direkt unter einem der Tunnel, wie du sehen kannst. Deshalb habe ich in einer Archivdatei nachgeschaut und die Baudaten gefunden.« Sie wedelte mit einem Ausdruck, und Sassinak riß das Blatt an sich.

»Es ist ein Schiff!« Die anderen starrten sie an.

»Das kann nicht sein«, sagte Erdra. »Es ist unterirdisch.«

»Eine Silokonstruktion.« Den verständnislosen Blikken nach zu urteilen, wußte niemand, was dieser Ausdruck bedeutete. »Schaut her«, sagte Sassinak und deutete auf den Ausdruck. »Der obere Teil ist so entworfen, daß er wie ein echtes Gebäude aussieht, aber es ist nur eine äußere Hülle. Wahrscheinlich läßt sie sich sogar zusammenklappen. Das hier unten ist weit mehr als ein autarker Lebensraum in einer planetaren Umgebung. Das da und das«, sie stocherte mit den Fingen auf dem Plan herum, »ist der Rahmen einer standardmäßigen, mittelgroßen Privatjacht. Ich würde darauf tippen, daß das Schiff vor etwa hundertfünfzig Jahren in der Bollanger-Werft montiert worden ist. Wann wurde dieser Teil der Stadt gebaut?«

Erdra legte die Stirn in Falten, tippte auf der Tastatur herum, die sie inzwischen mit sich herumtrug, und sagte: »Vor zweiundachtzig Jahren ist dieser Bezirk für den Aufbau einer Leichtindustrie unterteilt worden. Vorher stand dort ein einziges großes Lagerhaus ... ein aufgegebener Shuttlehafen aus der Zeit, als private Shuttles noch legal waren.«

»Aber ein Schiff könnte doch nicht so lang halten, oder?« fragte Gerstan.

»Ohne weiteres, wenn es so abgeschirmt ist. Außerdem ist es gewartet worden. Man hat veraltete Bauteile durch neue ersetzt. Das wäre kein Problem. Und an dem Design des Rumpfes ist nichts auszusetzen. Die Frage ist nur, ob man es die ganze Zeit startbereit gehalten hat.«

»Wie sollte es aus dem Untergrund starten?«

Diese Zivilisten! Wußten sie nicht einmal, daß *die meisten* planetaren Verteidigungsanlagen Geschosse verwendeten, die in Silos untergebracht wurden, häufig auf Monden und Asteroiden des Systems, wo sie vor zufälligen Treffern durch Meteoriten geschützt waren?

»Es gibt Leute, die mit diesem Ding flüchten wollen. Falls die Lage zu brenzlig wird. Und unsere Absicht besteht darin, daß sie genau das versuchen.«

»Wie sollen wir das anstellen? Und was wird geschehen, wenn die Jacht startet? Wird ein Feuer ausbrechen?«

»Erdra, hast du die Verbindungsdaten ausdrucken lassen?«

Mit großen Augen reichte ihr das Mädchen einen Papierstapel. Sassinak blätterte ihn durch, während sie weitersprach.

»Wenn es der Rumpf ist, den ich vermute, und wenn er mit den Triebwerken ausgestattet ist, die er haben sollte, dann wird das Schiff beim Start mehr anrichten, als nur die Umgebung in Brand zu setzen. Es war sicher nicht geplant, daß dieses Silo mehr als einmal benutzt werden soll. Seine Auskleidung wird verfeuert, um einen Teil des Startschubs zu erzeugen, und weil sie es nur im Notfall benutzen, wird der Rückstoß wahrscheinlich alle Quertunnel einstürzen lassen. Auch wenn dadurch etwas Schub verloren geht, bezweifle ich, ob das die Verantwortlichen kümmert.«

Ihre Blicke überflogen die Seiten und übersetzten die Notizen einer Zivilistin in Flottenjargon. Ja. Genau dort. Fester chemischer Treibstoff, der weit effektiver war als alles, was man in der Frühzeit der menschlichen Raumfahrt sonst benutzt hatte, aber immer noch instabil und so beschaffen, daß er regelmäßig ausgetauscht werden mußte. Die verstärkten Zugangstunnel dienten also nur diesem Zweck und waren für den Fall, daß etwas schiefging, sicher an beiden Enden mit Druckluken ausgestattet. Derjenige, der sich diese Fluchtmöglichkeit geschaffen hatte, konnte in solchen Fällen immer noch entkommen.

Hinter ihren Augen loderte die alte Wut. Der Kerl war ihr so nah und konnte doch immer noch entkommen. Sie hatte schon vor Augen, wie sie sich mit ihren Leuten immer näher an ihn heranarbeitete, eine Verteidigungsanlage nach der anderen überwand, nur um am Ende vom Triebwerkstrahl der Jacht verbrannt zu werden, die vor all dem Ärger in ein luxuriöses Versteck in irgendeinem anderen System floh.

‹‹Sassinak!››

Ihr Herz blieb für einen Moment stehen und schlug weiter. Es war ein Weber – einer *ihrer* Weber –, der sich aus unmittelbarer Nähe meldete. Sie antwortete mit einer Frage, die ihr auf den Nägeln brannte.

‹‹Zehn Marines, wir zwei und Timran, der das Shuttle steuert.››

Das Shuttle! Einem bewaffneten Schiff war es praktisch hilflos ausgeliefert, aber sogar ein Shuttle konnte eine unbewaffnete Jacht abfangen. Sassinak wurde ganz aufgeregt. Jetzt saßen sie in der Falle: der Parchandri und seine Mitverschwörer, wer immer sie waren. Sassinak konnte ihre Flucht verhindern. Sie konnte sie zu einem Fluchtversuch zwingen, sie soweit bringen, daß sie sich verrieten und sich zeigten. Und dann konnte sie sie vernichten. Sie wurde sich bewußt, daß ihre Kameraden sie seltsam ansahen.

»Keine Sorge«, sagte sie. »Das ist keine solche Katastrophe, wie es scheint. Im Gegenteil: wenn man den Schlupfwinkel eines Feindes kennt, wird er zu einer Falle.«

»Aber wenn das Schiff startet, wie können wir dann ...«

Sassinak bat mit einer Handbewegung um Ruhe, und

das Getuschel verstummte. »Mein Kreuzer hat ein Shuttle abgesetzt, schon vergessen?« Die anderen nickten. »Wenn es mir also gelingt, meine Leute zu erreichen«, fuhr sie fort und deutete auf ihr kleines Komgerät, »können sie die Jacht abfangen.« Sie wollte nichts davon erzählen, daß sie sich mit ihren Webern direkt verständigen konnte. Sie hatte hier unten zu viele rassistische Sprüche gehört, als daß es ihr ratsam erschienen wäre. »Aber für den Rest von euch gibt's trotzdem jede Menge Arbeit.«

Es würde einigen Druck erfordern, um diese Verbrecher zur Flucht zu veranlassen. Druck im Hohen Rat, Druck aus dem Untergrund. Sie mußten sich in jeder Hinsicht bedroht fühlen. Und Sassinak durfte das Leben dieser Zivilisten hier nicht leichtfertig riskieren. Das stand ihr nicht zu, nicht einmal in einer solchen Situation.

neunzehntes kapitel

FES-Begleitschiff *Weißfang*,
Andockstation Föderationszentrale

Auf der Brücke des Begleitschiffs *Weißfang* hatte Fordeliton, dank des Entgegenkommens seines alten Klassenkameraden Killin, einen herrlichen Ausblick auf die *Zaid-Dayan*, die sich gerade von der Orbitalstation löste, als das Begleitschiff die Förderationszentrale erreichte. Zuerst fiel ihm auf, daß die Luke des Flugdecks offenstand, dann konnte er den Lift erkennen, der auf einer kleinen Ladefläche ein Shuttle nach oben beförderte. Er fragte sich flüchtig, ob Sassinak dem jungen Timran einen Botengang anvertraut hatte, dann hob das Shuttle ab, und die Luke schloß sich hinter ihm. Ford spürte in seinem Innern eine große Leere. Er hatte geplant, sich bei Sassinak zu melden, sobald er ankam. Er traf rechtzeitig zum Prozeß ein. Warum reiste sie ab? Was sollte er jetzt machen?

»Was geht da vor?« fragte er.

Niemand antwortete. Killin schien ungehalten zu sein, als er in sein Komgerät sprach, aber Ford konnte nicht genau verstehen, was er sagte. Das kleine Schiff erbebte. Ein Traktorstrahl hatte es gestreift. Ford sparte es sich, weitere Fragen zu stellen, und machte sich so unsichtbar wie möglich. Dann wandte Killin sich ihm zu.

»Man läßt uns nicht andocken! Wir werden mit Traktorstrahlen in Position gehalten, und man droht mit Schlimmerem.«

»Was ist passiert?«

»Es war dein Captain. Angeblich hat sie auf dem Planeten einen Admiral umgebracht, und die Person, der sie die *Zaid-Dayan* überlassen hat, ist völlig durchgedreht und jagt Gespenster. Man vermutet, daß sie sich mit irgend etwas angesteckt haben, wahrscheinlich auf Ireta.«

»Arly! Sassinak muß Arly das Schiff überlassen haben. Und Arly ist nicht verrückt. Verbinde mich mit ihr.«

Killin schüttelte den Kopf. »Das geht nicht. Man hat uns völlig abgeschirmt für den Fall, daß wir auch etwas anstellen wollen. Bis das Gegenteil bewiesen ist, geht man einstweilen davon aus, daß das ganze Flottenpersonal verrückt geworden ist. Man will nicht zulassen, daß wir unsere zersetzenden Lügen verbreiten.«

»*Das* hat man dir gesagt?« Dem Erstaunen folgte das Gefühl eines schmerzhaften Verlustes. Wo steckte Sassinak bloß? Im Gefängnis? Sie war bestimmt nicht tot! Ihm wurde klar, daß er nichts mit einer Welt zu tun haben wollte, in der es keine Sassinak mehr gab.

»Man sagt, es sei noch schlimmer. Der Insystem-Sicherheitsoffizier, mit dem ich gesprochen habe, ist aus der *Zaid-Dayan* rausgeworfen worden. Von Webern.«

»Aber ich habe meine Befehle. Ich muß diese Informationen rechtzeitig zu Taneglis Prozeß nach unten bringen.«

Killin zuckte die Achseln. »Willst du die letzten paar Kilometer im freien Fall zurücklegen? Außerdem bezweifle ich, daß man dich wie einen netten, harmlosen Zivilisten in einem Shuttle landen läßt.«

»Warum haben sie Angst vor dir? Sie wissen doch nicht, daß du einen gefährlichen Überlebenden von Ireta bei dir hast.«

Killin wirkte erschrocken. »Das habe ich ganz vergessen. Du bist dort gewesen, nicht wahr? Teufel, wenn sie das rausbekommen ...«

»Wir werden es ihnen nicht sagen. Wir werden ihnen nicht verraten, daß ich Verbindungen zu Sassinak oder der *Zaid-Dayan* habe. Ich bin nur ein einfacher Kurier, der eine versiegelte Mappe vom Sektorhauptquartier ins Justizministerium der Förderationszentrale bringen soll.«

»Ich habe dich nicht vom Sektorhauptquartier abgeholt.«

»Und wer weiß das? Weißt du einen guten Grund, warum du mich an diese Idioten übergeben solltest?«

Killin zuckte die Achseln. »Nein. Aber so kommst du nicht in die Orbitalstation. Wenn sie nachgeben …« Er brach ab, als sein Komgerät ihn anblinkte, und er schaltete den Ton auf die Kabinenlautsprecher um.

»… versichern können, daß kein Angehöriger ihrer Mannschaft sich je auf dem verbotenen Planeten Ireta aufgehalten hat, der vermutlich Ursprung einer Seuche ist, die die geistige Leistungsfähigkeit beeinträchtigt, sind wir bereit, Sie andocken zu lassen und wie üblich zu verfahren.«

Killin zwinkerte Ford zu und sprach ins Komgerät. »Sir, dieses Schiff war nie auch nur in dem Sektor, in dem sich der Planet Ireta befindet. Wir sind auf einem planmäßigen Kurierflug zwischen dem Sektorhauptquartier und der Hauptstadt. Wir haben einen Kurier an Bord, der eine dringende, versiegelte Nachricht vom Sektorhauptquartier ans Justizministerium bei sich hat, wie Ihre Liste sicher bestätigen wird.«

Eine lange Pause, dann eine andere Stimme. »Bestätigt, Captain. Sie stehen auf der Liste. Sie werden als Kurier mit einem Passagier aufgeführt, der Papiere unter diplomatischem Siegel bei sich hat. Ist das richtig?«

»Ja, Sir. Die restliche Mannschaft ist seit dem letzten Einsatz nicht ausgewechselt worden.«

»Haben Sie … äh … wissen Sie etwas über die Mannschaft der *Zaid-Dayan*? Ob jemand im Sektorhauptquartier von Bord gegangen ist?« Killin sah Ford mit gehobenen Augenbrauen an, und Ford schüttelte eilig den

Kopf, ehe er ihm etwas hinschrieb. Killin zog seine Antwort in die Länge, während er las.

»Also, wir wissen nicht mehr als das, was wir im Sektorhauptquartier gehört haben. Soviel ich weiß, sollte die ganze Mannschaft als potentielle Zeugen zum Prozeß erscheinen. Ich weiß nichts davon, daß im Hauptquartier jemand von Bord gegangen ist.«

Killin grinste Ford an wie ein Raubtier. Er log nicht gern, und das war keine Lüge. Was Ford ihm in der gemeinsam verbrachten Woche gesagt hatte, war völlig unabhängig von dem, was er selbst im Sektorhauptquartier gehört hatte. Und weit interessanter.

»Sehr gut. Wir werden dann andocken.« Killin schaltete das Komgerät aus und sah Ford kopfschüttelnd an.

»Du wirst viel Glück brauchen, um damit durchzukommen. Und dein Captain sollte nicht immer gleich den Abzug drücken. Einen Admiral! Ich kenne ein paar Admiräle, die ich selbst gern in die Luft jagen würde, aber wenn man's wirklich macht, hinterläßt das einen schlechten Eindruck beim Beförderungsausschuß.«

Ford gab sich so kühl und reserviert, wie es von einem Kurier erwartet wurde, während er durch den Zoll ging. Diese Zumutung blieb gewöhnlich Zivilisten vorbehalten, aber unter diesen Umständen mußten alle Flottenmitglieder sie auf sich nehmen. Ford nannte seinen Namen, seinen Dienstgrad, seine Dienstnummer und seine gegenwärtige Position: er war Sonderbeauftragter des Flottenhauptquartiers in der Föderationszentrale.

»Ihr letztes Schiff?« Die Frage klang fast wie ein Knurren.

Ford gestattete sich ein schwaches, trauriges Lächeln. »Ich muß gestehen, daß es die *Zaid-Dayan* war. Ich vermute, das ist ein Problem für Sie.«

Er wagte es nicht, diese Tatsache zu verschweigen, so wenig wie seine wahre Identität. Aber die *Zaid-Dayan* war ohne ihn an Bord eingetroffen, und zu diesem Zeitpunkt war eine andere Person Sassinaks Stellvertreter gewesen. Er hatte eine kleine Chance.

Wenn der Insystem-Sicherheitsoffizier bewegliche Ohren gehabt hätte, dann hätten sie sich jetzt wohl aufgerichtet. Ford konnte sein Mißtrauen spüren.

»Aha. Und Sie haben unter Commander Sassinak gedient?«

»Vor einige Zeit, ja.«

Sein Ton deutete an, daß er umso zufriedener sein würde, je weiter die Zusammenarbeit zurücklag. Seine Anspannung ließ nicht nach, aber seine Augenlider zuckten.

»Und haben Sie seitdem Kontakt mit Commander Sassinak gehabt?«

»Nein. Ich hatte keine Veranlassung, mit Commander Sassinak Kontakt aufzunehmen, seit ich nicht mehr unter ihrem … ihrem Kommando diente.« Er empfand keine offene Feindschaft, aber einen gewissen Widerwillen. Er war froh gewesen, nicht mehr unter ihr dienen zu müssen, und blickte nicht gern zurück.

»Ich verstehe.« Der Offizier warf einen Blick auf einen Datenmonitor, den Ford nicht sehen konnte. »War das vor dem Vorfall auf Ireta?«

Ford nickte mit zusammengepreßten Lippen und murmelte: »Ja.«

Wahrscheinlich hatte man hier Einblick in *seine* Dateien, aber sicher nicht in die Personalgeschichte der *Zaid-Dayan*.

»Seitdem ist kein Schiffseinsatz mehr verzeichnet.«

»Ich habe eine Sonderaufgabe.« Seine Mission war tatsächlich etwas Besonderes. »Eine geheimdienstliche Arbeit. Ich fürchte, ich darf nichts darüber sagen.«

»Aha. Für wie lang?«

»Das darf ich auch nicht sagen. Tut mir leid.« Ford bedauerte es wirklich. Er hätte gern jemandem von Madame Flaubert und ihrem Schoßhündchen erzählt. »Jedenfalls einige Monate lang.«

»Und Sie hatten seit diesem Einsatz keinen Kontakt mehr mit Iretanern?«

Es war wirklich zu einfach, denn der Mann stellte immer nur die falschen Fragen. Ford mußte nicht einmal lügen.

»Nein. Ich habe Bericht erstattet, meine Befehle erhalten und habe das nächste Kurierschiff genommen.«

»Also gut. Wir begleiten Sie zum nächsten Shuttle und in die Flottenbüros. Es hat dort einige Aufregung wegen … wegen dieser unglücklichen Vorfälle gegeben.«

Auf dem Weg nach unten machte Ford sich über die Einzelheiten dieser unglücklichen Vorfälle kundig, zumindest soweit sie der Presse bekannt waren. Sein Begleiter, der anfangs nervös war, sich aber zunehmend entspannte, weil Ford keine Neigung zeigte, aufzuspringen und etwas Dummes anzustellen, füllte die Lücken in den Berichten aus, ohne echte Informationen hinzuzufügen.

Sassinak war auf dem Planeten gewesen und hatte jemanden umgebracht. Es galt weitgehend als erwiesen, daß es *nicht* Admiral Coromell gewesen war. Ford hob die Augenbrauen. Sie und der gebürtige Irataner waren seitdem verschwunden und nicht mehr gesehen worden.

»Liebe Güte«, sagte er und unterdrückte ein Gähnen. »Wie ermüdend.«

Sein Begleiter lieferte ihn wohlbehalten am Haupteingang der Flottenbüros ab. Ford bemerkte, daß Zivilisten ihm auswichen, als litte er unter einer ansteckenden Krankheit. Die Marines, die die Tür bewachten, salutierten zackig und ließen ihn ein. So weit, so gut, auch wenn er nicht recht wußte, was er als nächstes tun sollte. Er spielte weiter den unschuldigen Kurier, meldete sich bei dem diensthabenden Offizier und erklärte, daß er wichtige Beweise für den Fall Ireta überbringe.

»Sie! Sie sind von *ihrem* Schiff! Wie, bei Hades, sind Sie durchgekommen?« Der diensthabende Offizier, ein Leutnant, hatte laut genug gesprochen, daß sich ihm Köpfe zudrehten. Ford bemerkte die flüchtigen Blicke.

»Ganz ruhig, Leute«, sagte er gelassen und lächelte. »Ich habe kein Gesetz übertreten und keinen Krach gemacht. Sollen wir es nicht weiter so halten? Und wie wär's, wenn Sie mich dem Admiral melden?«

»Admiral Coromell?«

»Richtig.« Er schaute sich um und sah andere Blicke, die seinem auswichen wie Grashalme, die der Wind bog. Auch in diesem Büro stimmte irgend etwas nicht. »Ich nehme an, Commander Sassinak hat ihn darüber unterrichtet, daß ich komme.«

»N-nein, Sir. Der Admiral hat drüben auf Sechs einen Jagdurlaub gemacht. Deshalb dachten wir zuerst ... weshalb behauptet wurde, daß ... aber der Tote war nicht Coromell ...«

Es ergab wenig Sinn. Ford versuchte eine Bresche durch das Dickicht seines Geschwätzes zu schlagen.

»Ist der Admiral denn jetzt vor Ort?«

»Also ... nein, Sir, noch nicht. Er ist unterwegs, hat man mir gesagt. Die Ankunftszeit ist noch nicht bekannt. Er war auf der Jagd, als ... als sich diese Dinge ereigneten. Verstehen Sie, deshalb konnte ihn niemand erreichen, und ...«

»Ich verstehe.« Ford hätte diesem Schwätzer gern einen Tritt verpaßt, aber er hatte noch niemanden gefunden, dem er seine Informationen anvertrauen konnte. »Wer trägt dann die Verantwortung?«

»Leutnant Commander Dallish, aber er ist im Moment nicht abkömmlich, Sir. Er war die ganze Nacht wach, und er ...«

Ford dachte säuerlich, daß dieser Dallish ein ziemlicher Schwachkopf und Faulenzer sein mußte, wenn er sich am frühen Nachmittag im Bett herumlümmelte, nur weil er die ganze Nacht auf gewesen war. Coromell hatte einen guten Ruf, aber wenn man nach seinem Büro urteilen wollte, dann hatte er sich diesen Ruf schon vor langer Zeit verdient. Ford sah ein, daß die Mühen und Überraschungen dieses Tages etwas mit seiner Einstellung zu tun haben mochten, aber der Gestank auf der Planetenoberfläche bereitete ihm Kopfschmerzen. Er wollte seine äußerst wichtigen Informationen übergeben, eine frisch zubereitete Mahlzeit genießen und schlafen. Jetzt sah es so aus, als müßte er auf einen faulen Offizierskollegen warten, der sich vermutlich mit ihm zusammensetzen und über Sassinak tratschen wollte. Nein. Auf dieses Spielchen würde er sich nicht einlassen.

»Können Sie mir dann vielleicht sagen, wo das Büro des Chefanklägers ist? Ich habe auch dort etwas abzugeben.«

Die Fähigkeit des Leutnants, klare Auskünfte zu geben, entsprach Fords Erwartungen, die sehr niedrig waren. Er akzeptierte einen Marine als Begleiter, der ihm angeboten wurde, und lehnte den Vorschlag ab, sich Zivilkleidung anzuziehen, in der er weniger auffallen würde. Er würde seinen Beweis dem Chefankläger überbringen, allein den Weg zurück finden und einen Abstecher in ein gemütliches Restaurant machen. Sicher konnte das Personal des Chefanklägers ihm eines nennen.

Bis dahin wäre dieser Dallish sicher wach, und wenn nicht … In den Unterkünften für reisende Offiziere war immer eine Koje frei.

Ford hatte das unangenehme Gefühl, daß er und sein Begleiter beobachtet wurden, als sie in die Gleitbahn stiegen, aber er schüttelte es mit einem Achselzucken ab. Natürlich wurde er beobachtet. Die Nachrichten hatten ein paranoides Mißtrauen gegen Flottenoffiziere geschürt. Aber wenn er sich wie ein großer, ruhiger, langweiliger Botenjunge benahm, würde ihm nichts zustoßen.

Lunzie bemerkte, daß er zurückwich, aber sie konnte Coromell erst wieder auf sich aufmerksam machen, als Ford außer Sichtweite war.

»Wer?« fragte Coromell und lugte in die überfüllte Gleitbahn.

»Ford!« Lunzie war soweit, daß sie fast vor Frustration aufgeschrien hätte. Es konnte doch nicht *alles* schiefgehen! »Sassinaks Stellvertreter von der *Zaid-Dayan*. Er war *hier*!«

»Großer Gott!« Dallish schlug mit der Faust auf den Fensterrahmen. »Das war mein Fehler. Sie haben mir gesagt, daß er kommen würde, aber ich bin trotzdem davon ausgegangen, daß er sich zuerst auf seinem Schiff melden würde. Er muß die Orbitalstation *danach* erreicht haben …«

»Wir werden ihn finden. Rufen Sie einfach unten an und fragen Sie den diensthabenden Offizier, wohin er gegangen ist.«

Aber obwohl er Dallish sagte, wohin Ford unterwegs war, konnten sie ihn nicht wiederfinden. Alle Leitungen zum Büro des Chefanklägers waren besetzt.

»Zur Zeit ist keine Leitung frei. Bitte rufen Sie später wieder an«, sagte eine gedämpfte, synthetische Stimme in einem so süßlichen Ton, daß Lunzie sich am liebsten übergeben hätte.

»Es muß eine andere Möglichkeit geben«, sagte sie. »Können Sie die Vermittlung nicht einfach umgehen?«

»Ich versuch's ja. Es soll noch niemand erfahren, daß der Admiral hier ist«, sagte Dallish, »deshalb kann ich seinen Spezialcode nicht verwenden.«

Als sie endlich durchkamen, waren Stunden vergangen, wie die Sekretariatsfunktion des Computers beharrlich versicherte. Während sie sich durch die verschiedenen Autoritätsebenenen und wieder zurück arbeiteten, um die Person zu finden, bei der Ford sich gemeldet hätte, wäre der Betroffene anwesend gewesen, war er bereits wieder gegangen. Und zwar ohne einen Begleiter. Nein, niemand wußte, wohin er gegangen war. Er hatte sich nach guten Restaurants erkundigt, und der Mann am anderen Ende der Leitung meinte, er habe mit den meisten Leuten geredet, die inzwischen auch fort waren. Er entschuldigte sich.

»Er wird hierher zurückkommen«, sagte Coromell ohne große Überzeugung. »So ist das standardmäßige Vorgehen.«

»Nichts an dieser ganzen Geschichte ist standardmäßig«, sagte Lunzie. »Warum sollte er sich an die Vorschriften halten?«

Sie sprach es schärfer aus, als sie beabsichtigt hatte, und auf einmal wurde ihr bewußt, daß sie wieder hungrig und ungemein müde war.

Trotz seiner beharrlichen Überzeugung, daß er irgendwo etwas Vernünftiges zu essen bekommen und allein wieder zu den Flottenbüros zurückfinden könne, wußte Ford nicht mehr ganz genau, wo er sich befand. Nach einer ausgiebigen Diskussion um, wie er fand, unwichtige Kleinigkeiten hatte er das Büro des Chefanklägers verlassen. Es ging niemanden außer seinem Captain etwas an, wann und wo genau er die *Zaid-Dayan* verlassen hatte, um seine Großtante zu besuchen. Man hatte seine ursprüngliche Aussage aufgezeichnet; er hatte sie nicht wiederholen wollen.

Das Personal des Chefanklägers hatte ihm deutlich zu verstehen gegeben, daß man ihn für Sassinaks und Aygars Verschwinden und für Lunzies Nichterscheinen verantwortlich machte. Er selbst war immerhin greifbar. Er hatte angemerkt, daß nach den ersten Hinweisen darauf, daß es sich bei dem Toten gar nicht um den Admiral gehandelt habe, es sich auch als Ente erweisen könnte, daß Sassinak etwas mit dem Mord zu tun gehabt habe.

Und wo steckte sie? hatte man ihn gefragt, und er hatte – unter Aufbietung aller Selbstbeherrschung – geantwortet, daß er nicht die leiseste Ahnung habe, weil er erst an diesem Nachmittag eingetroffen sei. Er war, als er sich von dem Personal verabschiedete, nicht in der Stimmung gewesen, um die Vorsichtsmaßnahmen zu treffen, die sie ihm rieten. Er hatte auf vielen Welten die Erfahrung gemacht, daß ein sicheres Auftreten, saubere Fingernägel und der richtige Creditchip in der Tasche ihm Ärger vom Hals halten konnten, während gute Reflexe und ein starker rechter Arm den Rest besorgten. Und so hatte er sich die Nervosität aus dem Leib gelaufen, bis die richtige Mischung von Gerüchen ihn in ein kleines, düsteres Lokal lockte, wo das Essen so schmeckte, wie es der Duft versprach.

Ein warmes Essen und ein guter Drink, und schon konnte er sich der Welt wieder mit größerer Zuversicht stellen. Er ließ es jetzt erst zu, daß er sich bewußt fragte, wo Sassinak war. Und was *wirklich* passiert war. Er konnte sich nicht vorstellen, daß man sie umgebracht, in irgendeiner dunklen Gasse in eine Abfalltonne gesteckt hatte. Er fragte sich, wohin Arly mit der *Zaid-Dayan* unterwegs war und was Sassinak *davon* hielt, ob Timran das Shuttle steuerte und wer ihn möglicherweise begleitete.

Während er über all diese Dinge nachdachte, bezahlte er mit einem Lächeln seine Rechnung und trat in den dämmernden Abend hinaus, der die Straßen auf subtile Weise anders erscheinen ließ als im schwefelgelben Licht des späten Nachmittags. Natürlich konnte er jemanden anhalten und nach dem Weg fragen. Oder er konnte zu einem der beleuchteten Kioske gehen und seinen Aufenthaltsort auf der beleuchteten Karte feststellen. Aber das konnte er später immer noch tun, wenn er sich wirklich verlaufen hatte. Im Moment hatte er nicht den Eindruck. Er hatte einfach Lust auf einen angenehmen Verdauungsspaziergang.

Als er bemerkte, daß der gut beleuchtete Geschäftsbezirk, wo er gegessen hatte, inzwischen weit hinter ihm lag, war es so dunkel, daß der nächste beleuchtete Zugang zur Untergrundbahn etwas Anziehendes hatte. Ford hatte seine Unruhe weitgehend abgelegt. Er hielt es für sehr viel klüger, mit einer U-Bahn zum großen Platz zurückzufahren. Er war zufrieden mit sich, weil er so vorsichtig war. Nur ein paar schattenhafte Gestalten bewegten sich durch die Lichtflecken über dem Eingang. Ford ignorierte sie, behielt aber im Hinterkopf, welche dieser Gestalten ihm gefährlich werden konnten, während er im Aufzug nach unten fuhr.

Einen Moment lang überlegte er, ob er ins tiefste Geschoß weiterfahren und versuchen sollte, etwas über Sassinak herauszufinden. Jede Stadt hatte ihre Nachtgestalten, die man am ehesten in Tunneln oder nächtlichen Gassen fand. Aber er war dafür nicht richtig angezogen. Er würde zu sehr auffallen, und wenn Sassinak eigene Pläne verfolgte, würde er nur im Wege sein.

Er stieg aus dem Lift, blieb hinten auf dem Bahnsteig stehen und wartete auf den nächsten Zug. Es war nur eine kleine Gruppe von Männern und Frauen zugegen, die seine Flottenuniform begafften und auf Abstand blieben. Als der Zug einfuhr, überprüfte Ford die Nummer, um sich zu vergewissern, daß er mit diesem Zug den ganzen Rückweg ohne Umsteigen zurücklegen konnte, und ließ die anderen in den ersten Waggon steigen. Er zuckte die Achseln und stieg in den zweiten, ohne genau hinzusehen. Er hatte nur ein paar Köpfe hinter den Fenstern gesehen. Er stand schon im Waggon, und die Türen hatten sich fest hinter ihm geschlossen, als er dreizehn Flottenuniformen und zwei nervöse Zivilisten sah, die steif zusammensaßen und so taten, als sähen sie nichts.

»Fähnrich Timran«, sagte Ford, als habe er ihn vor ein paar Stunden das letzte Mal gesehen. Und in gewisser Hinsicht traf das auch zu. »Sie sind viel unterwegs, was?« Er ließ nacheinander den Blick auf den Männern ruhen und bemerkte, daß sie ein wenig lockerer wurden. Was immer sie vorhatten, er wurde sofort als Verstärkung akzeptiert. Gut. Wenn er herausfand, welchen Auftrag sie hatten, würde er ihnen helfen. In der Zwischenzeit … »Leutnant Sricka, ich nehme an, Sie sind für dieses Trüppchen verantwortlich.«

Ein kurzer Blickwechsel machte klar, worin das Problem bestanden hatte. Timran, der den Trupp kommandierte, solang er das Shuttle steuerte, hatte das Kommando auf dem Boden nur widerwillig übergeben. Sricka, ein taktvoller Weber, hatte die anderen nicht verwirren wollen, indem er eine offene Konfrontation riskierte; nicht auf womöglich feindlichem Territorium und dann noch vor Unteroffizieren der Marines. Ford lobte dieses Fingerspitzengefühl mit einem schiefen Grinsen. Nicht einmal Timran würde es wagen, sich mit dem stellvertretenden Captain der *Zaid-Dayan* anzulegen, der die Streifen eines Lieutenant Commanders auf den Ärmeln hatte.

»Ich würde vorschlagen, daß ich Sie über eine leichte Änderung der Pläne unterrichte«, sagte er, »nachdem Sie mich über einige wichtige Einzelheiten unterrichtet haben, zum Beispiel wo das Shuttle steht und wie viele Männer Sie darin zurückgelassen haben.«

Timran beugte sich vor und hielt die Stimme gesenkt. Ford, der nicht davon überzeugt war, daß Tim sich nach den Vorfällen auf Ireta gebessert hatte, nickte ihm zu.

»Sir, es steht mit hochgefahrenen Schilden am bepflanzten Ende einer Wiederaufforstung. Leutnant Sricka hat diese Stelle empfohlen, weil sie ein Stück von der Stadt entfernt, aber nah genug an einer U-Bahn-Linie liegt. Wir haben niemanden an Bord zurückgelassen, weil wir … ich … weil wir meinten, daß jeder Mann gebraucht werde, um dem Captain zu helfen.«

Was nichts anderes bedeutete, als daß Scricka zu erklären versucht hatte, wie dumm es war, eine solche Anzahl uniformierter Männer in eine Situation zu bringen, in der Uniformen eine Panik hervorrufen konnten, daß Tim ihm aber nicht zugehört hatte und sich jetzt wünschte, er hätte es doch getan. Typisch. Ford richtete seinen Blick auf die Weber.

»Wissen Sie, wo sie ist?«

»Ich glaube, ich kann sie finden, Sir, wenn ich eine Gelegenheit bekomme, die Gestalt zu wechseln. Es ist einfacher so.«

»Und dafür müssen Sie sich zurückziehen, wenn wir die Pferde nicht scheu machen wollen. Richtig! Lassen Sie mich überlegen.« Er versuchte sich zu erinnern, an wie vielen Haltestellen er bei seinem Spaziergang vorbeigekommen war. Wenn nur nicht diese Zivilisten im Waggon gesessen hätten! Sie würden diese Zusammenrottung von Flottenangehörigen wahrscheinlich sofort melden, wenn sie ausstiegen. Das gab den Ausschlag. »Wir steigen an der nächsten Haltestelle aus. Folgen Sie mir einfach.«

Er wußte nicht, wo die Zivilisten aussteigen wollten, aber sie rührten sich nicht, als Ford aufstand und seine Leute an der nächsten Haltestelle hinausführte. Dieser U-Bahnhof war nicht größer als die anderen und verfügte nur über eine kleine Brücke auf die Bahnsteige in die Gegenrichtung, aber über keinerlei Winkel, in die sich jemand zurückziehen konnte. Aber wenn er sie alle nach oben auf die Straße führte, würden sie genauso auffallen. Es sei denn, er konnte diese Uniformen loswerden. Er ging von den anderen Fahrgästen auf dem Bahnsteig so weit auf Abstand, wie er konnte, und erklärte seinen Plan.

»Ihr Marines seid jetzt Militärpolizisten, und ich bin euer Vorgesetzter. Diese Planetenbewohner können eine Uniform nicht von der anderen unterscheiden. Zumindest die Zivilisten nicht. Die anderen sind streitsüchtige Säufer, die wir so ruhig wie möglich in die Stadt zurückbringen wollen.«

Die Weber, von Natur aus Schauspieler, nickten und grinsten. Timran wirkte gleichermaßen besorgt wie störrisch. Ford beugte sich näher an ihn heran.

»Das ist kein Vorschlag, Fähnrich. Das ist ein Befehl. Jetzt sagen Sie ›Ich bin nicht betrunken‹ und gehen Sie auf den Sergeant hier los.«

Timran sagte es mit der erschrockenen Stimme von jemandem, der hoffte, daß es nicht stimmte, holte zu einem Schlag aus, und der Sergeant grinste und spielte seine Rolle mit vollem Einsatz.

»Sparen Sie sich die Mühe«, sagte Sricka und zerrte wirkungslos am Arm des Sergeants. »Er ist nicht betrunken. Es ist nur sein Geburtstag!«

»Alles Gute zum Geburtstag!« rief der andere Weber und beteiligte sich fröhlich an dem Spiel.

Die Marines rangen mit ihren betrunkenen Gefangenen, nahmen sie in die Zange und trieben sie auf die Straße hinauf, während Ford, ganz leutselig, sich bei den Zivilisten auf dem Bahnsteig kühl entschuldigte.

»Entschuldigen Sie. Es sind junge Offiziere, die lang nicht mehr zu Hause waren. Das ist eigentlich keine Entschuldigung, aber früher oder später schlagen sie alle einmal über die Stränge. Wir bringen sie in ihre Quartiere, lassen sie ihren Rausch ausschlafen, und morgen früh bekommen sie den Kopf gewaschen.«

Mit einem zackigen Nicken folgte er dem lärmenden Trupp auf die Rolltreppe. Mit ein wenig Glück würden die Leute annehmen, daß diese Sache nichts mit der *Zaid-Dayan* zu tun hatte. Ford hatte noch keinen Planeten besucht, auf dem es keine Zwischenfälle mit betrunkenen jungen Soldaten gegeben hatte. Auf der Straße kam seine Gruppe schwankend zum Stehen und wartete auf seine Anweisungen.

»Hier entlang«, sagte er. »Seid nur darauf vorbereitet, noch mal diese Schau abzuziehen, wenn ich euch ein Zeichen gebe. Wenn uns Kollegen begegnen, überlaßt mir das Reden. Ich bin heute nachmittag in einem offiziellen Shuttle legal gelandet, und meine Papiere sind in Ordnung. Jetzt will ich nur noch eines wissen. Wer befehligt die *Zaid-Dayan* und was geht dort oben vor?«

Sricka meldete sich zu Wort und erklärte in wenigen Sätzen, was er wußte. Das war nicht viel, aber Ford war seiner Meinung, daß ein Ssli wohl kaum einen Fehler machen würde.

»Wenn sie sagen, daß es eine Seti-Invasion ist, dann glaube ich es. Was steht der Flotte innerhalb des Systems zur Verfügung?«

Sricka wußte es nicht. Ford dachte über die Nachrichtenblockade nach, die man über die Invasion verhängt hatte, und wünschte, er hätte mit seinem alten Freund Killin reden können. Aber wenigsten konnte Arly über FTL-Kontakt um Hilfe bitten. Ford beschloß, sich nicht um Dinge zu sorgen, die er nicht ändern konnte. Das lenkte seine Gedanken wieder auf ihre Uniformen, die noch verdächtiger wurden, wenn sie besser beleuchtete Straßen erreichten.

»Und wie lauten Ihre Befehle, Timran?«

»Captain ... Commander Arly sagte mir, ich sollte ein Shuttle nach unten bringen für den Fall, daß der Captain, Commander Sassinak, es braucht. Ich sollte nichts unversucht lassen, um ihr zu helfen.«

»Nun denn. Wir werden sie finden müssen, dann werden wir wissen, welche Hilfe sie braucht. Und um das zu schaffen, müssen wir anders aussehen. Warten Sie für einen Moment hier an diesem Laternenpfahl.« Er hatte einen größeren, sehr viel belebteren U-Bahn-Eingang gefunden, der zu Läden und anderen Einrichtungen auf den Bahnsteigen führte. »Sergeant, wenn jemand fragt, sagen Sie, Ihr Offizier sei unten und bestelle im Büro ein Fahrzeug.«

Als er wieder im Untergrund war, stellte er fest, daß er viel mehr Spaß daran hatte, als er sollte. Schon der Kontrast zu Tante Q.s luxuriösem Ambiente munterte ihn auf. Er fand einen automatischen Kleiderspender, wo Pendler, die sich auf dem Weg zu einer Konferenz ihren Anzug befleckt hatten, Ersatz bekommen konnten. Er wagte es nicht, für alle seine Leute neue Kleidung zu kaufen, aber zwei oder drei Overalls waren sicher nicht übertrieben.

Nein, vier; die preisgünstigsten Kleidungsstücke gab es in Grün, Blau, Grau und Braun. Er schob seine Karte ein, drückte die Knöpfe und fing die versiegelten Pakete auf, als sie aus dem Schlitz rutschten. Niemand schien ihn zu beobachten. Die Pakete in einer Hand, fuhr er mit der Rolltreppe wieder hinauf und stellte fest, daß seine Leute ein kleines Schauspiel für eine Gruppe von Restaurantbesuchern inszenierten, die stehengeblieben waren, um sich nach der geheimnisvollen Seuche auf Ireta zu erkundigen.

Er übernahm schroff und entschlossen das Kommando und marschierte mit seinem Trupp davon, als habe er ein bestimmtes Ziel. Einen halben Block weiter verlangsamte er wieder den Schritt. So früh am Abend würden die Weber in den U-Bahn-Tunneln der Innenstadt wenig Gelegenheit haben, sich zurückzuziehen. Er sah zu den Marines hinüber und begegnete dem wachsamen Blick ihres Sergeants. Wer hatte sie ausgesucht?

Arly? Currald? Wer immer es gewesen war, er hatte genug Verstand, um mehr als einen Unteroffizier mitzuschicken. Wen sollte er für die Suche nach Sassinak abstellen? Die alte Regel galt: sag den Leuten nicht, wie sie's machen sollen, sag einfach ihrem Sergeant, was du brauchst.

»Sergeant, die Weber brauchen ein paar Marines als Begleitschutz, nur für den Fall, daß sich ihnen jemand an die Fersen heftet, während sie den Captain suchen.« Damit wollte er nicht behaupten, daß die Weber sich nicht einer Handvoll Menschen erwehren konnten, wenn sie ihre eigene Gestalt angenommen hatten, aber er nahm an, daß die mentale Konzentration, die die Suche erforderte, ihre Fähigkeiten in dieser Hinsicht einschränkte. »Nehmen Sie diese Sachen, und im nächsten dunklen Winkel ziehen Sie sie über ihre Uniformen. Sie müßten für drei Leute reichen. Eine einzige Flottenuniform dürfte nicht so gefährlich sein. Und dann machen Sie sich auf den Weg. Leutnant Sricka, Sie suchen den Captain und sagen ihr, wo das Shuttle ist. Bringen Sie in Erfahrung, was sie braucht. Wenn sie nicht mit mir Kontakt aufnehmen kann, dann tun Sie es oder schicken Sie einen Ihrer Marines. Können Sie *mich* genauso aufspüren wie sie?«

Sricka runzelte die Stirn, dann lächelte er. »Ich hätte fast gesagt nein, Sir, aber Sie haben sich verändert.«

»Das sagte man mir schon«, erwiderte Ford und erinnerte sich an das Ableben von Madame Flaubert.

»Aber es wäre einfacher, wenn einer von uns bei Ihnen bliebe.«

Ford schüttelte den Kopf. »Mag sein, aber wir wissen nicht, wie schwierig ihre Lage ist. Es könnte sein, daß sie Sie beide braucht, oder daß es schwieriger als erwartet wird, sie in einem Tunnellabyrinth zu finden. Es ist nicht so wie im Weltraum. Sie muß einfach wissen, daß Sie beide und ein Shuttle ihr zur Verfügung stehen, wenn sie es braucht. Was mich an etwas erinnert. Fähnrich.«

»Sir?«

»Sie haben die schwierigste Aufgabe. Sie werden zum Shuttle zurückgehen – und zwar allein – und auf eine Nachricht warten. Ich habe nicht die geringste Ahnung, wann und wofür wir Sie brauchen werden, aber ich weiß ohne jeden Zweifel, daß es früher oder später soweit sein wird, und es wird keine Zeit dafür bleiben, daß Sie dann erst mit der U-Bahn wieder hinausfahren. Haben Sie genug Proviant für mehrere Tage an Bord?«

»Ja, Sir, aber …«

»Fähnrich, wenn ich Ihnen jemanden mitschicken könnte, würde ich es tun. Ich brauche alle anderen in der Stadt und in unmittelbarer Nähe, falls der Captain sie benötigt. Ich weiß, es ist keine einfache Aufgabe für jemanden in Ihrem Alter.« Wie erhofft, blähte Tim die Brust auf, als er das sagte. »Aber Commander Sassinak hat mir gesagt, daß sie ein großes Potential haben, und wenn es so ist, junger Mann, dann haben Sie jetzt die Gelegenheit, es zu beweisen.«

»Ja, Sir. Sonst noch etwas?«

»Ja. Nehmen Sie das hier.« Das letzte Paket mit Zivilkleidung. »Ziehen Sie zuerst die Sachen über, dann begeben Sie sich sofort in die U-Bahn und fahren zum Shuttle zurück. Versuchen Sie wie ein junger Mann auszusehen, dem man gerade gesagt hat, daß er sich wieder an die Arbeit machen und ein Problem lösen soll. Das dürfte nicht so schwer sein. Schlafen Sie ein wenig. Wenn es losgeht, dann von einem Moment zum anderen. Richten Sie alles so ein, daß Sie das Ding starten können, sobald wir Sie verständigen. Ich werde versuchen, Ihnen in etwa einer Stunde, wenn wir zurück sind, eine Nachricht aus dem Flottenbüro zu senden, aber verlassen Sie sich nicht darauf.«

»Ja, Sir.«

Im nächsten dunklen Winkel versammelte Ford seine Leute eng um sich. Nachdem sie sich wieder voneinander gelöst hatten, ging ein ›Zivilist‹ zum Eingang zurück, während drei andere und ein Marine zum nächsten weitergingen. Ford führte die anderen neun ins Stadtzentrum. Es war ein schöner Abend für einen Spaziergang.

zwanzigstes kapitel

Der erste Prozeßtag. Die Berichte in den Morgenzeitungen hatten mehr über das mysteriöse Shuttle spekuliert, das ›unweit der Stadt‹ verschwunden war, und über die seltsame Krankheit, die angeblich jeden befiel, der sich auf Ireta aufgehalten hatte. Dazu kamen Berichte über Krawalle in den Wartungstunneln, die die Polizei ohne nennenswerte Verluste unterbunden hatte.

Sassinak zuckte zusammen. Sie, Aygar und ihre Kameraden waren eben der offenen Feldschlacht entkommen, die ausgebrochen war, als die Pollys gegen die mit Gasmasken und Waffen ausgerüsteten Kanalratten Gas eingesetzt hatten. Sie hoffte, daß die Meldungen über die geringe Anzahl an Todesopfern stimmten. Nur die Gewißheit, daß sie die eigentliche Schlacht anderswo ausfechten *mußte*, machte es ihr überhaupt möglich, mit ihrer Entscheidung zu leben und sich dieser Schlacht zu stellen. Das untere Drittel des Zeitungsseite erwähnte den Prozeß und die Anhörung vor dem Hohen Rat, in der es um Iretas Status ging.

Sassinak beobachtete Aygar, der die Lippen zornig geschürzt hatte, beim Lesen. Sie wußte bereits, was auf der Seite stand. Es war noch nie vorgekommen, daß man den Thek einen Anspruch aberkannt hatte. Aber immerhin lebte Aygar noch, und wenn es ihr gelänge, ihn in die Ratskammer zu bringen, würde er eine Gelegenheit bekommen, um auszusagen.

Erdra war vor der Dämmerung mit einem halben Dutzend jener perlfarbenen Karten zurückgekehrt, die einem Zutritt verschafften. In sie war der Name ihres Inhabers eingeprägt. Aus Sassinak war vorläufig ›Commander Argry, Verbindungsoffizier‹ geworden, und aus Aygar ein gewisser ›Blayanth, Föderationsbürger‹. Sie hoffte, daß diese gefälschten ID-Plaketten und die Datenbankeinträge, die sie bestätigten, ihnen Zugang zur Ratssitzung verschaffen würden, ohne daß man sie vorher als gefährliche Irre einsperrte. Den Zeitungsberichten zufolge waren bis Mitternacht auf dem großem Platz weitere Sitzreihen für Zuschauer aufgebaut worden. Wenn es mit den ›Einladungen‹ nicht funktionierte, würden sie sicher keine freien Plätze mehr finden. Eine Anzahl studentischer Aktivisten hatten sich in der Frühe Plätze gesichert, aber niemand wußte, ob und in welcher Anzahl man sie sitzenlassen würde.

Wenigstens sah sie wieder wie sie selbst aus, dachte Sassinak. Arly sei Dank für die saubere Uniform, die ihr bis zur letzten Naht vertraut und so angenehm war wie die Brücke ihres Schiffs. Und so wie Erdras Blick, als Sassinak in stattlichem Weiß und Gold erschien und nun endlich dem Bild entsprach, das Erdra sich von ihr gemacht hatte.

»Es müßte gleich losgehen.« Sassinak nickte ihrem Führer wortlos zu. Aygar schob die Zeitung, die er gelesen hatte, in den Abfallschacht und trat an ihre Seite.

»Meinen Sie, daß man uns einläßt?« fragte er zum vierten oder fünften Mal. Danach hatte er jedesmal gefragt, was sie tun würden, falls es nicht funktionierte. Sie versuchte, Geduld zu bewahren, aber es fiel ihr immer schwerer.

»Es gibt keinen vernünftigen Grund, warum es nicht funktionieren sollte. Es ...« Die interne und die externe Kommunikation überlagerten sich für einen Moment zu einem verwirrenden Durcheinander. Dann begriff sie, daß ein Weber, der sich auf dem Planeten aufhielt, es geschafft hatte, eine Verbindung zwischen ihr und einem Weber auf der *Zaid-Dayan* und seinem Ssli herzustellen, und somit auch zu Dupaynil auf einem Seti-Schiff am Rande des Systems.

»Ein *Seti*-Schiff!« murmelte sie und fing einen besorgten Blick von Aygar ein. »Entschuldigung«, sagte sie und preßte die Lippen zusammen. ‹‹Was machen Sie auf einem Seti-Schiff?›› fragte sie Dupaynil.

‹‹Ich wünschte, ich hätte Sie nie wütend gemacht.›› Ob es aus seiner Seele kam oder davon herrührte, daß zwei Weber den Kontakt hergestellt hatten – es klang jedenfalls gleichermaßen reuig wie bescheiden; beides Qualitäten, die sie von Dupaynil noch nicht kannte.

‹‹Sind Sie allein?››

‹‹Nein. Ein Weber, eine Ssli-Larve, zwei Lethi, ein Ryxi und ein Bronthin sind meine Mitgefangenen. Die Seti wollen, daß wir Zeugen ihrer Machtdemonstration werden. Hinterher wollen sie uns aufessen.››

‹‹Keine Sorge. Wir holen Sie da raus.››

Wie sie das anstellen wollte, solang sie mit Aygar auf einem Planeten festhing, mitten in einem Prozeß und einer Anhörung vor dem Hohen Rat, die vermutlich in einer Revolution enden würden, wußte sie nicht. Sie wollte aber nicht den Eindruck erwecken, daß sie es nicht wenigstens versuchen würde.

‹‹Bleiben Sie ruhig … wir senden die Daten an Arly. Und ich habe alles, was Sie über die Seti wissen wollten, und noch mehr. Die Mannschaft der *Klaue*, dieses Begleitschiffs, ist bestochen worden. Alle bis auf einen haben mit den Piraten unter einer Decke gesteckt und wurden von den Paradens bezahlt.››

Sassinak hoffte, daß er die Welle kalter Fassungslosigkeit zu deuten verstand, die alle Worte aus ihrem Geist tilgte. Sie war wütend auf ihn gewesen, aber *das* hatte sie nicht beabsichtigt.

Jetzt drang eine Spur von Belustigung von ihm herüber. ‹‹Keine Sorge. Ich bin nicht davon ausgegangen, daß Sie es wußten. Aber wenn ich das hier überlebe, werden Sie einige Vorwürfe gegen mich und einen jungen Jig namens Panis aus der Welt schaffen müssen.››

‹‹Welche Vorwürfe?››

‹‹Unter anderem Meuterei. Mißbrauch von Regierungseigentum, schwere Körperverletzung ...››

‹‹Wir werden Sie da lebend rausholen. Ich muß mir die Sache unbedingt anhören.››

Aber im Moment war sie dem Ratsgebäude zu nahe und mußte sich auf ihre Umgebung konzentrieren. Aygar ging neben ihr her und sah streitsüchtiger denn je aus. Ihre Weber aus dem Shuttle und die beiden Marines hatten ebenfalls gefälschte ID-Plaketten bei sich. Würde es funktionieren?

Sie erreichten einen Checkpoint im Winkel zwischen dem Säulengang und dem imposanten Ratsgebäude. Ein Schwerweltler in der Uniform des föderalen Insystem-Sicherheitsdienstes stand hinter einem kurzen Schalter. Hinter ihm standen fünf weitere in einer Reihe an der Wand. Sassinak reichte ihm die geprägten Plastikstreifen und sah zu, wie er sie in eine Maschine steckte und mit einer Liste verglich. Der Schwerweltler hob den Blick und sah sie auf eine Weise an, die ihr nicht gefiel.

»Aha! Commander Aygar. Ihre Einladung ist in Ordnung, Madame. Sie dürfen durch diese Tür eintreten.« Er zeigte auf die betreffende Tür. Wie geplant ging Sassinak weiter, als habe sie nichts mit Aygar zu schaffen.

Sie hörte hinter sich den Wachmann, wie er mit Aygar sprach, und dann Aygars Schritte, die ihr folgten.

Die Tür paßte zu dem wuchtigen Gebäude. Sie bestand aus schwerer Bronze und war mit dem Siegel der Föderation versehen. Bevor Sassinak eine Hand ausstrecken konnte, glitt sie vor ihr in die Wand hinein. Sassinak betrat die große Ratskammer durch einen kleinen Gang, der unmittelbar unter dem Podium einmündete, wo die acht Richter und der Vorsitzende saßen. Die

Plätze der Delegierten nahmen eine offene Arena unter dem Podium ein, von den Zuschauern durch eine hohe Trennwand aus transparentem Kunststoff abgeschirmt. Jeder Ratssitz nahm soviel Platz wie die Hütte eines Wachmanns ein, und vor jedem Delegiertenplatz war ein farbiges Siegel in den Saalboden eingelassen, das die Rassenzugehörigkeit und den Herkunftsplaneten des Betreffenden angab. Sassinak konnte die Publikumsränge nicht deutlich erkennen, aber sie schienen steil bis zu einer schmalen Galerie anzusteigen, die mit den Scheinwerfern und Kabeln der Aufnahme- und Projektionsanlagen beladen war.

Die Plätze für geladene Gäste waren von einem Geländer wie eine altmodische Geschworenenbank umschlossen, aber sehr viel größer. Die Plätze füllten sich bereits mit deutlich mehr Schwerweltlern, als Sassinak erwartet hatte. Das paßte zu den Gerüchten über einen geplanten Putsch. Sie fand drei Plätze nebeneinander und ließ Aygar zwischen sich und einem der Weber sitzen. Aygar sagte nichts zu ihr, und sie sah ihre übrigen Kameraden eintreten. Der andere Weber und die beiden Marines fanden verstreute Plätze, von wo sie zu ihr herübersehen konnten.

Sie hatte sich nie sonderlich dafür interessiert, wie die große Ratskammer aussah. Einige Male hatte sie den Saal in den Nachrichten gesehen, die Kameras hatten sich allerdings auf das Podium konzentriert, hinter dem ein riesiges Föderationssiegel prangte. Jetzt blickte sie auf und sah eine hohe, gerippte Decke, von der Leuchtkörper herunterhingen. Hinter dem Podium und den hochlehnigen Stühlen der Richter ragte das große Siegel mindestens drei Meter hoch auf. Seine Farben wurden durch das schwächere Licht gedämpft. Von ihrem Platz aus konnte sie durch die Kunststoffwand hinter den Delegiertenplätzen sehen und bemerkte, daß die Zuschauerplätze schon zu diesem frühen Zeitpunkt weitgehend gefüllt waren. Am anderen Ende des Bogens, den die Delegiertenplätze bildeten, war ein weiterer abgegrenzter Bereich nur spärlich besetzt. Sie fragte sich, ob diese Plätze für die Zeugen vorgesehen waren. Sie konnte nicht erkennen, ob Lunzie oder Ford darunter waren.

Wenig später traten die Delegierten ein. Jeder wurde von einer Ehrenwache der föderalen Insystem-Truppen begleitet. Jeder Delegiertenplatz, bemerkte Sassinak, war im Grunde eine autarke Millieukapsel mit allen Datenanschlüssen. Bevor sie Platz nahmen, testeten die Delegierten ihre Elektronik. Farbige Lampen leuchteten auf, wenn jemand seine Stimme abgegeben hatte. Ein Sekretär, der neben dem Podium stand, murmelte etwas in sein Mikrophon und bestätigte jedem Teilnehmer, daß der Abstimmungsmechanismus funktionierte.

Ein Hauch Schwefelgeruch drang ihr in die Nase, als ein Lethi-*Steth* hereingebracht wurde, der wie eine Handvoll blaßgelber Pilzköpfe aussah, die man zu einer annähernd regelmäßigen geometrischen Form zusammengeklebt hatte. Sie verschwanden vollständig in ihrer Kapsel und schlossen den glänzenden Deckel hinter sich. Sassinak vermutete, daß sie im Innern, wo der Geruch nicht alle anderen belästigte, eine versiegelte Packung Schwefel öffnen würden. Ein Paar Bronthins erschien, die sich Nase an Nase mit den hauchigen Schnaublauten unterhielten, aus denen ihre Sprache bestand. Sassinak hatte noch nie einen Bronthin mit eigenen Augen gesehen. Sie sahen blaßblauen Plüschpferden noch ähnlicher als auf den Bildern. Schwer zu glauben, daß sie die besten Mathematiker unter allen bekannten empfindungsfähigen Spezies waren.

Ein Ryxi, der mit zeremoniellen Ketten behangen war und sich mit steifer Grazie bewegte, klapperte ungeduldig mit dem Schnabel. Ein zweiter Ryxi, der einen Netzbeutel in der Klaue seines rechten Flügels trug, trippelte hinter ihm in den Saal und pfiff Entschuldigungen. Zumindest hörte es sich für Sassinak so an. Der Weber-Delegierte erschien zu Sassinaks Überraschung in der natürlichen Gestalt eines Webers. Hinterher war sie überrascht, daß sie das so überrascht hatte. Warum sollte er als Vertreter seiner Rasse wie ein Mensch aussehen?

Sie war erneut überrascht, als die Seti eintraten. Sie hatte nicht damit gerechnet, einen Seti zu sehen, der keinen Kampfanzug trug. Diese hier aber waren behangen mit Schwanzschmuck, der klirrte, und mit Halsketten, die hin- und herschwangen, und ihre schweren Schwänze fegten über den Boden, als sie zu ihren Plätzen marschierten. Sassinak konnte in ihren Gesichtern keine Regung erkennen. Es mochte beabsichtigt sein, daß ihre schuppigen Schnauzen etwas Beruhigendes ausstrahlten. Sassinak fragte sich plötzlich, ob die Seti überhaupt so etwas wie Politik im menschlichen Sinne kannten. Unterstützten alle Seti die Sek, waren alle an dieser Invasion beteiligt? War es möglich, daß der Botschafter nicht von den Plänen der Sek wußte?

Sie schüttelte sich innerlich. Es war nicht ihre Aufgabe, die Politik der Seti zu interpretieren. Sie hatte schon genug zu tun. Ob zu Recht oder zu Unrecht, sie mußte davon ausgehen, daß diese Seti an der Sache beteiligt waren. Sie sah umher. Dunkle Gestalten auf der Galerie flitzten von einer Geräteansammlung zur anderen. Scheinwerfer wurden ein- und wieder ausgeschaltet, ihre Lichtkegel verschmälert oder verbreitert, die Farben gewechselt. Das Podium erstrahlte plötzlich im Gleißen zahlreicher Scheinwerfer und verschmolz dann wieder mit der relativen Düsternis der Deckenbeleuchtung.

Das Murmeln der Zuschauer wurde lauter. Hier und da wurde gerufen, geniest, und ein Husten begann auf der einen Seite und setzte sich bis auf die andere fort. Sassinak spürte, wie sich ihre Haut zusammenzog, als die Belüftungsgebläse etwas höher gestellt wurden, um eine gleichmäßige Temperatur zu gewährleisten. Schließlich traten die Richter ein, imposante Erscheinungen in dunklen Amtstrachten, jeder mit einer grauen Lockenperücke, die bei Menschen und Aliens gleichermaßen lächerlich aussah. Sassinak fragte sich, wer sich je dieses Symbol richterlicher Würde ausgedacht und warum es alle anderen übernommen hatten.

Danach brachten Wachen der Föderation, auch sie Schwerweltler, Tanegli herein, der den Eindruck machte, als könne er kaum gehen. Sassinak spürte, daß Aygar an ihrer Seite erstarrte, und wünschte, sie hätte seine Hand halten können. Der Zorn, den er ausstrahlte, verblaßte langsam. Hatte er endlich begriffen, wie nutzlos sein Haß auf Tanegli war? So nutzlos wie ihr Haß auf die Paradens.

Sie sollte nicht darüber nachdenken, zumindest jetzt nicht, aber der Gedanke nagte unterschwellig weiter an ihr. Es war eine Sache, die Schuldigen an einem Verbrechen zu stellen, eine andere aber, wenn sie sich ganz von ihrem Groll bestimmen ließ. Sie konnte das nicht ignorieren. Abe hatte es der Frau gesagt, die er liebte, hatte sie gedrängt, Sassinak zu suchen und es ihr eines Tages zu erklären. Und auch Lunzie, die ihre Nachfahrin als Kreuzercaptain bewunderte, wäre über ihre Rachsucht nicht glücklich gewesen.

Die Licht flackerte, wurde dann gedimmt, und ein Gong tönte. Lichtkegel durchschnitten das Halbdunkel und beleuchteten die Tür, durch die alle eingetreten waren und wo jetzt zwei riesige Schwerweltler standen, die ihre Zeremonienstöcke auf den Boden stampften.

»Bitte erheben Sie sich«, tönte eine Stentorstimme aus der Lautsprecheranlage, »für den ehrenwerten Vorsitzenden des Hohen Rats der Föderation Empfindungsfähiger Spezies, seine Ehrwürden Eriach d'Ertang. Und für die Ehrenwerten Lordrichter ...« Der Boden erbebte unter einem weiteren feierlichen Pochen. Danach führten die Schwerweltler-Wachen die Prozession herein.

Der Vorsitzende, ein drahtiger kleiner Bretagner, der im Vergleich zu den Schwerweltlern vor ihm wie ein Zwerg wirkte, und die acht Richter hinter ihm wurden von je einem Sekretär derselben Rasse begleitet, der etwas auf einem silbernen Tablett trug. Sassinak hatte keine Ahnung, worum es sich dabei handelte, aber einige Plätze über ihr erklärte ein Gast einem anderen, der danach fragte, daß dies die Beglaubigungen waren, die Beweise dafür, daß jeder einzelne dieser Männer dazu berechtigt war, auf der Richterbank Platz zu nehmen.

»Natürlich wird inzwischen alles von den Computern erledigt«, erklärte der besser Informierte mit gedämpfter Stimme. »Aber sie bringen immer noch die gedruckten Papiere mit, falls sie benötigt werden sollten.«

»Und wer sind diese Männer mit den großen geschnitzten Dingern?«

»Die Gerichtsdiener«, lautete die Erklärung. »Wenn ich noch mehr rede, habe ich sie auf dem Hals. Sie sorgen nämlich für Ordnung.«

Sassinak stellte fest, daß sich die Abläufe doch sehr von einem Militärgericht unterschieden. Sie nahm an, daß die weitschweifige Zeremonie zum Teil davon herrührte, daß gleichzeitig eine Ratssitzung stattfand. Es wurden lange, ausgeschmückte Eröffnungsansprachen gehalten, um die ehrwürdigen Delegierten von diesem oder die höchst ehrenwerten Delegierten von jenem Planeten zu begrüßen, während die Juristen und Sekretäre hinter vorgehaltener Hand miteinander flüsterten und die Zuschauer gähnten und mit den Füßen scharrten.

Jeder Richter wurde ebenso weitschweifig einzeln begrüßt, und die meisten mußten alle Beherrschung aufbieten, um sich nicht im Scheinwerferlicht zu winden. Dann ergriff der Vorsitzende das Wort. Er begann mit einer kurzen Zusammenfassung der Vorschriften, die für die Zuschauer, die Gäste und die Zeugen galten, und betonte, daß er jede Störung sofort durch die Gerichtsdiener ahnden lassen würde, ›zum Schaden der Sache, zu der die betreffende Person oder die Personen sich äußern wollten, soweit sich das feststellen läßt‹.

Ganz anders als vor Militärgerichten, dachte Sassinak. Sie hatte vor einem Militärgericht noch nie ungebührliches Verhalten erlebt.

Ein weiteres Mal wurde die Namensliste verlesen, die Datenleitungen aller Delegierten zum Podium und die Stimmenanzeigen aller Delegierten und Richter überprüft. In dieser Zeit, dachte Sassinak, hätten wir einen ganzen Prozeß über die Runde gebracht.

Schließlich verlas der Vorsitzende die Tagesordnung, in der der Prozeß gegen Tanegli aufgeführt wurde als ›In Sachen Föderation Empfindungsfähiger Spezies gegen einen gewissen Tanegli, und im Zusammenhang damit die Frage nach dem Status auf dem Planeten Ireta geborener Kinder von Föderationsbürgern‹.

Sassinak spürte Aygars Erregung. In dem Moment, als der Vorsitzende die Tagesordnung verlesen hatte, stand einer der mit Perücke und Robe bekleideten Juristen auf. Dabei schien es sich um den renommierten Verteidiger zu handeln, der überall der ›rosige Vigal‹ genannt wurde, ein zurückhaltender älterer Mann, der den Beinamen ›rosig‹ kaum verdiente. Wie Sassinak allerdings von dem eifrigen Kommentator hinter ihr erfuhr, hatte der Spitzname nichts mit seinem Äußeren zu tun, sondern mit seinem Schlußplädoyer in einem Fall, den er vor vielen Jahren gewonnen hatte. Die lange und ausführliche Erklärung erregte schließlich die Aufmerksamkeit eines Gerichtsdieners, der seinen Stab in Richtung der Gäste schüttelte und den Störenfried sofort zum Schweigen brachte.

Ein formaler juristischer Disput folgte, in dessen Verlauf der Verteidiger und der Chefankläger sich mit unverhohlener Unaufrichtigkeit der Sachkenntnis des jeweils anderen beugten und die Richter knapp ihre Meinungen äußerten, wenn sie gefragt wurden. Vigal wollte das Verfahren gegen seinen Klienten wegen Meuterei, Gewaltanwendung, Mord, Verschwörung und so weiter von allen Diskussionen über die Ansprüche der auf Ireta Geborenen abtrennen, vor allem weil jüngste Hinweise dafür sprachen, daß der ungesunde Einfluß des Planeten oder seiner Biosphäre für sein Verhalten verantwortlich sein könnten. Und diese Hinweise waren noch so neu, daß der Prozeß vertagt werden sollte, bis die Verteidigung Zeit gehabt hatte, ihre Stichhaltigkeit zu prüfen.

Der Ankläger bestand darauf, daß das Schicksal der eingeborenen Iretaner und des Planeten selbst nicht losgelöst von den Verbrechen Taneglis und der anderen Verschwörer betrachtet werden könne. Die Verteidigung beharrte darauf, daß aufgezeichnete Zeugenaussagen nicht ausreichten und nicht als Beweise zugelassen werden durften, während die Anklage sich nicht davon abbringen ließ, daß sie zulässig seien.

Während der ganzen Diskussion saß Tanegli zusammengesackt neben seinem Anwalt und bewegte kaum den Kopf.

Dieses langweilige und völlig überflüssige Ringen um Formalien schien sich noch eine Weile hinziehen zu wollen. Sassinak hatte wieder Zeit, sich zu fragen, wo die anderen steckten. Von Dupaynil wußte sie wenigstens ungefähr, wo er sich aufhielt, aber was war mit Ford? Sie hatte keinen Zweifel, daß Ford, wenn er sich auf einem Seti-Schiff befunden hätte, das Kommando übernommen und rechtzeitig zum Prozeß eingetroffen wäre. Wo war er nur? Er hätte weitere Verstärkung heranschaffen sollen. Bisher hatte Sassinak lediglich Schwerweltler gesehen, die Insystem-Uniformen der Föderation trugen.

Und Lunzie? Hatte sie es von Diplo nicht bis hierher

geschafft? War ihr dort etwas zugestoßen? Oder hier? Aygar konnte heute berichten, was er von den Schwerweltlern, bei denen er aufgewachsen war, erfahren hatte, und das würde einige Anschuldigungen mit Sicherheit bekräftigen. Aber wenn es um die eigentliche Meuterei ging, wurden Lunzie oder Kai oder Varian gebraucht.

Trotz ihrer Besprechungen im lokalen Flottenhauptquartier und im Büro des Chefanklägers hatte Sassinak noch nicht ganz verstanden, wie dieser Fall verhandelt werden sollte und wessen Entscheidung am meisten ins Gewicht fiel. Ein Fall wie dieser paßte in keine der gängigen Kategorien, selbst wenn sie berücksichtigte, daß Juristen ihn in einem ganz anderen Licht sahen als sie. Für solche Menschen war es keine Frage von falsch oder richtig, von Schuld oder Unschuld, sondern ein Gewirr unterschiedlicher Rechtsprechungen, unvereinbarer und widersprüchlicher Gesetze, alternativer Möglichkeiten der Strafverfolgung und der Verteidigung; ein kompliziertes Brettspiel, bei dem der ›Spaß‹ darin bestand, alle Vorschriften bis an ihre Grenzen zu strapazieren.

Sie bezweifelte, ob diese Männer je an die Wirklichkeit dachten, an die Menschen und Orte, deren Realitäten keinen Spielraum hatten, deren Leben unter gebrochenen Gesetzen und Verstößen gegen den Gesellschaftsvertrag zertrümmert wurden.

Einige Zeit später trafen die Richter ihre Entscheidungen über die ersten Anträge, und der Chefankläger begann das Verfahren mit einem Exkurs über die Geschichte der Ireta-Expedition.

Sassinak konzentrierte sich nach Kräften. Alle Einzelheiten über die EEC-Verträge, Entscheidungen, Vereinbarungen und Nebenvereinbarungen gingen ihr zum einen Ohr hinein und zum anderen wieder hinaus. Lunzie hatte die Zusammenhänge lebhafter geschildert. Die großen Bildschirme erwachten flackernd zum Leben, als die erste aufgezeichnete Aussage von den Datenkuben abgespielt wurde, die die ursprüngliche Expeditionsmannschaft noch vor der Meuterei aufgenommen hatte. Es war von Dschungeln die Rede, von goldenen Flugwesen, von ›Fransen‹ und Dinosauriern, einer verwirrenden Vielzahl von Lebensformen. Von Expeditionsmitgliedern, die ihre Arbeit machten, und von Kindern, die sich bemühten, auf den Bildern möglichst fleißig auszusehen.

Über dem Platz eines Delegierten leuchtete eine Lampe auf, und die Übersetzungsautomaten speisten die Frage auf Standard in die Lautsprecheranlage.

»Erheben diese auf Ireta geborenen Kinder Ansprüche auf den Planeten?«

»Nein, Delegierter. Die Eltern dieser Kinder haben an Bord des EEC-Schiffes gelebt und haben zu Ausbildungszwecken einen Abstecher auf den Planeten unternommen.«

Die Lampe blinkte weiter, und eine zweite Frage wurde gestellt.

»Haben die auf Ireta geborenen Kinder einen Vertreter geschickt?«

Sassinak fragte sich, wo dieser Delegierte seinen Kopf gehabt hatte, als in den letzten Tagen Aygars Beteiligung an ihren Eskapaden durch die Medien gegangen war. Der Chefankläger zog ein Gesicht, als habe er in etwas Saures gebissen, und Sassinak hatte den Eindruck, daß der Delegierte sich bereits auf die Seite der Verteidigung geschlagen hatte.

»Ja, Delegierter, ein Vertreter dieser Kinder ist erschienen, aber …«

Aygar stand auf, bevor Sassinak ihn festhalten konnte, und rief: »Das bin ich!«

Von allen Seiten wurde gezischt und geknurrt, und ein massiger Gerichtsdiener, ein Schwerweltler, der in der Nähe der Gästeränge stand, schlug mit seinem Stab auf den Boden.

»Reißen Sie sich zusammen!« befahl er.

Sassinak zog an Aygars Ärmel, und er setzte sich widerstrebend. Der Vorsitzende warf dem Chefankläger einen scharfen Blick zu.

»Haben Sie Ihren Zeugen nicht darüber unterrichtet, wo er sich zu melden und wie er sich vor diesem Gericht zu verhalten hat?«

»Ja, Herr Vorsitzender, aber er ist unter … äh … sehr merkwürdigen Umständen verschwunden. Er ist offenbar von der Flotte entführt worden …«

Er verstummte, als ihm klar wurde, was die goldene und weiße Uniform neben Aygar bedeuten mußte. Sassinak erlaubte sich ein Grinsen, weil sie wußte, daß in diesem Moment wahrscheinlich auf allen Kanälen ihr Gesicht in Großaufnahme gezeigt wurde.

»Unregelmäßigkeiten dieser Art können ganze Prozesse nichtig machen«, sagte Vigal in einem süßlichen Ton, der auf Sassinak wie Honig auf einer Messerklinge wirkte. »Wenn der Chefankläger der Föderation seine Zeugen nicht eingewiesen hat, haben wir keine Einwände gegen eine Verschiebung.«

»Nein«, erwiderte der Ankläger mit finsterer Miene. Der Verteidiger zuckte die Achseln und setzte sich. »Wenn der Vorsitzende, die Richter und die versammelten Delegierten keine Einwände haben«, die höfliche Floskel kam ihm so schnell über die Lippen, daß Sassinak kaum folgen konnte, »möchte ich den iretanischen Zeugen *und alle anderen möglichen* Zeugen im Gästebereich in den Zeugenstand rufen.«

Über den Plätzen der Richter blitzten blaue Lampen auf, und der Vorsitzende nickte.

»Solang Sie nicht vergessen, daß es sich um ein Entgegenkommen handelt, und dergleichen nicht zur Gewohnheit wird, sind wir einverstanden. Und ich nehme an, daß die Verteidigung unter diesen Umständen nicht behaupten wird, die Aussagen Ihrer Zeugen seien einstudiert worden.«

Selbst Vigal schluckte dabei und streckte in einer demütigen Geste, mit der er Sassinak nicht täuschen konnte, die Hände aus. Sie spürte die zunehmende Spannung im Saal. Würde Aygars Anwesenheit die Verschwörer veranlassen, früher oder später ihr Zeichen zu geben? Sie fragten sich wahrscheinlich, welche Überraschungen noch warteten. Dem Delegierten, der die Frage gestellt hatte, war entweder diese Spannung aufgefallen, oder er hatte aufgegeben, weil das Licht erloschen war. Der Chefankläger fuhr damit fort, daß er knapp die Meuterei und den Mordversuch an den Leichtgewichten schilderte.

»Den *angeblichen* Mordversuch«, unterbrach Vigal.

Der Ankläger lächelte, verbeugte sich und rief nach ›unserer ersten Zeugin, Dr. Lunzie Mespill‹.

Eine Welle von Erregung, die Sassinak fast überwältigte, durchlief die Menge. Lunzie hatte es also doch geschafft! Sie sah eine Bewegung im Zeugenbereich, dann eine schlanke Gestalt in der Uniform der Medizinerkorps, die nach vorn kam. Sassinaks Puls raste. Lunzie sah so jung, so *verletzlich* aus, so wie die jüngere Schwester, die Sassinak verloren hatte, vielleicht ausgesehen hätte. Kaum zu fassen, daß sie schon hundert Jahre vor Sassinaks Geburt gelebt hatte.

Lunzie machte ihre Aussage mit einer ruhigen, gemessenen Stimme, die nach und nach Sassinaks Anspannung löste. Dann aber blitzte über einem der Delegierten eine Lampe auf, doch diesmal wurde keine Frage gestellt, sondern ein Einwand erhoben.

»Die Zeugin hat keinen legalen Status! Diese Zeugin ist eine Diebin und eine Lügnerin, eine flüchtige Verbrecherin!«

Sassinak erstarrte und bemerkte, daß Aygar diesmal

sie am Handgelenk gepackt hatte und auf ihrem Platz festhielt. Lunzie hatte sich mit blassem Gesicht dem Delegierten zugewandt, der die Anschuldigungen erhob.

»Diese Zeugin hat Kompetenz als Medizinerin vorgetäuscht, um ein Visum für Diplo zu erhalten, und ist später mit wertvollen Informationen entkommen, die für die Sicherheit unseres Planeten von entscheidender Bedeutung sind. Wir verlangen, daß die Aussage dieser Zeugin zurückgewiesen und daß sie an die entsprechenden Behörden übergeben wird, damit ihr auf Diplo der Prozeß gemacht werden kann.«

Weitere Lampen blitzten auf. Als der Ankläger dem Delegierten antworten wollte, wurden weitere Fragen gestellt, Bemerkungen geäußert, und Diskussionen entzündeten sich. Schließlich rief der Vorsitzende die Delegierten zur Ordnung und wandte sich selbst an Lunzie.

»Entspricht diese Anschuldigung der Wahrheit?«

»Nein ... im Kern nicht, Sir.«

»In welcher Hinsicht dann?«

»Ich bin mit einem medizinischen Forschungsteam nach Diplo gekommen. Meine Fachkenntnisse und meine Erfahrungen haben mich für die Arbeit qualifiziert. Während meiner Anwesenheit dort wurde ich entführt, bekam Drogen verabreicht und wurde in den Kälteschlaf versetzt. Ich bin hier auf diesem Planeten aufgewacht, ohne zu wissen, auf welchem Wege ich Diplo verlassen habe. Ich wage zu behaupten, daß es tatsächlich illegal war. Ich hoffe sehr, daß es illegal ist, einer Föderationsbürgerin mit einem legalen Visum etwas Derartiges anzutun.«

»Sie lügen, Leichtgewicht!« Der Delegierte von Diplo wartete nicht auf den Übersetzer. Er sprach selber Standard. »Sie haben ein Mitglied unserer Regierung verführt, Memokuben gestohlen und ...«

»Ich habe nichts dergleichen getan!« Sassinak war erstaunt über Lunzies Ruhe. Man hätte sie für eine erfahrene Lehrerin halten können, die mit einem ungehorsamen Neunjährigen sprach. »Es stimmt, daß ich einen alten Freund getroffen habe, der in der Zwischenzeit Regierungsbeamter geworden war, aber was das Verführen angeht … Ich darf Sie daran erinnern, daß ich zwischen unseren beiden Begegnungen vierzig Jahre lang im Kälteschlaf gelegen habe. Der gutaussehende junge Mann, an den ich mich erinnerte, war inzwischen alt und krank, dem Tode nah.«

»Ja, inzwischen ist er tatsächlich gestorben.« Es klang gehässig und sollte Lunzie verletzen, und die Andeutungen, die darin mitschwangen, konnten niemandem entgehen.

Sassinak schälte Aygars Finger einen nach dem anderen von ihrem Handgelenk. Er sah sie besorgt von der Seite an, und sie schüttelte leicht den Kopf. Lunzie stand ruhig und ausgeglichen da, offenbar unberührt von dem verbalen Angriff des Delegierten. Hatte sie damit gerechnet? Sassinak glaubte es nicht.

Der Vorsitzende griff wieder ein. »Haben Sie Ihre angebliche Entführung angezeigt?«

»Natürlich. Ich habe das Büro des Chefanklägers darüber unterrichtet. Man hatte mich wegen illegaler Einwanderung vorgeladen.«

»Und?« Der Vorsitzende sah zum Chefankläger hinüber, der die Achseln zuckte.

»Wir haben ihre Aussage aufgenommen, aber da sie keine Beweise vorlegen konnte und wir nicht autorisiert sind, auf Diplo Ermittlungen anzustellen, sind wir zu dem Schluß gekommen, daß sie Glück hatte, noch am Leben zu sein, und haben keine Maßnahmen ergriffen.«

Sassinak hätte das Zeichen vielleicht übersehen, wenn Aygar nicht mit einem Japsen darauf reagiert hätte.

»Was?« brummte sie und wandte sich ihm zu.

»Taneglis Handzeichen. Dieser Wachmann hat es gerade gemacht, und der andere auch …«

»Ihr verlogenen Leichtgewichte!« Wieder zog der Delegierte von Diplo alle Blicke auf sich. Oder fast alle. Sassinak sah, daß der Wachmann, der den Zeugen am nächsten stand, sein Gewicht verlagerte und die Spiegelbilder auf seiner medaillenbehangenen Brust sich plötzlich verschoben. Was hatte er nur … Dann erkannte sie die Körperhaltung wieder.

»Runter, Lunzie!« Ihre Stimme hallte durch den ganzen Saal.

Lunzie ließ sich fallen, als der Wachmann ein stämmiges Bein über das Geländer schwang. Wenn er getroffen hätte, wäre sie auf der Stelle tot gewesen. Sassinak hatte ihren Platz verlassen, und Aygar folgte ihr auf dem Fuße. Lunzie kam wieder hoch und tippte dem Wachmann mit trügerischer Sanftheit seitlich an den Hals. Der Mann sackte im selben Moment auf die Knie, als Sassinak dem ersten Gerichtsdiener entgegentrat.

»Wachen!« schrie der Vorsitzende ins Mikrophon, aber es war längst zu spät.

Der Gerichtsdiener hatte nicht damit gerechnet, daß Sassinak sich so flink ducken, überrollen, zuschlagen und sich um die eigene Achse drehen würde, und ehe er sich versah, wurde ihm der Stab aus den Händen gerissen und auf den Kopf gedroschen. Aygars Zorn ging derart mit ihm durch, daß er über den Verteidigertisch hinwegsprang und auf Tanegli losging. Ein Haufen kreischender Sekretäre schlug mit Papieren und Aktentaschen auf ihn ein, um ihren Klienten vor dem Lynchen zu retten.

Die acht Richter waren aus ihren offenen Kapseln gestürzt, und nur der Ryxi streckte den Kopf heraus und schnatterte aufgeregt in seiner Muttersprache. Die meisten Delegierten hatten sich in ihre Kapseln eingeschlossen, nur die Schwerwelter von Diplo und Colrin stiegen heraus. Sie trugen jetzt Kampfpanzer, die sie offenbar unter ihren zeremoniellen Roben versteckt gehabt hatten.

Sassinak warf Lunzie den Stab des Gerichtsdieners zu, als der Wachmann, den Lunzie außer Gefecht gesetzt hatte, wieder zu sich kam. Lunzie knallte ihm den schweren Knauf auf den Schädel und schwang den Stab herum, um einem Wachmann, der auf Sassinak zielte, den Nadelwerfer aus der Hand zu schlagen. Als einer von Sassinaks Webern die natürliche Gestalt eines Webers annahm, stürmte ein Seti-Delegierter aus seiner Kapsel und schrie Seti-Flüche, die keiner Übersetzung bedurften. Sassinak riß an seiner Halskette, wurde aber von dem kraftvollen Schwanz des Seti von den Beinen gerissen. Sie rollte über, rappelte sich wieder auf und stand unversehens vor einem grinsenden Schwerweltler, der einen Nadelwerfer auf sie anlegte – und gar nicht mehr mitbekam, daß ein Weber auf seinem Kopf landete und ihm das Genick brach.

Sassinak fing den Nadelwerfer auf und versuchte noch einmal Aygar zu erreichen, aber er wälzte sich mit den Anwälten in einem Knäuel von Armen und Beinen hinter dem Tisch. Sie rief ihm etwas zu, bezweifelte aber, daß er es hörte. Von den Wänden des Saals hallte Lärm wider, als die Zuschauer nach oben drängten, um besser sehen zu können, und dann entdeckten, daß es hier auch um sie ging.

»Nieder mit den Pollys!« kam ein Schrei von den oberen Rängen, als die Studenten aus der Bibliothek Farbbeutel warfen, die allerdings nutzlos an der Trennwand zerplatzten.

»Leichtgewicht-Abschaum!« schrie ein Trupp von Schwerweltlern zurück, gefolgt von Schlägen, Schreien und dem anhaltenden, hohen Gellen der Alarmanlage.

Weiter unten hatte Sassinak viel größere Probleme, trotz der Verteidigungslinie, die sie mit Lunzie, den Webern und den beiden Marines gebildet hatte. Der Vorsitzende lag tot auf dem Boden. Der diplonische Delegierte, der jetzt Befehle ins Mikrophon brüllte, hatte ihm den Schädel zerschmettert. Aygar kroch unter den Trümmern des Tisches hervor und duckte sich gerade noch rechtzeitig weg, um einem Schlag an den Kopf auszuweichen.

»Hier drüben!« schrie Sassinak. Er riß den Kopf herum und sah sie endlich. »Bleib *unten*!« Sie machte ein Zeichen. Er nickte. Sie hoffte, daß er sie verstanden hatte.

Durch die Tür stampfte ein weiterer Trupp von Schwerweltler-Marines herein, die dem Insystem-Sicherheitsdienst angehörten. Drei der Richter versuchten sich zur Tür durchzuschlagen und liefen in gnadenlose Arme, während Sassinaks Gruppe sich teilte und nach Deckung suchte. Davon gab es nicht viel, und die drei Stäbe und der eine kleine Nadelwerfer, die sie erbeutet hatten, waren keine ebenbürtige Bewaffnung.

Wenn Hilfe eintreffen sollte, wäre das jetzt ein guter Zeitpunkt, dachte Sassinak.

»Gebt auf! Ihr seid verloren!« schrie der Diplonier. »Eure Narrenherrschaft ist vorbei! Jetzt bricht die glorreiche …«

»Es lebe die Flotte!«

Etwas segelte durch die Luft und landete mit einem satten Schmatzen etwa drei Meter vor Sassinaks Nase. Es platzte auf und verströmte einen bläulichen Nebel. *Ich weiß nicht recht, ob ich das glauben soll,* dachte sie und griff nach ihrer Gasmaske. Sie hielt den Atem an, erinnerte sich, wie lang sie zählen mußte, und sah nach Lunzie und Aygar. *Das wäre eigentlich mein Stichwort gewesen, aber der Schrei muß von Ford gekommen sein.*

Natürlich waren die Schwerweltler auch mit Gasmasken ausgerüstet. Wie schnell konnten sie sich bewegen? Sie selbst war bereits in Bewegung, aber Aygar war wieder schneller und beeindruckte sie durch seine jugendliche Agilität und seine glänzende Kondition. Sie schlugen die ersten Schwerweltler nieder, bevor sie ihre Waffen gezückt hatten, rissen sie ihnen aus den Händen und richteten sie gegen ihre Besitzer, ohne an Tempo zu verlieren. Sassinak sprang auf das Richterpodium hinauf und rollte sich in dem Moment hinter die Deckung des Geländers, als etwas hinter ihr zersplitterte. Sie kroch zügig auf den Sitz auf der anderen Seite zu, ignorierte die bewußtlosen Richter und schoß den ersten Mann nieder, der ihr folgte. Wo war Lunzie? In welche Richtung war Aygar gelaufen? Und wußte er überhaupt, wie man mit dieser Waffe umging?

Ein ohrenbetäubendes Knattern, Pfeifen und Krachen und schrille Schreie deuteten an, daß er herausgefunden hatte, welchen Knopf er drücken mußte. Aber Sassinak vertraute seiner Treffsicherheit nicht. Irgend etwas schlich sich über das Geländer an sie heran. Sie feuerte kurz und hörte keinen Schrei, aber die Gestalt war verschwunden.

»Sassinak!« rief Ford, diesmal aus unmittelbarer Nähe. »Plan Nr. 6!«

Plan Nr. 6 war ein einfacher Trick, den alle Kadetten während ihrer Manöver in den ersten sechs Monaten lernten. Sassinak kroch nach rechts, drückte sich an eine Seite des Föderationssiegels und rätselte, was Ford als die Verstärkung einsetzen wollte, die laut Plan Nr. 6 durch die Mitte kommen sollte. Die Handvoll Marines, die er wahrscheinlich von der *Zaid-Dayan* mitgebracht hatte, würden sicher nicht reichen. Irgend etwas ächzte laut, und Sassinak grinste. Hatte es Ford etwa geschafft, eine Gertrud in den Ratssaal zu schmuggeln? Die sperrige, gedrungene Waffe, die gewöhnlich eingesetzt wurde, um Krawalle auf Raumstationen zu unterbinden, ächzte noch einmal und verfiel in ihr typisches anhaltendes Grollen. Sassinak steckte sich die Finger in die Ohren und hielt den Kopf gesenkt. Im Schutz dieses Grollens konnten sich Ford und alle, die er aufgetrieben hatte, langsam vorarbeiten. Die Schallwellen sorgten dafür, daß der Feind die Orientierung verlor.

Aber ihre Feinde waren nicht bereit, so schnell aufzugeben. Einer von ihnen trug offenbar einen Schutzhelm, denn er schaltete die Automatik seiner Waffe ein und leerte ein ganzes Magazin in die Gertrud. Aus dem Grollen wurde ein hohes Wimmern, das in einer Explosion grellen Krachs endete. Sassinak schüttelte heftig den Kopf, damit das Pfeifen in ihren Ohren verstummte, und überlegte, was sie als nächstes tun sollte.

Aus dieser Höhe konnte sie durch die farbverschmierten Kunststoffwände sehen. Auf den Zuschauerplätzen war eine ausgewachsene Massenschlägerei ausgebrochen. Von dort war keine Hilfe zu erwarten, selbst wenn ihre früheren Komplizen gewannen, womit sie nicht unbedingt rechnete. Weiter oben konnte sie Gestalten erkennen, die zwischen den Scheinwerfern und Linsen der Mediengalerie miteinander rangen. Unter sich sah sie den Delegierten von Diplo, der zu zucken anfing und aus der Gasbetäubung erwachte. Um ihn konnte sie sich selbst kümmern, und sie feuerte eine Salve ab, die ihn tot vom Podium wegschleuderte, noch bevor er aufwachte.

Der Zeugenstand war leer. Sie sah Ford nicht, vermutete aber, daß er sich immer noch in der Sitzreihe darunter aufhielt. Aber die Gäste … von hier oben konnte sie erkennen, daß einige tot oder verwundet auf ihren Stühlen lagen, andere vor Schock und Entsetzen erstarrt waren und wieder andere offensichtlich ihren Spaß an dem Spektakel hatten. Letztere hatten Personenschilde zur Verfügung, die zwar durchsichtig waren, aber genug Schutz vor Unannehmlichkeiten wie Betäubungsgas und Kleinfeuerwaffen boten. Sassinak kroch vorsichtig den hinteren, erhöhten Teil des Podiums entlang. Niemand sonst war ihr gefolgt. Vielleicht hatten ihre Gegner angenommen, daß sie am anderen Ende wieder heruntersteigen würde, um sich ihren Kameraden anzuschließen. Sie wünschte, sie hätte gewußt, wie viele es waren und welche Waffen sie hatten.

In einem kurzen Moment der Muße hob einer der

schildbewehrten Gäste den Blick und sah ihr in die Augen. Sassinak hatte das Gefühl, als bliebe ihr vor Wut das Herz stehen. Das Alter und der lockere Lebenswandel hatten ihre Spuren hinterlassen, dennoch erkannte sie Randy Paraden auf den ersten Blick. Und es war nicht zu übersehen, daß er sie auch erkannte. Sassinak bleckte die Zähne wie ein Raubtier, er dagegen grinste immer noch auf diese überhebliche Art und freute sich hämisch über seine Sicherheit und die Gefahr, in der sie schwebte. Langsam und arrogant stand er auf und schob mit seinem Schild die Leute rechts und links von sich beiseite. Den Blick auf Sassinak gerichtet, kam er näher und lächelte spöttisch, weil er wußte, daß keine Waffe seinem Schild etwas anhaben konnte. Er hob die Hand und gab einem der Schwerweltler zu verstehen, daß er sich Sassinak persönlich vornehmen wollte.

Doch dann trat auf einmal dieser Ausdruck fassungslosen Erstaunens in sein Gesicht, den Sassinak schon bei anderen gesehen hatte, wenn die Realität unversehens ihre Träume einholte. Es ging so schnell, daß sich der Weber schon wieder von Paradens Körper löste, ehe Sassinak recht begriff, was geschehen war. Er hatte quer über dem Schild seine Gestalt gewechselt und Paraden den Hals gebrochen.

‹‹Zurück an die Arbeit.›› Und schon war der Weber wieder im Getümmel verschwunden.

Sie sah flüchtig zwei andere, hinter Schilden versteckte Gäste, die sich bemerkenswert hastig davonmachten, und hörte die Stimme des Webers in ihrem Kopf.

‹‹Parchandri.››

»Sind Sie sicher?«

‹‹Parchandri.››

Wenn er tatsächlich floh, dann wußte sie wohin. Sie fischte das Komgerät aus der Tasche und schaltete es mit dem Daumen ein. Sie mußte eine Nachricht senden und danach einen Kampf beenden.

einundzwanzigstes kapitel

Timran hatte das Aufsehen ignoriert, das die Schilde des Shuttles am Morgen nach der Landung erregten. Zivilisten hatten keine Möglichkeit, sie zu durchdringen und sich Zugang zum Shuttle zu verschaffen. Er konnte die zivilen Nachrichtensendungen einschalten und sich den ganzen Tag Nachrichtensprecher anschauen, die einander sinnlose Fragen stellten. Lieber hätte er sich noch einmal die gesamten Carin-Coldae-Klassiker von vorn bis hinten angesehen, aber er hatte das Gefühl, daß er sich in Selbstbeherrschung üben sollte. In der zweiten Nacht, die er allein im Shuttle verbrachte, nickte er immer wieder kurz ein und wachte plötzlich mit trockenem Mund auf. Es half nichts, wenn er die Videokanäle eingeschaltet ließ. Er wurde den Gedanken nicht los, daß jemand sich hereingeschlichen und die Kontrolle übernommen hatte.

Am Morgen erwachte er mit brennenden Augen in einem Zustand völliger Ermattung. Er drehte die Lautstärke des Komgeräts auf und riskierte eine schnelle Dusche in der winzigen Sanitärkabine des Shuttles. Eine Coffeintablette und ein Frühstück brachten ihn wieder einigermaßen in Form. Die Nachrichtensendungen berichteten über den Prozeß, der in wenigen Stunden beginnen würde. Tim hatte nichts mehr von Ford gehört, seit er ihm kurz die Koordinaten, die er im Auge behalten sollte, und die Daten des Schiffs durchgegeben hatte, mit dem er es zu tun bekommen könnte. Das war ungefähr in der gestrigen Morgendämmerung gewesen. Er fühlte sich so hilflos und schrecklich allein. Wie konnte er Captain Sassinak helfen, wenn er so weit weg vom Schuß war? Die Erinnerung an das letzte Mal, als er einen Befehl mißachtet hatte, traf ihn wie eine Kopfnuß. Aber damals waren es die Befehle seines Captains gewesen, diesmal aber nur die Befehle ihrer Stellvertreterin. Plötzlich hatte er Sassinak und Ford vor Augen, die aus ihrem Quartier gekommen waren, als er gerade einen Botengang machte. Wenn er noch einmal darüber nachdachte, hielt er es für besser, Ford nicht gegen sich aufzubringen.

Er machte es sich bequem, um die Berichte über den Prozeß zu verfolgen. Es wurde noch ein ziviler Bürokrat interviewt, der über die Ireta-Seuche Auskunft gab. Tim schnaubte verächtlich und rutsche auf seinem Sitz hin und her. Sie stellten die dümmsten Fragen, und die Experten gaben die dümmsten Antworten. Er wünschte, man hätte ihn interviewt. Er hätte es sehr viel besser gemacht. Keiner von diesen Typen würde je zugeben, daß er etwas nicht wußte, und dabei bleiben. Natürlich würde man wahrscheinlich bald damit aufhören, die zu befragen, die nichts wußten.

Als die Berichte über die Ratssitzung endlich begannen und der Vorsitzende jeden Delegierten förmlich begrüßte, setzte Tim sich aufrecht hin. Er hatte alle losen Teile in seiner einsamen Unterkunft verstaut, das Shuttle auf einen Blitzstart vorbereitet und dafür gesorgt, daß alle Systeme einwandfrei funktionierten. Das einzige, was ihm fehlte, war eine wirkungsvolle Waffe. Darauf konnte er eigentlich nur verzichten, wenn das Schiff, auf das er treffen sollte, weder über Schilde noch über eine Bewaffnung verfügte. Er versuchte darüber nicht nachzudenken. Für Notfälle hatte er immer seinen Helm in Reichweite. Außerhalb der Shuttleschilde hielten eine Handvoll Polizisten die Neugierigen fern. In dieser Entfernung konnte ihnen nichts passieren, wenn er abhob.

Auf dem Monitor wurde von einem Teil des Saals in

einen anderen umgeschaltet. Tim sah Lunzie und einen Admiral nebeneinander auf den für Zeugen reservierten Plätzen sitzen, dann kam Ford ins Bild. Die Perspektive änderte sich, und er sah Sassinak auf der anderen Seite des Saals. Warum dort drüben? fragte er sich. Aygar, der neben ihr saß, wirkte unglücklich. Tim wäre lieber dort als an irgendeinem anderen Ort im Universum gewesen. Er mochte den großen Iretaner und hoffte, daß er sich in dieser oder jener Funktion der Flotte anschließen würde. Sie waren alle dort. In dem großen Saal ging es zur Sache, nicht hier!

Als die Tumulte begannen, beugte er sich vor und konnte kaum atmen. Er hatte oft gesagt, daß er gern bei neuen Kämpfen und neuen Abenteuern dabeisein wollte, und er fand es entsetzlich, einfach nur zuzuschauen. Er konnte nicht alles sehen, was er sehen wollte, sondern nur das, was ihm die Kameras zeigten, und die Bilder waren sehr viel verworrener als die Kommentare. Plötzlich wurde der Bildschirm schwarz, dann streifig, und schließlich wurde eine Außenansicht des Ratsgebäudes eingeblendet, vor dem eine Menschenmenge tobte. Er folgten wieder einige schnelle Schnitte: erst auf eine Straße voller Menschen, die wild durcheinanderschrien, dann auf einige Leute, die geordnet marschierten und Fahnen schwenkten, zuletzt auf eine orangefarben uniformierte Polizeieinheit, die in die Menge feuerte.

Er warf einen Blick nach draußen. Die Polizisten gingen hin und her und wirkten gereizt. Sicher standen sie mit ihren Kollegen in der Innenstadt in Verbindung und fragten sich, wie sie mit ihm verfahren sollten. Plötzlich wirbelte einer von ihnen herum und feuerte blindlings auf das Schild. Seine Kollegen zogen ihn weg, rissen ihm die Waffe aus den Händen und wichen zurück. Tim tat nichts. Er stellte fest, daß er sehr viel heftiger zitterte als damals auf Ireta, aber er schaffte es, die Finger von der

Steuerung zu lassen. Er klammerte sich an den Gedanken, daß Sassinak sich bei ihm melden, ihn brauchen würde; er mußte bereit sein.

Doch als der Anruf wirklich kam, konnte er es kaum glauben.

»*Zaid-Dayan*-Shuttle!« kam es zum zweiten Mal aus den Lautsprechern, ehe seine Finger und seine Stimme ihm wieder gehorchten und er mit dem Daumen auf den Schalter drücken konnte.

»Shuttle hier!« Seine Stimme klang wie die seines kleinen Bruders. Er schluckte und hoffte, daß er beim nächsten Mal gefaßter klingen würde.

»Mehrere Personen sind geflohen. Starten Sie wie geplant und halten Sie sie auf.«

Sollte das etwa bedeuten, daß die anderen nicht kommen würden? Sollte er etwa ohne sie abheben?

»Sind Sie auch unterwegs?«

»Sofort!«

Das war unzweifelhaft Sassinak. *So habe ich mir das nicht vorgestellt,* dachte er. Sein Gedächtnis erinnerte ihn allerdings daran, daß es das erste Mal gewesen wäre, daß etwas nach seinen Vorstellungen lief. Er setzte den Helm auf und stellte den Kontakt her. Er suchte nach dem dicken roten Knopf, drückte ihn und bekam die Steuerung gerade noch rechtzeitig zu fassen, als das Shuttle emporschoß und dabei ein gutes Stück des gepflegten Rasens hinter sich zerfetzte.

Wenige Sekunden später flog er hoch über die Stadt hinweg und mußte dabei eine heikle Kombination aus Atmosphären- und Insystem-Turbinen ausbalancieren. Er hatte noch Zeit, sich an der Gewißheit zu erfreuen, daß er einen perfekten Start hingelegt hatte und sich jetzt bewundernswert genau an die Vorgaben hielt.

Der Navigationscomputer des Shuttles las die Koordinaten ein, die man Tim genannt hatte, und zeigte einen

Stadtplan an, auf dem ein roter Kreis die Stelle markierte, die Tim bereits unter sich sah. Schwer zu glauben, daß unter diesem riesigen Lagerhaus ein Silo im Boden steckte, aus dem jeden Moment eine schnelle Jacht starten konnte. Die Monitoren änderten die Farbe. Die Infrarotscanner registrierten die Veränderung zuerst, als sich das Dach des Lagerhauses hob. Dann registrierten die Zielsuchlaser die Vibrationen, die sich als seismische Erschütterungen fortsetzten.

Die inneren Silotore öffneten sich, und ganz langsam kam die Nase des Schiffs zum Vorschein. Anfangs so, als werde es von einem Lift hochgehoben, dann immer schneller, bis … Tim fiel ein, daß er eine offizielle Warnung senden sollte und drückte den Kopf, der das vorher aufgezeichnete Band abspielte. Sassinak hatte sich nicht auf seinen Improvisationsstil verlassen wollen.

»FES-Shuttle *Spürhund* an das startende Schiff. Sie stehen unter Arrest. Fliegen Sie sofort zum Shuttlehafen weiter. Wir haben Sie gewarnt.«

Sassinak hatte ihm gesagt, daß die Jacht tatsächlich den Kurs ändern und zum Shuttlehafen fliegen konnte. Aber sie war nicht davon ausgegangen, daß ihre Insassen es tun würden.

»Du solltest es nicht einmal versuchen, Kleiner!« kam die Antwort aus der Jacht. »Du hast nicht die geringste Chance.«

Er hoffte, daß es nicht stimmte. Angeblich konnte eine Jacht, die aus einem Silo gestartet wurde, die gebräuchlichsten Waffensysteme erst dann aktivieren, wenn sie die Atmosphäre verlassen und Reisegeschwindigkeit erreicht hatte. Und seine Schilde konnten alles außer die schwersten Geschosse abwehren. Das Problem war nur, wie er die Jacht aufhalten sollte. Shuttles waren nicht für den Kampf ausgerüstet. Ihm stand ein Traktorstrahl zur Verfügung, der aber bei weitem nicht kraftvoll genug war, um die Jacht abzubremsen, und ein Strahler mittlerer Reichweite, der dazu gedacht war, Buschwerk zu beseitigen, wenn das Shuttle auf unebenem Gelände landete. Konnte er vielleicht den Instrumentenkonus der Jacht lahmlegen? Das hatte ihm Ford vorgeschlagen.

Er richtete die Zielsuchlaser auf den Bug der Jacht aus, während er das Shuttle parallel zu ihr hielt, und drückte den Feuerknopf. Ein Lichtblitz zuckte, der harmlos von den Schilden der Jacht abprallte, die allerdings gar keine Schilde haben sollte. Die beiden Schiffe befanden sich inzwischen hoch in der Atmosphäre. Die Displays zeigten an, daß die Jacht im Begriff war, ihre massigen Feststoffbooster abzuwerfen. Das bereitete Tim keine Sorgen, weil eine so schwere Jacht mit ihrem beschränkten Antriebssystem ein Flottenshuttle unmöglich ausmanövrieren konnte, solang sie unter Lichtgeschwindigkeit flog. Aber er hatte immer noch keine Idee, wie er sie aufhalten sollte. Wenn sie auf FTL-Antrieb umschaltete, würde er ihr nicht mehr folgen können.

Natürlich konnte er sie rammen. Keine Schilde eines Schiffs dieser Größe konnten einem Aufprall standhalten, wenn es bei hoher Geschwindigkeit mit einem anderen zusammenstieß. Aber was wäre, wenn er es *verfehlte*? Wie konnte er ihm auf der Spur bleiben und es davon abhalten, auf FTL-Antrieb umzuschalten? Die Booster der Jacht lösten sich, und sie beschleunigte weiter. Tim jagte ihr mit dem Shuttle nach. Was wäre, wenn sie über mehr Energie verfügte als erwartet? Was wäre, wenn sie das Shuttle tatsächlich abhängen konnte? Dann konnte sie ungehindert in den FTL-Raum übergehen, für immer verschwinden, und er ... er würde Commander Sassinak sein Versagen erklären müssen.

Und diesmal hatte sie ihm nicht genau erklärt, was er tun sollte. Diesmal saß sie nicht in ihrem Kreuzer und konnte ihm jederzeit zu Hilfe eilen. Er bemerkte, daß er schwitzte und flach atmete. Er mußte *irgend etwas* unternehmen, und außer wenn er sich auf seinen blinden Instinkt verlassen hatte, war er nie gut darin gewesen, sich zwischen Alternativen zu entscheiden. Die Jacht errang einen leichten Vorsprung. Tim flüsterte leise Gebete an Götter, die er nicht beim Namen nennen konnte, und ging mit dem Shuttle in den roten Bereich, um wieder aufzuschließen. Wenn er Recht hatte ... wenn ihm wieder einfiele, wie man es anstellte ... wenn nichts schiefging, dann gab es eine Möglichkeit, die Jacht vom Sprung abzuhalten. *Wenn* etwas schiefging, würde er es nicht mehr erfahren.

Sassinak kroch stöhnend unter einem Gewirr von Leibern hervor. Ein dumpfer Schmerz in ihrem Bein versprach, sich zu einem echten Schmerz zu entwickeln, sobald sie ihn zur Kenntnis nahm. Tim sollte unterwegs sein. Arly war draußen und stellte sich der Invasionsflotte entgegen. Und hier ... hier herrschten Tod, Schmerz und Blutvergießen. Ein Lethi-Delegierter war zu bernsteinfarbenen Splittern und Krümeln zerschmettert worden, die nach Schwefelverbindungen rochen. Ein Ryxi wimmerte, während sein gebrochenes Bein zitterte und zuckte. Seine angesengten Rückenfedern fügten dem üblen Gestank im Saal eine weitere unangenehme Note hinzu. Und Aygar? Aygar lag reglos hingestreckt auf dem Boden, aber Lunzie kniete neben ihm und nickte ermunternd, als sie aufblickte. Ford, der ein wenig grau um den Mund war, hielt seine verbrannte Hand einem Sanitäter hin, der sie mit einem blaßgrünen Schaum einsprühte.

Sassinak hinkte zu Lunzie hinüber und überlegte, ob sie sich neben sie setzen sollte, ließ es aber lieber. Sie hätte vielleicht nicht wieder aufstehen können. »Was ist mit ihm?«

»Soviel ich sehe, hat ihn ein Betäubungsstrahl getroffen. Es ist nicht so schlimm. Er wird binnen einer Stunde aufwachen und sich ziemlich mies fühlen. Was noch?«

Lunzie hatte den intensiven Blick von jemandem, der gerade mentale Disziplin praktizierte.

»Die Vertreter der Paradens, die drüben unter den Gästen gesessen haben, sind geflohen. Mit ihrer Jacht.«

»Spreng sie in die Luft!« Lunzie schien bereit, mit bloßen Händen Wände einzuschlagen.

»Nicht nötig. Ich habe ihnen eine Falle gestellt.«

»Du hast …?«

Sassinak schilderte kurz ihre Vorkehrungen und sah sich dabei um. Die überlebenden Delegierten hatten sich in ihre Kapseln eingeschlossen. Sie sah, daß sie von ihnen ängstlich beobachtet wurde. Was dachten sie jetzt wohl? Und was sollte sie tun?

»Sassinak. Eine Stellungnahme?« Einer der Studenten, der eine Kamera auf der Schulter trug, war die Sitzreihen heruntergestiegen. Die Studenten hatten also die Nachrichtenkanäle an sich gerissen. Sassinak runzelte die Stirn und versuchte ihren Kopf wieder klarzubekommen, zu denken. Sie spürte das Gewicht der Ereignisse auf sich lasten. Sie sah sich nach Coromell um, der als Dienstältester Stellungnahmen abgeben sollte. Dann entdeckte sie seinen verkrümmten Körper in der unmißverständlichen Haltung eines Toten.

»Ich … Moment mal.« Hatte Lunzie ihn gesehen? Wie würde sie reagieren? Sassinak berührte Lunzie an der Schulter. »Hast du es gewußt? Coromell?«

Lunzie nickte. »Ja. Ich hab's gesehen. Ich hatte mich gerade in Trance versetzt. Ich konnte ihn nicht retten … und er war so *anständig*.« Sie kämpfte mit Tränen. »Ich kann jetzt nicht weinen, und außerdem …«

»Du hast Recht.«

Coromell war tot. Der Vorsitzende war tot. Die Richter, sofern sie überlebt hatten, waren nicht in der Lage, das Ruder zu übernehmen. Irgend jemand mußte es tun. Sassinak humpelte die Treppe zum Podium hinauf und stieg vorsichtig über die Leichen hinweg, die dort verstreut lagen: der Vorsitzende, der sie an ihren ersten Captain erinnert, und der diplonische Delegierte, den sie selbst getötet hatte. Auf dem Podium waren Statusmonitoren und eine Reihe von Pulten installiert, mit deren Hilfe Stimmen registriert und Wortmeldungen angenommen werden konnten. Aber nichts davon funktionierte mehr. Höchstwahrscheinlich hatten ihre eigenen Schüsse die Monitoren zertrümmert. Dennoch war es die richtige Stelle, und sie blieb dahinter stehen, als der Student mit der Kamera für eine Nahaufnahme an sie herantrat. Sie konnte sich vorstellen, wie sie aussah: eine müde, zerzauste Flottenoffizierin, die vor dem Föderationssiegel stand; die Verkörperung eines Militärputsches, das Ende von Frieden und Freiheit. Aber sie wollte ihre Zuschauer eines Besseren belehren.

»Delegierte, Richter, Bürger der Föderation Empfindungsfähiger Spezies«, begann sie. »Diese Föderation, diese friedliche Allianz vieler Rassen, wird weiterbestehen …«

Arly, die im Kommandosessel auf der Brücke der *Zaid-Dayan* saß, hatte den besten Überblick über das, was als nächstes geschah. Obwohl die Verteidigungsanlagen des Zentralsystems vornehmlich entlang der drei gebräuchlichsten Anfluglinien aus anderen Sektoren installiert waren, hatten die Seti keine alternative Route gewählt. Sie hatten sich darauf verlassen, daß die meisten Abwehrsysteme von Kollaborateuren lahmgelegt wurden. Als Arly erkannt hatte, daß sich die Seti auf einem vorgegebenen Kurs näherten, war sie in der Lage gewesen, sämtliche Kapazitäten der *Zaid-Dayan* gegen sie aufzubieten.

Zuerst benutzte sie die Abwehrsatelliten als Deckung und schaltete zwei flankierende Begleitschiffe und einen mittleren Kreuzer so aus, daß der Eindruck entstand, die

Satelliten seien noch aktiv. Bisher hatten die Seti-Kommandeure wahrscheinlich angenommen, daß die Verluste lediglich den passiven Verteidigungsanlagen zuzuschreiben waren, die nicht deaktiviert werden konnten. Zumindest berichtete ihr Ssli, daß sie die Lage so einschätzten. Arly hoffte, daß sie sich fragten, ob ihre menschlichen Verbündeten nicht ein falschen Spiel mit ihnen spielten.

Als dieses Vorgehen zu gefährlich wurde – denn die Seti wußten genau, wo sich diese Anlagen befanden, und gingen zum Angriff über –, benutzte sie die Tarnvorrichtung und das Talent ihres Ssli für kurze, präzise FTL-Sprünge, um unberechenbar zu verschwinden und wieder aufzutauchen, und feuerte jedesmal einige Geschosse auf das nächste Schiff ab, bevor sie wieder verschwand. Mit einem einzigen Kreuzer konnte sie die Angreifer zwar nicht endgültig vernichten, ihnen aber empfindliche Verluste beibringen.

Inzwischen waren sie weit ins System vorgedrungen, hatten den äußeren Verteidigungsring hinter sich gelassen und waren immer noch zahlreich genug, um alle bewohnten Planeten zu bedrohen. Es würde noch einen Tag oder länger dauern, ehe weitere Flottenschiffe eintreffen würden – vorausgesetzt, daß die nächsten erreichbaren überhaupt sofort auf den Notruf reagieren konnten. Bis dahin würde die Flottenzentrale in Reichweite der Seti-Schiffe sein.

Sie überlegte gerade, ob sie das Schiff opfern sollte, indem sie sich auf einen Nahkampf einließ – sie hoffte, daß sie dem Flaggschiff genug Schaden zufügen konnte, um die Eindringlinge vorübergehend aufzuhalten –, doch dann spielten die Instrumente auf einmal verrückt. Die Scanner zeigten unsinnige Werte an, die Doppler-Displays durchliefen sämtliche Farbsequenzen, und Alarmsignale blinkten. Schließlich bewegten sich die Statusanzeigen des Schiffs langsam vom grünen in den gelben Bereich, als sei in unmittelbarer Nähe ein massives Objekt aufgetaucht.

»Thek«, sagte der blasse Weber, und für einen Moment verschwommen seine Umrisse, bevor er wieder eine feste menschliche Gestalt annahm.

»Thek?«

Sie hatte früher schon erlebt, wie Thek reisten, und dabei das Gefühl gehabt, daß ihre lebenslangen Vorstellungen über Raum und Materie auf den Kopf gestellt wurden. Ihr war nur noch nicht aufgefallen, daß ihre Instrumente es genauso empfanden.

»Sehr viele Thek sogar. Sie haben ... sie haben die Seti-Flotte vollständig umschlossen.«

Die Sensoren registrierten Dichte und Masse einer derartigen Anzahl von Thek, wie Arly sie noch nie gesehen hatte, trotzdem hatte sie nur Gedanken für Dupaynil. Dupaynil, der vielleicht in diesem Moment von Granitpyramiden zermalmt wurde.

»Nein«, sagte der Weber und schüttelte den Kopf. »*Diesem* Schiff ist nichts passiert. Es kann nur nicht mehr manövrieren. Die Thek haben den Seti klargemacht, daß ihren Gefangenen besser nichts zustoßen sollte.«

»Was ist mit uns?« Schließlich waren an dieser Verschwörung auch Menschen beteiligt gewesen.

»Wir können uns zurückziehen, allerdings würden sie es begrüßen, wenn wir die Gefangenen aus dem Seti-Schiff an Bord nehmen würden.«

»Das ist mir recht. Ich werde nicht mit fliegenden Felsblöcken streiten.« Sie hoffte, daß die Thek diese Äußerung nicht als respektlos empfinden würden. »Stehen Sie ... stehen Sie in Kontakt mit den Thek?«

Er wirkte überrascht. »Natürlich. Sie wissen doch, daß wir etwas Besonderes für sie sind. Sie finden uns ... Ich nehme an, Sie würden es ›niedlich‹ nennen.«

»Mir hat noch nie jemand gesagt, daß Weber sich mit Thek verständigen können.«

»Es ist auch nicht allgemein bekannt, daß wir mit den meisten Ssli und einigen Menschen telepathisch kommunizieren können.«

»Hmm. Stimmt. Und wo sollen wir die Gefangenen an Bord nehmen?«

Nach einigen Verhandlungen wurde ein Shuttle geschickt, das die Thek durch die Fugen des riesigen Gebildes dirigierten, in das sie die Seti eingeschlossen hatten. Während es unterwegs war, fiel Arly ein, daß sie Quartiere für die fremden Gäste vorbereiten mußte, darunter eine luftdichte Kabine für die Lethi, wo die Ausdünstungen ihres obligatorischen Schwefels niemanden stören würden.

Arly beschloß, daß die Ankunft des Shuttles einen förmlichen Empfang erforderte, um den verbündeten Aliens klarzumachen, daß die Flotte der FES loyal gesonnen und nicht in die Verschwörung verwickelt war. Nachdem sie die Krise hinter sich gebracht hatte, verließ sie die Brücke und begab sich mit einem Trupp Marines in Ausgehuniformen persönlich aufs Flugdeck.

Auf der *Zaid-Dayan* gab es keine Militärkapelle, aber sie ließ eine Aufnahme der FES-Hymne abspielen, die für Alien-Ohren besser geeignet war als für menschliche. Die Shuttleluke öffnete sich, und zwei Mannschaftsangehörige stiegen aus, die den Lethi trugen. Der Ryxi hüpfte auf eigenen Beinen heraus, bauschte nervös die Federn und zwitscherte aufgeregt, bevor er Arly auf Standard begrüßte und sich überschwenglich bedankte. Dann folgte der Bronthin, dessen gewöhnlich pastellblaue Haut vor Angst und Erschöpfung fast ergraut war. Zwei weitere Männer von der Shuttlebesatzung trugen den Tank mit der Ssli-Larve herein. Schließlich stieg Dupaynil heraus.

Arly starrte ihn mit unverhohlener Fassungslosigkeit an. Aus dem adretten, eleganten Offizier, den sie in Erinnerung hatte, war ein schmieriges, watschelndes Wrack mit tief eingesunkenen, rotgeränderten Augen geworden.

»Commander!«

»Ist Sassinak an Bord?« fragte er mit einer Intensität, die Arly nicht deuten konnte.

»Nein, sie ist auf dem Planeten.«

»Da hat sie ...« – er machte eine Pause – »... Glück gehabt, würde ich sagen. Oder was auch immer. Ich ...« Er stolperte weiter, und die Mediziner, die im Hintergrund warteten, traten vor. Er schickte sie mit einem Wink weg. »Ich brauche nichts als eine Dusche – eine *ausgiebige* Dusche – und ein wenig Ruhe.«

»Aber was ist Ihnen zugestoßen?«

Dupaynil warf ihr einen Blick zu, der zwischen Ärger und Erschöpfung die Waage hielt. »Ein Mist nach dem anderen, Arly, und das Schlimmste daran ist, es ist alles meine eigene Schuld, weil ich glaubte, ich sei cleverer als Ihre Sassinak. Dürfte ich jetzt bitte?«

»Natürlich.«

Er stank fürchterlich, und als er an ihr vorbeiging, zogen sich ihre Nasenlöcher zusammen. Sie fragte sich, wie lang er in diesem Druckanzug gesteckt hatte. Sie hatte noch nicht alle Überlebenden untergebracht, als der Weber, der mit den Thek in Kontakt stand, sie zurück auf die Brücke rief. Eine letzte Aufgabe war zu erledigen. Jene Menschen, die die größte Verantwortung für die Verschwörung trugen, waren in einer schnellen Jacht vom Planeten entkommen, und obwohl ein Flottenshuttle die Jacht in Sichtweite hatte, konnte es sie nicht aufhalten.

»Tim und sein Shuttle!« rief Arly. »Den habe ich ganz vergessen. Kommunikation, eine Verbindung herstellen!«

Tim gab die Position der Jacht durch, und der Ssli brachte den Kreuzer mit einem kurzen Sprung durch den FTL-Raum, der gerade eine Minute dauerte, in Reichweite. Arlys Waffenoffizier meldete, daß die Jacht über keine Bewaffnung verfügte, die den Schilden des Kreuzers etwas anhaben konnte. Zu schade, daß Sassinak nicht dabei war. Sie hätte ihren Spaß daran gehabt. Aber sie hatte sich auf dem Planeten amüsiert. Arly sendete ihre Nachricht auf allen Frequenzen.

»FES-Kreuzer *Zaid-Dayan* an Privatschiff *Himmlisches Glück*. Wohin geht's?«

»Lassen Sie uns in Frieden, oder Sie werden es bereuen!« lautete die Antwort. »Sie sitzen in einem lausigen, kleinen Shuttle mit geringer Reichweite und spielen den großen Macker.«

»Schauen Sie besser noch einmal genauer hin«, schlug Arly vor und wandte sich den Monitoren zu. »Wollen wir uns *darüber* streiten?«

Sie feuerte ein Geschoß ab, das knapp den Bug der Jacht verfehlte, und hörte auf einem der Eingangskanäle einen Schrei von Tim. Offensichtlich war er verärgert. Er hätte so klug sein sollen, aus dem Weg zu bleiben.

»Bringen Sie das Shuttle hierher zurück«, befahl sie ihm.

»Tut mir leid, Captain.«

»Was soll das heißen: ›Tut mir leid‹?«

»Ich … äh … etwas anderes ist mir nicht eingefallen.«

»Was haben Sie getan?«

»Ich habe meine Schilde mit denen der Jacht verschmolzen.«

Arly schloß die Augen und zählte bis zehn. *Deshalb* also hatte die Jacht den FTL-Antrieb noch nicht eingeschaltet. Aber das bedeutete, daß sie auch das Shuttle zerstören und Tim töten würde, wenn sie das Feuer auf die Jacht eröffnete. Er konnte sich auch nicht mehr von der Jacht lösen. Es war schwierig genug, die Schilde überhaupt miteinander zu verschmelzen. Es hatte noch nie jemand geschafft, sich aus dieser Umklammerung wieder zu lösen, außer wenn beide Schiffe gleichzeitig die Schilde dämpften.

»Wer ist bei Ihnen?« fragte Arly.

»Niemand«, erwiderte er.

Sie merkte seiner Stimme genau an, was das bedeutete. Wenn Sassinak an Bord gewesen wäre … aber ein Fähnrich, dem nichts anderes eingefallen war, als sich an den Feind zu klammern, um ihn aufzuhalten? Er war durchaus entbehrlich.

»Tragen Sie einen Schutzanzug?«

»Ja. Aber …« Aber was würde es nützen?

Shuttles waren aus dem guten Grund nicht mit Fluchtkapseln ausgestattet, weil sie im normalen Betrieb nutzlos waren. Und es war mehr als riskant, aus einem explodierenden Shuttle herausgeschleudert zu werden.

»Ich kann die Schilde der Jacht schwächen, Commander. Dann hätten Sie eine größere Chance, sie mit dem ersten Schuß zu erledigen.«

»Zum Teufel, Tim, warum sind Sie so scharf darauf, zu sterben?«

Es würde aber helfen, und sie wußte es.

»Das bin ich nicht«, erwiderte er. Was bedeutete dieses Zittern in seiner Stimme?

Sie würde ihn nicht sterben lassen, wenn sie es verhindern konnte. Aber die Jachtbesatzung hatte sich inzwischen geweigert, die Beschleunigung zu drosseln oder den Kurs zu ändern. Ihr Captain schien davon überzeugt zu sein, daß er den Sprung in den FTL-Raum trotzdem bewerkstelligen konnte.

»Selbst wenn ich uns damit eine Laus aus dem Pelz kratzen würde.«

»Tun Sie's, und Sie sind mit Sicherheit tot. Wir haben mehr als ein Schiff durch den FTL-Fluß verfolgt.« Sie schaltete diesen Kanal aus. »Warum können uns die verdammten Thek jetzt nicht helfen?« fragte Arly den Weber an ihrer Seite. »Es gefällt mir nicht, welche Auslese sie treffen. Wenn sie so groß tun …«

Der Kollisionsalarm der *Zaid-Dayan* ertönte. Die

künstliche Schwerkraft schwankte. Arly schluckte hastig und klammerte sich an die Sitzlehnen. Kleine Gegenstände schwebten durch die Luft, und eine Staubwolke stieg auf, die von den Ventilatoren schnell abgesaugt wurde.

»Tun Sie mir einen Gefallen, Captain, und reden Sie nicht mehr schlecht über die Weber.«

Diesmal hatte er seine Gestalt vollständig gewechselt, hing von der Decke herunter und sah Arly mit strahlenden blauen Augen an. Dann verwandelte er sich wieder zurück, und es sah so aus, als ob ein Klumpen von Innereien sich auf absonderliche Art wieder zu einer lebenden Person zusammensetzte.

»Ich habe doch nur gesagt ...«

»Ich weiß. Aber Menschen beschweren sich dauernd darüber, wie langsam und unaufmerksam die Thek sind. Sie sollten es zu schätzen wissen, Captain, daß Sie jetzt die volle Aufmerksamkeit der Thek genießen, und Sie haben gerade eine Demonstration erlebt, wie schnell die Thek reagieren können.«

»Stimmt. Tut mir leid. Aber die Jacht ...«

Die Thek hatten den beträchtlichen Schub der Jacht absorbiert und Tim mit seinem Shuttle so gleichgültig weggeschnippt wie eine Hausfrau eine Ameise von einem Teller. Als er sich meldete, hörte Arly fassungslose Erleichterung in seiner Stimme.

»Bitte um Erlaubnis, das Shuttle zu landen.«

Sollte sie ihn andocken lassen oder in die Föderationszentrale zurückschicken? Ein Blick auf die Displays belehrte sie darüber, daß das Shuttle den Rückflug nicht mehr heil überstehen würde.

»Erlaubnis erteilt. Bringen Sie die Kiste an Bord, Fähnrich.«

Und es gelang ihm ohne großes Getue.

Arly sah sich auf der Brücke um und fragte sich, ob sie so abgekämpft aussah wie die anderen. Sehr viel zerzauster, als Sassinak je ausgesehen hatte, dachte sie. Wir werden hier aufräumen müssen, bevor sie es sieht und sich alle erholen können. Aber wir müssen trotzdem zurück, falls wir gebraucht werden.

Um den Dockmeister der Orbitalstation davon zu überzeugen, daß die *Zaid-Dayan* kein Vorbote des Untergangs war, mußte Arly einen rustikaleren Ton anschlagen.

»Wir haben Ihnen den Arsch gerettet. Und jetzt machen Sie mir die Hölle heiß, weil ich ohne Ihre gnädige Erlaubnis gestartet bin?«

»Es war ein ernster Verstoß gegen die Vorschriften.«

»Ganz richtig. Die Seti haben sich aber ebensowenig an die Vorschriften gehalten. Und auch die Verräter in Ihrem System nicht, die die Seti hereinlassen wollten. Es ist nicht mein Fehler, wenn Sie die Wahrheit nicht glauben wollen. Entweder lassen Sie uns jetzt andocken, oder Sie werden es erleben, daß wir Ihre Station für Zielübungen benutzen.«

»Das ist eine Drohung!« rief er.

»Ganz genau. Wollen Sie's drauf ankommen lassen?«

»Ich werde mich über Sie beschweren.« Ihm sackte der Unterkiefer herab, als ihm klar wurde, an wen er die Beschwerde richten mußte: an Sassinak, die als kommissarische Gouverneurin die loyalen Föderationsstreitkräfte auf dem Planeten befehligte. »Das ist alles ganz und gar gegen die Vorschriften ...« Der Satz endete in einem Seufzer. »Also gut. Die Andockbuchten zwölf bis zwanzig, orangefarbener Arm.«

»Herzlichen Dank«, sagte Arly mit bemüht neutraler Stimme. Man sollte sein Glück nie überstrapazieren, sagte Sassinak immer, und Arly hatte das Gefühl, daß ihr Glück heute Überstunden gemacht hatte. »Wir wären Ihnen dankbar, wenn Sie etwas frisches Futter für einen Bronthin beschaffen könnten. Wir haben ein Individuum in schlechter Verfassung an Bord, das von den Seti gefangengehalten wurde.«

Damit kam der Dockmeister besser klar. »Natürlich. Wir wickeln hier viel diplomatischen Verkehr ab und sind stolz darauf, daß wir für jede Rasse in der FES Nahrungsmittel auf Lager haben. Sonst noch etwas?«

»Ein Ryxi leidet unter ›Federspliß‹, was immer das sein mag, außerdem sind zwei Lethi dabei, denen es aber gut zu gehen scheint. Allerdings kennt sich unser Ärzteteam nicht mit Lethi aus.«

»Nur *zwei* Lethi? Das ist sehr schlecht. Lethi brauchen mehr ihrer Art um sich.«

»Und eine Ssli-Larve«, fügte Arly hinzu. »Sie hat sich beschwert, daß ihr Tankinhalt ausgetauscht werden muß.«

»Das ist alles kein Problem«, sagte der Dockmeister, der auf einmal viel herzlicher klang. »Bringen Sie die verbündeten Aliens in die Andockbucht sechzehn, dort kann sich unser medizinischer Sonderdienst am schnellsten ihrer annehmen.«

»Mach ich.« Arly schüttelte den Kopf, als sie sich auf der Brücke umschaute. »Könnt ihr das glauben? Er wollte uns wie Piraten abfertigen, aber für unsere Aliens hat er einen medizinischen Sonderdienst.«

Arly war in den letzten Stunden mit Sassinak in Kontakt gewesen. Die Situation auf dem Planeten hatte sich stabilisiert, und die loyalen Truppen hatten das Ruder fest in der Hand. Nur vereinzelt wurde noch Widerstand geleistet.

»Und wie ich glaube, meist nur aus Verwirrung«, hatte Sassinak gesagt. »Wir haben herausgefunden, daß die meisten Anhänger der Paradens und Parchandris zu ihrer Mitarbeit erpreßt worden sind. Andere haben es einfach nicht besser gewußt. Im Moment bereiten die Thek einen ordnungsgemäßen Prozeß vor.«

»Nicht noch einer!«

»Nicht so einer wie der letzte, nein. Einen Thek-Prozeß.« Sassinak hatte erschöpft ausgesehen. Arly fragte sich, ob sie seit ihrem Verschwinden überhaupt ein wenig ausgeruht hatte. »Eine neue Thek-Kathedrale fehlt mir gerade noch! Aber angesichts dessen, was die Angeklagten getan haben, können wir uns nicht querstellen. Sie brauchen die Gefangenen, die Sie von den Seti befreit haben, vor allem den Bronthin, die Ssli-Larve, den Weber und Dupaynil.«

Deshalb kümmerte sich Arly, nachdem das Schiff an die Orbitalstation angedockt hatte, persönlich darum, daß diese Zeugen an den medizinischen Sonderdienst übergeben wurden. Schon bald würden sie zum Thek-Prozeß unterwegs sein. Sie fragte sich, was mit der Mannschaft und den Passagieren der Jacht geschehen war, die Tim aufgehalten hatte. Aber sie würde keine Fragen stellen. Zwei Erlebnisse mit den schnellebigen Thek reichten ihr.

Es ist unmöglich, den zivilisierenden Einfluß von Körperpflege, Ruhe und einem guten Essen zu überschätzen, dachte Sassinak. Als sie wieder an Bord der *Zaid-Dayan* war, eine saubere Uniform angezogen, eine ganze Schicht lang geschlafen und sich mit ihren Lieblingsspeisen vollgestopft hatte, bis ihr Magen protestierte, war sie bereit, beinahe jedem zu vergeben. Besonders weil die Thek auf ihre unnachgiebige Art jedes verbliebene Rachebedürfnis gestillt hatten.

Für einen Moment spürte sie wieder die bedrückende Nähe dieser höchst fremdartigen Wesen, die seit unvordenklichen Zeiten, seit Tausenden von Generationen in ihren riesigen, seltsam geformten Raumschiffen lebten. Sie konnte kaum glauben, daß sie *zwei* Aufenthalte in einer Thek-Kathedrale überlebt hatte. Sie hoffte, es nie wieder tun zu müssen. Das Gerichtsverfahren mochte anstrengend sein, aber es diente auf bewundernswerte Weise seinem Zweck.

Die schuldigen Seti sollten auf unbewohnte Planeten verbannt und von Anlagen bewacht werden, deren Mannschaften aus früheren Gefangenen der Piraten bestanden. Die Familie Paraden verlor ihren gesamten Besitz, von Frachtlinien bis zu Privatmonden. Die Paradens und Parchandris bekamen dieselben einfachen Überlebens- und Werkzeugsets zur Verfügung gestellt, die sie früher verkauft hatten, und wurden auf einem lebensfeindlichen Planeten ausgesetzt.

Die einzige Ausnahme bildete Fords Tante Q. Sie verlor nichts, weil die Thek sie als ein Opfer betrachteten und nicht als eine Paraden, trotz ihres Namens.

Und dank Lunzies Parteinahme und ihres energischen Auftretens wurden auch die Schwerweltler als Opfer betrachtet. Schließlich waren sie von reichen Leichtgewichten betrogen worden, die sie anschließend zur Mitarbeit erpreßt hatten. Deshalb verlangten die Thek lediglich, daß die Verschwörer in den Regierungen der Schwerweltler-Planeten verbannt wurden. Die anderen, die über die verwickelte Verschwörung informiert wurden, erhielten Anteile an den Erlösen, die die Besitztümer der Paradens einbrachten. Damit konnten sie sich ihr Leben erleichtern.

Außerdem wurden die FES-Regularien dahingehend geändert, daß auch Schwerweltler jeden für Menschen geeigneten Planeten besiedeln durften. Dies galt aber nicht für Ireta; in dieser Hinsicht wollten die Thek ihre frühere Entscheidung nicht rückgängig machen. Aygar hatte sich schließlich damit zufriedengegeben, daß er die Gelegenheit haben würde, viele andere, gleichermaßen faszinierende Welten zu besuchen. Und er würde genug Geld bekommen, um dort seinen Spaß zu haben.

Jetzt saß die ursprüngliche Mannschaft in Sassinaks Büro entspannt zusammen und hatte eine lange Nacht vor sich, um alle Geschichten zu erzählen, die noch nicht erzählt worden waren. Nachdem er einige Stunden im

Tank verbracht hatte, um seine Verbrennungen auszukurieren, kaute Ford wieder genüßlich auf frittiertem Gemüse herum. Sassinak sah ihm in die Augen und kam sich ungebührlich eingebildet vor. Sie hatten sich privat verabredet, als sich die Gruppe trennte. Er hatte ihr gerade genug über Tante Q. und die Ryxi-Schwanzfedern erzählt, um ihre Neugier zu schüren.

Dupaynil dagegen hatte etwas von seinem früheren Glanz verloren. Er war zwar makellos gepflegt und frisiert wie sonst, strahlte aber immer noch etwas kriecherisch Zaghaftes aus, das sie fast so irritierend fand wie seine frühere fröhliche Selbstsicherheit.

Lunzie verhielt sich wie immer taktvoll und schob ihre Trauer um Coromell beiseite, um Dupaynil aufzumuntern, aber bisher war es ihr nicht gelungen. Timran dagegen war übertrieben guter Laune. Er hatte ihr zurückhaltendes Lob aufgenommen, als sei er vor dem Hohen Rat mit dem höchsten Orden der Förderation ausgezeichnet worden. Jetzt saß er so steif in einer Ecke ihres Büros, als könne er platzen, wenn er sich bewegte. Sie hatte gut daran getan, diesen Burschen zu retten.

»Fähnrich, Sie könnten etwas für mich erledigen – etwas ganz Besonderes.«

»Ja, Captain!«

»Wir haben Gäste. Ich möchte, daß Sie eine Dame vom Flugdeck hierher begleiten.«

Wenn jemand einem jungen Mann wie Tim den Kopf zurechtrücken konnte, dann war es Fleur. Er würde auch Aygars Studentenfreunde mögen und besonders Erdra. Sassinak grinste tückisch, wenn sie sich vorstellte, wie Erdra mit der Wirklichkeit hinter ihren Tagträumen konfrontiert wurde. *Sie* war keine Carin Coldae, und je eher sie mit ihren Spielchen aufhörte und ihren Abschluß als Systemanalytikerin machte, um so besser. Der Aufstand hatte ihr alle Illusionen ausgetrieben, daß Gewalt und Glamour koexistieren konnten, und ein Besuch auf einem Lazarettschiff würde ihr den restlichen Unsinn auch noch austreiben.

Lunzie wollte die chinesische Familie kennenlernen, die auf Umwegen mit ihr verwandt war. Es war in mehrerer Hinsicht extravagant gewesen, die Leute mit einem eigenen Shuttle abholen zu lassen, aber sie hielt es für wichtig, Respekt vor der Flotte aufzubauen. Die Bewegungsfreiheit des Flottenpersonals durfte nicht mehr eingeschränkt werden, und es durften auch keine Zivilisten mehr über die Bewaffnung bestimmen. Die *Zaid-Dayan* war nun wieder, wie sie sein sollte, stets einsatzbereit.

Nachdem Tim gegangen war, konnte Sassinak sich wieder Dupaynils düsterer Stimmung widmen.

»Ich wollte mich bei Ihnen dafür entschuldigen«, begann sie, »daß ich Sie so ausgetrickst …«

»Dann waren diese Befehle also tatsächlich ein Trick?« Er strahlte für einen Moment. »Ich hab's doch gewußt. Der Ssli hat's für Sie erledigt, was?«

»Stimmt. Aber es war eine glatte Dummheit, daß ich mich nicht über das Schiff kundig gemacht habe, auf das ich Sie schickte. Ich hatte keine Ahnung …«

»Ich weiß.« Er wurde wieder trübsinnig.

»Sie haben etwas über Anschuldigungen gegen Sie erzählt.«

»Ja, der stellvertretende Captain des Begleitschiffs und ich mußten die Mannschaft außer Gefecht setzen und in Gewahrsam nehmen.«

»Auf einem Begleitschiff? Wo?«

»In den Rettungskapseln, und zwar im Kälteschlaf. Sie wollten mich von Bord werfen.«

Sassinak starrte ihn an. Er erzählte es in einem Ton dumpfen Elends, der überhaupt nicht zu jemandem paßte, dem eine erfolgreiche Meuterei gelungen war.

»Ich bin mir sicher, daß wir die Vorwürfe fallenlassen können. Sofern sie überhaupt jemand offiziell erhoben hat«, sagte sie. »Besonders jetzt. Ich habe mit Admiral Vannoy im Sektorhauptquartier gesprochen, und er sondert die Verräter in der Flotte aus.«

Er freute sich nicht so darüber, wie sie erwartet hätte. Offensichtlich machten ihm nicht die drohenden Anklagen zu schaffen. Lunzie bemerkte ihren Blick und sah vielsagend zu Ford, zu Dupaynil und dann zu Aygar hinüber. Sassinak machte die Andeutung eines Zwinkerns.

»Ford, wenn Sie nichts dagegen haben, würde ich diesen Empfang gern von einem Erwachsenen überwachen lassen. Aygar, vielleicht würden Sie gern Ihre Freunde begrüßen.«

Aygar sprang auf, während Ford viel langsamer aufstand und Sassinak auf eine Weise angrinste, daß sie fast errötete.

»Passen Sie auf, meine Damen«, sagte er und warf Dupaynil einen vielsagenden Blick zu. »Nur nicht streiten.«

Dann ging er und trieb Aygar vor sich her.

»Also dann«, sagte Sassinak. »Sie haben herumgegrübelt, als wollten sie ewig in der Administration hängenbleiben. Also, worüber machen Sie sich Sorgen?« Eine Zeitlang dachte sie, er würde nicht antworten, dann platzte es aus ihm heraus.

»Es ist lächerlich, und ich will nicht darüber reden.«

Lunzie und Sassinak warteten und sagten nichts. Dupaynil blickte auf und sah Sassinak direkt in die Augen.

»Ich war so wütend, weil Sie mir diesen Streich gespielt hatten. Und weil Sie damit durchgekommen sind. Ich habe davon geträumt, Sie selbst zu übertölpeln, ihnen zu beschaffen, was Sie haben wollten, Sie aber dafür bezahlen zu lassen. Dann mußte ich diesen … diesen Piraten auf der *Klaue* entkommen, und mir wurde klar, daß ich nicht die geringste Ahnung hatte, wie man ein Schiff führt. Panis mußte mich einweisen wie einen blutigen Anfänger. Aber ich glaubte immer noch, daß ich mit dem, was ich entdeckt hatte, als Triumphator zurückkehren könnte, daß ich eine gute Geschichte zu erzählen hätte und so weiter. Aber dann haben die Seti ...« Er verstummte, schüttelte den Kopf, und Sassinak und Lunzie sahen einander über seinen gebeugten Kopf hinweg an.

»Was haben sie Ihnen angetan?« fragte Lunzie.

Sassinak hielt es für eine glückliche Fügung, daß die Seti umgekommen waren, bevor sie die Gelegenheit gehabt hatte, ihnen bei lebendigem Leib die schuppige Haut abzuziehen.

»Hat Arly es Ihnen nicht erzählt?«

»Sie sagte, Sie hätten ziemlich verwahrlost ausgesehen, als Sie an Bord gekommen sind, aber die Ärzte nicht an sich heranlassen wollten.« Sie bekam eine Gänsehaut, als sie überlegte, welche Gründe er dafür gehabt haben könnte – Gründe, die auch seine gegenwärtige Stimmung erklären mochten. »Dupaynil! Man hat Sie doch wohl nicht ...!«

Diesmal lachte er, ein aufrichtiges, wenn auch zittriges Lachen. »Nein. Nein, *getan* haben sie eigentlich nichts. Es war nur ... Haben Sie je eine Seti-Dusche gesehen?«

Was hatte das damit zu tun? »Nein«, sagte Sassinak vorsichtig.

»Sie badet einen in heißer Luft, in Kies und wieder in heißer Luft«, sagte Dupaynil mit mehr Energie, als er seit Tagen aufgebracht hatte. Bitter, aber lebendig. »Ich bin mir sicher, daß die Schuppen der Seti deshalb so glänzen. Vermutlich beseitigen die Seti so auch lästige kleine Parasiten. Aber wenn ein Mensch Tag für Tag ... Und dann mußte ich auch noch tagelang diesen verfluchten Druckanzug anbehalten.« Sein Gesichtsausdruck brachte Sassinak zum Lachen; sie konnte nichts dagegen tun. »Ich wollte kühl und höflich hier hereinmarschieren und Ihnen die gewünschten Informationen überbringen. Statt dessen steckte ich in einem stinkenden Druckanzug in einer überfüllten Kabine voll mit schrecklichen Aliens, wo ich nicht das geringste ausrichten konnte, und mußte wie eine dumme Prinzessin in einem Märchen gerettet werden.«

»Aber Sie haben es geschafft«, sagte Sassinak.

»Was habe ich geschafft?«

»Sie haben etwas ausgerichtet. Bei Kipling, Dupaynil, *Sie* haben uns gewarnt. Sie hatten Beweise, die die Thek überzeugen konnten.«

»Diese Beweise hätten die Thek diesen dreckigen Eidechsen auch ohne mich entlockt.«

»Gut, aber wenn sich die Thek der Sache nicht angenommen hätten, dann hätten wir sie gebraucht. Und schließlich haben die Thek Sie zum Prozeß eingeladen. Sie brauchten Ihre Beweise auch. Ich weiß nicht, was Sie noch verlangen können. Sie sind einer tödlichen Falle nach der anderen entkommen, Sie haben lebenswichtige Informationen übermittelt, Sie haben die Welt gerettet. Haben Sie allen Ernstes angenommen, man könne so etwas leisten, ohne sich die Hände schmutzig zu machen?« Sie dachte an sich selbst in den Tunneln, noch bevor Fleur sie zurechtgemacht hatte.

»Ich wollte Sie beeindrucken«, sagte er leise und blickte auf seine verschränkten Hände.

»Das ist Ihnen gelungen.« Sassinak legte den Kopf schräg. »Mich beeindrucken? War das alles?«

»Nein.« Sie hätte nicht erwartet, daß Duaynil erröten konnte, aber was hatten die roten Flecken auf seinen Wangen sonst zu bedeuten? »Als ich auf der *Klaue* war und begriff, was Sie getan hatten, war ich so wütend ... und doch habe ich gemerkt, daß ich mir nichts so sehr wünschte wie ...«

Es war deutlich genug, obwohl er es nicht aussprechen konnte.

»Es tut mir leid.« Sie meinte es ehrlich. Er hatte es verdient. Mehr konnte sie ihm nicht anbieten. Ihr frohes Wiedersehen mit Ford hatte in beiden zu viele Gefühle geweckt.

»Es tut dir leid!« Lunzie platzte fast, und ihre Augen funkelten. »Du hast diesen Mann fast umgebracht, er mußte ein ganzes Schiff an sich bringen, dann hat er uns vor der Seti-Invasion bewahrt, und dir tut es einfach nur leid!« Sie sah Dupaynil an. »Sie mag meine Nachfahrin sein, aber das heißt nicht, daß wir in allem einer Meinung sind. Ich finde, Sie sollte Ihnen einen Orden verleihen.«

»Lunzie!«

»Sie wären anderer Meinung, wenn Sie gesehen hätten, wie ich aus dem Shuttle gestiegen bin«, sagte Dupaynil. »Fragen Sie Arly.«

»Ich brauche Arly nicht zu fragen. Ich habe selbst Augen im Kopf.« Es klang wie ein sinnliches Schnurren. Unter Lunzies strahlendem Blick lernte Dupaynil allmählich wieder zu lächeln.

Sassinak betrachtete ihre Ururgroßmutter mit herzlicher Geringschätzung. »Lunzie, ich weiß schon, von wem ich *einige* meiner Neigungen geerbt habe.« Wenn Lunzie interessiert blieb, hatte Dupaynil nur noch einige Stunden in Freiheit vor sich.

»Miau!« Lunzie streckte die Zunge heraus und beugte sich näher an Dupaynil heran.

Sie kam nicht mehr dazu, noch etwas dazu zu sagen, weil in diesem Moment die anderen eintrafen: Fleur, die eine ihrer eigenen lavendelfarbenen und silbernen Kreationen trug, und Aygar und Timran im Kreise der Studenten. Erdra, fiel Sassinak auf, trug dasselbe farbenfrohe Hemd und die hohen Schuhe wie alle anderen. Vielleicht war sie aus ihren Träumereien bereits herausgewachsen.

»Wie ist es mit dir?« fragte Fleur und kam ein Stück näher, während ringsum lebhaft geplaudert wurde.

»Was?«

»Ob du über deine Vergangenheit hinausgewachsen bist?«

Sassinak rümpfte die Nase. »Ich bin schon vor langer Zeit über Carin Coldae hinausgewachsen.«

»Du weißt genau, daß ich das nicht gemeint habe.«

Sassinak dachte an Randy Paradens Gesicht in dem Moment, als der Weber ihn getötet hatte, und an die Gesichter der anderen Verschwörer in der Thek-Kathedrale. Sie hatte lang in den Spiegel gesehen, als sie wieder an Bord gekommen war, und gehofft, keine Anzeichen eines solchen Charakters zu finden.

»Ja«, sagte sie zögernd. »Ich glaube schon. Ich kann nicht ungeschehen machen, was man mir angetan hat, aber ich kann meine Einstellung dazu ändern. Es wird Zeit, daß ich mehr als eine Piratenjägerin werde. Aber nicht weniger.«

Perry Rhodan
Das größte Weltraumabenteuer aller Zeiten. Faszinierende Romane an den Grenzen unseres Universums.
Perry Rhodan
Erstauflage
Verkünder des Imperators
1. Auflage. Jede Woche neu am Kiosk.
Perry Rhodan
Wohnsitz der Götter
Perry Rhodan
Psychoterror
Kundschafter für Halut
3. und 5. Auflage. Erscheint alle 14 Tage neu.
⇒ Internet: www.Perry-Rhodan.net ⇒ Infoline: 0190-190136 1,21 DM/Min.
⇒ Infomaterial: Perry Rhodan • Postfach 2352 • 76413 Rastatt

Mary Doria Russell

»Ein neuer Stern am Himmel der Science Fiction!«
Interzone

Im Jahre 2019 werden auf der Erde Signale intelligenten Lebens empfangen. Während sich die UNO über die Kosten einer Expedition zum Ursprung dieser Signale nicht einig wird, bereiten jesuitische Wissenschaftler in aller Stille die Reise vor. Doch die Mission zum Planeten Rakhat führt sie an die Grenzen ihres Glaubens ...

06/6336

06/6337

HEYNE-TASCHENBÜCHER